华 章
传奇派

品味无限不循环的人生

大周惊天局

② 阴阳诡局

李旭东

著

图书在版编目（CIP）数据

大周惊天局. 2，阴阳诡局 / 李旭东著. -- 重庆：重庆出版社, 2024. 9. -- ISBN 978-7-229-18793-4

Ⅰ. I247.5

中国国家版本馆CIP数据核字第2024MV8253号

大周惊天局2：阴阳诡局

DAZHOU JINGTIANJU 2:YINYANG GUIJU

李旭东　著

出　　品：华章同人
出版监制：徐宪江　连　果
策划编辑：张铁成
责任编辑：王昌凤
特约编辑：王广超
营销编辑：史青苗　刘晓艳
责任校对：彭圆琦
责任印制：梁善池
封面设计：末末美书

重庆出版集团
重庆出版社　出版
（重庆市南岸区南滨路162号1幢）
北京毅峰迅捷印刷有限公司　印刷
重庆出版集团图书发行有限公司　发行
邮购电话：010-85869375
全国新华书店经销

开本：880mm×1230mm　1/32　印张：16.75　字数：397千
2024年9月第1版　2024年9月第1次印刷
定价：59.80元

如有印装质量问题，请致电023-61520678

版权所有，侵权必究

目 录

少阳篇：骷髅夜行

第 一 章　好花不与殢香人 / 002

第 二 章　惊飙掠地冬已半 / 017

第 三 章　诡遇背驰先自失 / 040

第 四 章　寒声一夜传刁斗 / 058

第 五 章　月中霜里斗婵娟 / 082

第 六 章　力尽关山未解围 / 100

第 七 章　晚日寒鸦一片愁 / 111

第 八 章　走马兰台类转蓬 / 125

第 九 章　芙蓉金菊斗馨香 / 150

少阴篇：骇人血咒

第 十 章　冬夜夜寒觉夜长 / 170

第 十 一 章　华藏神通惊变现 / 189

第 十 二 章　虽无风云亦惊雷 / 215

第 十 三 章　天清水落寒沙空 / 240

太阴篇：生死之劫

第 十 四 章　伤情经岁绣帏空 / 290

第 十 五 章　疑怪昨宵春梦好 / 307

第 十 六 章　雪轻未杀萋萋草 / 348

第 十 七 章　秦陇迢遥悲夜月 / 372

第 十 八 章　素衣亦起风尘叹 / 387

太阳篇：群魔乱舞

第 十 九 章　世味年来薄似纱 / 410

第 二 十 章　杨花愁杀渡江人 / 419

第二十一章　一别堵门三改火 / 430

第二十二章　一灯明灭照秋床 / 436

第二十三章　丹旌电燧鼓雷震 / 457

第二十四章　一身转战三千里 / 470

第二十五章　水风空落眼前花 / 490

尾篇：云开雾散终有时

少阳篇：骷髅夜行

> 百岁光阴如梦蝶，重回首往事堪嗟。
> 今日春来，明朝花谢。急罚盏夜阑灯灭。
> ——元·马致远《夜行船·秋思》

暗夜下的原州，宇文承梅突然从梦中惊醒，顺着门缝向外望去，一具上蹿下跳的小骷髅在朦胧的月光下闪着慑人的寒光……

自此之后，"骷髅夜行"的传闻便在原州城中传得沸沸扬扬，独孤芷兰在不知不觉间置身于杀机四伏的诡局之中，她平静的生活就此被彻底打破。

芷兰之子澄儿无端发疯，同住在一个巷子里的虎子凭空失踪，紧接着巷子里的孩童又接二连三地丢失。这诡异的一切与五年前灵虚观的那场血案究竟有着怎样离奇的关联？与即将驾临原州的北周皇帝宇文邕又有着怎样微妙的联系？

第一章
好花不与殢香人

异相

北周保定二年（公元562年）腊月初一，大雪纷飞，狂风肆虐，北部重镇原州[1]城内的官民士绅们全都沉浸在春节即将到来的喜庆气氛之中，对即将到来的大劫难还浑然不知。

夜已然深了，义和街北侧那处气势恢宏的府邸隐没在无边无际的黑暗之中，此处是原州李氏旧宅。李贤、李远、李穆三兄弟皆身居显位，尤以已经故去的李远官位最为显赫，曾位至柱国。因此，这处宅邸也被当地人称为"李柱国府"。

忽散忽聚的雪花漫天飘洒，除了"呼呼"的风声，寂静得几乎听不到任何其他的声响。

就在这万籁俱寂之际，一阵异样的响动却将义归长公主宇文承梅从睡梦中惊醒。宇文承梅是北周政权奠基人宇文泰之女，也是当今皇

---

[1] 治所平高郡平高县（今宁夏固原），管辖平高郡、长城郡二郡。

帝宇文邕的亲姐姐。

听到异响，身材臃肿的宇文承梅从眠床上坐了起来，警觉地注视着周遭，身上的赘肉不停地颤动着。

她向身旁摸了摸，依旧是空空如也，夫君原州长史李基这么晚了居然还未回房歇息。

这五年来，李基总是独自在书房中待到很晚，虽然他嘴上未曾说过一句埋怨她的话，但她却能真切地感受到他因那件事而深深地恨上了自己！

在这个恐怖的夜晚，她只得独自去面对即将发生的可怕的一切！

宇文承梅大口地喘着粗气，点上灯，侧耳倾听，似乎有人在院外走动，但脚步声却是那样轻，不似府上巡夜的家丁。

紧接着，一阵清脆的童声传来："阿母！阿母！孩儿饿了！孩儿冷了！孩儿饿了！孩儿冷了……"

宇文承梅暗道："莫非是下人看管不当，致使府上别的房的小少爷跑了出来？这么大冷的天，受了风寒可怎么得了！"

想到此，宇文承梅忙披上衣服，下了眠床，轻轻地推开了屋门，虽只开了一道小小的缝隙，但阵阵彻骨的寒风却猛地向她袭来，但比寒风更让她感到心冷的是眼前毛骨悚然的一幕。

在漫天的飞雪之中，朦胧的月色之下，一具令人不寒而栗的小骷髅站在院中，身上却没有一丝皮肉，在雪光下闪着慑人的寒光。

宇文承梅简直不敢相信自己眼前的一切，忙揉了揉惺忪的睡眼，确信自己并未看错，站在自己眼前的的确是一具小骷髅，而且是一具活生生的能蹦能跳、能说会道的小骷髅！

小骷髅一会儿双手叉腰，一会儿上下摆手，还时不时地发出令人毛骨悚然的骨节摩擦声。

尽情乱舞的小骷髅突然停住了,似乎发现了正在门缝后窥探自己的宇文承梅,将头缓缓地转向门缝。它的两只眼睛仿佛是两个深不见底的黑洞,嘴巴缓缓张开,发出瘆人的声响:"阿母!阿母!孩儿饿了!孩儿冷了!你为何如此狠心?"

宇文承梅用尽全身力气将屋门"咣当"一声关上,却不知为何窗子又莫名地开了,猛地撞在屋内墙壁之上,发出一阵令人胆战心惊的声响。

屋内原本微弱的烛光瞬间便被凛冽的寒风吹灭,眠床四周的纱帐被风吹得上下飞舞,仿佛是黑白无常在挥舞着长袖前来向她索命。

惊恐至极的宇文承梅发出一阵撕心裂肺的呼喊:"来人呐!来人呐!有鬼!有鬼!"

话音未落,宇文承梅笨重的身子便重重地倒在了冰冷的地面之上,她那声嘶力竭的呼喊声在寂静的夜里久久地回荡着……

此时她的丈夫李基正守在婶娘吴三娘的房中,这个院子位于偌大的李府正中央,犹如众星捧月一般。

吴三娘一动不动地躺在床上,时而清醒,时而糊涂,时而发出痛苦的呻吟,时而传出沉闷的鼾声。

吴三娘的丈夫李贤现任瓜州[1]刺史,他们的四个儿子要么在朝中任职,要么外放州郡,全都不在身边。李基奉命打理原州李氏族内事务,又是吴三娘的子侄,自然承担起照料婶娘的重任。

1　治所敦煌郡鸣沙县(今甘肃敦煌市),管辖敦煌郡、常乐郡二郡。

借助微弱的烛光，李基坐在床边，凝视着已然病入膏肓的婶娘，脸上却浮现出复杂而又异样的神情。

李基转过身，望着医师樊澄，关切地问："樊先生，不知婶娘的病如何了？"

樊澄皱皱眉道："老夫人怕是撑不了多久了，还望李长史早做打算！"

李基闻听此言顿时怒道："你这个庸医，休得胡言！婶娘身子骨一向硬朗，因吃了你的药而一病不起，定然是你医术不精，玩忽懈怠，耽误了婶娘的病情，以至于无药可救！"

"当初，小的……"

李基恶狠狠地瞪了他一眼。迫于李家在原州的权势，樊澄这个小小的医师只得将嘴边的那些话硬生生咽了回去，无奈地垂下了头。

李基扔给他五陌钱，道："我李家素以仁义治家，既然你有负于我李家重托，还请永远不要再登我李家府门。这是你此番顶风冒雪深夜入府为婶娘诊治的酬劳，来人呐，送客！"

樊澄觉得自己甚是冤枉，可看了看李基那张阴森可怖的脸，却只得选择沉默。

樊澄虽在原州有些名气，但在那些权贵眼中却贱如蝼蚁一般，如若因一时意气用事而触怒了李基，恐怕自己今后将很难在这原州城立足了。

"恕在下无能！愧对李长史信赖！"樊澄带着一肚子委屈转身离去。

李基静静地坐在床边，凝视着奄奄一息的婶娘，心头涌起阵阵愧疚，低声道："婶娘，你可一定要撑住啊！听闻您病重，圣上定然会前来看望您老人家,到时可有一出好戏等着咱们娘儿俩去瞧呢!"

吴三娘嘴里发出含混不清的"呜呜"声,却不知她是听懂了,还是碰巧发出的声响。

李基握住婶娘干瘪苍老而又密布着老人斑的手,眼角闪动着些许泪花。

全府上下只有李基一人知晓,吴三娘的病其实并无大碍,起初只不过有些头痛发热,只需喝几剂对症的汤药,很快便会痊愈,不过这却并不是他们想要看到的。

半个月前,李基聘请城中名医樊澄为刚刚患病的婶娘诊治。樊澄耐心细致地进行了一番诊断,然后便被李基请到自己的书房之中。

李基关切地问:"先生以为婶娘的病情如何?"

樊澄赶忙道:"依在下看来,老夫人恐无大碍!老夫人乃是脾胃虚弱,伤食所致,在下只需开几服调理脾胃的泻火之药,老夫人服下后很快便会大好!"

李基的脸色突然阴沉下来,不悦道:"在下奉劝先生用药还是谨慎些为好!"

樊澄听他如此一说,顿时便是一怔,忙放下手中的笔,满是恭敬地问:"李长史可是觉得在下刚才所言有何不妥?"

"如今数九寒天,寒风萧瑟,婶娘年事已高,先生若是贸然用这泻火之药,我担心她老人家恐怕承受不住!"

"李长史勿要担忧,在下行医四十余载,自然懂得这用药的分寸!"

李基从书柜中取出一个小包递给樊澄。樊澄自觉有些沉甸甸的,手不由自主地一抖,其中一陌钱从包内滑落掉到地上,发出清脆而又刺耳的声响。

李基拍了拍惴惴不安的樊澄,笑笑说:"在下虽不似先生那般是救死扶伤的名医,却也略懂些医术。在下觉得婶娘之病乃是外感风寒,理应用些发汗之药,而并非是泻火之药!"

"这……这恐怕有些不妥吧!"

"有何不妥?去岁,本官也曾头痛发热,便是服用这发汗之药,三日便痊愈了。"李基弯腰将地上那一陌钱捡起,轻轻放在他的手中,笑着道,"樊先生只需照在下所言去做便是了,在下定然不会亏待你!"

樊澄坐在书案前,几度提起笔,又几度落下,在李基的催促之下,他才颤巍巍地写下麻黄等十几味药材以及各自的用量。

李基拿起他刚刚写就的方子看了看,满意地点了点头,朝着长安方向暗暗道:"这出好戏终于要开场了!"

谋定

雪后初晴,长安未央宫的御花园被皑皑白雪覆盖,冬日里树木干枯,百花凋零,一片白茫茫中闪现点点令人欣喜的红色。

宇文邕虽只有二十一岁,却透着老练和沉稳。他头戴白纱帽,衬得头发愈加乌黑如炭,浓密的剑眉稍稍向上扬起,漆黑的眸子似江水般深不见底,眉上那颗"跪拜痣"更是使得他在俊美中透着一股帝王之气。外着宽袖狐皮大衣,手中拿着翠绿的玉如意,踏在白雪之上,英俊中又带有几分飘逸。

宇文邕情不自禁地折下一枝素梅，放到鼻畔闻了闻，说："你可知朕与她为何最喜这梅花？横斜清瘦的梅枝，玉骨玲珑的花瓣，素瓣优雅的花蕊，清香中带着冷韵。与梅花在寂寥中相约，在萧瑟中相守，淡看盛衰荣辱，笑看花开花落，共品尘世清欢，岂不快哉，只可惜……"

宇文邕虽未点破，但站在他身旁的贴身宦官何泉却已然猜出他口中的"她"究竟是何人。

四年来，虽然宇文邕极少在人前提及独孤芷兰，但他却一刻都未曾忘记过这个此生最爱的女子，怎奈他一直都身处危局之中，每日都好似行走在悬崖边缘，只得将那份爱深深地埋藏在心底。

何泉自然能理解宇文邕的相思之苦，更懂得他的隐忍之痛，不过何泉也深知在此紧要时刻万万不能意气用事，否则后果将会不堪设想。

自从北周开国以来，真正操控帝国权柄的一直是太师、大冢宰、都督中外诸军事宇文护，为了还政于天子，重臣独孤信曾经密谋除掉他，不过却功败身死，宇文护因此对独孤信，乃至对独孤家的每个人都充满了恨意。

之前两任天子宇文觉、宇文毓皆丧于宇文护之手，如若此时让宇文护察觉到宇文邕对独孤信第四女独孤芷兰仍然旧情难忘，宇文邕恐怕就性命堪忧了！

何泉半晌都未说话，宇文邕的神情渐渐黯淡下来，望着西北方向，犹如隔空喊话般深情地说："自从探梅时节一别后，我们便再也未曾相见，这世间的愁滋味又有谁知？为谁醉倒，又为谁惊醒，至今犹恨轻离别！每到赏梅时，雪与梅依旧，却不见佳人面，只得泪湿衣衫袖！"

何泉不知一向沉稳内敛的宇文邕今日为何竟毫不掩饰自己对芷兰的不舍和思念，忙劝道："为世人不敢为，忍世人不能忍，舍世人不愿舍，为江山社稷而生，为天下黎民而活，这或许便是陛下的宿命！"

宇文邕默然望着灰蒙蒙的天空道："上元节时，朕想去一趟原州！"

何泉有些愕然地看着宇文邕，难道他终究抵不过这浓浓的思念，可芷兰如今已经嫁为人妇，还为李昞生了儿子。即便两人再度相见，又能如何呢？这样做不仅会触怒李昞，还会招致权臣宇文护的怨恨。

宇文邕自然知晓何泉在担忧什么，忙解释道："朕此次去原州是想去看望年事已高的吴娘，最近听闻她老人家一直卧床不起，朕甚为担忧。自朕六岁时与吴娘一别便再未相见。这世间最痛之事莫过于子欲养而亲不待，朕想与吴娘一起共度上元佳节！"

宇文邕自幼被父亲宇文泰送到心腹大将李贤家中抚养。李贤之妻吴三娘对他视同己出，嘘寒问暖，悉心照料，尽管十余年过去了，吴三娘慈祥的面容仍旧时常浮现在他的脑海之中。

宇文邕永远也忘不了六岁那年与吴三娘分别时的情形，吴三娘强忍着悲痛，但泪水还是不争气地流了出来，只得匆忙转过身去，留给他一个孤独而又凄凉的背影。

宇文邕哭闹着，挣扎着，不愿离去，但两个身强体壮的士卒却硬生生将幼小的宇文邕强行拖走。他用尽全力伸出稚嫩的小手，想要再拉一拉吴三娘温暖的大手，但吴三娘却始终背对着他，不愿面对彼此的分别。

随着时光流逝，那个背影虽渐渐模糊，但每每想起这一幕，仍旧能给他带来无尽的温暖。

宇文邕居然在此时要离京,何泉顿时便嗅到了不同寻常的意味!

即位三年来,宇文邕几乎从未离过京,因为他知道一旦离开长安,恐怕将会生出难以预料的变乱,之前他最远也只是前往长安附近的岐阳打猎,如今他却执意要去原州,这其中会不会另有隐情呢?

何泉虽一时还猜不透宇文邕真正的心思,不过却晓得其间的利害,赶忙劝道:"难得天子如此仁孝!只是……只是微臣听闻近来原州有些不太平,还望陛下三思啊!"

何泉本想将骷髅夜行等怪事说与宇文邕听,但话到嘴边却被他硬生生咽了回去,转而用关切的口吻道:"臣担忧陛下此去原州,若是有个什么闪失……"

宇文邕目光如炬地凝视着西北原州方向,意味深长地说:"朕登大宝,乃天命所归,谅那些牛鬼蛇神也奈何不了朕!与鬼斗,与魔斗,与人斗,其乐无穷!我命由我不由天,朕当制天命而用之!走,陪朕去对弈!"

宇文邕此时此刻正在无声无息地谋划着一个大棋局,这个局不仅关乎他个人的命运,更关乎整个帝国的存亡!

异变

原州司马李昞的宅子位于城西幽深的沈家巷内。李昞出生于赫赫有名的陇西李氏,父亲李虎乃是威名赫赫的八大柱国之一。他少年倜傥而胸怀大志,轻财重义,雅尚名节,颇得部属拥戴。

相比那处远在长安的陇右李家故宅,李昞在原州的这处宅子显得未免有些寒酸，只是个两进的小院落，但在这巷子里已然很气派了！

宅院的柴房中点着一盏昏黄的油灯，阴暗不定的光影映在独孤芷兰俊俏的脸上，显得有些飘忽不定。

曾经如同兰花般清逸的独孤芷兰如今已嫁为人妇，依旧是鹅蛋脸，柳叶眉，桃花眼，长睫毛，抿嘴时仍然会露出两个浅浅的酒窝儿，只是少了几分青涩，多了几分温婉恬静。

她披青半肩，穿三幅袴，花襜袜肚，着锦臂沟，正忙着为丈夫李昞做晚饭，这位曾经屡破大案的奇女子早已习惯了相夫教子的平静生活，不过她的生活将因为一具小骷髅的出现而发生翻天覆地的变化！

一个瓷碗舀出一小碗面粉，放入面盆之中，提起酱釉净水壶，将清水缓缓倒入盆中；用力和着面，将油釜置于炭火之上，再倒入少许麻油；和好的面将豆馅包住，放在油釜的热油中去煎，煎好后用铜笊篱捞出来，放在水盆之中，然后再捞出来放入油釜的热油之中去炸，随后放在大台盘上。一套行云流水的动作下来一桌诱人的饭菜便做好了，她揉了揉微微有些酸胀的小蛮腰，坐在胡床上静静地等待着丈夫李昞的归来。

她托着下巴，凝视着不住跳动的烛火，兀自发着呆，以至于眼前那根蜡烛即将燃尽都未曾知晓。红色的烛光无力而又徒劳地挣扎了几下，腾起些许雾气，随即便熄灭了，屋内顿时被黑暗所吞噬。

芷兰忙从柜中取出一根新烛点燃，屋内这才重又变得明亮。

院门"吱扭"一声开了，紧接着传来一阵沉重的脚步声和甲片互相摩擦发出的声响。

顶盔挂甲的李昞大步流星走进灶房，那张四方大脸透着紫铜色的光泽，炯炯有神的大眼和粗黑浓密的眉宇带着逼人的英气，举手投足间透着粗犷与豪放。

见李昞盔甲上落满了一层厚厚的雪花,芷兰忙拿起鸡毛掸子,将他身上的雪花轻轻掸去,随后为他卸去盔甲。

李昞顿觉一身轻松,活动了一下筋骨,将手伸到炭火前烤了起来。

芷兰烫好了一壶酒,斟上一杯递给他,道:"请郎君暖暖身子!"

李昞接过酒杯一饮而尽道:"好酒!观佳人,品美食,饮佳酿,岂不快哉?"

芷兰羞赧道:"郎君莫要拿妾身打趣,不过是残枝败柳罢了!"

"非也!非也!娘子之风韵丝毫不减当年!"

李昞一直最怕与女人打交道,虽从心底里爱芷兰,却又不知该如何去表达。初嫁入李府的时候,芷兰觉得他很是无趣,就似石头般冰冷,后来却渐渐发现他一直都在试图改变自己,慢慢展现出自己温情的一面,慢慢成为一块有温度的石头。

李昞把玩着手中的酒杯,神情突然黯淡下来,似有所指道:"听说圣上上元节时要来原州!"

芷兰的心不由自主地一颤,这些年她一直都在竭力忘却那些过往,却终究无法彻底抹去关于他的印记。

芷兰苦着脸道:"如今他贵为天子,想去何处便去何处,与你我又有何干?妾身只想与夫君一心一意过日子!"

李昞觉得刚刚的话未免有些唐突,忙道:"为夫不过是随便说说而已,如今圣上日理万机,还不知能否成行呢!"

见气氛微微有些尴尬,李昞忙转移话题道:"澄儿呢?这么晚了,怎么还不归家用饭?"

芷兰抱怨道:"澄儿真是越大越不懂事了,整日就知在外面浑跑，常常跑到牛婆婆家一待便是大半日，如何叫也叫不回家。黄昏时分，妾身刚刚将他唤回家，虎子却又来了，非吵着闹着要与澄儿一起去堆雪人，妾身拦也拦不住，索性便让小枝陪着去了，如今也该回来了！"

使女小枝虽只有十六岁，却比同龄人要成熟许多，做起事来极为得体，模样生得颇为清秀，喜着素衣，不爱首饰，浑身上下透着一股清纯之气。

恰在此时，院门上的铺首衔环发出清脆的声响，李昞和芷兰忙推开屋门，急切地向院门口张望。

只见一人推开院门，大步流星地走进院内，此人身材魁梧，膀大腰圆，那张赤红脸好似刚刚被火烧过，红彤彤、亮闪闪，大大的酒糟鼻衬得整张脸都有些小，甚至整个人都有些小！

此人是胜捷军幢主张安猛，不过却无人唤其本名，皆唤其"张酒糟"。

张酒糟抹去额头上的汗，躬身施礼道："卑职参见李司马！"

李昞忙挽住他的手道："张兄弟，不必多礼，你可是来寻虎子的？"

"正是！近来城中一直都不太平，如今天色已晚，虎子迟迟未曾归家，我家娘子甚为焦急，特地让末将来寻他，多有叨扰了！"

此时天已彻底黑透了，雪仍旧越下越大，望着漆黑一片的天际，芷兰莫名地生出许多恐惧来，有些后悔准许澄儿出去玩，要是万一……

芷兰的心"突突"直跳，忙自我安慰道，有聪明伶俐的使女小枝陪着，澄儿定然不会有事的！

就在此时，半掩着的院门被硬生生撞开，气喘吁吁的澄儿脚步踉跄地闯入院中,沉重的喘息声震颤着在场的每一个人的心。澄儿不时惊恐地向身后张望,似乎身后有什么令他不寒而栗的东西。

定然是出事了,而且是出大事了!

芷兰紧跑几步抱住自己的儿子,将他从寒风刺骨的院中抱回温暖的屋内,但一阵寒风却顺着门缝吹进屋内,烛光不停地跳跃着,屋内显得阴暗不定。

澄儿两只小手紧紧攥着母亲的衣角,头使劲地扎进母亲的怀中,生怕有人会将他从母亲温暖的怀抱中硬生生夺走似的。

李眗见状关切地问:"澄儿,到底出了何事?"

澄儿并未回答,似乎还未从巨大的惊恐中挣脱出来。

张酒糟见状更加心焦了,大声喊道:"澄儿,虎子呢?"

澄儿听到"虎子"两个字,竟然"哇"的一声哭了出来,淌着泪道:"虎子被小骷髅抓走了……"

李眗呵斥道:"莫要浑说!哪里会有什么小骷髅?又怎么会抓人?"

澄儿却用不容置疑的口吻道:"孩儿说的都是真的!听到虎子的呼救声,孩儿便循着声响跑了过去,看到一具……小……小骷髅,它……它将虎子推上一辆厢车。"

李眗半信半疑道:"这黑灯瞎火的,你可看得真切?"

澄儿颇为笃定道:"皆是孩儿亲眼所见,万万不会有错!"

"难道城中传得沸沸扬扬的骷髅夜行竟会是真的?那个小骷髅怪又现身了!"张酒糟魂不守舍地嘀咕着,继而大声嚷嚷道:"虎子可是我们张家的独苗,掳走吾儿的即便是白骨成精的鬼怪,老子也不怕!厢车往哪个方向去了?"

澄儿的头又向母亲的怀中伸了伸,怯生生道:"那辆厢车向着巷口方向驶去了……"

澄儿话音未落，早已按捺不住的张酒糟便推开屋门向外奔去，李晌忙从墙上取下自己的腰刀，也跟了过去。

张酒糟和李晌急匆匆追至巷口，再往前便是十字街了，正在两人不知所措之际，迎面碰上了气喘吁吁的小枝。

小枝梳着双髻，上穿青色襦衫，下穿绿色长裙，脚穿乌皮靴，惊慌失措地喊道："大事不好了！虎子被一具小骷髅掳上了一辆厢车……"

张酒糟的嗓门一贯大得出奇，可见到小枝后却不知为何语调变得轻柔起来，轻声问："那辆车你可看真切了？"

小枝看了张酒糟一眼，眼神中不知为何透着一丝异样，惊恐道："那辆厢车的样式倒是极为普通，不过车窗下的厢板上雕刻有芙蓉花！奴家一路追至此处，可那辆车却在奴家眼皮子底下凭空消失了！"

李晌顿时便被她的话惊到了，似问似答道："凭空消失了！天下居然会有这等怪事？"

恰在此时，城防营一队巡街的骠骑赶了过来，领头的什长认得李晌，赶忙跳下马躬身施礼道："卑职参见李司马！"

"免礼！"李晌问道，"你等巡街时可曾见到一辆厢车从这个巷子里驶出，车窗下的厢板上刻着一朵芙蓉花？"

"卑职一直在这条街上值守，宵禁之后就再未见过有什么车辆驶上这十字街。不过李司马莫要心急，如今安仁坊的坊门已然关闭，四个坊角和坊中央均设有军戍铺，皆有士卒驻守。如若那辆厢车果真从这条巷子里驶出，即便我等未曾察觉，只要全力搜寻定然能找到它的踪迹！"

在漫天风雪中，李昞与张酒糟、小枝站在巷口静静等待着消息，如同三尊毫无生气的塑像。

过了约莫一炷香，什长骑着马疾驰而来，悻悻地禀报道："李司马，您可是亲眼见到那辆厢车从这个巷子里驶出？"

小枝坚定地说："是奴家亲眼所见！"

什长半信半疑道："这可就怪了！如今谁都未见过那辆厢车，莫不是见鬼了！"

李昞越寻思越觉得此事甚为蹊跷，这条巷子又长又窄，厢车在这巷子里根本跑不快，即便他们闻讯后出来得迟一些，可如今坊门已然关闭，街上又实行宵禁，即便驾车之人再狡诈，又怎会连一点儿踪迹都留不下呢？

李昞喃喃自语道："今夜之事真是……太过诡异了！"

小枝惊惧道："难道那不是一辆寻常的厢车，而是一辆……"小枝说到此处不禁打了一个寒战。

张酒糟惊恐地望着小枝，李昞焦急地催促道："快说呀！那究竟是一辆什么车？"

小枝呼吸急促道："莫非那是一辆……鬼车？"

第二章
惊飙掠地冬已半

驱魔

大雪接连下了好几日,天地间白茫茫一片,腊梅枝头片片殷红的花瓣被凛冽的寒风无情地吹落,落在冰面上,划出一道哀伤的弧线!

望着散落在冰上的残花,显海法师双手合十道:"阿弥陀佛!"

二十年前,显海法师曾在城外法华寺修行,不过那时的他还只是个名不见经传的小僧,后来云游四方不知所踪。

二十年后,当他再度回到阔别已久的原州时,曾经识得他的人竟惊奇地发现他居然还是当初那般模样,时光似乎并未在他的身上留下印记。

原州百姓纷纷传言显海法师练就了长生不老之术,原本籍籍无名的他一时间名声大噪,许多达官显贵和名商巨贾争相前去拜会,想要从他的口中探得长生不老的秘诀。

经李基再三邀请,显海法师才答应入府做法事,毕竟原州李家乃是当地首屈一指的世族大家,况且李基年轻时便与显海法师相识,不过那时的李基是出身名门的少年公子，而显海法师只是法华寺中一个整日做杂役的小和尚。

二十年的时光悄然逝去，李基早已青春不再，未到不惑之年却已然显出老态，可已过知天命之年的显海法师却依旧是当初那般模样，李基不禁暗暗猜想这显海法师难道真的会什么长生不老之术？

显海法师手持佛珠，身穿黄色僧衣，身披红色袈裟，后面跟着一个身着灰色僧袍的小沙门阿果。

李基毕恭毕敬道："如今冰天雪地，园中萧瑟，等过些日子，冰消了，花开了，再请法师来府一叙，那时这园子里可是别有一番风韵！"

显海法师淡淡地说："朱门一梦如浮云，慨叹流年二十春。触目所及皆为新，只是不识旧时人。"

宇文承梅虽听不懂显海法师这话究竟是何意，却依旧应声附和道："普天之下谁人不识君！不过近来府上屡有鬼怪作祟，还望法师设法驱除邪祟，还我府上清净！"

宇文承梅两道浓眉阔如柳叶，一双大眼胜过桃核，站立时犹如一座肉山，躺下后好似一只麻袋。她脸如大饼，两腮总是鼓鼓的，如同含了两个大枣；身似铁塔，粗腰总是肉肉的，好似挎了三条玉带，高声说话犹如虎啸林间，即便是柔声细语也好似雷声隆隆！

李基既厌她，又怕她，却又不得不时时供着她，刻刻哄着她。她平日里总是一副颐指气使的样子，不过在显海法师面前却收敛了许多。

显海法师应承道："长史、夫人莫要心忧，禅伏妖魔归净土，拂拭金簪待眼明！"

尽管寒风凛冽，显海法师却命身旁的阿果褪去原本就有些单薄的僧衣。他将手伸进一个陶罐之中，将里面盛放的黑黢黢的泥浆涂抹在阿果的脸上与身上。

阿果一动不动地躺在冰冷的地面上，身上盖着一层白色单子。显海法师用锡杖在他的周遭画了一个大大的圆圈，然后在圆圈内倒入油脂，随后用火把将油脂点燃。

面对熊熊燃起的大火，显海法师端坐在蒲团之上念着在场之人全都听不懂的梵文佛经。

此时天空下起了雪，纷纷扬扬的雪花落在显海法师的黄色僧衣上，落在他光秃秃的头顶上，落在他手中所持的念珠上。

府内死一般的寂静，只剩下显海法师琅琅的诵经之声。诵经声突然停了，显海法师猛地站起身，挥舞着手中禅杖，似乎在与什么人打斗！

约莫过了一炷香的时间，明晃晃的禅杖居然闪现点点殷红的血迹！

做完法事之后，显海法师显得有些精疲力竭。宇文承梅和李基忙将他请进上房之中歇息。

显海法师盘坐在榻上闭目养神，阿果恭敬地站在他的身旁。

宇文承梅对李基低声耳语道："显海法师来府中做法事甚为辛劳，莫不如将你珍藏多年的白釉净瓶赠予他！"

李基却心有不舍，假装未曾听见。

宇文承梅索性高声道："夫君，你收藏多年的白釉净瓶堪称世间精品，可否让法师一观？"

李基有些不悦地回房去取自己珍藏多年的心爱之物，其实宇文承梅是想借故将他支走。

显海法师的眼睛缓缓睁开，用巾帕轻轻拭去额头上渗出的汗珠，端起凭几上的茶盏，品了一口茶，顿觉心旷神怡。

宇文承梅递给显海法师一个鼓鼓囊囊的包裹，里面装的是此次做法事的酬劳。她满是感激道："多谢大师能来敝府驱魔捉妖！"

显海法师意味深长道："义归长公主，这厉鬼好捉，心鬼却难除啊！"

宇文承梅闻听此言顿时色变，刚刚松弛下来的神经陡然间又紧张起来，低声道："法师何出此言？"

显海法师淡淡一笑，道："李夫人为何要明知故问呢？这世间一切皆是因果，难道您果真不知那具在府中作祟的小骷髅的来历吗？"

宇文承梅惊道："难道真的是……是他来向妾身索命来了？"

"祸福无门，唯人自召，承者为前，负者为后，善恶之报，如影随形！还望义归长公主好自为之吧！"

显海法师站起身，意欲转身离去。惶恐不安的宇文承梅情急之下居然死死抓住他的衣袖，恳求道："请法师留步，不知您可有破解之法？"

"这世间万物，相生相克，破解之法自然是有！"

"如何破解，还望大师明示！"

显海法师走到宇文承梅跟前，跟她耳语几句，宇文承梅却为难道："这恐怕有些不妥吧？"

附体

自从那个令人不寒而栗的夜晚之后，虎子丢了，澄儿的魂也丢了。

澄儿不敢再跨出家门半步，常常独自坐在屋中某个阴暗的角落中发呆，似乎仍旧沉浸在可怕的记忆之中而难以自拔。

见此情形，芷兰看在眼里，急在心上，寸步不离地陪在澄儿身旁，讲故事为他解闷儿，说笑话逗他开心，做游戏让他高兴，希望他能尽快从恐怖的阴影之中走出来。

一日，院中所栽的那株梅花不知何时已然吐出了红艳艳的花蕊，芷兰带着澄儿来赏花，见澄儿渐渐好了起来，她的心情自然也是大好。

芷兰俯下身子，凑到花前嗅了嗅，梅的幽香顿时使得她心旷神怡。芷兰忽然来了兴致，对小枝道："我与这梅花谁更清瘦？"

小枝道："梅花之瘦乃因其无忧无恼，夫人之瘦乃是因您忧劳过度，憔悴了花容。小枝知晓夫人此生只爱这梅与兰，夫人虽名为芷兰，却最似那白梅花，冰清玉洁，傲立寒冬，独占一园之风景，堪为百花之魁首！"

芷兰嫣然一笑道："你这小妮子真会说话！我已嫁为人妇，还谈什么百花之魁首，你不过是哄我高兴罢了！"

澄儿拉着芷兰的衣角哀求道："阿母，陪孩儿玩投壶吧！"

芷兰轻轻抚摸着澄儿的额头道："好！好！阿母事事皆依你！"

小枝忙从屋内将投壶所用器具拿出来，将壶摆在院中，然后递给澄儿一支箭。

澄儿举起手中的箭，凝视着眼前的投壶，想要投一个"贯耳"。北周时的投壶壶口两旁增添了两耳，从狭窄的耳中穿出便称为"贯耳"。

澄儿手中的箭还没来得及投出便突然口吐白沫，昏倒在地。猝不及防的芷兰慌忙扑了过去，抱起倒地的澄儿，焦急地唤道："澄儿，你这是怎么了?"

小枝也在一旁焦急地呼唤着澄儿的名字。

澄儿缓缓睁开眼,却猛地从母亲温暖的怀抱中挣脱开,刚刚还一脸稚气,刹那间便变得面目狰狞,时而五指并拢伸开手掌,时而伸出两根指头不停地比画,还不时地发出阵阵嘶吼声,却听不清他究竟在喊些什么。

芷兰惊恐地望着发狂的澄儿,澄儿也诡异地看着她。两人对视了一会儿,澄儿发疯般扑向芷兰,一记重拳挥向芷兰的脸庞。

小枝高声喊道:"小阿郎,莫打!莫打!那可是你的阿母啊!"

澄儿并不理会,小拳头硬生生地打在芷兰的左眼上。芷兰感到阵阵钻心地疼,赶忙捂着眼逃开了,她疼在眼上,更疼在心里。

澄儿好似犯了什么魔怔,并未就此收手,依然挥舞着拳头,一会儿直拳,一会儿摆拳,一会儿勾拳,后来还边打边踢,一会儿前踢,一会儿后踢,一会儿侧踢,一会儿下劈,甚至还时不时地勾踢和后旋踢,还大声喊叫着,似乎正在与什么人进行着生死搏杀。

拳打脚踢了好一阵,澄儿才筋疲力尽地瘫倒在地上,缓缓地闭上了眼睛,一动不动,似乎是睡着了。

小枝吓得始终不敢靠前,芷兰捂着乌青的眼睛,小心翼翼地走到跟前,壮了壮胆子才俯下身子,想要将他从冰冷的地上抱起来。

澄儿突然睁开了眼睛,芷兰顿时便被吓得一怔,忙用手捂住了自己的脸,生怕澄儿又要打她。

不过澄儿又恢复了平日的天真烂漫,望着阿母俊俏而又慈祥的脸庞,发觉母亲左眼一片乌青,忙伸出稚嫩的手想要摸一摸,可芷兰却下意识地躲了一下。

澄儿不解母亲为何要刻意躲避自己，忙问："阿母，您的眼睛这是怎么了？"

澄儿的目光中透着清澈，语气中带着童真，似乎刚刚袭击芷兰的是另外一个人。

小枝本想将刚才发生的诡异一幕告诉澄儿，芷兰却抢先道："不碍事！阿母刚刚不小心摔的！你没事便好！没事便好！"

芷兰将儿子紧紧抱在怀中，泪水从她的眼角不停滴落，滴在澄儿稚嫩的脸上，澄儿一脸茫然地看着她。

芷兰觉得澄儿异常的举止皆因那晚惊吓过度所致，只需调养些日子，澄儿便能渐渐好起来，孰料澄儿的举止却变得越来越诡异，以至于让芷兰感到有些不寒而栗！

自从那日之后，澄儿便会隔三差五地发疯，整张脸会变得扭曲，瞪着眼，龇着牙，双脚并立，双手向前伸直，如同僵尸般向前跳跃。

那日，澄儿猛地扑向芷兰，狠狠地咬住她的脖子，鲜血顺着他锋利的牙齿缓缓淌了下来。

芷兰的脖子感到阵阵生疼，但心却更疼，呜咽道："澄儿，我是阿母！我是阿母啊！你这是怎么了，难道你连阿母也不认得了吗？"

听到母亲的哀号，澄儿缓缓地松开了嘴，不过他的嘴角却挂着一丝血迹，有些呆滞地凝视着芷兰。

又一个和煦的冬日，芷兰抚摸着澄儿的头低声说："澄儿，乖！你终日躲在阴暗之中毕竟不是个法子！你看今日阳光多么明媚，不如随为娘到院中玩球可好？"

澄儿平日里最喜与母亲玩球，可如今他却似乎对什么都丧失了兴趣,终日默不作声地蜷缩在阴暗的角落中。

"走吧!为娘已很久都没有与你一起玩球了。如若你依了为娘,为娘便会给你买你最爱吃的芝麻烤饼,如何?"

芷兰连说带劝,连拉带拽地将澄儿拖到屋外。

此时已将近正午,冬日里温暖的阳光洒在芷兰的身上,她感到很是惬意,可投射到澄儿稚嫩的脸上,他那水嘟嘟的脸上居然起了很多水泡。

澄儿用力挣脱开母亲的大手,飞一般逃到屋内阴暗之处,蹲在地上,两只手在胸前交叉,紧紧抱着自己的肩头,身体缩成一团,头向下低着,似乎在躲避什么可怕的东西。

芷兰暗道:"怕光!怕光!难道澄儿果真被吸血鬼附体了吗?"

黄昏时分,对着满桌子可口的饭菜,芷兰没有一丝食欲,几度举起手中的筷子,又几度落下。

李昞一个劲儿地喝着闷酒,酒的辣味呛得他不住地咳嗽。

饥肠辘辘的澄儿拿着一双长筷子,不太熟练地将菜夹到自己的嘴中。澄儿也觉察到了父母的异样,咀嚼着嘴里的饭菜,含混不清地说:"阿母,你怎么不吃啊?"

芷兰忙夹起一筷子窖藏大白菜,放入嘴中,却味同嚼蜡。

李昞又拿起酒壶倒酒,却发觉壶内已经空了,无奈地放下酒壶,叹了口气道:"真不知澄儿究竟是怎么了!"

小枝心有余悸道:"这世间或许真的有恶鬼附身!"

芷兰不悦地反驳道:"后汉王充曾言,人死血脉竭,竭而精气灭,灭而形体朽,朽而成灰土,何用为鬼?所谓鬼神之论不过是虚妄之说!"

小枝在芷兰面前一向恭顺，今日却不知为何竟与她当面争辩道："夫人乃是有大学问之人，奴婢生性粗鄙，并不懂得那么多大道理，但小枝却听人说起过连孔子皆言敬鬼神而远之，很多事宁可信其有而不可信其无。小枝听闻玄妙观中的上清道长法力深厚，或许他能解救澄儿！"

微醺的李昞忙打圆场，道："我也听闻过上清道长的名号，不如我们带澄儿去一趟玄妙观，权当去一去这疑心病！"

次日一早，李昞从鞍马行租了一辆厢车，车夫驱车来到院门口，静静地候着。

小枝提着一个礼盒从院内走出来，芷兰抱着澄儿紧跟在她的身后。

芷兰抱着澄儿上了车，小枝将手中礼盒放到车上，捂着自己的腹部，半蹲在地上，极为痛苦道："夫人，奴婢肚子疼得很！"

芷兰忙从车中探出头，关切地问："要不要去唤个大夫？"

小枝艰难地站起身，在芷兰耳边道："奴婢每个月都会疼上一阵子，但这次却不知为何疼得紧！"

李昞从院内走出来，正要锁上院门，见此情形道："既然你身子不适，你就好生在家中歇着吧！"

那辆厢车载着李昞一家人前往城外的玄妙观。看到厢车渐渐远去，小枝轻轻关上院门，脸上却露出了得意的神情。

门外很快便传来了敲门声，小枝缓缓打开门，见是牛婆婆，忙将她让到院中。小枝手扶门板警觉地向院门外张望了一阵，见巷子里无人之后缓缓将门关上。

牛婆婆凑到小枝耳边道："一切可曾安排妥当？"

小枝的脸上掠过一阵惊慌，心莫名地狂跳着，不过还是狠了狠心，点了点头。

求道

芷兰坐在颠簸的车内，撩起车帘，望着大雾弥漫的窗外。

令她始料未及的是，她的对手就隐在这重重迷雾之中，早已磨尖了利爪，亮出了獠牙，随时准备疯狂地扑过去！

原州城外玄妙观吕祖堂内，上清道长头戴上清芙蓉冠，身着紫色天仙洞衣，上有用金丝银线绣的日月星辰、龙凤仙鹤等图案，腰间束有玄色大带，前后皆垂龙虎带。

上清道长为澄儿号了号脉，摇摇头道："人之中指有三节，中指指根为神，中指中节为仙，中指末节为鬼，令郎尺脉闭合，中指末节颤抖不止，怕是有厉鬼上身！"

芷兰听后不禁大惊失色，李昞忙哀求道："还望道长能够设法搭救我儿，您的大恩大德，在下没齿难忘！"

上清道长面露难色道："贫道也只能尽人事，听天命！"

殿外摆放着两列彩塑造像，李昞与芷兰带着澄儿在其中一尊常阳太尊塑像旁站定。

上清道长款步走来，手持七星桃木斩妖剑，右手握剑上举，沿身体右侧抡一立圆，然后自上而下向着身子前方劈出，手臂与宝剑成一条直线；右手随即向内旋，剑尖向上向右后方立起，绕至身体后侧，右前臂随即向外旋，剑尖向下划出一道弧形，向前撩至身体前上方，屈肘上提至腰间，剑向前狠狠地刺去。这一系列劈剑、撩剑、刺剑动作一气呵成，娴熟流畅，但在精通武艺的李昞看来却不过是中看不中用的花架子。

上清道长端起一只瓷碗,喝了一口狗血,猛地喷向七星桃木斩妖剑,恰巧几滴狗血溅落在澄儿的额头之上。

澄儿用手摸了摸自己的额头,凝视着指间殷红的血迹,放到鼻畔嗅了嗅,并未表现出反感。

上清道长长叹一声,无奈地说:"李司马,道高一尺,魔高一丈!恕贫道道行尚浅,实在是无能为力了!"

在夕阳余晖的映照下,芷兰抱着澄儿悻悻地离去,行走在空旷的山间小径上,刺骨的寒风从枯枝的缝隙间吹来,她的身子不由自主地颤抖了一下。

此时此刻,芷兰那颗脆弱的心仿佛被无数根针残忍地刺破。澄儿是从她身上掉下来的骨肉,不论儿子变成如何不堪的模样,无论将来等待他们的是什么,他们都将会勇敢地面对。

李晒本想安慰她,却又不知该说些什么,只得默默地跟在芷兰身后。

目送着芷兰一行人渐渐远去,上清道长跨过山门,向位于玄妙观后院的云集山房走去。

山房之中阴暗肃杀,铜炉上方青烟袅袅,萦绕在一个老道身旁久久未曾散去。

一个阴恻恻的声音传来:"如何了?"

望着那个一直隐在灰暗角落之中的身影,上清道长面露喜色道:"回禀师父,一切皆在您的掌控之中!"

一阵莫名的大风吹得窗子啪啪作响,上清道长感到阵阵心悸。

那人却始终没有转过身,似乎一直凝视着屋内某个阴暗的角落,盼咐道:"切莫低估了独孤芷兰!她虽是个女子,却是个厉害角色,还有那个身经百战的李昞也绝非等闲之辈!一定要在他们知晓真相之前,让他们永远地闭上嘴!"

上清道长毕恭毕敬地施礼道:"谨记师父教诲!徒儿自知此事事关重大,绝不敢有半点儿纰漏!"

随着"嘎吱"一声响,上清道长将两扇房门轻轻关上,那人渐渐被浓重的黑暗所吞噬!

投诚

未央宫的重重宫殿在云雾中露出朦胧的面容,宛如蓬莱仙境。澄明殿内摆放着十几个熏笼,温煦如春,熏香阵阵。

宇文邕正在低头批阅奏章,突然感觉右手有些酸胀,忙放下手中的朱笔,对身旁的何泉道:"何泉,你入宫多久了?"

何泉忙回禀道:"已然二十四年了!奴才曾经服侍过世宗皇帝四年,之后便一直服侍在您的近前。"

听到何泉提及已然故去的大哥宇文毓,宇文邕的神情顿时暗淡下来。

宇文毓与宇文邕一文一武,一张一弛。宇文毓喜好文学,却毫无文弱之气,阳刚中透着坚韧;宇文邕酷爱习武,却满是书卷之气,儒雅中带着睿智。

宇文毓在原本可以大有作为的年纪却被权臣宇文护毒杀,宇文邕一登基便背负着国仇家恨,不过他也深知此事急不得,既要悄无声息地布局,又不能惊动宇文护那只老狐狸。

"二十四年了!"宇文邕小声嘀咕着,突然站起身道,"如今也该有个了结了!"

一脸疑惑的何泉不解宇文邕此话究竟是何意,有些忐忑不安地望着宇文邕……

夜幕笼罩下的太师府正厅内,烛光摇曳,香气缭绕,从博山香炉中升腾而起的袅袅香烟在何泉的头顶上方变幻出各种难以名状的形态。

宇文护平日里并不长住在都城长安,而是效法自己的叔父宇文泰,率领大军驻扎在战略要地同州[1],只在大朝会时才会来长安。

今晚宇文护刚刚抵京,何泉便突然前来拜访,让他感到颇为诧异。

宇文护捧着茶盏,阴阳怪气道:"不知何常侍深夜前来所为何事?"

见宇文护仍在低头品茶却并未让座,垂手而立的何泉显得有些尴尬,只得拱了拱手道:"水深而鱼来,山深而兽往,人德而四海同心,人仁而天下归附!"

宇文护却并未答话,忽然抬起头向他投去犀利的目光,审视道:"那些恭维的话老夫早已听腻了!今晚老夫的身体有些乏了,来人……"

何泉有些慌不择言道:"陛下近来有异动,老奴特来向太师禀报!"

宇文护那颗苍老的心被他的话惊得一颤。自从北周建国以来,他虽赢得了无上荣耀,位居一人之下,万人之上,但他与天子间的权力暗战一刻都不曾停歇过,他始终不肯放权,天子自然不甘心无权。

---

[1] 治所武乡郡武乡县(今陕西大荔县),管辖武乡郡、澄城郡、白水郡三郡。

不过宇文邕自从登基以来始终对宇文护唯命是从，难道这一切都是假象？

宇文护目露凶光道："陛下究竟有何异动？"

何泉小心翼翼道："右侍上士宇文孝伯时常借宿值之机与陛下密谈至半夜，在下担心他们正在谋划对您大不利之事！"

宇文护将手中茶盏重重摔在几案上，从榻上站起身，指着他怒斥道："大胆何泉！你食君俸禄，却不思为国分忧，居然还蓄意挑拨离间，你究竟是何居心？"

"卑职不敢！卑职不敢！"何泉慌忙跪倒在地，动情道，"卑职所做的这一切皆因不忍看到骨肉相残的一幕再度上演。莫非太师忘了当年李植之祸了吗？"

巨祸

一场猛烈的冰雪向着原州城袭来，天阶夜色凉如水，帐内红烛摇不定，李基和宇文承梅因心中各自藏着心事而辗转反侧，难以入眠。

毫无睡意的李基索性从眠床上坐起来，披上衣服走到窗前，透过窗纸依稀看着窗外萧瑟的冬夜。

在不经意间李基又想起了惨死的父亲李远。曾几何时，原州李氏满门贵胄，李远更是深得太祖宇文泰的器重，贵为柱国，荣耀一时，谁又能想到这个深沐皇恩的家族却因他的兄长李植而险些遭遇灭门之祸。

其实叔叔李穆早就提醒过父亲李远，李植恐将祸及整个家族，可父亲却根本不信！

五年前的那个秋日，暑热还未彻底散去，当时镇守战略要地弘农的李远突然接到了宇文护的手令，命其速速赶回都城长安。

在此之前，开国重臣赵贵和独孤信皆丧命于宇文护之手，一时间元勋老臣们人人自危。李远麾下部将对他此次长安之行充满了忧虑，纷纷劝其归降北齐。

李远却铿锵有力地说："大丈夫宁为忠鬼，安可做叛臣？"

惴惴不安的李远终于与宇文护见面了。面色严峻的宇文护勉强挤出了几丝笑容。李远无论是在朝中还是在军中，皆拥有很高的威望，宇文护本不想将他彻底逼上绝路。

宇文护对风尘仆仆的李远勉励了一番，随即话锋一转说："李公之于李植渐生异志，祸乱朝廷。他们并非想屠戮护一人，乃是想要倾覆社稷。对于此等乱臣贼子，李公理应与护一样恨之入骨！"

李远脑中好似响起一记闷雷，震得他一时间不知该何去何从，该如何应对，暗想道："难道弟弟的话果真应验了？"

看到一脸惶恐的李远，宇文护旋即安慰道："阳平郡公素来忠勇，护对此心知肚明！如若阳平郡公能秉公而断，本大冢宰定然不会为难于你！"

宇文护拍了拍手，殿门打开了，两个士卒押着蓬头垢面的李植走了进来。

李远没有想到昔日风度翩翩的儿子居然会变得如此狼狈不堪。

宇文护说："既然是阳平郡公的儿子，还是交由你亲自处置为好，该如何处置，想必李公心中已然有数了。"

"多谢大冢宰成全！"李远说完后迈着蹒跚的步伐向外走去，这员曾经叱咤风云的猛将忽然感觉一下子苍老了许多。

李植茫然不知所措地跟在父亲身后，寄希望于能够通过父亲的庇佑来逃过此劫！

回到府中，李远劈头盖脸地斥责道："你这个不知天高地厚的逆子竟敢密谋叛乱，真是死有余辜！事到如今，你还是自行了断吧！也不至于牵连整个宗族！"

李植却跪在地上，抱着父亲的脚痛哭流涕地说："父亲，孩儿是冤枉的！我们李家一直以来深受天恩，孩儿怎会行如此大逆不道之举？如若说孩儿与天王过从甚密，孩儿自然无可辩驳，但如若说孩儿与天王暗中谋划对大冢宰不利之事，孩儿却万万不会承认。孩儿不知大冢宰是听谁人所说，或许是乙弗凤等人为了减轻自己罪责，故意栽赃陷害孩儿！"

李远反问道："刚刚你所言可是实情？"

李植信誓旦旦道："孩儿不敢对父亲有丝毫欺瞒，绝无虚言，字字属实！"

李远一向偏爱这个相貌堂堂而又口若悬河的儿子。此时此刻，他那颗坚硬的心突然便软了下来，说："如若真如你所言，为父明日便带你去面见大冢宰，当面禀明实情。"

次日，李远带着李植前去求见宇文护，却不知这一去便再也没有回来。

宇文护本以为李远已经识时务地大义灭亲，不料李植居然还活着，还大摇大摆地入府来，顿时便怒火中烧。

宇文护劈头盖脸地责问道："阳平郡公难道不信本大冢宰之言？"

李远说："远并非不信大冢宰，我儿确有冤情要向大冢宰禀告。"

宇文护轻轻"哼"了一声，说："愿闻其详！"

李植将昨夜跟父亲所说的那番话又说了一遍，但宇文护却远非其父李远那般好骗，岂能轻易地便被他的伶牙俐齿说动。

宇文护听完之后，对手下人冷冷地说："速速去传略阳公！"

北周第一任天子宇文觉如今已被废为略阳公，此时的他早已没有了昔日九五之尊的风采，始终低着头，不敢看宇文护的双眸。

宇文护喝令道："李植，你当着略阳公的面把刚才所言再原原本本说一遍！"

见到宇文觉，刚刚还伶牙俐齿的李植顿时便语塞了。

宇文护见状冷笑道："略阳公，还是你自己说一说吧！"

面容憔悴的宇文觉垂着头，用低沉的声音将当初李植如何劝自己借进宫宴饮之机除掉宇文护之事娓娓道来。

刚刚还慷慨陈词的李植如今却是不发一语，只是低着头跪在地上，眼中满是绝望。

李植本想着将所有的罪责都推到已经被诛杀的乙弗凤的身上，可他却万万没有想到宇文觉为了能够活命居然将一切都说了出来！

面如土灰的李植知道自己此番在劫难逃了，有气无力地说："我谋划此事，原本想安社稷，利天王，谁知却落得如今这般田地！"

李植看了一眼气得浑身发抖的父亲，心中也不免泛起阵阵愧疚，自己为了苟活，害了父亲，害了整个李氏家族。

李远在一旁听得真切，也看得真切，扑通一声跪倒在地，谢罪道："老臣有眼无珠，误信小儿之言，险些被其蒙蔽，真是罪该万死！"

宇文护厉声道："护本想保下你，你毕竟曾为我大周立下赫赫功勋，谁知你却宁肯信儿子，也不信老夫。事到如今，你还有何话说？"

李远身为柱国，面见宇文护时无须解刃，他猛地从腰间抽出刀。宇文护的护卫们见状纷纷抽出兵刃，生怕李远会在情急之下会做出什么对宇文护不利之事。

李远凝视着手中这把锋利无比而又嗜血成性的刀，自己曾用这把刀斩杀过不计其数的敌首，谁知却要用它来了结自己的生命，或许这便是他的宿命！

李远仰天长叹道："三弟，后悔不听你之言，才酿成今日之祸！"他之前觉得李穆不过是危言耸听，谁知就是眼前这个被他寄予厚望的儿子居然亲手将他送上了黄泉路。

李远冷笑了两声，挥刀自刎，殷红的鲜血喷了李植一脸。李植根本顾不上去擦，抱着父亲的尸身哀号道："父亲，孩儿这便随你而去！"

李植连累的不仅仅是他的父亲，他的弟弟李叔诣、李叔谦和李叔让均因受到牵连而被处死，李家子弟被免官者更是不计其数，唯独李植的叔叔李穆因曾规劝哥哥李远而未被治罪。

作为李植的亲弟弟，李基原本也难逃一死，不过李穆却出面力保，跪在宇文护面前慷慨激昂地说："老臣愿用两个儿子的性命替基儿赎罪，望大冢宰恩准！"

宇文护反问道："虎毒不食子，难道武安郡公果真能抛却这父子深情吗？"

李穆却说："事到如今，老臣也只得如此。春秋时程婴能为主弃子，如今老臣也能为侄儿弃子！老臣主意已决，不知大冢宰是否应允？"

宇文护摆摆手道："也罢！也罢！武安郡公乃真义士也！既然如此，本大冢宰便对爱侄网开一面！"

李基虽侥幸逃过一劫，但随着时光的推移，宇文护对李家人的恨也渐渐消散了，况且原州李氏曾追随太祖宇文泰浴血沙场二十余年，在北周军中有着不容小觑的影响力，为了笼络原州李氏，李家人陆续得以复职，不过父亲李远的惨死却在李基的心中留下了永远都无法抹去的阴影。

"我去屋外透透气！"李基裹紧衣襟走了出去。

宇文承梅只是应了一声，依旧躺在床上半闭着眼睛，被烦乱的思绪纠缠着。

李基走出卧房，穿行在抄手游廊间，来到后院假山旁。早有一人隐在假山之后浓重的阴影之中，见李基来了，走上前去跟李基耳语几句。

李基咬着牙道："如此甚好！我一直在等着为父兄报仇，为我李家雪耻，等了五年，终于等到了！"

博弈

长安城太师府，一阵阴风不知从何处吹进正厅之中，烛光摇曳不定，忽明忽暗。

这些年，大权在握的宇文护虽说在人前风光无限，却早已心力交瘁。

如今他已年过五旬，脸上密布着令人生厌的雀斑和褶皱，不过他却不想在人前显露出老态，于是命人从青楼女子口中学得面脂制作之法，用松子、白果、珍珠粉捣烂如泥制成面脂，不过随着面脂越涂越厚，那张脸也时常透着异样的白，使人更加看不透、读不懂他。

昏黄的烛光映在宇文护那张令人可怖的白脸上，何泉不知为何竟生出几分胆怯，道："何泉此番并非为了我自己，而是为了我大周！

太师乃我大周之脊梁，一言可以兴邦，一言可以丧邦，我大周一日都离不开太师！"

宇文护冷冷道："你的来意，老夫已然明了，你还是请回吧！"

何泉慌忙跪倒在地哀求道："在下还有一事相求，只是不知太师能否施以援手？"

"但讲无妨！"

"还望太师能够设法搭救无辜入狱的家弟何庆。我们兄弟幼年丧父，一直相依为命，遍尝世间艰辛。眼见着家弟被奸人构陷，何泉实在不忍坐视不管，即便拼上这身家性命，也要救他一命！还望太师能设法成全！"

"无辜？无辜！"宇文护将手中的茶盏放在几案之上。虽然他的白眼仁很大，黑眼珠很小，但黑洞洞的瞳仁却犹如锋利无比的锥子般直刺向何泉，使得他感到有些毛骨悚然。

打量许久，宇文护才开口道："你既为天子近臣，为何不去向天子求情呢？"

"此案乃是由令郎侦办，天子自然不便多言！"

宇文护重新端起青釉茶盏，闻着茶香，沉默良久才道："看来你还真是兄弟情深啊！"宇文护此语的真正含义是效忠天子的大义终究抵不过这手足私情！

何泉跪着向前挪动几步，低声道："如若太师能够解救家弟于水火，您的大恩大德何泉定然没齿难忘。太师自此便是在下的主公，天子今后若有何异动，在下定会随时禀告太师！"

宇文护抿了一口茶，脸上阴郁的神情渐渐消散了，说："老夫自受命辅政以来，恶者必除之，善者必旌之，强者必抑之，冤者必伸之,如若令弟果真有冤屈,本太师定会设法搭救,不过刚刚所涉天子之言切莫再向他人提及,此事一旦传扬出去,那可是大不敬之罪!"

其实宇文护真正关心的是他今夜贸然来访的真实动机,是真心投诚,还是借机刺探,在摸清其动机之前,宇文护只得与他虚与委蛇。

"多谢太师提醒!太师相天子,安宗社,保国家,令在下仰慕不已,也钦佩不已。太师自然是光明磊落之人,不过却并非人人如此!在下忧虑的是如若让宇文孝伯之流继续留在天子身边,怕是会做出什么对太师不利之事,到了那时,太师恐怕悔之晚矣!"

宇文护慷慨激昂道:"本太师早已将个人生死置之度外,虽然一些不明实情之人对本太师掌权颇有些微词,甚至心生怨恨,皆因他们不明了本太师对我大周的赤胆忠心!"

"太师之忠心天地为证,日月可鉴,但如今却是礼崩乐坏的乱世,您不得不防啊!"

宇文护挥了挥宽大的衣袖,道:"天子洞察秋毫,深明大义,自然知晓本太师以身许国的一片苦心,不过他经年累月地被那些别有用心之人所蛊惑,于国却大大地不利!不如将宇文孝伯远远贬谪为好,以免再生出什么乱子!不过此事还是暂且到此为止吧!"

"太师真乃虚怀若谷的圣人,亦是运筹帷幄的神人!"何泉突然话锋一转神秘兮兮地说,"天子即将移驾原州,怕是有人欲对天子不利,到时太师可要早做打算,以免让他人占了先机!"

何泉走后,宇文护边沉思边品茗,忽然感觉味道似乎有些不对,忙命人唤来长子宇文训,问道:"何庆贪墨一案可是由你侦办?"

宇文训恭恭敬敬地站着回禀道:"正是!孩儿想要借机打压一下帝党的气焰!父亲觉得孩儿此举可是有何不妥?"

"何泉刚刚来过了!"

"他来做什么?"

"自然是为了弟弟求情。此案你暂且搁置一下,等些时日再做定夺!"

"孩儿遵命!"

"近来贺兰祥身边的内线可曾传来什么消息?"

"贺兰祥近来似乎与原州方面往来密切,孩儿怀疑他恐将对即将移驾原州的天子有所图。"

"这个贺兰祥真是越来越胆大妄为了!"宇文护咬着牙道,"这下咱们可有好戏看了!"

宇文护对贺兰祥常常瞒着自己擅自行事早就心生怨恨。当初,贺兰祥唯宇文护马首是瞻,可自从新帝宇文邕登基以来,他却愈加真切地感到两人正渐行渐远。

当初毒杀北周第二任天子宇文毓后,宇文护和贺兰祥本想册立宇文毓年幼的儿子宇文贤为新君,孰料宇文毓却在临终之际强撑着身子紧急征召太傅于谨等人,当着他们的面颁布遗诏,册立他的四弟宇文邕为帝。

这使得他们陷入极大的被动之中。当时兵权皆掌于都督中外诸军事宇文护和大司马贺兰祥之手,贺兰祥执意按原计划行事,兴兵拥立宇文贤为帝,不过却被宇文护拦下了。于谨等一干老臣在军中威望颇高,手中又握有宇文毓亲口所授的诏书,如若他们公然抗旨,于谨等老臣一旦趁机发难,局势或许将会彻底失控。

宇文邕登基后还算看得清形势,知晓逆顺之理,对宇文护言听计从,尊崇有加,宇文护对他的猜忌之心也渐渐减轻了。

可贺兰祥却始终解不开这个心结，必欲除之而后快，不过行事谨慎的宇文邕却并没有给他多少可乘之机，况且有宇文护在，贺兰祥也不敢太过轻举妄动。

如今宇文邕却突然宣布将要离京前往原州，贺兰祥势必不会放过这个千载难逢的机会！

希望宇文邕死的人并非只有贺兰祥一人，各派势力闻讯后都是蠢蠢欲动，贺兰祥通过其掌控的"敌闻司"可以掌握各方动向，到时只需借势推波助澜即可，得手之后还可以将弑君的罪名推到那些人的头上！

宇文护忽然感觉胸口有些发闷，忙将窗子打开了一个小小的缝隙，望着茫茫的夜色吩咐道："这些日子让我们的人务必要盯紧贺兰祥，看看他究竟意欲何为！还有，你派人细细打探一番那个何泉，如若他真心归附于我们，能够为我们所用，倒不失为一枚好子！"

第三章
诡遇背驰先自失

较量

长安未央宫被浓重的黑夜包裹着，不过大成殿内却是灯火通明。

在侍者的引导下，宇文宪亦步亦趋地走向殿内。

宇文宪是北周太祖宇文泰第五子，刚刚成年便出任益州刺史，后来升任益州总管，总管益、宁、巴、泸等二十四州诸军事。虽然只有十六岁，却丝毫不显得稚嫩，并善于安抚之道，精通治理之术，政绩斐然，百姓臣服。在宇文护竭力推荐之下，宇文宪调回京城任雍州牧。

来到殿内，宇文宪躬身施礼道："臣弟参见陛下！"

宇文邕放下手中的《春秋》，高声道："五弟免礼！"

宇文邕与宇文宪虽非一母所生，但幼时却一同养在原州李家，那段相依相偎的日子也成为两人童年里最为温暖的回忆。

宇文邕一向极为关爱这个弟弟，宇文宪前往益州任职后，宇文邕还特地前去探望他，不过自从宇文宪回京后，宇文邕的心头却在不经意间种下了一根软刺，曾经亲密无间的两兄弟如今却隔着一个宇文护!

宇文邕与宇文护既是君臣,也是堂兄弟,两人的关系既复杂又微妙。很多事宇文护不便当面对宇文邕说,往往会先遣宇文宪来面君,为自己留下充足的回旋余地。

宇文宪愈加游刃有余地游走于两人之间,使得宇文护愈加倚重他,这也让宇文邕越来越真切地感受到了潜在的威胁。

自从北周开国以来,"兄终弟及"似乎成了一个难破的魔咒。三任天子皆是北周开创者宇文泰之子,先是宇文泰的嫡子,也是第三子宇文觉,后是宇文泰的长子,不过却是庶出的宇文毓,如今是宇文泰第四子宇文邕。由于宇文泰次子宇文震英年早逝,那么身为第五子的宇文宪便成为当下最有可能问鼎皇位之人!

看到宇文宪与宇文护越走越近,宇文邕心中自然是愈加不安。

权柄在握的宇文护废过宇文觉,毒杀过宇文毓,若是宇文宪一旦起了篡位之心,或者宇文护一旦动了更换天子之心,宇文邕随时有可能会遭遇不测!

宇文宪笑笑道:"皇兄深夜仍在苦读,令臣弟惭愧不已!幼时陛下教授臣弟《诗经》时的场景至今仍历历在目,不想却已过去十余年了!"

宇文邕却并未被那些童年旧事所打动,径直问道:"五弟深夜前来想必是有要事吧?"

宇文宪未曾料到四哥的话语竟如此冰冷,不带有一丝的温情,沉吟片刻道:"臣弟有一言,不知当讲不当讲!"

"你我兄弟之间何时变得如此生分?五弟有什么话但讲无妨!"

注视着宇文邕那张阴晴不定的脸,宇文宪小心翼翼地试探道:

"孝伯在陛下身边已有多年,如今尚且年轻,还须在边陲历练,也好日后担当大任!"

宇文邕闻听此言神色顿时阴沉下来,逼问道:"这是五弟的意思,还是太师的意思?"

"这既是臣弟的意思,更是太师的意思!"

"朕与孝伯一起长大,他虽是朕的子侄,却情同兄弟,你们居然连他都容不下吗?去年,王轨被控贪赃而贬逐原州,如今又要将孝伯从朕的身边赶走。难道你们真的要让朕沦为孤家寡人吗?"

宇文宪闻听此言扑通一声跪在地上,诚惶诚恐道:"陛下何出此言?您如今身居大位,威加四海,谁人敢不听从陛下号令?信言不美,美言不信,臣弟刚刚所言句句皆是肺腑,如若不慎犯上,还望陛下重重责罚!"

"五弟言重了!起来吧!"宇文邕缓缓道,"也罢!也罢!暂且让孝伯去乌兰关出任镇将吧!"

宇文宪似乎隐隐觉察到了什么。去年,宇文邕的亲信王轨被贬为原州司录,如今宇文孝伯又调任乌兰关镇将,当下宇文邕又要移驾原州。这一切难道仅仅只是巧合?

望着跪在地上沉默不语的宇文宪,宇文邕的脸上露出了些许笑容,站起身将他从冰冷的地面上拉了起来。

宇文邕颇为亲昵地轻轻拍了拍他的后背,柔声道:"愚兄怎会不知五弟的一片良苦用心呢?五弟如此费心费力地行走于朕与太师之间,太师有许多话不便当面对朕说,而朕也有许多话不便当面对太师讲,均需善于穿针引线的五弟来传话,这些年着实为难五弟了!"

宇文宪的眼角微微有些湿润了,哽咽道:"皇兄能如此想,臣弟肝脑涂地也在所不辞！"

宇文邕站起身来，走到宇文宪近前，亲昵道："护兄一人身兼太师、大冢宰、都督中外诸军事三职，夙兴夜寐，呕心沥血，朕不忍他为国太过辛劳！天官府政务最为繁重，护兄有意提携于你，让你出任小冢宰上大夫，朕也觉得此职你再合适不过了，不知五弟意下如何？"

"六官"制度建立之初，天官府、地官府、春官府、夏官府、秋官府、冬官府六府原本互不隶属，但如今天官府大冢宰宇文护权势熏天，其他五府之事皆由天官府决断，小冢宰上大夫在天官府内的地位仅次于大冢宰，在朝中的地位自然举足轻重。

宇文宪能够察觉到宇文邕在抛出橄榄枝的同时，其实也是在借机试探他，忙推辞道："使不得！使不得！臣弟才疏学浅，难当大任，还望陛下速速收回成命。如若陛下不便说，臣弟自会向太师面陈。"

宇文邕不阴不阳地道："五弟恐怕太过妄自菲薄了！太师器重之人，哪个不是人中之龙凤？"

宇文宪自然听出了弦外之音，躬身道："自幼时起，臣弟便时常追随在皇兄左右，从那时开始臣弟便知道兄永远是兄，弟也永远是弟，到了何时臣弟都不能，也不敢失了分寸。臣弟心中只有一念，那便是君臣和睦，兄弟和谐，江山永固，国祚永昌！"

宇文邕拉着他的手道："你我兄弟手足情深，无论何时，你都是愚兄最为倚重赏识之人。"

"承蒙皇兄抬爱！臣弟一片苦心，日月可鉴！"宇文宪话锋一转道，"臣弟听闻陛下要移驾原州？"

宇文邕感慨道："你我并非吴妈亲生，但她老人家待你我却胜似亲生,如今她年事已高,又身染重疾,愚兄怎能不去探望呢?"

宇文宪劝阻道:"如今我大周表面上风平浪静,实则暗流涌动,臣弟担心您一旦移驾原州,别有用心之人恐会借机兴风作浪!"

宇文邕神情笃定道:"愚兄何尝不知啊,但愚兄如若再迟疑不前,怕是连她老人家最后一面都见不到了,岂不是会后悔一辈子?有些事哪怕是以身试险,朕也要孤注一掷地去试一试!"

"陛下甘愿冒如此之大的风险前去探视吴妈,可见陛下是极为重情重义之人!"宇文宪的语气从钦佩变为忧虑,继续道,"不过如今的原州已然是暴雨欲来风满楼!"

宇文邕的眉毛旋即扭在了一起,道:"兄弟齐心,合力断金!既然原州是个火坑,五弟愿不愿随着愚兄一起跳?毕竟吴妈想念的并非只有愚兄一人!"

宇文宪不知哥哥执意要自己与其一同去原州究竟意欲何为,但他却不愿兄弟之间因此而再生嫌隙,况且他刚刚还信誓旦旦地说此生都会追随兄长,只得硬着头皮道:"臣弟愿往!一切听凭哥哥决断!"

宇文邕笑了,笑容之中带着几丝不易被人察觉的得意。

祸起

虎子凭空失踪,澄儿无端发疯,沈家巷一时间变得风声鹤唳,不过这仅仅只是一个开始!

行伍出身的李昞本就是个生性沉闷之人,为了取悦妻子也学着说些温存的话,可自从澄儿出事后,他的心情极其低落,回家之后话也愈发地少了。

芷兰再也没有心思操持这个家,家中大小事务悉数交由小枝去打理,她终日守在澄儿身旁,却又不敢靠他太近,以免再度遭受意想不到的伤害。

晚饭原本是一家人在一起最温馨的时刻,可如今却变得毫无生气。

李昞夹了一口平日里最爱吃的胡炮肉,看了看蜷缩在阴暗角落之中的澄儿,嘴里不是滋味,心中更不是滋味。

芷兰连筷子都不曾动,曾经天真活泼的澄儿,如今却变成这般人不人鬼不鬼的模样,虽然她时常被澄儿打得鼻青脸肿,伤痕累累,但她最牵挂、惦念、疼爱的人却依旧是澄儿,可澄儿却总在刻意躲着她,后来她才渐渐发觉澄儿躲避的其实并非是她,而是光!

澄儿似乎对阳光充满了恐惧,甚至对昏暗的烛光都感到恐惧,只有躲在黑暗之中,才会收获些许的安全感!

李昞喝了几口闷酒,叹了口气道:"这巷子里又有好几个孩子像虎子那般消失不见了!"

乖巧的小枝忙给李昞温上酒,说:"莫不是咱们巷子里的什么人招惹上了邪祟?"

"啪嗒"一声响,蜡烛猛地炸了一个灯花,李昞的心头随之一紧,不禁想起了前些日子发生的一桩咄咄怪事。

校军场因太过狭小不便于士卒操练需要进行扩建,围墙外是一座荒废数年之久的道观,他便决意将其拆除。

一个和煦的冬日,李昞亲率几百名士卒前去拆除道观,谁知却被几十个匆匆赶来的百姓拦了下来。

"李司马,此观拆不得!万万拆不得!"

李昫厉声质问道:"不就是一座废弃已久的道观吗?为何拆不得?况且本官又并非拆之不顾,而是欲将其异地重建!"

一个衣衫褴褛的老者道:"李司马您有所不知,此处乃是镇妖之所!此处一度妖魔横行,弘一真人与上清道长两位道行深厚的大法师合力才将那害人的妖怪擒住并镇于此观的地宫之中,一旦拆除此观,那妖怪必将重现于人间,将会给原州百姓带来无妄之灾!"

久经沙场的李昫早已见惯了生死,一向不信什么鬼神之说,喝令道:"大胆!你这个小老儿满嘴浑话,居然胆敢妖言惑众!来人呐!速速将此人带走,休要误了教场扩围大计!"

两个身材魁梧的士卒架起那个身形单薄的老汉,强行将其向后拖拽,但那个老者却仍旧声嘶力竭地喊道:"李司马,你不听小老儿之言,定会招来无妄之灾!无妄之灾!"

那个老者被士卒们硬生生拖走了,他的呼喊声也越来越远,越来越弱。

前来围观的百姓们见状纷纷跪倒在地,哀求道:"老伯刚才所言句句属实!此观万万拆不得啊!"

李昫心中不知为何忽然闪过一丝不安,却一咬牙高声喝道:"尔等休要在此聒噪,胆敢妖言惑众者鞭打三十!"

在场百姓们听他如此说只得面面相觑,噤若寒蝉。

李昫推开早就摇摇欲坠的观门,向观内走去。

他凝视着观内主殿三清殿,单檐歇山顶,斗拱雄大,出檐深远,殿顶之上早已长出许多草来,黄、绿色琉璃烧制而成的脊兽在冬日的暖阳下不知为何透着一丝阴森。

十几个士卒推着撞车重重地撞向三清殿，看似厚重的殿门在连续重击之下很快便被撞开了。

李昞带人冲进了大殿之中，竟发现了一条被封堵的暗道，暗道口被一堆碎石堵住了，上面居然还贴着许多黄纸红字的符咒。

李昞毫不顾忌地撕下那些符咒，命士卒将封堵的碎石移开，然后点燃火把顺着台阶缓缓向下走去。

由于暗道多年都未曾开启，一股腐气扑面而来，李昞忙将手中的刀插回鞘内，一手捂住口鼻，一手拿着火把摸索着向前走去。

台阶的终点是一条甬道，约莫走了十余步，前方是一个宽阔的大厅。

李昞点燃了大厅内的油灯，厅内顿时变得明亮起来，不过李昞的眼睛却不由自主地瞪大了，看到了令他不寒而栗的一幕！

大厅正中摆放着一具水晶棺，棺内躺着一具早已风干的尸身，眉心上钉着一根金刚杵，嘴和肛门都被细线密密麻麻地缝住，面目极其狰狞，一看便知生前经历了莫大的痛苦。

众人皆举着明晃晃的火把来到水晶棺前，看到了那具被封于棺内的诡异尸身。

水晶棺侧面贴满了符咒，李昞自幼便不信邪，随手揭下棺上的符咒，可那具尸身却不知为何突然起了火，橘黄色的火焰分外刺眼，继而化作一缕白烟，消失得无影无踪……

见到此情此景，一向天不怕地不怕的李昞也不免一惊，暗道："莫非我真的放跑了妖怪！如此一来，我的罪过可就大了！"

初闻"李柱国府"骷髅夜行之事，李昞便不由自主地想起了那日的怪异之事，如今那具小骷髅又在沈家巷现身，难道这就是那位老者口中所说的报应吗?

就在李眴胡思乱想之际,门外突然传来阵阵急促的敲门声。小枝忙去开门,门还没有完全打开,几十个彪形大汉便从门缝中疯狂地拥了进来,小枝险些被撞倒在地,幸亏张酒糟拉了一把,她才没有摔倒在地。

听闻院内传来剧烈喧哗之声,李眴和芷兰赶忙放下手中碗筷,快步走了出来。

闯进院内的人皆是住在沈家巷的左邻右舍,这条巷子是官巷,住在这里的几乎都是军中将校,为首之人正是虎子的父亲张酒糟!

身材魁梧的张酒糟晃动着粗壮有力的胳膊,恶狠狠道:"近来,沈家巷的孩童接连失踪,我等特地来向李司马讨要个说法!"

李眴黑着脸说:"笑话!你们家的孩子丢了,自己去寻便是了,与我李眴又有何干?你们向我来讨要什么说法?"

平日里,那些将领们见到李眴皆会有几分敬意,甚至还会有几分惧色,如今他们却全都怒目圆睁,大呼小叫,根本没有将他这个上官放在眼中。

张酒糟高声叫嚣道:"那你说巷子里的孩子为何会接连凭空消失呢?"

张酒糟虽是个不拘小节的粗人,但在李眴面前还从未如此放肆过。李眴见状不禁勃然大怒,高声斥责道:"张酒糟,若是一味寻衅滋事便休怪本司马不讲情面。你们家的孩子丢了,尽可去报官,为何要向本司马逼问下落,本司马又怎会知晓你们孩儿的下落?"

张酒糟阴阳怪气道:"李司马,你是果真不知,还是有意袒护?"

忍无可忍的李昫骂道:"张酒糟,你这个不识好歹的东西,莫要欺人太甚!如今你等以下犯上,蓄意作乱,该当何罪?"

几个将校慑于李昫的威名有些怕了,稍稍向后退却,张酒糟见状大声喊道:"难道你等就不想找到自己的亲生儿子吗?不孝有三,无后为大,难道你们甘愿就此断了自家香火吗?"

那几个胆怯的将校闻听此言赶忙停住了脚步,毕竟找到自己失踪的孩子才是头等大事!

"张酒糟,你究竟想要干什么?难道意欲谋反不成?"

张酒糟却没有一丝惧色,毫不示弱地回击道:"李司马,我等来此实属无奈,无非是想要找到我们丢失的孩儿,难道这个要求过分吗?你若是真的将我等逼急了,索性反就反了!"

见寻子心切的张酒糟如今已然急得昏了头,李昫转而对张酒糟身后的众位将校动情地说:"我李昫来原州五年了,在沈家巷也住了五年,各位近邻想必知晓我李昫的一贯为人。我李昫虽是个粗人,却是条光明磊落的汉子,此生从未干过作奸犯科之事。你等莫要听信不良之人的蛊惑做下悔恨终身之事!"

张酒糟当即高声反驳道:"李司马莫要再诳我等了!我等已然去过玄妙观了,上清道长说我等家中孩儿绝非走失,而是被吸血鬼掳去了!"

芷兰听到"玄妙观"三个字,顿时便生出不祥之感,下意识地望向小枝,而小枝却不知为何刻意躲避开她的目光。

李昫咬牙切齿道:"一派胡言!上清道长竟敢编造如此骇人听闻的鬼话?"

张酒糟继续道:"那只厉鬼身形虽然瘦小,却已修行千余年,寻常法师根本奈何不了它。当年它被上清道长与弘一真人合力封于灵虚观地宫之中,永世不得超生!可李司马却误闯地宫,不慎放走了那只恶鬼。那鬼已然沦为干枯的小骷髅,如今只得附着在肉身之上,为了维持人形只能不断吸食人血,否则便会面容俱裂,原形毕露,如今那只鬼就藏在我们沈家巷!"

芷兰闻听此言,心中不由自主猛地一颤,意识到他们可能将会对澄儿做出什么不利之事,趁着夜色悄悄跑向灶房。

澄儿此时正龟缩在黑暗中,外面的嘈杂声已经惊扰到了他。他不由自主地瑟瑟发抖,似乎也预感到了危险的来临。

芷兰默默站在澄儿近前,想要将他拥入怀中,却还是不敢靠得太近!

只听院中张酒糟高声喝道:"请李司马即刻交出那只厉鬼!"

院中讨要厉鬼的声浪一阵高过一阵,此时李昞任何的解释皆是苍白无力。见局势即将失控,他快步走到廊下,从落兵台上取出自己惯常使的那把长刀,刀刃在火光映照下闪着寒光,高声道:"谁人胆敢在我府上作乱,休怪我李昞不念及同袍之情!"

李昞将手中长刀舞得上下翻飞,一片令人胆战心惊的雪白刀光在黑夜里显得格外刺眼。

即便是一向彪悍的突厥人对李昞手中那柄长刀都畏惧三分,如若动起手来,不知将会有多少人葬身在那把慓人的长刀之下。

李昞舞了几下便收了势,紧握着长刀刀柄,将长刀撅在地上。

院子里刚才还吵嚷声震天,一时间变得鸦雀无声,就连张酒糟都收敛了许多。

恰在此时,院门外响起了整齐而又铿锵的脚步声,一大队官军已然来到了院门口，领头之人正是原州刺史元赞！

元赞生得五官周正，隐隐透出贵族气，两道浓眉又黑又长，几乎要越过窄窄的印堂连在一起，他的眼睛本不算小，不过却因距离眉毛太近，仿佛随时都会被浓眉吞噬，这正是相书中的"眉毛压眼"。

元赞从马上跳下来，走进院中，对李眪笑笑说："李司马，府上究竟发生何事了？你居然执刀相向，你可要看得真切，站在你面前的并非伪齐叛军，也并非突厥蛮夷，而是与你一道同生共死的兄弟！"

见元赞如此说，李眪忙将长刀放回落兵台，道："刺史大人，卑职实属被逼无奈，众人无端闯入卑职府上寻衅滋事，苦心劝解却无济于事，万般无奈之下才被迫持刀自卫！"

元赞转而对众人呵斥道："你等居然胆敢跑到李司马府上生事，目无上官，恣意妄为，实在可恶至极！来人呐，速速将其驱离！"

张酒糟紧走几步跪倒在元赞面前，痛哭流涕道："刺史大人，我等亲生骨肉皆被厉鬼所害，今日聚集在此处不过是想要讨要个公道，万万不敢无事生非啊！"

"哦，原来你等亲生骨肉皆被厉鬼所害？"元赞话锋一转道，"这与李司马又有何干呢？"

"刺史大人有所不知，短短数日巷中竟有二十余名孩童莫名失踪。"张酒糟恶狠狠地盯着李眪道，"这一切皆是厉鬼所为！李司马之子李澄如今已被恶鬼附体，依靠吸食人血才得以维系人形。我等骨肉皆被此恶鬼掳走，可李司马却蓄意袒护，还望刺史大人为我等做主啊！"

其他人也纷纷附和道："还望刺史大人为我等做主啊！"

元赞怒斥道："住口！纯属一派胡言！这朗朗乾坤何来恶鬼？附

体之说更是无稽之谈！念及尔等因骨肉离散而悲痛不已，暂且不予追究，如若再敢生事，本刺史定当严惩不贷！"

"刺史大人莫非要蓄意祖护李司马不成？"张酒糟冷笑两声，道，"只需将李澄带至众人面前，刺史大人便可知晓卑职刚刚所言是否属实，如若卑职胆敢有半句假话，甘愿受罚！"

元赞闻听此言当即面露难色，转过身对李昞道："事已至此，那就烦请令郎出来与众人见上一见，也好打消众人疑虑！"

见元赞一直在刻意维护自己，李昞只得对小枝吩咐道："速速去唤澄儿！"

小枝搀扶着澄儿小心翼翼地从房内走出来，澄儿见院中聚集了这么多人，而且每人手中皆举着亮灿灿的火把，随即便想转身回屋去，但平日里对澄儿百般眷顾的小枝却死死拽着他的胳膊，使得他动弹不得。

澄儿身后的芷兰微微一蹙眉，但在众人面前也不好说些什么，只得安慰道："澄儿，不要怕，没事的！没事的！"

张酒糟不知从何人手中接过一个陶盆，盆中盛满了殷红的鲜血，猛地向澄儿泼了过去。

澄儿起初被张酒糟这个突如其来的举动吓了一跳，不过很快发现泼过来的竟是鲜血，便不再恐慌。

见到这骇人一幕，在场之人无不感到毛骨悚然，只有张酒糟的脸上露出了些许得意之色，对元赞道："刺史大人，刚刚那一幕想必您也看到了。如若卑职没有真凭实据，怎敢肆意妄言？事到如今，李司马还有何话讲？"

芷兰争辩道："我儿只是染上一种怪病，加之其年幼顽劣，常有一些不合常理的举动,绝非什么吸血鬼上身,还望刺史大人明察!"

元赞点头道:"李夫人所言极是!李公子行为举止虽有些怪异,但其毕竟年幼,如若就此认定他被什么吸血鬼上身,未免太过武断!"

张酒糟随即使出了杀手锏,哭着说:"卑职还有重要情形回禀。上清道长曾推算出我儿……我儿已然遇害,而且就埋在这棵大槐树下。"

顺着张酒糟手指的方向,众人的目光纷纷投向院中一株枝叶干枯的老槐树。

芷兰忽然发现那株老槐树下的土竟有新近翻动过的痕迹,这些天来她一直忙得昏天黑地,竟对此毫无察觉!

元赞忙唤来七八个兵卒,吩咐他们去树下挖,怒视着张酒糟道:"如若并未发现你儿尸身,本官定要办你个寻衅滋事之罪。"

树上一只体型硕大的乌鸦受到了惊扰,赤红色的眸子盯着树下的兵卒,发出阵阵摄人心魄的叫声,挥动着翅膀消失在漆黑一片的天际。

仅仅挖了几下,其中一个兵卒便大声喊道:"刺史大人,土中怕是真的埋着什么东西!"

李晒和芷兰心中皆是一惊,不约而同地望向对方。

那几个士卒忙放下手中铁锹,生怕损坏了土中所埋之物,开始用手刨土,一具男童的尸身逐渐显露出来,不过却因脸朝下而难以辨认身份。

张酒糟紧跑两步,蹲在地上,与那几个士卒合力将那具尸身反转过来,用微微颤抖的双手抹去尸体脸上的泥土,他眼中的泪水不禁夺眶而出!

张酒糟抱起那具尸身，仰天长啸道："虎子，为父一定会为你报仇！李昞，皆因你百般庇佑那恶鬼，我儿才丢了性命，我张酒糟这便与那恶鬼拼了！"

张酒糟放下尸身，号啕大哭之声戛然而止，犹如猎豹般凶猛地扑向李澄，咒骂道："还我儿子！还我儿子！你这个害人性命的吸血鬼，去死吧！"

见张酒糟来势汹汹，芷兰忙将自己娇躯横在澄儿身前，但势大力猛的张酒糟却将她一把推开，芷兰被重重地推倒在地。

李昞的手再度伸向落兵台上的长刀，但元赞却走到他的近前，劝阻道："李司马，你出身名门，切勿因一念之差而自毁清誉、自断前程啊！"

李昞几度握紧长刀刀柄，却又几度松开，他知道一旦挥舞起这把不知沾染了多少鲜血的长刀，那些人的命运和他自己的命运都将会被彻底改变！

此时张酒糟已然将澄儿扑倒在地，挥舞着拳头疯狂地向着澄儿打去，在场的那些将领们纷纷围拢过去，疯狂地围殴着幼小的澄儿。

芷兰拼命向外拉扯着那些人，但她一介弱女子又怎会是那些身材魁梧的将领们的对手，她一次次被推倒，又一次次重新站了起来。

殴打澄儿的那群人如同一道密不透风的人墙横亘在芷兰面前，将她与澄儿无情地阻隔开来。

眼见澄儿性命堪忧，芷兰冲着李昞大声哭喊道："夫君，你还愣着干什么？快去救澄儿！快去救澄儿啊！"

李昞这才如梦初醒般放下长刀，向着澄儿奔去，想要徒手拉开那些将澄儿团团围住的将校们，但拉开一个，便又会有另一个横在他的面前。

见现场顿时乱作一团,元赞高声喝道:"弓弩手准备,放箭!放箭!"

几十支弩箭带着呼啸的风声从众人头顶飞过,见元赞要动真格的了,那些围殴澄儿的将校们只得停了手。

芷兰趁机从人群的缝隙之中钻了进去,但澄儿早已倒在一片血泊之中。

芷兰忙将澄儿抱在怀中,高声呼喊着澄儿的名字,但澄儿的头却无力地向下耷拉着,手无力地向下垂着,眼皮遮住了他那双清澈中透着惊恐的眼睛。

面对那群蓄意殴杀澄儿的将校,元赞大声呵斥道:"你等简直是胆大妄为!胆敢当着本官的面行凶杀人,来人呐,将这群目无律法的凶徒统统缉拿回衙,从严治罪!"

张酒糟冷冷道:"刺史大人,那是鬼,并非是人!我等是在为民除害,否则还不知会有多少孩童被那恶鬼所害!"

芷兰轻轻放下已然咽气的澄儿,如同疯了一般挥舞着拳头向着张酒糟打去,边打边喊:"你这个畜生!还我澄儿!还我澄儿!"

张酒糟尽管皮糙肉厚,却依旧被愤怒的芷兰打得生疼,咬着牙道:"你若再敢撒泼,恕在下不恭了!"

元赞高声断喝:"住手!统统住手!"

李昞忙走过去,紧紧抱住因痛失爱子而变得近乎疯狂的芷兰。芷兰用尽全身力气想要挣脱,却终究逃不脱李昞如同铁钳般孔武有力的双臂。

李昞哭着劝道:"芷兰,冷静!冷静!你先冷静一下!"

芷兰渐渐停止了无谓的挣扎，怒视着丈夫："澄儿是奴家十月怀胎生下来的，居然在我们眼皮子底下被这群闯入家中的歹人活活害死，你叫奴家如何能冷静？"

芷兰声嘶力竭的吼声传向遥远的天际，一阵狂风吹来，树枝上几点积雪掉落下来。

元赞面露悲容，柔声细语地安慰道："丧子之痛，人皆知之，但一味厮打又有何用？还请李夫人相信本官定会秉公而断，还令公子一个公道！"

望着张酒糟等人，元赞恶狠狠地说："来人呐，将这群行凶之人统统押入大牢！"

张酒糟的脸上却毫无惧色，反而露出不屑的神情，高声叫嚣道："刺史大人，如若说杀人偿命，我儿虎子的命又该谁来偿？是李昞，还是独孤芷兰？"

调任原州刺史后，喜怒不形于色的元赞在僚属面前一向颇有官威，可面对张酒糟赤裸裸的诘问，他在气势上竟有些落了下风。

见元赞沉默不语，张酒糟不依不饶道："刺史大人，难道就因他李昞出身名门，身居要职，您就如此肆无忌惮地回护于他吗？"

众人纷纷附和道："对呀！刺史大人，今夜虎子的尸身被寻见，我等失踪不见的孩儿恐怕也已凶多吉少了。这一笔笔血债又该谁来偿？"

"诸位少安毋躁！李司马的为人想必你们应该都很是清楚，本刺史坚信他绝不会干出作奸犯科之事，况且李司马近来公务缠身也无暇他顾，不过……"元赞望着李昞，用商量的口吻低声道，"如今众怒难犯啊！李夫人与使女能否先随本官一同回衙，将今夜之事解释清楚后，本官再送其回府，不知司马意下如何？"

在众目睽睽之下，李眗即便有心袒护爱妻，也是难以启齿，只得点头道："一切听凭刺史大人决断！"

"好，李司马果然是豁达之人！"元赞话锋一转道，"李司马刚刚痛失爱子，必然是悲伤不已，这几日暂且在家中休养，莫要再被公事所累！待虎子之死的真相彻底查明之后，本官自会还你与李夫人一个公道，州内军务暂且交由属吏代为处置为好！"

李眗自然能够听出元赞话中的弦外之音，他已然被停职了。随即有些不情愿地从腰间解下虎符，递给了元赞。

五六个兵士拥上前，七手八脚地将张酒糟捆得结结实实，但张酒糟的脸上却露出得意之色。

第四章
寒声一夜传刁斗

杀机

　　监牢中，只有一个巴掌大的小窗勉强透过些许光亮，四周湿滑的石壁上长满了绿绿的苔藓，地上铺着一层厚厚的柴草。监牢外的甬道上有几盏昏黄不定的油灯，无论是白天，还是黑夜，皆透着一股令人压抑到窒息的阴暗之气。

　　一阵阵霉变腐烂的气味向着芷兰袭来。芷兰感觉腹中阵阵翻江倒海，忙用手捂着口鼻，过了许久才渐渐适应了一些。

　　芷兰神情呆滞地坐在草垫子上，还没有从失去澄儿的巨大痛苦之中挣脱出来，头也不梳，脸也不洗，面色焦黄，眼眶通红。

　　"为澄儿报仇！为澄儿报仇！"心底深处这个最强烈的声音迫使她渐渐冷静下来，思索着近日来所遭遇的一系列诡异之事，隐隐觉得自己面对的将是一个凶险异常的杀局，却始终猜不透幕后做局之人究竟意欲何为！

　　做局之人定然与他们夫妇有着血海深仇，可这四年来，她只是一个不问世事,整日专注于相夫教子的普通女子,又素来与人和善,待人宽厚,又能得罪何人呢?难道这一切皆因李昞而起?行伍出身的李昞虽胸藏韬略,却生性耿直,快人快语,难免会得罪些人。

"开饭喽!"狱卒刘牢之慢慢打开牢门,提着食盒走进监牢之中。

不知从何处吹来一阵阴风,甬道上油灯的火苗剧烈地跳动着,牢房内的光影随之变得摇摆不定。

刘牢之端出一碟炒油菜和一碗糙米饭搋在草席之上,冷冷道:"吃吧!否则怕是撑不了多久喽!"

早已饥肠辘辘的芷兰乖乖地低头吃起了牢饭,但眼角的余光却透过霉变的木栅栏扫向渐渐远去的刘牢之。

芷兰愈发觉得此人举止甚是可疑。他刚刚说话时嘴角向下撇,还不由自主地摸了摸自己的脖子,下意识地瞅向放在地上的饭菜,难道这饭菜之中有问题?

想到此处,芷兰心中不免一惊,忙悄悄取下头上的银簪,插入饭菜之中然后再抽出来,果然发现银簪上呈现出淡淡的黑色。

如今身在狱中,自然也就无法用皂角水反复擦拭银簪,无法断定银簪上的点点黑斑究竟是否是毒物留下的。

芷兰夹起一根炒油菜,轻轻咬下一截儿,放在嘴里尝了尝,有一种淡淡的苦杏仁儿味传来,那是一种似曾相识的味道,是……是砒霜的味道!

她曾从外公那里学得尝毒之法。她外公不仅懂得仵作之术,还懂得痕迹之学、审判之技,曾破获过不计其数的大案奇案,被当地百姓誉为"铁面判官",不过终其一生却只是个小吏,一辈子也未能如愿"入流"成为一个九品官。

族中子侄要么习武从军，要么寒窗苦读，再也没人似他这般钻研断案之术。随着年岁越来越大，外公渐渐感到有些力不从心，最为心忧的便是四十年来积累的勘验之法面临着失传的危险！

就在外公苦恼之际，年幼的芷兰却总是吵着闹着要学这勘验之法。起初外公竭力反对，觉得一个小姑娘学这些实在不妥，却又拗不过，便透过一个个曲折离奇的案子将他这些年的勘验心得说与她听。

没想到外公口中那些光怪陆离的案子居然勾起了芷兰对勘验之法的极大兴趣，这一行虽卑微，却事关人的生死，明者可以让行凶者认罪伏法，昏者却会让无辜者冤死狱中！

天资聪颖的芷兰凭借外公的口传心授居然慢慢入了门，渐渐掌握了这一行的真谛，还协助外公将四十余年来所学、所思、所悟的勘验之法写成《无冤集录》，希望这世间再无冤情！

芷兰证实饭菜中有毒之后，额头上渗出了一层密密麻麻的细汗，真切地感受到自己已然命悬一线！

她背对着牢门，缓缓端起了饭碗，貌似若无其事地吃着，却不时用余光偷看着藏在甬道转弯处阴影之中的刘牢之。其实她一口也未吃而是偷偷将饭菜塞进地上所铺的柴草之下，这个隐秘动作骗过了监牢外那道阴冷的目光。

约莫过了一炷香的时间，刘牢之回来了，望着碗碟中的残羹冷炙，脸上露出了如释重负般的轻松，迅速收拾完便转身离去了。

芷兰的脸上依旧平静如水，但心中却是一片焦灼。她虽侥幸逃过此劫，却瞒不了多久，躲过了这一劫，却很难躲过下一劫。

她推算出此毒发作应在一个时辰之后，一旦到了那时，她恐怕便再也瞒不住了，也躲不了了！

如今唯一能救她的人恐怕只有夫君李昞，可她又无法与其取得联系，身陷囹圄的她已然到了走投无路的地步！

随着时间一点一滴地逝去，芷兰也变得愈发焦躁，再也坐不住了，在监牢中烦躁地踱着步。

澄儿被众人殴杀时，万念俱灰的芷兰也曾想过要陪澄儿一起赴死，但她后来却渐渐冷静下来，只有活着才能揪出幕后主使，才能为无辜惨死的澄儿报仇！

芷兰虽然想继续活下去，但她绞尽脑汁也想不出如何偷生，或许死在此处便是她此生的宿命！

"李夫人！李夫人！是我！"一个轻柔的声音传入芷兰的耳中。

芷兰忙循声望去，端详许久才道："是你！你怎会在这里？难道是……"

惊澜

漆黑一片的夜空犹如深不见底的墨池，犹如玉盘般的皎月镶嵌在墨池之中，周遭点缀着几颗忽明忽暗的寒星。点点雪花飘落在那株干枯的大槐树之上，发出沙沙的响声。

芷兰和小枝一直都未被释放，家中一时间无人打理，一夜之间，曾经温馨的小院便变得极为冷清。

李昞独自一人坐在家中喝着闷酒。一阵清脆的敲门声传来，他忙去打开院门，见居然是自己的老部下刘济世！

刘济世与李昞年纪相仿，一起从军，一起任伍长，一起任什长，一起任幢主，可刘济世至今仍是胜捷军中正三命的幢主，李昞却一路升迁到胜捷军统军、州司马。

北周共有二十四军，边陲重镇原州周边驻扎有胜捷、定安、建威三军。在这三军之中，最为彪悍的当属胜捷军，拥有五千之众，胜捷军统帅称为统军，乃是正五命（相当于正五品）武职；其他两军皆不足三千人，统帅称为军主，乃是四命（相当于从六品）武职。李昞升任原州司马后协助刺史控御原州诸军，不过却仍旧兼任胜捷军统军之职。

刘济世的脸上密密麻麻地长满了粉刺和麻子，坑坑洼洼，鹰钩鼻，四白眼，尖嘴猴腮，须发稀少。他虽出身卑微，其貌不扬，却也怀有大志向，觉得人生就如同沙场，只要不顾性命去搏杀，总会杀出一番属于自己的新天地，不过他却渐渐发觉这乱世犹如一个深不见底的泥潭，即便拼尽全力也无济于事，反而会越陷越深。

就在他牢骚满腹之际，有人却找到了他，说他此生的转机就在眼前，他也表示哪怕是功败身死也不后悔，好歹此生也算是酣畅淋漓地搏了一场！

李昞生性豪爽且又体恤下属，在军中威望甚高，可近来巷内孩童接二连三地失踪，他的儿子李澄是厉鬼附身的传闻又在城中传得沸沸扬扬，他在部属心中的形象自然是一落千丈！

李昞麾下那些部曲见到他之后虽然在表面上还算恭顺，却总是在他的背后指指点点，说三道四。

在这个寒冷的冬夜里，他正愁没有对饮之人，见刘济世来看望自己，心头顿觉暖暖的，赶忙热络地将他让到屋内。

行伍之人在一起饮酒时常常顾不上那许多礼数，李昞将两张长条食案并在一起，围着食案而坐。

两人坐定后，刘济世面露忧色，关切地问："嫂嫂和令郎的事，属下已然听说了……"

有些微醺的李昞摆摆手道："今日休要再提那些伤心之事，你我二人只管饮酒！"

李昞抱起酒坛，倒了一大碗酒，递给刘济世。

"好！今日兄弟我陪李司马一醉方休！"刘济世忙接过酒碗，一饮而尽道，"好酒！此酒莫不是'昆仑觞'？"

李昞吃了一口菜道："正是！"

"'昆仑觞'乃是用黄河源头之水酿造而成，就连前魏皇帝都很是迷恋此酒！"

李昞摆摆手道："我这个粗人不知那许多典故，只知这佳酿就该配英雄！"

刘济世也拿出一壶酒，放在几案之上，介绍道："在下也为李司马带来了一壶好酒，此乃河东刘家所酿'鹤觞'，甘甜芳香，京城之中的显贵们每次出京都会不远千里采买此酒。"

"休要再啰唆，此酒如何，品尝一下不就知晓了！"李昞自顾自地倒了一碗，一饮而尽后有些含混不清道，"好酒，果然是难得一见的好酒！多谢老弟拿出这压箱底的佳酿与我李某人分享。"

"李司马与末将乃是相交多年的生死兄弟，如今你的家中突遭变故，兄弟我岂能坐视不管？"刘济世随即话锋一转道，"如今兄弟我已然接手北门城防，如若李司马有用得到兄弟我的地方，定当肝脑涂地，在所不辞，也不枉你我兄弟一场！"

李昞用力拍拍他的肩膀，感激道："世人皆言患难见真情，经此一劫，我才发觉何人才是我李某人真正的兄弟！"

刚刚送走刘济世，门外又传来一阵敲门声。

醉醺醺的李昞忙去开门，以为是刘济世遗落下什么东西，可院门外却站着一个素未谋面的小厮。

李昞打了一个酒嗝，不悦地问："你是何人啊？为何叩打我家院门？"

那个小厮并未立即回答，而是看了看身后，又环视了一下四周，见没人盯梢，忙从怀中取出一张莹白的蚕茧纸递给李昞，上面写着四个俊秀的字："夫君救我！"

蚕茧纸上那秀丽婉约的字迹，李昞再熟悉不过了，顿时便醒了大半，忙将小厮让到院内，关好院门后迫不及待地问："我家娘子如何了？"

"李夫人如今命悬一线，随时都可能会性命不保！"

李昞双手攥拳，心胆俱裂，铿锵有力地说："如今儿子没了，我绝不能再失去娘子！到底是谁要害她性命？"

"谋害李夫人之人恐怕大有来头！还请李司马务必要听从家主安排，否则你们夫妇怕是凶多吉少了！"

偷生

一弯残月透过狭小的窗子洒在监牢内，芷兰仰面躺在草席上，面色铁青，四肢冰冷，嘴边还有一大片呕吐物。

刘牢之悄悄打开牢门上的锁，蹑手蹑脚地走进监牢，将手放在芷兰的鼻畔探了探，发觉芷兰此时已然没了气息。

他忙将牢门锁好，跑向监牢前面的衙署，原州狱掌囚中士胡大海、掌囚下士焦阿蛮闻讯后急匆匆地赶来。

胡大海是个五十来岁的长者，须发皆白，烛光映在他沟壑纵横的老脸之上，愈加显得老气横秋。

胡大海跺着脚抱怨道："真是晦气！居然摊上此等事，李夫人就这么不明不白地死了，老夫如何向李司马交代啊？"

焦阿蛮三十多岁，眼窝深陷，腮骨横突，颧骨塌陷，阴阳怪气道："大人，独孤芷兰乃是死于疫病，与您又有何干？"

胡大海苦着脸说："她进来时还好端端的，方才一夜就殁了！李司马如何能信？如何能善罢甘休？"

焦阿蛮咬着牙道："李昞不过是有勇无谋的一介武夫，靠着出身名门才坐到原州司马的位子，原本就不足惧，你怕他作甚！况且只要你我联手，由不得他不信！"

胡大海无奈地说："老夫奉劝你还是好自为之！你做了什么，将要做什么，老夫一概不知道，也不想知道！"

话音未落，胡大海步履蹒跚地走出了监牢，走到拐角处发出一声长长的叹息。

焦阿蛮朝地上狠狠啐了一口，低声骂道："这个老东西真他妈的没用，遇见事就知道躲！"随即转过身对狱吏刘牢之道，"将她从死囚洞拖出去，随便找个地方埋了！不管谁问起来就一口咬定她是得疫病死的，为了不使得疫病在狱中蔓延，只得寻个偏僻处将其掩埋！"

刘牢之点头哈腰道："小的明白！"

焦阿蛮亲切地拍了拍他的肩头道："事成之后，本官绝不会亏待于你！"

夜色笼罩下的原州狱显得一片肃杀，几个鬼鬼祟祟的身影在狱神庙附近忙碌着。

每座狱中皆设有狱神庙，原州狱也不例外，狱神庙左下方墙根处有个死囚洞，如果犯人在狱中暴毙，不能从大门抬出去，只能从死囚洞中拖出去。

刘牢之呵斥道："快，快点儿！没吃饭啊！"

两个小牢子艰难地将独孤芷兰抬至洞口，重重地扔在地上。

其中一个小牢子一边抹着额头上不断淌下来的汗一边气喘吁吁地骂道："真没想到一个瘦弱的小女子抬起来竟会如此沉，老子的胳膊都快累断了！"

另一个小牢子说："听老人说，这是鬼压身！一个人不管生前多么轻，死后都是死沉死沉的……"

还未等他说完，刘牢之的巴掌就重重地扇在那个小牢子的脸上，骂道："小小年纪不学好，净说些不着边际的浑话，哪有什么鬼压身？"

那个小牢子心中虽满是愤懑，却也不敢顶撞上司，只得和另一个小牢子合力将芷兰从死囚洞中向外推，此时墙外还有两个小牢子用力向外拖拽，四个人一起用力才将芷兰拖到墙外。

墙外那两个小牢子刚想要歇口气便听到一阵马蹄声和銮铃声，在这个寂静的夜里显得格外清脆！

墙外那两个小牢子忙循着声响望去，只见一匹高头大马疾驰而来，马上端坐的正是李昞，他怒目圆睁，杀气腾腾，挥舞着手中长刀，手起刀落，红光崩现，那两个小牢子倒在一片血泊之中。

李昞将长刀挂在马鞍下的得胜勾上，左手紧紧攥住缰绳，左脚踩在马镫上，右脚腾空，右手用力伸向地面，一把揪住芷兰衣襟，用力将她拽了起来，横放在马背上，这一系列行云流水般的动作在电光石火间便完成了!

李昹疾驰向暗夜深处,可刚刚转过街角便发现前方一片火光。只听到整齐划一的"噔噔"声,那是坚硬的军靴踩在青石板上发出来的声响。

那弯残月终于挣脱了乌云的束缚,如水的月光洒在李昹坚毅的脸上。他本想拨转马头向身后奔去,但身后也响起了阵阵急促的马蹄声。

李昹索性勒住马,注视着那些向他杀来的士卒。那些人一手举着亮灿灿的火把,一手拿着明晃晃的刀枪,透着一股子凛冽的杀气。

"既然如此,索性就拼它个鱼死网破!"李昹咬牙道,从得胜勾上取下那柄长刀,两腿一夹马腹,奋力向前杀了过去。

伴随着兵刃碰撞之声,殷红的鲜血在青石板上肆意流淌着……

缉捕

天色还是那般阴沉沉,灰蒙蒙。

原州司录王轨府邸内的一处卧房之中,王轨将解药给昏迷不醒的芷兰服下,约莫过了一盏茶的工夫,芷兰渐渐苏醒过来。

芷兰揉揉惺忪的双眼,发现站在床边的居然是夫君李昹,还有王轨,疑惑地问:"我这是在何处?"

自从好友赵志平死后,芷兰便与王轨不欢而散,五年来都未曾再相见。

望着芷兰,虽不似初识时那般清秀,但独特的气质依旧如秋水之潋滟,幽兰之芳馥,王轨百感交集道:"李夫人莫要惊怕!此乃在下府上！李夫人服下还魂丹后假死之状骗过了那些歹人。在下刚刚为你服下解药，此时你的身体还甚为虚弱，切勿下床走动！"

李昞用手捶打着床头道："我李昞做事历来光明磊落，从不干那些害人的勾当，也从未亏待过手下那帮兄弟！到底是谁害得我家破人亡？"

王轨道："此中缘由想必甚为复杂！李司马昨夜一场鏖战耗费了许多气力，李夫人刚刚经此一劫，身子骨也甚为虚乏。二位还是暂且在敝府好生歇息几日，他们一时还查不到此处来！"

恰在此时，王轨的贴身亲随边文急急火火跑进屋，还未及行礼便喊道："阿郎，大事不好了！门外官军要闯进府里来搜查！"

"莫慌，莫慌！你速速带李司马和李夫人去暗道之中暂避一时，我前去会会他们！"王轨吩咐完，转而对李昞和芷兰道，"只怕是要暂且委屈二位了！"

李昞感激道："王司录，其实是我们夫妇二人连累你了！"

芷兰有些艰难地坐起来道："大恩不言谢，日后若有机会定会报答恩公！"

"李夫人此话可就太过见外了！在下虽与李司马交往并不多，但与李夫人却曾是生死之交！区区小事，何足挂齿，在下去去便回！"

王轨急匆匆来到府门口，见为首的是原州长史李基，忙拱手施礼，话语中却带着一种不屑，道："这天色尚早，良宵难得，李长史寂寞难眠，可在下却睡得正香，有失远迎啊！"

虽说昔日的"一根筋"王轨不再是当初那个愤世嫉俗的小仵作了，但心中若有不爽，依旧不吐不快！

李基自然知道王轨话中有话。他成为宇文泰的女婿，不知收获了多少人艳羡的目光，却只有他自己知道这其中的苦涩！

宇文承梅丝毫没有继承母亲的秀丽，反而如父亲那般黝黑，那般粗壮，不仅长得像她的父亲，行事也颇似她的父亲，作风硬朗，做事强悍。

两人同出同进，同食同眠，但两颗心却始终难以亲近，尤其是他的儿子瑶儿惨死之后，夫妻二人更是形同路人。

李基虽心生不悦，却也不好发作，勉强笑笑说："本长史也是例行公事，奉命搜寻逃脱的嫌犯，还望王司录能够行个方便！"

王轨不阴不阳道："那是自然！长史大人亲自前来，敝府真是蓬荜生辉啊！只是在下这宅子稍稍大了些，怕是要劳烦长史大人好好地搜一搜了！"

李基咬着牙道："不碍事！为朝廷做事，还怕劳费些筋骨吗？"

王轨笑着挑衅道："若是长史大人要找的人果真藏在我这宅子里，不知是幸事，还是不幸？李司马手中那口长刀，在下想想都有些后怕！"

李基盯着王轨看了好一阵子，咬着牙道："怕死的人往往死得最快！"

李基挥挥手，上百名士卒一拥而进，在府内各处搜寻着。

大约过了一炷香的工夫，四下搜索的士卒相继跑到李基面前回禀并未发现可疑人等。李基的脸上勉强挤出几丝微笑，道："天不亮便来叨扰，还望王司录见谅！"

王轨一直悬着的心终于落了下来，继续冷嘲热讽道："您是上官，我是下属，何谈见谅呢？这落了难的凤凰不如鸡，如今谁还把我这么个小小的司录放在眼中呢?"

李基自然听出了弦外之音,随即回击道:"王司录莫要妄自菲薄!您曾是天子身边近臣,不过是因一时失势而谪居边地,迟早是要重返朝廷的!"

目送着李基带人离去,王轨来到堂屋之中坐下,随即便陷入了沉思。

李基因受到哥哥李植的牵连而被免官,从此便赋闲在家,虽然后来又被朝廷起用,却从刺史降为长史。李基赴任后无心政事,不修边幅,浑浑噩噩度日,还嗜酒如命,常常喝得烂醉如泥,可自从元赞调任原州刺史后,李基却好似换了一个人,不再似之前那般消沉了。

他始终不解李基唯元赞马首是瞻究竟图些什么,如今西魏已然被北周所取代,元赞广平王的爵位也已被削去,降为广平郡公。虽说两人地位有高下之别,长史要受刺史节制,但出身世家大族的李基大可不必如此恬不知耻地去巴结元赞。

难道元赞绝非一介刺史那么简单,有着非同寻常的能量?难道他就是自己苦苦寻觅的……

恰在此时,亲随边文领着李昞和芷兰走进了屋内。

李昞高声道:"如今我们夫妇继续留在这原州城中甚是危险,况且我们也不想再连累于你,我想带芷兰速速出城去,一刻也不想再耽误了!"

王轨惊道:"如今四处皆是围捕你们的兵士,你们又如何能出得了城呢?"

李昞自信满满道:"负责北门城防的刘济世乃是在下的生死兄弟,他曾对在下言讲,如若遇到紧急之事,尽管可以去寻他。"

王轨凝视着李昞,冷冷地反问道:"刘济世?刘济世?李司马果真了解此人吗?"

苦果

巍峨的城墙隐在浓重的黑暗中,在凛冽的寒风下格外寂寥。

刘济世挥舞着手中马鞭,骑着马顺着马道向上行进着。

这条马道由青砖铺砌而成,不过采用的是陡砖砌法,利用砖的棱面形成一个个涩脚,马匹可以踩着这些涩脚行至城墙之上。

北门正上方的跺口前站着七八个城防营的士卒,本已困得昏昏欲睡,见刘济世来了,忙打起精神,小跑着迎了过去。

刘济世从马上跳下来,将坐骑交给其中一人,站在垛口前望着漆黑一片的城下。

一阵急促的马蹄声传来,在这个寂静的夜里格外清脆,刘济世赶忙循声望去,但眼前却是漆黑一片。

虽然马蹄声越来越近了,但刘济世却始终看不清马上之人的容貌,只能依稀认出那似乎是一匹黄骠马,应该就是李昞的坐骑!

刘济世高声喊道:"刺史大人有令,李昞犯上作乱,蓄意劫牢,见者格杀勿论。弓弩手,准备!"

城墙上顿时发出阵阵弓弦绞紧的声响,弓弩手随时准备扣动弩机,松动弓弦。

就在这千钧一发之际,刘济世却猛地发现马上之人并不似李昞那般魁梧,身形似乎更为娇小,他还隐约听到了呜咽之声,暗叫:"不好!"

还未等刘济世下令,一个弩兵紧扣着悬刀的食指却不知为何突然松了一下,一支弩箭带着急促的风声射了出去,紧接着无数支弩箭、弓箭呼啸而出。

策马疾驰之人惨叫一声便摔落在地上。

刘济世对身旁的弓弩兵高声呵斥道:"停下!停下!统统停下!"

刘济世边呼喊边飞快地从城墙上向下跑去,顾不上自己可能会被流矢所伤,飞奔向漆黑一片的前方。

那匹马倒在地上,痛苦地呻吟着,摔倒的黄骠马旁是一个妇人和一个孩童,他们的身上密密麻麻插满了弩箭,如同两只奄奄一息的刺猬。

刘济世蹲在地上,发现居然是自己的妻儿,他们的手被麻绳反绑着,口中还被塞进了一大团破布,一大片殷红的鲜血在他的眼前氤氲开来。

刘济世抱起倒在血泊中的儿子,大声地呼唤着儿子的名字,但儿子的眼睛却始终都不曾睁开,身子也变得越来越僵硬。

妻子翠芬的身子微微动了一下。刘济世忙将塞在妻子口中的那团破布取了出来,哽咽道:"翠芬,没事的,没事的,我来救你们了!是我连累了你们!是我连累了你们!"

翠芬想要对夫君说些什么,嘴唇虽在不停地蠕动着,却只发出"呜呜"的声响,鲜血从她的嘴里不停地向外流着,她缓缓地闭上了双眼。

刘济世抱着渐渐变得冰冷的妻子,高声咒骂道:"李昞!此仇不报,誓不为人!"

挂念

夜已深了,心事重重的宇文邕却不知为何久久难以入眠,总有一种不祥之感萦绕在心头。

宦官何泉在殿外小心翼翼道:"陛下可曾睡下了?"

何泉的声音很小,但在敏感的宇文邕听来却犹如雷霆万钧,如若不是军国重事,一向谨小慎微的何泉万万不敢在深夜前来打扰他就寝,定然是出大事了!

宇文邕使了一个"鲤鱼打挺",猛地从榻上坐了起来,手指不自觉地触碰到了悬挂在帷帐内侧隐蔽处的那把锋利的佩剑。此剑挂在帐内名为辟邪,实则是为了防身,自从他住进这阴森的皇宫之中,便始终有一种朝不保夕之感。

"陛下可曾睡下了?"何泉的声音再度传来,话语中听不出慌乱,也听不出惶恐。

宇文邕依旧没有回应,警觉地倾听着殿外的声响,除了呼啸的风声,并未听到什么异样的声响,厉声问道:"何事?"

"齐国公有要事求见陛下!"

宇文邕踌躇半晌才道:"宣齐国公进殿!"

何泉缓缓地推开殿门,一阵刺骨的寒风向只穿了一件白色单衣的宇文邕猛地袭来,他的身子不由自主地一抖。

宇文宪紧走两步,跨进殿内,殿外的何泉忙将殿门轻轻地关上。

宇文宪顾不上参拜便将一份加急奏报递给宇文邕道:"这是天官府刚刚收到的原州送来的紧急奏报!"

宇文邕借着昏黄的灯光读着奏报,眉毛不自觉地拧在了一起。

宇文宪问道："臣弟之所以深夜前来叨扰陛下是不知该如何处置此事。"

凝视着宇文宪，宇文邕内心深处掀起了巨大波澜。他一时间猜不透宇文宪此举的真实用意，究竟是在投鼠忌器，还是在投石问路？

既然他一时间猜不透，索性便公事公办，以免授人以柄！

宇文邕忙掩住内心中不安，吩咐道："此等小事何需向朕奏报？有司依律行事即可！"

宇文宪闻听此言愣在了原地，任凭烛火在他的脸上不停地跳跃着。他细细品味着宇文邕刚刚所说的"依律行事"这四个字，显得冰冷而又刺耳！

惜字如金的宇文邕本想就此适可而止，却见宇文宪脸上露出错愕的神情，忙开口道："念及李家曾为我大周立下赫赫功勋，行事谨慎些自然是好的，但也大可不必畏首畏尾，如若他果真触犯刑律，切勿姑息纵容！"

宇文邕居然只字未提独孤芷兰，宇文宪随即便明白了什么，心头不禁涌起阵阵失落和沮丧。

如今的宇文邕再也不是当初那个对他知无不言，言无不尽的四哥了。两人之间不知何时已经心生芥蒂，这芥蒂就如同墙头上的草，烧不尽，也割不完！

宇文宪施礼道："臣弟明白该如何做了！深夜惊扰皇兄就寝，还望皇兄恕罪！"

宇文邕故作轻松道："五弟何出此言？你终日操劳国事，其情可嘉，何罪之有？这天下臣工若是皆如你这般勤勉为国，朕也就高枕无忧了，不过你也要懂得爱惜自己的身子骨，还是早些回府休息吧！"

宇文宪说了一声"诺"便缓缓地退下，空旷的大殿之中再度变得寂静无声。

心事重重的宇文邕躺在眠床上睡意全无。他虽在宇文宪面前装作若无其事，却一刻都不曾放下过芷兰。

如今芷兰先是丧子，后又入狱，虽然他还不知晓芷兰近来为何会噩运连连，却隐约猜出这似乎与他有关！

或许因为芷兰的缘故，宇文邕原本对李昞并无好感，可如今看来他倒不失为一条有情有义的汉子，居然会为了芷兰前去劫狱，只是不知芷兰是否已经安然脱险。

在这个寒冷的冬夜里，那些过往顿时涌上心头，还有两人最为刻骨铭心的缠绵一夜！

那时的他们皆是情窦初开，都还带有几分羞涩。两人因在一起查办案件而彼此相识、相知、相爱，他认定她就是此生要找的女子，而芷兰也决意与他携手一生。

那夜，凝望着芷兰，宇文邕含情脉脉道："只要你钟意于我，我定然不会负你！"

芷兰躺在他的怀中，娇滴滴道："你若不离不弃，芷兰定当生死相依！"

宇文邕紧紧抱着她，肆意亲吻她。

芷兰起初还有些娇羞，还有些抗拒，但很快就融化在宇文邕的柔情之中。

宇文邕轻轻褪去芷兰的衣衫，她如花之美，如雪之白，他用自己修长俊美的手指勾起她的一抹秀发，轻轻地嗅着，一股沁人心脾的清香迅速弥漫开来……

可惜他最终还是负了她,宇文邕流着泪吟诵道:"凄凄复凄凄,嫁娶不须啼。愿得一心人,白头不相离。竹竿何袅袅,鱼尾何簁簁!男儿重意气,何用钱刀为!"

自此之后,宇文邕与芷兰便再也未曾相见,这也成为他心中难以示人的痛。

他登基后带进这皇宫之中的唯一一样东西就是并蒂莲纹绢枕,那晚芷兰便是躺在这个枕上将自己的第一次给了他。

虽然美人已然离去,但这个枕上却似乎还残留着她的香气,虽然她已嫁为人妇,成为人母,但只要此枕还在,宇文邕便仿佛觉得她从未离开过。

思绪万千中,宇文邕忽地坐起来,并没有掌灯,身上只穿着那件单衣,脚上只着毡袜,在漆黑一片的大殿内焦急地踱着步,从这头走到那头,又从那头走到这头,一刻也不敢停下。

天边微微泛白,殿外传来宦官何泉的声音:"陛下,奴才有要事要向您回禀。"

宇文邕一直都在焦急地等待着来自原州的消息,高声道:"进来吧!"

何泉从殿外走进来,轻轻将殿门关上,低声道:"原州方面刚刚传来消息,独孤姑娘安然无恙,还望陛下不要太过挂牵!"

宇文邕那颗悬着的心终于落了下来,却不由自主地接连打了好几个喷嚏。

何泉忙将一件棉袍披在他的身上,劝道:"陛下可要保重龙体啊!"

一夜无眠的宇文邕此时才觉得身子实在是疲乏至极,揉着有些微微发胀的太阳穴吩咐道:"你先退下吧!今早暂不议事了!朕要小憩一会儿!"

何泉并未立即离开而是低声道:"奴才还得到密报,贺兰祥近来恐有异动!"

宇文邕意味深长道:"他终于动起来了,只有他坐不住了,我们才会有胜算!"

何泉虽不知晓宇文邕究竟在谋划什么,但他却愈加真切地感受到宇文邕怕是在玩火,弄不好便会引火烧身!

望着为自己担忧的何泉,宇文邕拍拍他的肩膀,掷地有声道:"知者不惑,仁者不忧,勇者不惧!"

出路

暖暖的阳光将昨晚原州城内的血腥一扫而光。

凝视着房内的雕梁画栋,李昞叹道:"去年听闻王司录被控贪赃,在下起初还不信,觉得您不似是贪恋钱财之人,如今看到您这座奢华大宅却令在下不得不信!"

王轨却不以为意,笑笑道:"世间之事的诡谲便在于眼见的未必是真实的。"

芷兰见状忙道:"王司录这般凛然正气之人岂会贪赃枉法?夫君莫要忘了,若不是王司录昨夜仗义搭救,芷兰或许已然遭了不测;要不是王司录冒险收留你我,我们还不知要躲藏在何处;要不是王司录认清了刘济世阴险狡诈的本来面目,你我或许早就惨遭毒手了!"

说到此处芷兰突然停了下来,猛然间意识到了什么。

刘济世追随李昞多年,王轨来原州任职才不过一年的光景,而且他一直都是文职,与武将出身的刘济世似乎并无多少交集,可王轨却似乎比李昞还要了解刘济世。

看来王轨来原州并非仅仅是因贪赃被贬官那么简单,这其中或许还藏着什么不为人知的大秘密。

王轨从芷兰疑惑的眼神中解读出了她内心所想,忙掩饰道:"区区小事,何足挂齿!不过是碰巧遇上罢了!"

看了看陷入沉思的芷兰,王轨忙转换话题对李昞道:"你那招调包之计虽说未免狠辣了些,却也是那刘济世咎由自取!"

闻听此言,李昞依旧气呼呼道:"刘济世这个逆贼!我一直待他如兄弟,孰料他竟蓄意陷害于我!我李昞这辈子最痛恨背叛,恨不得手刃了这个逆贼!"

芷兰想到刘济世的妻儿因他们而丧了命,心头不免掠过一阵悲伤,不禁又想起了惨死的澄儿,劝道:"冤冤相报何时了!他那无辜的妻儿已然因此而丧了命,难道夫君还不解气吗?"

"李夫人果然是菩萨心肠!"王轨意味深长道,"不过有一个问题始终令在下百思不得其解!既然李司马素来与这刘济世无冤无仇,他为何要处心积虑地谋害你们呢?"

李昞的拳头狠狠砸向面前的几案,道:"这个我怎会知晓?我李昞一向光明磊落,从不害人,也从不欺人,谁知如今却遭此大难,真不知这苍天究竟是否长眼,那帮蓄意谋害我们的逆贼,如若让老子再遇到他们,定然要剖开他们的肚子,看看他们的心究竟是红的,还是黑的!"

王轨细细品味着李昞的话,沉默良久才道:"如若蓄意陷害你们的那些人并非出于私人恩怨，那么此事恐怕便耐人寻味了！在下倒有一个大胆的猜想，李司马和李夫人怕是已然陷入一个足以令你们粉身碎骨的大阴谋之中。"

"大阴谋！"芷兰随即一惊，暗道，"难道是那伙'血酬卫'余孽不肯放过我？他们为何沉寂五年之久，时至今日才想起要动手呢？"

南齐高宗皇帝萧鸾因自己得位不正便秘密组建了"血酬卫"。不过如今秦淮河畔飘扬的却是南陈的旗帜，曾经深沐皇恩的"血酬卫"早已沦为丧家之犬，不过百足之虫，死而不僵，他们依旧想着要复国！

思来想去，芷兰心中依然是一团乱麻。

李昞常年征战沙场，谁是敌，谁是友，一清二楚，也一目了然，可如今他却不知究竟谁才是可以依靠的友，更不知道谁才是谋害他们的敌，徒有一膀子力气却无处去施展。

王轨那一席话更是听得他一头雾水，李昞忙问道："什么大阴谋？跟我们夫妇又有何瓜葛？"

王轨叹了口气道："究竟是何阴谋，在下目前还不得而知，不过在下却隐隐觉得，似乎与陛下不久后的原州之行有关！"

芷兰的心似乎被一根锋利的针猛地刺了一下。虽然她一直都在竭力忘却过去，却发觉一切努力都是徒劳的！

宇文邕的一颦一笑，两人在一起的一点一滴，早已深深镌刻在她的心底，任凭岁月的冲刷都不曾褪色。

她曾深深地恨过他，恨他言而无信，恨他始乱终弃，后来才渐渐发觉恨之深，其实是爱之切！

每当夜深人静之时，远在长安的宇文邕仍旧会时不时地撩拨着她的心弦，使得她原本死水一片的内心泛起些许波澜。

不过她也一再地告诫自己，他们永远也回不去了，错过了终究是错过，失去了终究是失去，曾经的"邕郎"如今已经成为君临天下的皇帝，曾经痴情而又青涩的她如今已然为人妻，为人母！

关于宇文邕的一切都被芷兰默默地封存在心底，可当王轨再度提起他时，她依旧难以释怀。

对于李晒而言，宇文邕就像一根软刺，即便时隔多年后，依旧会刺得他生疼，于是没好气地说："陛下高高在上，我们却不过是一介小民。陛下驾临原州与我们又有何干？"

见两人脸上都浮现出异样的神情，王轨顿觉有些失言，忙挽回道："刚刚所言不过是在下妄加揣测而已！妄言君上乃是大不敬之罪，在下的话不足为信，不足为信！"

虽然王轨如此说，但芷兰仍旧觉得他绝非因一时兴起恣意妄言，而是大有深意！

宇文邕在不久前下诏将在上元节来临之际驾临原州，自此之后小小的原州便诡案频生，祸事不断，自己四年来平静如水的生活也被彻底打破！

残酷的现实迫使芷兰从一个不问世事只知相夫教子的少妇，渐渐变回曾经那个洞察秋毫、果敢睿智的奇女子。这几日，她一直在重新审视刚刚经历的匪夷所思的一切，愈加坚信澄儿绝非是被什么恶鬼附体，而是被那群隐藏在暗处的歹人害成了那般模样。

虎子的死或许也是一个陷阱，正因他的尸身从芷兰家中被挖出，才使得众人坚信澄儿就是吸血鬼，围殴澄儿致死，芷兰也因受到牵连而锒铛入狱，还险些遭了毒手，夫君李晒因此丢了兵权，这一切或许都是他们精心布下的局!

那些想要将他们置于死地的人究竟是何许人也?难道果真是阴险狡诈而又神龙见首不见尾的"血酬卫"?若果真如此,他们如今再度现身又意欲何为呢?

第五章
月中霜里斗婵娟

抽丝

一缕和煦的阳光洒在王轨的书房内,为寒冬中平添了几丝难得的暖意。

一排排书架之上摆满了各式书籍,却多是勘验之书和兵法战策。这些年,孑然一身的王轨一直未娶亲,只因他始终念着那个莫名闯入他生活之中,却又突然消失不见的美艳女子。

虽然他也觉得那不过是一场幻梦,可即便是梦醒了,却依旧不愿接受那只是一场梦!

每每想到她,王轨总会情不自禁地吟诵道:"皑如山上雪,皎若云间月。"

其实他也知道当初她刻意接近自己是别有用心,他也因此而恨过她,但那点浅浅的恨却渐渐被浓浓的思念驱散殆尽,甚至还幻想着能够与她再次相见,哪怕她又是来欺骗他,利用他!

芷兰看看书架上的那些书,又看看书架旁的王轨。王轨意识到芷兰似乎察觉到了什么，他此次来原州的确肩负着一项秘密而又重大的使命，也关乎这场大博弈的胜负！

正因如此，这一年来，他一直谨小慎微，渴望着早些结束这段不堪的日子，渴望着那一天早日到来，可当这一天日益临近之际，他的内心却又变得焦躁不安，因为那一天注定将成为他们生命中的一劫，也是帝国的一劫！

为了掩饰，王轨忙从书架上取下一本书，却因心乱如麻一个字都没看进去，忙转移话题道："对于那些诡异之事，想必李夫人已然理出了些头绪。"

芷兰却摇头道："如今仍是一团乱麻，剪不断，理更乱，何谈头绪？"

王轨叹了口气道："李夫人莫要心急，一切都要慢慢来！你可还记得五年前你与陛下一起探查过的那一桩桩奇案？水鬼杀人、贺拔索命、火神震怒、美女化妖、兵甲飞天，哪一个不是凶险异常，哪一个不是布局精妙，还不是照样被你们一一勘破！"

听王轨说到此处，芷兰神情变得更为落寞，无奈地说："可惜如今之芷兰已非昨日之芷兰，如今之陛下也非昔日之陛下！"

王轨却道："李夫人此言差矣！只要您肯放下眼前的一切，不为这世情所扰，您就还是那位慧眼识奸的奇女子！"

芷兰叹了口气道："放下曾经的一切？放下又谈何容易啊！"

王轨勉励道："一切过往皆会成云烟，终将随风散去，你依旧是曾经的你！"

芷兰却颇不自信地道："只怕纵使我拼尽全力，也不知从何处着眼，更不知从何处着手！"

"李夫人可还记得陛下曾说过的那句话。世事犹如一只万花筒，看似光怪陆离，实则万变不离其宗。越是看似离奇，越要以平常之理去寻，离奇之事之所以看似离奇，是因为它被人刻意罩上了一件光怪陆离的外衣，只需扯下这件外衣，真相自会呈现在世人面前。"

"依你所见，这骷髅夜行也是掩人耳目的骗局？"芷兰咬着嘴唇沉思道，"不合常理之事看似不合常理，实则是因我们不解深藏其中的理，只要寻到其中暗藏的理，不合理之事或许也就变得合理了！"

王轨赞赏道："在下果然未看错，您依旧是那位洞察秋毫的奇女子！"

芷兰的脸上却没有一丝喜色，苦着脸道："可澄儿一向好端端的，怎会突然变得如同吸血鬼一般！我这些日子绞尽脑汁也想不出这其中的缘故啊！"

此时的芷兰已然被那个难解的心结彻底锁住了心，也蒙住了眼！

王轨继续劝道："想不出来不妨先暂且放一放！李夫人可以试着从这个案子的某个点去深入探究一番。那具没有一丝皮肉的小骷髅不仅自己会动，居然还能劫走虎子。那辆劫走虎子的厢车，在曲折狭小的巷子里根本跑不快，况且巷子出入口又有士卒把守，巷子外的大街上还有巡街的骥骑，当时安仁坊的坊门已经关闭，四个坊角和坊中央还设有军戍铺，可那辆厢车仍旧不见了踪影！更为蹊跷的是虎子的尸体居然几日后在你家院中的大槐树下被发现！这一连串匪夷所思之事就在你的眼前上演了，难道你就没有一丝察觉吗？"

一幕幕场景、一个个片段，在芷兰的脑海中一一地闪现，又迅速消失。沉默不语的芷兰似乎从中捕捉到了什么重要细节，大声喊道："不对！"

"哪里不对？"

芷兰并未回答，而是话锋一转道："小枝如今身在何处？"

"我特地去监牢打探过了，小枝已然暴毙于狱中。"

"什么，她居然死了？"芷兰惊叫之后又陷入了沉思，低声道，"事到如今，我们只得见招拆招了！如今我们夫妇被官府通缉，外出多有不便，只得有劳王司录即刻去帮我调查一人，就是同住在沈家巷的牛婆婆，此人甚为可疑！"

剥茧

李昀在屋内闲坐了一日，感觉全身都很不自在，傍晚时分来到院中，在凛冽的寒风中练起了关中拳。

他左腿灵巧地抬起，一直抬到右胸前，脚尖轻轻勾起，右腿继续直立，左手五指并拢呈爪状，放在右肩之上，右拳平放在腰间；左腿向前上方踢出，脚尖前送，落地后呈左弓步，左手以立掌呈弧形劈于左腿上方，左手、左腿与鼻尖成一线，提右腿于右胸前，脚尖勾起，左手收于右肩前，右拳迅猛地向前击出。

百无聊赖的芷兰也不惧冷，搬了一个绣墩，坐在院中看丈夫打拳，不过她的心思却根本不在拳上。

李昀刚刚收势，就听到身后传来阵阵击掌之声，回头一看是刚刚回府的王轨。

王轨赞道："李司马打出了这关中拳的精髓，勾挂缠粘是为能，化身闪绽是为妙，刁打巧击是为法，妙哉！妙哉！"

芷兰忙站起身，递给李昀一条丝帕。

李昞擦拭着微微渗出的汗,说:"王司录过奖了!听你刚刚所言,你也是行家!"

王轨却摆手道:"在下幼时父亲曾聘请当地武师教授在下武艺,希望在下有朝一日能在这沙场之上建功立业,可那时在下实在太过顽劣,只学到了些皮毛,实在是惭愧!惭愧!"

王轨的母亲出身卑微,原本只是府上一个使女,生下王轨后便被其父硬生生赶出了家门,王轨因此对父亲心生怨恨,总是与父亲逆着来。

起初父亲想让他练武,给他请了个武师,他却故意不起床,父亲命家仆将他从床上硬生生拖下来。他却在练武场上总是哈欠连天,无精打采,这也学不会,那也学不成。

有一次,师父命王轨提拉石锁,锻炼臂力,他竟提起石锁,向着师父便砸了过去,师父赶忙躲闪,虽侥幸逃过一劫,却吓出了一身冷汗,随后便告辞归家了。

王轨武也没学成,文也没学了,其实他并非真正厌恶练武习文,而是厌恶冷酷无情的父亲。父亲素来轻视勘验之人,他却偏要选这一行,就是为了给父亲添堵。

如今父亲已故去,他也找到了失散多年的母亲,对父亲也不似之前那般恨了,曾经放荡不羁的他如今又是学文,又是练武,忙得不亦乐乎。

李昞并不似芷兰知晓那么多内情,听到王轨如此说,脸上不禁露出了一丝得意之色。

王轨对芷兰道:"李夫人,你让在下打探之事皆已打探清楚了。牛婆婆生活如常,并未发现有什么异样。我又命人查阅了官档,也未发现她有可疑之处。她是米脂人,丈夫名唤孙铁柱,本是胜捷军中的一个队主。十年前,她跟随丈夫一同来原州,可孙铁柱却在七年前战死了,牛婆婆也寡居至今。"

芷兰沉吟半晌,皱着眉回到屋中,拿起桌上的蜀纸,画了一组奇怪的纹饰。又走回院中,递给王轨道:"还请王司录在街上找彩画匠人打听一下,是否有人识得此种纹饰!"

王轨端详半晌却看不出其中的门道,郑重其事地将那张纸收起来,点头称是。

次日一早,王轨照例去州衙应卯,很晚才回到府中,一回府便去寻芷兰。

芷兰一直未曾睡下,孤零零一个人坐在中堂等着他。

王轨觉得堂中有些清冷,忙从屋角的簸箕中取了几块木炭投入炉中,火炉吐出长长的火舌,映在她那张清秀却也写满沧桑的脸上。

芷兰强打精神道:"查得如何了?"

"幸好偶遇一位老匠人!那位老丈当年为躲避侯景之乱从江南辗转蜀地逃到关中来,见我四处打探均没有收获,他便主动告知了实情,这种纹饰乃是茱萸纹,茱萸气味芳烈可入药,世人皆认为其能祛除恶气,延年益寿,茱萸纹常常绘在彩灯上,绣在衣物上。他还告诉在下李夫人所画纹饰乃是吴茱萸纹并非是山茱萸纹和食茱萸纹,这种吴茱萸纹发端于楚,至今仍颇受江南百姓钟爱,不过北地百姓却对此等纹饰颇为陌生!"

芷兰如释重负道:"如今一切皆明了了!那伙苦苦陷害我们一家的歹人定然是销声匿迹五年之久的'血酬卫'!"

王轨惊道:"'血酬卫'?李夫人是如何得知的?难道仅凭这奇怪的纹饰就能断定是'血酬卫'干的?"

芷兰若有所思地说:"我记得初嫁到原州那年的上元节,小枝曾糊了一只炫目的彩灯,我看后便夸小枝心灵手巧,此地寻常女子怎会做得出如此璀璨夺目的彩灯。我当时只是随后夸奖几句,但小枝的脸上却露出了异样的神情,此后再未做过那种样式的彩灯,更为蹊跷的是我在牛婆婆家也曾见到样式颇为相似的彩灯,奇怪的是牛婆婆之后也再未做过那种样式的彩灯。

"起初我还并未在意,但如今细细想来却颇为蹊跷。小枝和牛婆婆制作的彩灯样式皆属婉约风格,与北地粗犷的民风有着极大差异。对于那种样式独特的彩灯,我一直觉得似曾相识,却又始终记不起究竟在哪里见过。

"如今总算是想起来了!我幼年时,曾见阿姐手中提着一只样式极为好看的彩灯,于是便追问这彩灯究竟是何人所送,可姐姐却红着脸跑开了。多年以后,我才知晓那只彩灯竟是自幼便暗恋阿姐的赵志平送给她的。五年前,我与志平一起查案时曾提及此事,他曾说江陵一带有旧俗,每逢正月十五,家家户户都要在江边挂起这样的彩灯。

"小枝、牛婆婆与志平并不相识,但制作的彩灯样式却颇为相似,其上皆绘有吴茱萸纹,画风飘逸,线条流畅。我在北地生活二十余年,还从未见过北地人在彩灯上绘制这种吴茱萸纹。那位老匠人的话无疑也证实了这种纹饰来自江南。赵志平幼时曾在洞庭湖边生活,受当地人耳濡目染,自然能做出具有浓郁江南风格的彩灯,但小枝和牛婆婆却从未去过江南,两人却都不约而同地做出具有浓郁江南气息的彩灯,更为重要的是她们一直都在试图隐瞒此事!

"自从南北对峙以来，南北迁徙却一直未曾中断过。你问的那个匠人不就是从江南逃难而来吗？虽然那些外来人担心会受到排挤，甚至是欺压，并不会主动提及自己过往，但也大可不必对自己的过去如此讳莫如深。对此或许只有一种解释，小枝和牛婆婆是肩负着秘密使命的'血酬卫'！一个人若想彻底隐瞒自己的过去其实是极难的，即便是受过特殊训练的'血酬卫'也是如此！"

王轨虽也觉得似乎有几分道理，却仍旧半信半疑道："即便小枝和牛婆婆刻意隐瞒各自过往，但据此便认定他们就是'血酬卫'，未免有些太过草率了吧？"

芷兰自信满满道："你还记得那辆消失不见的厢车吗？澄儿曾亲眼见到虎子被一具能动的小骷髅劫持上一辆厢车。那条巷子甚为狭长，而且又七拐八绕，厢车在巷子里根本跑不快，这条巷子只有一端通向大街，巷口还有军士把守。当时已然宵禁了，坊门也已关闭，街上又有巡街的骠骑，怎会发现不了那辆厢车的踪迹呢？"

王轨皱着眉道："在下对此也是百思不得其解！"

"我们都想当然地认为，歹人用厢车劫持虎子必然是想要将其运往远处，否则根本没有必要使用厢车，可巷子外又并未发现那辆厢车的踪迹，于是我们便不得不相信了所谓的鬼神之说，或许虎子压根就没有被劫持到巷子之外！"

王轨紧皱的眉头高高地耸起，道："你是说虎子一直被藏在沈家巷！"

"正是！牛婆婆家距我家不过才十几丈远，按照常理，她若想劫持虎子决不会选择使用厢车，可就是这招看似画蛇添足之举却蒙蔽了我们所有人的双眼！"

王轨恍然大悟道:"这也正好解释了几日后虎子的尸身为何会莫名其妙地出现在你家大槐树下!"

芷兰咬着牙道:"小枝曾竭力劝说我与夫君带着澄儿去城外玄妙观驱鬼祈福,可她却偏偏在那个节骨眼上借口腹痛留在了家中,并未随我们一同前去,想必正是趁着我们离家之机偷偷将虎子的尸身从牛婆婆家迁至我家!"

王轨不禁倒吸了一口冷气道:"这诡异的一幕幕、歹毒的一环环真可谓是绞尽脑汁,险恶至极!如此看来,那幕后真凶恐怕非'血酬卫'莫属了!不过在下心中还有一个疑问,一具骷髅如何能动,又为何能劫走虎子呢?"

芷兰摇摇头道:"其中缘由我也想不出,还有澄儿为何会变成那般模样!"

见刚刚恢复昔日风采的芷兰又陷入极度痛苦之中,王轨忙转移话题道:"我们不妨再好好想一想他们为何要如此做。"

芷兰踌躇半响才道:"莫非真的与圣上有关?"

她的眼角闪动着晶莹的泪滴,有些动情地说:"可怜我那苦命的澄儿被歹人害得人不像人,鬼不像鬼,最终还枉送了自己的性命!"

王轨想劝劝她,却隐约听到中堂外似乎有什么响动,轻轻地走到门边,猛地拉开门,发觉门外竟是李昞!

碍于王轨在场,李昞强压住内心的怒火道:"芷兰在里面吗?"

"在,李司马请里面坐!"

"不必了,天色已然不早了,王司录还是早些歇息吧!"李昞说完后便转过身大步流星地离去,消失在茫茫夜色之中。

芷兰见状忙拭去眼角的泪滴,快步追了上去。

走到抄手游廊处，李昞停住了脚步，猛地转过身，气哼哼地质问道："你我夫妻一场，难道不是应比外人更为亲近吗？可你为何事事皆刻意瞒着我？你心中究竟视我为何人？"

芷兰忙解释道："夫君怕是误会了！妾身今日只是让王司录打探些消息罢了，并无意隐瞒！"

李昞却没好气地说："我李昞虽是一介武夫，却也绝非肆意受人愚弄之辈。我虽看不透你的心，却也能多少看出几分！"

芷兰呆立在原地，这几日，她的确在刻意躲避着李昞，她实在太过了解自己的夫君了，丧子之痛已然使得他出离愤怒了，若是她如实相告，他因一时冲动恐怕什么事情都会做得出来。

可如今却再也瞒不下去了！

半夜时分，芷兰再次从噩梦中惊醒，大口喘着粗气，下意识地一摸身旁的被褥，居然空空如也！

芷兰顿时便睡意全无，愈加觉得身上所盖衾被是如此单薄，炉中沉香已经燃尽，唯有霜华伴明月！

她最为担心的事情最终还是发生了，李昞这一去恐怕便凶多吉少了！

陷阱

在夜幕掩映之下，身着夜行衣的李昞几乎与浓重的夜色融为一体。

沈家巷巷口原本留有两个兵丁值夜，不过在这天寒地冻的深夜里，他们早就困得哈欠连天了。

李昞静静地站在巷口南侧的一大片阴影之中，默默地观察着那两个士卒,然后从地上捡起一块石头,猛地向着巷口北侧扔去。

石头落地的声响在这个寂静的夜里显得格外清脆,那两个士卒随即便从半梦半醒间清醒过来,揉了揉惺忪的眼睛,循着声响向北跑去。

李晌瞅准时机,快速而又灵巧地闪进巷中,摸黑来到牛婆婆家门前,此前他曾不知多少次来过这里。

每天清晨,满头银发的牛婆婆皆会在巷口前的水渠边洗菜。李晌骑着马去府衙应卯,时常会碰到她。她的脸上虽密布着刀凿斧刻般的褶皱,却总是挂着浅浅的微笑,每次见到他都会热络地打招呼道:"李司马,应卯去啊!"

在这巷子里,牛婆婆是出了名的老好人,从未听说她跟谁红过脸、拌过嘴,谁家要是有了什么事,她总是热情地忙前忙后。

牛婆婆总爱做些香气扑鼻的吃食分给巷子里的孩子们吃。她的家也渐渐成了孩子们嬉戏打闹的场所,但她却从来也不嫌那些顽皮的孩子们吵闹。

李晌时常去她的家中接贪玩的澄儿回家,可澄儿却总是舍不得离开,大声喊着:"阿爹,让我再玩一会儿!就玩一会儿!"

牛婆婆总会挥一挥干瘪得青筋暴突的手,笑着说:"澄儿,莫要任性,先随令尊归家吧!明日再来阿婆家玩儿,免得让父母心焦!"

李晌做梦也没有想到,就是这个看似慈祥的老婆婆竟害得他家破人亡,前程尽毁!

李晌收起烦乱的思绪,从囊中取出挠钩,向上轻轻一扔钩在砖缝间,用力抻了抻手中的绳子,确定已经钩牢之后,猛地一拽绳子,巨大的反作用力牵引着他向上而去,借助这个力,他脚尖点地,纵身一跃飞到墙头之上。

虽然夜已深,但屋内的灯还亮着,李昞透过婆婆的灯影观察着屋内的情形,看屋内那人的身形应该就是牛婆婆。

他顺着绳子悄悄滑落到地面上,然后向正前方猛地一拖,挠钩便从砖缝间抻了出来,稳稳落在李昞手中。

在这个万籁俱寂的夜里,这一连串行云流水般的动作所发出的微弱声响被呼啸的风声彻底掩盖了。

李昞悄悄摸到房门处,用刀轻轻地拨动门闩,房门被轻轻推开了。

屋内油灯的火苗跳跃不止,昏黄不定的灯光映在他杀气腾腾的脸上,但屋内居然空无一人!

奇怪!刚刚分明看到屋内人影晃动,可如今牛婆婆却消失得无影无踪了!

李昞忙抽出手弩,左肘迅速抬起,将手弩架在左肘上,右手扣住弩机悬刀,小心翼翼地朝屋内挪动着。

此时身后的屋门却猛地关上,任凭李昞如何用力拉拽皆拉不开。

李昞暗道:"不好,屋内有机关,中计了!"

逃遁

一弯新月隐在云间,几缕皎洁的月光洒在王轨府邸的府门前。

"开门!开门!"几个身材魁梧的士卒用力叩打着门环,厚重的府门被敲得不停地震颤着。

老仆边文从梦中惊醒,忙披上衣服从屋内走出来,缩着脖子,边走边骂道:"敲什么敲!着急投胎去啊!"

缓缓打开府门,明亮的火把一时间刺得边文睁不开眼,他忙用长满老茧的手搭在眼前,见面前是上百名手持利刃的士卒,他顿觉事态不妙,有些磕巴地问:"诸位官爷,这么晚了不知所为何事啊?"

李基阴沉着脸,高声吩咐道:"给我搜!不要放过任何一条暗道,任何一处暗格,凡是搜到逆党者,重赏五千钱!"

见来人要硬闯进来,边文忙将身子横在他们面前,哀求道:"李长史,使不得!万万使不得!惊扰了阿郎和女眷,小的可是吃罪不起啊!"

李基冷笑道:"王轨只身前来原州赴任,哪里来的女眷?"

李基举起手中刀,将刀尖抵在边文的脖颈处,厉声威胁道:"胆敢阻拦本长史搜查者,格杀勿论!"

巨大的喧哗声将王轨从睡梦中惊醒,他知道定然是出事了。随即匆匆披上衣襟快步走出来,扑面而来的凛冽寒风使得他不禁打了一个寒战。

见来人竟然又是李基,王轨不悦道:"李长史实在是太过抬爱在下这处宅子了!三番五次地带人前来搜查,不知你到底安的是什么心!"

李基冷冷一笑道:"还望王司录见谅!本长史今夜刚刚得到奏报,州衙通缉的要犯如今就藏在你的宅中!"

"既然长史大人如此说,那便带人搜吧!不过丑话可要说在前面,如若今日已然什么也未曾搜到,恐怕就不会像上次那般轻易离开了,你定然要给下官一个交代!"

一个士卒急匆匆跑过来,走到李基近前耳语了几句,李基不再理会王轨,急匆匆前往第三进院落中的西厢房。

那个士卒在极为隐蔽的墙壁暗格中发现了一处机关,轻轻扭动了一下,那面假墙剧烈震动了几下便打开了,闪现一条直通地下的幽黑暗道。

上次李基前来搜查时,芷兰和李昞便藏身此处。李基的脸上顿时便露出几丝得意之色,高声道:"未曾料到王司录的府邸还真是机关密布啊!"

王轨强装镇定道:"这兵荒马乱的,谁还不给自己留条后路呢?"

李基并不理会王轨,对身旁的一个队正道:"你带几个人下去探探!若能捕获逃犯,本长史定会重重地赏你!"

望着漆黑阴森的暗道,那个队正面露惧色,却又不敢公然抗命,对身旁的士卒道:"你们几个,跟老子一同下去!"虽然他说的是"跟老子一同下去",却刻意放慢了脚步,落在那几个士卒身后,随时准备掉头逃走。

约莫过了一炷香的时间,那个队正顺着暗道又回到了地面之上,禀报道:"李长史,下面存了些美酒,除此之外,并无他物!"

"你可看得真切?"

"卑职借助火把光亮对下面每面墙、每块砖都细细验看过了,并未发现可以藏身之处!"

"有没有其他暗道机关?"

"卑职也未发现!"

李基小声嘀咕道:"这就怪了!难道独孤芷兰会遁地术不成!"

负责搜查的各路士卒相继回来禀告,负责监视王轨府邸的刘济世也赶来了,他那张本就丑陋不堪的脸变得愈加扭曲,气鼓鼓道:"长史大人,我等恐怕又中了独孤芷兰那个小贱人的奸计了!"

就在两炷香之前，浓重的夜色中，王轨府邸的后门悄然打开。

一匹骏马疾驰而出，刘济世正要带人去追，却又担心中计，稍稍等了一会儿，果然发现一辆厢车悄无声息地从后门急速驶出。

刘济世的脸上掠过一阵得意，随即吹了一声口哨，十几个士卒从黑影中跳了出来，硬生生拦下了那辆厢车。

在朦胧的月光下，刘济世从腰间抽出环首刀，对驾车的小厮喝道："车上所载是何人啊？"

小厮苦着脸道："府上有人得了疫病，家主怕疫病会在府上传播开来，命小的速速将他送出城去，任其自生自灭，以免祸及他人！"

刘济世轻轻哼了一声，阴恻恻道："这数九寒天的，他得的是哪门子疫病？"

刘济世举着刀来到车后，两个士卒站在他的身后，举着明晃晃的火把为他照亮。

刘济世猛地挑起车帘，见车内躺着一个奄奄一息的老汉，脸上手上都溃烂流脓了，一股令人作呕的气味扑面而来，他忙用衣袖遮住口鼻。

借着火把的光亮，刘济世将那个老汉看得真真切切，不太可能是芷兰乔装改扮而成，但他却仍不放心，手腕轻轻一翻，锋利的刀尖挑开了老汉胸前的衣襟，几滴鲜血顺着衣襟缓缓流了出来。

那个病歪歪的老汉痛苦地呻吟道："疼！疼！"

刘济世恨恨地骂道："你这个老不死的！喊什么喊！"

刘济世这才确信此人绝非女子乔装改扮，于是又走到车前，挥挥手中刀，示意驾车的小厮可以走了。

小厮刚要挥动手中马鞭，却再度传来刘济世的声音。

"停车!"

小厮忙又勒住马,惊慌地望着刘济世,只见他那张坑坑洼洼的脸在火光映照下显得愈加阴森可怖。

刘济世眯着眼道:"这深更半夜的!全城已然宵禁,你又如何出得了城?"

小厮怯生生道:"前年大瘟疫时,刺史大人曾颁下令来,城中一旦有人得了疫病要即刻送出城去,守城的官爷自然晓得刺史大人之令,况且今夜值守的将领又与家主有旧,于公于私都会行个方便!"

刘济世冷笑了几声,用刀背轻轻敲击着那个小厮尚显稚嫩的脸庞,威胁道:"这些话都是王轨教你的吧!"

那个小厮哀求道:"官爷,小的就是个当差的,主人让小的做什么,小的自然便做什么!"

正在此时,几个士卒策马狂奔过来,他们埋伏在街角,已然将最先逃出府的那个骑手一举擒获。

为首的那个士卒高声喊道:"刘幢主,通缉犯李昞已然被我等擒获!"

刘济世顾不上继续盘问那个驾车的小厮,循着声响跑了过去。

那个喊话的士卒从马背上扔下一个五花大绑之人,那人剧烈挣扎着,却始终挣不脱绳索的羁绊。

刘济世忙从下属手中接过火把,仔细端详着,那人穿的的确是李昞日常所穿衣襟,那张脸也的确是李昞的脸,不过他依旧不敢相信这一切会是真的!

李昞身经百战,武艺高强,怎会如此轻易便被他的手下擒获?

刘济世将火把举到那人脸旁,凝视着那张熟悉,却不知为何带着几分陌生的脸。

在火把的烘烤之下,那人的颔下隐隐有了异样。刘济世伸出手猛地一扯,一张人脸面皮便被他硬生生扯下,此时呈现在刘济世面前的是一张从未见过的陌生的脸!

恼怒不已的刘济世挥舞着拳头向着那人打去,殷红的鲜血从那人的鼻孔之中流出,那张陌生的脸顿时变得血肉模糊!

那人躺在地上疼痛难忍地翻滚着,哀号道:"官爷,求求您!别打了!别打了!我说,我全说!我就是想趁着夜色摸进王府偷点儿东西!谁承想竟撞上了你们!"

刘济世边打边骂:"事到如今,你居然还不肯说实话,入府盗窃用得着装扮成李昞的模样吗?"

那人喘着粗气哀求道:"我曾在王司录府上当过下人,怕被旧相识认出来!官爷要是不信,可以看看小的兜里装的东西,皆是小的刚刚从王司录府上偷来的!"

刘济世却仍未停手,边打边骂道:"你以为就凭这些便想让我信你吗?你早不偷晚不偷,为何偏偏要选在今夜下手!你定然是为某人逃脱打掩护!"

说到此处,刘济世似乎意识到了什么。其实那辆厢车最里侧有一排供人乘坐的厢凳,芷兰就藏身其中,不过那个假扮成患有疫病的仆人却用身形挡住了厢凳。

刘济世忙向身后望去,可那辆厢车却早已消失在茫茫夜色中,忙询问身旁那个士卒:"那辆厢车呢?"

那个士卒却支支吾吾道:"您不是放他们离去……"

他还未说完,恼羞成怒的刘济世便飞起一脚,向着他的腹部狠狠地踹了过去。他被踹得一个趔趄,险些摔倒在地,捂着肚子痛苦地呻吟着。

刘济世飞身上马,策马向着城门方向疾驰而去,但芷兰却再一次从他们的眼皮子底下无声无息地消失了。

第六章
力尽关山未解围

不退

冬日的夜是如此漫长,长到似乎永远都没有尽头。

北府街一处普通得不能再普通的宅院隐在浓重的夜色之中。这座看似普通的宅院里却密布着暗道机关,一旦遇到危险便可迅速撤离,这处宅院的主人便是刚刚被贬谪乌兰关的宇文孝伯。

孝伯轻轻地关上屋门,将如水的月光挡在了门外。他还是那么魁梧高大,这些年来唯一的变化就是,因常年在宫中宿值,原本黝黑的面庞露出了些许的白皙。

孝伯对叔叔宇文邕一直都是言听计从,凡是宇文邕吩咐他去做的事情,他必会竭尽全力,即便赴汤蹈火,也在所不惜!

这次他从皇帝身边的右侍上士被贬为乌兰关镇将,一句怨言也没有,接到赴任的文牒后便急匆匆上路了。

他隐约觉得宇文邕正在不动声色地谋划着一个足以让所有政敌皆入彀中的大棋局,坚信自己这枚世人眼中的弃子必将在不久的将来成为这个大棋局中举足轻重的角色!

经过这些年的风雨磨砺,本就少年老成的宇文邕已经成为深不可测的弈者!

从长安一路走来,孝伯想了很多,却万万没有想到刚刚踏入原州城便面对如此险恶的局面!

明亮的月光透过直棂窗依稀照进屋内,昏黄的烛光一明一暗地闪烁着,映着悲啼的芷兰,泪水和着脂粉肆意流淌。

素来少言的孝伯急赤白脸地高声劝道:"李夫人,莫要再哭了!为今之计便是速速离开原州,此处实在是危险至极!如今他们正在城中大肆搜捕,虽然此处颇为隐蔽,但过不了多久,他们或许便会找到此处来!"

芷兰虽看似柔弱,但骨子里却极为倔强,她轻轻拭去眼角的泪滴,咬着牙说:"至今尚不知晓我家夫君究竟是死还是生,怎能就此一走了之呢?我绝不会独自偷生!"

"在下已然派人前去沈家巷打探了,很快便会知晓李司马的下落,或许此时李司马已然出城了!"

芷兰斩钉截铁道:"夫君绝不会抛下我独自偷生!"

说到此处,芷兰忧心忡忡道:"如今澄儿没了,若是夫君再遭遇了什么不测,妾身也不愿苟活于世!"

孝伯只得苦着脸劝道:"李夫人尽可放宽心,李司马武艺高强,机智过人,况且又身经百战,屡屡化险为夷,量那些小毛贼也奈何不了李司马!"

芷兰却抽泣道:"他绝不是那伙歹人的对手,这次怕是在劫难逃了!"

面对这突如其来的一切,她生出一种深深的无力感!

昨日,她还沉浸在勘破迷局的巨大喜悦之中,可自从李昞不辞而别后,她便敏锐地嗅到了其中的异样。

望着茫茫夜色,她静静地坐在床边,将这几日发生的点点滴滴重新梳理了一遍,忽然生出一种不寒而栗之感!

他们的顺利脱身使得"血酬卫"彻底丧失了对局势的控制,如若他们一直隐匿不出,那伙歹人若想再加害他们恐怕比登天还难,于是便想出了将计就计的诡计。

先是打草惊蛇,紧接着斩草除根,真可谓是毒辣至极,只可惜芷兰觉察到自己中计时已然晚矣!

如今细细想来,芷兰觉得那个老彩画匠人甚为可疑,凡是北逃至关中的江南人皆不愿主动谈及过往,可那个老汉却似乎对此毫不忌讳,起初芷兰只是觉得他是个乐于助人的热心肠,如今看来此人身份甚为可疑!

芷兰之前曾与"血酬卫"明里暗里屡次交手,早已领教过"血酬卫"的阴险狡诈,"血酬卫"也同样领教过她的厉害,只要给她一个可以管中窥豹的小孔,她便可以顺藤摸瓜地查获真相,但也正是因她明察秋毫才再度落入他们的彀中!

芷兰小声嘀咕道:"刘济世!张酒糟!这些人原本皆是我家夫君的部属与旧友,却几乎在一夜之间全都变成我们不共戴天的仇敌!原因或许只有一个,他们皆是'血酬卫',抑或来自另一个不知名称的神秘组织!"

五年前,"血酬卫"阴谋夺取南梁故地蜀地,被芷兰与宇文邕成功挫败,还擒获其头目孙显。孙显曾说谋害太师李弼的凶手并非出自

"血酬卫"，从那时起，芷兰便隐隐觉得北周军中或许还存在着一个类似"血酬卫"的可怕组织，不过在随后五年的时间里，他们却离奇地销声匿迹了！

五年前，这个神秘组织便与"血酬卫"相互勾结，如今两者恐怕又要在原州联手了，虽然目前芷兰还不知晓他们近来蠢蠢欲动究竟意欲何为，但她却隐隐感觉对方正在密谋一个足以彻底倾覆整个北周的大阴谋！

芷兰想到此处不禁倒吸了一口冷气，这个猜想实在太过大胆了，也太过可怕了，但愿这只是她的猜想！

望着愁容满面的芷兰，孝伯强装镇定道："李夫人莫要太过心焦，这一切或许还有挽回的余地！"

芷兰仍旧沉浸在自己的世界里，却猛地抬起头，毫无征兆地惊叫道："不对！不对！"

一头雾水的孝伯忙追问道："什么不对？究竟何处不对？"

芷兰并未理会孝伯而是继续小声嘀咕着："不对！不对！"

孝伯一脸惊恐地望着芷兰，生怕她一时承受不了这一连串巨大的打击而精神失常。

"夫君身陷囹圄在先，我却依然能涉险逃脱。这或许说明'血酬卫'与那个神秘组织虽相互勾结，却也相互提防，互相算计！"芷兰的眸中闪过一丝希望的曙光，语气坚定地说，"这或许便是我们最后的机会！"

孝伯无奈道："四日后便是在下前往乌兰关赴任的最后期限，在下最多只能等你四日，到了那时，你无论是否探听到李司马的下落，我们都必须要离开这里！"

芷兰仰天悲怆道:"夫君,你如今是死还是活?如若你还活着,又身在何处?"

不屈

陷入昏迷的李眪,脸上忽然感到阵阵彻骨的冰冷,缓缓睁开眼,发现自己置身于一个幽暗的地下室,微弱的烛光始终闪烁不定。

他警觉地注视着眼前的一切,但无边的黑暗却让他感到无尽的压抑。

黑暗深处传来阵阵可怖的冷笑声,一张满是褶皱的老脸在跳跃的烛光下忽明忽暗。

"苍髯老贼,果然是你!"李眪的牙齿咬得咯咯作响。

牛婆婆的脸上不再有往日的慈祥笑容,取而代之的是阴狠与杀气,狞笑道:"李司马,只可惜你醒悟得太迟了!"

李眪怒吼道:"你们这帮逆贼,最终都不得好死!"

牛婆婆呵呵一笑道:"我们是生是死就不劳你操心了,你还是好好关心一下你自己吧!如若不是落到我们的手中,恐怕你早就身首异处了!"

李眪使出浑身力气想要挣脱身上绑得结结实实的绳索,却终究是无济于事,高声吼道:"来呀!动手呀!"

"你想死还不容易,不过如今还不是时候!"牛婆婆狠狠地瞪了李眪一眼,眼神中透射出慑人的凶恶,"如今满城都在搜捕你们夫妇,若是老老实实在此处待着,或许你还能多活些时日!"

说罢,牛婆婆提着一盏绘有吴茱萸纹的灯笼沿着台阶向上缓缓走去。这处地下室的上面是一个看似普通的堂屋,入口被一排书架挡住,只有触动机关才会露出极为隐秘的入口。

销声匿迹五年之久的萧含雪静静地坐在堂屋中。她头戴突骑帽,身穿红翻领绿色长袍,腰束革带,下身着红色紧身裤,脚蹬黑色长靴,一副胡服装束。

如今的她已然升任"血酬卫"左都督,地位仅在上都督之下,她早就不再轻易抛头露面了,此次再度现身必将掀起阵阵腥风血雨。

"李昒可否醒了?"萧含雪抿了一口茶,轻声问道。

"已然醒了!不过此人的骨头却硬得很,老身觉得留着他终究是个祸害!"

萧含雪轻轻哼了一声,带着一丝不屑道:"瓮中之鳖还能兴什么风,作什么浪?"

"左都督莫忘了,那个独孤芷兰可是个厉害角色,此前我们与她数度交手皆吃了败仗!"

萧含雪将手中茶盏重重撺在几案之上,几滴暗褐色的茶水溅了出来。她恨恨道:"这个贱人仗着有伪周官府撑腰,三番五次地坏了我们的好事,此番定然叫她不得好死!那帮'候官署'的人太不中用!平日里口气大得很,什么挥师中原,什么鼎定乾坤,可真正做起事来却愚蠢至极,居然让一个孤身弱女子三番五次地从他们眼皮子底下逃脱,简直是无能至极!"

《魏书·刑罚志》曾记载:"(北魏文成帝)增置内外候官,伺察诸曹外部州镇,至有微服杂乱于府寺间,以求百官疵失。""候官署"属员一度激增至上千人。鉴于"候官署"权势过大,北魏孝文帝曾将其员额减至四百人，择谨慎正直者任之，不复有昔日风光。北魏末年，朝纲不振，政局动荡，皇帝希望借助"候官署"的力量来维系摇摇欲坠的皇权，"候官署"又恢复了往昔荣光，却也只是昙花一现。

随着孝武皇帝西逃，北魏正式分裂为东魏和西魏，两处的皇帝全都沦为了傀儡，两大枭雄高欢和宇文泰分别掌握实权，相继组建了与"候官署"职能类似的秘密衙署"钦天监"和"敌闻司"。

随着北魏灭亡，"候官署"也如南梁的"血酬卫"那般即将走到历史的尽头，人员或被遣散，或被收编，不过想要恢复大魏昔日荣耀的仍旧大有人在。

见萧含雪如此说，牛婆婆道："独孤芷兰屡次化险为夷，恰恰说明此人是个极难对付之人，我们切不可对她掉以轻心！"

"难道你怕了？"一向颇为自负的萧含雪听到牛婆婆居然对芷兰如此忌惮，不禁心生不悦，盯着牛婆婆厉声质问道，"五年前，这个小贱人之所以能屡屡坏了我等好事，皆因宇文邕等人从旁相助，还有伪周官府作为其后盾，如今她已然沦为被通缉的嫌犯，孑然一身又孤立无援，试问这样一个弱女子又有何惧呢？"

牛婆婆正色道："自从加入'血酬卫'那一日起，老身便不惧死！如今大敌当前，大事将近，若是她蓄意将李昞被我等秘密捕获的消息散布出去，'候官署'的人势必会与我们心生嫌隙，我们辛辛苦苦筹划的这一切恐怕都将会付诸东流了！"

萧含雪不似之前那番意气用事了，默默地品着茶，道："阿婆的担忧也不无道理，不过这个李昞暂时还杀不得！虽然我们与'候官署'曾立下同进退、共富贵的誓约，但我压根就信不过他们这些北地蛮夷。虽说他们控御中原百余年，也打着尊崇儒术的幌子，但骨子里仍旧是弱肉强食那一套，我们必须要留一手，以防万一！李晌在原州诸军中威望颇高，影响甚大，留着他或许将来还能派上大用场，当务之急还是尽快除去独孤芷兰这个心腹大患！"

"不出您所料，独孤芷兰的确藏身于王轨府上，可就在李晌被擒那夜，独孤芷兰却再度离奇消失了，至今不知所踪！莫不是王轨使出了什么瞒天过海的诡诈手段！"

"王轨？王轨！"听到这个熟悉的名字，萧含雪那颗坚硬如铁的心不知为何竟刹那间变得柔软了。

萧含雪为梁元帝萧绎之女，不过她的母亲徐昭佩却与他人有染，萧绎不知她究竟是否是自己亲生，始终将其视为异类，甚至连女儿的名字都迟迟没有起。

萧含雪从记事起便几乎未感受到父爱，父亲那张阴郁的脸永远如冰霜般严酷！她原以为这混沌的世间本就该如此，直到遇到了看起来有些憨憨的王轨。其实当初她接近王轨带着不可告人的目的，王轨也像其他男人那样为她而着迷，不过他却并非垂涎于她的美色，而是从心里疼她、爱她、包容她！

当目的达到后，她便毅然决然地选择了离开。这五年来，她见识了各式各样的男人，皆是带着各种目的接近她，唯有残存在记忆深处的王轨是那样纯净，那般质朴！

萧含雪从烦乱的思绪中挣脱出来，忽然感觉杯中的茶已然凉了，竟微微有些发涩，不禁皱了皱眉道："独孤芷兰远嫁原州后认识的人寥寥无几，她应该很快会再度联系王轨。我们继续严密监视王轨，他前来原州任职必然肩负着某项秘密使命，盯紧他或许会有意想不到的收获!"

"遵命!"牛婆婆顿了顿道,"老身还想多说一句,既然联手灭周,理应坦诚相待,老身担心留着李昞会伤了两家的和气!"

"坦诚相待?"萧含雪轻轻哼了一声,轻蔑道,"难道您真的认为他们会与我们共享富贵吗?即便他们果真夺了这伪周江山,会像当初承诺的那样将蜀地归还我们吗?简直是痴人说梦!若他们得了江山,我们的下场便只有一个,那就是鸟尽弓藏,兔死狗烹!"

牛婆婆顿时愣在原地,那双本就有些昏花的老眼刹那间便失去了所剩无几的光芒,一时间变得混沌不堪。

她奉命在北地蛰伏三十余年,起初盼着大梁能早日收复中原,一统华夏,可曾繁华一时的大梁却在频仍的战乱中亡了国。他们这些安插在北地的间者也就此沦为无人问津的闲棋冷子,直到萧含雪找到了他们。

夺回蜀地,顺江而下夺取江南,然后灭陈复梁,这是萧含雪唤醒他们时描绘的雄伟蓝图,也是支撑他们继续潜伏下去的最后一丝希望!

难道这本就是一场遥不可及的梦?若果真如此,他们这些年来的艰辛付出岂不是都变得毫无意义了吗?

萧含雪发觉她的眼中闪出几丝绝望,忙安慰道:"阿婆莫要悲观!世人皆说打江山,这江山从来都不可能是别人赐予的,而是自己打下来的!他们在利用我们,我们又何尝不是在利用他们!不到最后一刻,谁又能说清楚究竟是谁在利用谁呢?"

牛婆婆低声道:"难道左都督另有谋划?"

萧含雪的脸上浮现出得意的神情,道:"那是自然!螳螂捕蝉,黄雀在后！昨夜我又梦到祖父了。想我祖父聪明文思，宽厚通博，布泽施仁，悦近来远，大修文学，盛饰礼容，阐扬儒业，介胄仁义，折冲樽俎，声震寰宇，开荡荡王道，革靡靡商欲，创我大梁基业，祖父的在天之灵定会保佑我们！这一次我们大梁怕是真的复国有望了！"

不悔

难道骷髅果真会复活？还会劫持孩童？这世间真的会有如此令人望而生畏的白骨精？

芷兰坐在床边，冥思苦想着，却始终厘不清头绪，直到天边最后一丝晚霞被暗夜吞噬。

屋门被轻轻推开，孝伯端来一碗莲子粥和几样吃食，关切地问："李夫人，你这一整日都未曾进食了，先吃些东西吧！"

芷兰端起碗，却又轻轻放下，道："孝伯，一味躲藏终究不是个法子，我明日想出去查证些事情！"

"什么？事到如今，你居然还想着出去查案！"孝伯惊愕过后赶忙拦阻道，"万万不可！如今他们在四处搜捕你，你若此时出去无异于自投罗网！万一有个闪失，我可如何向……向李司马交代啊！"

"我的命是我自己的，即便遭了什么不测，也用不着向旁人交代！"芷兰铿锵有力道，不过语气却迅速变得舒缓，故作轻松道，"他们认定我这个弱女子遭此重重劫难之后为了苟活定然会藏匿不出，我偏偏要反其道而行之！他们松懈之时便是我们大有可为之日！"

孝伯原本还想再说几句劝阻的话，谁知生性倔强的芷兰却猛地从柜中取出剪刀。伴随着清脆的咔吱声，一团团乌黑亮丽的长发缓缓地飘落在地上。

身体发肤受之父母,轻易损毁不得,如今芷兰却毫不吝惜地削发,可见其决心之坚决!

看到芷兰露出了光秃秃的头顶,孝伯忽然生出几分陌生感,或许她是想借此与过往彻底地进行切割。

如今已然家破人亡,她曾经惶恐过,也惊惧过,但此刻她的眼中却透着一种破釜沉舟般的决绝,一如五年前她刚刚从蜀地牢城营重返长安时的样子,那时的她还有几分稚嫩,如今却多了几分成熟!

"孝伯,烦劳你托朋友为我寻一纸度牒,遇到官兵盘查时也好暂且应付一番。"

孝伯叹了口气道:"李夫人,你这又是何苦呢?"

"照我说的去做,留给我们的时日已然不多了!"

孝伯在屋内焦躁地踱着步,停下来正色道:"李夫人可曾想过,如若你遭遇了不测,原州城中谁人又能救得了你?"

芷兰走到火盆前,脆弱的火光无力地跳跃着,一刻暗,一刻亮,她拿起炭炉旁的小铲子向火中添了几块炭,随着噼啪几声响,原本将熄的炭火又袅袅升起,她心中也隐隐腾起几丝希望,咬着牙道:"我自己选的路,定会义无反顾地走下去,无论生与死,我皆不悔!"

第七章
晚日寒鸦一片愁

惊魂

夜深了,寒风凛冽,万籁俱寂,天边那弯残月洒下如水的月光。

李家家庙与"李柱国府"后花园仅有一墙之隔。原本栖息在家庙内几株光秃秃树上的十几只乌鸦突然被莫名地惊起,警觉地俯视着一支支火把散发出的光亮,它们挥舞着翅膀,发出阵阵嘶哑粗粝的嘎嘎声,衬得夜色愈加漆黑。

宇文承梅低声呵斥道:"你们这帮小蹄子,动作都麻利点儿!"

几个男仆向掌心吐了口吐沫,抡起手中锄头用力向坑中刨了下去。过了一会儿,两个婢女分别执白布单的两端,布单上赫然摆放着一具白森森的骷髅,看那身形应该是个孩童,骨架上沾着黑黢黢的腐土,应该是刚刚从土中刨出来的。

宇文承梅厉声道:"若是搞错了,本公主定然不会轻饶于你!"

婢女浣溪忙应道:"夫人放心!当日虽是草草安葬,但为便于日后查找,奴婢当时与旁人合力搬来一块大石充做记号,今晚奴婢奉命前去寻尸骨时，那块大石还在，定然不会有差！"

宇文承梅长出了一口气，如释重负道："那便好！那便好！"

宇文承梅看了一眼放在地上的石棺，忙吩咐道："快将这具尸身放入石棺之中，也好让他能有个好去处，不再沦为孤魂野鬼！"

众人七手八脚将那具尸骨放入石棺中，合力将沉重的棺盖抬起，放在棺材上端，用力向前推动。

随着棺盖缓缓盖上，宇文承梅用手抚摸着自己的前胸，如释重负般喘着粗气，自忖连日来的噩梦也该结束了！

显海法师的弟子阿果一边念着旁人听不懂的梵文咒语，一边在石棺上密密麻麻地贴着符咒。

阿果贴完之后双手合十道："阿弥陀佛，请将这具石棺埋于这株桃树之下！桃者，五木之精也，只有毗邻桃树方能压住这股邪祟之气。"

众人七手八脚将盛放小骷髅的石棺放入桃树下已然挖好的深坑之中，然后再将土回填。

"阿弥陀佛，那只骇人厉鬼虽已被尘封在这具石棺之中！"阿果的眉毛再度皱起，道，"怎奈此鬼道行匪浅，又怨气太盛，师父唯恐这具石棺和那几十道符咒也束缚不了它！"

宇文承梅刚刚舒缓下来的神情陡然间又变得紧张起来，道："那可如何是好？"

"不过公主也莫要惊慌，师父乃是得道高僧，生性慈悲，绝不会再让那厉鬼祸害人间！他老人家命阿果日夜守护在此，昼夜念经施咒，定会保夫人全家无恙，不过在此期间受不得打扰，以免那厉鬼会趁机走脱！"

宇文承梅面露难色道："可此处是夫君家庙，乃是为李氏先祖祭祀祈福之地，况且夫君也只是代管府上事务，若是没有老族长伯父大人的恩准，此事恐怕他也万万做不了主。此间一直由两名老僧负责打理，已有二十余年，若是随意将其撤换，一旦让族人知晓，夫君在族中的地位怕是不保！"

阿果道："既然如此，贫僧恐怕便爱莫能助了，还望施主好自为之吧！"

见阿果转身离去，宇文承梅忙高声拦阻道："小师父，等等！"

宇文承梅紧走两步，走到阿果近前急切地问道："可还有其他法子？"

"此厉鬼本就有孩童之灵性，受日月之精华，又兼有通天的怨气，极难降服。只有贫僧在此昼夜不停地诵经，方能镇住此鬼，保全府上下无恙。除此之外，别无他法！"阿果语气坚定地说。

"可这家庙……"宇文承梅欲言又止。

见宇文承梅依旧顾虑重重，阿果道："如若不是李长史与我家师父有旧，师父也不会差贫僧来此作法。既然夫人难下决心，贫僧便先走一步了！"

阿果的身影渐渐消失在黑暗之中，宇文承梅不自觉地望向那棵光秃秃的桃树。

那具小骷髅从贴满符咒的石棺之中挣脱出来，慢慢地破土而出，轻轻抖落身上的尘土，向着宇文承梅一步步走来，骨节碰撞发出"嘎吱,嘎吱"的声响……

宇文承梅惊恐地喊道："你别过来！你别过来！"

浣溪忙关切地问道："公主！公主！您这是怎么了？"

"它又来了!"

浣溪满脸疑惑道:"公主,谁来了?"

宇文承梅揉揉有些酸胀的眼睛,发现桃树下的土并没有被翻动的痕迹,刚才那可怕一幕不过是她臆想出来的。她大口地喘着粗气,对浣溪喊道:"快去唤小师父!莫要让他走了!"

虽然阿果貌似去意坚决,实则走得极慢,正在等着宇文承梅在心理重压之下回心转意。

"小师父,请留步!"阿果如愿听到了宇文承梅唤他的声音,脸上不禁露出了几丝得意,刻意加快了脚步,向着暗夜深处急急地走去……

乞丐

次日清晨,街上寥寥无几的行人在瑟瑟寒风中不约而同地将脖子紧紧地缩进衣领之中。

芷兰冒着严寒来到仓米巷,此时她已换上一副尼姑装扮,身着浅灰色僧衣,上面密密麻麻地分布着上百个缝补过的印记,是件货真价实的"百衲衣"。即便是亲近之人,如若不是仔细观瞧,恐怕也认不出她就是独孤芷兰!

此时此刻她是在赌,用自己的命在赌,赌对手料定她万万不敢轻易抛头露面。

南北向的十字街连接着仓米巷和沈家巷,两条狭窄的巷子分别位于十字街的东西两侧,不过这两条巷子却并不相交,仓米巷的巷口更靠北一些。

她将身子紧紧地贴在仓米巷巷口的青砖墙上，不时地向外探出头，机警地望向斜对面的沈家巷。

眼前的沈家巷是那么熟悉，却又是那么陌生，她不敢贸然进去，甚至不敢靠得太近。

那里埋藏着她初为人妻、初为人母的美好时光，可如今所有的美好都已随风散去。

她轻轻拭去眼角的泪滴，猛然发现巷口依旧张贴着官府通缉他们夫妇的告示，如若官府昨夜果真将李昞擒获，定然会撤下通缉他的告示！

或许李昞并没有死，只是身陷囹圄或者突遭变故暂时不便回来与她相见。就在芷兰沉思之际，竟然有人扯了一下她的衣角。

她的神情顿时一紧，急急回过头，见是一个蓬头垢面的小乞丐，他手中端着一个碗边上不知有多少豁口的黑黢黢的瓷碗，眼神中满是渴求。

小乞丐上身只穿了一件极不合身的小衫，明显比他的身形要大出许多，下身只着一条单裤，有好几处窟窿用粗线凌乱地缝了几针，趿拉着两只样式不同、大小不一的鞋子。他单薄的身子在瑟瑟的寒风中不住地发抖，就连脸上的寒毛皆冻得向上直竖着。

一个小乞丐居然向她这个尼姑乞讨，可见他已然到了求告无门的地步。

芷兰目不转睛地盯着他，在脑海中迅速搜索着关于这个小乞丐的印记，之前似乎见他在十字街附近出现过，有一次见他着实可怜，澄儿还施舍给了他几文钱。

想到惨死的澄儿，芷兰的心又感到阵阵生疼，痛彻心扉地疼！她只得捂着自己的胸口，强行让自己的情绪平复下来。

穿着破衣烂衫的小乞丐虽是一副脏兮兮的面孔，但眼神中却透着一股子灵动，芷兰觉得他似乎是个可用之人，轻声道："跟我过来吧！"

芷兰将小乞丐领到仓米巷深处，递给他十文钱，那个小乞丐没有想到这个尼姑出手居然如此慷慨，扑通一下跪在地上，磕了三个响头，然后千恩万谢地想要转身离去。

"等等！"

小乞丐生怕她会后悔，忙将那十文钱紧紧攥在自己的手心。

"我想让你去帮我办一件事！如若此事办得好，准保让你今后衣食无忧！"

小乞丐面露难色道："小的命虽贱，可伤天害理的事却万万做不得！"

此时雪越下越大了，雪花从空中飘落，落在他们的额头上，肩头上，还有他们的脚下。

在那条枯寂的前行路上，他们留下了两行孤独的脚印，在瑟瑟的寒风中显得愈加沉重！

难测

长安城未央宫大通殿内，六个燃得正旺的炭盆将殿内烘烤得和煦如春，但殿内的空气却透着彻骨的寒意。

面色严峻的宇文邕端坐在御座之上，厉声道："何泉，大司马如今就站在你的面前，你且将昨夜跟朕所言之事再说一遍！"

何泉直愣愣地看着宇文邕，目光中透着惊愕，不知宇文邕究竟意欲何为，他如此做岂不是要将他这个前前后后伺候了他二十年的老仆往绝路上逼吗？

"难道你苍老到连朕的话皆听不清的地步了吗？"宇文邕的声音虽不大，却透着一股慑人的威严。

何泉赶忙跪在地上，抬着头凝望着宇文邕，眼神中透着怜悯。他看了看面沉似水的宇文护，又看了看面目有些狰狞的贺兰祥，嗫嚅道："老奴近来苍老昏聩，一时想不起昨夜之言，还望陛下恕罪！"

"既然如此，朕便给你提个醒。你说大司马在暗中训练死士，图谋不轨！"

何泉心中顿觉一寒，扇着自己耳光，苦苦哀求道："陛下，太师，大司马，昨夜老奴一时失言，老奴如今知罪了！真的知罪了！"

贺兰祥的眼中喷射出一股慑人的怒火，伸出孔武有力的大手，揪住何泉的衣领，用力将他从地上提了起来，掐住他的脖子恶狠狠道："好个胆大的奴才！你胆敢离间君臣，你究竟是何居心？"

何泉的喉咙被贺兰祥粗大的指节硌得生疼，老泪纵横道："您贵为陛下近亲，老奴万万不敢有离间之心！老奴不过是将道听途说之事说与陛下听，却不想铸成大错，看在老奴兢兢业业伺候陛下多年的分上，还望大司马宽宥！"

"你身为天子内臣，却不思为国效力，为君分忧，居然在暗中搬弄是非，混淆黑白，罪该万死！"贺兰祥将何泉重重地摔在地上，猛地抽出腰刀，将刀锋抵在何泉的脖颈之上。

"大司马，住手！"宇文护阴沉着脸喝道，"何泉纵使有罪也理应交由天子处置，万万不可乱了朝廷法度！"

贺兰祥心中虽有万般不悦，但碍于宇文护的权势，只得还刀入鞘，气呼呼道："陛下，太师，微臣刚刚有些唐突了！还望见谅！"

一直在冷眼旁观的宇文邕缓缓抬起头，凝视着大殿上方伞盖状的藻井，上面绘着一条金灿灿的龙，不过此时在他的眼中，这条蜷缩着身子的龙却显得了无生气。

看了看沉默不语的宇文邕，又看了看面无表情的宇文护，贺兰祥也不似之前那般咄咄逼人了，却依旧不肯善罢甘休，冷冷道："陛下可还记得蜀汉丞相孔明所作《出师表》，亲贤臣，远小人，此先汉所以兴隆也；亲小人，远贤臣，此后汉所以倾颓也！恳请陛下清君侧，勿要再让此等居心不良之阉人兴风作浪！"

宇文邕却并不急于表态，而是将球巧妙地踢给了宇文护，道："太师觉得这个不争气的奴才该如何发落是好？"

宇文护思索了片刻，道："何泉乃是宫中内常侍，陛下幼时便侍奉在您的左右，前前后后长达二十年，虽说他如今因一时糊涂犯下大错，理应重重责罚，不过念及之前功劳，只需将其打入冷宫即可！"

宇文邕英俊的脸上如同罩上了一层冷霜，木然地点了点头，道："太师所言极是！何泉，念你在朕身旁服侍多年，暂且对你从轻发落，不过你不便再留在朕的身边，以免让大司马不安，你还是前往昭陵为皇兄守陵去吧！"

昭陵是已经故去的世宗皇帝宇文毓的陵墓，凡是发配到那里的宦官一辈子都难有出头之日。

何泉忙向前跪爬了几步，跪倒在御案前，接连叩首道："陛下，老奴知错了，真的知错了！老奴如此做绝无恶意！念及主仆多年的情分上，还望陛下暂且饶过老奴这一回，老奴再也不敢了，再也不敢了！陛下……"

宇文邕的脸始终阴沉着，如同殿外乌云密布的天。他不耐烦地挥了挥衣袖，喝令道："来人！速速将此奴拖走！切勿再让其在殿内聒噪！"

殿门缓缓打开，两个长相俊俏的小黄门快步跑进殿里来，将仍在拼命呼号求饶的何泉向外拖去。

"等等！"

何泉眸中也闪过一丝曙光，但宇文邕却打量着其中一个长相俊秀的小黄门道："你叫何名？"

那个小黄门忙毕恭毕敬地回禀道："回陛下，奴才名唤小颖子！"

"小颖子！朕的身边不能没个可心的人，朕见你样貌清秀，以后你便服侍在朕的近前吧！"

连接替他的人皆已选定，何泉眸中那丝残存的希望刹那间便消失得无影无踪，取而代之的是无边的绝望。

殿门缓缓关上，殿内显得格外寂静。

如今何泉已然被发配去守陵了，宇文护再搭救身陷囹圄的何庆已然毫无意义，不过他又怀疑这一切是宇文邕故意做给他看的，宇文护盘算了一番还是从袖中取出事先拟好的奏章。

宇文护将手中奏章递给宇文邕道："襄州[1]总管府司丞何庆贪墨一案有司已然查明，其上司襄州总管、卫国公宇文直欲夺其小妾韩湘儿故而罗织罪名，蓄意报复。当地士绅皆言卫国公为人浮薄诡诈，贪狠

1　治所襄阳郡襄阳县（今湖北襄阳市），管辖襄阳郡、河南郡、长湖郡、武泉郡、南襄阳郡、德广郡六郡。

无赖,僚属苦之,百姓亦苦之!"

"果有此事?"宇文邕的脸上露出了惊讶的神情。

宇文直是宇文邕唯一的同父同母的兄弟,自然要比其他兄弟要亲近许多。两人的相貌还颇为相像,只是宇文邕的眉上多了一颗跪拜痣。

"还望陛下明断!"

宇文邕站起身,在地上踱着步,突然停下脚步,对着宇文护道:"太师意下如何?"

"卫国公着即免职,以戴罪之身回京,以观后效!"

"这样未免太轻了些!削去宇文直本兼各职,发往边陲效力!"宇文邕走到宇文护跟前凝视着他道,"六弟尚幼,不懂世事,难免会走错路!让他吃些苦头未必是坏事!"

宇文护并未想到宇文邕对待自己的亲弟弟居然也会如此决绝,忙恭维道:"陛下圣明!我大周有您这般明君,社稷幸甚,黎民幸甚!"

"不知此案是何人审理?"

"乃是老臣犬子宇文训!"

"令郎不畏权贵,秉公而断,其情可嘉,可擢升司会中大夫!"

"万万不可!犬子尚需历练,难堪大任!"

"虎父无犬子,朕意已决!"

贺兰祥的脸上露出一丝鄙夷和不屑,暗骂道:"宇文护真是个狡猾的老狐狸!别以为这一切能瞒得过我!如今你们合力唱了一出《将相和》,明日我就给你们来一出《君王恨》!"

大通殿外,宇文训搀扶着父亲宇文护缓缓走下台阶。近来宇文护饱受痛风之扰,发病时脚肿得很厉害,上下台阶尤为不便,只得让儿子搀扶着，否则照他的性子是绝不会让外人看到他有一丝老迈的迹象。

在连接台阶的平台处，宇文护停了下来，因为贺兰祥早已候在此处。

望着眼前气势恢宏的宫殿群，贺兰祥阴阳怪气地道："护兄，小弟看不明白皇上今日唱的究竟是哪一出，故而特来向您求教！"

宇文护冷冷地看了贺兰祥一眼，道："自然是敲山震虎！只是不知何泉刚刚所言究竟是真是假？"

贺兰祥的脸上露出几丝尴尬，道："不过是那个贱奴胡乱编造的，当不得真！当不得真！"

随即又赶忙岔开话题道："护兄，您觉得这会不会是他们精心排演的苦肉计，周瑜打黄盖，一个愿打一个愿挨！"

"此处可并非是赤壁！"宇文护没好气道，"老夫虽愈发老迈，但这世间的一切却休想逃得过老夫这双老眼！"

宇文护明着是在说宇文邕和何泉，但实际上却是在敲打近来暗地里小动作频频的贺兰祥。

贺兰祥顿感有些自讨无趣，勉强笑了笑，恭维道："太师果然英武不减当年啊！佩服！佩服！正是您明眼辨忠奸，不畏权贵，何庆才得以沉冤得雪！世人皆言您是周公在世，我大周定能千秋万代！"这番貌似恭维的话语中却透着疏离，实则是在不露声色地予以还击。

这对曾经风雨同舟的表兄弟如今已然渐生嫌隙，即便是面对面，肩并肩，仍旧各怀心腹事。

贺兰祥的确有很多事刻意瞒着宇文护，宇文护并非一无所知，却又不曾说破，可今日宇文邕却用一种谁也未曾预料到的方式硬生生撕下了贺兰祥的伪装。

在宇文护老辣而又犀利的目光审视之下,贺兰祥感到如芒在背,急于抽身而走,于是拱手道:"太师,府上还有些紧急公务需要处置,小弟这便先行告辞了!改日,小弟定当登门拜访,好好向护兄讨教一番!"

望着贺兰祥渐行渐远的背影,宇文护沉吟半晌才忧心忡忡道:"如今他走得太远了,怕是永远也无法回头了!"

宇文训却带着一丝窃喜道:"让他与皇帝继续斗下去,父亲岂不是可以坐收渔翁之利?"

宇文护却斥责道:"你懂什么?当下这微妙的平衡一旦被打破,谁都难以预料将会发生什么!不要只顾着眼前之利,要看到长远之害!不谋长远者何谈谋一时?不谋全局者何谈谋一域?"

"父亲教训得是!还是父亲所虑周全,孩儿真是受教了!"宇文训似乎意识到了什么,话锋一转道,"皇上居然让小颖子留在自己近前,难道皇上真不知晓此人是贺兰祥安插在宫中的暗桩吗?"

望着隐在雾气之中的巍峨宫殿,宇文护意味深长道:"妙就妙在此处!这出大戏还真是越来越好看了!"

嫌疑

夕阳西下,一抹余晖洒向原州仓米巷。天空依旧阴沉沉的,带着一股肃杀,也透有无边的压抑。

芷兰递给小乞丐一个糖饼,小乞丐迫不及待地吃了起来,边吃边道:"您让小的打探的消息,小的已经打探来了。昨夜不知为何那栋宅子突然走了水，幸亏军戍铺里的防隅及时赶到，才没让火势继续蔓延开来，尽管如此，那栋宅子也已被烧成了一片瓦砾。"

芷兰迫不及待地追问道："那宅中之人呢？"

小乞丐咽了一口吐沫，道："屋内发现了一具焦尸！"

芷兰的心随之"咯噔"一下，用微微有些颤抖的声音问："是男还是女？"

"听官差讲，似乎是一具女尸，只是那脸被火烧得难以辨认了，不过看样子上了些年岁，应该就是那位好心阿婆！她经常拿些吃食来给我们这些叫花子吃，只可惜好人无长寿啊！"

"还好只有一具女尸！"芷兰长长地出了一口气，转而暗暗骂道，"那个害得我家破人亡的老猪狗算哪门子好人！这个潜伏在原州的南朝间者难道被同伙灭口了？抑或是借此金蝉脱壳了？"

小乞丐的吃相很难看，吃得满脸皆是糖。

芷兰不觉有些好笑，道："你可去州衙打探过小枝的下落？"

小乞丐的嘴被饼内流出来的热乎乎的糖烫了一下，哈着嘴道："小的去过州衙了。几个同乡常在州衙附近乞食。他们说前几日狱中的确押来一个女囚，名唤小枝，可此人却不知何故已然在狱中暴亡了。有人说是被那些好色的狱吏欺负了，于是便寻了短见，狱吏们为了掩盖真相只得将她草草葬在了乱坟岗。"

小乞丐探得的消息与王轨一样，只是不知她是真死，还是诈死！

如今所有线索都中断了，这倒是颇为符合"血酬卫"一贯的行事风格，干脆利落而又冷酷无情！

望着愣神的芷兰，小乞丐继续道："您让小的去寻的那人，小的也寻到了！五年前，血洗灵虚观的那厉鬼便附在那人儿子的身上……"

芷兰忙问道:"此人现在何处?"

"北城大栅栏!"

芷兰甩给他十个老钱,厉声道:"我让你打探之事切勿对外人讲,你与我会面之事也切勿对外人说起,否则会给自己招来杀身之祸!"

小乞丐麻利地接过钱,但听她如此一说,忽然感觉手中这钱竟有些烫手,不过却还是嘴硬道:"小的贱命一条,即便是没了,也没有什么可惜的!"

小乞丐说完转身离去,消失在了街角。

芷兰的心不知为何突然变得空落落的,不禁又忆起了澄儿惨死的景象,再度感到心中阵阵绞痛,许久才平复下来。

她忽然又想起了一人,此人便是城外玄妙观的上清道长!

澄儿患病时,小枝曾竭力怂恿他们带着澄儿去拜见这位上清道长,沈家巷中那些丢失孩子的人家似乎也都曾去过玄妙观,吸血鬼之说似乎就出自这个上清道长之口。

芷兰自言自语道:"看来这个上清道长也甚是可疑!"

她缓缓抬起头,凝望着寒冷冬日里久违的暖阳,在暖阳下她的影子显得很长很长,一个人的影子便仿佛一个人的短处,抹不去,也掩不住,若不想暴露便只能躲在黑暗之中!

第八章
走马兰台类转蓬

疯女

原州北城大栅栏,一条条纵横交错而又狭长幽深的巷子中散发着令人作呕的恶臭,仿佛是一口口深不见底的井,随时都会将人彻底吞噬。

芷兰默默站在破败不堪的巷口,缓缓抬起头,望着灰蒙蒙的天空。

几缕阳光从厚厚的云层后面挣脱出来,不过却突然刮起一阵剧烈的风,本就脆弱的阳光旋即又被黑压压的乌云遮蔽了。

好在她等的人终于出现了!

一个疯疯癫癫、衣衫褴褛的妇人,在这个寒风凛冽的黄昏,上身只穿着一件满是补丁的破旧蓝布衫,下身是一条脏得已经看不清颜色的锯齿边裙子。她用火折子引燃手中纸钱,猛地抛洒向半空中。此时空中弥漫着一层薄薄的雾,那些纸钱在雾气之中忽明忽暗,渐渐燃成灰烬,随风飘荡,落入枯草之中不见了踪影。

漫天飞舞的纸钱惊起了树上的乌鸦,在乌鸦的阵阵惊叫声中,那个疯女人凝视着即将下山的夕阳,眼眸中透着沁入骨中的冰冷。

芷兰凝视着她道:"在下独孤芷兰,想与你谈谈你儿子之事!"

"儿子?儿子!"那个妇人忽然发疯似的抓住芷兰的衣襟,号叫道,"难道你知道我儿在哪儿?我儿在哪儿?你还我儿子!"

那妇人剧烈摇晃着芷兰的身子,芷兰被她晃得有些晕,也有些怕,高声喝阻道:"放手!他已经死了,被歹人害死了!"

那妇人的手缓缓松开,晃着脑袋小声嘀咕道:"不可能!不可能!我儿没死,还活着,他没死,他一定还活着!等着阿母去寻他!"

那妇人的情绪彻底失控了,发疯般吼叫道:"你们在骗我!你们都是骗子!"

"我独孤芷兰从不骗人,我的澄儿也被他们害死了……"芷兰说到此处已然泣不成声,缓缓蹲在地上,抱头痛哭起来。

疯女人呆呆地望着悲痛欲绝的芷兰,竟嘿嘿地傻笑起来,举起手中的枯树枝,没头没脑道:"我乃天神下凡,奉命诛杀你等妖孽,看剑!"

芷兰并不躲闪,流着泪道:"我已跟踪你好几日了!你并非是真疯,不过是为了自保而装疯罢了!"

疯女人手中的枯树枝停在了半空中,但很快又重重地落下,狠狠地抽打在芷兰的后背上。

疯女人嘿嘿一笑,又显露出痴傻之态,兴奋得手舞足蹈道:"打中了!打中了!"

芷兰顾不上背上的剧痛,缓缓站起身,高声呵斥道:"够了!你是母亲,我也是母亲,我们都是承受着丧子之痛的母亲!你若想装疯卖傻地苟活,我也绝不会为难于你,但如若你想为无辜惨死的孩子洗刷不白之冤,那就随我一道去寻真相!"

疯女人沉默良久，哽咽道："就凭我们两个弱女子根本斗不过他们！这或许就是你我的命！"

"我独孤芷兰一向不信命，不搏一把怎会知晓最终的结局？何去何从，你自己选吧！"芷兰说完之后踩着枯草向前走去。

"等等！独孤芷兰，我信你！我随你去，即便拼上我这身家性命，也在所不惜！"

一只孤雁飞过天际，在萧瑟的冬日里显得格外孤单，迎着瑟瑟寒风，发出阵阵凄厉的叫声。

惨案

与那个疯女人道别后，一个小厮悄悄走到芷兰身旁道："对面杨记饭庄二楼雅间芳香阁有人在等你！"

芷兰警觉地打量着那个小厮。这几日，此人一直在不远不近地跟着她，想必是孝伯因牵挂着她的安危而特地派来保护她的人。

芷兰推开芳香阁的门，发现等候她的人竟是王轨，赶忙问道："簿籍可曾带来？"

出家的僧道可以免除赋税徭役，因此许多贪利之人便冒充僧道，以达到逃避赋税和徭役的目的。

西魏地域相对狭小，又偏居西北，自然不如中原和江南富庶，为了能够与强敌相抗衡，宇文泰敕令大丞相府户曹参军对帝国境内所有僧道进行甄别，经核查确系出家者便发给度牒，自此之后，僧道没有度牒而私自簪剃者，杖一百二。凡是官府颁发的度牒，均会留有簿籍，以便核实僧道手中所持度牒的真伪。

王轨将簿籍递给芷兰，忧心忡忡道："如今全城皆在通缉你，你留在城中甚是危险，还是到城外暂避些时日为好！"

芷兰却并不理会，盯着手中簿籍道："妙哉！这玄妙观看来还真是玄妙啊！上清道长不仅与宇文承梅是旧相识，与弘一真人也是曾经共患难的道友！"

"正是！前些日子，李司马扩围教场时曾拆除了一座废弃多年的道观，此观名为灵虚观。五年前，弘一真人便在此观中修行，将一个来历不明的孩子领到此观，谁知却给观中道士招来一场杀身大祸。

"在一个电闪雷鸣的秋夜，除了这位弘一真人，观中三十二名道士全都离奇死去。据唯一幸存的弘一真人讲，那个孩子实则是幻化为人形的白骨精，三十二名道士皆因被其吸尽精血而亡。"

芷兰忙追问道："观中道士一夜之间全都暴亡，为何偏偏弘一真人能侥幸逃过此劫呢？"

"弘一真人在道观之中年纪最长，道行也更胜一筹。他早就察觉到了那个孩子的异样，那把驱魔金钱剑始终都未曾离过手。据他说，那把剑是用浸过猪血的红丝线连接一百零八枚铜钱制成的，每一枚铜钱都经过道法蕴养，正是凭借这把剑才使得那妖近不得身。恰巧上清道长刚刚从崆峒山返回原州城内，与弘一真人合力将那妖儿收服，封存于道观地宫之中。李司马却误入地宫，据说当时，那具小骷髅突然起火，继而化作一缕白烟，瞬间便消失得无影无踪。原州人皆言李司马不慎放走了妖怪，那妖便附身在你家澄儿身上……"

"一派胡言！"芷兰善睐的明眸刹那间便氤氲成雾，模糊了眼前的一切，哽咽道，"王司录执掌刑狱多年，难道也信那些歹人刻意编造出来的鬼神之说吗？"

王轨本想说几句安慰的话语,却又不知从何说起,只得道:"越是离奇之事越值得我们去探究其中的隐情!"

芷兰拭去眼角的泪滴,咬着牙道:"这世间最可怕的是心怀叵测之人,而并非是虚无缥缈之鬼!地狱并非在地下,而是在人的心中!"

坠马

襄州城内,大马球场上,宇文直左手紧握着缰绳,右手挥舞着手中球棍,在球场上纵横驰骋着,他最喜这种疾风掠过脸庞的感觉。

宇文直左冲右突,在阵阵嘶鸣声中,终于突破了对手的防线,将球稳稳地送入球门之中。

就在宇文直欢庆胜利之际,身着紫衣的朝廷中使缓缓走来,他忙勒紧手中缰绳,可胯下马却发疯似的狂奔向前方,卷起阵阵烟尘。

宇文直身子一歪,险些从马上坠下来,赶忙俯下身子,上半身紧紧贴在马背之上,死死地攥着手中的缰绳,向前奔驰而去。

"卫国公当心!"侍者们见状大声疾呼着狂奔过去。

刚刚与宇文直一起打马球的骑手们纷纷调转马头,催马向前追去,生怕宇文直有什么闪失。

那匹惊马忽然长啸一声,两只前蹄猛地腾空而起,将宇文直重重地摔在地上,殷红的鲜血从他的额头上汩汩流了出来。

一个侍者忙从衣襟上撕下一个布条为宇文直包扎好,另一个侍者飞奔着去寻医官。

刚刚与宇文直一起打马球的骑手们纷纷跳下马,迅速围拢过来,关切地询问宇文直的伤情。

朝廷中使却强行分开众人,缓缓走到宇文直面前,朗声宣读圣旨:"卫国公宇文直表面恭谨,实怀蛊毒,逞彼狼心,任情暴虐,贿赂公行,视州郡之官帑为私产;肆行妄为,视管内之僚属为奴婢;肥己索利之事,无不踊跃而为;忠君酬民之术,尽皆弃之不行,甚而强抢人妾,所好加羽毛,所恶生疮磐,上负君恩,下愧黎民,着即免去襄州总管之职,以庶人之身发配会宁防[1]效力,以观后效!"

宇文直在地上痛苦呻吟道:"定然是有奸臣蓄意挑拨离间,四哥真的误会弟弟了!误会弟弟了!"

"大胆!如今是何等清明的盛世,皇上是何等英明的圣君,朝中何来奸臣?皇上又岂会被蒙蔽?"中使阴阳怪气道,"卫国公还是赶紧收拾收拾上路吧!"

宇文直哀求道:"本公刚刚坠马负伤,须休养些日子,能否再宽限几日?"

中使却冷冷道:"卫国公,老奴奉劝你,莫要再让皇上动怒了!"

此时一个貌美如花的妇人飞奔过来,半跪在地上,关切地问:"真是吓死臣妾了!卫国公可有大碍?"

此女名唤韩湘儿,宇文直第一次见她是在襄州总管府司丞何庆府邸的宴会上。

韩湘儿本是绣红院的头牌,何庆见到她之后甚是喜爱,于是出价一千八百贯替她赎了身,脱了妓籍。

宴席中间,韩湘儿前来给宇文直敬酒,眼中带着笑,笑中似乎还

---

[1] 治所今甘肃白银平川区。

透着情。

宇文直呆呆地望着她，只见她眸中如含秋水，眉间似黛春山，面若桃花，唇犹樱桃，肤似欲滴的海棠，腰似摇曳的芙蓉，脚似雨润的金莲，浑身上下皆透着一股子说不清、道不明的媚气，让他看得心神荡漾。

"请卫国公满饮此杯！"她笑吟吟走过来，端酒的手指尖尖如玉笋，柔声细语如同丝竹管乐。

宇文直忙拿起自己的酒盏，就在两人碰杯之际，她那纤纤玉指却在他的手背上轻轻捐了一下，脸上依旧带着醉人的笑。

神魂颠倒的宇文直忙接过来一饮而尽，道："美，真美！"也不知他说的究竟是酒美还是人美！

"卫国公果然是好酒量！"韩湘儿话锋一转道，"我们襄州可是人杰地灵的好地方，卫国公操劳案牍之余尽可游览一番。"

"风景秀丽之地，夫人可否能向本公推荐一二？"

"如今正值深秋，乃是一年之中去镜湖观景的绝佳时节。那里碧波荡漾，芳草连天，鱼跃鸟翔，风光秀美，却不知为何不得文人墨客的青睐，游人一向不多，此处恐怕最合卫国公的心意！"韩湘儿说到"心意"时那张脸顿时绽放成一朵诱人的牡丹花。

她说完之后便转身离去，宇文直痴痴地望着她远去的背影，竟有些怅然若失。

次日一早，宇文直带了一个侍者动身前往镜湖，游览了两三个时辰，忽感索然无味，也有些倦了，见湖边有一小亭，便在亭中小憩一番。

侍者捧出一个黑漆托盘，上面摆着许多碗碟，还有一个酒壶、一双筷子和一个玉杯。

宇文直独自饮了几杯,远看山色青翠,芙蓉夹岸;近看水天一色,桂蕊飘香,顿觉心旷神怡。

此时亭外突然传来娇滴滴的声音:"卫国公在此独酌难道不觉得清冷吗?"

见来者正是韩湘儿,宇文直喜笑颜开道:"正愁无佳人相伴,你却来了!看来你我真是有缘啊!"

韩湘儿缓缓走进亭内,假意嗔怒道:"可此处却只有一个酒杯,一双筷子,想必此处并无奴家的位置吧?"

"你我共用一杯,合用一箸,岂不快哉?"宇文直忙端起一杯酒,缓缓递到她的面前。

韩湘儿扭捏道:"奴家不胜酒力,还望卫国公莫要强人所难!"

她明着是拒,可身子却如同水蛇般向宇文直身边凑了凑。

宇文直笑眯眯道:"饮一杯也无妨!"

韩湘儿从宇文直手中接过酒杯一饮而尽。这些年在妓馆之中,她终日陪着各色客人通宵畅饮,酒对她而言其实就如同清水一般,穿肠而过却不醉,却故意装出一副不胜酒力之状。

宇文直又端起一杯酒道:"好事成双!还请再饮此杯!"

韩湘儿又推辞了一番,有些扭捏地饮下后,假意嗔怒道:"一味地让奴家吃酒而你自己却不吃,卫国公你究竟安的是什么心啊!若是奴家不慎吃醉了,回不了府,看你如何办!"

"你若是醉了,尽可在这亭中酣睡一番!"

韩湘儿扭动着腰肢,用玉指轻轻点了一下他的额头,道:"这岂不是正中了你的诡计!奴家可不上你的当,这杯酒奴家决意不会再吃，须你来吃！"

"好，好！"宇文直忙给自己斟了一杯，饮了下去，轻轻放下酒盅道，"这酒本公已然吃了不少，你且陪本公到湖边去走一走！"

宇文直说着站起身，却佯装喝醉了，身子故意晃了晃。

韩湘儿忙站起身，本想上前去搀扶，可他却就势往她身上一倒，居然径直扑入她的怀中，嘴对上了嘴，胸碰上了胸。

韩湘儿发出一声长长的"哎呀"声，假意怒道："不管你是浪蝶，还是狂蜂，若是寻花问柳，请到旁处去！奴家虽曾被卖入青楼，委身在那污泥之中，却也并非是轻薄之人，还请卫国公自重！"

宇文直轻轻捏了一下她的下巴，故作醉眼蒙眬道："何故如此大声，莫要吓到本公！"

"还不知是谁吓谁呢！"韩湘儿重又变得温婉，笑着在他胳膊上轻轻拧了一下，嗔怪道，"奴家原本好意扶你，怕你酒后不慎跌倒，谁知你却居然趁机非礼奴家。"

宇文直一把将她搂住道："何谈非礼？这世间美色谁人不爱，岂容一人独占，秀色均沾方好！"

"什么秀色均沾？奴家岂是那等水性杨花之人？"韩湘儿推了他几下，不过却并未用力。

"本公刚刚失言了！秀色独占才是！"宇文直的手从她的后背一直向下摸去。

韩湘儿却攥住他的胳膊道："你若再乱摸，妾身便喊人了！"

"尽管喊，此处皆是本公的人！"宇文直趁势用手抱起她。她身子不停地挣扎着，如同刚刚入网的鱼，愈发地激起了宇文直的兴致。

亭内地面上本就铺了一层薄褥，宇文直将她轻轻放在薄褥之上。

侍者们心领神会地取出预先备好的红绸子沿着亭子外沿包裹了一圈，亭内很快便传来阵阵喘息之声。

一番云雨过后韩湘儿枕在宇文直胸前，莫名地哭了起来。

宇文直不解道："如此良辰美景，美人何故哭泣？"

韩湘儿啜泣道："我家夫君乃是行伍出身，举止粗鲁，若是让夫君知晓了你我今日之事，怕是会被他打死！"

宇文直却不以为然道："怕他作甚？何庆不过是本公身边的一条狗罢了！他为你赎身花费了一千八百贯，这些钱从何而来？单靠他那点儿微薄的俸禄，何时才能积攒下这一千八百贯？单凭这一条，本公便足以治他个贪赃枉法之罪！"

韩湘儿随即破涕为喜道："从今日始，妾身便是卫国公的人了！妾身愿一生一世都服侍在卫国公身边，还望卫国公不要负了妾身的一片深情！"

"那是自然！"

见宇文直回答得有些敷衍，韩湘儿猛地坐起来，凝视着他道："卫国公若是负了人家，人家便投入这镜湖之中！"

"今日请上天为证，厚土为媒，我宇文直与韩湘儿从今往后生生死死皆在一处！"

如今他们的誓言仍旧历历在耳，但韩湘儿憧憬的美好未来却瞬间便化成了泡影，两人即将天各一方，劳燕分飞。

宇文直轻轻抚摸着她似水的面庞，叹道："美人，本公要走了！要去守边了！看来你我注定是有缘无分了！"

韩湘儿取出帕子，轻轻擦拭着眼角，却不知眼角是否真的有泪痕。

她用帕子半掩着脸抽泣道:"卫国公去守边一日,妾身便等你一日;卫国公去守边一年,妾身便等你一年;卫国公去守边一辈子,妾身便等你一辈子。妾身生是你的人,死亦是你的鬼!"

她嘴上虽如此说,但心中却盘算着自己今后的出路,究竟委身于何人才能不负这易逝的貌美容颜,以免人老色衰之后空悲叹,后悔迟!

见她如此说,宇文直的脸上露出了欣喜之色,对中使高声道:"似公公这般人,自然是不会懂得这儿女之情!他们诬陷我宇文直强抢人妾。她如今便站在你的面前,你且去问她,我何曾对她用过强,实乃两情相悦!"

宇文直刚刚那番挑衅的话语径直戳中了中使的痛处。他那张不阴不阳的脸因愤怒而变得有些扭曲,尖声道:"那些话还是卫国公自己去跟皇上去说吧!如若你这辈子还有机会的话!"

过往

夜深了,各坊坊门陆续关闭。大栅栏孙记小食店内只剩下两个食客,一个是颇有些姿色的尼姑,一个是疯疯癫癫的妇人。

疯女人喝了一口粥,道:"近来有一件事奴家越寻思越觉得甚是蹊跷。事发前一个月,我们巷子里住进来一个老阿婆,看上去颇为慈祥,常给孩子们吃食……"

芷兰惊道:"吃食?"莫非正是这吃食害得原本好端端的澄儿人不像人,鬼不像鬼!

"这些吃食皆是那个老阿婆亲手做的,看上去花花绿绿,吃起来酸酸甜甜,巷子里的孩子们极爱吃,那位老阿婆也慷慨得很,时常会分给巷子里的孩子们吃。"

芷兰迫不及待地问:"敢问那位老阿婆可是姓牛?"

疯女人却摇了摇头。

芷兰继续问:"那位婆婆嘴角左下方可是有一颗痣?"

"对,她嘴角下是有一颗痣,痣上还生出几根黑毛!"

芷兰咬牙切齿道:"这个老猪狗真是害人无数啊!"

"难道妹妹也识得那位老阿婆?那夜的大火也殃及她租住的那处宅子。这些年,我一直在打探她的下落,却始终未能寻到!"

"那个老猪狗从你家附近搬走后便改名换姓一直住在我家近前,这一住便是五年之久,直到前不久才动手,真可谓是用心良苦啊!"

疯女人站起身道:"阿妹速速带奴家去寻那个老猪狗!奴家定然不会轻饶了她!"

芷兰却拉住她说:"阿姐莫急!此人要么已然被同伙灭口,要么便再次逃遁了,恐再难寻到她的行踪了!"

疯女人却不肯坐下,含着泪道:"难道我儿的不白之冤果真无法洗脱了吗?"

"阿姐莫急,你先坐下!"芷兰递给她一块酥油饼,劝道,"你吃着,且听阿妹我慢慢道来。虽然那老猪狗已寻不见了,但我们却可以去寻另一人!"

"谁?"

"上清道长!我命人暗中查过他的簿籍,此人乃是陇右人氏,出家前的本名为隋英杰。他还有个哥哥名唤隋英士,乃是宇文承梅的前夫，不过两人成亲不久，隋英士便战死了。隋英士尸骨未寒之际，宇文承梅便迫不及待地嫁给了李基。"

疯女人将牙齿咬得咯吱作响，恨恨道："果然是宇文承梅那个贱人从中使坏！"

"五年前，上清道长还只是个名不见经传的小道士。他与弘一真人在灵虚观联手降魔除妖，一时间名声大噪，成为远近闻名的天师，香火不绝，信徒满门，可谓赚了个盆满钵满。"

疯女人那颗本已千疮百孔的心仿佛又被猛地刺了一下，情绪突然再度失控，吼叫道："什么狗屁道士？不过是江湖骗子罢了！我儿一向乖巧懂事，怎会是什么妖？"

芷兰默默地望着她，破衣烂衫，披头散发，脸上的泥垢之下是一道道疤痕，似乎是被火烧的！

她的眼中不知不觉间已满是泪水，虽然相识才不过短短数日，但相似的悲惨遭遇却使得她们成为同病相怜的好姐妹。

历经十月怀胎忍着剧痛生下来，然后又一把屎一把尿喂养大的孩子，却被别人诬为鬼怪并惨遭屠戮，那种痛或许只有她们两人才能真正感受到。

这个女人本是李府使女，名为宦春，自幼便服侍在李基身旁。李基虽生在名门望族，却没有颐指气使的公子气，与宦春名为主仆，却好似兄妹。

斗转星移间，宦春渐渐出落成俊俏女子，眉蹙如山，眼矍似水，身形袅袅，亭亭玉立。

宦春隐隐觉得李基似乎对她心生爱慕，其实她也暗暗地对风流倜俿的李基动了芳心。李基频频向她示好，但她却深知自己身份卑微，原州李氏为子女选择婚事首选便是门第。

尽管如此，她却无法抗拒李基对她真挚而又热烈的爱，曾天真地认为只要能够一直陪在李基身边便心满意足了！

谁知宇文承梅的突然到来却彻底打破了两人的甜蜜时光，宇文承梅虽长相粗鄙，又是个寡妇，可她却是宇文泰的女儿，李基虽有万般不情愿，也万万不敢拒绝这门婚事。

自从宇文承梅嫁入李家之后，宦春与李基都在刻意躲避着对方，再也不似之前那样随意说笑、肆意打闹了！

宦春那颗春水荡漾的心也顿时变成了一潭没有生机的死水，她渐渐明白虽然彼此的心贴得很近很近，但巨大的出身差异却使得两人永远也不可能走到一起！

就在宦春心死之际，那个改变她一生的夜晚却悄然来临了。

那夜，她照例将洗脚水端进李基房中，说了声"阿郎，请用"，便如往常那般想要转身离开，谁知李基却突然拉住了她的手。

她挣脱了几下，但她那只白皙柔软的手却被李基死死地抓住。她的心狂跳着，悄悄地扭过头，不敢直视李基透着浓浓爱意的双眸。

李基抱住她，亲吻着她细腻莹白的脸颊，顺势将她抱在了怀中，她则闭上了眼，对于这即将发生的一切，既怀着期待，又带着一丝不安。

李基将她轻轻放在床上，迫不及待地褪去她身上的衣襟……

但自从那夜之后，宦春却再度沦为李基生活中可有可无的陪衬，李基见到她之后脸上再也没有半点儿温存，有的只是冷漠，不肯与她多说一句话，甚至不肯多看她一眼，仿佛两人之间什么都未曾发生过。

宦春渐渐明白风光无限的李基绝不会为了她而误了自己的大好前程。作为宇文泰的女婿，李基在仕途上可谓是顺风顺水，位至武卫将军，执掌宫廷宿卫，惹得无数同僚羡慕不已。

宦春已然渐渐习惯了平静如水的日子，不过后来却发觉自己竟然怀孕了，当她将这个消息偷偷告诉李基的时候，李基的脸上却没有一丝喜悦，有的只有惶恐和不安。

宦春含着泪道："阿郎，宦春并不想连累你，即便孤身一人也要将这个孩子抚养长大！"

李基一脸愧疚道："宦春，我并非此意！这个孩子毕竟是我们李家的骨肉，我又怎会坐视不管呢？你即刻去府上告假，就说家中有事，我自会在长安城郊给你租一处宅子，再给你雇几个使女服侍你！"

几个月后，宦春生下了一个男孩，不过李基却很少来看他们的孩子，每次来都如同做贼般小心翼翼，生怕被外人看见。

可宦春却并不曾怨他，作为一个使女，能够拥有眼下的生活，她很是知足了。

那日李基突然来向她道别，说："我恐怕要离开长安一段时日！"李基的话语中带着无限的失落。随着岳丈宇文泰的病故，李基的好日子似乎也到了头。

"你要去哪里？"

"到京外任刺史！"李基抚摸着儿子稚嫩的额头，眼中透着慈爱，也带着不舍。

"你多久才能回京？"

"或许一年半载，也或许十年八年！在我离开的这段日子里，你要好生看顾瑶儿！"

"你放心去吧！无论走到何处，你都莫要忘了我和瑶儿一直在等着你早日回来！"

"好！"李基哽咽道，"等我回来！"

李基将宦春和瑶儿紧紧拥入自己怀中，这满是温情的一幕即便时隔多年之后，宦春仍旧历历在目。

仅仅几个月，李基便重返长安，不过却是等候朝廷惩处。他的兄长李植怂恿年幼的北周天子宇文觉谋害权臣宇文护，最终惨遭屠戮，以至于整个家族皆受其牵连，幸亏他的叔叔李穆舍身相救，他才侥幸逃过此劫。

随后李基便被贬往原州，从刺史降为长史。心灰意冷的他赴任后终日借酒消愁，比以往任何时候都想念自己唯一的儿子，于是命人偷偷将宦春母子接来原州，以便自己能够时常去看望他们娘儿俩，也享受这难得的天伦之乐！

不过宦春却时常从噩梦中惊醒，梦中情形居然惊人的相似，宇文承梅突然出现在她的面前，眼神中喷射出慑人的怒火……

当噩梦真的变成现实的时候，宦春的嘴唇不停地颤抖着，以至于金黄的落叶飘落在她的头上，她居然都浑然不知！

宇文承梅打量着宦春道："果然是个美人坯子！"

四岁的瑶儿惊恐地躲在宦春身后，两只肉嘟嘟的小手紧紧攥着母亲的衣襟。

宇文承梅俯下身，递给瑶儿一块糖果，笑着道："吃吧！很甜的！"

瑶儿的小手轻轻松开母亲的衣襟想要去拿，却因胆怯又迅速缩了回来。"

宇文承梅脸上的笑容陡然间便凝固了，站直身子，用不容置疑的口吻对宦春道："瑶儿是夫君这一房的独苗，我与阿郎商议后决意将瑶儿接到府中悉心照料，好生培养，日后必成大器！"

"夫人所言极是，只不过瑶儿自幼便从未离开过母亲……"

宇文承梅厉声打断道："母子之情固然难舍，但孩子离开母亲却未必是件坏事！我四弟自幼便离开父母养在李府，养成坚毅沉稳的性格，如今成了大周天子，我李府又并非寻常人家，瑶儿跟在父亲身旁也好开开眼界，长长见识！"

宇文承梅伸手去拉瑶儿，但瑶儿却拼命挣脱，呼号着："我不跟你走！"

宇文承梅阴沉着脸教训道："你既是大家公子，就该有个大家公子的样子！速速跟为娘回府，为娘要好生调教于你！"

宇文承梅死死抓住瑶儿稚嫩的小手，用力拉向自己一侧。

"你不是我娘！"年幼的瑶儿拼尽全力反抗，还不时地望向默默站在一旁的母亲，眼神中带着惶恐和不解。

宇文承梅因平日里养尊处优身材变得臃肿不堪，拖拽了几下便累得气喘吁吁，额头上竟渗出一层汗来，不得不松开了手，转过身怒骂道："你们这群死蹄子，都愣着干什么，还不快恭迎小公子回府！"

她身后那七八个使女一直不敢轻举妄动，如今见主子发火了，赶忙一拥而上，将年幼的瑶儿团团围住，用力将他拽向宇文承梅那一侧。

瑶儿依旧死死地攥住母亲的衣角，大声号叫道："阿母救我！阿母救我！"

宦春忙跪倒在地，苦苦哀求道："夫人，您行行好，能否再宽限一两日？到时我自会将瑶儿送到府上。这孩子脾气倔，我怕他一时想不开做出什么过激之事！"

宇文承梅却冷哼道："瑶儿不过是个四岁的孩童，又能做出什么过激之事？"

那几个使女一个个地掰开瑶儿紧攥着母亲衣襟的手指，然后强行抱起瑶儿向着院外快步走去，瑶儿疯狂地扭动着身子，拼命地哭号着……

宦春不停地叩着头，滴落的泪水浸湿了脚下的地面。

宇文承梅却始终不为所动，毅然决然地转过身，迈着惬意而又愉悦的步子缓缓向外走去。

望着宇文承梅渐渐远去的背影，宦春哭喊道："还望夫人务必要好生待我家瑶儿！"

"那是自然！只不过并非是你家，而是我家瑶儿！"宇文承梅咬牙切齿道。

让宦春始料未及的是这次分别竟成为母子间的诀别！

宇文承梅走后，那个小院又恢复了昔日的平静，除了几只鸟儿在干枯的树枝间不停地低吟，几乎听不到任何其他的响动。

宦春忽地感觉身子一下子被掏空了，瘫倒在冰冷的地面之上，随即便昏厥过去，过了许久才被寒风唤醒。

夜幕悄然降临，宦春依旧一动不动地坐在床边，眼神空洞地望着前方，屋内空荡荡的，心中空落落的。

直到油灯燃尽，屋内漆黑一片，她这才意识到已然到了半夜。

早已精疲力竭的宦春并未宽衣解带便虚脱般躺在了床上。她不敢闭上眼睛，只要一闭上，瑶儿便会浮现在她的眼前，哭着喊着叫阿母。

不知过了多久，宦春才昏昏睡去，但很快便从噩梦中惊醒，发觉屋内尽是跳跃的火苗。

宦春情急之下抓起床上短被披在肩头，向着屋门口奔去，但炙热的火苗却封堵了她的逃生之路。

她只得又退了回来，但也深知继续留在屋内无异于坐以待毙，一定要设法冲出去！

她情急之下忙端起墙边几案上的水壶，将壶里的水倒向肩头的短被。她用被水浸湿的短被狠狠扑打着屋门口越燃越旺的火苗，趁着火势渐小的那一刹那，咬着牙，闭着眼，硬生生冲了出去，但身上有好几处被火点燃了，而且越烧越旺，烧得她阵阵生疼。

她逃出火海时已然被烧成了一个大火球，情急之下躺在地上打起了滚，一路滚进了巷口的沟渠之中。

从水中探出头，湿漉漉的头发上不停滴落下来的水珠模糊了她的双眼。身上很痛，但最痛的地方却还是在心里。

她轻轻甩了甩湿漉漉的头发，恨恨道："李基，你的心好狠啊！好毒啊！"

心死

当年，宇文承梅不知从何人口中得知了瑶儿的存在，之后便醋意大发，成天不是打丫头，便是骂仆妇，甚至还摔碟扔碗使性子，搅得李府上下鸡飞狗跳，日夜难安。

她叫一声，丫头仆妇们若是答应得迟了，宇文承梅便骂他们，好大胆子，竟然不听使唤了；若是答应得声音小了，便骂他们，难道让我喊死，你们才会听得见；若是答应得声音大了，便骂他们蔑视主母，我又不聋，你们喊那么大声干什么。

府上那些丫头仆妇终日提心吊胆，轻则挨一顿骂，重则挨一顿打。李基自觉心中有愧，不想管，更不敢管，索性便听之任之！

他以为凡事只要忍，总能等到云开雾散的那一天，可最终等来的却是瑶儿惨死的消息。

迫于各方压力，他一直不敢声张，只得继续忍，却不知要忍到何时！

他自此深深地恨上了宇文承梅，但两人却又偏偏生活在同一个屋檐下，只得独自一人在书房中待到半夜才蹑手蹑脚地返回卧房。

今夜李基刚刚躺下，貌似已然熟睡的宇文承梅却突然转过身，笑盈盈道："夫君，这么晚了才睡啊！"

李基轻轻应了一声，随即便闭上了眼。

宇文承梅却并不在意，兴致勃勃地将粗大的手放在他的胸前，轻轻抚摸着他的前胸，左腿放在李基的两腿之间，上下摩挲起来，用自认为最轻柔的语气道："妾身嫁入府上之后尚未生下一儿半女，上对不起列祖列宗，下对不起夫君厚爱。这些日子，孙医师一直在为妾身调养身子，他算出今日便是受孕的绝佳日子……"

李基却冷冷道："近来操劳公事，身子骨有些疲乏了，此事还是改日再说吧！"

宇文承梅的脸上依旧挂着罕见的笑容，道："夫君莫不是还在为瑶儿之事怪罪妾身？其实妾身本无恶意，自觉膝下无子，于是便想着能将瑶儿养在自己身边，也好有个伴！谁知行至半路，妾身却偶遇弘一真人，他说此子身上有妖气，不宜带入府中，否则将后患无穷……"

李基却转过身，背对着宇文承梅不屑一顾道："夫人竟相信一个来路不明的道士之言！"

宇文承梅并未意识到"来路不明"四字所蕴藏的深意，猛地坐起来，趴在李基身前继续解释道："起初妾身自然是不信，好端端的一个孩子怎会是妖呢？谁知……谁知瑶儿却好似发疯般撞向妾身，将妾身硬生生撞倒在地。就在妾身惊魂未定之际，他居然猛地扑过来，咬住妾身的脖子，血当时便流了出来，他居然用自己的舌头舔舐着鲜血，真是吓死妾身了！"

李基忙转过头，凝视着她道："竟会有此等离奇之事？"

宇文承梅点头道："妾身不敢有半句诳语！当时春梅她们几个皆在场，还有许多路人目睹了这骇人一幕！若不是发生这些事，妾身怎会轻易将夫君的亲骨肉交给一个素未谋面的道士呢？"

"素未谋面？"李基不自觉地提高了声调，"夫人对上清道长恐怕不会陌生吧？"

宇文承梅露出极不自然的表情，旋即掩饰道："那是自然！上清道长乃是妾身亡夫的弟弟。自从那件事后，妾身也是怕得要死，却依然放心不下瑶儿，于是便托他前去探望瑶儿，谁知观中却发生那等骇人血案。妾身至今仍旧心有余悸，如若不是偶遇弘一真人，贸然将瑶儿带回府中，府上还不知有多少人将会因此而丧命！"

李基叹了口气道："此事已然过去五年了，夫人为何要旧事重提呢？"

宇文承梅含情脉脉道："瑶儿虽不在了，但我李家的香火却不能断！"

李基却微闭着眼睛，敷衍道："今日我有些累了！先睡吧！"

李基的眼角突然间变得有些湿润了，不由自主地将眼睛闭得更紧了。

他的心中藏着许多苦，许多痛，却无人可以倾诉，只得强忍着，强撑着，直到渐渐习惯了将所有的痛、所有的苦都默默埋藏在心底深处，但他那颗心却早已在不知不觉间变得千疮百孔。

哀莫大于心死，不过他却还有更为重要的事情要去做，只得暂且放下曾经的是非恩怨！

胁迫

冬日深夜，一弯残月被厚厚的云层遮蔽，漆黑的天空中只剩下一颗孤星，了无生趣地挂在遥远的天边，洒下如水的星光。

庆里巷一户人家的后门悄悄打开，一个鬼魅般的身影迅速蹿入巷中，随即那扇门又迅速关上了。

那个身影向着巷口急匆匆奔去，但他的面前却突然闪出一个披头散发的鬼魅女人，他惊得差点儿喊出声来！

还未等他看清那女子的容貌，白花花的粉末便如同落英般向着他袭来。他忙一闪身，却来不及躲避，眼睛顿觉阵阵刺痛，泪水如同泉水般汩汩流下。

就在惊魂未定之际，他忽然感到脖颈处一阵冰凉，用颤抖的声音哀求道："壮士饶命！"

"你若是肯说实话,我自会饶你不死;若胆敢有一丝谎言,必会让你人头落地,上清道长!"

声音听着有些细,莫非站在自己身后的也是个女人?他感觉身后那人的手一直在微微抖动着,愈加坚信此人必然是个新手,绝非是杀人不眨眼的惯犯!

他也不似最初那般恐惧了,壮壮胆子道:"持刀行凶乃是重罪,奉劝这位壮士可要三思而后行!"

站在他身后的女子稍稍一用力,匕首锋利的刀刃划破了他脖颈处的皮肉,殷红的血顺着刀刃滴落在他的前襟上。

上清道长这才有些怕了,忙求饶道:"贫道确是上清,壮士手下留情!如若有什么需要贫道做的,尽管吩咐,必当肝脑涂地!"

"我且问你,你鬼鬼祟祟潜入他人家中,究竟做下何等见不得人的勾当?"

上清道长忙道:"这处宅子是贫道偷偷买下的,为的便是与心上人暗中私会……"

"你与何人私会?"

"我们青梅竹马,两小无猜,只可惜家父与其父因生意之事反目成仇,致使我们这对有情人难成眷属。其父贪图旁人的聘礼,于是便将她嫁与一个药商充任继室,那药商已经年过半百,眼也花了,耳也聋了,腰也弯了,背也驼了,终日咳嗽不止,黏痰鼻涕一大把,简直是毁了她的一生!

"贫道一气之下出家为道,与家中断绝了来往。忽一日,不知是她故意来寻我,还是上天有成人之美,我们两个有情人再度相见,如同干柴烈火难以自持,便有了情投意合之事,但纸里终究包不住火,药商得知后带着一众仆役将我俩堵在了屋内,毒打之后还休了她。其父顿感颜面扫地,于是将其远嫁原州,许给了胜捷军中一个名唤张酒糟的幢主为妻,贫道也一路追寻到此……"

上清道长啰啰唆唆说了许多,其中虽也有许多真话,实则是在故意拖延时间。

身后女子厉声呵斥道:"莫要再说那些无用的诨话来哄骗于我!你来原州难道仅仅是为了与爱慕的女子偷情吗?"

"我其实……其实想让她给我生下一男半女,以免断了我家的香火!"

"难道虎子是你的儿子?"

上清道长微微点点头。女子继续问:"你是'血酬卫'?"

上清道长微微一怔,反问道:"莫非你是独孤芷兰?"

来人正是芷兰,芷兰没有回应上清道长的话,转而手腕一用力,血再度淌了下来,滴落在她白皙嫩滑的手背上。

上清道长在信徒面前虽貌似法力无边,但此生却最怕血,见脖颈上鲜血滴落,忽地感到一阵眩晕。

"你究竟为何来原州?你们正在谋划什么大阴谋?五年前灵虚观那起血案的真相究竟是什么?你若再敢有丝毫的隐瞒,休怪我不留情面,割下你的头来!"

"贫道来原州皆因……皆因……"

上清道长的声音猛地戛然而止,身子如同一堆烂泥般瘫倒在芷兰的怀中,前胸插着一支不知从何处飞来的梅花镖。

面对这猝不及防的一幕,芷兰竟一时间慌了手脚。

上清道长的身子变得越来越重,似乎有千斤之重,芷兰渐渐感到有些力不能支，忙将他放倒在地面之上。

就在芷兰不知所措之际，宦春猛地向着她扑了过来，将她死死压在了身下。

宦春的背上也插着一支梅花镖，那支镖本是射向她独孤芷兰的。芷兰顿时吓得面如死灰，躲在暗处的那人随时会扔出第三支梅花镖。

芷兰情急之下指着梅花镖飞来的方向，大声喊道："他们在那里！赶快追，莫让他们跑了！"话音刚落，对面房脊上就传来清脆的踩踏房瓦的声响，那声响越来越远。

芷兰知道歹人已然走了，长长地出了一口气，忙低头看向宦春，只见她的嘴里满是血沫子，却依然用含混不清的语音不停地重复着两个字："报仇！报仇！……"

芷兰的泪水如同断线的珍珠般滴落在宦春的脸上，突然房瓦踩踏之声竟然由远及近，变得越来越清晰了！

那歹人定然识破了她的无中生有之计，于是返回来寻她，她这样一介弱女子又岂会是人家的对手！

芷兰停止抽泣，轻轻闭上眼，叹息道："我命休矣！"

第九章
芙蓉金菊斗馨香

出城

火盆之中的炭火烧得正旺，给屋内带来阵阵暖意，但谈话的氛围却格外地冰冷。

"若不是在下昨夜碰巧去庆里巷办事，如今你已然成为一具冰冷的尸身！"孝伯的五官因愤怒而变得有些扭曲。

芷兰也觉得一阵后怕，每每回忆起昨夜之事，心仍旧在扑扑直跳，不过却嘴硬道："死有何惧？生死由命，不由己！"

鉴于她与宇文邕非同一般的关系，孝伯只得强压住内心的怒火，耐心劝道："如今上清道长已死，弘一真人成了唯一知晓真相之人，不过此人却不似上清道长那般招摇过市，一直深居简出，旁人难以寻觅到他的行踪。昨日得到密报，此人不知何故已经悄然离开原州城，似乎北去乌兰关了。"

"此话想必是王轨教你的吧！你们是不是一直盼着我早日离开这原州城？"芷兰刻意在"们"这个字上提高了音调。

有些不自在的孝伯下意识地揉了揉鼻子，右肩也不自觉地微微耸了一下。

芷兰叹了口气道："不过如今城内所有线索皆断了，继续留在城中追查恐怕也是无益。虽然夫君依旧生死未卜，但我却坚信他一定还活着，只是藏身在这城中某处隐秘的角落里等着我。"

次日清晨，孝伯策马向北门疾驰而去，身后跟着一辆牛车，车上载着两个大木箱。

看守城门的是一个年近五旬的什长，身后站着十几个士卒。老什长见来人身着官服，又气宇轩昂，自然不敢怠慢，命手下人象征性地搜查了一番便予以放行。

就在孝伯如释重负之际，一个阴恻恻的声音却突然从他的身后传来："站住！"

孝伯迅速拨转马头，见此人清瘦的脸上长满了粉刺和麻子，坑坑洼洼，不觉有些恶心，来人正是刘济世！

孝伯强装镇定道："不知你强留在下究竟是何用意？误了在下赴任，这个责任你担得起吗？"

"阁下可是乌兰关新任镇将宇文大人？"

"正是！不知你是何人？"

刘济世冷笑道："宇文大人自然不会识得我们这些卑贱之人！您常年在宫廷之中值宿，我们这些粗人却终日在边关风吹日晒，风餐露宿，怎会入得了您的法眼呢？"

孝伯明知对方是在挖苦自己，却只得强压住内心的怒火，笑笑说："阁下此言差矣！无论是身在宫廷，还是远在边关，皆是为朝廷效力，为圣上分忧，只是职责不同罢了，并无高低贵贱之分！"

刘济世拍拍手道："好个并无高低贵贱之分！宇文大人果然谈吐不凡，真是让我等长见识了！"

孝伯自知不便与这等人继续纠缠下去，忙拱手道："恕在下公务在身，不便在此多加逗留，来日再会！"

刘济世的小眼睛却一瞪，咬着牙厉声道："若是卑职不肯放大人走呢？"

孝伯从马背上取下长槊，催马横在城门中央，进出城的路一下子便被他堵住了。

百姓们不知究竟发生了何种变故，一时间议论纷纷，现场是嘈杂一片。

孝伯厉声道："我宇文孝伯身负皇命，前去接管乌兰关防务，如今你却无故横加阻拦，难道你要抗旨吗？"

看守城门的什长是个老兵油子，眼见着事情闹大了，忙苦着脸对刘济世道："刘幢主，您看这……"

刘济世看了他一眼，没好气道："怕什么？我等乃是奉刺史大人之命在此缉拿要犯，说不定那要犯便藏身在这牛车之上的木箱之中！要是放跑了要犯，你吃罪得起吗？"

刘济世将目光投向孝伯身后那两辆牛车上所载的两个大木箱，对身旁的一个亲兵低声道："速速告知附近弟兄们迅速向此处集结，都他妈的麻利着点儿，我怕那小子败露之后会狗急跳墙！"

亲兵领命之后急匆匆跑了，刘济世似笑非笑道："宇文大人莫要见怪！我等也是奉命行事，实属无奈啊！上司命我等严加盘查出城之人，我们也不敢懈怠！还望您能设法通融，打开这两个大木箱，让我等验上一验！如若果真没有藏匿嫌犯，自然会放大人离去！"

孝伯的心狂跳着，却竭力保持着镇定，质问道："此乃本官私人之物，谁给你们的权力，胆敢盘查本官！"

见孝伯不允，刘济世高声道："刺史大人严令，为了不使得嫌犯借机逃脱，凡是出城之人皆要严加盘查！诚如您刚才所言，这世间并无高低贵贱之分，既然百姓如此，您是否也该如此呢？"

围观的百姓之中有人高声道："如若大人心中无鬼，就让兵爷们查一下也无妨！我等还着急出城呢！"

在场百姓们纷纷附和着，都想要看一看这位官爷的木箱之中究竟装的是什么奇珍异宝，莫不是在上一处任所搜刮来的民脂民膏？

孝伯只得硬着头皮道："诚伯，把箱子打开！"

老仆宇文诚忙从怀中掏出钥匙，但他那张长满老茧的手却莫名地颤抖了几下。他平复了一下情绪，用力将钥匙插进锁扣之中，缓缓打开木箱上的那把大铜锁，然后用力一抬箱盖，木箱内的物品一览无余。

不过众人很快便失望了，一个木箱之中盛满了衣物，另一个则装满了各式书籍！

老什长如同泄了气的皮球，苦着脸说："刘幢主，还要继续查吗？"

刘济世却并不肯善罢甘休，走到一个大木箱近前，猛地抽出刀，向着箱中的衣物狠狠地扎了过去。

孝伯高声喝道："住手！你若是蓄意损毁本官私人之物便休怪本官无礼了！"

孝伯催马横槊冲了过来，步履蹒跚的宇文诚紧跑两步，横在孝伯的马前，苦苦哀求道："阿郎，使不得！万万使不得！切不可因意气用事而误了自己的前程！"

面对孝伯赤裸裸的武力威胁，刘济世的脸上却没有一丝惧色，以迅雷不及掩耳之势向着另一个装满书籍的木箱之中连刺了数刀。

刘济世凝视着白森森闪着寒光的刀刃，上面并没有血迹，小声嘀咕着，莫非自己这回又猜错了？

宇文诚拿起箱中的一本书，翻开书皮，扉页上有一行俊秀的文字："百年能几许，公事罢平生，寄言任立政，谁怜李少卿。"

宇文诚苦着脸道："万幸！万幸！这可是当今圣上写给我家阿郎的赠诗！若是损毁了，那可是大逆不道之罪！"

刘济世自然不会晓得这首诗并非是宇文邕所作，宇文邕不似哥哥宇文毓那般热衷于诗文，这首诗其实是出身南梁皇室的萧捴所作。

萧捴本为南梁尚书令、征西大将军、都督益梁秦等十八州诸军事、益州刺史，奉命守卫着富庶的蜀地。面对气势汹汹的北周军，萧捴选择困守在成都城内，眼见大势已去，万般无奈之下只得出城投降。

归降北周的萧捴始终郁郁寡欢，孝伯成为他为数不多的几个挚友，于是便将此诗赠予孝伯，将自己比为西汉李陵，以表明心系故国的心迹。

刘济世闻听此言也不得不收敛了许多，不似刚才那般咄咄逼人了，木然地站在原地，目光迷茫而又凌乱。

孝伯忙将手中长槊挂在德胜钩上，对刘济世恶狠狠地说："你今日之羞辱，本官定会铭记在心，有朝一日会让你加倍偿还！"

说完之后，孝伯拨转马头向城外疾驰而去，留下一张张面面相觑的脸。

老仆宇文诚忙将箱盖盖上并落锁,催促车夫赶着车向城外驶去。

一言不发的刘济世呆呆地望着前方,木然注视着他们在自己的眼前渐渐地消失。

刘济世仔细回忆着刚刚的每一个细节,尤其是挥刀向木箱内砍去时的情形。不对,他手中的刀尖很快便触到了箱底,那个木箱似乎……似乎……比它应有的深度要浅一些!

难道这木箱之中有夹层?独孤芷兰或许就藏在这夹层之中!

想到此处,刘济世一把抓住缰绳,飞身上马高声道:"弟兄们,跟我去追!州衙通缉的重犯或许就藏在木箱夹层之中,他们赶着牛车定然跑不远,速速随本幢主前去擒拿!"

秘村

出了原州北门七拐八绕之后,孝伯一行人居然一直向南行,行了约四十里,来到泾水边一个名为风筝渡的渡口,渡口附近住着上百户人家。

村中有一处大宅院,家主名唤孔大庆。孔大庆身着灰布棉袄,外面套着一件兽皮背心,显得孔武有力。他热络地将孝伯、芷兰等人让到家中,吩咐下人们端上一盘刚刚烤熟还散发着麦香和芝麻香的胡饼,又端来一大锅用橡果、小米等熬制而成的橡米粥,然后便识趣地离开了。

孝伯边吃边道:"还是李夫人所虑周全,使出这招瞒天过海之计!"

"此时此刻,想必刘济世正带人疾驰在原州城通往乌兰关的官道上,焦急地寻找着你我的身影,万万不会料到我们并未向北行而是一路向南,在这里惬意地喝着粥。"芷兰轻轻搅动着碗中的橡米粥说道。

突然,芷兰脸上的笑容凝固,话锋一转直勾勾地看着他问道:"这村中农户想必也是你们的人吧?"

闻听此言,孝伯猛地停止了咀嚼,直愣愣地看着她,装作一副茫然无知的样子,但脸上的肌肉却有些僵硬。

"李夫人莫要开玩笑,孝伯不过是个被贬谪的官员,岂会有如此能量与心机!"

"你自然是没有,他却有!孔大庆刚刚端着这锅橡米粥进来时,我无意间看了一下他的手,食指和中指末端关节上皆有硬茧,说明此人时常练拳。农人为了强身健体而练拳本不足为奇,但此人虎口处却有厚厚的一层老茧,生的位置与时常握农具的农人又有所不同,看来此人平日里不仅练拳,还时常操练兵刃,绝非一般的农人!芷兰猜想在这个村中似他这样的人恐怕还有不少吧?"

孝伯忙掩饰道:"李夫人未免有些太过敏感了吧!"

"是我太过敏感,还是你们事事皆瞒着我!"芷兰盯着孝伯道,"此处距原州四十里,若想要北上,骑乘快马只需一个时辰便可抵达原州城下;若是想要南下,乘一叶扁舟不出一日便可抵达长安,最为紧要的是此处渡口鲜为人知,恐怕在很多官府舆图上都未曾被标注出来,如此一个隐秘所在必然是大有作为之地,想必日后定会派上大用场吧!"

孝伯惊讶地望向芷兰,暗道,此事事关机密,他绝不能说,更不敢说!

蹊跷

一条曲折的山道上,四面皆是土山,寒风阵阵,吹起一地枯叶。两匹骏马和两辆牛车缓缓向前,清脆的声响在山间回荡着。

芷兰骑在马上,颠簸着,思索着,突然一夹马腹,向前奔驰而去,马蹄踏在枯叶之上,如同在金色河水中翩翩起舞。

她追上身前的孝伯,高声道:"五年前灵虚观那场浩劫,观内道士除弘一真人外无一幸免,谁又能证明他所说的这一切便是真的呢?谁又能证明他便是弘一真人呢?"

孝伯道:"王司录一上任也觉得此案有蹊跷,曾专门查阅过卷宗,其中一份证词为时常给观内送菜的一个小厮所留,他认得弘一真人!"

"这个小厮现在何处?"

"案发不久便回乡去了!"

"我看多半是被人灭口了吧!这个弘一真人可还有什么亲眷?"

孝伯清了清嗓子道:"王司录到任后曾派人前往弘一真人家乡寻访过,皆不在人世了!"

"怎会如此?"

"其家人原为沃野镇镇民,世居此地,世代为兵,守护前魏边陲,抗击柔然。前魏立国之初,六镇镇民被誉为国之肺腑,也曾风光一时,不过后来随着前魏迁都洛阳,六镇镇将屡受排挤,升迁无望,于是便对镇民极尽盘剥,惹得民怨沸腾。沃野镇镇民破六韩拔陵趁机鼓动苦不堪言的镇民杀死贪婪无度的镇将,弘一真人的父兄便在其中。前魏调集大军前来征讨,还与多年宿敌柔然和解。破六韩拔陵率众二十余万渡黄河南移,却遭到前魏与柔然的联合夹击,全军大溃败,弘一真人的家人均在此役中殒命,那时的弘一真人尚且年幼,追捕的官军不忍杀之,他便侥幸存活下来!"

芷兰紧皱眉头道:"弘一真人亲眷皆亡命于四十年前的那场动乱,他出家后又鲜与外人往来,观中识得他的同道中人又在一夜之间悉数丧命。这难道只是巧合吗?五年前灵虚观那场惨案或许就是为了隐藏这位来历不明的弘一真人的真实身份罢了!"

孝伯惊愕道:"残害三十二人只为隐藏一人!如此做未免太过残酷了些吧!"

"他们什么事情做不出来?既然他们有如此之大的手笔,这个弘一真人定然是个大人物,对了,当年是何人主审此案?"

"原州长史李基!"

芷兰自言自语道:"看来他们早在五年前便已在悄无声息地布局了!我们是时候反击了!"

"反击?如何反击?"

"秋官府只需下一道令,命天下州郡重审存在疑点的旧案,王司录便可名正言顺地重审此案。他们为了继续掩盖真相势必会有所动作,如此一来便可迫使他们自乱阵脚!"

"李夫人莫要太高看在下了!我一个小小的边关镇将又如何能说动秋官府呢?"

芷兰嫣然一笑道:"你虽不行,但你身后的人却可以!"

芷兰高高扬起手中马鞭,狠狠抽了一下胯下马,如离弦之箭般向着原州方向疾驰而去。

孝伯喊道："你这是要去何处？"

策马狂奔的芷兰回应道："去该去之处！办完事我自会去乌兰关寻你！"

争锋

原州城西乱坟岗上，十几个民夫挥舞着手中铁铲，用力向下挖着，一个破旧的棺材盖从土中渐渐显露出来。

不远处，王轨稳稳地坐在胡床之上，翻看着手中那本由秋官府小刑部上士赵志平生前所著《勘验集录》。

忽听到一阵由远及近的脚步声，王轨忙抬起头，见来人是原州长史李基，不过他却一个随从都没有带。

王轨并未起身，跷着二郎腿，脚尖不停地颠着，微微拱了拱手道："哟，这荒郊野岭的，什么风把李大长史吹来了！卑职有失远迎，还望上官恕罪啊！"

李基微微一蹙眉，旋即舒展开来，满脸堆笑道："王司录，在下是特地来向你赔罪的！此前两度贸然闯入贵府，惊扰了府上，多有得罪，还望您能见谅啊！我也是身不由己啊！"

王轨带着一丝轻蔑道："李司马此言可就折煞下官了！我们这些公门中人皆是替朝廷当差，为上司办事，万万不敢掺杂私人恩怨。过去你是如此，如今在下亦是如此！"

王轨依旧旁若无人地坐着，李基却只得站着，可有些话却又不愿让旁边的民夫们听到，只得弯着腰同他讲话，一来二去便感觉自己的腰有些酸胀，索性便顾不上什么官威和仪态，直接蹲了下来。

李基低声道："王司录是聪明人，想必已猜到了在下来意！那夜，王司录曾与在下言讲，这兵荒马乱的，谁还不给自己留条后路啊！当时在下无暇多想，如今细细想来简直是至理名言啊！只有路多了，今后的路才会好走，否则不知何时便会走投无路！"

王轨将手中的《勘验集录》轻轻合上，摆摆手道："李长史谬赞！下官在秋官府任职时，同僚们曾给在下起了一个诨号'一根筋'。在下眼中只认得理，因此一直不得上司的赏识！"

李基的脸色顿时阴沉下来，质问道："难道王司录决意一意孤行吗？"

王轨缓缓站起身，故意拍拍其实并不脏的臀部，凛然道："如今下官心中只有一念，那便是查明真相，缉拿真凶！如若李长史愿意与在下同行自然是好，如若弃下官于不顾，下官孤身前往也无所谓，就如孟子所言，乐民之乐者，民亦乐其乐；忧民之忧者，民亦忧其忧！"

李基勉强挤出几丝微笑，阴阳怪气道："王司录果然是正直忠贞之臣，不过此案诡异得很，凡是接触过此案之人皆死于非命！"

"恐怕也不尽然吧！李司马乃是本案主审，不是还好端端的吗？人的眼中有鬼往往是因心中有愧！"

王轨两道目光如同利刃径直逼向李基，李基显得很不自然。

王轨笑了笑，义正词严道："天行有常，不为尧存，不为桀亡。应之以治则吉，应之以乱则凶。强本而节用，则天不能贫；养备而动时，则天不能病；循道而不贰，则天不能祸！我王轨一生从不做恶，不知为多少冤魂平反，也不知让多少恶人伏法，我王轨何惧之有？"

恼羞成怒的李基赤裸裸地威胁道："王司录莫要忘了，此地乃是原州，并非是帝都长安！"

"那又如何？民不畏死，奈何以死惧之！那些人本想无声无息地加害独孤芷兰，然后再趁机夺了李昞的兵权，谁知却闹出如此之大的动静。在下曾是天子近臣，一旦遭了什么不测，天子还会如期驾临原州吗？如若果真如此，岂不是要急坏了许多人？岂不是正称了下官的心意？"王轨的笑声听起来格外刺耳。

"你……"李基猛地站起身，忽然感觉有些天旋地转，气呼呼道，"既然王司录听不进在下之言，那便请好自为之吧！"

望着拂袖而走的李基，王轨终于出了连日来淤积在胸口的那股子恶气，自觉心中甚是畅快。

王轨高声诵读道："天不为人之恶寒而辍冬，地不为人之恶辽远而辍广，君子不为小人之凶凶而辍行。天有常道矣，地有常数矣，君子有常体矣！"

王轨的话在李基听来甚为刺耳，不知不觉间加快了步伐。

见李基即将消失在枯树间，王轨大声喊道："李长史，下官心中始终有一个疑问。那个被你们认定为害人厉鬼的孩童究竟是何来历？小小年纪便惨遭屠戮岂不是太过可惜了？"

李基闻听此言拳头攥得更紧了，发出"咯咯"的声响，旋即又缓缓地松开，继续向前走去，踩在散落在地的枯枝上，在荒野中发出清脆的声响。

王轨混迹官场多年，却依旧难脱书生之气，喜逞口舌之快，得意扬扬道："快哉！快哉！"

此时，一个累得满头大汗的壮汉快步跑到王轨跟前，点头哈腰道:"大人,总共找到了三十二具尸身!"

"三十二具!三十二具!总算是找齐了!"王轨小声嘀咕着,缓缓站起身,轻轻跺了跺微微有些麻的双脚,厉声道,"再唤些人手来,将这三十二具尸身悉数运往州衙殓房之中。你们运送时可要仔细些,这可是三十二个含冤死去的亡魂,若是惹恼了他们,当心来找你等索命!"

那个壮汉顿时面露惧色,怯生生道:"官爷请放心,小的明白!小的明白!"

王轨得意地笑了,抬起头,见灰蒙蒙的云层仿佛就悬在自己头顶,似乎随时都有可能坠落下来,叹道:"看来马上要变天了!"

凶迹

原州州衙殓房内,跳跃不定的烛光映在王轨严峻的脸庞上,显得愈加昏黄不定。

狭小的房间内错落有致地摆放着三十二张尸床,床上是三十二具森森白骨。

王轨戴着一个麻布制成的口罩,左手拿着一个铜制小簸箕,右手拿着一把锋利的小刀,小心翼翼地将附着在白骨上、棺材底的粉末全都刮了下来,轻轻地扫进那个铜制小簸箕中。

他猫着腰干了约莫一个时辰,揉了揉有些酸胀的腰,活动了一下四肢,端着那个铜制小簸箕走出殓房,对站在廊下的一个稚气未脱的小仵作喊道:"你且去将此物掺进猫食中,让你家的猫服下,看看是何反应。"

一向听话乖巧的小仵作站在原地一动不动,脸上写满了不情愿,迟迟不肯伸手去接王轨递过来的小簸箕。

"你还愣着干什么!快去呀!"王轨强行将小簸箕塞到他的手中,笑笑说,"你家那只猫能为朝廷效命也算是它的荣幸!若是真的有个三长两短,本官自会赔你一只便是了!"

小仵作哭着道:"你赔得起吗?"

王轨不以为然道:"不就是一只猫吗?能有多金贵?"

半个时辰后,小仵作抱着自己心爱的猫来见王轨,眼角泛着点点泪花。

那只猫刚刚还温顺地趴在他的臂弯,但小仵作将它轻轻放在地上之后它却狂叫不止,犹如猛虎下山般向着王轨恶狠狠地扑来。

猝不及防的王轨忙一闪身,顺势躲到廊柱后面,那只猫在院中如同发疯似的大声号叫着,疯狂奔跑着。

过了半个时辰,那只猫才渐渐安静下来,不仅跑不动,连走路都有些艰难,一头栽倒在地,身子剧烈地抽搐着,发出一声长长的哀号。

泪流满面的小仵作高声斥责道:"王司录,终于如你所愿了!这世间并非什么都可以用金钱买得到!"

闻听此言,王轨方才意识到刚刚有些太过意气用事了,心中不免掠过一丝愧疚,本想安慰他几句,谁知那个小仵作却流着泪跑开了。

王轨注视着那只奄奄一息的猫,低声道:"人固有一死,猫亦固有一死,死得其所,夫复何恨?"

望着被阴霾笼罩的冬日天空,王轨怀着极其复杂的心情道:"虽然迟了五年,但我王某定会洗去你等不白之冤!"

说完,他大步流星地回到殓房,拿起案上簿籍,这本簿籍上记载着灵虚观死去的三十二名道士的年岁籍贯、身形样貌等信息,他将簿籍上的那些记录与这三十二具白骨一一进行勘验核对。

他如释重负地放下手中簿籍,用微微有些颤抖的声音道:"如今全都对上了!"

他的思绪不禁回到了五年前那个可怕的夜晚,一道道慑人的闪电犹如一条条若隐若现的毒蛇在乌云深处肆意翻滚着、搅动着,震耳欲聋的雷声此起彼伏,空气中弥漫着暴风雨来临前浓浓的土腥味。

"王司录,你被那伙歹人所蒙蔽了!你想要寻的答案并不在此处。"熟悉的声音将王轨从可怕的思绪中又重新拉回到冰冷的现实里。

王轨猛地转过头,忙循声望去,出现在眼前的居然是刚刚逃出城的芷兰。

"李夫人——"王轨险些惊叫出来,但旋即意识到有些太过失态了,慌忙压低声音道,"你为何又回来了?"

芷兰装作若无其事道:"自然是有紧要之事去做!"

王轨有些气恼:"无论多么紧要,李夫人都没有必要以身犯险,还望速速离开!"

"王司录大可不必为我担忧!这些日子,我一直在想,他们为何要处心积虑地谋害于我?仅仅是因为恨吗?恐怕并非如此,他们怕的是我会如五年前那样勘破他们的阴谋!如若我果真因畏惧而远遁,岂不是正称了他们的心意?"

"可我们在明处,他们却在暗处,如今你又被州衙通缉,留在这原州城中实在太过危险了!"

"反其道而行之未尝不是个好计策！既然我费尽千辛万苦才逃出城，他们必然想不到我如此之快便偷偷潜回城来。如今城门处的盘查较之前宽松了许多，这无疑也印证了我的判断！"

"如今你贸然回城又有何用？这个案子已然破了！那三十二名道士并非死于厉鬼之手，而是被人谋害，凶手便是弘一真人！"

芷兰却高声质疑道："你错了！五年前那个血腥之夜，弘一真人也一同遇害了！"

"他居然也死了？这怎么可能？"

芷兰却并不争辩，而是说："可否让我看一下弘一真人的簿籍？"

芷兰接过王轨递过来的簿籍，目不转睛地翻看着，思索着，一会儿放在桌上观瞧，一会儿又走到院外对着阳光照看，居然还从怀中取出一把锋利的匕首，向着簿籍刺了过去。

站在一旁的王轨忙惊叫道："李夫人，莫要毁了它，否则在下便无法交差了！"

"请王司录放心！民女自然懂得做事的分寸！"芷兰用匕首轻轻割开簿籍的一角，道，"这份簿籍乃是伪造的！"

王轨半信半疑道："何以见得？这份簿籍可是在下从州衙档库之中借来的，怎会有假呢？"

"这恰恰说明伪造这份簿籍之人便藏身于州衙之中！我们所要面对的对手可是无孔不入！"

王轨仍旧半信半疑道："李夫人对自己的眼力竟如此自信？"

"王司录请看，这份簿籍乍一看似乎有些年头了，但若真是年代久远，簿籍所用之纸的表面因风吹日晒会发黄，但里面却会微微有些发白。民女刚刚割开了一个小角，里外皆是发黄，说明这份簿籍是事后伪造的，乃是用茶水做旧而成！"

王轨点头称赞道："李夫人眼光果然敏锐，不愧是查案之奇才！"

芷兰继续说道："查案其实并无他法，一为察情，一为引证。若证据难寻，莫如察情，以察难言之隐；若情有难辨，莫如引证，以息口舌之争，看来王司录还须从他处另寻一份簿籍！"

灵虚观中废弃的枯井旁，井边没有一丝青苔的印记，辘轳上的麻绳也已风干破碎了。

芷兰指着深不见底的井口道："井底便藏着那起血案的真相！"

王轨疑惑地看着她，道："李夫人在此多有不便，还请暂且回避一下，一个时辰后在孙家香染店门前等我。我即刻去寻里正，征调民壮设法打捞井底之物！"

芷兰会意地点了点头，向着寺外快步走去。

王轨先去寻里正，然后通过他征调了附近里坊的十几个壮汉，手持长长的挠钩来到枯井旁，钩取井底之物。

肩胛骨、肱骨、锁骨、髋骨、股骨、髌骨、胫骨、腓骨……一块块沾满泥土和污垢的骨头陆续从幽暗深邃的井底深处打捞上来，王轨将这些骨头错落有致地摆放好，一具人的骨架渐渐呈现在众人面前。

王轨的目光停留在死者骨盆，腔高而狭窄，恰似漏斗状，定然是一具男尸，如若是女尸，则是骨盆低而宽阔，呈圆桶状。

"里正！去附近住户家中借一把皮尺来！"

里正看到地上摆放的那些白骨有些反胃，正好借机离开这个平日里人人唯恐避之不及的地方。

过了许久，里正才迈着四方步回来，递给王轨一把满是污垢的皮尺，解释道："这皮尺可真是难寻啊！这是人家谋生所用之物，不肯轻易借予旁人！"

王轨的目光中透着一丝鄙夷，低下头一丝不苟地测量起来。他一边量着一边取出随身携带的簿籍。这本簿籍是他刚刚从灵州档库借阅来的誊写本，弘一真人最初的出家之地便在灵州灵台观。

王轨将测量到的信息与上面所载的弘一真人的样貌特征逐一进行比对，同样是男性，同样是身高七尺五寸，同样是下颌前突……

王轨仔细端详着死者白森森的牙齿，齿冠上已经出现了明显的磨耗，齿质全部暴露在外，随后又拿起耻骨，凝视着耻骨联合面，骨质疏松粗糙不平，而且联合面周缘已然萎缩，甚至出现了破损，由此推断死者应在五十岁上下，与簿籍上所载的弘一真人出生年月大致吻合。

王轨随即命里正找来一副破门板，将那副白骨抬往州衙，而他自己则急匆匆赶往孙家香染店。

坐在小食摊上，王轨静静望着街上来来往往的行人，默默地看着店中进进出出的客人，有的步履蹒跚，有的走路轻快；有的面带笑容，有的心事重重；有的形单影只，有的结伴而行。

人活于世，无时无刻不在奔波忙碌着，为了名，为了利，抑或为了权！

也正是因为有了名、利和权，人活着才有了奔头，人世间才有了这般熙熙攘攘的场景，可在疯狂追逐这些东西时却很容易迷失自己，使得这世间充斥着数不胜数的交易、算计，还有血腥疯狂的杀戮！

王轨忙收起烦乱的思绪，约定的时间已然过了，却始终未寻见芷兰的身影。

他生怕芷兰会出什么事，向桌上扔了二十个老钱，急急站起身，在人群之中焦急地搜索起来。

恰在此时，王轨忽然感觉有人从身后拍了一下他的肩膀，忙回过头，见是芷兰，一直悬着的心这才落了下来。

芷兰低声问道："进展如何？"

"那具白骨的确与簿籍上所载弘一真人的特征颇为相符，可是仅凭这些还是难以认定这便是弘一真人的尸骨！在下还需找到弘一真人的唯一性特征！"

"王司录莫要心忧，我已然寻到了！我之所以来迟了，是去拜访一位知情人而耽搁了些时间。弘一真人年幼时险些在战乱中丧生，他的右腿上曾留有一道深入骨中的刀伤！"

王轨喜道："若是如此，这具尸骨的身份之谜便可解开了！若这具尸身是弘一真人，玄妙观中的那位弘一真人又是何许人呢？"

芷兰咬着牙道："自然是借尸还魂的厉鬼！"

少阴篇：骇人血咒

一从狂寇陷中国，天地晦冥风雨黑。
案前神水咒不成，壁上阴兵驱不得。

——唐·韦庄《秦妇吟》

随着弘一真人的到来，乌兰关一时间血案频发，骇人血咒的传闻也不胫而走。这中间到底藏着怎样的蹊跷，以至于北魏"候官署"、南梁"血酬卫"和北周"敌闻司"三大势力居然全都牵涉其间，小小的乌兰关在这场帝国大博弈之中又将扮演着怎样至关重要的角色呢？

第十章
冬夜夜寒觉夜长

陌客

西北黄河边上有一片高耸的石崖,石崖上建有五座烽燧和一座关隘,这座扼险踞要的关隘便是宇文邕下诏设立的乌兰关。

宇文邕将父亲宇文泰所设会州改为会宁防,新设的乌兰关便隶属于会宁防,从乌兰关前往会宁防驻地,走驿路需要走一百八十里,与去往原州城的路程相差无几。

乌兰关仅有南门这一座城门,站在城门可以远眺黄河。南门外两里处有一座气势恢宏的桥,横跨黄河两岸,不过冬日的黄河已然失去了往日的生机,若是夏秋之际,关后峰峦叠嶂,岩壑纵横,关前惊涛拍岸,浊浪滔天。

营房之中,乌兰关副将孙展功正与七八个部将围坐在一个大火盆前,盆中炭火烧得通红,盆上有一个被火炙烤得黑黢黢的铁架,架上垂下一个个黑乎乎的铁钩,上面钩挂着野猪肉、山羊肉、狍子肉等各式野味。在炽热的炭火熏烤之下,油脂一滴滴地淌下,落在火盆中发出"嗞嗞"的声响。

"狍子肉熟了！"满脸络腮胡子的杨大眼大声喊道。他手中垫着一块破布将钩着袍子肉的钩子从铁架上取下，放在瓷盘之中，然后用牛耳尖刀将其切成块，递到乌兰关副将孙展功面前。

在身材魁梧的杨大眼的衬托下，孙展功身形显得有些瘦瘪，尤其是那张脸显得格外长，颌下只有几缕颇为稀疏的胡须。

孙展功举起手中铁叉叉起一块肉放入自己的嘴中，高声赞道："真他妈的鲜哪！诸位兄弟，请满饮此杯！"

就在众人推杯换盏之际，一个老道悄无声息地出现在众人面前，此人几茎白发，一部苍髯，布衣革履间透出一股子仙风道骨。

孙展功的手不由自主地摸向腰间，警觉地问道："你是如何进来的？"

"这又有何难？没人能拦得住贫道！"

"你究竟是什么人？"

"救你之人！孙副将，你近来恐有性命之忧！"

孙展功将手中铁叉扔进瓷盘之中，站起身大步流星地走到道士近前，用粗大的手指指着自己的胸膛，嘲笑道："你是来救我的？"

闻听此言，他的那些部属们顿时发出阵阵不屑的笑声。

"敢问道长谁要加害于我？"

"血咒！"

孙展功鄙夷道："血咒？谁施的血咒，莫非是你？"

众人不禁哄堂大笑，边吃边起哄道："你莫不是神仙？先砍他一刀，看看他是否也会流血？"

孙展功顺势从腰间抽出横刀，抵在那道士的脖颈处，厉声斥责道:"你也不打听打听老子是何许人也,骗钱居然骗到老子头上来了!"

那个道士却毫无惧色,凛然道:"难怪三闾大夫曾慨叹,世人皆醉我独醒!看来这世间死到临头尚不自知的还真是大有人在!"

恼羞成怒的孙展功用力一压刀柄,锋利的刀刃轻轻割破那个道士脖颈处的皮肉,几滴殷红的血顺着刀刃滴落在他的青色道袍上。

面对孙展功赤裸裸的威胁,老道依旧神态自若,毫无惧色,镇定自若道:"想当年,贫道曾言那个来历不明的小儿乃是厉鬼所变,可怜观中同道却无一人肯信,结果三十二名同道皆丧于厉鬼之手,可悲!可叹啊!"

"难道您是弘一真人?"孙展功随即收起刀,改用恭敬的语气道,"道长,俺是行伍间鲁莽之人,刚刚对您实在有失恭敬,还望您不要跟俺计较!道长能否直言相告,俺孙某人究竟有何劫难?这血咒又究竟是怎样一回子事?"

"不可说!不可说!"心机深沉的弘一真人只是从怀中取出一张黄纸,递给孙展功,随后便转身离去。

孙展功见那张黄纸之上用红笔写有十几个人名,每个人名下面均有一行小字,记录着此人的样貌、年岁、住址等信息,其中竟然还有他的名字!

孙展功急切地嚷道:"道长请留步!道长请留步!敢问道长您刚刚给我的这张纸究竟是何物?为何这五人皆被打上了红叉?"

"其中玄机不可说,你只可自己去悟!"那个道士头也不回地向外走去。

七八个将校纷纷站起身,一拥而上拦住了弘一真人的去路,叫嚣道:"你这个老道如何这般不懂事!说话含含糊糊,推三阻四,休怪我等对你动粗!"

孙展功高声呵斥道:"你等休得无礼!统统给我退下!退下!"

那几个将校只得悻悻地退到一旁,孙展功紧走两步,解释道:"道长既然前来搭救于我,为何又急着离开呢?难道是因俺刚刚行事太过鲁莽,惹得您心生不快吗?"

"贫道修道三十余年,游走四方,积德行善,为的就是能够早日羽化成仙,岂会是心胸狭隘之人!贫道有心救你,但天机却万万不可泄露,剩下的路只能你自己去走,你还是自求多福吧!"

孙展功情急之下哀求道:"如若他日有事向道长求教,如何能寻得见您?"

"你可到关外陈家峪口!"弘一真人的话音仍在院内回荡,但人却已消失在黑暗中。

杨大眼开口劝道:"莫要听那老道胡言乱语。这张破纸不过是骗人的把戏罢了!要这劳什子作甚!索性烧了算了,省得坏了弟兄们喝酒吃肉的兴致!"

"你终日只知吃肉喝酒,怎会懂这些?"孙展功高声斥责着,心头掠过一阵恐慌,叹道,"这个老道绝非寻常之辈,或许我命中注定会有此一劫!"

长跪

在漫天飞雪之中,重重宫阙微微露出朦胧的身影,如梦似幻,宛若仙境一般。宇文直身着白色单衣默默跪在未央宫前殿之前的台阶之上。

气势恢宏的前殿内摆放着十几个吐着火舌的炭火盆，却依旧挡不住严寒的侵袭。

北周皇帝宇文邕端坐在御座之上，正与百官议事，手中拿着一个泛着光晕的黄绸暖手袋。

小司空上大夫陆通暗中观察着太师宇文护，小心翼翼试探道："卫国公如今正跪在殿外，欲向陛下当面谢罪……"

陆通乃是北周开国老臣，早在宇文泰任夏州刺史时，陆通便是他手下的帐内督，昼夜侍奉在他的左右。宇文护掌权后与那些老臣之间的矛盾日趋尖锐，陆通站在天子一边，渐渐成了宇文邕的亲信。

宇文护脸色一沉，高声打断道："圣旨已然颁下，命卫国公以布衣之身发配会宁防效力，如今他却私自返京，其所作所为与抗旨又有何异？"

宇文护此言一出，陆通识趣地闭上了嘴，朝堂之上顿时变得鸦雀无声。

恰在此时，太傅于谨主动站了出来。此前他以体弱多病为由长期不上朝，实则是想远离政治纷争，不知为何今日却突然来了。

于谨咳嗽了两声，道："太师刚才所言于法有据，罪臣私自进京自然有违朝廷法度，可卫国公却并非旁人，乃是圣上同母弟！这世间最难得者便是兄弟，如今犯错的弟弟不远千里来乞求哥哥的原谅，若陛下避之不见是否太过不近人情了？"

于谨是追随北周太祖宇文泰打江山的老臣，宇文护从军之初便在于谨麾下效力，于谨对其多有护佑。宇文泰去世后，资历尚浅的宇文护能够站稳辅政之位也得益于于谨的鼎力支持。虽说如今于谨已淡出政坛多年，但其门生故吏众多，在朝野上下的影响力不容小觑。

宇文护虽心有不悦，却依旧笑着说："太傅素来仁义，可我大周之勃兴皆因缘法而治，不别亲疏，不殊贵贱，一断于法，法不阿贵，绳不挠曲，这方才是治国之道！"

于谨原本还想争辩几句，宇文邕忙居中调和道："儒家之仁，法家之直，皆是治国之良策，刚才二位所言皆有理！调和诸家之说，博采百家之言，方能创百世之基业！"

宇文邕说着从御座之上缓缓站起来，道："朕今日有些乏了，早朝就此散了吧！"

就在宇文邕欲转身离去之际，一个小黄门跌跌撞撞地跑进殿中，惊慌失措道："卫国公长跪于风雪之中，已然昏死过去了！"

宇文邕闻听此言急急转过身，忙道："速传御医前去诊治，若是阿弟苏醒后可抬至奉先殿！朕有些话要当面问他！"

那个小黄门忙回了一声"诺"，一路小跑着前往车辇局要了一副缚辇，又唤了两三个小黄门一同跑向已瘫倒在雪地之上的宇文直。

小黄门们七手八脚地将宇文直抬到辇上，然后抬起缚辇，艰难地向着偏殿走去。

宇文护缓缓走了过来，立在辇前，凝视着躺在辇上一动不动的宇文直。

抬辇的小黄门识趣地立在原地，冻得不停地跺着步。

宇文护半晌才道："你的苦肉计终于得逞了！居然连一向不问世事的太傅皆上朝为你说情，本太师还真是小看你了！"

宇文直依然紧闭着眼睛，没有一丝回应，仿佛已经冻死过去了。

几个医官背着药箱，急急火火赶了过来。

宇文护阴阳怪气道："你等务必要好生为卫国公诊治，他还年轻，今后的路还长着呢！"

几个医官忙低头哈腰道："卑职明白！定当尽力诊治，还请太师放心！"

恰在此时，老迈的于谨拄着一根金丝楠拐杖，在小黄门的搀扶下缓缓走来。

宇文护忙施礼道："太傅一向可好？"

于谨挽着他的手道："耳无杂音，目无俗物，心无邪念，囊有余钱，缸有佳酿，瓮有闲粮，老夫这辈子也就算是知足了！"

宇文护似笑非笑道："太傅真乃高洁之士，可这朝中却尽是蝇营狗苟之辈，总会无端地掀起风浪！太傅还是当心为好！"

于谨随即回击道："太师怕是多心了吧！祸源于多心，安生于少事，多事是祸事之源，多心乃是非之根！"

宇文护不悦道："在下受教了！"

小黄门们小心翼翼地将宇文直抬进了偏殿之中，八个炭火盆将大殿烘烤得如同春日般和煦。

医官为宇文直喂下姜桂汤，约莫过了半个时辰，宇文直渐渐苏醒过来。

如释重负的小黄门们迫不及待地将宇文直抬进了宇文邕的寝殿奉先殿。

奉先殿建造时在墙中掺入了捣碎的花椒，殿门口摆放着避风御寒的火齐屏风，殿内四面墙上皆挂着宽大的蜀绣木香花纹壁毯，地上铺着厚厚的产自西域的驼羊毯，踩在上面格外松软，床榻前还挂着雁羽幔帐。

小黄门们小心翼翼地将宇文直放在床榻上，宇文邕冲着他们挥挥手，他们说了声"诺"便快步离开了。

宇文邕看了一眼站在殿内随时等待召唤的宫女和黄门，厉声道："你们也退下吧！"

宇文邕剪了一下红烛，烛光随即缩成一个光球，随着他手中剪刀的移动，红烛发出愈加耀眼的光芒，殿内似乎一下子明亮了许多。

宇文直缓缓睁开眼，挣扎着要起来，却被宇文邕拦下。

宇文邕凝视着他道："今夜没有君臣，只有兄弟，生死与共的兄弟！父亲终其一生打下的这份基业如今皆系于你我的身上。哥哥我说的每一句话，你皆要牢牢地记在心间！"

宇文直心领神会地点了点头，表情显得愈加凝重！

这对兄弟当晚究竟说了些什么并无人知晓，不过这次促膝长谈却并未改变宇文直的命运。

次日，面色惨白的宇文直有气无力地握着缰绳，摇摇晃晃地骑在马上，仿佛随时都有可能从马背上跌落下来。

那匹早已疲惫不堪的马走得极慢，仿佛驮着重达千斤的物件，竟有些迈不开步子。

宇文直悻悻地穿过长安城雍门幽深的门洞，突然勒住马，缓缓转过头，久久地凝视着身后这座气势恢宏的长安城。

他忽然生出一种生离死别之感。前路凶险莫测，他不知几时才能重返长安，更不知还能否重返长安！

"你走不走呀？别骑个马，站在路中央愣神，挡了我们的路！"

"还不快让开，休怪我等不客气了！"

"你快点儿呀,我等急着出城呢!"

宇文直听到身后传来阵阵聒噪之声,只得无奈地苦笑两声,双腿一夹马腹,踏上了西去会宁防的路。他不知道眼前这条路究竟是一条通往重生的路,还是通往毁灭的路,可他却义无反顾地策马疾驰而去!

自从两兄弟分别之后,心情低落的宇文邕便染上了风寒,以至于卧床不起,虽叫了御医前来医治,却收效甚微,只得停了例行朝会,朝中一切事务听凭天官府决断。

此时此刻,无数关注的目光纷纷投向了病榻之上的宇文邕,他的病情关乎他能否如期前往原州,而他的原州之行又注定会影响无数人的命运!

咒死

平日里波涛汹涌的黄河如今却是一派银装素裹之象,州郡衙门专门征调民壮没日没夜地凿冰,河面上漂着不计其数的冰块,河道两侧的崖壁上覆盖着一层厚厚的白色冰凌。

位于黄河边的金城郡乃是客商云集之地,即便是寒冷的冬日,仍旧热闹非凡,那些小商小贩们急着卖掉手中存货,好回家欢欢喜喜地过大年。

孙展功走进惠中小食店,店中并无食客,一个老者呆呆地坐在店内一处不易察觉的角落里,只见他头发已然花白,饱经风霜的脸上密布着深深的皱纹,如同用刀子镌刻似的,两只深陷的眼中透着无边的绝望和哀伤。

孙展功走上前拱手道:"敢问这位老伯,孙阿蛮孙掌柜可在店中?"

老者指了指自己的耳朵,摆了摆手道:"你说什么?"

孙展功凑到老者耳边大声喊道:"我找孙阿蛮!孙掌柜!"

老者用手中拐杖拄了拄地,反问道:"你问一个死人作甚?"

"什么?孙掌柜死了?"孙展功的眼中满是惊恐,急急追问道,"孙掌柜一向好端端的,如何说死便死了呢?"

在弘一真人给他的那张黄纸上,写着十几个人名,有五人被打上了大大的红叉,其中一人便是孙阿蛮!

"哎,作死啊!他这个愣头青,居然对仙人大不敬,惹上了邪祟,就这么不明不白地被活活折磨死了,真是作孽啊!作孽啊!"

"活活折磨死了?老伯能否为在下详细说一说当时的情形?"

老者凝视着他,脸上露出了极为痛苦的神情,摇着头道:"太可怕了!实在太可怕了!"

老者似乎并不愿再忆起那可怕的一幕,拄着拐杖,颤巍巍地站起身,向着小食店里间走去,留下一脸惊愕的孙展功。

孙展功悻悻地离开了小食店,在街上熙熙攘攘的人群之中竟然发现了一个熟悉的身影。

他调往乌兰关之前曾在金城郡任职,那时他便识得此人,此人乃是吐谷浑所遣的间者,时常以经商之名来北周刺探军情,只可惜始终未能将其抓获!

孙展功悄悄跟了过去,走街串巷,穿梭在形形色色的人群之中,或许是他有些心神不宁,或许是对方实在太过狡猾,跟了没多久居然跟丢了。

孙展功极为懊恼，却也无可奈何，此人如今在这里现身想必大有深意，难道吐谷浑近来将有什么异动？

见不远处有个卖饼的小摊，他走得有些累了，于是要了一个胡饼和一碗杂辣羹，递给摊主二十文钱，边吃边说："不用找了！"

摊主千恩万谢道："多谢客官，小的今日算是遇到贵人了！"

孙展功一屁股坐在摊前的木凳上，拿着胡饼在寒风中吃了起来，喝了一口杂辣羹，烫得他哈了一下嘴，道："摊主，我想向你打问一件事！"

"客官有事尽管问，小的平日里走街串巷，总能有意无意地听到些旁人不知晓的奇闻轶事，供客官们消遣之用！"

"惠中小食店的孙阿蛮孙掌柜你可认得？"

摊主闻听此言，脸色顿时大变，低声道："客官为何要问此人？他早在数月前便已然故去了！"

孙展功强压住内心惶恐，问道："他怎会突然死了呢？莫非是被歹人所害？"

摊主环顾了一下四周，神秘兮兮道："害他的并非是人，而是神！"

"神？！"孙展功心头不禁猛地一颤，随即便想起了弘一真人那夜对他说的话，如今细细想来不禁有些令他毛骨悚然。

孙展功强装镇定道："世人皆说这坊间有神，却有几人真的见过神呢？"

摊主环顾左右，俯下身子在孙展功耳边低声道："起初小的也是不信，可是后来却不由得不信！"

"哦，不妨说来听听！"

孙阿蛮乃是屠户出身,生得孔武有力,身长八尺,腰阔十围,四方大脸,鼻直口阔,大耳垂肩,腮边虎髯,生性暴躁,整个南城没有不怕他的,人人唯恐避之不及。

短短数年间,孙阿蛮便从屠户家中的小帮工摇身一变成为小食店店主,依仗的正是那对令人生畏的拳头,不知多少人曾在他的拳下吃过亏,不过却都是敢怒而不敢言。

一日,一个须发皆白的道士在他家的小食店讨了些吃食,可身上所带盘缠却不够支付这餐饭费,苦苦哀求道:"贫道游历四方,身上只有这些钱,还望店家能够设法通融!"

孙阿蛮闻听此言不禁勃然大怒道:"你也不打听打听老子是何许人也!你居然胆敢跑到老子店里来吃白食!你是吃了熊心豹子胆吗?"

白发道士苦着脸道:"店家怕是误会贫道了!贫道风餐露宿到此,一时囊中羞涩,只得先欠店家十几文钱,日后定会设法偿还,绝不敢赖账!"

"你这种混吃混喝之人老子可是见多了!"孙阿蛮猛地来了一个单手锁喉,随着他手上的力道越来越大,白发道士的脸也憋得通红,气息变得越来越沉重,连呼吸都有些困难。

白发道士剧烈挣扎着,对着孙阿蛮一阵拳打脚踢,但在身材魁梧的孙阿蛮看来,他那两下子却好似挠痒痒一般。

孙阿蛮将他高高地举过头顶,然后重重地摔在地上,骂道:"既然你身上的钱不够!老子也绝不会为难你。两拳抵一文钱,一脚抵一文钱,老子绝不多打!"

孙阿蛮挥舞着碗口大的拳头向着白发道士打了过去,紧接着就是重重的一脚,白发道士倒在地上痛苦地呻吟着,哀号着,诅咒着。

不一会儿，店外便聚拢了上百个看热闹的人，有的交头接耳，有的指指点点，有的唉声叹气，有的却神情漠然。

打了好一阵，孙阿蛮才住了手，用衣袖拭去额头上不停滚落的汗珠，喘着粗气骂道："你可以滚了！快滚！"

白发道士从地上艰难地站起来，踉踉跄跄地走了几步，指着孙阿蛮有气无力道："本天师受命于天，你胆敢蓄意殴打本天师便是对上天不敬！你十日内必遭天谴，一月之内必将暴亡……"

孙阿蛮飞起一脚将他再度踢倒在地，指着他的鼻子威胁道："休要再胡言乱语！小心老子打得你满地找牙！"

当时摊主就在看热闹的人群之中，实在看不下去了，忙劝阻道："孙掌柜，请息怒！莫要再打了，再打便出人命了！"

孙阿蛮恶狠狠地瞪了他一眼，怒道："老子该如何做，还用得着你这个摆摊的小厮来教老子吗？你也不撒泡尿照照自己是何等货色！"

孙阿蛮边说边向着围观的人群走来，摊主见状吓得撒腿便跑，众人皆怕无端地惹上麻烦，随即便散了。

孙阿蛮仗着有膀子蛮力称霸南城多年，他仗势欺人早已是司空见惯之事，此事很快便被人们遗忘，但不久一个令人震惊不已的消息却在南城迅速传播开来。

曾经人见人怕的孙阿蛮居然中邪了！

他那对引以为傲的拳头不知为何竟越来越不听使唤，起初只是有些麻酥酥的感觉，继而感到无力，再到后来手中所握的筷子会莫名地掉落在地上。

起初他还不以为意，觉得歇两日便好了，却一直都没有好转，症状还愈发地重了,此时他才意识到自己怕是摊上大事了!

他那双粗壮有力的手彻底失去了控制,总是不由自主地颤抖,以至于连穿衣、进食这种再寻常不过的事情都做不了。

惶恐不安的孙阿蛮遍请郡内名医,汤药、针灸、按摩、艾灸,各种手段都用上了,他的病情却没有一丝的好转,反而越来越重,直到此时他才想起那位白发道士咒骂他的那些话,不禁惊出了一身冷汗。

难道他真的遭了天谴?一向无所畏惧的孙阿蛮终于知道怕了,还怕得要命!

孙阿蛮迈着蹒跚的步子,遍寻城内外各家道观,却始终寻不见那位曾被他殴打的白发道士的踪影。他绝望地瘫坐在一处不起眼的道观门前,脸上露出了绝望的神情。

此时一位上了些年岁的老道士从观内走出来,孙阿蛮赶忙叩头道:"道长,恳请您务必救救小的!救救小的!小的知错了!小的真的知错了!"

一脸错愕的老道向他投来异样的目光,沉声道:"你我素不相识,这位施主为何会口出此言?"

孙阿蛮流着泪将那日殴打白发道士之事复述了一遍。

老道士听完后摇着头道:"理无常是,事无常非,但灾人者,人必反灾之!贫道道行尚浅,恕贫道无能为力,还望施主好自为之吧!"

孙阿蛮闻听此言手抖得更厉害了,缓缓抬起头,望着冬日阴沉的天空,厚重的乌云迅速在天边聚集着,仿佛将要以灭顶之势向着他压过来。

屡屡寻找未果之后,孙阿蛮终于死了心,整日呆坐在店中,什么活计也没心思干,什么活计也做不了。

孙阿蛮的两条腿也开始不由自主地抖动起来，抖动的幅度越来越大，后来居然连站立都有些困难。曾在南城一带赫赫有名的孙阿蛮只得在床榻之上苟延残喘，喝些米粥勉强度日。后来他全身上下每一块肌肉似乎都在不停地抖动着，痛苦不堪的孙阿蛮用含混不清的语音不停地忏悔道："我知错了！我真的知错了！"

又过了几日，孙阿蛮竟说不出任何话语，嘴唇虽一直在颤抖，却只能发出"依依呀呀"的微弱声响，再后来连米粥都喝不进去，从嘴角的一端喂进去，很快便从嘴角的另一端流了出来。

也就是一个月的光景，曾经不可一世的孙阿蛮便被折磨得面色蜡黄，骨瘦如柴，两只空洞无神的眼睛深深地塌陷下去，两只胳膊如同一折就断的麻秆，胸前一根根肋条向外凸着，如同一个搓衣板！

在生命的最后时刻，孙阿蛮被摧残得痛不欲生，奄奄一息，抽搐的幅度越来越小，直至一动不动。

说完孙阿蛮的悲惨遭遇，摊主无奈地摇摇头，叹息道："人这一辈子，无论多难多苦，皆要心存善念！夜路走多了总会遇到鬼的！孙阿蛮只知一味争强斗狠，短短几年就挣下了这份家业，却未及享用便故去了，到头来还不是为他人作嫁衣！"

孙展功阴沉着脸，缓缓站起身，迈着沉重的步子离开了。

对于弘一真人那夜所说的话，孙展功开始信了，也开始怕了！

折磨

来到灵州城外的小南河村，孙展功用力敲击着那扇早已破败不堪的柴门,门内传来一阵斥责声:"哪个挨千刀的来敲门?别敲了,再敲我家门板便被敲破了!"

门缓缓打开,露出一张满脸横肉的妇人的脸,继而是她臃肿的身材,仿佛肉丸子一般。

孙展功满脸胡茬的脸上勉强挤出几抹微笑,低声道:"敢问这里可是孙阿婆家?"

肉丸子的小眼儿滴溜溜地转个不停,透过门缝仔细打量着眼前这个身材并不算魁梧的汉子。

那个妇人轻轻哼了一声:"你是谁?"

孙展功笑笑道:"姨娘孙阿婆可在此间住?阿母特地命在下前来看望他老人家!您可是阿嫂?"

"休要乱认亲戚,老娘我为何从未见过你?"那个妇人向他投来疑惑的目光。

孙展功露出憨憨的笑,道:"我常年居于蜀地,一直想来看望姨娘,怎奈蜀道艰险,平日里走动得的确有些少!"

"莫要随口编些谎话来唬老娘!"

话音未落,肉丸子便想要关门,谁知孙展功却迅速伸出手,死死抓住门板,猛地向外一用力,那扇有些破旧的门板发出"嘎吱嘎吱"的声响。

肉丸子一向仗着自己有一股子蛮力在家中作威作福,她家男人因生得瘦小枯干,在她面前连大气都不敢喘,即便是街坊四邻也都不敢轻易招惹她。

她万万没有想到孙展功看着虽有些瘦弱,可力气却大得很,心中不免一惊,警觉地注视着门外这个不速之客,气势顿时便减了几分。

孙展功不想与这个悍妇继续纠缠下去,将左手提着的一串纸包高高举过头顶,上面印着"灵州崔家"的戳记。

灵州崔家乃是城中首屈一指的糕点铺,肉丸子每次进城路过这家百年老号时,空气之中皆弥漫着醉人的香气,可她摸一摸兜内所剩不多的那几个老钱,便又不得不带着不舍和无奈快步离开。

令她垂涎欲滴的糕点如今就摆在她的面前,她不由自主地咽了一口吐沫,忙打开院门,换上一副笑脸,道:"兄弟好力道,嫂嫂刚刚在与你玩闹呢?快请进!"

肉丸子忙将孙展功让到屋内,用衣袖掸了掸木凳,热络道:"大兄弟,快坐!快坐!你远道而来,肚子可是饿了,想吃些什么尽管跟嫂嫂说,嫂嫂这便去给你去做!"

肉丸子的眼睛一刻都未曾离开过孙展功手中的糕点,孙展功顺势将那糕点递给她,道:"小弟来得甚为匆忙,也不知买些什么是好!不知姨娘是否喜欢这家做的糕点?"

"喜欢!喜欢!"肉丸子迫不及待地接过糕点,放入黑漆漆的大柜中,关上了柜门,生怕他会临时变卦似的。

她虚情假意地客套道:"既然都是亲戚,来就来呗!何必还要如此破费!"

"谈不上破费,恰巧路过而已!"孙展功扫视着这间狭小简陋的屋子,话锋一转道,"不知姨娘可还好?"

肉丸子脸上的笑容顿时便凝固了,唉声叹气道:"大兄弟,你是有所不知,婆母……婆母她中邪了!"

"什么,中邪了?"孙展功瞪大眼睛惊道。

肉丸子长长叹了口气道:"今年中元节时,婆母买了些纸钱去村外祭奠先人，孰料归来时竟被恶鬼附身！"

"恶鬼附身？这世间竟会有如此诡异之事！"

"谁说不是呢？大兄弟，且随我来。"

肉丸子将孙展功领进里间卧房。狭小的卧房被临窗的那张大炕占去了大部，大炕上铺着一床脏兮兮的厚棉被，棉被覆盖着一个瘦骨嶙峋的老妇人，想必此人便是孙婆婆！

孙婆婆微张着嘴，眼睛半闭着，不知是睡着，还是醒着！

虽然隔着一层旧棉被，但孙展功却看得颇为真切，她的身子在一刻不停地颤抖着。

肉丸子端起床头那个已经破了好几个口的粗瓷碗，拿起碗中的瓷勺，舀起一勺水，装出一副恭孝的样子，亲切地唤道："婆母，喝点儿水吧！看看谁来看您来了！"

孙婆婆的眼皮微微动了动，但眼睛想睁却似乎睁不开。她发现了肉丸子在自己近前，眼神中流露出一丝恐惧，想说些什么却只能发出一阵"呜呀"的声响。

肉丸子将勺中早已冰冷刺骨的水轻轻倒进孙婆婆微微张开的嘴里，但水却顺着她嘴角的另一端流了出来，肉丸子忙用巾帕擦了起来。

肉丸子唉声叹气道："自从那夜祭拜先人归家之后，婆母的手便不知为何竟抖个不停，当时并未太过在意，谁知一连几日都未曾好转，反而抖得越来越厉害了，后来双脚，继而全身皆抖动不止，一刻也停不下来，无法下床，无法说话，甚至无法进食。婆母就这样被折磨得骨瘦如柴，奄奄一息！"

肉丸子勉强挤出几滴眼泪，故意装出一副悲切的样子，道："这半年来，我们遍请周遭名医，花光了家中所有积蓄，可婆母的病却没有一丝的好转，反而一日不如一日。后来，我家阿郎将一位法力深厚的道长请至家中，道长却说那根本就不是病，而是恶鬼附身！恶鬼已经附入婆母的骨髓、脑髓之中，如若将那恶鬼强行逼出，婆母当即便会七窍流血而亡！"

孙展功默然地注视着眼前这个行将就木的老妪，脑海中不由自主地幻想着孙阿蛮临终之际痛不欲生的画面。

孙阿蛮的悲惨遭遇只是存留于别人的言语描述之中，可孙婆婆如今就真真切切地躺在他的眼前，此时此刻，他的内心已然惊恐到了极点！

他不由自主地将手伸进宽大的袖中，轻轻摩挲着那夜弘一真人给他的那张黄纸，小声嘀咕道："如今全都应验了！全都应验了！"

孙展功失魂落魄地向屋外走去，身后却传来肉丸子比男人还要雄浑的声音："大兄弟，你这是怎么了？怎么说走就走啊！跋山涉水远道而来，若不在家中吃顿饭，怎能叫嫂嫂心安呢？"

孙展功并未理会她，继续小声嘟囔道："全都应验了！如今全都应验了！"

"什么应验了？应验什么了？"

孙展功好似中了邪一般，神情恍惚地走出了屋门，目光呆滞地向着院门走去。

见孙展功要走，肉丸子忙提高嗓门嚷道："为了给婆母诊治，我家已然是家徒四壁，看着大兄弟也是个敞亮人，能否接济一下我家？你的大恩大德，我们永世不忘！"

孙展功依旧未听见一般，低着头小声嘀咕道："全都应验了！如今全都应验了！太可怕了！"

第十一章
华藏神通惊变现

勾心

在冰天雪地间,心事重重的宇文直策马狂奔,他的身上依然凝结了一层厚厚的冰雪,整个人仿佛被冻僵了一般,好在会宁防近在眼前了。

进城之后,经过一番打问,宇文直来到会宁防衙署前,将马拴好后便将官凭递给门口的士卒。士卒之前已经得到过上官吩咐,查验官凭无误后便将其径直领进花厅之中。

阎士德五十多岁,身材臃肿,须发稀疏,还夹杂着点点白色,因在官场浸染几十年,举手投足间皆透着干练和圆滑。

见到宇文直之后,阎士德忙起身相迎,挽着宇文直的手在厅内坐下,还亲自煮了茶,暖心地寒暄几句,才转入正题说:"圣旨上只是说命您在我会宁防效力,却并未言明具体职掌,卑职思虑良久,您还是去我防管下的乌兰关为好,不知卫国公意下如何?"

宇文直拱手道:"一切听凭阎大人安排!"

宇文直自然猜出了阎士德的心思，若将他留在会宁防，对他远不是，近也不是；好不是，坏也不是，对他坏了怕惹得圣上不悦，毕竟他是皇上唯一的同母弟；对他好了又怕触怒了权臣，毕竟他是遭到宇文护弹劾才流落至此。

阎士德更不知宇文直经此一劫是就此落魄一生，还是会东山再起，索性便将他安排得远远的，等于将这个烫手山芋抛给了宇文孝伯。

孝伯既是宇文直的族亲，又曾是圣上的心腹，自然会对他多加照料，若是宇文护因此心有不快也只会怪罪到孝伯的头上，他可以推说对下面情形不甚了解，借机搪塞过去。

辞别阎士德后，宇文直并未在城中多做逗留便马不停蹄地赶往乌兰关，到时已然是傍晚时分。

乌兰关不大，不似长安等大城那般日落后便实行宵禁，等到子时才会宵禁，傍晚反而成为一天之中城内最热闹的时候。

在一缕晚霞映照之下，饥肠辘辘的宇文直来到咸丰酒家门前，有些疲惫地将自己的马拴好，刚要走进去，却迎面碰上了一人，居然是韩湘儿！

其实是韩湘儿先发现了他，他却只顾着向店内走，直到两人近在咫尺之际，他才意识到她的目光一直在自己身上游走，没想到居然会在边陲之地与曾同床共枕的韩湘儿不期而遇！

见到他之后，韩湘儿眼神之中竟没有一丝喜悦，反而充斥着复杂的情愫，似乎还有一丝求助的意味。

就在宇文直想要上前搭话时，韩湘儿身旁的那个汉子却在她的耳边低声耳语了几句，那人右脸上有一道深深的刀疤，隐隐透着一股子凛冽的杀气!

韩湘儿迅速收回目光,低下头,跟着那个"刀疤脸"快步走开了。

望着韩湘儿离去的背影,宇文直陷入了沉思,暗道:"韩湘儿怎会在这里?她明明已然认出我,怎会又装作并不认识呢?看来此人并不像自己想象的那般简单!"

宇文直一直纠结于自己该不该追上去问个究竟,不过最终还是没有贸然行事,因为他当下还有极为重要的事情要去做。

当初韩湘儿主动接近他时,他也曾对她起过疑心,还暗中派人调查过这个女人,不过却未查出什么,只是查到她曾经有着一段不堪回首的过往。

韩湘儿生来一副好模样,却未能生在一个好人家。

她家世世代代是开州周安郡新浦县[1]的佃户,租种的田地本就很是贫瘠,又逢战乱频仍,旱涝灾害频发,家中一贫如洗总是吃了上顿没有下顿。

韩湘儿九岁那年,家乡又逢大旱,全家人断了炊,她嗷嗷待哺的弟弟常常饿得啼哭不止。为了让一家人能在这乱世之中苟活下去,父亲狠心将她卖到当地富户蹇大户府上做侍女。

待韩湘儿长到十四五岁时,已然出落成一个亭亭玉立的佳人,引起了垂垂老矣的蹇大户的觊觎!

那是一个炎炎夏日,热得似乎连空气都快要凝固了,除了恼人的蝉鸣外,几乎听不到任何其他的声响。

---

[1] 今重庆开州区。

韩湘儿和另外一个丫头伺候着身材臃肿的主母洗完澡，然后搀扶着她上床安歇。那个丫头留在房内，用力摇着扇子，韩湘儿终于赢得了属于自己的片刻闲暇。

这一上午，她一直东跑西颠，忙前忙后，内衫早已被汗水浸湿了，贴在身上极为难受，于是偷偷溜回西厢房，脱去衣襟，跳进大木桶之中，用主母洗剩下的残水洗着澡，也享受着难得的惬意，还不自觉地轻声哼唱起家乡小曲，恰巧被途经西厢房的蹇大户听到了。

蹇大户蹑足潜踪来到窗边，透过窗子的缝隙急切地向屋内张望，刹那间便欲火焚身，难以自持。

韩湘儿洗好后，从大木桶中走出来，坐在胡床之上擦着湿漉漉的大腿。

蹇大户轻轻推了推门却推不动，于是从随身携带的蹀躞带上取下一个小刀，顺着门缝轻轻地拨动门闩，缓缓地推开门，犹如饿虎扑食般将她扑倒在屋内交椅之上。

韩湘儿自觉门已经被插上，并未想到会有人突然闯进来，惊慌失措的她想要高声尖叫，不过却还没有来得及喊出声来便被蹇大户那张满是老人斑的大手死死捂住。

蹇大户气喘吁吁道："傻丫头，莫喊！莫喊！如今你被老爷我看上乃是你上辈子修来的福分，从今往后你吃香的，喝辣的，穿好的，莫不比当个丫鬟要强上千倍、百倍！"

十六岁的韩湘儿就这样成了六十岁的蹇大户的女人，虽是无名无分，却再也不似之前那般低三下四、累死累活了。

在主母面前韩湘儿还算有所收敛，但在府中其他下人面前却自觉高人一头，渐渐变得颐指气使，别人虽也时常在她的背后指指点点，却没人敢当面顶撞她。

自此,她也得以褪去粗布衣裳,穿上绫罗绸缎,涂上名贵胭脂,戴上金钗步摇,整个人都变得光鲜亮丽起来。

不过她也深知这一切的代价便是忍受着塞大户那身令她作呕的松松垮垮的肥肉在她的眼前晃来晃去,蹭来蹭去。

然而,一场突如其来的水灾却彻底打碎了他们平静的生活,塞大户死了,韩湘儿也被卖入妓馆之中。

宇文直认定她绝非普普通通的青楼女子,定然有很多事情瞒着他,而且是极为紧要之事!

"客官里边请!"店内的小伙计冲着呆立在门口的宇文直高声喊道。

宇文直自觉有些失态,忙快步走进店内,直接上了二楼,寻得那间名为"水月天"的雅间。撩起门前的红色织锦帷帘,绕过绘有九天凤飞舞的彩绘屏风,进到了雅间里面。

一个商人装束的中年男子早就在此等候多时。此人是乌兰关尽人皆知的昌隆绸缎庄掌柜骆禹,不过他还有另外一重鲜为人知的身份——"敌闻司"督将,潜伏在此地已然三年之久。

"敌闻司"是一代枭雄宇文泰所设,西魏立国之初,高欢依仗着兵强马壮,屡屡带兵来犯,企图一统北方。为了在逆境之中生存下去,宇文泰必须要准确掌握敌军动向,同时他也一直想着自立为帝,却又担心那些依旧心系魏室的老臣们会群起而攻之,"敌闻司"就此应运而生了!

"敌闻司"初建时只听命于大丞相宇文泰一人,即便是西魏皇帝也无权指挥。"六官"建立后,"敌闻司"隶属夏官府,渐渐被担任大司马的贺兰祥所掌控,权势熏天的宇文护几度欲将其纳入自己麾下却都碰了软钉子!

不过"敌闻司"也并非铁板一块,一些长年得不到升迁或者长期在恶劣之地任职的人难免会心生不满。这些年来,宇文直一直都在试图策反"敌闻司"中那些并不得志的将校,起初因不得要领而屡屡碰壁,但一旦打开了缺口,后面之事便顺遂许多。

骆禹甘愿为宇文直效力,为的便是能够早日离开此处,调往繁华之地任职,也好趁机多捞些油水。

两人刚刚寒暄几句,一个小伙计便来上菜。宇文直见此人正是刚刚在店门口遇到的那个小伙计,便问道:"适才进店时遇到的那个红衣美艳女子,你可认得?"

"此妇人乃是首次来敝店,小的并不认得。如此标致的一个小娘子,竟然嫁给了一个如此不堪的人,着实可惜了!刚刚还有四个役工一直在盯着人家姑娘看,真是癞蛤蟆想吃天鹅肉!"小伙计边说着边麻利地将托盘之上的碗筷和酒菜整齐地摆放在食案上。

"二位客官,您的菜上齐了!"

骆禹扔给他十几个老钱,吩咐道:"若是不唤你,你不要进来!"

"好嘞!"伙计恭敬地接过钱,兴冲冲地走了。

雅间又恢复了平静。

骆禹低声道:"您吩咐末将的事情已然办妥!"

宇文直点点头,风卷残云地吃了起来,猛地抬起头,边咀嚼边道:"你还需帮本公打探一件事!"

"您尽管讲。"

"刚刚从店中走出去的那个红衣女子名唤韩湘儿，此人行迹甚为可疑。这几日，你派人务必要盯紧此人，还有她身旁那个刀疤脸男人，设法动用其他州郡的兄弟们深入探查一番这个女人的底细！此事你尽可大张旗鼓地去办，不过要从速！若是有了消息，自可派人扮作驿夫到城中驿馆来寻我！"

三日后，一个驿夫模样的人敲开了宇文直的房门，递给他一封信。宇文直见信上火漆完好无损，朝他点了点头，轻轻关上了房门，迫不及待地拆开信，眉头轻轻皱了起来。

据襄州方面称，韩湘儿在宇文直走后次日便神秘失踪了，失踪前见的最后一人为襄州长史杨靖之，自此之后襄州再无人见过她。

如今她却莫名其妙地来到了乌兰关，她究竟经历了什么，成为宇文直心头急于解开的谜！

自从宇文直发配边陲效力后，韩湘儿的心便仿佛一下子被掏空了。

宇文直前脚刚走，韩湘儿后脚便被那些翻脸不认人的胥吏们从官舍之中赶了出来。虽说宇文直临走前留给她一千贯钱，有了这笔钱，近些年她便会吃喝不愁，可之后呢？

被卖入青楼后，她见惯了满腔悲怨，也见惯了声声啼血，更见惯了一夜之间的盛衰荣辱，多少名噪一时的名妓最终去黯然离世。

她不甘心自己也像她们那样最终被残忍地抛弃，于是处心积虑地想要脱去妓籍，可如愿之后却又不知足，希望攀上高枝，谁知却从枝头重重地跌落，落得个无处栖身的凄惨下场。

如今她快三十岁了，过不了几年，她就会沦为残枝败柳，若是再不抓紧寻一个可以托付后半生的男人，恐怕此生便再难寻见了。如若真的到了那时，她便只能空悲切，花还有重开之日，人却无再年少之时！

夜深了，韩湘儿轻轻抓起门环，轻轻叩打起来。

过了许久，一个老仆才缓缓打开府门，露出一张长满皱纹的老脸，不耐烦道："深夜敲门所为何事？"

韩湘儿忙递给他一张名帖，笑道："奴家有要事拜见你家杨大人，还望老伯能行个方便！"

老仆没有显露出一丝怜香惜玉的意味，接过名帖后便"咣当"一声关上了府门，厚重的门板险些碰到韩湘儿粉嫩嫩、水润润的脸。

韩湘儿心中暗骂道："待老娘成了这府上的新奶奶，看老娘怎么整治你这个不懂规矩的恶仆！"

夜已然深了，韩湘儿在府门外焦急地踱着步，不知人家今夜能否见她。

不久，府门终于打开了，那个老仆面无表情道："跟我进来吧！"

韩湘儿居然被直接领进了杨靖之的卧房之中，心中不禁掠过一阵窃喜。

屋内烛光摇曳，杨靖之只穿了一件素色中单，外面披着裘衣披风。

杨靖之坐在床边，沉声道："不知韩姑娘深夜前来所为何事啊？"

韩湘儿拿出丝帕，掩面而泣道："奴家本就孤苦无依，如今却被硬生生从官舍之中赶了出来，难道你真的忍心看到奴家流落街头吗？"

杨靖之却不为所动，厉声道："新任襄州总管即将到任，岂能继续将你留在官舍?如若你为此事而来,还是请回吧!"

吃了闭门羹,韩湘儿既不恼,也不恨,更不走,索性走到床边,坐在杨靖之身旁,娇嗔道:"杨长史只顾着自己在这大屋暖床上呼呼大睡,怎会晓得奴家却在凄风苦雨之中难以入眠!"

杨靖之不悦道:"你休要在此纠缠!这官舍你是万万住不得了!老夫连日来操劳公事,身子已然有些乏了。来人呐,送客!"

韩湘儿闻听此言假意嗔怒道:"既然官舍不让奴家住,奴家便住在你这里!"她边说着便将身子向着杨靖之不停地挪动,直到两人靠在了一起。那双玉手在杨靖之的身上不停地揉搓着,柔声细语道:"你夫人过世这么久,这孤枕难眠的滋味,难道你还没受够吗?"

杨靖之的眼睛直勾勾地看着韩湘儿,只见她双眼斜窥,眼波淫淫,两颊微红,诱人粉颈微扭几下,樱桃小唇微抿数次,尖尖玉指清点两下,真可谓是千般婀娜,万种妖娆,浑身上下皆透着一股子浪劲儿,无处不勾魂!

杨靖之再也无法自持,猛地将韩湘儿扑倒在床上。

韩湘儿喊了一声"哎哟",玉手轻轻捶打着他的肩头,娇嗔道:"你弄痛人家了!"

杨靖之却道:"这世间事皆是先痛后乐,你怎会不懂?"

卧房之内寂静得只剩下喘息声,帘帏微动,香衾翻滚,金炉上方青烟袅袅,床帐近前烛光摇曳。

韩湘儿的脸上露出得意的笑容,可她却发觉自己的眼皮竟变得愈加沉重,不由自主地缓缓地闭上了。

当再度醒来的时候,她已经不知身在何处了,只见眼前站着一个陌生男子,脸上还有一道深深的疤痕。

见她醒了,那个男子从她的头上硬生生揪下一根长头发,放在刀刃之上,轻轻一吹,那根头发随即便断为两截。

韩湘儿缩着身子,用颤抖的声音问道:"你是谁?"

刀疤脸摆弄着手中那把短刀,轻声道:"我是谁并不重要!"他说着便猛地举起手中短刀,径直向着韩湘儿刺了过来,韩湘儿惨叫了一声,忙用手捂住了自己的脸。

刀疤脸发出阵阵轻蔑的笑声,手中那把短刀并未刺向韩湘儿,只是用刀背轻轻敲了敲她捂在脸上的玉手,威胁道:"莫怕!你只要乖乖听话,我便不杀你!可你若是敢跟老子耍心眼,便休怪老子心狠手辣!"

韩湘儿犹如小鸡吃米般不住地点着头。

那天中午,韩湘儿终于走出那间阴暗潮湿的地下室,见到了久违的阳光,亮亮的,暖暖的,只是微微有些刺眼。

韩湘儿面无表情地在前面走着,却不知去往哪里,此时的她已然沦为刀疤脸手中的提线木偶。

刀疤脸紧紧跟在她的左右,告诉她走向何方。他的衣袖中还藏着一把短刀,时不时便从袖中抽出来,抵在她的腰间,轻声恐吓几句。

听街上行人操的都是西北口音,她不解自己怎会在不知不觉间从襄州来到了千里之外的西北边地。

那个该死的杨靖之为何要如此对她?难道杨靖之将她卖到了此处?一个朝廷命官竟也会干私贩人口的勾当!

韩湘儿起初想过趁机逃脱,但后来却打消了这个念头,她担心自己会稀里糊涂地沦为异乡的冤魂。

她刚刚被卖入青楼时也曾试图抗争过，不过却渐渐意识到像她这样的弱女子在这乱世之中不过是草芥而已。

心乱如麻的韩湘儿就这样跟着他来到乌兰关城之中最繁华的咸丰酒家。刀疤脸选了一个正对大门的靠墙位置坐下，韩湘儿识趣地坐在他的身旁。

刀疤脸让伙计烫了一壶老酒，还点了滴酥水晶脍、旋煎羊、鲊脯、冰雪冷元子等七八样诱人菜肴。

他斜靠着山墙，举起酒碗大口喝着酒，夹了几口菜，发出"吧唧吧唧"的声响，时不时便透过大门望着店外熙熙攘攘的人群，似乎是在等什么人。

韩湘儿傻傻地坐在他的身旁，如同一尊没有生气的泥塑。

刀疤脸恶狠狠道："吃！"

韩湘儿赶忙举起手中筷子胡乱夹起几口菜，放入口中，木然地吃了起来。

她不知自己为何会被他带至此处，难道是在此处见买主？若真是如此，为何要选在人来人往的酒家呢？

直到那一行人猛地跃入她的眸中，她不由自主地攥紧了拳头。

会宁防工市令罗定山领着津桥班四个役工走进店来。那四人原本与罗定山有说有笑，可当他们也发现韩湘儿之后，脸上的笑容顿时便凝固了，随即望向身旁的罗定山，罗定山却依旧神情自若！

那些令韩湘儿痛苦不堪的陈年旧事顿时便涌上了心头。她原以为已经渐渐忘却了那些事，仿佛那些不堪的过往只是一场梦，但似乎冥冥之中一切皆有定数，她逃不掉，更挣不脱！

就在那一刹那,她似乎明白了什么,却又似乎什么都没有明白!

刀疤脸放下手中的酒碗,低声道:"你是不是想要亲手杀了他们?"

韩湘儿的身子微微有些颤抖,不过却故作平静道:"过去的就让它过去吧!"

"如今你只需走到他们面前,念一句咒语,不是不报,时刻未到。他们三日之内必死无疑!"

韩湘儿望着刀疤脸惊恐道:"冤冤相报何时了。"

刀疤脸将五十多个老钱重重地摔在桌上,对她厉声道:"去!快去!"

韩湘儿吓得一哆嗦,只得站了起来。她缓缓走向那五人,一时间心乱如麻,惶恐不已,不知这次不期而遇会不会是另一个阴谋的开始!

案发

当芷兰再度返回乌兰关时,孝伯却不在关内,而是前往会宁防拜会上官去了,不过他临走前已经吩咐过公人,若芷兰来了便将其安顿在驿馆之中。

芷兰连日来紧绷的神经终于可以舒缓下来,她的父亲独孤信和公公李虎皆属于威名赫赫的"八大柱国",尤其是李家在朝中和州郡担任要职的子弟多达数百人,因此原州方面并未贸然将此案正式呈报秋官府,通缉她的文书也只是在原州境内有效,乌兰关隶属会宁防,她在乌兰关并不用东躲西藏。

一个雪后初晴的下午，百无聊赖的芷兰拨动着琴弦，将内心深藏的情愫融入这瑶琴之中，奏出一曲纯净的天籁之音，惊艳了时光，摇曳着芬芳，却弹不尽心中的愁怨。

缠绵的弦音使得她的思绪犹如脱缰的野马般纵横驰骋而去，她又沉浸在那些甜蜜的回忆之中，是如此地令人回味，令人留恋，同时也是如此地短暂，宇文邕不过是她生命中的一个匆匆过客！

有人近在咫尺，因为无缘，咫尺便是天涯；有人远在天涯，因为有缘，天涯亦是咫尺。有人因一次偶遇，便一直同行；有人一路同行，却因一个意外而各奔东西。

芷兰越想越觉得烦闷，于是离开自己的房间来到驿站后面的院子里。在原州时，她为了躲避追杀曾削过发，逃出城后便一直戴着一顶红彤彤的尖形浑脱帽，上穿红色翻领对襟窄袖胡服，腰束鞢躞带，腰佩波浪形花边承露囊，下着红绿相间的双色条纹波斯裤，脚蹬金锦小蛮靴，透着一股英姿飒爽。

僻静的后院，零星分布着马厩、厨房和茅厕。她走到在墙角处，意外发现了两行奇怪的脚印，尺寸虽不大却极深。她越看越觉得不合常理，看那脚印尺寸，似乎是个孩童，可脚印却又如此深，说明他的身子很重，一个小小的孩童又能有多重呢？关键是她在这驿馆中从未发现过孩童的身影！

她的目光顺着那两行脚印向前望去，在脚印消失的地方，土居然有被翻动过的迹象，心头不禁一紧。

恰在此时，有个驿卒刚刚从茅厕里面出来，芷兰忙将他唤过来，吩咐道："此处恐有异样，你速速找个铁锹去挖一挖，看看这土里究竟埋着什么。"

那个驿卒苦着脸道:"没有驿丞大人之令,小的万万不敢擅自动土!"

就在芷兰气恼之际,一个年轻男子不知何时已悄然走到她的身旁。此人一袭白衣,面如红玉,气度非凡,肤若凝脂,齿若皓月,头戴合欢帽,但帽子下檐却未能完全遮盖住缠在额头上的白色绷带。

芷兰见到此人后竟有些恍惚,不过她很快便意识到此人绝不可能是贵为皇帝的宇文邕,应该是他同父同母的弟弟宇文直!

宇文直板着脸道:"这是宇文镇将的命令,你等还不快快从命!"

宇文直这个戴罪立功的卫国公显然要比芷兰这个弱女子更有威慑力,驿卒忙低头哈腰道:"小的明白,这便去取铁锹!"

宇文直施礼道:"在下宇文直拜见李夫人!"

"你我此前素未谋面,你怎会认得奴家?"

宇文直却显得有些不自然,忙解释道:"听孝伯说李夫人也住在这馆驿之中,见你气质非比寻常,想必定然是李夫人了!"

芷兰笑笑道:"想不到你竟如此会说话!"

"哪里!哪里!常听四哥提起你……你们曾在一起破过许多奇案!"

芷兰的神情突然黯淡下来,那些曾经的过往,每每忆起都会刺痛她的心!

就在两人谈话气氛略显尴尬之际,那个驿卒手执铁锹一路小跑着赶来,在芷兰所指的地方挖了起来,驿足手中的铁锹很快便触碰到了异物。

他不自觉地加快了铲土的频率,土下竟埋着一个死人,吓得他惨叫了一声,扔掉手中的铁锹,惊恐不已地跑开了。

宇文直也被眼前这突发的一幕惊到了，望向芷兰。芷兰向前紧走两步，看那身形似乎是具男尸，不过却因呈俯卧状，无法看清他的脸！

很快，胖乎乎的驿丞便带着七八个驿卒急匆匆赶了过来。

宇文直喝道："快快将其刨出来！"

那几个驿卒七手八脚地将那具男尸从土中抬了出来，呈仰卧状放于地上。

芷兰急切地想要看清死者的脸，可当她看到死者的脸的时候，腹中却犹如翻江倒海一般。

那人的脸极度扭曲变形，似乎被热油或热水烫灼过，血红一片，密布着大大小小的水泡，五官皆看不真切了。

虽然死者面部看不清，但看那装束似乎是个道士，头戴纯阳巾，身着土黄色天仙洞衣，上绣郁罗箫台，脚穿双尖翘头方履。

驿丞已然五十多岁了，平日里最喜平淡无事，谁知却遇到此等事，认定芷兰定然是不祥之人，指桑骂槐道："不知是谁给我们驿馆带来的晦气！一个破老道死在哪里不行啊！非得死在此处，真是给本官添堵……"

宇文直狠狠地瞪了他一眼，驿丞只得住了嘴。

芷兰却并不在意，仍旧蹲在那具死尸旁，神情专注地摆弄着死者乌黑的手指，沉声道："此人并非是道士！"

驿丞没好气道："不是道士？那他又能是何人？"

"死者十指油黑发亮，手掌上有一层厚厚的老茧，应该是个辛苦讨生活之人，绝非观中苦修的道士！"

"既然死者只是个卖苦力的，为何要穿上道服呢？难道是想要得道升天吗？"话音未落，驿丞便与众驿卒哈哈大笑起来。

宇文直又狠狠瞪了驿丞一眼，驿丞迅速收敛了脸上如水波般荡漾开来的笑容。

芷兰沉默良久才道："这便是此案的诡异之处！这或许只是一个开始！"

一缕霞光洒在乌兰关关城上。关城正中建有两座绾縠东西、呼应南北的建筑，也就是鼓楼与钟楼，东侧的钟楼屋檐四角飞翘，如同展翅翱翔的鲲鹏，第一层面阔七间，进深三间，里面放置着一口大钟，每日皆会有人准时来此击钟报晨。

钟楼最下端是高达七米的高台基座，南北正中辟有高达六米的券洞门。更夫刘七打着哈欠，顺着券洞门内的台阶拾阶而上，却不慎被台阶绊了一跤，低声叫骂道："生而为蝼蚁，居然连台阶都欺负老子！"

他顺着台阶走到基座上，从腰间取下钥匙，打开门上的大铜锁，"吱扭"一下推开沉重的大门。

楼内虽燃着油灯，却依旧显得很是昏暗。

刘七双手握住被红绸吊在半空中的杵，向着大钟重重地撞了过去，往日里会发出清脆而又洪亮的响声，可今日他却觉得这钟声似乎有些怪，比平时里要沉闷些。

他看了看钟，又看了看杵，皆未发现有异常。既然如此，钟声为何会变得如此诡异呢？

莫非是这楼内有什么妖魔鬼怪在作祟？恰在此时，门居然莫名地开了，一阵冷风吹过，楼内油灯相继熄灭，顿时变得漆黑一片！

刘七赶忙关上门，逐一将熄灭的油灯点燃，不过他似乎想到了什么，来到大钟前，缓缓蹲下，从下往上打量着这口钟空空的腹内，顿时便吓得瘫软在地。

钟内竟然挂着一具蜷曲的尸身！

冬日的黄河失去了往日的生机，不再波涛滚滚而是变得异常平静。

乌兰关力役班的役工们抡起手中长长的铁棍，重重地砸向河面，用尽全身力气也只是在冰面上砸出一个小小的白点，不过却一直在用力砸着，直到冰层变得酥脆，继而被砸得粉碎。

腊月是一年之中最寒冷的日子，力役班分作三班日夜不停地砸冰，若是河水冻结实了，再想砸开恐怕便不容易了。

黄河此前是东魏与西魏的界河，如今是北齐与北周的界河。东魏权臣高欢总想凭借自身强大兵力一统北方，但雄才大略的宇文泰却屡屡化险为夷，即便是在高欢死后，东强西弱的局面也并未彻底改变。

每到冬季降临，黄河天险便不再是天险，为了不让天险变为通途，宇文泰每年都会征召数万役工在黄河两岸凿冰。

虽然乌兰关并不是两国对峙的前沿，不过却是连接关中与陇右的枢纽，北有虎视眈眈的突厥，南有蠢蠢欲动的吐谷浑。冬日里是那些游牧部落最为难熬的日子，牛群羊群常常会被大量冻死，他们因饥饿难忍往往会铤而走险来关中劫掠，只有黄河的滚滚波涛才能将他们阻隔在西岸。

晌午时分，役工皮老葛将手中的铁棍放在地上，从怀中拿出一个馍馍，在凛冽的寒风中大口大口地吃了起来，突然他停止了咀嚼，惊恐地望着河面。

"小山子，你看这河上漂的是什么？"

小山子刚刚将水囊伸到嘴边，还未及喝到水便急急地放了下来，赶忙塞上了塞子,顺着皮老葛手指的方向望了过去。

小山子警觉地站了起来,将水囊放在地上,抄起长长的铁棍,向岸边走去。

铁棍虽长,但顶端却没有钩子,小山子挥舞着铁棍又是捅,又是拽,又是捣,废了半天劲才将那个如幽灵般漂浮在河面之上的东西弄到了岸边。

他只看了一眼,刚刚吃进去的东西便全都吐了出来。

皮老葛也捂着嘴道:"你还愣着干什么,赶紧去报官啊!"

锣鼓巷口,几抹余晖洒在巷口那株桑柘树上,几个五六岁的孩童在树下嬉戏玩耍。

其中一个领头的男孩道:"我们不如玩挖宝的游戏吧!看看这树下究竟藏着什么宝贝!"

其他几个孩子拍着手附和道:"好!"

几个孩子各自去寻趁手的挖掘工具,有的拿着木棍,有的拿着树枝,有的拿着铁条,乱哄哄地挖了起来。

挖了好一会儿,领头的那个男孩手中的木棍似乎触碰到了什么东西,兴奋地喊道:"赶紧挖!这土里真的埋着宝贝!"

众人随即加快了挖掘的速度,可挖着挖着,领头的那个男孩却带着哭腔喊道:"是死人!死人!"

追查

雪越下越大,天地间笼罩在阴沉的暮气之中,使得乌兰关殓房内显得愈加昏暗。

四张并排而放的尸床上摆着四具尸身，皆头戴纯阳巾，脚穿双尖翘头方履，只是他们所穿道衣略有差异。

在驿站中发现的那具尸身身着土黄色天仙洞衣，上绣郁罗箫台。

在大钟中发现的那具尸身身着古铜色天仙洞衣，上绣三清铃。

在黄河中发现的那具尸身身着蓝色天仙洞衣，上绣圣水泉。

在桑柘树下发现的那具尸身身着绿色天仙洞衣，上绣桃木剑。

孝伯刚刚返回乌兰关便径直来到殓房，紧跟在他身后的是乌兰关主簿崔新运。

崔新运年近知天命之年，身材却依旧保持得很好，不过颌下却没有一根胡须，浑身上下不知为何竟透着一股子阴柔之气。

他的夫人刚刚过世，这几日一直在会宁防料理夫人丧事，原本想要告假运送夫人灵柩回故里，孰料关内却接连发生命案，只得跟随孝伯先行返回关内。

崔新运满脸堆笑道："下官早就听闻李大人心细如发，断案如神，只可惜一直无缘相见，今日有幸一睹芳容……"

芷兰却有些生硬地打断他，转而对孝伯道："根据尸身腐烂变化和所处环境推算，四人皆死于本月十九日前后。四人虽被抛尸于不同地点，但死状却大致相同，遍身黑肿，身长青斑，面部青紫，嘴唇紫黑肿烂，指甲暗黑，口眼耳鼻中有紫黑血水流出，眼睛外突，胸前还有残留的呕吐物。四人身上虽有刀伤，但真正死因却是中毒而且中的是同一种毒，砒霜！想必四人先是毒发倒地，凶手担心其不死再用刀砍杀！"

孝伯沉思了一会儿，问道："凶手用的是何种凶器？"

"并非是寻常杀人凶器！"芷兰凝视着死者伤口，低着头道，"看伤口形状，凶手用的似乎是蓑刀！"

崔新运的脸上依旧挂着浅浅的笑容，道："不知这四人是何身份？"

芷兰皱着眉道："这四具尸身面部皆被烫灼过，五官难以辨认，死者身份目前还不能确认！"

崔新运看了一眼沉默不语的孝伯，低声道："凶手果然歹毒之极，竭力隐藏死者身份，使得官府无从查起。"

还未等孝伯答话，芷兰便直接反驳道："如若凶手果真要隐匿死者身份，只需将这四人头颅割下，将其藏于僻静之处，再将四具没有头颅的尸身绑上重物抛入关前的大河之中，岂不是更为隐秘，何必要如此大费周章呢？"

崔新运忙道："凶手莫非是想要故弄玄虚，刻意扰乱官府办案视线！"

"故弄玄虚？"芷兰摇了摇头道，"其中恐怕另有隐情！"

芷兰隐隐觉得行凶之人与谋划之人或许并非一人，两人又互相隐瞒了一些事，不过目前尚未找到足够的证据，还不能妄下结论。

崔新运笑笑道："刚刚不过是下官胡乱猜测罢了！切莫干扰了李夫人的思绪！"

芷兰忙道："崔主簿言重了！你看这四人的手掌之上皆有一层厚厚的老茧，老茧的位置居然出奇地相似，想必这四人生前皆从事着某种相同或者相似的营生，这或许就是他们同时被害的原因！"

孝伯沉声道："李夫人可曾猜出他们究竟从事何种营生呢？"

芷兰摇了摇头，低头摆弄着其中一具死尸的手掌，将四指轻轻弯曲，呈握物状，久久都不曾松开。

孝伯等得有些不耐烦之际，芷兰突然抬起头，恍然大悟道："四人手指上的茧又厚又硬，想必他们终日所握之物承载着极大的力量，他们握的极有可能就是钢钎！"

孝伯回应道："钢钎……你是说四人皆是石匠？"

"凶手杀害这四人如此大费周章，他们恐怕并非是普通石匠吧！"

孝伯的心猛地一颤，惊道："莫非他们来自津桥班？"

失踪

乌兰关本是荒凉之地，但宇文邕却认为此地乃是不可多得的战略要地，于是便在此设关，还在关外波涛汹涌的黄河上修造了气势恢宏的石拱桥乌兰桥，成为连接黄河两岸的交通枢纽，津桥班便是修缮保养乌兰桥的专班。

若单论桥而言，乌兰桥比金城郡外的浮桥、会宁防外的铁索桥、灵州城外的木桥要坚固许多，也要大气许多，可怎奈此地自古就并非是繁华之地，乌兰关这座关城充其量只是县级建制，自然比不得金城郡、会宁防、灵州等滨河而建的大城池，况且乌兰关距原州、会宁防皆有近二百里之遥，沿途又颇为荒凉，只是零星地散落着几个村堡，虽然此桥修得甚为雄伟，但途经此地的行商旅人却寥寥无几，尤其是冬日里，桥上的行人更是少得可怜。

乌兰桥边孤零零地矗立着三排房子，西侧两排为力役班，东侧的一排为津桥班，院内空荡荡的，只有一个年过五旬的老者坐在竹凳上忙着手中的活计。

老者左手握着钎子，右手轮着锤子，发出"叮叮当当"的响声，钎尖擦出一朵朵耀眼的火花。此人对力道的把握极为精准，钎尖下飞出的碎石片向着他那张饱经沧桑的脸飞去，可他的眼睛却连眨都未眨一下，碎石片在距他的脸近在咫尺时硬生生落在了地上。

见有人来了而且从衣着看绝非常人，老者忙放下手中的钎子和锤子，颤巍巍地站起身，轻轻活动了几下有些麻木的双腿，眯着眼打量道："不知大人来我班有何贵干啊？"

孝伯并未说话，而是仔细打量着他，见此人肤色黝黑，脸庞清瘦，额头上布满了一道道深浅不一的皱纹，两只眼睛深深凹进眼眶中，颔下几缕山羊胡子早已变得花白，背微微有点儿驼，想必是常年栉风沐雨、辛苦劳作所致。

"在下宇文孝伯！"

"卑职石守梁参见镇将大人！有失远迎，还望大人恕罪！"

孝伯假意上前搀扶，借机挽住他的手，那是一双粗糙干瘪的手，左手手掌内侧也长着一层厚厚的老茧，与那四名死者所长老茧的位置居然惊人地相似。

"津桥班现有几人？"

"除老夫外，尚有四名役工！"

"这四名役工现在何处？"

"请镇将大人稍候，老夫这便去唤他们！"

不一会儿，老者领着四个役工模样的人来到孝伯近前，这四人皆身着麻衣，头戴帛巾，但见到孝伯后却不约而同地低下了头，不敢直视他。

"你等是何时来这津桥班的？"

其中一个役工唯唯诺诺道:"回禀大人,小的来此地已有……已有三日了!"

"什么?来此地才不过三日?"孝伯将目光投向其他三人,"你等是何时来的?"

另外三个役工怯怯地道:"与他一同来的!"

孝伯惊愕地望着他们:"你们都是新来的?此地原来的役工又去了何处呢?"

四个役工全都摇了摇头,齐刷刷地望向石守梁。

石守梁苦着脸道:"原本在此做工的四个役工皆是彼此熟识的同乡,前几日一同来向老夫请辞。老夫好言劝慰一番,可人家却去意已定,况且人家早已过了服役期,老夫也不便强留,只得将此事上奏会宁防工市署,临时招募来此等四人!"

"之前那四个役工来津桥班多久了?"

"早在津桥班设立之前便在此地服役。"

孝伯突然提高音调质问道:"莫非是你这个班头太过苛责于他们?"

石守梁苦着脸道:"大人怕是冤枉老夫了!老夫虽是个班头,却非官非吏,谁又会看得起老夫呢?又岂敢苛责于人?"

"既然如此,他们为何一同离去?"

石守梁深深叹了口气道:"老夫对此也是百思不得其解!他们最早在此处的力役班服役,那时此地还未设乌兰关,乌兰桥也未建成,比如今要荒凉许多,很少有人愿意来此处服役,可他们却似乎并不嫌弃,从那时算起,他们已在此处待了十余年了,或许……或许时他们遇到了什么突发之事而不得不离开!"

"你可知是何事？"

"这老夫便不知晓了！这四人平日里话极少，对之前的经历更是讳莫如深！领头之人是个独眼龙，看起来很是凶狠，不过对老夫还算和善，另外三人皆听命于他，似乎还有些怕他！除此之外，老夫对他们也是一概不知！"

如今接连发现四具难以辨别身份的无名男尸，津桥班又恰巧刚刚更换了四名役工，两者之间必有关联！

孝伯沉着脸道："如今他们恐怕皆遭了不测，若找不出真凶，你恐怕便脱不了干系！"

孝伯指着四个新来的役工道："还有你们！"

四个役工慌忙跪倒在地，异口同声道："大人，不关我等的事！我等来此才不过三日，对之前的事一概不知。我等实在是冤枉啊！冤枉啊！"

"别喊了！你们若能协助官府查出真凶，自然可以洗脱身上的嫌疑，否则你们，还有石班头，恐怕都难逃牢狱之灾！"

石守梁呆立良久道："大人，老夫忽然忆起一件旧事！"

荐人

乌兰关档库存放着历年官档，寻常人等一律不得进入，若不是崔新运亲自陪同，又持有镇将大人手令，芷兰定然是进不来的。

档库上方只有一处窄窄的天窗，即便是在白日，屋内仍旧显得颇为昏暗，崔新运忙差秦管事加了一盏油灯，然后便离开了。

芷兰开始低头翻找着，视在场之人为无物，秦管事的脸上虽然依旧挂着浅浅的笑，心中却不免有些不悦。

"李夫人，您慢慢找着！老夫还有些公务要处理，先走一步了！"秦管事留下一个值事吏照应她，实则是监看她！

约莫找了半个时辰，芷兰寻到了一本簿册，封面上蒙上了一层灰尘，上面记载着津桥班的沿革与人员，其中便有刚刚遇害的那四名役工的信息。

芷兰看着那本簿册，愈发感到有些毛骨悚然，扫了一眼那个一直默不作声的值事吏，见他并未离去而是默默隐在阴暗之中，芷兰的心这才稍稍安定了些！

田八郎生于前魏建明二年（公元531年），此年正是辛亥年，纳音五行为钗钏金，如今恰有一具尸身被挂于钟楼大钟之内，侧脑插入一根银钗。

席将平生于前魏永熙二年（公元533年），此年正是癸丑年，纳音五行为桑柘木，如今恰有一具尸身被埋于桑柘树下。

陈道江生于前魏孝昌二年（公元526年），此年正是丙午年，纳音五行为天河水，如今恰有一具尸身陈尸于黄河之中。

许三城生于前魏永安二年（公元529年），此年正是己酉年，纳音五行为大驿土，如今恰有一具尸身被埋于驿站后院的土中。

芷兰自言自语道："如今五行之中只差一个火！或许还会有人遇害，抑或已然被害，只是他的尸身还尚未被发现！这一系列凶案究竟是天谴，还是人祸？"

孝伯不知何时已然走进官档房，身后跟着满脸堆笑、点头哈腰的秦管事。

孝伯高声回应道："这世间所谓的天谴往往不过是人祸而已！在

四人遇害之前,会宁防工市令罗定山曾专程来乌兰关找过四人,会面不久,四人便同时辞去差事,紧接着便遇害了!"

"罗定山?罗定山!"芷兰再度翻看起刚刚看过的那些簿册,惊道,"当初举荐四人来此服役的人正是罗定山!"

芷兰忙在档库之中翻找记载着罗定山的簿册,罗定山如今虽已调往会宁防任职,不过却曾在乌兰关担任过长史,此间留有关于他的些许记载。

芷兰盯着簿册惊呼道:"罗定山生于前魏正光五年(公元524年),此年正是甲辰年,纳音五行为佛灯火!如若他也被害了,五行岂不是就圆满了!"

第十二章
虽无风云亦惊雷

歹心

宇文直这几日一直忙着追查韩湘儿的下落,但韩湘儿却如同人间蒸发般消失不见了,自此变得无所事事,于是开始关注乌兰关近来频发的血案,原本一向太平的乌兰关居然一下子死了四人,而且皆是津桥班的役工!

宇文直想到此处,心头随之一惊,快步走出驿馆,策马赶往咸丰酒家,伙计们刚刚取下门板,店内还未正式迎客,里面一片忙碌的景象。

宇文直一眼便寻见了之前见过的那个伙计,他正用抹布擦拭着店内食案。

宇文直径直走了过去,问道:"你可认得那日进店的四个役工?"

伙计放下手中黑黢黢的抹布,面露恐惧之色,低声道:"客官,您也听说了?那日你我所见的那个红衣女子实则是个女鬼,乃是来人间索命的,那四个役工皆因贪图美色而丢了性命……"

"如此说来你认得那四个役工?"

伙计的脑袋却摇得如同拨浪鼓一般，说："小的并不认得！那等人辛苦劳作一年能挣得了几个钱？平日里怎会来我们这里来吃酒？"

见宇文直的脸上写满了失望，伙计话锋一转道："不过小的却认得与四人同来的那位客官！"

"那人是谁？"

"会宁防工市令罗定山。"

"罗定山？！"

宇文直一时间心乱如麻，不知韩湘儿与这几起命案之间究竟有没有关联。如若那四人皆是她杀的，她与这四人之间又究竟有着怎样的深仇大恨？

心事重重的宇文直迈着沉重的步子回到馆驿，见那个驿夫已经在走廊拐角处等他了。

宇文直忙走过去，驿夫递给他一封信，刚要转身离开，却被宇文直叫住。宇文直在他耳边低声道："查一下会宁防工市令罗定山的下落！"

驿夫机敏地点了点头，悄然离开了。

宇文直回房后迫不及待地打开了那封密信，就在十一年前那个多雨的夏天，韩湘儿的人生轨迹彻底发生了改变！

一连十几日天降暴雨，江水暴涨，大堤随时都有决堤的危险。

危险来临之际，窭大户赶忙收拾府上便于随身携带的金银细软，抛下了结发妻子和偌大家业，带着韩湘儿和贴身侍从阿六悄悄踏上了逃亡之路。

窭大户和阿六此后竟离奇地消失了！他们究竟是死，还是活，如果还活着又去了哪里呢？

即便宇文直与韩湘儿同床共枕数月之久，她也从未向他提起过这段不堪的过往，或许那是她心中永远都无法言说的秘密！

当时三人结伴逃亡，韩湘儿本就不太安分的心开始变得蠢蠢欲动。

阿六虽然来蹇家已有十余年了，可两人之前却仅仅有几面之缘。随着接触的增多，韩湘儿被阿六所深深吸引，青春年少的阿六身材魁梧，相貌英俊，处处都让韩湘儿着迷。

在她的心底深处，一个大胆而又疯狂的谋划渐渐成形了，当这个可怕的念头跳出来的时候，连她自己都被吓了一跳，不过她随即心一横，这个足以改变命运的机会稍纵即逝，万万不可心软！

由于山路陡峭，他们只得牵着马艰难跋涉，长期养尊处优的蹇大户怎会受得了这般苦，很快便病倒了。

蹇大户与韩湘儿夜夜笙歌，身子早就被掏空了，又加之天降洪水，祖上留下的百年家业即将毁于一旦，自然是气急攻心，惶惶出逃又甚是辛劳，他本就年老体衰的身子骨自然消受不了。

阿六背起身子发烫的蹇大户艰难地向前行进着，韩湘儿一人牵着三匹马，马又偏偏不听话，她一气之下竟松开了缰绳，任凭它们奔驰而走！

见她随意弃马，蹇大户心疼道："使不得！使不得！这三匹马要值几百贯钱！"

之前一向温顺的韩湘儿却狠狠白了他一眼，不屑道："这都什么时候了！你居然还忘不掉这些身外之物。还不知我们何时才能走出这连绵的大山，留着那些不中用的马又有何用？"

此时病病歪歪的蹇大户早已没有了昔日的威风，只得心痛地闭上了眼，硕大的脑袋如同遭遇干旱的禾苗，靠在阿六厚实的肩头。

走了二十余里，他们终于寻到了一处客栈，忙将蹇大户安顿在房中。

累病交加的蹇大户很快便呼呼睡去了，嘴里还时不时会发出咿咿呀呀的声响，分辨不清究竟是恼人的鼾声，还是痛苦的呻吟声！

韩湘儿抛下早就令她生厌的蹇大户，迫不及待地敲开了阿六的房门。

阿六缓缓打开门，道："不知夫人有何吩咐？"

韩湘儿举起手中托盘，上面盛放着注子、注碗等饮酒用具，还有几样小菜。她喜笑颜开道："老爷知你今日受了累，特意让奴家来犒劳你！"

生性淳朴的阿六一时不知该如何应答，韩湘儿却若无其事地走了进去。

她将墙角的一个凭几放在房子正中，然后将手中托盘放在其上，随后在注子里倒满酒，放到盛放热水的注碗之中。

等酒温得差不多了，韩湘儿端起注子，将酒倒进酒盏中，那只白皙的手擎着酒盏，递到阿六面前，凝视着他，嫣然一笑道："请满饮此杯！"

阿六避开她火辣辣的眼神，诚惶诚恐地接过酒盏，随即一饮而尽。

韩湘儿又筛了一杯酒，笑靥如花道："这一路走来，你鞍前马后地伺候着老爷和奴家，甚是辛苦，请再饮此杯！"

阿六赶忙接过酒盏，又一饮而尽。他忙筛了一杯酒，恭恭敬敬地递给韩湘儿,却不敢看她的双眸。

韩湘儿从他手中接过酒盏,顺势用手摸了一下阿六的手背。他感到有些莫名的慌乱,随即便缩了回去。

韩湘儿饮下此杯,边说着"真热"边褪去了肩头的披帛,颈下一大片如玉的肌肤顿时便裸露在阿六的面前。

韩湘儿神情自若,阿六却显得愈加不自然,感觉心中犹如有几只小鹿在乱撞。

"你可曾娶亲?"

阿六低着头道:"小的还未曾娶亲!"

"可惜了你这副好身板!世间的父母看重的不过是家世和资财,却不解女儿家的心思,若是这人儿不称心,即便有再多的钱财又有何用呢?"

两人又是一番推杯换盏,脸上都变得一片绯红,阿六的目光也变得有些迷离。

韩湘儿拿起注子,站起身,道:"奴家再给你烫一注酒来!"说着走到阿六的近前,沁人的芳香使得阿六一时间竟有些意乱情迷。恰在此时,她的手搭在阿六的肩头,轻轻地捏了一下。

阿六此生何曾经历过如此香艳的场景,身子犹如触电般一颤,再也难以自持,仗着酒劲顺势将她抱在怀中。

韩湘儿的两只小手轻轻地捶打着他尽是肌肉的前胸,假意嗔怒道:"你好坏!"

一番云雨之后,韩湘儿将头靠在阿六的胸前,心满意足道:"你想与奴家做露水夫妻,还是长久地在一起?"

"自然是想长久地在一起,只怕老爷……"

"那个糟老头子又有何惧？"韩湘儿坐起来，直视着他道，"你一个大小伙子难道还怕一个即将入土的老汉不成？"

阿六惊诧地望着她，此前她还是一副娇滴滴的样子，如今说起话来却有些咄咄逼人。

他苦着脸道："毕竟你我这事见不得光！况且老爷又于我有恩……"

"奴家真是瞎了眼！你看上去身强力壮，谁知却长着一副老鼠胆。这天下没有不透风的墙，今晚之事，老爷迟早会知道！你可要好好思量思量这后果！"

阿六此时竟有些怕了，怯懦道："那你说我们该如何是好？"

韩湘儿立起右手手掌，如同铡刀般猛地向下铡去，迅猛的风声久久地萦绕在阿六的耳畔。

"你是说……"阿六的脑袋摇得如同拨浪鼓一般，语气坚决道，"这可是杀头的罪过！使不得！万万使不得！"

"你处处皆比他强，可你在他的面前却总是低头哈腰，这是何故啊？还不是他手中有几个臭钱！试想如若他的钱到了你的手中，你过的又将会是怎样的日子？良田千顷，房屋百间，妻妾成群，使奴唤婢，比你如今岂不是要强上百倍、千倍？何况此处又并非是新浦，我们逃荒至此，没人识得塞大户，在这绵延几百里的大山中，别说是死一个，即便是死上百个、千个，又有谁会知晓？"

韩湘儿见他微微有些心动了，俯下身子，轻轻地吻了他一下，重又柔声细语道："到了那时，奴家便日日夜夜侍候在你的身边，若是奴家年老色衰之后，你还可以寻更年轻貌美的女子做妾，这样岂不快活？"

阿六此前曾看上过一个姑娘，可那个姑娘的父亲却嫌弃他穷，拿不出多少彩礼，断然拒绝了这门亲事，他曾为此伤心过好一阵子。

见韩湘儿如此说，阿六心中不禁动摇了。

而此时一个歹毒的计划已在韩湘儿的心中成形，之前她已经习惯了逆来顺受，也早已接受了男尊女卑，但汹涌而来的洪水却仿佛冲毁了曾经的一切，房屋、村镇，还有信念。

也就从那一刻起，她如此真切地感受到即便是再富有的人、再高贵的人在突如其来的灾难面前都是那么渺小，那么卑微，既然如此，她为何还要心甘情愿地听命于他们，臣服于他们呢？

与其盲目地信命、认命，不如将自己的命运牢牢地操控在自己手中，不再似之前那般任人摆布，却不承想她居然被命运狠狠地捉弄了一番！

蹇大户在床上躺了三四天，烧才渐渐退去，身子虽并未痊愈，却强撑着病体下了床。

即便在睡梦之中，在烧得不省人事之时，蹇大户都死死地攥着箱笼的带子。

那个箱笼看似很普通，用竹子编织而成，与赶考游学的书生们背的并无两样，但里面装的却并非是经书诗文、笔墨纸砚，而是他安度后半生的金银细软。

自从逃离家乡的那一刻起，这个箱笼便从未离过他的身，正是这个箱笼催促着他拖着病体重新踏上了逃亡之路。

他担心若是在这茫茫大山中耽搁久了，一旦不小心露了富，或者不慎引来别有用心之人的觊觎，势必会给自己惹来杀身大祸！

山路越来越陡，气喘吁吁的蹇大户越走越吃力。

昨夜刚刚下了一场雨，他脚下一滑，硬生生跌倒在地。索性卸下背上的箱笼撂在地上，但手却仍旧死死地攥着箱笼的带子。

韩湘儿赶忙凑过去，关切地问："老爷，您这病体初愈，吃不得累，要不咱们还是歇一下吧？！"

望着山路旁浓密的树林，蹇大户惶恐不安道："此处山高林密，谁知有没有强人出没呀？我们还是赶路要紧！"

蹇大户想要吃力地爬起来，可那老腿却不知为何猛地一软，竟重重地摔在地上，摔得生疼。

韩湘儿忙伸手拉住了他，低声道："老爷，这山路坎坷，您可要万万当心啊！"

蹇大户挥了挥满是老年斑的手，喘息不止道："不碍事！不碍事！"

韩湘儿将手伸向箱笼的带子，可蹇大户却下意识地挡了一下，随即向她投去警惕的目光。

韩湘儿的脸上不仅没有一丝不悦，反而笑着说："难道老爷对奴家也不放心吗？老爷终日背着它实在太过辛劳了，奴家想着为老爷分担些，如若老爷觉得多有不便，奴家听命便是了！"

见韩湘儿如此说，蹇大户也不再坚持，免得伤了彼此之间的情分，况且如今他连走路都有些困难，再终日背着一个分量不轻的箱笼也甚为吃力。

蹇大户有些不情愿地慢慢松开了箱笼带子，韩湘儿顺势将箱笼背在自己的身上，脸上露出不易被人察觉的得意神色。

面无表情的阿六默默跟在两人身后，游走在坚持与放弃之间，陷入痛苦的挣扎中而难以自拔，他不时地偷偷打量着韩湘儿，韩湘儿依旧谈笑风生，双眸中充满了坚毅和决绝！

韩湘儿搀扶着蹇大户向前走着，边走边讲着坊间趣闻。她那双白皙如玉的双手随着语调的抑扬顿挫而上下翻飞，那双勾人魂魄的眼睛也是左顾右盼，如同戏台上的名角一般。

蹇大户听得津津有味，居然不似之前那般疲累了。

三人又走了一程，原本颇为狭长的山路陡然间变得宽阔起来，路旁一块硕大的巨石嵌入山路一侧，犹如伸向半空之中的翅膀。

三人不约而同地在此处停下了脚步，走到巨石上，望着远处的风景。

韩湘儿指着前方道："老爷，你看那里，好美呀！"

蹇大户顺着她手指的方向望去，只见壁立万仞的两山之间，瀑布倾注而下，如同白练千条，又好似喷珠卷雪，注入山下的幽幽水潭之中，不禁令人心旷神怡。

此时的蹇大户被眼前的美景深深吸引着，却不知危险即将降临到他的头上。

站在他身后的阿六用尽全身力气，将他用力向前一推。猝不及防的蹇大户急急坠入万丈山崖之中，发出犀利的惨叫之声，在山谷之中久久地回荡着。

阿六怔怔地站在原地，心中充斥着惶恐、愧疚，还有些不知所措。韩湘儿走到他的近前，紧紧抱住他，将头伏在他的胸前，娇滴滴道："从今往后奴家便只属于你一人！等走出了这大山，我们便寻一处繁华之地，过着锦衣玉食的日子！"

两人的唇紧紧贴在一起，可就在此时却不知从何处传来阴恻恻的声音："你们这对狗男女，竟敢在光天化日之下谋财害命，难道就不怕遭报应吗？"

两人心中顿时一惊，赶忙循声望去，不知这令人惊心动魄的声响究竟从何而来！

焚尸

昨日又下了一场大雪，雪后初晴，雪水渐渐融化，地上变得泥泞不堪，好在此处颇为偏僻，很少有人经过，地上所留的印记并未被行人破坏。

这一路走来，芷兰一直紧皱着眉头，始终都未曾舒展过，宇文直也是面色凝重，一言不发。

一片黄土台地上，残垣断壁蓦然矗立着，一处塌陷的矮墙处赫然躺着一具尸身，死者头戴纯阳巾，身着土红色天仙洞衣，上绣七彩神灯，脚穿双尖翘头方履。

"此处原是一座佛寺，却不知何故竟废弃了，变成眼前这般残破景象……"

"佛寺？佛寺！罗定山的纳音五行恰恰便是佛灯火！这人想必就是罗定山。"芷兰顿时惊道，话锋一转道，"卫国公又是如何寻到此处来的？"

"一个放羊之人因追赶受到惊吓的羊群一路追至此处，偶然发现了这具尸身……"

芷兰似乎察觉到了什么，假意追问道："如此说来那个放羊之人岂不是颇为可疑？"

宇文直并不想让芷兰知晓自己究竟是如何查到罗定山下落的，忙掩饰道:"我派人查过,那人在附近村落居住了三十余年,一贯老实巴交,以替人放羊为生!此人所言应是可信的!"

芷兰识趣地并未继续追问,恰在此时地上一行足迹吸引了她的注意。

其他四处抛尸地点皆出现过那种尺寸小却极深的奇怪足迹,但这种足迹却并未在此出现,而是出现了另外一种颇为怪异的足迹。

她索性蹲了下来,盯着那行足迹仔细地看着,半晌都不曾说话。

宇文直不解芷兰一介女子为何会对那行丑陋而又普通的足迹如此着迷,但他却并未说什么,如同一尊泥塑在寒风之中静静矗立着。

芷兰终于抬起头道:"死者仰卧之地并无蹭擦的痕迹,死者鞋底上也未有此地泥垢,此处又寻不到任何打斗的痕迹,血迹分布也较为凌乱。死者乃是死后被移至此处,这行足迹极有可能就是凶手所留!"

说罢站起身,从不远处捡起一根树枝,在左脚留下的痕迹与右脚留下的痕迹间画了一条笔直的线,指着不远处吩咐宇文直道:"你从所站之处走到那儿去!"

宇文直不解她究竟想要干些什么,不过看她认真的模样,自己又不好违拗于她,只得按照她的吩咐向前走去。

芷兰来到宇文直刚刚留下的那行足迹前,也在他的左脚足迹与右脚足迹间画了一条直线,问道:"卫国公,你觉得这两行足迹有何不同?"

盯着看了好一阵,宇文直也未发现其中到底藏着何种玄机,只得摇了摇头。

芷兰的脸上闪现一丝得意,道:"一个人的步态就如同面容,带着难以磨灭的个人特征。你先看看你方才留下的这行足迹,脚后跟几乎皆在这条直线上,这是寻常人的足迹,再看这行足迹,脚后跟距离两脚中间的这条直线却较远!"

"这是何故呢?"

"此种步态名为宽阔步,能留下此种步态之人无外乎五类人,其一为身宽体胖者,其二为身怀六甲者,其三为垂暮老者,其四为负重前行者,还有一种便是常年行船者!"

宇文直首次听闻一行普通足迹之中竟会藏着如此之多的门道,虚心求教道:"依李夫人看,这凶手又会是何人呢?"

"垂暮老者和身怀六甲者皆行走不便,并不会来如此僻静之处!身宽体胖者非富即贵,一般也不会到此地来。罗定山虽已人到中年,但身材还算魁梧。凶手却能将其击杀,自然是身手敏捷之人,可暂时将这三类人排除!"

"莫非是背负货物讨生活的行商吗?为财或为仇将罗定山残忍杀害!"

"非也!卫国公请看足迹方向,两足并不平行,而是足尖向外,乃是典型的八字脚。负重前行者只是因身负重物行走有些吃力,为了稳便双腿才会稍稍分开,但其所留足迹方向与寻常人并无差异,皆是足尖向前,左右足平行,反观这行足迹,步态虽是宽阔步,足迹却是八字脚,能留下此种印记者应该只会是一种人,那就是常年行船者。他们整日穿行在风浪间,为了不至于在颠簸中跌倒,他们会刻意将两条腿岔开,同时将脚尖向外翻,这样才能站得更稳便些,时间久了,即便是在陆上行走也会如此!"

宇文直顿觉醍醐灌顶,眼神中流露出一丝爱慕之情,不过却忙掩饰道:"李夫人果然是明察秋毫的断案高手,此处距黄河渡口不过十几里,想必是罗定山与某个船工结了仇才招致杀身大祸!"

芷兰却摇了摇头道:"这恐怕并非孤立的个案,与之前四起血案定然有着某种关联!"

说着又将目光重新投向那具尸身,与之前发现的那四具尸身一样,面部也被泼上热汤或热油而难以辨认。

芷兰背过身,平复了许久才问道:"你有没有发觉一个蹊跷之处?死者双手和双脚均没有被绑缚的印记,罗定山并非老幼之辈,岂会任人宰割?他的身上有多处伤痕,可见凶手并非一击毙命而是持续不断地行凶,可他周身上下却毫无抵抗所留之伤。在性命攸关之际,罗定山为何不拼死反抗呢?他身上的伤虽多,却均在身子正面、侧面和背面皆无伤痕,如若其生前曾被追杀,伤痕多在后背,现有伤痕恰恰说明他在遇袭时并未逃命,抑或未能逃命!"

"难道是凶手先将死者迷晕再对其进行加害吗?"

"如若死者遇袭时已然失去了抵抗能力,伤痕往往只会在颈部等要害之处,绝无可能连死者双腿上也会留下伤痕。你看右腹上的这道伤痕,说明凶手就在死者近前行凶。两人可能还颇为熟识,以至于死者遇害前并无戒备之心。奇怪,这行足迹到此处为何消失不见了呢?莫非是……这车辙印!"

芷兰脑海中顿时浮现出这样的画面,凶手扬起手中鞭子,抽在马背上,发出"啪啪"的声响,马儿拉着厢车在雪地上飞快地奔驰着……

雪依旧在肆虐地下着,很快便淹没了马蹄印,淹没了车辙印,天地间变得一片白茫茫,似乎什么都没有发生过!

可雪终有融化的那一日,那些被隐藏的真相终究会显露出来!

芷兰喜道："奴家知道了！死者遇害前虽并未被绑缚双手，却被限制在一个极为狭小的空间内，加之事发突然，死者自然难以进行有力反抗！行凶地点极有可能就在厢车之内！"

宇文直点头道："我等即刻便去寻孝伯，差人循着这车辙印去寻那辆厢车。这样便可顺藤摸瓜找到真凶！"

芷兰凝视着一片萧瑟的远方，若有所思道："不知下一个死的人又会是谁？"

墨迹

这几日，芷兰将所有案件线索皆写于纸上，反复地写，又反复地划掉，不知不觉间房中的墨已然用光了。

她并未向驿馆讨要，因为她不愿见到驿丞那张令人生厌的脸，于是决定自己到街上去买。

芷兰在城中逛了好一阵才寻得一处售卖文房用具的店铺，由于生意太过冷清，伙计们蹲在火炉旁打着盹儿，店主拿着拂尘清扫着柜台上的尘土。

"店家，此间可有好墨？"

店主仔细打量她一番，见她穿着不俗，满脸堆笑道："这位夫人，您来敝店可算是来对了！自打有这关城起，小的我便在此地开店！"

芷兰心中不觉一阵好笑，看他那说话的架势似乎经营着一家百年老店，可乌兰关关城建成才不过三年而已。

店主从柜台后取出一方墨，拿在手中夸赞道："此墨乃是北地制墨大师吕衡采用上好醇烟所制。吕衡大师深悟制墨诀窍，还开创性地加入了麝香、珍珠粉和冰片等中草药,不仅墨质松软,色泽如漆,而且香味浓郁,哪怕是历经上百年也不腐不蛀!这便是小的刚刚写就的几个字,这位夫人不妨闻上一闻,是不是也觉得此墨香气沁人心脾呢?"

芷兰饶有兴趣地拿过掌柜递过来的纸,上面的字虽写得有些丑陋,但墨香却扑面而来。

店家趁机道:"客官若是喜欢,自可拿去,虽说价钱比寻常墨要贵些,不过却颇为符合您尊贵的身份,您说是不是?"

芷兰不知为何轻轻皱起了眉,似乎猛然间察觉到了什么,将自己手中拿的那张纸放到柜台上,快步向外走去。

掌柜原指望着她能买上几方墨,也好挣出十天半个月的花销,谁知她却急急地离开了,看来自己刚刚那一番口舌算是白费了,喃喃自语道:"毕竟是个女流之辈,怎会懂得这笔墨之道……"

芷兰猛地回过头,狠狠地瞪了他一眼,犀利的眼神使得店主不得不识趣地闭上了嘴。

睡眼惺忪的伙计揉揉眼,站了起来,不知刚刚发生了什么,却招致店主一顿劈头盖脸的责骂:"养你有什么用!你这个又馋又懒的东西只知道睡觉!"

芷兰急急火火地赶到乌兰关档库。档库是个三进的独立院落,步入大门后迎面三间正房便是值事房,两侧东西厢房是书写房。

芷兰大步流星地走进值事房,秦管事正好当值。秦管事见她来了,忙放下手中笔,赔笑道:"不知李夫人此番前来有何贵干啊?"

见她一人前来,秦管事也不似上次那般热络了。上次来,她翻阅了不计其数的簿册,害得秦管事带着几个值事吏收拾了好一通。

"自然是要事！我想调阅一下上次查阅过的后魏废帝二年那本簿册！"芷兰举起了孝伯的手令。

秦管事虽有些不情愿，却也不好得罪她，只得道："请李夫人稍坐，卑职这便吩咐人去取！"

秦管事的脸上虽仍旧挂着笑，可心中却是一阵咒骂。他走出值事房，顺着游廊向第二进院落走去，那里便是存放档案资料的官档房。

两处相距很近，可过了许久，芷兰也未见秦管事回来，直到等得有些不耐烦了，秦管事才抱着那本簿册回到值事房，低声道："不巧官档房的值事吏今日正好休沐，卑职寻了好一阵才寻见。"

芷兰自然知晓他是在故意给自己来个下马威，却也不说破，道了声谢便从他的手中接过那本簿册。

芷兰这次未看官档上的文字，而是放在自己鼻畔不停地闻着，秦管事看得不禁有些瞠目结舌。

闻了好一会儿，芷兰突然发问："秦管事，书写文吏们现用何种墨？"

秦管事心头一惊，小心翼翼道："李夫人为何突然问起这个？"

"不过是随便问问！"

秦管事对此却心存抵触，并未回答而是反问道："不知李夫人为何偏偏对这墨情有独钟呢？"

芷兰觉察到了他脸上的异样，忙解释道："在下自幼便喜墨香，吕墨更是在下挚爱！"

秦管事小心翼翼地试探道："吕墨虽比寻常墨贵了些，不过用此墨书写的文字却便于保存，乌兰关建关后，卑职便向主簿大人提议书写官档文书时一律更换成此墨……"

芷兰嗤之以鼻道："小小一方吕墨价值不菲，这背后想必藏着不少玄机吧？"

"玄机？什么玄机？在下不明白！"秦管事见看似柔弱的芷兰竟如此犀利，只得装起了糊涂。

芷兰自然不会关心他借机中饱私囊之事，只是想敲打敲打他。

恰在此时，孝伯走了进来。秦管事额头上的汗水沿着他如沟壑般纵横的皱纹不停地向下淌。

不过孝伯并未理会他的反常之举，径直对芷兰道："你果然在此处，我寻了你许久，有要事要同你商议……"

芷兰却用不容置疑的口吻打断他道："你先听我说！这本簿册是伪造的！"

孝伯和秦管事闻听此言皆是一惊，直愣愣地看着她，异口同声道："这怎么可能？"

芷兰打开那本簿册，举到他们面前道："你们可以闻一闻这簿册上的墨迹，皆散发着某种特殊香气，这是因为书写时用的是吕墨，吕墨之中加入了麝香、珍珠粉和冰片等中草药。刚刚秦管事说换用吕墨才不过三年，可这本簿册的成卷时间却是后魏废帝二年，距今已有十年之久，当时整个会州书写官档用的应是廉价的烟墨！"

秦管事忙接过芷兰手中簿册，命值事吏再取来一本刚刚归档的簿册，先是闻了闻墨香，又看了看墨迹，质疑道："镇将大人，李夫人，且看！您怀疑系伪造的这本簿册上所用纸张和上面字迹均与这本刚刚归档的簿册有着较大差异！"

芷兰却道："秦管事，这纸或许用的是十年前的旧纸，不过上面的文字却是新写上去的！请您仔细闻上一闻，这本伪造的簿册上的字迹除了透着吕墨的香气之外,还带着一股子酸涩味,这是因有人在墨中刻意加入了少量藤黄,用此种墨写出来的字看上去会有一种古旧感!"

秦管事沉默半晌才缓缓道:"李夫人,这本簿册乃是三年前乌兰关建城设关时从原会州衙署接收来的。依据《大周律》,官档入档、借阅,即便是销毁皆需遵循严格程序。每年年初,各曹胥吏会整理上一年需归档的官档,送各曹署参军审阅,审阅无误后送交档库书吏入库,经档库管事初核后,还需报送主簿大人审定,然后再将官档材料装订成册,在左侧订线处进行糊封,相关人员还会在糊封处签字盖章,右侧还需盖上档库骑缝章。如有人擅自涂改、篡改或者调换簿册中的册页,定会留下痕迹。二位请看这本簿册,完好无损,并无人为破坏的痕迹,有关人等的签字也俱在,怎会是伪造的呢?"

孝伯依旧沉默不语地坐着,仿佛在看一场戏。

芷兰胸有成竹道:"若想调换簿册中的部分册页的确很难,但若是伪造这一整册不就可以做得天衣无缝了吗?"

秦管事却反驳道:"这本簿册正页之中涉及四五十人的笔迹,还盖有官印与戳记,簿册封皮上还有相关官员的签字和印章,伪造一整本簿册谈何容易!"

芷兰盯着封皮上五个风格各异的签名,幽幽道:"的确不易,却也并非绝无可能!其实最耐人寻味的是它为何会堂而皇之地出现在这档库之中!簿册封皮上共留有五人签名,其中便有秦管事!"

孝伯闻听此言,高声质问道:"你百般掩饰,究竟是何用意?"

秦管事"扑通"一声跪倒在地,哀求道:"卑职冤枉啊!"

孝伯从几案上拿起簿册,重重摔在他面前,厉声道:"如若你今日不能给本官一个交代，恐怕便难逃牢狱之灾了！"

秦管事忙捡起地上的簿册，凝视着簿册封面上自己的签名。这本簿册归档时，他还只是会州档库的一个小书吏，后来会州改为会宁防，又新设了乌兰关，他便调来此地任档库管事，谁知却遇到此等事！

秦管事猛然道："卑职这个签名乃是他人伪造，只是伪造得极像罢了！"

孝伯仍旧不依不饶道："若是你找不出伪造之人，你便是在编造不实之言蓄意逃避罪责！"

秦管事苦着脸道："伪造之人隐于幕后，岂能轻易找得出来？"

芷兰提醒道："这本伪造的簿册能出现在此处说明伪造之人抑或他的同伙定然藏身于此！"

秦管事听后顿觉眼前一亮，仿佛溺水之人在不经意间抓到了一根救命稻草，大声道："卑职忽然想起一人！"

"谁？"芷兰和孝伯异口同声问道。

"杜闵！此人乃是丹青高手，善于临摹他人字迹。他此前曾因贩卖自己临摹的王羲之书帖而锒铛入狱，出狱后在家乡衣食无着，经人举荐才来档库书写房充做誊写书吏。卑职觉得此人嫌疑极大，这便去唤他！"

孝伯担心秦管事会借机逃脱，于是道："我们同你一起去！"

秦管事领着他们沿着回廊急急火火地前往同一进院落的西厢房，杜闵正在房内忙着誊写官档。他一抬头见管事居然陪着镇将大人前来，忙站起身上前迎候，孰料孝伯走到他的面前居然抽出刀，架在他的脖颈处，恶狠狠道："依据《大周律》，擅自伪造、变造、损毁官档，贻误军国大事者，斩！"

对于这突如其来的一幕，杜闵自然是惊恐万分，却强装镇定道："小吏不知大人刚刚所言究竟是何意？"

芷兰将那本伪造的簿册举到他的眼前，道："那你便好好看看这本簿册！"

杜闵的身子顿时抖个不停，咬牙切齿道："小的全是被主簿大人给逼的！"

噩梦

一个月前的某个深夜，杜闵在官档房当值，档库各房的官员胥吏均须轮流在此值夜，以备有司紧急调阅官档之用。

档库第二进院落的七间正房便是盛放官府档案资料的官档房，但官档房平日里却是大门紧锁，绝不允许外人擅自进入，哪怕是当值的官吏也只在设于本进院落西厢房的阅室内值守，若是有人需要调阅官档，他再前往官档房寻找相应簿册。

夜已深了，杜闵斜躺在阅室的榻上，眼睛不知不觉缓缓地闭上了，但一阵脚步声却将昏昏欲睡的杜闵从梦中惊醒。

杜闵没有料到主簿崔新运会深夜前来，主簿乃是档库的上级主管官员，杜闵自然不敢有一丝一毫的怠慢，忙站起身，拱手施礼道："不知主簿深夜前来有何吩咐？"

崔新运冲着他笑了笑，说："本官想调阅甲字戌列第一二八号簿册！"

"稍等！属下这便去取！"杜闵拿起身旁一大串钥匙走出阅室，前往官档房调取相应簿册。

杜闵乃是书吏，并非此地值事吏，对官档房内簿册摆放情形并不太熟悉，好在崔新运说得极为精准，他很快便找到了。

杜闵拿着那本簿册返回阅室，毕恭毕敬地递给崔新运，又拿起毛笔示意他在借阅簿上签字，可崔新运却迟迟不接他递过来的笔，笑笑说："本官查阅一下便归还，还须签字吗？"

见崔新运如此说，杜闵那只拿着毛笔的手赶忙缩了回去，不好意思道："属下唐突了！"

崔新运摆摆手道："言重了！"说罢，他便坐在榻上，翻看着手中簿册，而杜闵则恭顺地侍立在一旁。

翻看了一阵，崔新运突然抬起头道："你先去忙吧！本官看完后再唤你便是了！"

杜闵忙又坐回到自己的座位上，翻看着几案上的那本《淮南子》，时不时用余光瞟一眼崔新运。

约莫过了一炷香，崔新运从榻上缓缓站起来，杜闵随即站起身迎了过去。

崔新运将手中簿册递给杜闵，笑着说了声"完璧归赵"，但杜闵却察觉到他笑得居然有些怪异，却又不敢多问，忙毕恭毕敬地接过簿册，恭送崔新运离去。

送走了崔新运，杜闵象征性地翻了翻那本簿册，发现里面居然被人刻意撕去了几页，而且撕扯的痕迹很新，赶忙追了出去，可崔新运却早已消失在茫茫夜色之中。

次日一早，杜闵忐忑不安地前去求见崔新运，谁知崔新运却与昨夜判若两人。

崔新运挥舞着手中的笔不停地写着什么，似乎忘了他的存在。他只得默默立在崔新运面前,浑身上下皆感到极不自在。

过了许久,崔新运才缓缓抬起头,面无表情地问道:"你此次前来所为何事啊?"

杜闵赔着笑脸,低头哈腰道:"小吏有紧要之事要向主簿大人禀报!"

崔新运却连头也不抬,仿佛是从鼻孔中挤出了一个字:"说!"

"大人昨夜翻阅过的那本簿册莫名地少了几页……"

崔新运猛地抬起头,将手中笔扔进玉雕簇花花瓣状笔洗中,高声斥责道:"你此话是何意啊?难道你怀疑是本官撕的不成?"

杜闵闻听此言额头上渗出了一层细密的汗,忙低声解释道:"小吏不敢!小吏不敢!"

崔新运板着脸道:"你也算是档库中的老人了,丢失入库官档该如何处置,想必你心中极为清楚吧?"

杜闵怯懦地小声嘀咕道:"小吏明白!小吏明白!"

崔新运的语气渐渐缓和下来,用关切的口吻道:"本官自觉你是个有才之人,对你一贯颇为赏识,如何处置你着实让本官有些为难!若是本官敷衍塞责,那可是渎职之罪;若是本官秉公而断,你轻则罢职归家,重则锒铛入狱,又实在于心不忍!"

杜闵"扑通"一声跪在地上,哀求道:"还望大人能给小吏指条明路啊!小吏一辈子都不会忘却您的大恩大德!"

崔新运沉吟良久才道:"这办法自然是有,只是不知你愿不愿意做?"

"小吏愿意!小吏愿意!"

"你且附耳过来!"

崔新运跟杜闵耳语几句，杜闵惊恐地望着他道："大人，若是一旦事发，这可是重罪！"

崔新运的脸色顿时阴沉下来，高声道："本官已然给你指了路，走不走便是你自己的事了！本官公务繁忙，送客！"

杜闵眼神中透着绝望，心中充斥着愤恨，低声道："临摹字迹乃是小吏特长，可这本簿册上还有许多官印和戳记，这可如何是好？"

崔新运闻听此言，那张阴郁的脸顿时便云开雾散了，道："本官刚刚说过很赏识你，自然不会对你弃之不顾！官印戳记之事便交给本官了，恰巧本官有个朋友精通此道！"

"如此一来，小吏便多谢大人了！"此时杜闵脑中如同涌入万千马蜂，一直在嗡嗡作响。

十日后的深夜，杜闵恰巧又在官档房当值，偷偷取出库房中的那本簿册，连同自己伪造的那本簿册一同送到崔新运所住的官舍中。

直到天边泛红时，崔新运所差之人才悄然而至，将那本伪造的簿册递给杜闵，杜闵粗略翻了翻，见上面已经盖齐了官印戳记。

至于那本原件，杜闵自然不敢打问。

那人低声道："主簿大人让小的给你捎句话！你大可不必为此事而惴惴不安。此事做得天衣无缝，不会有人察觉，即便是出了事，你只要管好你自己的嘴巴，主簿大人定会保你无虞！"

玄机

听完杜闵的供述，芷兰忙追问道："那几页被刻意撕去的官档上究竟记载着些什么？"

杜闵却摇了摇头道："小的这些日子也一直在想，那几页官档上究竟记着些什么，主簿大人竟会如此大费周章地设下这个局！可那本簿册小吏此前从未调阅过，即便是调阅过，也未必能记起究竟是哪几页被撕去了！"

芷兰拿出一张纸，放在他的面前，上面记载着那五个遇害者的生辰等信息，说道："既然你曾临摹过整本簿册，暂且不管究竟是哪几页被撕去，你可见过这几人的记载？"

杜闵端详良久道："小吏似乎有些印象，不过却记不清了！"

芷兰翻开簿册，翻到记载着罗定山生辰等信息的那页，道："这上面的文字可是你临摹的？"

杜闵只看了一眼便道："此页绝非是小人临摹的！虽然看上去有些像，但这运笔之法却与小人差异甚大！"

杜闵突然意识到了什么，道："当初主簿大人曾再三叮嘱小吏，只需在糊封纸上临摹好那几人的签名即可，装订糊封之事他自会交给懂行之人去做，以免在细节处露出破绽。小吏起初只是觉得他是个做事缜密之人，如今看来，他之所以会如此做，定然是趁机更换或者加入某些册页，簿册原本又在他的手中，如此一来便不会再有人知晓上面的真实内容了！"

"这个崔新运可真够歹毒的！"芷兰对孝伯高声道，"孝伯，还望速速缉拿此人！"

孝伯却面露难色道："在下刚刚准了他的假，此时恐怕他已然上路了！"

"那你赶紧派人去追啊！"

孝伯并未回应，转而对杜闵道："你刚刚所言可有凭据？"

杜冈无奈道:"小吏手中虽无凭无据,但刚才所言却句句属实啊!若有一句诳语甘愿受上官重责!"

孝伯低声道:"崔新运身为乌兰关主簿,虽是本官属官,却属上佐,本官对其只有监督之责,却并无处分之权。如今只凭你一人之言便轻易拘押上佐,恐会惹人非议!"

一向疾恶如仇的芷兰却顾不得官场上那些所谓的规则,见孝伯竟如此畏首畏尾,自然有些气愤,高声质问道:"难道你就听之任之吗?"

孝伯已然不再是当初那个受人差遣的小校尉了,虽说如今他的品级并不高,却也是乌兰关一关之主,芷兰不过是个无官无职、落难到此的女流之辈,居然当着如此之多下属的面让其难堪,孝伯心中自然甚为不悦,不过却碍于她与宇文邕特殊的关系,也不好撕破脸。

孝伯高声打断芷兰,打着官腔道:"本官身负朝廷信赖,岂会放纵奸佞,却也不能擅自专断,缉捕一关之上佐事关重大,不过尔等也无须多虑,一旦本官掌握其确凿罪证,自会上奏会宁防治他的罪,如今我等亟需查证清楚的是他们为何要如此大费周章地伪造一本簿册,这本簿册中究竟藏着什么不为人知的秘密,与乌兰关刚刚发生的那五起命案又有着怎样的关联!"

第十三章
天清水落寒沙空

劫难

芷兰气呼呼地回到馆驿,恰巧在走廊上迎面碰到了宇文直。

宇文直笑着道:"在下可否向李夫人打问一下案情?"

芷兰却没好气道:"奴家不过是一介女流之辈,若是询问案情,还请卫国公去找镇将大人吧!"

说罢向着自己的房间快步走去,将宇文直抛在了身后。

宇文直却不在意,无奈地摇了摇头,暗道:"她还如当初那般倔强!"

走出馆驿,宇文直顺着大街向东行十几丈便是关衙,门口士卒自然识得宇文直,并未通禀便径直将他领进了议事厅。

孝伯正在向几个胥吏布置着什么,见宇文直来了,忙迎过去热络道:"六叔,您来了!"

虽然孝伯比宇文直还要大一岁,却比宇文直低一辈。

"阎士德大人命我在乌兰关效力,我也不能终日无所事事,不知能否在破案上出些力！"

"如此甚好！"孝伯将书吏们誊写的案件卷宗递给他，"卷宗中有关于这五起命案的详细记载，六叔闲来无事时可以查阅一番。在下终日公务缠身，破案之事便请六叔费心了！"

"破案之事还要仰仗李夫人，她可是名噪一时的女神探，我不过是跑跑腿而已！"

见他提及芷兰，孝伯的脸上却浮现出复杂的神情。

宇文直趁机道："李夫人虽性子直，脾气急，却也是古道热肠，况且她目光锐利，思虑缜密，有她在，破案便指日可待了！"

孝伯言不由衷地敷衍道："六叔所言极是！"

回到馆驿后，宇文直翻看着厚厚的卷宗，思索着韩湘儿究竟是否与这些案子有牵连。

傍晚时分，那个驿夫又敲开了他的房门，给他送来了第三封密信。

信上说，韩湘儿十年前曾被卖入金州[1]雨棠院，据雨棠院的老鸨讲，卖她的人是其堂兄，那人面相凶狠，只有一只眼！

宇文直心中顿时一惊，快速翻阅着卷宗，但手却突然停住了。在遇害的四人之中，那个名唤陈道江的役工就是个独眼龙，这个独眼龙会不会就是当初将韩湘儿卖入妓院的那人呢？

十年前那个夏天，阿六和韩湘儿将塞大户推入万丈悬崖之下，就

---

[1] 治所魏兴郡吉安县（今陕西安康市），管辖魏兴郡、吉安郡两郡。

在他们以为大功告成之际,却听到了令他们不寒而栗的声音。

"你们这对狗男女,光天化日之下,居然胆敢谋财害命,难道就不怕遭报应吗?"

就在阿六和韩湘儿惊魂未定之际,五个衣衫褴褛、满身污垢之人从树后迅捷地蹿了出来。他们一纵身从路边低矮的石崖上跳到山路正中,拦住了两人的去路。

为首那人是个"独眼龙",二十六七岁,面色中透着一股子阴狠,仅有的那一只眼睛露出慑人的凶光,手中那把明晃晃的钢叉闪着逼人的寒光。

站在独眼龙身旁的那人与其年纪相仿,整张脸白得甚为吓人,竟没有一丝血色,眼睛微微眯缝着,不知是睁着还是闭着,手执一柄钢刀,犹如传说中的"白无常"一般。

两人身后还有三个毛头小伙子,皆拿着亮晃晃的兵刃。

阿六认得为首的那两人,皆是蹇大户家中的佃户。他随府上管事收租时曾见过他们,那时他们见到他总是低头哈腰,脸上还挂着卑微的笑。

见来人并非是以杀人为生的山中响马,阿六也不似之前那般慌张了,提起手中哨棒,将韩湘儿护在自己身后,高声喊道:"诸位兄弟,这个蹇大户平日里对你等作威作福,肆意欺压,早该死了!看在你我昔日情分上,还望弟兄们能行个方便,权当这一切都未曾发生过!"

独眼龙冷笑道:"未曾发生过?老子虽只剩下一只眼,可刚刚那一幕却看得真真切切!"

阿六扔给他两陌钱,恳求道:"这些钱就算孝敬诸位了!还望诸位能高抬贵手,放我们一马!"

独眼龙只看了一眼便将那些钱不屑地扔到地上。之前,他交租时为了能省去几个老钱不知要费多少口舌,赔多少笑脸,如今却对两陌钱嗤之以鼻,还恨恨道:"你当老子是叫花子吗?"

独眼龙的那四个同伙也随声附和道:"你当老子是叫花子吗?"

阿六心中不觉有些好笑,你们逃荒至此,看那装束与叫花子又有何异,不过却依旧赔笑道:"老哥如若嫌少,尽管开口,老弟我定会设法满足!"

独眼龙恶狠狠道:"我们要塞大户的万贯家财,还有你们这对狗男女的命!"

阿六脸上的笑容顿时凝固了,高声质问道:"难道你等意欲图财害命不成?"

"正是!这财,你们这对狗男女图得,为何我等就图不得?实不相瞒,我们一路跟踪你们到此,就是为了你们手中的钱财!"

阿六意识到他们定然不肯轻易善罢甘休,如今他们恐怕什么事情都做得出来!

韩湘儿此前哪里见过这般架势,早就吓得瑟瑟发抖,连大气都不敢喘,惊恐地躲在阿六身后,两只手死死攥着他孔武有力的胳膊。

阿六转过身,轻轻抚摸着她那两只玉手,安慰道:"莫怕!不过是几个小毛贼,看我如何将他们打跑!"

韩湘儿轻轻松开紧攥着他的手,但那双手却一时间不知该如何安放。

阿六自幼便习武,面对五个佃户还算有些底气。他雄赳赳地上前一步,挥舞着手中哨棒,厉声道:"既然尔等皆是心怀叵测之辈,便休怪小爷我不客气了！"说完便挥起手中哨棒向着独眼龙的头顶砸去，独眼龙犹如猿猴般灵巧地一躲，从那手眼身法步看，他绝对是个练家子。阿六接连攻了三四个回合，却丝毫讨不到便宜。独眼龙手中钢叉信手一刺，阿六便因躲闪不及在右臂上留下了一个血印子！

阿六心中顿时大惊，看来此人平日里真是深藏不露。他这才彻底明白了独眼龙的那四个同伙为何并未上前助战，反而看得津津有味，原来是对付他绰绰有余。他此时开始思忖着如何设法脱身，否则恐怕便凶多吉少了！

阿六趁其不备猛地将手中哨棒扔出，带着呼啸的风声向着独眼龙的面门砸了过去，与此同时他纵身一跃，跳上路边低矮的石崖，向着崖上的密林狂奔而去。

韩湘儿惊恐地望着阿六奔向远方的身影，一时间不敢相信眼前发生的这一幕竟会是真的！

就在阿六即将消失在密林深处之际，独眼龙手中的钢叉"嗖"的一声朝着他飞了出去，紧接着便听到一阵惨叫声。

身手敏捷的独眼龙灵巧地跳上石崖，追了过去。

很快，独眼龙便若无其事地回来了，钢叉上还淌着淋漓的血，想必阿六此刻已然不在人世了。

韩湘儿吓得蹲在地上，身子缩成了一团。

独眼龙走到她面前，将血迹斑斑的钢叉对着她的喉咙，恶狠狠道："下面该送你上路了！"

韩湘儿跪地求饶道："大爷，您就饶了奴家吧！奴家就是个普通的妇道人家，不干我的事！留着奴家还可以……可以伺候各位大爷！"

"自古红颜多祸水，留着你终究是个祸害！你就乖乖受死吧！"说着独眼龙挥舞着钢叉向她狠狠刺了过去。

韩湘儿痛苦地闭上了眼，可那钢叉却迟迟未曾刺过来。

原来是"白无常"拦住了独眼龙，笑着劝道："这妇人长得甚是标致。"

那三个小兄弟也发出阵阵淫笑声，纷纷附和道："二当家的说得是！我等长这么大还从未碰过女人呢！"

独眼龙带着一丝鄙夷道："你们真没出息！我等若是有了钱，什么样的俊俏女子讨不到！留着此等蛇蝎女人作甚！"

"白无常"轻轻拉住他的胳膊道："兄弟们这一路风餐露宿的，甚是不易！这妇人长得又如此妖媚，若是轻易杀了实在可惜。"

独眼龙虽一向行事专横，却也怕一意孤行会冷了弟兄们的心，只得收起了钢叉。

韩湘儿虽暂时逃过这一劫，却也从独眼龙阴狠的眼神中看出他誓要杀人灭口的决心！

她若想活下去，只能见机行事，却不知上苍会不会给她逃生的机会。

一轮明月悬挂在空中，为寂静的群山披上了一层银霜般的外衣。

篝火旁，早就按捺不住的三个小弟迫不及待地撕扯下她的衣襟。

此后，心满意足的三人躺在火堆旁惬意地闭着眼，回味着刚刚那香艳的一幕。

独眼龙一直冷着脸坐在火堆旁，望着跳动的火苗，不知在想些什么。

"白无常"借机怂恿道："如此标致的女子可不好寻，大哥为何无动于衷呢？"

独眼龙将手中树枝扔进篝火中，火燃得更旺了，盯着火光厉声道："没兴趣！"

"白无常"笑道："莫非大哥有什么难言之隐？"

三个小弟闻听此言顿时便来了兴趣，不约而同地坐起来。

在众人的起哄声中，独眼龙压向韩湘儿。

夜深了，气喘吁吁声没了，剩下的只有如雷的鼾声。

众人皆陷入熟睡之中，唯有"白无常"悄悄睁开眼，警觉地注视着周遭的一切。

见众人皆睡熟了，他悄悄站起身，轻轻掰动独眼龙的手指，一向机警的独眼龙今夜却因体力有些透支，睡得格外沉，竟没有一丝察觉。

"白无常"轻轻夺过箱笼的背带，背在自己身后，却不知从何处传来一阵清脆的铃声。

"白无常"忙又将箱笼从背上卸下来，又传来一阵清脆的铃声。

白日里，独眼龙一直背着这个箱笼，却并未听见有什么铃铛声，可今夜他背上箱笼，却莫名地发出铃铛响动的声音，真是太过诡异了！

他焦急地环视箱笼周遭，并未发现有什么铃铛，打开箱笼盖子翻找，也未发现里面藏着铃铛，不知这莫名其妙的铃铛声究竟从何处传来。

老辣的独眼龙一直随身携带着一块玉佩，不过这玉佩却是中空的，里面嵌有一个小铜铃，体积虽不大，但铃声却格外清脆。玉佩上有一个销子，插进去便别住了铜铃的铜舌，但只要拔下销子，小铜铃便会随着摇晃而发出阵阵响声。

独眼龙临睡前悄悄地将这块玉佩放入箱笼之中，因为他对这铜铃的响声格外敏感。

莫说是这黑灯瞎火的,即便是在白日里,"白无常"也很难发现这块玉佩的蹊跷。"白无常"一时间急得满头大汗,本以为顺利得手了,谁知却被这诡异的铃声所困扰。

独眼龙虽在熟睡,但他那双紧闭的眼睛随时可能会睁开,到了那时"白无常"便死定了。

"白无常"越想越害怕,两只手抖个不停,索性重新背上箱笼,沿着崎岖山路向前狂奔而去,但清脆的铃声却在这黑夜里传得很远很远。

独眼龙猛地从睡梦中惊醒,伸手去摸自己身旁的箱笼,居然空空如也,随即环视四周,发觉"白无常"已然不见了踪影!

独眼龙一个鲤鱼打挺跳了起来,将三个小弟从美梦中硬生生踢醒,大声喊道:"快起来!都他妈的给老子起来!"

三个小弟揉着惺忪的睡眼,不明就里地望着怒气冲天的独眼龙,他的那张脸在跳跃的火光下显得格外狰狞,透着一股凛冽的杀气。

"老二把咱们的钱全都卷跑了,不过他应该并未跑远!老五你留下来看管这个娘们儿,老三、老四抄家伙,跟老子去追!"

三人顺着山路狂奔而去,韩湘儿意识到这或许便是自己逃走的最好的,也是最后的机会!

韩湘儿的手脚皆被绳子捆着,冲着老五嫣然一笑道:"你过来!"

"你要干……干什么?"

"过来嘛!难道你一个五大三粗的大小伙子,还怕奴家这个弱女子不成!"

老五小心翼翼地走到她的近前。

老五并未说话，脸上却露出了一丝羞赧。

老五摸了摸她俊俏的脸庞，将手伸到她两只手的捆绑处，但最终还是停了下来。

"你不敢了是不是？"

"放屁！"

"你们都怕那个独眼龙，还怕得要死！"

老五没有底气地回击道："休要胡说！"

"知道那人为何要跑吗？不仅仅是为了钱，还为了能够自由自在地活着！终日做人家手中操控的傀儡，活着还有什么意思？"

韩湘儿的话深深地触动了老五。这些年，他没少挨独眼龙的毒打，却只得默默受着，觉得在这乱世里只有跟着他才能有口饭吃，从未想过自己去单独闯出一片天地！

"这钱你们怕是得不到了！若是奴家再被那独眼龙讨了去，你岂不是落得个人财两空的下场！你在五人之中最老实，长得也最是英俊，奴家愿与你双宿双飞，哪怕日子贫苦些，却依旧会有不少乐趣！你可愿意？"

"你……你莫要诓老子！"

"哎，不信也罢！看来你我今生注定无缘了！"

望着不再言语的韩湘儿，老五的内心挣扎良久才道："你说的可是真心话？"

"你若是救了奴家性命，奴家情愿一生一世都好生服侍夫君，不离不弃直到白首！"

老五依旧如木雕般站在那里，想，却不敢！

"你可要早做决断啊！晚了，我们可就逃不掉了！"

老五踌躇半晌才用微微有些颤抖的手轻轻解开她身上的绑绳，就在韩湘儿以为将重获自由之际，那个令她不寒而栗的声音却再度传来："老五，你要干什么！"

"我……我想……"

"你想带着这个贱人逃走是不是？"独眼龙的手重重地打在他的脸上，老五那颗向外凸出来的虎牙居然被硬生生打掉了，鲜血顺着他的嘴角不停地向下淌。

"大当家的，您冤枉我了！我不敢逃，也不愿逃！"

"居然还敢嘴硬！"独眼龙对着他的胸口又狠狠打了两拳，重重地踹了几脚。

独眼龙举起手中那把令人胆寒的钢叉，对着韩湘儿恶狠狠道："老二留着你是为了给我们兄弟灌迷魂汤，好趁机独占那些财宝！你刚刚还想用花言巧语哄骗涉世未深的老五，你真是该死！"

韩湘儿哭着哀求道："别杀我！留着我还有用！还有用！"

"有用？"独眼龙狠狠扇了她一巴掌，骂道，"你这个有着蛇蝎心肠的贱人不仅能让我们快活，还会让我们丧命！你既然能谋害塞大户，便能谋害我们！老五，难道你还看不明白吗？"

老五疼得在地上打着滚，老三和老四看着他痛苦的样子自然有些心疼，却又不敢说些什么。

见独眼龙等人回来时并未背着那个盛放金银细软的箱笼，要么是"白无常"成功逃脱了，要么便是"白无常"在这暗夜中连人带钱失足跌入万丈悬崖之下，无论是哪种可能，此时他们都不再拥有那些钱了。

韩湘儿高声道："那些钱并没有找回来是吗？"

独眼龙恶狠狠道："关你屁事！你就安心上路吧！"

"没有了那些钱，你们还不是依旧要去过曾经那般苦日子！奴家可以为你们赚钱！真的！"

"你？"

"奴家身价虽比不上那箱笼中的金银细软，但卖个上百贯并不在话下。你们有了这些钱才能过上安稳日子，否则你们依旧是一贫如洗！"

独眼龙想了想，觉得她说的似乎有几分道理，但随即又反悔了，恶狠狠道："可你知道得实在太多了！我要割下你的舌头！"

韩湘儿惊慌失措道："如此一来，奴家便不值什么钱了！奴家虽知道你们的秘密，但你们却也知晓奴家的秘密，皆是性命攸关的大事，奴家又怎会随意泄露出去呢？奴家乱说又会有什么好下场呢？"

韩湘儿就这样被卖入青楼，几经辗转成为襄州杏花苑的头牌，虽然后来有性逃脱，但如今却被莫名其妙地绑到了乌兰关，不知这次她能否再度侥幸逃脱！

偶遇

芷兰心头那股怨气始终未曾散去，终日在驿馆之中闲坐着，想起昨夜情景，百余聊赖地提笔写道："月一程，夜一程，寂寂远山眉黛横，万籁静无声；风一更，雪一更，前途漫漫梦难成，倩影背孤灯。"

雪渐渐停了，芷兰放下手中笔，披上披风，想要到街上去逛一逛，采买些女儿家的东西。

在熙熙攘攘的人群中，芷兰居然发现了一个熟悉的身影，那人虽扮作力夫,头上还戴着一个硕大的斗笠,但浑身上下却透着一股子阴柔之气。

那人……那人似乎是宇文邕的亲信宦官何泉,何泉不是去守陵了吗?他怎会莫名地出现在乌兰关呢?

芷兰快步跟了过去,但那个熟悉的身影却消失不见了。她虽有些懊恼,却也无可奈何,抬头发现自己已然来到了一家脂粉店前,刚要迈步进去,却意外发现了两个侏儒,看那容貌似乎是成人,但身材却要比常人矮上许多。两人推着一辆手推车来到隔壁的布帛店前,停好车,迈着小碎步走了进去。

见芷兰迟迟未曾进店,脂粉店店主主动走到门口,热络道:"这位夫人莫要见怪,他们只是身形较常人矮小些,时常来关内贩卖些米粮野果,然后再采买些布帛等物回村!"

"店主可知他们住在何处?"

"乌兰关外二十余里有个苦雨沟,那里有个村落,住的多是似他这样的侏儒……"

就在店主介绍时,那两个侏儒从布帛店里出来,推着车子离开了。

芷兰死死盯着两人的脚,一直困扰她的那些疑问也随即迎刃而解。

起初她认为驿馆后院那行小脚印是某个孩童恰巧经过时留下的,还曾为此专门询问过驿丞,可驿丞却说近来驿馆中并未住过孩童,后来四处相距甚远的凶案现场都出现了这种奇怪的小脚印,可见小脚印应为凶手所留。

可遇害的四个役工全都身材魁梧,孩童与其正面对抗定然讨不到什么便宜,她此前曾建议孝伯搜捕关内不良少年,逐一进行排查,却始终寻不到凶手踪迹。

这些日子她一直在反思,心智不全的孩童怎会想到歹毒的毒杀之计呢?那些脚印虽小,却又很深,说明留下这些脚印的人身形虽小,身子却极重,这似乎又不太合乎常理!

如今这些疑问全都迎刃而解了。侏儒身形虽小,在与正常人正面对抗时虽讨不到什么优势,但其心智却与成人无异,想出毒杀之计也就没什么稀奇了,他们若是背负尸身行走,所留脚印自然是又小又深!

芷兰又想起了四具尸身上留下的那些奇怪的伤口,凶器并非寻常兵刃,似乎是蔑刀,那些侏儒平日里以种地为生,手中自然会有蔑刀!

缉凶

弥漫的雪掩盖了翠色,凛冽的风吞噬了生机,萧索中透着苍凉,肃杀中含着悲怆。

乌兰关外荒凉的原野上有一条被河水冲刷而成的河道,不过随着河流改道,已经成为满是干涸淤泥的土沟。两侧山坡上散布着三十多栋茅草房,里面住着一百多户农人,世世代代租种此处的官田。土地虽有些贫瘠,但租税也少得很。这里的人极少与外界往来,外面的人也极少来这里。

此处农户不知为何多是侏儒,身高只有三四市尺[1],甚至有人还不

---

1 北周一市尺约相当于今天29.24厘米,三、四市尺为87.72厘米至116.96厘米左右。

到正常人身高的一半！

在沟底平坦的荒地上，苦雨沟的农户们纷纷拿着自家的蔑刀来到此处，轻轻放在地上。

上百名士卒已然将此处团团围住，农户们不知究竟发生了何事，纷纷向一个白发苍苍的老侏儒投去疑惑的目光。此人乃是此间的老族长，名唤尹正，五十岁上下，在族人中有着很高的威望。

尹正清清嗓子道："各位乡邻，官府来此办案，还望诸位乡邻设法予以配合，具体情形还请这位大人说与诸位乡邻听！"

宇文直高声道："乡亲们，多有叨扰了！官府追捕的杀人凶犯就藏在你们中间，这杀人凶器就在你们上交的这些蔑刀之中！"

生性淳朴的农户们听说他们身边出了杀人凶犯，一时间议论纷纷，声音越来越大，以至于迅速淹没了宇文直的声音。

宇文直挥挥手，示意诸位暂且安静一下，大声喊道："还请各位乡亲将家中所有蔑刀皆拿至此处来，一会儿我们将挨家挨户前去搜查，如若发现谁在家中私藏有蔑刀，将会重重责罚！"

闻听此言，又有十几个农户忙将家中废弃不用或者新买未用的蔑刀也拿了出来。

宇文直看了一眼地上密密麻麻摆放着的蔑刀，高声道："请各位先行退下，我们将对所有蔑刀进行查验，到时凶手必将无处逃遁。"

望着陆续散去的农户们，站在坡上的芷兰仔细观察着每个人的表情，或怒，或哀，或恶，或厌，或烦，林林总总，不一而足。

宇文直满怀期待道："李夫人，下面便轮到你大展神威了！"

芷兰叹了口气道："对于这苦雨沟的普通农户而言，蔑刀可是个金贵物件，如若凶手果真藏身在这苦雨沟之中，定然不会轻易丢弃！"

"如何才能从中找寻到凶器呢？这天寒地冻的，苍蝇恐怕无处寻，其他虫子恐怕也无处找！"

芷兰却道："如今案发已然好几日了，凶手定会想方设法清洗掉刀上的痕迹与气味，即便时值盛夏，苍蝇对血腥味再敏感，若是时间久了，恐怕也难以找寻到踪迹，况且此法也未必一定准，在这二百多把蔑刀之中，难免其中有几把曾沾染过血腥。"

一头雾水的宇文直道："既然如此，李夫人如何能找寻到凶器呢？"

"惊恐之心！"

约莫过了一个时辰，宇文直吩咐尹正领着士卒分头去唤农户们，逐一清点人数，见人皆到齐了，宇文直高声道："我们已然发现了作案凶器！"

听他如此说，农户们再度迸发出巨大的喧哗声。

"乡亲们，安静一下，烦请诸位领回自家蔑刀，不过切莫认错了，到时凶手自会原形毕露！"

在士卒们的监看下，农户们有序地前来认领，找到后还仔细辨认一番，生怕不慎拿错了而被误认为是嫌犯。

轮到侏儒兄弟潘虎和潘豹了，两人偷偷耳语几句，潘虎看也不看便从地上拿起一把蔑刀，快步向外就走，潘豹亦是如此！

这一切皆被目光敏锐的芷兰发现了，随即吩咐身旁士卒盯紧这两人。

过了一会儿，一个身材与常人无异的中年大汉迈着蹒跚的步子前来认刀，可寻了好几圈也未能寻到自家的刀，高声道："奇怪，俺的刀哪里去了？"

宇文直望向站在坡上的芷兰，心领神会的芷兰高声吩咐道："将他们带上来！"

七八个手执兵刃的士卒押送着潘虎、潘豹兄弟从坡后缓缓走过来。芷兰也从坡上慢慢走下来，对那人道："你看这两把刀中可有你的刀？"

一个士卒将两把戋刀递到中年大汉面前，中年大汉看了一阵，接过其中一把刀，恨恨道："你们这对秃小子，竟敢拿老子的刀！"

芷兰高声道："他们不敢拿自己的刀，皆因那两把刀曾杀过人！"

人群中顿时爆发了一阵骚动，纷纷对着潘虎和潘豹指指点点，咒骂声一时间不绝于耳，潘虎和潘豹始终低着头一言不发。

芷兰对两人道："想必你们也是被人利用，若是说出幕后主使，官府定会宽宥你等！"

潘虎缓缓抬起头，看了看芷兰，又看了看尹正，低声道："我们兄弟这么做绝非为了自己，而是为了全族人！"

潘虎看了一眼惶恐不安的弟弟潘豹，高声道："别怕，咱们升仙喽！"

两人不约而同地咬向自己肩头的衣襟，芷兰情急之下高喊道："速速拦住他们！拦住他们！"

两人身旁的士卒匆忙之下有的掰嘴，有的抠舌头，有的扭头，有的撕扯衣襟，但两人却咬得很紧很紧，费了半天劲儿才将衣襟从他们的嘴里硬生生抠出来，但他们却已然口吐白沫，不省人事了！

尹正见此情此景不禁老泪纵横，哽咽道："迷途难返啊！迷途难返啊!"

芷兰甚为懊恼,随着他们的死,线索就此中断。两人不似是策划如此大阵仗的人,充其量不过是帮凶而已,可他们却至死也不愿说,足见幕后真凶颇有手段!

芷兰试着问道:"老族长,您觉得会不会另有唆使之人?"

尹正沉默半晌后摇了摇头,拄着一根枯树枝,缓缓向前蹒跚而行,凛冽的山风吹乱了他的头发,似一丛蒿草在狂风中肆意摇摆。

此时尹正的心头已然渐渐浮现出一个人的身影,不过他却不能说!

诅咒

半个月前,太阳已然西垂,几丝余晖洒在苦雨沟蜿蜒的山路之上。

弘一真人手持拂尘,刻意放慢了脚步,但尹正跟得仍旧很是吃力。

尹正气喘吁吁道:"多谢真人为族人诊治腿疾,用过真人的药之后,疼痛缓解了许多。"

弘一真人却并无得意之色,反而忧心忡忡道:"贫道之药只能管得了一时,不知你们族人为何会遭受如此之大的劫难?"

面色凝重的尹正叹息了一声道:"唉,这一起皆是祖上造的孽啊!"

"可否说来听听?"

尹正指着不远处道:"真人请看那形似雄鹰的山崖,就在那座山崖之下原有一座榨糖的小作坊，不过那都是一百多年前的事情了。那时我们这里还不叫苦雨沟，而是唤作甜水沟，当时还是一片安乐祥和的景象！忽有一日，不知从何处飞来一只雄鹰，在空中不停地盘旋着，或许是飞累了，竟然飞到那个作坊的烟囱上歇脚，恰巧此时从烟囱中冒出熊熊烈火，竟将那只雄鹰的爪子烧着了。那只雄鹰发出阵阵凄惨的叫声，如同一声声骇人的诅咒，从此之后凄风苦雨、冰雹暴雪便时常光顾我们这里。这还不是最可怕的，最可怕的是我们族人的脚从此之后便再也没有安生过！"

弘一真人抖了抖手中的拂尘，道："罪过！罪过！"

"其实我们在五六岁之前与常人无异，但突然有一天，我们会感到全身骨节阵阵剧痛，几乎痛得不能站立，自此之后我们便仿佛定格了一般，不再生长。我们沟里人虽也有人身高与寻常人差不多，却依然难逃脚病的困扰，轻者腰腿疼痛，重者成了跛子。正是祖上造的孽让我们这些后辈默默承受了这么多年！"

两人在山坡处茅草屋前停下了脚步，尹正轻轻推开两扇早已破败不堪的柴门。

屋内四面墙上和屋顶上分布着不计其数的大洞小眼，在瑟瑟寒风之中，被刮得飕飕作响。

屋内连个炭火盆也没有，一张吱呀作响的板床上铺着破草帘，上面是一床污秽不堪的被子。一个侏儒老太婆穿着补丁连着补丁的破旧衣服，坐在床边做着活计，冻得不住地发抖。

尹正忙从角落里拿出一张满是污秽的竹椅，取出一块破布，用力擦去上面的灰尘，再用自己的衣袖擦了擦递给了弘一真人。

弘一真人接过竹椅坐了下来，道："既然此地如此贫瘠，你们为何不迁出此地呢？"

尹正坐在床边道："如今天下分崩，战乱不断，哪里又是好去处呢？真人是道行深厚之人，不知这诅咒能否解？"

弘一真人踌躇半晌道："这诅咒虽难解，却也并非无解！"

尹正闻听此言赶忙跪倒在地，恳求道："还望道长能够解救全族人于水火！我等即便当牛做马也是心甘情愿！"

弘一真人忙站起身，扶起尹正，弯下腰跟他耳语了几句。

尹正神色惊恐地望着他道："此事休要再提！这等伤天害理之事我们苦雨沟的人万万做不出来的！"

"万事皆有代价！"弘一真人挥了挥手中拂尘，向着屋外快步走去。

尹正忙追到门边，却还是停下了脚步。

在夕阳余晖映照下，尹正矮小的身影愈发显得形单影只，茕茕孑立。

警觉

夜深了，空中不知从何时已然飘起了雪花。

乌兰关关衙明华厅内，灯烛仍旧亮着，青铜烛台上已凝结了一层厚厚的烛泪。

紫檀屏风前摆着一张宽大的坐床，孝伯并未坐在上面，而是在厅内不停地踱着步；两侧是两行小坐床，石守梁瘫坐在东侧的那个小坐床上，一副魂不守舍的样子。

宇文直和芷兰急急火火地走进来，异口同声地问道："深夜唤我等前来究竟所为何事？"

面色凝重的孝伯指着石守梁道："你且问他！"

宇文直走到石守梁跟前，气势汹汹地逼问道："难道津桥班又死人了？"

心有余悸的石守梁用颤抖的声音道："若不是老夫机敏，怕是便成了下一个冤魂！"

宇文直焦急地催促道："你莫要再绕弯子，快快说来你究竟遭遇了什么。"

"新招募的那四个役工绝非良善之辈，怕是将会做出什么对我大周不利之事！"

"既然这四人靠不住，当初招募之时，你为何不严加甄选呢？"

石守梁虽身份卑微，却终究是个垂垂老者，芷兰觉得宇文直刚刚有些太过咄咄逼人了，轻轻拉了一下他腰间的承露囊。宇文直倒也识趣，旋即将嘴边的话又硬生生咽了回去。

石守梁苦着脸道："大人，您有所不知，这四人皆是会宁防工市署招募后派遣至我津桥班，老夫可无权随意招募役工。"

黄河边的津桥班和力役班虽在乌兰关境内，却并不隶属于乌兰关，而是由会宁防工市署直辖，钱饷发放、人员募集等事宜皆由工市署掌管。

沉默不语的芷兰惊道："会宁防工市署？罗定山不就是工市令吗？"

石守梁点点头道："这四人便是罗大人在任时招募来的！"

"老伯，你能否再仔细说一说这四名役工究竟有何可疑之处？"

"他们来津桥班服役后便总在有意无意间打探玄点图的下落……"

宇文直忍不住又问道："这玄点图又是何物？他们为何要觊觎此物呢？"

"大人有所不知，这玄点图可非比寻常，不仅关乎乌兰桥的存亡，还关乎我大周的安宁！"

"一张图居然如此紧要？"

"乌兰桥乃是我大周造桥大师李冰所建，不仅坚固耐用，还另有玄机。突厥、吐谷浑时常侵袭我周境，石桥不似浮桥、木桥、铁索桥那般容易拆除，一旦此桥被胡人劫夺便可长驱直入关中。为了不使得此桥落入蛮夷手中，李冰大师建造此桥时着实费了一番脑筋，在桥上留有一百零八个玄点，并将其绘制成玄点图，若遇战事，只需一个时辰，用钢钎将这一百零八个玄点处的石块依次凿出，这座气势恢宏的桥便会崩塌，操作之人只需严格按照次序行事便会毫发无损。如此一来，敌军便会被彻底封堵在黄河对岸，自可保我大周无虞！"

芷兰继续问道："既然这玄点图是紧要物件，他们出于好奇打探一下也并无不妥呀！"

"小老儿起初也是这么想的，可他们却并非单纯出于好奇，而是藏着什么不可告人的目的！"

位于黄河岸边的津桥班共有六间正房，最西侧那间的房门总是紧锁着。

新来的役工之中有一人被唤作"笑面虎"。那日，他装作偶遇石守梁，指着那间房问道："石班头，这间房为何总是锁着呀？跟我睡在同一个屋的大壮打呼噜打得那叫一个响，吵得俺整宿睡不着觉。若是这间屋还空着，俺能否搬进去住？"

石守梁瞪了他一眼，旋即不悦道："此间盛放的皆是造桥的图纸，紧要得很，比你我还要金贵！"

笑面虎试探道："外间传得神乎其神的玄点图怕是也放在这里面吧？这么大的一座桥，只需用钢钎将一百零八处玄点的石块依次凿出，桥便塌了，这岂不是如同幻戏一般！"

"多干事，少说话！"石守梁说完后一瘸一拐地离开了。

次日，石守梁准备带着新来的四个役工对乌兰桥例行检修，特地到那间屋内去取《乌兰桥工程做法则例》。

石守梁将手中钥匙插进锁眼中，可拧了半天却不知为何竟然拧不动，他赶忙看了一眼手中的钥匙，确信自己并未拿错。

门上的锁却始终打不开，石守梁心中自然起急，觉得定是那锁因日晒雨淋而损坏了，索性回到房中拿出钢钎放在那把锁上方的横梁之上，举起手中锤子重重砸了下去，那把锁被他硬生生砸开了。

石守梁进到屋内，望着眼前一排排柜子，每个柜子皆有一个诸如"甲一"这样的标识。他的手中握着一个半月形的铜板，上面密密麻麻地挂着几十把钥匙，每把钥匙上都贴着一个与柜子名称相对应的标签。

石守梁不知为何脑海中突然浮现出昨日笑面虎诡异的笑容，心头随之一紧！

他站在屋内凝视良久，并未发现有人闯入的痕迹，却还是不放心，于是又赶忙打开"丙四"这个柜子，里面所放的正是那张至关重要的玄点图。

这个柜子并没有人为翻动过的痕迹。玄点图上方摆着一张写有"玄点图"三个大字的纸签，那个纸签一直被他刻意倒放着，此时依旧是倒放着而且还摆放在当初的位置。

他总算是长出了一口气,又打开"甲三"这个柜子,从中取出《乌兰桥工程做法则例》,拖着那条并不灵便的右腿向屋外走去。

谁知他刚刚走到屋门口,竟被不知从何处突然冒出来的大壮重重撞倒在地,他手中那盘钥匙"咣当"一声被撞落在地。

大壮被撞后身子晃了两下,站稳后继续向着院外飞快奔去,既没有过来搀扶他,也并未向他致歉,这让石守梁颇为气愤。

原来大壮身后有人在追他!那人正是始终都未曾笑过的役工冷兴,他的脸不知为何总是阴沉着,透出一股子狠厉之气。

冷兴边追边骂:"好小子,居然敢偷老子的钱!看老子不打死你!"

笑面虎见状快步走过来,忙搀扶起倒地的石守梁,拍了拍他身上的土,又将掉落在地上的那串钥匙递到他的手中。

石守梁怒骂道:"你们还想不想干了?!正事没干多少,却生出不少闲事来!小心老夫上报工市署将你们统统赶走!"

笑面虎赔着笑脸道:"石班头且息雷霆之怒!怪就怪那大壮手脚太不干净,冷兴又偏偏是个狠角色,这下可有他的苦头吃了!"

石守梁揉了揉有些酸胀的老腰,将屋门轻轻关上,锁刚刚被他砸坏了,于是吩咐道:"你且在此守着!我回屋取点儿东西!"

"好嘞!小的为您在此处把守!您就放心去吧!"

石守梁迈着蹒跚的步子回屋取来一把备用锁,将屋门重新锁好。

过了好一阵,鼻青脸肿的大壮才一瘸一拐地逃回来,石守梁见他被打成这般模样,自然也就不便再带他一起去巡桥了,只得命其留下来好生看家。

他带着三个役工在乌兰桥边忙活了一整天，傍晚时分才回来，虽颇为疲乏，但躺在床上却怎么也睡不着，反复思索着今日发生的这一连串怪事，似乎一切都太过巧合了。

他辗转反侧，一直折腾到半夜，觉得那四人定然睡熟了，于是悄悄溜出屋，又来到那个盛放图纸的屋子。

他举着手中油灯在屋内细细照看了一阵，竟在屋顶上发现了一个不易被察觉的小孔！

今早那场闹剧上演时，朱顺子始终都未曾露面，难道他当时就躲在这个小孔后偷窥着他的一举一动？

他顿觉不妙，忙从一大串钥匙中找到"丙四"那把钥匙，用颤抖的手插入锁孔，可无论他如何拧，却始终打不开柜门。

此时他已然被惊出了一身冷汗，看来那四个役工是奔着玄点图而来。他继续留在这里恐怕将凶多吉少，于是趁着夜色慌不择路地逃了出来，好在他作为津桥班班头手上有通行公函，可以在紧急情况下出入关城。

听完石守梁的讲述，宇文直咬着牙道："这可真是歹毒的连环计！那个笑面虎借机试探玄点图的下落，实则是在投石问路！

"他们故意损坏门锁，意在打草惊蛇，朱顺子从那个小孔之中偷看到了玄点图究竟放在哪个柜子里，究竟用哪一把钥匙打开，最妙的地方便是那把门锁坏得恰到好处，你的钥匙既能插得进去，却又打不开。你虽是心生疑窦，但当你确认屋内并没有外人闯入，会自然而然地认定那把锁因年深日久而损坏了，此乃暗度陈仓！

"他们随后假借两人因偷钱起了争端，不慎将你撞倒，致使你手中钥匙脱落，就在那一瞬间，笑面虎神不知鬼不觉地替换了'丙四'

那把钥匙,至于你原本放在房中的那把备用锁,他们恐怕也早已在暗中盗配了钥匙,此乃偷梁换柱!

"大壮被冷兴打伤,既可以使得你不至于对那场莫名的争斗起疑,又为大壮趁你出工之际盗图提供了可乘之机,他们料定你已经查验并确认玄点图安然无恙,近期自然不会再去查看,他们会利用这几日光景伪造一张假的玄点图,然后再悄无声息地放回柜中,再趁机换回钥匙,此乃瞒天过海!谁知却因石班头甚为机警才没让那伙歹人得逞!"

宇文直刚刚那一番分析透彻而又精辟,芷兰不禁暗生敬佩之情,不过她此时却在思考另外一个问题!

她之前觉得罗定山和那四个役工遇害要么是死于仇杀,要么是凶手通过血祭来乞求得到神灵的眷顾,如今看来恐怕并没有她想的那般简单!

莫非这又是借尸还魂之计?他们所做的这一切皆是为了乌兰关外横跨黄河两岸的那座气势恢宏的乌兰桥!

芷兰高声叫道:"图!"

宇文直忙将自己随身携带的舆图从怀中掏了出来,芷兰感到有些诧异,他居然也似哥哥宇文邕那般钟爱地图。他将地图在几案上徐徐铺展开来,虽然这张图已被折得有些褶皱,但北周千里江山却次第呈现在众人眼前。

芷兰指着舆图道:"诸位且看,乌兰关虽小,却是我大周的紧要之处!"

顺着她的纤纤玉指,众人纷纷将目光投向如同"几"字形的黄河。早在西魏时,每每到了冬季,宇文泰便会征调民壮常驻黄河岸边，夜以继日地凿冰，使得黄河在冬日里仍旧难以逾越。黄河上的渡口虽有几十处之多，但那些渡船运载能力却很有限，渡河时稍有不慎渡船便会被河面之上的浮冰损毁，若大队军马靠此渡河不仅会耗费大量时日，还极易暴露行踪，遭受攻击。

沿着黄河的走向，芷兰依次指向了五处适合大军渡河之处。最北面便是永丰镇，不过此地距突厥较近，而且永丰镇以南有大片沙漠，不便于大队骑兵快速奔袭。剩余四处便是灵州、会宁防、乌兰关和金城郡。灵州与会宁防均为州级建制，金城郡乃是郡级建制，乌兰关却只是县级，况且乌兰关设关时间并不长，关内仅有八百戍卒，对手攻击此处无疑最易得手！

宇文直惊道："难道他们想要……"

默不作声的孝伯颇为罕见地插话道："难道乌兰关近日来凶案连连皆因那伙歹人意欲对乌兰桥有所图？"

石守梁急道："镇将大人，既然乌兰桥如此紧要，还请速速派人前去擒获那伙歹人，晚了他们便逃脱了！"

孝伯望向宇文直和芷兰，问道："二位意下如何？"

宇文直斩钉截铁道："那四名役工图谋不轨，很可能已经盗得了玄点图，若是听到风声借机逃遁，后果将会不堪设想，当务之急便是速速将其擒获，以免夜长梦多！"

芷兰附和道："卫国公所言极是，孝伯还是早作决断为好！"

孝伯方才下定决心，他之前之所以犹豫不决皆因津桥班并不隶属于乌兰关，而是归会宁防工市署管辖。他来乌兰关任职才不过区区数日，尚立足未稳，若是万一抓错了人，惹怒了上官，势必会使得他今后的处境更为艰难。

可如今情势紧急,孝伯也顾不得那么多了,高声唤来一名胥吏,厉声问道:"今夜何人在关衙内当值?"

胥吏忙躬身施礼道:"启禀镇将大人,乃是孙副将!"

孝伯微微一愣,脸上露出了疑惑不解的神情。

自他赴任以来,副将孙展功便总是借故不来关衙应卯,即便孝伯有要事要找他商议,也时常寻不到人。虽说他上任也有些时日了,可两人也只是匆匆见过两面而已,他皆是一副神情恍惚、心不在焉的样子。

从乌兰关建关,孙展功便在此地任职,此人性情豪爽,不拘小节,又不吝惜金钱,在士卒中颇有些威望。刚刚到任的孝伯虽对他的所作所为很是不满,却也只得隐忍不发。

他曾听关内将校们私下议论,孙展功之所以近来意志消沉皆因他未能如愿升任镇将,心生怨恨,不过孝伯却觉察到似乎并非如此,背后或许另有隐情!

孝伯虽觉得孙展功并非是理想人选,可当下形势甚紧迫,他又不便明着绕开当值的孙展功,另行寻找其他将校去办这趟差。

孝伯踌躇良久对胥吏厉声道:"速传本官将令,命孙副将即刻领兵前去抓捕津桥班四名役工,不得有误!"

"遵命!"胥吏领命后急急向外走去。

望着胥吏匆匆离去的背影,孝伯又高声补充了一句:"叮嘱孙副将务必要捉活口!捉活口!"

宇文直走到孝伯近前,询问道:"要不要我们同孙副将一同前往,也好有个照应!"其实他真正想说的是也好对孙展功进行监督和制约。

孝伯却是顾虑重重，叹了口气道："这乌兰关虽小，水却深得很！我们还是静观其变为好！"

天边已破晓，连日来甚为疲乏的芷兰在坐床上昏昏睡去，坐在她旁边的宇文直颇为暖心地脱下身上的云纹织锦羽缎斗篷，轻轻披在她的身上。

芷兰猛地从梦中惊醒，顿觉身上暖和了许多，看了看披在自己身上的斗篷，冲着宇文直会心地笑了笑。

石守梁依旧瘫坐在另一张坐床上，空洞的眼神中带着惶恐与不安。

孝伯依旧在屋内踱着步，走累了便坐下来歇会，但坐不了多久便又站起来走着。

一阵铿锵的脚步声从走廊上传来，孙展功大步流星地走进明华厅，只是微微拱了拱手道："回禀镇将大人，那四名役工誓死不降，皆畏罪自杀了！卑职从其中一人身上搜到此图！"

孝伯忙接过图，看了看，盯着他高声质问道："四人皆死了？"

孙展功并不躲避孝伯锐利的目光，瞪着大大的眼珠道："正是！这四人身上皆携带有剧毒之物，见卑职前去抓捕，料定难以逃脱，于是便服毒自尽了！卑职拦阻不及，未能抓到活口！这四人想必皆是'血酬卫'的人，宁死不降！"

孝伯虽是愤懑至极，却又不便发泄，凝视良久开口道："孙副将辛苦了！早些归家歇息吧！"

望着孙展功远去的背影，孝伯觉得此人愈发让他捉摸不透。难道他选在今夜当值是有意为之，为的就是能借机杀人灭口？

见四人已然伏诛，石守梁也不似之前那么怕了，从坐床上站了起来，低声请求道："既然歹人已然伏法，小老儿这便回去了！"

孝伯断然拒绝道："万万不可！津桥班孤悬关外，如今形势尚不明朗，四人是否还有同伙也未可知，你如若贸然回去恐遭不测！"

芷兰忙建议道："老伯，不如在关内馆驿暂住两日，等风平浪静后再回去也不迟啊！"

宇文直附和道："李夫人如此安排甚好！甚好！"

孝伯却不置可否，只是将手中那张图递给石守梁，问道："这张图可是你刚刚所言的玄点图？"

石守梁毕恭毕敬地接过图，放在身旁的几上，一一验看过图上一百零八个玄点的位置后才点头道："正是！"

孝伯拿起几上的图，道："既然如今有歹人觊觎此图，不如将其暂且存入档库之中，若是用时再取也不迟！"

"小老儿听凭镇将大人盼咐！"

芷兰搀扶着腿脚不便的石守梁走出了关衙，向着馆驿方向行去。

三人刚刚跨进驿馆大门便听到一阵剧烈的狗吠之声。一头烈犬狂奔过来，两只锋利的前爪猛地扑向石守梁。

猝不及防的石守梁吓得魂飞魄散，拼命向前奔去，那只烈犬紧追不舍。

原本走路一瘸一拐的石守梁此时竟跑得飞快，脚居然也不似平日里那般跛了。

宇文直见状忙高声喝阻道："黑皮！黑皮！休得无礼！"

听到他的呼喊，那狗这才停止了追击，有些不甘心地回到宇文直身前。宇文直轻轻抚摸着它的额头，它也不似刚刚那般狂躁了。

一个小吏呼哧喘气地跑过来。宇文直劈头盖脸地斥责道："为何不好生看顾黑皮,致使其惊扰了客人?!"

小吏一脸无奈地说:"黑皮的力气实在是太大,居然硬生生挣断了绳索,小的追之不及!"

此时石守梁已然跑出很远,气喘吁吁地坐在地上,惊恐地望着黑皮道:"真是吓死小老儿了!"

芷兰不觉有些好笑,人在情急之下竟会激发出如此之大的潜能,调侃道:"石班头若是将这黑皮请回家,你这腿跛之症便可治愈了!"

面对芷兰的调侃,石守梁的脸上却不知为何竟露出不自然的神情,不过旋即换成一副惹人怜的委屈嘴脸道:"小老儿幼时曾被恶犬所伤,自此之后便极怕狗。刚刚让诸位见笑了!见笑了!"

芷兰不知宇文直何时竟养起了狗,盯着黑皮道:"这狗是卫国公用来消遣寂寞时光的?"

宇文直抚摸着黑皮头顶柔顺的毛发,神秘兮兮道:"李夫人请拭目以待,黑皮即将派上大用场!"

厢车

乌兰关并非富庶之地,关内外总共只有三四家车马店,孝伯下令彻查所有车马店,可接连追查数日却始终未能找到与案发地所留车辙印相吻合的厢车,于是又派人在紧要路口设卡摸排所有上路行驶的厢车,却依旧寻不见那辆车的踪影。

官道旁有一处用竹子搭成的颇为简陋的茶棚,芷兰坐在里面,端着茶盏,抿了一口茶,自言自语道:"那辆厢车究竟会被藏在何处呢？"

宇文直意味深长道："这世间的茶成百上千，却只有两种状态，要么沉，要么浮！这世间饮茶之人成千上万，也只有两种状态，拿得起，放得下！"

芷兰"哼"了一声，鄙夷道："我可没有卫国公这般心境！对了，那日我似乎见到何泉了。"

"哪个何泉？"

"自然是陛下身边的贴身宦官何泉！"

宇文直当即竭力否认道："何泉已然被皇兄罚去守陵了，断然不会来此处，想必你看到的那人只是与何泉容貌相似罢了！"

"或许是奴家看错了。"芷兰微微一笑，内心却起了波澜，因为宇文直刚刚有些反常，似乎是在竭力掩饰什么！

宇文直忙岔开话题道："你有没有想过假如那辆车是会宁防抑或原州某位有钱有势之人府上的车，作完案后便藏匿起来，或者干脆损毁，如此一来，我们便很难再寻到那辆车的踪迹了！"

"应该不会！那辆厢车留下的车辙印呈八字形，说明这辆车的车轮连接处已然有些扭曲变形了，却依旧在使用，稍稍有些身份之人是断然不会坐此等车的……"芷兰说到此处突然停了下来，低声道，"卫国公刚刚提到会宁防与原州。莫非我们要寻的那辆车并不在乌兰关而是在这两处地方？烦劳卫国公即刻动身去一趟会宁防，重点查找近期来过乌兰关的车子，尤其是官府胥吏所用之车。您再知会一下原州王司录，也让他设法查一下原州近来曾到过乌兰关的车子！"

宇文直试图缓和芷兰与孝伯之间的紧张关系，于是道："在下即刻动身前往会宁防，不过在下却与那王司录并不相熟，烦请李夫人托孝伯派人传话于王司录岂不是更好些？"

"你与王司录果真不熟？"芷兰盯着他质疑道。

宇文直竟被她看得有些不自然，忙将目光移向官道上稀疏的行人。

"既然如此，那就权当奴家没说！我一介布衣岂敢劳动镇将大人的大驾呢？"芷兰站起身，缓缓走出了茶肆。

宇文直忙问道："喂，你去何处？"

"自然是去紧要之处！"芷兰头也不回地走出茶棚飞身上马，向着乌兰关疾驰而去。

芷兰一直在想，他们如此费时费力地伪造一本簿册，除了要刻意隐藏什么，是不是还有另外一种可能，那就是故意让某些人或者某个人看到想让他们看到的东西！

真凶

芷兰走进档库值更房的时候，秦管事正与几个书吏说着些什么，见她来了，忙斥退那几个书吏，迎上前来请芷兰落座，还特意吩咐值事吏为芷兰端来一杯姜蜜水。

秦管事并未因伪造簿册之事而受到牵连，自然对高抬贵手的芷兰心存感激，比前两次明显热络了许多。

"民女今日前来是有事要劳烦秦管事。"

"李夫人何谈劳烦，有事尽管吩咐！"

"我能否看上一看近来的官档借阅簿？"

"这有何难？请李夫人稍坐，老夫这便亲自为您去取。"

很快，秦管事便抱着两大本官档借阅簿回来了，芷兰赶忙站起身，快步走过去伸手想要接过来，可秦管事却说了声"不碍事"，径直走到芷兰刚刚所在的那个榻前的几案前放下。

"李夫人，还请您慢慢看！老夫不便在此处叨扰，您有事尽管吩咐门外小吏！"秦管事说完便走出了值更房，顺着走廊向后院走去。

芷兰觉得自己鸠占鹊巢有些不妥，不过此时却也顾不了这许多，迫不及待地翻看起来，居然在借阅簿上发现了一个熟悉的名字，暗暗道："难道是他？"

寻踪

午后时分，又下起了雪。

宇文直走了两日仍旧未有音讯，如今雪却越下越大，芷兰不知为何竟开始有些挂念他！

打开窗子，芷兰站在窗前看着这纷纷扬扬的大雪，见白雪皑皑中有几株梅花竞相绽放，为银装素裹的世界平添了几点亮丽的色彩，情不自禁地吟道："奴观梅花花望奴，一枝一叶皆关情，不知何日芳菲近，却见清冰满玉瓶！"

她看得有些出神，不知不觉间几片雪花竟然落在她的秀腮上，随即便融化了。谁知窗外居然传来附和之声："欺雪任驰骋，驰骋任雪欺！"

芷兰心头一喜，忙打开房门，将满身是雪的宇文直迎进房中，用掸子轻轻掸去他身上那层厚厚的积雪。

宇文直静静站着，似乎颇为享受这个过程，希望芷兰能够这样一直掸下去。

芷兰放下手中掸子，问道："查得如何了？"

宇文直这才回过神来，道："查到了！会宁防每月会派员向乌兰关运送机要卷宗，用的正是一辆老旧厢车。本月十八日，也就是罗定山等五人遇害前一日，胥吏涂小喜曾驾车来乌兰关公干。孙展功向其借用过那辆车，给了他十陌钱，还一再叮嘱他切勿告知旁人！"

"看来卫国公果然神通广大，可否再帮奴家查一人？"

"何人？"

"显海法师！"

"查什么？"

"他的过往，还有他的真面目！"

"在下记下了！不过此人游历之地甚多，若想查清楚恐怕需要些时日！"宇文直有一点与他哥哥很像，对于她盼咐的事从不问为什么，总是一如既往地信她！

"无妨！奴家也查到曾借阅过那本伪造的簿册的人只有孙展功一人！如今案情已然明朗，乌兰关这一系列血案定然是孙展功所为，当务之急便是速速羁押此人！"

其实宇文直此次去会宁防与"敌闻司"派驻当地的别将韩泰秘密见了一面，涂小喜便是被韩泰使了些手段才肯招供的，如今仍被关押在韩泰的府上。

宇文直还从韩泰口中意外得知了一个极为重要的情报：孙展功前不久曾找过韩泰，向其索要罗定山贪墨的罪证，不过韩泰却刻意回避其中的某些关键细节，比如孙展功定然给了他一笔足以令其动心的钱财。

起初韩泰只是以为孙展功不过是想借机敲诈点儿钱财，谁知罗定山却莫名死了，于是心里便有些慌了，思虑再三才将此事禀告给宇文直,想着有朝一日东窗事发,他能设法为自己遮掩。

至此,整起案件的轮廓在宇文直心中已然渐渐清晰起来。韩湘儿与那四个遇害的役工定然有着某种瓜葛,至少她被卖入青楼便与他们有关,他们见到韩湘儿之后不敢在津桥班继续待下去,可他们却无亲无故,无处投奔,只得去找罗定山。

罗定山趁机将四人毒杀,随后又命潘虎和潘豹在四人身上补了刀,然后将四具尸身分别抛至四处预先设定好的地点。

罗定山之所以会如此做,想必也是受到了孙展功的逼迫,因为孙展功的手中握有他贪赃枉法的罪证。孙展功随后又杀死了唯一的知情人罗定山,以为这样便不会查到自己头上。

宇文直唯一不解的是孙展功为何要如此做,难道他也是"血酬卫"的人?

如若真是如此,一切便解释得通了,他这么做是为了让四个"血酬卫"同伙趁机混入津桥班,然后再蓄意损坏乌兰桥。那夜他之所以会碰巧在关衙当值,想必也是提前听到了风声,借逮捕之机杀死了自己的同伙灭口,以免其真实身份泄露!

妙计

乌兰关关衙明华厅内,空气紧张得似乎快要凝固了。

孝伯皱着眉道:"孙展功乃是乌兰关副将,缉捕此人需得上司恩准!"

芷兰见孝伯竟又在畏首畏尾,有些急了,高声质问道:"难道你又要放纵……"

宇文直轻轻拉了一下她的衣角，担心她在情急之下情绪会再度失控，芷兰只好气呼呼地闭上了嘴。

宇文直清清嗓子道："对于崔新运，只有杜闵的一面之词，难以治他的罪！可孙展功却有所不同，如今我们手中握有十足的证据。孙展功就是制造乌兰关这一系列血案的重要嫌犯，还极有可能是穷凶极恶的'血酬卫'的人！你若将此事奏报会宁防阁大人，他定然不会，也不敢对这个孙展功有所袒护！"

孝伯依旧面露难色道："自从乌兰关建关之始，孙展功便在此地任职，他党羽众多，若是强行将其羁押，在下担心会激起兵变！"

"秘密抓捕不就行了！"

"关内外皆是他的党羽耳目，我们又岂能做到密不透风呢？"

"你说当下又该如何？"

"如今看来我们唯有釜底抽薪，如今三年服役期已满，关内士卒理应轮换戍所，不如先将关内士卒统统撤换，再缉拿孙展功也不迟！"

芷兰急道："如此一来，要耗费许多时日，若是孙展功闻讯后逃遁了，我们又到何处去捉拿他呢？"

孝伯一时间竟被她问得有些语塞了。

"此事若是想快也并非不可能！"宇文直淡然一笑继续道，"会宁防防主阎士德的堂弟阎士藩现正戍守鄯州[1]，吐谷浑常常袭扰我大周边境，阎士德一直想将堂弟调来内地。鄯州、会宁防同属河州总管府管辖，辖区内千余人的军事调动根本无须上报夏官府。你只需将请调

---

[1] 治所乐都郡西都县（今青海乐都县），管辖乐都郡、湟河郡两郡。

文书报至会宁防，阎士德定会想方设法尽快促成此事！"

自魏晋以来，州郡数量急剧增长。大统十二年（公元546年），西魏共有57州183郡；仅仅十三年后，到了武成元年（公元559年），北周竟增至130余州，朝廷对诸州管理难度也随之加大。北周明帝宇文毓下诏在"都督诸州诸军事"驻地设立总管府。总管府与属州渐渐形成较为稳固的统属关系，总管统管区域内一切军政事务，借此强化朝廷对诸州的管控，但各州刺史和各防防主仍可单独上奏朝廷，也可上奏弹劾总管的不法之事。

孝伯赞道："妙，实在是妙！"

可就在换防的关键时刻，消息却意外泄露了。

士卒们得知自己将要被调往鄯州，不安、惊恐、愤怒、彷徨的情绪在军中迅速弥漫开来，恰在此时，校尉杨大眼振臂一呼道："弟兄们，我们去找宇文孝伯讨个说法！"

关衙门前聚集起越来越多的士卒，孝伯从关衙内急急火火跑了出来，站在关衙门前的台阶上大声地向士卒们喊话，可下面却依旧是乱糟糟一片，那些群情激愤的士卒们听不进任何解释。

孝伯急得额头上渗出汗来，生怕局面一旦失控会酿成兵变。

不知何时宇文直竟穿过密密麻麻的人群来到孝伯身边，凑到孝伯耳边大声道："请领头之人到关衙内谈一谈！"

孝伯在人群之中快速搜索着，终于发现了杨大眼的身影，朝他招了招手，叫他到台阶上来。

杨大眼迟疑了一会儿，还是分开士卒走到台阶之上，装出一副委屈相道："镇将大人，卑职无能，未能拦住手下士卒，甘愿受责罚！"

孝伯却并未斥责他，而是拉着他的手向关衙内走去。

三人步入明华厅，孝伯竟不知该说些什么，只得看向处之泰然的宇文直。

宇文直惋惜道："那些士卒真是愚蠢无知啊！白白辜负了镇将大人的一番美意！"

杨大眼没有想到宇文直竟会如此说，忙问道："不知卫国公何出此言？"

宇文直摇摇头说："此次士卒换防乃是上命，镇将大人自然不敢违抗，不过却据理力争，欲将半数士卒留于关内。谁知那些不明就里的士卒却在关衙前蓄意闹事。若是让阎大人知晓了今日之骚乱，势必会撤换关内全部士卒。如今阎士藩部距此仅有四十余里，任由士卒继续闹下去，或许还将面临牢狱之灾！"

杨大眼却向孝伯投去疑惑的目光，将信将疑道："事已至此，卑职又该如何做？"

孝伯怒不可遏道："凡是今日在关衙门前滋事者一律不留，统统发放河州待命。杨校尉在乌兰关效力多年，对关内士卒又颇为了解，烦劳杨校尉即刻拟定一份留守士卒名单，挑选四百名温和忠厚者继续留在关内效力，再设法驱走那些蓄意闹事的士卒，若是事情闹大了，谁都没有好果子吃！"

杨大眼窃喜道："属下即刻便去办！"

见杨大眼欲转身离去，宇文直补充道："孙副将善于识人，还请杨校尉拟定完名单之后听一听他的想法！"

"遵命！"

半个时辰后，杨大眼便呈上来一份留守士卒名单，孝伯一看皆是孙展功、杨大眼的亲信，不过并未说什么，吩咐道："即刻将名单上所列之人迅速召集起来，将那群蓄意闹事者驱散，本官今日便发下将令，命其明日便动身离关！胆敢迁延不前者，一律法办！"

其实蓄意滋事者多在杨大眼所列的那份留守士卒名单上，未在名单上的士卒多是老实巴交、不善拉帮结派之人，即便他们心有不满，也不敢造次，只得乖乖地上路。孙展功、杨大眼见亲信们大多留了下来，自然也就消停下来。

两日后，阎士藩率领一千士卒抵达乌兰关，迅速接管了防务，分别驻守关内各处要津。

孝伯下令命关内留守士卒上交手中兵刃，还说随后将统一配发新式兵器。

那些士卒纵使心有疑虑，心藏不悦，但以四百人对抗一千人并无多少胜算，只得乖乖上交了兵刃。

次日清晨，杨大眼领着四百士卒来到校军场，准备领取新配发的兵刃，却发觉形势似乎有些不对。

阎士藩麾下士卒皆手执明晃晃的刀枪，摆好阵势，如临大敌。

孝伯站在高台之上，厉声说道："本官原本想继续留尔等在关内效力，孰料尔等却听信谗言蓄意在关衙前滋事，此举触怒了防主阎大人，着令尔等统统调往鄯州效力！"

那四百士卒顿时便炸了锅，有咒骂的，有哭泣的，有跺脚的，有发怒的，一时间乱做一团！

见场面极为混乱，孝伯高声道："本官知道尔等心中有怨气，若是怨便只能怨挑拨唆使尔等蓄意闹事之人！"

杨大眼顿时被那些愤怒的士卒们团团围住，虽说这些士卒平日里与他走得很近，可事到临头也顾不得那么多了，甚至有几个人还摩拳擦掌想要教训他!

杨大眼见自己犯了众怒,为了自救只得大声嚷嚷道:"休要被宇文孝伯那番花言巧语所蒙蔽,无论我们如何做都会被遣送走!既然我们留不下,索性就跟他们拼个鱼死网破!"

"对,拼个鱼死网破!"

杨大眼紧跑几步,飞身跳上高台,猛地扑向孝伯。

阎士藩初来乌兰关急于立功,孝伯曾许诺推荐其接任副将之位。阎士藩见状挥舞手中朴刀准备迎战,孝伯却向他挥了挥手。

孝伯气定神闲地站在原地,杨大眼虽然来势汹汹,但他的招式却并无什么高明之处,只不过依仗着自己有一股子蛮力,想要以力取胜,以快取胜,以狠取胜。

孝伯并未拔刀,身子灵巧地一闪,轻轻抬起左脚,向着杨大眼的下盘狠狠踢了过去。

气急败坏的杨大眼一心要进攻,身子只是稍稍躲了躲,孝伯那一脚虽踢中了杨大眼的右臂,但杨人眼的左拳却带着风声狠狠地击向了孝伯的右胸,孝伯见状急忙使出了一个后空翻,勉强躲了过去。

孝伯还未站稳,杨大眼又挥出一拳,朝着他的心窝打了过来,孝伯的身子随即向右一转,右掌趁势从他的左胁穿了进去,左手死死按住他的右拳,双手一用力竟将他提了起来,大喊了一声"下去",将他硬生生地从高台上扔了下去。

阎士藩跳下高台,手起刀落,杨大眼的头颅在地上翻滚着,拖出一条长长的血带。

阎士藩高喊道:"杨大眼意欲加害镇将大人,死有余辜!还有哪个不怕死?"

见一向桀骜不驯的杨大眼被当场斩杀，那些群情激奋却又手无寸铁的士卒们只得收了手，乖乖听从将令离开了乌兰关。

孝伯恨恨道："孙展功，下一个便该轮到你了！"

归案

乌兰关以东五十里，有一处关隘名为归原堡，此处是通往原州的必经之路，原本只是散布着几十家农户，后来定安军却在此地戍守，小商小贩们也从中看到了商机，这里便渐渐发展成了一个小集市。

归原堡西北平缓的坡地上散布着上百栋土坯房，那些辛苦讨生活的小商贩们大多住在此处。这些房子绝大多数只是孤零零地矗立着，并没有院墙，唯有一处带有高高的院墙，大铁门还时常紧闭着。

趁着夜色，和着风声，宇文直和芷兰带着一百名士卒悄悄将这个院子团团围住，十几个弓弩手顺着梯子攀上院墙，悄悄爬上房脊，占据有利位置，随时准备射杀突然出现之敌。

十几个士卒合力抬起一根枯木，狠狠撞向院门，仅仅撞了几下，院门便被硬生生撞开了。

屋内之人听到声响赶忙吹灭了灯，提着刀从里面走了出来。几十根火把所发出的光亮刺得他的眼睛极不舒服，他只得用手挡在眼前。

见来人竟是宇文直和芷兰，他惊讶道："你们是如何找到这里来的？"他看了一眼宇文直手中所牵的黑皮，似乎明白了什么。

前几日，杨大眼找孙展功商议留守士卒名单，孙展功曾去过杨大眼的住处，让他没有想到的是宇文直一直都在街角处蹲守，见他进去了，悄悄地来到门前，将檀香粉撒在门前的地上，还在其上撒了一层薄薄的土，以防被他们察觉。

孙展功出门时踩在檀香粉上却不自知，继续向着城门走去。宇文直牵着黑皮一直在后面跟着，不过却始终保持着一两里的距离。

从乌兰关到归原堡的这五十里路，官道两边基本上都是漫漫荒原或者黄土台地，并没有什么遮蔽物，即便是跟踪技术再高超，也难免不会被发现。宇文直却借助黑皮灵敏的嗅觉悄无声息地跟在他的身后，以至于连警惕性颇高的孙展功都未曾发现自己居然被人跟踪了。

孙展功环视了一下四周，见仅凭一己之力根本无力突围，索性将手中刀扔到地上，高声道："想必诸位误会在下了！在下乃是'敌闻司'校尉！"

宇文直听到"敌闻司"三个字后随即一愣，之前他怀疑孙展功是南梁"血酬卫"，可他竟自称是北周"敌闻司"，忙问道："你如何能证明自己身份？"

"卫国公可派人到这个屋内去寻在下的印信。东间靠墙的凭几上有个花瓶，向左扭动三下，再向右扭动两下，凭几旁的墙壁上便会出现一个暗格，里面放着一个锦盒，盒内便藏有在下的印信。如若您对此印信仍旧有疑，自可派人去长安向我司核对！"

"你在此地卧底数年，究竟所为何事？"

"这个卑职恐怕就不便透露了！"

"说！否则休怪本公不留情面！"

芷兰见宇文直说话竟然如此硬气，不似孝伯那般畏首畏尾，心中满是惬意。

孙展功担心自己一味强硬，宇文直在情急之下会做出什么对他不利之事，踌躇良久才道："在下奉命在此追查'候官署'余孽！"

宇文直希望能从孙展功口中获得更多信息，谁知孙展功却适可而止道："在下能说的便只有这些了！"

芷兰义愤填膺道："即便你是'敌闻司'的人，就可以滥杀无辜吗？"

孙展功高声辩解道："在下诛杀的那些人皆是双手沾满鲜血的该死之人！"

"难道一贯谨小慎微的罗定山的手上也沾满了鲜血吗？"

"罗定山在修造乌兰桥时贪墨了大笔银钱，依据《大周律》，当判斩立决！"

"即便如此，你也无权害其性命，你自可将其移送有司来治罪，岂容你滥用私刑？"

"独孤芷兰，世人皆说你明察秋毫，可你竟如此草率地认定罗定山也是被我孙展功所杀，岂不是太过自负了？"

芷兰闻听此言更为气愤了，斥责道："事到如今，难道你还想抵赖吗？你杀了罗定山灭口不就是为了剪断所有指向你的线索吗？"

孙展功冷笑了两声，眼神中透着鄙夷和不屑。

芷兰见状大声吼叫道："你身为'敌闻司'校尉，专司肃奸之责，不会觉察不到弘一真人身份有疑吧？可你既不逮捕，又不上报，无非是对他心存幻想，寄希望于他能为你破除你身上的所谓血咒，弘一真人也正是利用你内心的恐惧才将你一步步引入彀中，你为了一己私利害了如此之多的人！当然你也并非真的信他，也想着事成之后便过河拆桥，杀人灭口！你不会想到罗定山等五人的生辰皆是伪造的，所谓的五行血祭本就是一场骗局！所谓血咒不过是家族间世代相传的病患[1]罢了,发病后痛苦万分,却无药可医,无人能救!"

刚刚还咄咄逼人的孙展功变得沉默不语,陷入痛苦的回忆之中。

拜师

苦雨沟西山坡上孤零零地矗立着一座破败的石屋,掩映在枯树残枝间。

屋内,孙展功跪在冰冷的地面上,苦苦哀求道:"请真人救我!请真人务必要救我!"

弘一真人依旧稳稳地坐在蒲团上,微闭着眼道:"事到如今,你方信贫道之言,岂不是有些太晚了?实不相瞒,贫道要走了!"

"敢问仙师要去往何处?"

"似贫道这般出家人,犹如闲云野鹤一般,两只芒履历遍四海,不过寻道救人而已!"

"救我!救我啊!"孙展功"咣咣咣"连磕了三个响头,痛心疾首道,"在下知错了!真的知错了!还望真人以慈悲为怀,莫计前嫌,救救在下!"

弘一真人缓缓睁开眼,甩了甩手中浮尘,叹了口气道:"你可知为何遭此血咒之人皆姓孙吗?"

孙展功疑惑地摇摇头。

"其实你们皆出自白门孙氏,百余年前本是一家,只因突遭一场大变故而各奔东西,散落在大周各地,虽是同宗却已是形同陌路!"

---

[1] 即亨廷顿舞蹈症。

孙展功的心不禁一颤，道："不知祖上究竟遭了何种变故？"

弘一真人沉默半晌才道："其实你们白门孙氏在当地本是世家大族，只因那老族长颇好山中美味，越是稀有之物越是喜爱，每到年节时，佃户们便争相献上各式野味。

"那年，一个佃户献上一只体型硕大、羽毛艳丽的山鸡，老族长看后不禁垂涎欲滴，给全族老幼分食，可老族长当夜便暴亡了，食用之人也接二连三地死去，死得还很是诡异。

"当地一位九十岁高寿的老者说，他们所食山鸡乃是山中之凤凰，凤凰可是万万不可亵渎的神鸟，食用之人祖祖辈辈皆会遭受血咒之灾！族中幸存之人终日惶恐不安，只得分家后拿着银钱、携着妻儿远走他乡。他们本以为到了异乡便可心安了，却不知此乃天谴，谁又能逃脱得了呢？不仅他本人逃不脱，其子子孙孙同样逃不脱！"

孙展功闻听此言不禁一怔。他爹在他很小的时候便去世了，看到别的孩子都有父亲陪伴，他曾不止一次地追问过自己的娘亲，父亲究竟去了何处，可他娘却总是欲言又止，似乎有着什么难言之隐。

等他渐渐长大了，他娘见实在搪塞不过去了，于是轻描淡写地说，你爹是抽搐而亡！

那时年幼的他还不解"抽搐而亡"这四个字的可怕，只是不明白抽搐为何还能害人性命！

孙婆婆被折磨得奄奄一息的画面时常浮现在他的脑海之中，他空荡荡的内心充斥着无尽的惶恐。他从军二十余年，经历大小战阵七十余场，负伤四十余次，也算是见惯了血腥，看淡了生死，可如今他却真的怕了，还怕得要命！

那种生不如死的折磨让他有些不寒而栗，担心那可怕的一幕某一天也会突然降临在自己头上，他也会像孙婆婆和孙阿蛮那般受尽折磨后痛苦死去。

他跪在地上连磕了几个响头，苦苦哀求道："弟子不想死，还望师父设法救救弟子！救救弟子啊！"

弘一真人凝视着他，低声质问道："你口称弟子，你又是何人弟子？"

"我孙展功决意拜在真人门下，从此一心一意皈依道门！如同侍奉老父亲那般侍奉师父！只求师父能够救弟子一命！"

弘一真人缓缓站起身，走到他的近前，打量许久才道："你刚才所言可是真心话？"

"自然是真心话！弟子若有半句诳语，自当天诛地灭！还望师父能设法搭救弟子！"

弘一真人颇不以为然道："贫道在这尘世上行走了近六十年，见惯了尔虞我诈，也见惯了见风使舵，更见惯了过河拆桥！"

孙展功连磕三个响头，发誓道："若师父肯搭救弟子，那么弟子这条命便是师父的，甘愿受恩师差遣，赴汤蹈火在所不辞！"

"但愿你所言不虚！"弘一真人话锋一转道，"如若你真想拜在贫道门下，贫道自然不能坐视不管。你身上之血咒虽不易解，却也并非不能破，只是……只是……你且附耳过来！"

夭夭

孙展功从痛苦的回忆中挣脱出来，意识到自己或许被骗了，不过却依旧嘴硬道："我与弘一真人不过是在虚与委蛇，意在查出其幕后主使。如若要定在下的罪，恐怕你们还没有这个权力吧！"

宇文直忙安抚住情绪几近失控的芷兰，人生在世总会充斥着太多太多的无奈，比如罪恶之人明明就站在你的眼前，你却无能为力！

孙展功如此嚣张皆因其特殊的身份。"敌闻司"的人只要说"事涉机密"，不管犯下何等罪行，无论是总管、刺史，还是职掌北周刑狱的秋官府皆无权处置，只能将其移送"敌闻司"。"敌闻司"的长官自然会袒护属下，往往大事化小、小事化了，如若实在搪塞不过去，也不过暂且关上几年，等风头过了再放出来，即便是触怒权贵或者犯下滔天罪行，也往往是寻一具死尸来顶替，然后再另换一个身份继续活着。

见芷兰眼中满是怒火，孙展功也有些怕了，主动交代道："苦雨沟西山坡有处石房子，这些日子弘一真人一直住在此处。你们可带人前去擒他，但愿他还未逃走！"

当宇文直和芷兰带人急急火火赶到那处石房子时，里面却早已空空如也！

屋内有个炭火盆，盆内留有一堆黑乎乎的灰烬，似乎是焚烧过的纸。

芷兰摸了摸炭火盆，早已凉透了，屋内那张火炕一旦烧热，即便是熄了火，也能热上几个时辰，可如今这炕却凉透了，弘一真人绝非刚刚逃走，至少走了一日了！究竟是谁走漏的风声呢？

宇文直失望道："想必是弘一真人预感到自己的罪行行将暴露，逃之夭夭了！"

芷兰却摇摇头道："前几日，我们来此追查潘虎和潘豹，那时弘一真人无疑才是最危险的，不过他却冒险留了下来。他自认为已然成功策反了乌兰关副将，乌兰关在他们整个阴谋中间又有着举足轻重地位,一旦逃遁便意味着前功尽弃,他又怎会轻易离开呢?孙展功尚未意识到危险来临,弘一真人为何能先知先觉呢?"

"既然如此,李夫人觉得他为何会逃走呢?"

"'敌闻司'内或许藏有他们的卧底!弘一真人知晓了孙展功的真实身份,自然不敢也无须继续留在此地了!"

"既然他们在'敌闻司'内有暗桩,早就应该知晓孙展功的隐秘身份,弘一真人当初为何还要处心积虑地布下如此之大的阵仗去策反他呢?"

"这中间的确有诸多不合常理之处,但若是换个思路,这些疑问或许便可迎刃而解!弘一真人与'敌闻司'内的暗桩或许各藏心腹事,一为'候官署',一为'血酬卫',为对抗我大周,他们不过是暂时勾结在一起,却又相互猜忌,相互提防,有所隐瞒,这就是弘一真人并未在第一时间获知孙展功真实身份的缘故!"

正在此时,宇文孝伯急急火火地赶了过来,看了看空空如也的屋内,惋惜道:"可惜还是让他跑了!"

芷兰恨恨道:"如此一来,我们便只剩崔新运这一条线了!"

"孝伯公务在身不便离开,李夫人可否愿意与在下一同前往会宁防继续追查崔新运的下落?"

芷兰看了看宇文直,发觉他的眼神中有一种似曾相识的温情,于是道:"奴家愿往!"

孝伯想要借机缓和与芷兰之间的紧张关系,于是道:"李夫人,在下还需告诉你一个喜讯。朝廷已命李司马的四弟李璋为置顿大使,不日即将赶来原州,负责陛下移驾前的有关事宜,到时他必会洗去你们身上的不白冤屈,也定然会找寻到李司马的下落!"

芷兰想到至今生死未卜的夫君，心头又是一紧。

她将过往细节又在自己脑海中迅速梳理了一番，猛然间意识到自己或许犯了一个极为严重的错误，她似乎遗忘了一个原本最不该遗忘的人，那就是张酒糟！

虎毒不食子，正是朴素父子情愫使得一向聪慧的芷兰被蒙蔽了双眼，虎子或许真如上清道长所言并非是张酒糟的亲生儿子！

芷兰花容失色道："或许撬开张酒糟的嘴，便能知晓真相！只是不知我们还有没有机会！"

太阴篇：生死之劫

自然有成理，生死道无常。智巧万端出，大要不易方。
如何夸毘子，作色怀骄肠。乘轩驱良马，凭几向膏粱。
被服纤罗衣，深榭设闲房。不见日夕华，翩翩飞路旁。

——三国·阮籍《咏怀八十二首之第五十三首》

  会宁防防主阎士德与神秘女子小灵偷情，事后却意外发现小灵已然死去多日。他在小灵的棺材之中找到了自己赠送给小灵的那支金雀步摇，小灵赠给他的那支毛笔也被小灵的夫君崔新运指认为亡妻遗物。这背后究竟藏着怎样的玄机？小灵和崔新运又有着怎样不为人知的隐秘身份呢？

  恰在此时，从会宁防运往河州的盔甲军服莫名地幻化为北魏的盔甲军服，军中一时间流言四起。这究竟是何人所为，又意欲何为呢？从会宁防兵甲署到输运署，再到沉没的鹯阴船；从灵州船坞到河州武库，处处皆暗藏蹊跷，这一幕幕都成为高潮来临前的序章！

第十四章
伤情经岁绣帏空

不堪

张酒糟一向不喜回家,因为秋曦总是对他冷冰冰的,于是时常招呼营中兄弟们一起去吃酒,若是天色晚了或喝醉了便索性留宿在军营之中,有时甚至十几日皆不曾归家!

可近来张酒糟却好似换了一个人,不仅对喝酒吃肉丧失了兴趣,即便是日常操练也总是无精打采,一副心不在焉的样子。

每当有人邀他去吃酒,张酒糟总是装出一副悲痛状,道:"如今虎子没了,俺得赶紧回家去陪婆娘,改日再约!改日再约!"

这日,张酒糟悄悄地离开了军营,可他却并未回家,骑着马在城中漫无目的地绕了大半圈,直到确信身后无人跟踪后才策马前往西城。

恩德里丝绸庄的牌匾映入了张酒糟的眼帘,他忙收起思绪,勒住马,将马拴在店门前的拴马石上,快步走进店中。

他挑了好一阵子才选了一款红色蜀锦披帛,暗道:"小枝见了定会喜欢的!"唯有小枝让他感受到了家的气息!

张酒糟出身贫苦，从记事起，无论是严冬，还是盛夏，穿的都是自己用麦秸编成的草鞋。他学会编草鞋前一直赤着脚，每每到了寒冷冬日，先是手脚，继而全身便会生出无数的冻疮，令他生厌的酒糟鼻和赤红脸便是冻疮所致。

当时正值天下分崩，相互攻伐，战争频仍，他毫不犹豫地选择了从军，因为他觉得哪怕是战死也强似痛苦地饿死、冻死、穷死。

踏入军营后，他第一次穿上了布鞋，脚底下感到前所未有的温暖。

盛饭时，他依旧如在家中那般先只盛半碗，匆匆吃完后便急急火火地去盛第二碗。众人皆笑他，只有掌管伙食的那个老卒体谅他，怜惜他，知道他想必是之前饿怕了，之前家中人多饭少，若是一开始时盛满，吃完再去盛时定然便没饭了。

见他的吃相如此狼狈，那个老卒冲他笑笑说："莫急！莫急！慢些吃！慢些吃！军中饭菜管够！管够！"

时隔多年，张酒糟仍能记起老卒笑着对他讲的这句话，始终念着老人家的好。

自那之后，老卒便时常偷偷地给他些吃食。他不仅再也不用挨饿，还渐渐知晓这世间居然有如此之多的吃食，有如此之多的烹饪之法。

老卒偌大年纪仍旧留在军营之中是因他无儿无女，一旦离开了这里便是孑然一身，无依无靠。他最终病倒在了灶台之上，临终之际拉着张酒糟的手道："哪怕是偷，是抢，是骗，你也要寻个婆娘，生个儿子，免得老了之后也似我这般孤苦！"

291

老卒带着无限的悔恨走了,张酒糟与平日里常常受老卒眷顾的几个士卒痛哭着为他发丧,算是了却了老卒最后的心愿。

从那时起,张酒糟便想着为自己寻一门亲事,免得也似老卒那般老无所依,可他却拿不出多少聘礼,又生得酒糟鼻、赤红脸,没有哪家姑娘看得上他。

张酒糟便想着在沙场立功,求得升迁,到了那时自然会有姑娘争着、抢着要嫁他。果不其然,他刚刚升任幢主,好事竟出人意料地找上门来了。

一日,当地钱媒婆晃动着粗笨的身子,挥舞着手中的黄丝帕,大摇大摆地走到他的近前。她涂得红彤彤的嘴唇后面藏着七扭八歪的大黄牙,门齿居然还脱落了一大块,龇牙时像极了一个破了口的红石榴。她平日里笑起来从不露齿,今日却不知为何竟肆无忌惮地笑个不止。

钱媒婆笑道:"不知你是修了几辈子的福分,居然会遇到这门千载难逢的好亲事!老身保了半辈子的媒,还从未碰上这般好姻缘!"

钱媒婆将那姑娘吹得犹如天女下凡一般,长相如何如何标致,家世如何如何显赫,性子如何如何温顺,更为重要的是聘礼只需区区五贯钱,可她越是将对方说得如何如何好,张酒糟的心里便越是惴惴不安。

他暗忖道:"这么好的姑娘为何偏偏看上我?这中间怕是藏着什么不可告人的隐情。"

见他始终犹豫不决,张媒婆假意嗔怒道:"要不是你托老身为你寻亲数年皆未能给你办成,老身一直心存愧疚,此等好事怎会落到你的头上?!要不是那女娃远在长安,老身提早得到消息,原州城中还不知有多少人抢着去提亲呢！你居然还犹豫上了！赶紧给老身个痛快话，成还是不成？！不成，老身立马就走！"

老卒临终前孤苦无依的画面再度浮现在张酒糟的眼前，他咬咬牙道："成！我这便去备办彩礼！"

钱媒婆轻抬玉腕，伸出右手中指，轻轻戳了一下他的额头，似乎在点化他道："这便对了！这等人生大事可是万万犹豫不得，稍稍迟一步，如此可人的小娘子可就便宜了旁人，到时你可就后悔迟了！"

钱媒婆的笑中带着如释重负的惬意。

在敲锣打鼓的喧闹声中，秋曦被张酒糟风风光光地娶进了门。钱媒婆的确没骗他，秋曦果然是在长安城中见过大世面的人，举手投足间皆透着一股子大家族特有的气质！

秋曦虽算不上什么惊艳的美人，可五官却也还算精致，身材也还算匀称，以他这种长相能娶到这样的女子，也算是大大地高攀了。

他了却了多年来的一桩夙愿，既然媳妇有了，儿子怕是也不远了。

不过他却渐渐发觉自己好似是一团火，秋曦却如同是一块冰，时间久了，冰未融，火却将熄！

就在张酒糟为此而苦闷之际，秋曦却突然有了身孕，张酒糟心头将熄的火重又熊熊燃烧起来。

可随着虎子渐渐长大，总会有人在他们身后指指点点，神神秘秘而又鬼鬼祟祟地说着什么，当他猛地回头去观瞧时，人家却都识趣地住了嘴，谈起了其他事。

他渐渐猜出了其中缘由，搂着虎子来到铜镜前，他这样的粗人极少照镜子，但这次却照了许久许久，直到心头最后那丝希望之火彻底熄了。

他失望地摇摇头,发出一声长长的叹息。

虎子发觉了他的异样,天真地问:"爹,您无端地叹什么气呀?"

心烦意乱的张酒糟只得敷衍道:"虎子,你去和娘到院子里玩会儿!爹身子有些乏了!"

张酒糟派人到长安打探秋曦的底细,原来秋曦之前就曾经许配过人家,不过却因不守妇道而被人家给休了。她爹恼怒于她坏了自家门风,致使自己在左邻右舍间抬不起头来,这才决意将她远远地嫁了,而且还不收任何聘礼。

张酒糟自此对秋曦母子日渐冷淡,秋曦却丝毫不在意。她虽嫁给了他,可她却从未正眼看过他,仿佛他就如同空气一般!

张酒糟以为这天下的女子对他皆如这冰一般,直到遇到了小枝。小枝如同一株刚刚长成的青莲,透着清香,也带着娇嫩!

随着两人日渐熟识,张酒糟也愈发觉得小枝的眼中似乎带着某种难以言说的情愫,接下来便有了令他连想都不敢想的美艳遭遇。

斩草

干枯的树枝在寒风中无助地摇摆着,低垂的太阳在阴霾里吃力地照耀着,白色的原野在寂静中无言地蔓延着,厚重的冰凌在寒冷中展现着自己的身姿。

"你来了!"牛婆婆低声道。

"不知阿母唤小枝前来有何吩咐?"

牛婆婆厉声道:"如今形势有变,朝廷命李昞的四弟李璋为置顿大使。他们担心伪周那狗皇帝已然生疑了，已然商定要为李昞和独孤芷兰平反，为了不引火烧身，我们必须要在李璋来原州前清除一切不该留下的印记，该如何做，你懂的！"

小枝的心猛地一颤，呆立半响才道："这究竟是左都督的意思，还是他们的意思？"

"既是左都督的意思，也是他们的意思！"

小枝负气道："为何每次除去的皆是我们'血酬卫'的线人！张安猛该除去，难道那刘济世便不该除去吗？"

"大胆！难道你想要抗命不成？莫非你忘了我们'血酬卫'的戒律吗？幸亏站在你面前的是老身，否则你恐怕已性命不保了！"牛婆婆盯着她道，"你莫忘了你阿姐是如何死的！老身曾经不止一次告诫过你们，我们'血酬卫'的人万万动不得情，一旦动了情，轻则心伤，重则丧命，切记！切记！"

小枝掩饰着内心的慌乱，咬咬牙道："属下明白！不知何时动手？"

"从速！长安那边传来消息，李璋已经动身了，我们要赶在他来原州之前将所有事情收拾停当，切勿再给独孤芷兰留下什么把柄，以免坏了我们的大事！"说到此处，牛婆婆的语气由硬变软，透着关切与不舍道，"办好此事后，你便可以离开原州了，还有一件极为紧要之事等着你去办，不过此番不会再让你去杀人了，办好后你便可以彻底离开这里！如今大梁已经没了，江南我等已然是回不去了，不过老身自会派人送你去伪齐……"

小枝打断道："阿母要随小枝一同去伪齐吗？"

"如今大事将近，老身即便想走恐怕也走不脱，你切勿以老身为念。老身早已是风烛残年之人,终究难逃一死!"牛婆婆的话语之中透着诀别的意味。

小枝的眼泪扑簌簌流了下来,哽咽道:"请让小枝再唤您一声阿母,也不枉这些年您对小枝的养育之恩!"

牛婆婆忙拿出丝帕,为她拭去眼角的泪滴,安慰道:"莫哭!莫哭!到了那边,你还是忘了这里的一切吧!老身当年将你们姐妹引入这'血酬卫'也是迫不得已,好在你与老身不同,只是个刚入门的小校,还是寻个机会脱了这卫籍,嫁个好人家好生地过日子吧!"

小枝"扑通"一声跪在地上,流着泪道:"小枝的亲生父母皆死于战乱,若不是阿母收留我们姐妹,我们或许早就冻饿而死了。小枝愿为阿母做任何事,万死不辞!"

牛婆婆伸出手,将小枝缓缓搀扶起来,抚摸着她水灵灵的脸庞,动情地说:"老身初遇你时你还是个满脸脏兮兮、总是哭哭啼啼的孩童,如今却出落成俏丽的大姑娘。十二年了,正好天道轮回一遭!你今后的路还很长,你要好生活着!替老身好生活着!"

引诱

今年三月,一个雨后初霁的午后,正值海棠娇艳时,张酒糟来寻虎子,却见小枝正独自一人在赏花。张酒糟竟看得有些痴,花美人娇艳,人花相辉映。

小枝发觉他来了,若无其事地轻轻摘下一枝开得正艳的海棠,问道:"张幢主,你觉得是这花容胜过奴容,还是奴容胜过花容?"

张酒糟这个大老粗本就不是个有情调之人,那日又看得有些痴迷,竟鬼使神差道:"自然是花容!"

小枝假意嗔怒道:"既然如此,你便夜夜与花同眠吧!"

那夜张酒糟竟一夜未眠,小枝那句"夜夜与花同眠"总是鬼使神差地萦绕在他的耳旁,扰得他心神不宁。

初夏时节,李昞与芷兰一同回长安拜会亲属,小枝别有用心地让澄儿带着虎子去牛婆婆家中玩耍,料定张酒糟必然会来寻虎子,院门开着,屋门也开着。

张酒糟大声喊着"虎子"闯进屋中,小枝正惬意地临窗梳头,上身只穿了一件薄薄的对衿小衫儿,下身穿着一件网眼状纱裤。

又黑又亮的秀发如瀑布般垂下,她用牛角梳轻轻梳理着,两只如同嫩藕般的玉臂划出优美的弧线,清秀得如同一朵含苞欲放的白莲!

张酒糟的呼喊声戛然而止,继而是小枝的呼叫声。

张酒糟忙转过头支吾道:"俺……俺是无意撞见……"

尚有些羞赧的小枝不由自主地忙用双手护住自己的前胸,嗔怒道:"谁知你是无意还是有意!"

张酒糟不由自主地向后退,险些被门槛绊倒,小枝居然"扑哧"一声乐了,道:"如今该看的已然都看了,你既已污了我女儿家的清白,岂能一走了之?"

张酒糟转过头,苦着脸道:"俺真是无意撞见!"

"无意也好,有意也罢,反正是撞见了,你便该给奴家一个交代!"小枝居然不似初见时那般愠怒了,那句意味深长的话语如同一个痒痒挠,挠得张酒糟的心痒酥酥,麻酥酥。

张酒糟没有料到在李昞面前一向乖巧温顺而且话并不多的小枝居然是这般伶牙俐齿。

他痴望着她，就在这一刻，竟对她动了心，仿佛是一团久违的火遇到了一捆柴。

他无所顾忌地猛扑上去，肆无忌惮地吻着她的脸颊道："俺这便给你个交代！"

小枝却用力推开他，怒道："你当奴家是何人，奴家可是黄花大闺女，岂容你这个腌臢军汉恣意亵渎！"

张酒糟没有想到小枝的脸如同六月的天说变就变，总是阴晴不定，呆立在原地无所适从道："俺刚才的确是有些唐突了，因一时冲动而乱了礼数，这便向你赔罪！"

小枝忽地站起来，诱人的身子透过小衫儿和纱裤再度展现在他的眼前，这种朦胧美带来的诱惑让他一时间难以抵御。然后不屑一顾道："你们这些男人最会唬我们女人！我家夫人曾对奴家讲，男人口中什么情呀，爱呀，不过是说说罢了，信不得真！"

张酒糟却信誓旦旦道："俺是真心喜欢你，若有半句假话，俺情愿遭天打五雷轰！"

小枝走到他面前，轻轻"哼"了一声，道："如今你想方设法要得到奴家的身子，自然是什么毒誓都肯发，可一旦得手之后呢？奴家还不是落得个始乱终弃的下场！"

"俺绝非此等负心人！俺对你可是真心的！"

"真心？"小枝弯腰拿起几案上刚刚做女红时用过的剪刀，递到他的面前道，"你且将你那颗心剖出来给奴家看一看究竟是红的还是黑的！"

望着垂涎欲滴的小枝，张酒糟一时间心摇目荡，接过剪刀，犹豫片刻后缓缓举起向着自己的前胸刺了过去。

小枝见状忙伸出右手拽住他的胳膊，左手在他的胸前不停地抚弄着，那张俏丽的脸如同雨后初绽的花蕾，娇艳欲滴。

"你真是个榆木疙瘩，奴家刚刚不过是在考验你，你还当真呀！"

早就按捺不住的张酒糟将头向前探去，想要吻她的脸颊，可小枝却举起手，如同封条般堵在他的嘴前，道："如今光天化日的，你不怕羞，奴家还怕呢！今晚你再来，到时奴家自会依你！"

当天晚上，张酒糟如约而至，心狂跳不止，即便是在血腥的沙场之上，他也从未如此紧张过。

院门开着，屋门也开着，似乎不会再有什么可以阻挡他近在眼前的好事！

透过依稀的月光，张酒糟见小枝静静坐在床边等他，走了上去。

小枝却再度推开他，手上居然拿着那把锋利的剪刀，冷若冰霜道："且慢！奴家这女儿身岂是如此轻易许人的？"

张酒糟直愣愣地望向小枝，不知她唱的又是哪一出！

他绝没有想到这小枝年纪虽小，手段却真不少，心思更是让人猜不透！

她一会儿喜，一会儿恼，一会儿迎，一会儿拒，让他有些无所适从。

"你若想得到奴家的身子其实也并不难，只需帮奴家做一件事！如若你肯应允，奴家此生便是你的人，今夜便将这珍藏了十九年的身子给你！"

张酒糟迫不及待道："莫说是一件，即便是一万件，俺也答应！"

小枝的脸上再度绽放出久违的笑容，放下手中剪刀，问道："你事事皆依我？这可是你的真心话？"

"真心话！俺若是敢诓骗于你，定然不得好死！"

"好！你这便去把虎子给杀了！"

"什么？"张酒糟简直不敢相信自己的耳朵。小枝一向待虎子极好，虎子也总是一口一个"小枝姐姐"地叫着，如今她却要自己无缘无故地去杀虎子，震惊道："你居然让俺去杀虎子？"

"正是！"

"你莫不是在与俺说笑？"

小枝举起剪刀，轻轻吹了一下，厉声道："你看奴家像是在与你说笑吗？"

张酒糟在震惊之余反问道："虎子何曾招惹过你！你居然想要对他下此毒手！"

小枝脸上的笑容突然凝固了，咄咄逼人道："怎么？你反悔了？你刚刚还对奴家信誓旦旦，这烛火还未熄，你便借故推诿！你们这些男人果然不足信，幸亏本姑娘还未曾让你得手！"

张酒糟与虎子毕竟父子一场，听闻那些风言风语后，他虽不似之前那般疼爱虎子了，却也难以痛下杀手。

他苦着脸道："你究竟想要干什么？让俺无缘无故地去杀一个无辜的孩童，俺实在是做不到！别的事俺都可以依你，只是这一桩……"

小枝轻轻"哼"了一声，不屑道："虎子又不是你的亲骨肉，是你老婆背着你与别的野男人生下的野种，你还有没有点儿男人的血性？"

"好，此事依你便是！"张酒糟狠狠心答应了，可旋即又反悔道，"即便虎子不是俺亲生的，可毕竟是俺一把屎一把尿拉扯大的，俺实在下不去手!"

小枝伸出玉足,轻轻地摩挲着他长满黑黢黢腿毛的大腿,柔声细语道:"奴家也知道你下不去手,不过你只要肯杀了虎子,奴家自会还你一个真儿子!"

张酒糟垂涎欲滴道:"当真?"

"当真!如若你依了奴家,奴家今夜便是你的人了!"

张酒糟猛地扑了过来,小枝却欲迎还拒道:"还望张幢主莫要负了奴家的这一片真心!"

张酒糟肆意亲吻着她俊俏的脸颊,道:"只要你今夜遂了俺的心愿,俺日后定不会负你!"

小枝娇嗔道:"莫急!莫急!奴家依你便是!奴家依你便是!"

张酒糟用颤抖的手褪去她的衣裤。

红彤彤的锦被顿时翻起了一波比一波猛烈的浪。

张酒糟没有想到那一夜居然是小枝的第一次,自然对她愈加珍视。自从有了小枝,他顿时觉得自己的人生变得五彩斑斓,将所有心思皆花在这个女人的身上。

张酒糟事事皆依着小枝,彻底沦为小枝操控下的一具木偶。

残害虎子,陷害李昞,张酒糟事后虽也觉得心有余悸,却还是义无反顾地按照小枝的吩咐去做了,为的就是能与心上人长相厮守。

小枝诈死逃脱后,两人便日日夜夜厮守在这处无人知晓的小院之中。张酒糟觉得之前那番惊心动魄皆是值得的,顿觉此生已然无憾了。

灭口

天彻底黑了，张酒糟见无人跟踪，走上前轻轻叩门。

门开了，小枝警觉地看了看他的身后，忙将他迎了进去。

来到屋内，张酒糟将新近采买的红色蜀锦披帛披在小枝的肩头。

小枝在李昞家中做使女的时候时时小心，刻刻提防，总以素面示人，不敢穿着太过艳丽，要么是白的，要么是青的，要么是黑的，原本俏丽的她自然显得有些暗淡无光。

如今她却再也不似之前那般压抑天性了，开始如那些大宅中的小姐们那般描眉画眼，涂脂抹粉，配上饰品，穿上这些年从未穿过，却一直艳羡不已的令人炫目的间色裙。

张酒糟痴迷地望着她，黑漆漆的发，细弯弯的眉，亮晶晶的眼，红彤彤的嘴，白皙皙的脸，粉扑扑的腮，微耸耸的胸，细溜溜的腰，长颀颀的腿，玉纤纤的手，翘尖尖的脚，即便是那双花簇簇的鞋皆带着迷人的香气，透着一股子清秀。

张酒糟连连称赞道："美！真美！"

他情不自禁地将小枝揽入怀中，有些心神不宁的小枝却在与他虚与委蛇。

"你可是有什么心事？"张酒糟雄厚的话语中透着丝丝关切。

小枝忙掩饰道："奴家只是有些莫名地怕！怕他们会寻到此处来！"

"莫怕！如今李昞和独孤芷兰皆被官府通缉，生死不明。即便他们还活着，一时间也找不到此处来。即便他们真的找来了，俺即便是拼上自家性命也定会保你安然无恙！既然你委身于俺，俺定不会负你！"

小枝心头顿时涌起一股暖流，此生还从未有一个男子似他这般对自己如此用心。

小枝奉命服侍在李昞身边长达七年之久，不知何时竟对他产生了朦胧的情愫，却从不敢表露出一丝一毫。李昞对她虽宽待和怜爱，却似乎并无那般心思，尤其是芷兰被娶进门后，她更是将那份本就虚无缥缈的情愫埋得极深极深，小心翼翼地服侍着这一家人！

虽然她自知与李昞此生有缘无分，却仍旧会不自觉将其他男子与李昞进行对比。张酒糟与李昞俱是行伍出身，但张酒糟却长相粗陋，举止粗鲁，尤其是那红彤彤的酒糟鼻子，初见时更是让她忍俊不禁。

不过为了完成牛婆婆交办的事，她只得硬着头皮借机接近张酒糟，起初心中满是厌弃。

自从加入了"血酬卫"，小枝的心便好似结了一层坚冰，喜怒哀乐从不肯轻易示人，在旁人眼中她只是一个讨人喜爱的使女，聪明伶俐却又不张扬，老实本分却又不愚钝，干事勤快却又从不越雷池半步，自然也就没人怀疑她不可告人的隐秘身份。

她的心智虽比同龄人要成熟许多，却也不似牛婆婆与萧含雪那般看透了这世间万象。情窦初开的她仍旧保有几分天真烂漫，也渴望被人呵护，被人疼惜，被人爱怜，也盼着呵护她、疼惜她、爱怜她的人也是她所爱慕之人！

如今在她看来，那却不过是不切实际的奢望，一个卑微的使女怎会寻到虚无缥缈的幸福呢？

虽然未能等到自己爱慕之人，却也寻到了一个真正用心呵护她、疼惜她、爱怜她的男人，吃的，穿的，用的，张酒糟样样都竭尽所能地满足她，有时为了让她能吃到可口的张记杂辣羹，竟会顶风冒雪跑大半个城。

就是这个样貌她并不中意，而且又比她要大上十几岁的男人给她带来了别样的温暖，小枝渐渐沉浸其中而难以自拔，渴望着自己的余生也能在爱的滋润中慢慢度过。

可今日牛婆婆的突然现身却将她的梦击得粉碎，就在今晚她便不得不与这个深深爱着她的男人彻底做个了断，尽管她也有些不舍与不忍，却又不得不如此！

牛婆婆曾再三告诫她，切莫动情，可人非草木，又岂能真的冷酷无情呢？不过自加入"血酬卫"的那一刻起，她便已然没的选了。

张酒糟不会想到从两人相遇的那一刻起，他便不知不觉间踏上了一条不归路。他与已然死去的虎子都只是这场生死博弈中的一个棋子而已，如今却悲惨地沦为了弃子！

小枝暗暗告诫自己一定要保持镇定，忙收起烦乱的思绪，轻轻挣脱张酒糟孔武有力的手臂，装出一副关切的样子道："夫君操劳了一日，奴家特地做了你最爱吃的鱼鲊，只是不知能否合夫君的心意。"

小枝边说着边起身走到食案前，张酒糟忙跟了过来，轻轻掐了一下她水嫩的脸蛋，笑道："只要是你做的，俺张安猛便喜欢得不得了！俺做梦都未曾梦到过你这样一个可人的女子居然会委身于俺，还对俺这么好！想必是俺上辈子修来的福分！"

"少说那些唬人的情话，之前还不知你对多少人说过同样的话！"小枝青涩的话语中带着酸酸的醋意，这股子酸味却让张酒糟很受用。在他看来，她或许是这世上唯一在意自己的女人，不似秋曦那般视他为无物。

"快尝尝,看看奴家这手艺如何!"小枝将一块鱼鲊轻轻放入他的嘴中,一股醇厚的鱼香、八角香、豆豉香、姜蒜香,夹杂着辣香在他的嘴中迅速弥漫开来,软软的鱼肉弹性十足,颇有嚼头。

小枝忙又斟了一杯酒递给他道:"这是奴家特意去东城烧锅记给夫君买的烧酒,只有这酒方能配得上奴家做的这鱼鲊!"

张酒糟端起酒盅一饮而尽,这酒浓烈中透着诱人的醇香。他感受到从未有过的惬意,忽地觉得自己拼了这三十余年,人生似这般便是真的完美了。

他将酒盅放在食案上,咂了咂嘴,得意道:"今夜这美人、美酒、美食全都齐备了,俺即便是立马死了,也觉得这辈子值了!"

小枝忙掩住他的嘴,嗔怒道:"不许浑说!奴家还指望着与你一心一意地过日子呢!"

张酒糟顿觉失言,自己扇了自己一个嘴巴,搂住她道:"刚刚俺信口浑说,着实该打!俺还没享受够这人间美色,怎能说死便死了呢?"

张酒糟左手搂住她的腰,右手伸到她的膝下,猛地将她抱了起来,嘿嘿笑道:"世人皆说春宵一刻值千金,俺之前却一直不信,只因俺之前终日守着那冰块一般的女人。如今俺才算是真的明白了,这春宵何止千金,是万金,是万万金!"

小枝伸出小拳头轻轻捶打着他的胸口,假意怒道:"饭还未用完,你急什么?你弄疼人家了!"

张酒糟将她径直抱到床上,嚷嚷道:"与如此可人娇艳的娘子同处一室,谁能等得了!谁能忍得了!反正俺是等不了了,也忍不了了!"

春心萌动的张酒糟扑在她的身上，凑到她的樱桃小口前，吻着她的唇。

一番云雨过后，张酒糟额头上大汗淋漓，头发也变得蓬乱不堪，仍旧沉浸在刚刚的意乱情迷之中。

他忽地感到有些晕，继而天旋地转，起初还以为是刚刚用力过猛，忙躺在榻上歇息，谁知却越来越晕，腹中犹如翻江倒海般绞痛。

张酒糟似乎便明白了什么，指着小枝道："你……你居然……"

张酒糟的嘴仍在一张一合地动着，却只能发出含混不清的"呜呜"声，继而淌出了殷红的血来。

小枝此前从未杀过人，甚至从未见过杀人，望着垂死挣扎的张酒糟，小枝刚刚还有些红晕的面庞刹那间便吓得没了一丝血色，眼角挂着晶莹的泪痕，脸上带着不舍、愧疚，还有些许的惶恐。

张酒糟用尽全身的力气，猛地伸出手拉住她，她顿时被吓了一跳，想要挣脱，却又一时挣不脱。

他用粗笨的手指在她的手心缓缓写下了两个字："不悔！"

刚刚写就，他的手便无力地垂下。

小枝眼眶中的泪水顿时便如决堤般夺眶而出，滴落在张酒糟渐渐冰冷的脸上，轻轻溅起之后浸湿了她的内心。

过了许久，她才拭去眼角的泪滴，收拾行囊悄悄前往会宁防。曾经的小枝从此时此刻起已然"死"了！

第十五章
疑怪昨宵春梦好

偷情

会宁防的前身为北周太祖宇文泰所设的会州。当年宇文泰巡边到此,各路大军皆会师于此地。当地乡绅张信罄前来拜见宇文泰,拿出大笔资财犒赏三军,欣喜不已的宇文泰便在此地设立会州。

宇文邕登基后撤州建防,防是北周独特的军事建制,防主乃是一防的军政长官,与一州之刺史地位相当,但寻常的州下设郡,郡下设县,会宁防却仅辖西会关、乌兰关两个关,这两个关皆与县是同级。

会宁防、西会关两级衙署皆设于这同一座关城之内。城中官舍大门口挂起了白绫,两个原本红彤彤的大灯笼如今却被人刻意罩上了一层白纱。

官舍正堂充做灵堂,正中摆放着会宁防防主阎士德刚刚过世的妻子的灵位。

在正堂旁的偏室中,几个妇人正忙着赶制孝服,有的用生麻缝制斩衰,有的用熟麻制成齐衰,有的用白色粗布缝成大功,有的用白色细布做成小功，有的用白色超细布裁成缌麻。

前来吊唁的宾客络绎不绝，有的号啕大哭，有的暗自啜泣，有的叹气，有的木然，有的暗暗顿足，还有的呼天抢地。

忙得焦头烂额的丧主阎士德快步走进偏室之中，高声道："拿一套斩衰来！"

一个年轻女子随即应了一声，将一套新做成的斩衰递到了阎士德的手中，他虽只是无意间一瞥，竟莫名地愣了一下。

只见那女子身着一件黑衣，并未佩戴什么首饰，也没有涂抹什么胭脂，却依旧难掩清秀与端庄。她的脸似粉浓浓的蓬蕊，娇艳欲滴；她的唇如红莲微绽，一张一合别有风韵。

阎士德忙问道："为何本官从未见过你？"

"启禀大人，奴家名唤小灵，乃是吴管家在街市上临时雇来缝制孝衣的。"

阎士德轻轻"哦"了一声，缓缓地转过身，继续招呼前来吊唁的宾客们，但小灵美丽的面庞却深深地印在他的心中。

阎士德已过了知天命之年，各色女子也见多了，无论是美的、娇的、还是骚的、浪的媚的，都很难再唤起他的兴趣，竟唯独对这个不期而遇的女子微微有些动心了，或许是因她浑身上下皆透着一股子清新淡雅之气。

丧事结束后，吴管家将所有临时雇来帮忙的妇人和役夫全都叫到庭院之中，挨个发放工钱。

恰在此时，阎士德走到小灵身旁，轻声道："本官府上尚缺人，你可愿意留下？"

小灵犹豫了一会儿，点了点头。

丧事结束后，小灵继续在府内帮闲。有个额头上长着一块紫色胎记的老仆妇终日里无所事事，却很是热心，小灵做工时，她总是主动过来帮忙，还极其爱说，一来二去两人便熟络起来。

掌灯时分，劳累了一日的小灵闲坐在床边，手托着香腮，不知在想些什么。

老仆妇走进来，笑着道："小灵姑娘忙什么呢？"

小灵忙站起身，笑笑道："奴家趁这会儿家主并无什么吩咐，特地在此小憩一番，阿婆来寻奴家可是有什么事？"

"没事！老身不过是想找人说说话罢了！"老仆妇笑着道，但这笑中却夹杂着几丝狡黠。

老仆妇打量着她道："老身看姑娘今夜红光满面，怕是要有喜事降临！"

"阿婆莫要拿奴家打趣，奴家不过是一个帮闲的，又能有什么喜事？"

"这人世间的事就是这么变幻莫测，你莫要太过看清自己！"

"奴家看您这般喜气洋洋的，倒像是这喜事找上了阿婆。"

"老身都是半截身子入土的人了，岂会摊上那等好事？"

两人说笑了一会儿，老仆妇拉着她的手热络道："你这屋中有些发闷，不如去老身的住处陪老身说说话，老身可是有一件可以提神的好东西！"

小灵还未及答应，老仆妇便用力拉起她，手挽手出门而去。

来到老仆妇房中，老仆妇神秘兮兮地拿出一本画册，递给小灵，眉开眼笑道："今日让你好生开开眼！"

尚不知情的小灵翻开图册第一页，见是一个老儿正同一少妇……

小灵心中不免一惊，手也是一抖，手中的那本图册硬生生掉落在地。她的脸上红一阵，白一阵，嗔怒道："奴家敬你是阿婆，你居然让奴家看这等不堪入目的东西！你当奴家是那娼妓一般的人吗？"

见小灵竟有些动怒了，老仆妇忙收起图册，连忙谢罪道："刚刚是老身太过唐突了！似姑娘这般冰清玉洁之人，岂会看得了这些，简直是污了姑娘的双目！"

小灵站起身，想要回屋去，却被老仆妇死死拽住，道："老身千不该，万不该，让姑娘看那污秽之物，你若是就此回去，便是怨恨上老身了！"

见老仆妇说得如此恳切，小灵只得停下了脚步。

老仆妇忙端上来一个果碟，还斟了一杯酒，递给她道："这酒乃是府上所酿果酒，鲜甜得很，你且吃一杯酒消消气！"

小灵却推辞道："奴家从不喝酒，怕是不胜酒力，若是贪杯出了丑，那可如何是好？"

老仆妇道："老身这酒可不是男人们饮的那种烈酒，不仅蜜一般甜，还不会醉人，姑娘若是不信，尝一口便是了！"

小灵微微抿了一口，果然极甜，于是硬着头皮将整杯酒喝了下去。

"再饮一杯，权当是老身赔罪了！若是姑娘真的醉了也无妨，大不了在老身房中睡下便是！"

在老仆妇左劝右劝之下，小灵接连饮下三四杯，这酒喝着虽甜，可后劲儿却很大，不一会儿她便感觉头晕目眩，四肢瘫软，眼神迷离道："不妙！奴家这回怕是真的醉了！告辞了，奴家要回房歇息了！"

小灵摇摇晃晃地站起身，可跟跟跄跄地没走几步便险些摔倒在地。老仆妇忙起身扶住她，插科打诨道："你这哪里是醉？想必是刚刚看了那春宫图欲火攻心吧！你得寻个人泻泻火才好。"

小灵扶着有些胀的头道："阿婆莫要说笑！奴家是真的醉了！"

老仆妇道："好！你面皮薄，老身便不拿你打趣了！你既已喝醉，不如权且在老身这床上歇息一会儿，等酒劲儿过了，再回房也不迟！"

老仆妇说着便扶她上了床，笑道："你身上这衣襟甚是碍事，穿着它怎能睡得安稳呢？"

老仆妇带着一丝奸计得逞的坏笑离开了。沉睡不起的小灵似乎对即将发生的一切还浑然不知。

不一会儿，阎士德蹑足潜踪走进这房中。老仆妇忙掀开被子，指着已然睡去的小灵，道："还请大人慢慢享用！老身这一向可是费了不少口舌！"

阎士德眉开眼笑道："你且到屋外为本官望风，等完事之后，你自可去寻吴管家领赏！"

老仆妇千恩万谢地向屋外走去，阎士德迫不及待地爬上床，将刚刚逝去的亡妻抛到了九霄云外。

小灵虽不胜酒力，但睡了一小会儿，酒劲儿也渐渐散了，突然睁开了眼，惊叫道："大人，你这是做什么？"

阎士德喘着粗气道："老爷我喜欢上你了，日后定会宠着你、让着你、念着你。等老爷我百年之后，我辛辛苦苦置办下的这偌大家产便尽是你的了！"

小灵有气无力道："奴家乃是良家女子，不贪图那些！快放开我！放开我，否则奴家便喊人了！"

阎士德俯下身，狠狠地吻住她。

力不能支的小灵连连求饶道："老爷，你且饶了奴家罢！奴家浑身瘫软！"

自此之后，阎士德便与小灵日日相伴，夜夜笙歌，他感觉自己似乎一下子年轻了许多岁。

就在阎士德志得意满之际，小灵却总是愁眉不展，茶饭不思。

阎士德关切地问："娘子为何总是一副闷闷不乐的样子？难道是府上的丫鬟仆妇慢待于你不成？"

小灵却摇摇头，苦着脸道："奴家该离开了！"

阎士德惊道："你居然要走？何故要走？"

"奴家的夫君要回来了，若是让夫君知晓了你我之事，会无端地惹出许多麻烦来！"

"你居然有夫婿？你夫婿又是何人啊？本官乃是一防之主，他即便知晓了你我之事又能如何？我逼他为你写下一封休书便是了，你我从此便可长久地做夫妻！"

小灵深深叹了口气，道："迟了！如今一切皆迟了！"

"什么迟了？"

小灵并未答话，只是一味地摇着头。

见她去意已决，阎士德纵使心中有着百般不情愿，也不好强留，况且她又是有夫之妇，若两人之事一旦传扬出去，怕是会影响他的官声，对于他的仕途大大地不利！

阎士德怅然若失道："既然你去意已决，我也不便强留，在此临别之际，我送你一样东西，也不枉你我欢娱一场！"

阎士德走到凭几前，从已故的夫人首饰盒中取出一支金雀步摇。

那支步摇用金丝织成花枝状，顶端是一只活灵活现的金雀，金雀的两只眼睛用红宝石制成，晶莹而又透亮。

小灵也从怀中取出一支毛笔，道："这支紫毫笔乃是城内制笔大师毛大泽所制，笔锋坚挺耐用，笔身上还刻有奴家亲手所绘牡丹仕女图。奴家对此笔一直爱不释手，临别之际特地送给老爷，也好给你留个念想！"

小灵走后，郁郁寡欢的阎士德时常把玩着小灵送给他的那支紫毫笔，不知不觉间竟看得入了神。笔身上所刻那个仕女的眉眼竟与小灵像极了，透过那栩栩如生的仕女，小灵的身影便浮现在他的脑海之中，闻到那支笔散发的淡淡墨香，便仿佛她从未走远。

怅然若失的阎士德此时还不会想到就是这个来去匆匆、神秘莫测的女子正在悄无声息地将他引入彀中！

复生

乌兰关主簿崔新运曾在西会关任职多年，家眷皆在会宁防。他的妻子前不久过世了，料理完丧事之后，他本想着护送妻子灵柩回老家雍州扶风郡始平县[1]安葬，谁知乌兰关却接连发生多起血案，他只得追随镇将孝伯先行回关处置相关事务，处理停当之后借机向孝伯告假返回会宁防料理亡妻归葬之事。

崔新运身为一关主簿，属于上佐，他的告假申请还需报会宁防防主阎士德核准。

1　今陕西兴平县。

崔新运走进衙署二堂时，阎士德正在埋头处理政务，手中拿的正是小灵所赠的那支紫毫笔。

崔新运见到那支笔，面色随之一变，赶忙问道："不知防主大人手中之笔从何而来？"

阎士德心中虽有些不悦，却也不好说些什么，在书状上写完最后一个字后，将手中之笔挂在笔架之上。

崔新运继续道："此笔乃是亡妻棺中之物，为何竟会到了大人手中？"

阎士德怒道："大胆，难道你还怀疑本官偷坟掘墓不成？"

"卑职不敢！"

"既然不敢，你为何又言之凿凿说是你亡妻之物？"

"大人有所不知，此笔乃是卑职三年前花费重金聘请城内制笔大师毛大泽所制，大人自可派人前去探查。"

"毛大泽所制之笔甚多，你又如何断定此笔便是你亡妻的遗物？"

"这笔笔身上刻有亡妻所绘牡丹侍女图，这牡丹旁的侍女乃是亡妻按照自己的容貌绘制而成。这笔在世间恐怕寻不到第二支！亡妻生前对此笔一直爱不释手，于是卑职便将此笔陪葬于亡妻棺中。不知怎会到了大人手中，还望大人能如实相告！"

阎士德心中也是一惊，却也不便将前些日子那些香艳之事说与崔新运听，思索了一会儿，缓缓道："前些日子，本官忽做一梦，梦见一位佳人与本官不期而遇，临别之际便将此笔赠予本官。本官原以为这不过是一场梦，可醒来后却惊奇地发现身旁竟多了这支笔！本官对这支从天而降的神笔自然是爱不释手，认定乃是天神所赠，谁知其中竟会有如此之多的隐情！"

崔新运呆立半晌道："这怎么可能？这怎么可能！"

"崔主簿！崔主簿！"阎士德连唤了数声，崔新运才从疑惑和惊恐中挣脱出来，直勾勾地看着他。

"不知尊夫人可否下葬？"

"亡妻灵柩仍旧停放在卑职府上。卑职此番前来向您告假，便是想要将亡妻灵柩护送回老家安葬！"

"既然并未下葬，可否让本官一睹尊夫人遗容？"

"亡妻之棺已然上钉，若是再开棺，恐多有不便！"

"世人皆说梦由心生，但梦中那女子本官却并不认得。这几日，本官始终疑惑不解梦中那女子究竟是谁。"

崔新运却面露怒色，高声质问道："难道仅仅为了祛除大人心中疑惑便要去惊扰亡妻的在天之灵吗？"

"大胆！本官这几日一直在思索那位素未谋面的女子究竟因何要给本官托梦，莫非是有什么冤情？若真是如此，开棺与否恐怕便由不得你！"阎士德高亢的语气渐渐舒缓下来，低声劝道，"难道你就不想弄清你亡妻之笔为何会莫名到了本官手中吗？"

夕阳无力地挂在天边，投射下几抹金色的余晖。

军门巷一处寻常的宅院中停放着崔新运亡妻的灵柩，几个衙役用撬棍撬开棺材上的钉子，取下棺盖，阵阵恶臭迅速弥漫开来。

阎士德捂着鼻子走到棺前，迫不及待地向棺中望去，凝视着棺中那个女子，虽然那张脸因皮肉朽坏已然有些变形，但他却仍旧一眼便认出了棺中的这位女子便是与自己共度春宵的小灵，最让他感到毛骨悚然的是她的头上居然还插着他亲手送给小灵的那支金雀步摇！

崔新运也发现了那支金雀步摇，疑惑道："真是咄咄怪事！亡妻头上所插金雀步摇又是从何而来呢？为何我从未见过？"

阎士德惊恐地转过身，躲过崔新运犀利的目光，那颗心始终狂跳不止。

不可能！不可能！如此可人的一个女子，怎会突然变成一具女尸呢？

莫非崔新运得知我与小灵同床共枕之事，一怒之下将她杀死，然后再编造那些骇人之言唬我，若真是如此，这妇人死去应该不过才三两日！

阎士德凝视着崔新运，追问道："尊夫人是何时过世的？"

崔新运眼含热泪道："十日前！"

阎士德瞪大眼睛道："什么？尊夫人已然故去十日之久？"

崔新运点头道："若不是卑职这些日子被关上的公事耽搁了，早就应该将亡妻入土为安了！"

仵作站在棺材旁验看了一阵，将阎士德悄悄地拉到院角，低声道："回禀大人，卑职刚刚细细验看过了。如今正值寒冬，尸身停放五日如同盛夏一日，半月如同盛夏三五日……"

阎士德不耐烦地打断道："莫要再啰唆，此女子究竟死于何时？"

仵作原本想着在上司面前炫耀一番自己的验尸技艺，谁知却碰了一鼻子灰，有些垂头丧气道："如若只是死去三两日，尸身肉色应是微绿色，如今却变为青黑色，再根据此尸脸庞、口鼻、胸前血肉之变化推算，此女子至少死去十日了。"

阎士德顿觉五雷轰顶，惊恐道："什么？已然死了十日了？"

仵作肯定地点点头。

恰在此时，吴管家一路小跑奔到阎士德跟前，低声禀告道："大人，小的刚刚在左近打探过。崔家娘子的确是十日前去世的！当时崔长史在西会关任职时的诸多旧相识都曾前来吊唁，还有从乌兰关远道而来的同僚，此事应该不会有假！"

阎士德自言自语道："这可就怪了！"

"还有，小的也拿着这支笔让左邻右舍观瞧，皆说崔家娘子与这笔身上所刻仕女极像……"

阎士德心中不免又是一惊，忙追问道："他们可曾看仔细了？"

"崔家近邻小的皆问遍了，均说极像！他们还说，崔家娘子在这个巷子里已经住了四五年了，他们万万不会看错！"吴管家顿时露出极为惊恐的神情，道，"如此一来，前几日小的在街上雇来的那个女子又会是谁呢？"

是啊！自己与小灵分别才不过三两日，崔家娘子却已死去十日之久，那么前些日子与自己共度春宵的女子究竟是谁呢？

临别之际，她曾说自己的丈夫快回来了，紧接着崔新运便来了……

阎士德忽然感觉一阵天旋地转，呼吸急促道："莫非……莫非她真的是……是女鬼！"

镇魂

夜已深，呼啸的冷风裹挟着碎石块和枯树枝敲打着窗棂，每一下都仿佛敲击在阎士德惊恐不安的心头。

窗子忽然"砰"地一下莫名地开了，连日来心绪不宁的阎士德不由自主地打了一个冷战。

阎士德赶忙走到窗前,准备关上窗子,可就是这不经意间的一瞥,他顿时便被吓得魂飞魄散。

他赫然见到院中站着一个白衣女子,那张惨白的脸既熟悉又陌生,居然……居然是已死去多日的小灵!

惊恐万分的阎士德随即发出一声长长的撕心裂肺的惨叫……

次日,阎士德急差吴管家携带重礼前往原州去拜见显海法师。世人皆说显海法师虽是一僧,却同时得到佛祖和太上老君的真传,可谓是学贯禅道,既能青春永驻,长生不老;又法力无边,驱鬼降魔。前来拜访他的达官贵人一直络绎不绝,可他却时常闭门谢客,不过吴管家最终还是将他请来了!

踏着一缕晨曦,显海法师走进了会宁防衙署。

阎士德早早便候在大门口,毕恭毕敬地将显海法师让进内厅,拜道:"本官近来被厉鬼纠缠,还望大师设法搭救于我!"

显海法师双手合十道:"阿弥陀佛,世事轮回,因缘际会,一切皆有定数!贫僧也只能尽力而为!"

显海法师环视了一下屋内,道:"大人所住之处乃是官舍,我这镇魂经只有写于加盖官印的官纸之上方能镇得住这恶鬼!"

"这有何难?本官这便差人去办!"阎士德转而对身后一个小吏道,"取些官纸来,盖上官印,交予法师用作誊写镇魂经!"

那个小吏领命退下,很快便将加盖官印的官纸送来。显海法师用朱笔在其上书写着镇魂经,然后命人贴在衙署的各个角落之中。

显海法师手持法器在大殿内挥舞着,一副降妖除魔的架势,高声诵读着咒语。

显海法师做完法事之后,阎士德忙递给他一块丝帕,急切地询问道:"敢问法师那厉鬼可被您震慑住了?"

显海法师却并未直接回答,而是似有所指道:"阎防主被这厉鬼所扰乃是您的宿命!"

"大师何出此言?"阎士德拿出十两金子放在显海法师面前,低声道,"恕在下愚钝,还望大师不吝赐教。"

对于这十两黄灿灿的金子,显海法师却不为所动,微闭着眼睛冷冷道:"此衙署乃是孤煞之地,主人自然易遭是非!"

"孤煞之地?世人皆说这衙署坐北朝南,顺风顺水,乃是风水绝佳之地!"

"那不过是世俗之眼所见罢了!大人可曾留意过城外的那条大河,还有河上那铁索桥。水有来去之分,更有凶吉之别。黄泉亦有八煞之异,有救人黄泉,亦有害人黄泉。你这衙署坐于壬山丙向,子山午向,黄河之水水出巽巳方,尤其是那横亘在河水之上的铁索桥便犹如一柄利剑,直刺向你这衙署,此乃水金合犯黄泉大煞,乃是大不祥!若是寻常人家,一旦犯了此煞,成器之子早归西,家中妇人尽丧夫,百口之家永绝嗣,财谷空虚彻骨贫,若不是阎防主有官威在身,恐怕早就遭了不测!"

阎士德不禁倒吸了一口冷气道:"原来如此!在下今日可真是受教了!大师可有什么破解之法?"

"易金为木,方能保署内之安宁!"

阎士德满脸堆笑道:"大师刚刚这一席话犹如醍醐灌顶一般!"

会宁防铁索桥乃是横跨黄河两岸的交通枢纽,阎士德虽是一防之主,却也无权随意拆除,不过对于他而言也绝非难事,只需授意手下人在铁索桥紧要之处稍稍做些手脚,便可上奏朝廷该桥年久失修需要重建,然后再派人前往冬官府司水司打点一番,其所上的重建奏报估计很快便会被奏准。重建此桥朝廷自然会拨付一大笔银钱,只需巧立些名目便又有一大笔油水可捞。这种一举两得之事,他又何乐而不为呢?

显海法师盯着阎士德道:"阎防主近来仕途困顿,你可知为何?"显海法师这句貌似不疼不痒的话语径直戳中了他内心的痛处,他已在此地任职六年之久,近来虽在朝中多方打点,却一直都未能迁转!

阎士德信誓旦旦道:"若是大师能助我阎某人在仕途上更近一步,士德必将铭记于心,事后必有厚报!"阎士德看了一眼那十两金子,又刻意在说"厚报"时加重了语气。

显海法师轻轻道:"阎防主之所以多年来困于会宁防皆因兵帅不合!"

阎士德皱皱眉道:"何为兵帅不合?"

"如若贫僧所料不差,阎防主的诞日为前魏太和二十年(公元496年)三月,此年乃是丙子年,而城内的横野军成军于后魏恭帝三年(公元556年)八月,此年恰巧也是丙子年。三月与八月却是卯酉相冲,以至于主心不和,于阎防主大大的不利啊!"

阎士德忙试探道:"法师之意莫非是要将此军调离会宁防?"

"军国大事,贫僧岂可妄言,不过是随口一说罢了!"

"法师觉得鄙人又与何军相合呢?"

显海法师沉默良久才开口道:"阎防主与酉年申月之军最合!

合者乃阴阳相合，其气自合，一旦兵帅八字中和，日元相合，不出一月，阊防主自可迁转至朝中任要职。"

阊士德喜出望外道："果真如此？"

"出家人不打诳语！"

阊士德毕恭毕敬地送走了显海法师，随即召来了兵曹参军项季，还特意叮嘱他带着大周驻军名册一同前来。

阊士德认真翻看着驻军名册，白发苍苍的项季虽是一副老态龙钟之相，却一直都恭敬地站着。

阊士德终于找到了与他命里相合的酉年申月成军的军队，那就是驻扎在归原堡的定安军！

定安军设立于西魏废帝二年（公元553年）七月，此年正是癸酉年，而此月又恰好是建申月。

阊士德微微蹙了蹙眉，觉得此事还颇有些棘手。

战略要地归原堡颇为荒凉，定安军已经在那片荒原台地上戍守了十余年。定安军军主贺飞鹏绞尽脑汁攀附上了河州总管薛万彻，薛万彻也有意将定安军调往河州，但定安军却隶属原州，原州一直以来自为总管府，与河州总管府并无隶属关系。

虽然元赞任原州刺史时并未照例出任原州总管，但总管之职却也并未授予他人。原州总管府原来的属州改由朝廷直辖，这也是出于对魏朝宗室成员的一种防范与牵制，不过驻扎在原州的胜捷、定安、建威三军却仍旧受其节制。

定安军移驻河州之事便因元赞从中作梗而不了了之，元赞与薛万彻之间的心结也就此结下。

阊士德想将定安军调来会宁防，若是无法打通元赞这个关节，恐怕也将会像上次那样无疾而终。如果顺利将定安军调来会宁防，定安军将士和军主贺飞鹏自然是求之不得。

前不久，他将堂弟阎士藩从鄯州调往乌兰关，河州总管薛万彻为他大行方便，若此事果真能办成，无异于还了他一个人情！

可归原堡却不能无人戍守，驻扎会宁城内的横野军过惯了舒坦日子，若是将其调往归原堡那片荒凉之地，势必会招致横野军将士的强烈不满，况且横野军军主彭韬又是个厉害角色！

去年照例进京朝见天子时，阎士德动用在京城的各种关系才将权臣宇文护的长子、内史中大夫宇文训请到天香楼吃酒。

夜幕降临之际，阎士德挺着大大的肚腩，早早地肃立在楼门口候着。

宇文训迈着四方步，大摇大摆走了过来，让他颇为震惊的是与宇文训一同前来的居然还有彭韬！

阎士德忙收起心中的震惊和疑惑，将宇文训等人让进楼内。

天香楼乃是长安首屈一指的酒楼，进门之后是长百余步的主廊，南北天井两廊下皆是一间间厅房，灯烛荧煌，上下相照，数百名浓妆艳抹的女子站立在主廊下，挤眉弄眼，摇首弄姿，有的怀抱着琵琶，轻轻弹奏一曲；有的扭动腰肢，缓缓跳上一段，等待着各色酒客的呼唤。

尽管阎士德有些春心荡漾，却不得不强忍着，将宇文训领进一间幽静的厅房之内。

宇文训当仁不让地坐在主座上，冷冷道："这天香楼一餐之费足足有万钱之多，看来阎防主这空饷果真没有白吃啊？"

阎士德一时竟不知该如何接话，只是尴尬地笑了笑，笑容却是极为僵硬。

彭韬见状忙道："阎防主乃是两袖清风之人，这可是全防上下尽人皆知之事！"

"果真如此？"宇文训看了看似笑非笑、想怒又不敢怒的阎士德，爽朗地笑了两声道，"刚刚不过是玩笑之言，阎防主可不要当真啊！"

阎士德原本僵硬的笑容这才得以舒展开来，道："今日只管吃酒，莫论其他！"

宇文训迅速收起笑容，一本正经道："不过的确有人曾给朝廷上奏章弹劾阎防主虚列兵员，大吃空饷，此事已然被本内史压下了！"

阎士德又沉默了，在摸清宇文训此番话的真实用意之前，不敢贸然开口。

彭韬再度解围道："定然是别有用心之人蓄意诬告阎防主！"

阎士德苦笑道："诬告！纯属诬告！吃菜！吃菜！"

这顿饭阎士德吃得味同嚼蜡，渐渐看出宇文训与彭韬其实是在一唱一和，意在敲山震虎！

阎士德如若执意将横野军与定安军换防，势必要为彭韬安排一个妥当的位置，否则将会生出许多事端。

阎士德缓缓抬起头，盯着项季道："项参军，贵庚了？"

项季愣了一下，随即答道："回禀防主大人，卑职已五十有八了！"

"项参军为国事操劳了大半辈子，早就到了颐养天年的年纪，也该好好歇一歇了！"

项季惊道:"不知防主大人此言是何意?"

阎士德站起身,走到他的近前,用亲昵的口吻道:"如今有人想借吃空饷之事妄图弹劾本防主,你还是避避风头为好!"

"可是……"

"仕途险恶还是趁早全身而退为好。等此事处理停当,老夫也将辞归故里,做个逍遥快活的富家翁,岂不快哉!省得受那许多闲气,操那许多闲心!"

项季不满道:"卑职这便递上辞呈,省得受那许多闲气,操那许多闲心!"

阎士德自然听得出他话中的弦外之音,却依旧笑笑道:"你的那份,本防主今晚便差人给你送去,你这些年受的那许多闲气不会白受,操的那许多闲心也不会白操!"

兵曹乃是会宁防内诸曹之首,由军主升任兵曹参军属于不次迁转,彭韬自然会暗自欣喜,他这么做无异于给彭韬背后的主子宇文训一个天大的面子!

更为重要的是兵曹掌兵籍、操练之事,若是让外人执掌此曹难免会使得他这些年来大肆吃空饷之事泄露出去。彭韬此前已然知晓此事,可他却并未向总管府举告,依据《大周律》,他难逃包庇之责,阎士德与彭韬的仕途命运其实早就因吃空饷之事紧密联系在一起了,一损俱损,一荣俱荣,让此人执掌兵曹最合适不过了!

如若真如显海法师所言,阎士德如愿升迁了,那么他便可以授意彭韬将所有兵籍账簿统统焚毁,即便有人想查也是无从查起。慑于自己在朝中的权势,新任会宁防主定会设法为他遮掩,也好在自己有事时求得阎士德的关照。

想到此处，阎士德的嘴角不禁露出了一丝得意的微笑，但那丝微笑很快便消失不见了。

如今当务之急便是速速打通元赞这个关节，元赞此人表面上长袖善舞，八面玲珑，但骨子里却透着一股子清高，既不好色，也不贪财，更不爱慕虚名，如何才能迫使或者诱使其乖乖就范呢？

报复

法曹参军李适之自认为是阎士德的心腹，未曾料到自己此番前来拜见居然会等得如此之久，以至于一向不被阎士德所看重的兵曹参军项季居然都在自己之前被召见，心中不禁腾起一阵怒火。

生性好色的李适之能力平平，资历平平，却能得到阎士德的重用，皆因两人在追逐美色上臭味相投。

人老心不老的阎士德刚刚来会宁防上任便听闻星云楼紫玉姑娘乃是城中第一美人，可怎奈朝廷严禁大小官员公然狎妓，阎士德自觉坐上如今的位子着实不易，为了自己的前程只得忍着。

就在阎士德对紫玉垂涎而不得之际，李适之却主动献媚，不过身为花魁的紫玉身价不菲，那时的李适之只是个刚刚入流的一命[1]小官，积蓄少得可怜，即便典卖了家中房产，依旧难以凑足所需银钱。

万般无奈之下，他只得去寻自己的两个挚友，也就是当时担任户曹掌吏的罗定山与工市署值事吏的魏嘉全。两人很快便被其说动，纷纷慷慨解囊，虽然嘴上说的是同袍之情，兄弟之义，实则都有着自己

---

[1] 相当于从九品。

的小盘算，觉得这可是巴结新上司绝佳的机会，尤其是罗定山虽只是个小吏，却颇有些积蓄，三人很快便凑足了三千贯！

李适之带着三千贯兴冲冲地去找星云楼的老鸨，想要为紫玉赎身，谁知老奸巨猾的老鸨根本舍不得放走紫玉这棵摇钱树，起初以为三千贯可以吓走李适之这个名不见经传的小官，谁知他却居然当真了，索性漫天要价，将赎身钱涨到了一万贯！

李适之虽气恼之极，却也是无可奈何，老鸨在城内也算是呼风唤雨的大人物，一旦双方闹僵了恐怕对谁都不利。

头脑灵活的李适之情急之下想出了一个折中之法，花费三千贯包养紫玉三个月。

老鸨觉得这个买卖甚为划算，既得了那三千贯，又不会彻底失去紫玉这棵摇钱树。

李适之兴冲冲地将浓妆艳抹的紫玉偷偷送到官舍之中，供阎士德享乐，可三月之期已过，老鸨向他要人时，他便说人在防主近前，有本事自己去向防主大人讨要！

老鸨自然不敢公然得罪阎士德，自知吃了个哑巴亏，心中咒骂了一番便离开了。

阎士德从此对他刮目相看，引为心腹，李适之的仕途生涯至此豁然开朗，也就是几年的光景，李适之便升任法曹参军，执掌刑狱之事。他那两个挚友也从中受益，罗定山迁为工市令，魏嘉全升为兵甲令。

全城讼师皆绞尽脑汁攀附大权在握的李适之，若是打通了他这个关节便在这会宁防没有赢不了的案子，也没有保不下来的人！

等了一个多时辰，李适之才如愿见到了阎士德。阎士德颇为亲昵地问道："适之，今日前来有何事啊？"

"崔新运夫人之死怕是另有隐情！"

阎士德闻听此言脸色顿时阴沉下来，冷声道："你且说说究竟有何隐情！"

"卑职听闻崔夫人乃是水性杨花之人，与多人有染。她有个相好的，名唤梁蜂儿，此人与她同日亡故。梁蜂儿的尸身虽也是在河水之中被发现，却并非是溺水而亡，而是被人活活勒死的！崔夫人之死想必……"

"住口！"阎士德的咆哮声在屋内久久地回荡着，他那张沟壑纵横的脸也因无边的愤怒而变得有些扭曲，指着他的鼻子斥责道，"既然仵作已经勘验过崔夫人尸身确系溺亡，你为何仍旧揪住不放呢？你究竟想要从中查出些什么来？周家灭门案可曾破了？鑫瑞林金银店失窃案可曾破了？既然有如此之多的重案要案，你为何不尽心竭力地去查办，居然对一起普通的溺水案如此用心，你究竟是何用意啊？"

"卑职行事欠妥，还望防主大人息怒！"李适之边说边擦着额头上微微渗出的汗，平复了一下惊愕而又烦乱的情绪，忙解释道，"卑职执掌一防之刑狱，掌死生出入之权舆，秉直枉屈伸之机括，自觉不敢有丝毫之懈怠。卑职所作所为皆出于公心，绝无半点儿私心！"

阎士德也觉得自己刚刚似乎有些失态了，毕竟李适之不同于旁人，语气缓和道："本官自然知你勤勉政事，但崔新运毕竟为朝廷效力多年，况且当下也未查到什么确凿证据，如今他又急于运送亡妻灵柩回乡安葬，此事还是到此为止吧！"

李适之只得说了声"诺"，但心中却仍有不甘，其实他之所以要揪住此事不放是想要借机报复一下不识时务的崔新运，不过崔新运并非寻常百姓，乃是乌兰关上佐，没有阎士德的许可，他也不敢擅自行事。

李适之不解平日里对他言听计从的阎士德为何居然会对他大动肝火，不过他却隐隐猜出应该就是崔新运从中搞的鬼，对崔新运的恨又多了几分。

从厅内走出来，李适之悄悄找到吴管家，将他拉到僻静处，询问其中原委，吴管家平日里没少得他的好处，自然是如实相告。

听完后，李适之惊愕道："这世间果真有如此诡异之事吗？"

李适之谢过吴管家之后，策马离开衙署，却与刚刚从乌兰关赶来的宇文直和芷兰不期而遇，随即计上心来。

李适之之前与宇文直曾有过几面之缘，如今再度相遇，热络地将两人拉至街角的茶肆之中，将整件事原原本本地告诉了宇文直。

芷兰义愤填膺道："真是岂有此理！简直是草菅人命！"

沉默不语的宇文直却直勾勾地望着李适之，不知他这葫芦里究竟卖的是什么药。

探查

咸通布衣店，此时里面并没有顾客，只有一个彪悍妇人，两眼圆睁如杏，双眉浓聚似钩，身虽不胖，却项短如虎，声若洪钟。

那妇人挥舞着孔武有力的胳膊，破口大骂："你个挨千刀的，嫁汉嫁汉，穿衣吃饭，谁人嫁汉子不是为了吃与穿？老娘嫁给你这些年，可曾穿过什么好的，可曾吃过什么好的？你既没有本事养活老婆，莫不如行个方便，快快予我一封休书，放我去过自由快活的日子，似我这般温柔能干的老婆，还愁嫁不到好人家？三只脚的蟾不好寻，两只脚的汉子却多的是，随便选一个便比你强上百倍、千倍！"

店门口站着一个三十来岁的男子，瘦瘦高高，俨然麻秆一般，靠在门枋上，气得脖子上的青筋鼓鼓的。

宇文直忙勒住马，问道："敢问阁下尊姓大名？"

男子有气无力道："梁柱儿！"

"店内可是尊夫人？"

男子并未答话，只是微微点点头。

"尊夫人究竟因何事而气恼？"

男子用异样的眼光打量着衣着光鲜的宇文直，警觉道："你我素不相识，为何要打探我夫妻之事？关你何事？"

宇文直笑笑道："好奇而已！"

"你莫不是看上了我家娘子？"

宇文直险些笑出声来，此时店内竟传来摔东西的声响，继而又是阵阵责骂之声。

宇文直忙收起笑容，取出钱袋放在自己手中掂了几下，道："我有心相助于你，你却处处提防于我，告辞了！"

梁柱儿快步跑到马前，劝阻道："这位公子请留步！刚刚是小的疑心太重，这便给你赔不是了！"

宇文直忙勒住马，道："快快道来你们究竟因何事而争吵！"

梁柱儿长叹一声道："小人之妻潘氏乃是家中独女，自幼便受父母宠爱，嫁入我家后仍旧如之前那般好吃懒做，整日里只想着吃好的，喝好的，穿好的，还时常与人攀比。小人辛苦经营这家小店，每日虽也赚得不少银钱，除了家中吃穿用度，大半皆被这妇人挥霍了。

即便如此，小人也并无怨言，孰料今年九月间，小的因操劳过度而病倒了。经营店面却是个苦差事，她吃不得苦，索性便将这店关了，将小的这些年辛辛苦苦攒下的积蓄全都用尽。眼见着家中衣食无着，这妇人居然将店内存货悉数贱卖，等小的病好了，店仍在，货却没了。这几日家里连锅都揭不开了，她便天天骂，小的便躲到这店里来，谁知她却追至此处。小的上辈子究竟造了什么孽，居然摊上这样一个无德的妇人！"

宇文直厉声道："既然此妇人如此不堪，索性休了便是！"

梁柱儿警觉地注视着他道："宁拆十座庙，不毁一桩婚，你居然劝小的休了她？"

宇文直冷笑道："忍得皆因舍不得，不知你是舍不得人，还是舍不得财？受而不发乃是心中有愧！你之前得的究竟是何病，果真是因操劳过度吗？"

梁柱儿脸色一沉道："你究竟是何人？"

"自然是前来接济你之人！这店若是重新经营起来尚需多少银钱？"

"至少也得五百陌！"

宇文直从钱袋之中取出五百陌，扔给他道："你且拿着！"

"你我素不相识，小的如何能收您的钱？"梁柱儿顿感手中这五百陌钱有些烫手，盯着宇文直看了半晌才道，"我那婆姨虽然刻薄，我却不忍卖！"

宇文直再度发出爽朗的笑声，道："这世间情为何物？不过是一物降一物！你拿着这五百陌钱速速处理好家中之事，随后便去街角那家茶肆，我在那里等你！放心，我只是向你打探些消息罢了！"

望着策马离去的宇文直,又看了看手中凭空多出来的五百陌钱,一头雾水的梁柱儿一时间竟不知如何是好。

不过有了这五百陌钱在手,梁柱儿顿觉浑身上下神清气爽,腰杆也直了,腿脚也有力了。

见梁柱儿大步流星地走进店内,潘氏劈头盖脸地骂道:"你这个倒运鬼!老娘跟着你都要喝西北风了!你我还是就此别过,老娘这便收拾收拾去寻好汉子去了,你可莫要见怪!"

梁柱儿将那五百陌钱在柜台上狠狠一丢,高声道:"好!我这便给你写休书,也好让你另嫁个好人家!"

潘氏本想继续开口骂,但听到叮当作响的铜钱碰撞声,她连忙识趣地闭上了嘴,刹那间便笑成了一朵花,问道:"这许多钱你是如何得来的?"

"从大户家中偷的!杀人抢的!"梁柱儿硬气道,"如今你我即将各奔东西,管我这么多闲事作甚!"

潘氏笑嘻嘻道:"看你说的!奴家这有家有业的,又能到何处去?"

"见我一贫如洗,你便哭着喊着要再嫁;如今见我有了钱,你便回心转意了。你这妇人目光竟如此短浅,我留你又有何用!"

潘氏忙赔笑道:"刚刚不过是奴家的激将法罢了,夫君怎可当真呢?你我一贯恩恩爱爱,奴家又怎会忍心抛下你呢?奴家这一激,你果然便弄出这许多钱来!再说了奴家这么做还不是为了这个家!如今你倒说奴家的不是,莫不如让街坊四邻来评评理!"

梁柱儿又觉好笑又觉好气,气呼呼道:"这些日子你总是不停吵闹,整日阴沉着脸,如今见到钱才肯笑,还大谈什么夫妻恩爱,你糊弄鬼呢？"

潘氏却仍不恼，笑道："亏你还是个顶天立地的汉子，心眼竟比针眼还小！奴家刚刚故意用话来激你，你竟听不出来！不讲那些闲话了，奴家这便给你买酒菜去，一来向你道喜，二来向你赔罪！"

潘氏伸手要去拿钱袋，可钱袋却被梁柱儿伸手摁住了。

"你如今知道回头了，晚了！"梁柱儿伸手拿起柜上的笔和纸，冷冷道，"我这便替你去写你那朝思暮想的休书……"

梁柱儿还未及说完忽觉后脑阵阵钻心地痛，潘氏还要伸手继续去打，梁柱儿忙灵巧地避开了，扭头便跑。

潘氏追着他打，开口骂道："你真是给脸不要脸，当年你不过是个逃荒至此衣食无着的穷小子，是我阿爹好心收留了你，见你还算老实本分便将奴家和这店全都托付于你。当年老娘也算是姿色出众，你却长得如同瘦猴一般，奴家却始终不曾嫌弃于你，如今你刚得了些钱便想休了奴家。也罢，这店是我潘家的，奴家今日便收回。你的那些丑事也休怪奴家说出去，你那病究竟是如何得的，当真觉得老娘不知晓吗？"

梁柱儿逃至墙角再也无处可逃，索性蹲在墙角，双手紧紧抱着头，身子蜷缩成一个球，哀求道："为夫刚刚不过是与娘子说笑罢了，娘子莫要当真！莫要当真！"

潘氏忙住了手，问道："果真如此？"

"为夫刚刚不过是与娘子说笑罢了！"

潘氏快步走回柜台，将钱袋捧在手心，掂了掂，听到阵阵心旷神怡的"叮当"声。

她走到梁柱儿近前，将他拉起来，情不自禁地抱住他，重重亲了一口,道:"你我从此便一心一意过日子。奴家若是再与你无端吵闹,舌头上就长个大大的疮,让奴家开不得口!"

梁柱儿整了整有些散乱的发髻与衣襟,用吩咐的口吻道:"这些钱你先收好,我还有事先出去了!"

潘氏兴冲冲道:"你晚上可要早些回家,奴家这便给你买你最爱吃的烧鹅首!"

街角的茶肆之中,宇文直品着浮梁茶,茶汤清澈,滋味鲜爽,品味醇正,可若论口感却比不上蜀茶,不过在此处能喝到如此纯正的浮梁茶已然实属不易了!

梁柱儿低头哈腰地走进茶肆之中,宇文直示意他坐下,还唤来了不停地穿梭于饮茶客中间的茶学士。茶学士在当地可是个新鲜事物,这家茶肆算是在城中开了风气之先。

茶学士穿了一身青色麻布袍衫,虽微微有些旧了,却洗得甚是干净,举手投足间透着一股子麻利劲儿。他手中拎着一个被擦得锃亮的铜壶,如若有客人点茶,他便摆出"苏秦背剑"的架势,将铜壶背在自己身后,此时壶嘴离几上的茶盏足足有一尺多高,他将壶嘴稍稍一倾斜,铜壶之中早已烹好的茶便汩汩地流入客人的茶盏之中。他连续倒了三次,那个茶盏刚好斟满,却滴水不漏,此技被称为"凤凰三点头"。

梁柱儿看得啧啧称奇,却不知茶学士其实是专门伺候似他这样的穷主顾,宇文直所喝的茶乃是后面的茶博士现烹的。

宇文直端着茶盏,闻着茶香,道:"家中之事可曾料理周全?"

"全托您的福,皆已处置妥当!不知小的如何才能报答您的大恩大德?"梁柱儿的手不安地摩挲着茶盏,狡黠的小眼睛不停地转动着,不知宇文直究竟会让他做什么才能抵偿那五百陌钱!

"你且放宽心,我们只是随便聊聊而已!"

宇文直说得越轻松,梁柱儿便越是惶恐。他经商多年,认定这世间无利可图之事必然无人去做,有人去做之事必然是有利可图!

"不知这位公子想与小的聊些什么?"

"你的弟弟梁蜂儿。"

梁柱儿的手不由自主地一颤,茶盏之中溅出的茶汤烫到了他的手,他却只得咬着牙忍着,道:"小的与他多年皆不曾来往,您若是想打问他的事,小的恐怕便爱莫能助了。"

"既然你们多年皆不曾来往,你这病又是如何得上的呢?"

"你……"

"我那五百陌钱很好得,但我这个人却不好骗。"

梁柱儿的头当即耷拉下来,如同久旱的庄稼,恨恨道:"小的那个弟弟简直是坏事做绝,即便连我这个哥哥也不曾放过。他一年前曾找小的借过一大笔钱,说是有急用,小的念及兄弟情深才借给他,之后小的曾屡次向其讨要,他皆以各种理由搪塞于我,后来见实在躲不过,居然设计陷害于我。那日他竟雇了个青楼女子故意引诱于我,小的一时未能把持住……"

宇文直的左手在食案上重重敲击了几下,打断道:"他找你来借钱究竟所为何事?"

"他还能有什么正事?无非是赌与嫖!"

宇文直将手中茶盏撂在食案上,厉声道:"你是何等聪明之人,这赌与嫖无一利却有百害,若真是如此,你又岂会将钱借予他?"

梁柱儿忙低下头，嗫嚅道："他……他欲勾引一大户人家的夫人，说是事成之后会给小的十倍的利钱……"

"果然是无利不起早啊！你弟弟究竟想要勾引谁家夫人？"

"小的曾听他无意间说起过，似乎姓崔，好像是在乌兰关任职，崔夫人时常独守空房，似乎还颇为轻浮，他觉得极好下手！"

"你弟弟还诱骗过何人？"

梁柱儿怯生生道："我们虽是一奶同胞，却并非同路人，平日里走动也不多，对于他背地里做的那些事，小的知之甚少！"

"他若是头一遭，你又岂会轻易信他！"宇文直亮出自己的腰牌，威胁道，"你若再敢有丝毫隐瞒，定办你一个包庇之罪！"

"官爷息怒，小的说！小的说便是了！之前……还有个姓罗的，似乎是工市署的头儿，官虽不大，家中银钱却不少。前些年他新纳了个小妾，小的那不成器的弟弟不知怎的便与那小妾勾搭上了。后来他居然还到人家府上去当差，与那小妾合起手来捞了不少钱……"

"于是你便心动了，也想着能像他那般不劳而获，谁知到头来却是竹篮打水一场空！"

"官爷着实冤枉小的了！小的就是一老实本分、诚信经营的店家，从未想过通过歪门邪道一夜暴富，当初肯借钱给阿弟纯属是出于兄弟之情，并不敢贪图什么回报……"

宇文直怒道："你休要再掩饰！你弟弟究竟是如何死的？"

"听人说似乎是溺亡……"

恰在此时，他的身后却传来芷兰的声音："令弟绝非是溺亡，而是被人谋害后抛尸于河中！"

梁柱儿望着她道："你是如何得知的？"

"开棺验尸!"

芷兰刚刚对梁蜂儿的尸身进行了勘验,颅骨底部的"颞骨岩部"颜色明显加深,说明死者生前存在颅内出血的情形;舌骨和甲状软骨皆有骨折,他生前定然是被扼压或者勒缢颈部窒息而亡,绝非是溺亡!

"我弟弟已然下葬,你们怎么能够……"

宇文直沉声道:"难道就凭你刚刚那几句真假混杂的话便值得了那五百陌钱吗?"

闻听此言,梁柱儿只得将一肚子不满硬生生咽了回去,改口道:"活该!即便他是被人所害也是咎由自取!小的早就知道他终会有这一日!善恶到头终有报!"

恰在此时,乌兰关的公人来寻宇文直和芷兰。孝伯命人将孙展功押解回长安移交"敌闻司"之前,特地请秋官府那位传奇画师,根据孙展功的描述绘制出了弘一真人的画像,以便对其进行缉捕。

芷兰只看了一眼便大惊失色道:"怎会是他?这不是销声匿迹多年的维摩禅师吗?"

五年前,太师李弼之死便与这维摩禅师脱不了干系,但维摩禅师却就此消失不见了,如今他却再度出山,势必又将掀起一番腥风血雨!

怪癖

今日恰是辅国寺交易之日,山门前摆着款式各异的笼子,里面俱是珍禽奇兽,宇文直与"敌闻司"别将韩泰却无心购买,穿梭在熙熙攘攘的人群之中。

宇文直假意在看一只狸猫,朝着韩泰低声问:"这几日可曾查到崔新运的踪迹?"

韩泰叹了口气道:"真是见鬼了,崔新运居然消失不见了!"

宇文直瞪了他一眼,不解道:"怎会如此?"

"我们在扶风郡始平县崔新运老宅前蹲守的人始终未曾见他回去,沿途查访的兄弟们也未发现他的下落。"

宇文直沉吟良久才道:"看来这个崔新运定然是听到了什么风声,抑或预感到危险来临,他居然能逃过你们'敌闻司'的耳目,看来此人着实不简单啊!"

"卑职也觉得此事甚为蹊跷!他并非是孤身一人,雇了车夫,驾着牛车拉着亡妻的棺材,他骑着马在后面跟随。他们在泾州安定郡[1]住进了一家客栈,次日一早,人车牛马皆失去了踪迹!"

两人向着大殿走去,在两廊下售卖的皆是寺内尼姑所做的绣作、头饰、领抹等物。

宇文直漫不经心地拿起一副绣作,问了问价钱,与韩泰耳语道:"'敌闻司'中或许就有他的同伙,否则怎会对你们的跟踪之法了如指掌,只是还不知神秘莫测的崔新运究竟是哪一方的人。"

大殿后通盛门前俱是卖书籍、图画等物的小摊,韩泰从一个摊贩手中拿起一副旧舆图,双手展开道:"卑职这些日子曾细细查过此人甲历,他虽只是个微不足道的小官,却大有来头。他仕后魏、大周近三十年,从流外转入流内,虽只是个一命小官,却曾在多个州郡任

---

[1] 治所今甘肃泾川。

职,先在玉壁[1],后在安州安陆郡[2],又去益州蜀郡[3],之后调往千里之外的会州,后来会州改设为会宁防,同时新设乌兰关,他又调任乌兰关主簿。一个微不足道的小官居然能在近三十年的时间里纵横南北,往来东西,能量之大着实不容小觑啊!"

宇文直盯着那舆图看了好一阵子才道:"此人每一次调动皆大有深意!太祖与老贼高欢隔河对战时,他恰好在战略要地玉壁;太祖与南梁战事频仍时,他又到了双方对峙最前沿安陆郡;太祖刚刚将原属南朝的蜀地收入囊中,他居然又莫名被调去蜀郡,仅仅一年后他又来到会州,当时正值突厥大肆寇边。他在每一地看似都只是个不起眼的小角色,却很有可能肩负着什么大使命!"

韩泰放下手中舆图,叹气道:"一个小官居然能天南海北地调来调去,属下却在此地一待便是十余年,真是气煞人也!"

宇文直拍拍他的肩膀,信誓旦旦道:"等事成之后,我便奏请皇兄调你去长安!"

"多谢卫国公,小的定当肝脑涂地在所不辞!"韩泰点头哈腰,千恩万谢,却猛地想起了什么,低声道,"属下还探听到一事!崔新运来会州任职八年,三位夫人皆先后暴亡……"

宇文直叹道:"到底是这三位夫人红颜薄命,还是他摧花无度呢?"

此时的崔新运正坐在长安最知名的鸿运茶楼二楼悠闲地吃着茶,

---

[1] 治所今山西稷山。
[2] 治所今湖北安陆。
[3] 治所今四川成都。

透过半开的窗子望着熙熙攘攘的大街，恰巧有一家正在娶亲。

崔新运不禁想起与小灵的新婚之夜，凝视着一丝不挂的小灵，轻轻地抚摸着她那双美腿，然后用一方丝帕蒙住了她的双眼，隔着丝帕抚摸着她那美丽的脸庞，颇为亲昵道："莫怕！莫怕！"

此时他的眼神中突然闪现出一丝莫名的凶光，从床榻之下拿出一根长长的麻绳，捆住小灵的双脚。

由于捆得很紧，小灵的脚轻轻颤抖了一下，崔新运安慰地拍了拍她的脚，继续用绳子捆住她的膝盖，打结的时候明显加重了力量。

小灵感到有些疼，轻轻地"哼"了一声，但崔新运却并不理会，继续捆绑并打结，而且越勒越紧……

催新运有如此不堪行为，皆因为他有过一段不堪回首的过往。

因家中兄弟姐妹众多，靠种地为生的父母根本无法养活这一大家子人，见他样貌清秀，索性便将其卖入南梁宫廷之中充做小黄门，宫中的日子虽清苦，却也过得波澜不惊，直到那人找到了他！

那人当时还只是"血酬卫"的一个校尉。当时六镇之乱使得曾经强盛一时的北魏帝国处于风雨飘摇之中，让南梁看到了千载难逢的收复中原的机会。为了策应北伐之役，"血酬卫"派他率领一批得力之人潜入北魏充当暗桩。

那时崔新运只有十八岁，因在宫中历练多年而变得机警伶俐而又办事干练，于是被那人所看中，纳入了"血酬卫"。

起初崔新运还为此欣喜若狂，以为终于等到了建功立业的好机会，后来才渐渐理解了什么是刀尖舔血的日子，一同入宫的伙伴本有六个，却一个接一个地离奇失踪，前一日还相谈甚欢，后一日却再也寻不到踪影！

直到多年以后，他才知晓北魏有一个名为"候官署"的衙署，专司肃奸之事，只要露出蛛丝马迹，皆会被"候官署"顺藤摸瓜地捕获。

为了能活命，他变得愈加谨言慎行，对周遭任何细微的变化都格外敏感，甚至连睡觉时都不敢掉以轻心。为了防止自己睡得太沉，他手中时常会拿着一支香，那支香燃尽将他从睡梦中烧醒时，恰好是一个时辰！

永熙三年（公元534年）七月，崔新运敏锐地觉察到了异样，皇宫之中，甚至连整个洛阳城的空气皆骤然间变得格外紧张。他的心中虽满是诧异，却不敢轻举妄动，只能静观其变。

随着皇帝逃奔关中，曾经富庶繁华的都城洛阳顷刻间变成了一座人间地狱，到处是乱兵，到处是盗匪，到处是死尸，他一路跌跌撞撞向南逃，几度险些遭遇毒手，就在几近绝望之际，他终于与那人意外重逢，死里逃生的他不得不接受了新的使命。

崔新运至今都说不清此生遇到那人究竟是自己的幸运，还是大不幸！

结怨

会宁防城北清音馆内，竹林中一条幽深小径，花木掩映于朱栏曲槛间，却因是隆冬时节，多了几许萧瑟。

阎士德走在前，建威军军主陈弼刻意落后他半个身位。陈弼因勇而有谋曾经很得贺兰祥的器重。

武成元年（公元559年），陈弼曾随贺兰祥征伐吐谷浑。攻克洮阳后，胆大妄为的陈弼居然将俘获的女眷掠入自己大帐之内肆意凌辱，因夜驭数女而误了出征的时辰。陈弼依律当斩，但贺兰祥念及此前功勋，赦免其罪，将其贬为横野军军主。

四年来，陈弼一直率部驻防在原州城外荒凉之地高平川，仕途一片黯淡。

阎士德特地将他请到会宁防来，投其所好引他来到清音馆，为的是请他出面促成定安军与横野军换防之事！

阎士德兴致勃勃地介绍道："再过些时日，等到春回大地，陈军主再来此地，将会别有一番景象，可谓是万花争艳，燕舞晴空，粉墙细柳间莺啼芳树，香轮暖辗中芳草如茵。"

陈弼受宠若惊道："多谢阎防主一番美意！您所托之事，陈弼定会竭尽全力去办！其实元刺史早就有意结交阎防主，怎奈公务缠身一直都未曾相见，还请阎防主静候佳音吧！"

"好！那可就有劳陈军主了！"阎士德对刻意站在远处的老鸨唤道，"务必命此间最好的姑娘服侍好这位远道而来的客人。人家可是见过大世面的，切勿让人家小瞧了我们会宁防！"

老鸨虽已过不惑之年，却仍旧能够依稀看出曾是个十足的美人坯子，不过无情的岁月却在她脸上留下了深深的印记，任何脂粉皆难以遮蔽。

她忙快步走过来，满脸谄笑道："阎大人，您就放心吧！馆内的姑娘皆是老身我亲手调教过的，定会让这位贵客满意而归！"

阎士德点点头便向外走去，老鸨小心翼翼地将他送到门口。在院门口，阎士德竟与宇文直不期而遇，但两人却都装作并未发现对方。

宇文直忙转过身，与卖饮子的摊贩借机攀谈起来。

阎士德朝他的背影瞟了一眼，拉了拉头上的帽子，快步向前走去。

宇文直之所以会来此处，是因他的心头始终藏着一个疑惑，李适之为何始终揪着崔新运夫人溺亡的案子不放，究竟是他与崔新运夫人有旧，还是与崔新运有仇？

等阎士德走远，宇文直才缓缓走进清音馆。

老鸨扭动着腰肢，问道："大爷，您是来寻哪位姑娘的？"

"寻你！"

老鸨笑靥如花道："莫要拿奴家打趣，老身早已是残枝败柳之人，客官又怎会看上呢？"

宇文直笑笑道："不试试，又怎会知晓呢？速速带小爷我到你的房中！"

老鸨赔着小心将他让到厅内，却不知他这葫芦里到底卖的是什么药。

宇文直拿出五两银子递给老鸨，老鸨按捺住内心的不安，笑笑道："大爷果然出手阔绰，不过老身怎会值得了如此之多的银钱？"

"我是来问事的，并非是来消遣的！"

老鸨小心翼翼试探道："不知这位大爷想要打探何事？"

"崔新运与李适之因何而结怨？"

"李参军可是城中只手遮天的大人物，老身怎敢乱讲！若是不慎触怒了他，老身可是万万吃罪不起！"老鸨看了看令她垂涎不已的五两银子，狠狠心才道，"若是老身说与大爷听，大爷切勿让旁人知晓！"

"那是自然！"

老鸨沉吟良久才道："两人结怨皆因崔新运那位一向招蜂引蝶的

夫人！"

随着腰包越来越鼓，权势越来越大，李适之时常流连于青楼妓馆，对清音馆的姑娘最为偏爱。

久而久之，李适之对那些透着妖艳之气的青楼女子渐渐心生腻烦，暗中授意那些竞相巴结他的讼师们为他物色各色良家女子，其中有尚未出阁的大姑娘，有新丧夫不久的小寡妇，还有独守空房的贵妇人，让李适之应接不暇，也欣喜不已！

有一个讼师与小灵同住在军门巷，因他儿时曾生过天花，长了满脸麻子，被人唤作黄麻子。

在黄麻子的撺掇之下，李适之来到军门巷，见到了正要去城外圣姑庙上香的小灵，当小灵清秀的面庞映入他眼帘的时候，他的心顿时便融化了。

李适之此后时常托黄麻子给小灵送去些名贵首饰和布料，小灵全都欣然接纳，他暗自欣喜，觉得好事将近了！

那晚，黄麻子轻轻推开崔新运家的院门，低声道："李参军，她正在里面候着呢，小的在此为您望风！"

李适之向黄麻子笑了笑，急切地走了进去，等了这么久，终于有机会可以一亲芳泽了！

他轻轻推开屋门，走进屋内，可小灵见他来了，却惊恐地质问道："你是谁？为何趁夜私闯民宅？"

李适之觉得她定然是在故作矜持，忙道："小娘子，是我呀！那些首饰和布料皆是我送予你的！"

小灵却一头雾水道："什么首饰？什么布料？你速速出去，否则我便喊人了!"

李适之知道她的夫君在乌兰关当差,时常不在家中,走上前去肆无忌惮地搂抱着她。

小灵用尽全身力气试图挣脱,可李适之却凭借自己力气大死死抱住她,强吻着她如水的脸庞,还有她那粉嫩的唇,谁知小灵竟狠狠地咬住了他的舌头。

疼痛难忍的李适之顿时便松了手,不过却因怒火中烧狠狠地扇了小灵一个耳光,骂道:"你这个贱人,今日你从也得从,不从也得从!"

李适之如饿狼般扑了上去,用力撕扯着小灵的衣襟。

"住手!"这声突如其来的断喝犹如一计晴天霹雳在李适之的耳边炸响。小灵的夫君崔新运居然回来了,他的身旁还站着会宁防兵工署甲库库监孙伏生。

衣衫不整的小灵蹲在地上,两只胳膊紧紧地交叉在一起,护着自己的身子,不住地低声抽泣着。

李适之还从未经历过如此窘境,忙赔笑道:"原来是崔主簿,误会!误会!"

孙伏生见状忙打圆场道:"李参军,阎大人似乎有要事欲同你商议,正在四处寻你!"

"本官这便去!"李适之自然知道这是孙伏生故意在给他找下台阶,想借机速速逃离这个是非之地。

"且慢!"崔新运眸中布满了血丝,径直逼向李适之,威胁道,"李参军,你是何等人,我崔新运早就有所耳闻,我崔新运究竟是何许人也,你却未必清楚,还望李参军今后自重!若是再有下次,你便不会让你像今日这般轻易离开了！"

面对赤裸裸的威胁，李适之既胆怯，又羞愧，还愤怒，不过今日之事理亏之人是他，即便面对如此羞辱，他也只得选择隐忍。

李适之快步走到院门口，那个说为他望风的黄麻子竟早已消失得无影无踪了。

李适之一直自认为是城中说一不二的头面人物，今日却蒙受如此奇耻大辱，自然不肯善罢甘休，多方寻找那个可恶的讼师，却始终都未能再寻到他的踪迹。

李适之忙命值事吏找来黄麻子经办过的所有案件卷宗，很快便发现了其中的缘由。

就在一个月前，黄麻子曾办过一个绝户家产纠纷案。蒙面盗匪趁着夜色潜入城中绸缎庄祁掌柜府上偷盗财物。祁掌柜发觉后自恃年轻时练过武，又一贯爱财如命，不顾年迈之身竟与盗匪打斗起来，最终力竭身死。

祁掌柜的反抗触怒了那伙蒙面盗匪，于是在府中大开杀戒，祁掌柜的夫人当场毙命，他们的儿子挣扎数日后也痛苦死去。

祁掌柜死后留下的诱人家财顿时成为各方觊觎的对象。祁掌柜还有一个女儿，不过却已然嫁人了。黄麻子受其所托，递交诉状请求分割祁掌柜的家产。

祁掌柜家中已然没有了男丁，祁掌柜家可就此认定为绝户，按照《大周律》，三分之一的家产应归属已经出嫁的女儿，三分之二的家产予以充公。黄麻子本以为这个案子十拿九稳，祁掌柜的女儿于情于理于法都应分得部分家产。

可让黄麻子万万没有想到的是，官府居然认定祁掌柜夫妇死亡在先，而祁掌柜的儿子死亡在后，判令祁掌柜所有家产均由其子来继承，祁掌柜的女儿居然分文未得。

此案的蹊跷之处在于祁掌柜的儿子尚未成年，一直都未曾婚配，却偏偏在这个节骨眼儿上莫名地多出了一个私生子，那些家产最终落入谁人腰包自然也就不得而知了！

李适之此时才彻底明白自己这次恐怕是被那个黄麻子给算计了！

更让他感到气愤的是甲库库监孙伏生那夜竟留宿在崔家，此后更是时常偷偷溜进崔家，灵州船坞的一个姓梁的典事居然也跑来与小灵私会。崔新运对此全都不闻不问，唯独对他恶语相向，真是可恼之极！

既然那个可恶的讼师黄麻子已然无处去寻，李适之暗暗发誓一定要找个机会狠狠地报复一下崔新运，也好出一出心头的那股恶气，万万没想到机会居然来得如此之快！

曾令李适之魂牵梦绕的崔夫人小灵居然成了一具冰冷的尸身，李适之在感到扼腕叹息的同时，也终于觅到机会可以好好整治一下不知天高地厚的崔新运！

很快，崔新运便来法曹索要自己夫人的尸身，曾经趾高气昂的崔新运如今却换作一副十足的奴才相。

看着卑躬屈膝的崔新运，李适之心中有着无尽的畅快，板着面孔打起官腔道："尊夫人的死因尚未查清，恕本官暂时还不能归还尸身。"

崔新运低头哈腰道："我家夫人不习水性，想必是在河边行走时不慎失足溺亡，亡妻之事便不烦劳大人劳心费神了！"

李适之直勾勾地盯着他道："你说是溺亡便是溺亡吗？尊夫人究

竟是如何死的，本官自会查清！本官执掌法曹以来从未冤枉过一个好人，却也不曾放纵过一个坏人！"

李适之从崔新运尴尬的笑容中发现了一丝不安，从那一刻起，他便认定崔夫人的死或许并没有那么简单！

随后动用所有能动用的捕快暗中探查此案，很快便查出崔夫人的相好梁蜂儿居然也在同日死去，勘验尸身时发现他居然是被人活活勒死的！

李适之得知此事后不禁欣喜若狂，不管崔新运是否真的与此案有涉，他都可以借机大做文章，不管此案真相如何，只需从中略施小计，崔新运的日子便不会好过，哪怕崔新运是清白的，恐怕都难逃这牢狱之灾和皮肉之苦，谁知阁士德却命他点到为止！

听完老鸨所述，宇文直点点头道："原来如此！"

就在宇文直和芷兰为了揭开小灵死亡真相而奔波之际，一起更大的谜案却向着他们袭来，两者之间的微妙联系更是使得他们一时间焦头烂额！

第十六章
雪轻未杀萋萋草

妖变

位于河州[1]西城的武库四周皆是高达数丈的青砖高墙,两扇黑漆木门更是显得颇为气派。

清晨时分,上百辆牛车停靠在路边,每辆牛车上皆坐着一个赶车人和四个役工,等待着接收盔甲军服,然后再转运到各营。

河州兵曹许世达走到门口,门吏见到来人之后马上进去禀报,很快武库丞方汝觉便快步迎了出来。

两人简单寒暄几句,许世达便从文书袋中取出调用文书,虽然两人已经颇为熟络,但一向谨小慎微的方汝觉接过文书后还是细细查看了一番,确认无误后才将许世达让进武库之内。

两人顺着青砖铺就的甬道向前走去,甬道两侧是干枯的树木,显得格外萧索。

---

1 治所枹罕郡枹罕县(今甘肃临夏市),管辖枹罕郡、金城郡、武始郡三郡。

甬道尽头是个青灰院落，甲库监贺永信早已候在院门口，引着两人走进库房之中。

许世达照例随意选取了一箱，身后两个役工走上前，撕去箱子上盖有会宁防兵甲署官印的封条，用撬棍合力敲开了木箱盖子。

木箱中居然莫名地冒出了一股黑烟，许世达忙挥舞着双臂，驱散这股突然而至的不祥黑烟。

等黑烟渐渐散去之后，许世达迫不及待地向箱内一望，顿时吓得大惊失色！

木箱内的盔甲军服竟在众目睽睽之下发生了妖变！

许世达从箱中拿起一个头盔，居然是护耳圆盔，顶端还有鹰嘴形的突起，这分明是北魏式样的头盔，再看箱中军服皆是刺眼的黄色，北周军服皆为黑色，只有北魏军服才是黄色！

贺永信本就是个直来直去的"炮筒子"，见状随即大声叫道："大事不好了！我大周的盔甲军服竟妖变为前魏的盔甲军服……"

恼羞成怒的方汝觉厉声道："胆敢胡言乱语者定当重重责罚！"

会宁防兵甲署坐落于城北，四周皆筑有高大围墙，内有一道隔墙将兵甲署划分为东、西两院，东院是库房，西院乃是作坊。东院有三个彼此分割的大院落，分别是甲库、弩库和刀库，甲库最北侧是规模最大的库房甲一房，两道隔墙将此库分割为三间，墙上开有门彼此连通。

在这间库房中，盔甲军服曾堆积如山，如今却是空空如也。芷兰的思绪不知不觉又回到了五年前的温江武库。

那时她此生最爱却也最恨的宇文邕还陪在她的身旁，如今却都已成了过眼云烟！

挣脱烦乱的思绪,芷兰低声试探道:"有没有可能那批盔甲军服从此处起运时便被歹人调了包?"

兵甲令魏嘉全矮小精瘦,偏偏又生得黝黑,被僚属们戏称为"魏猴子",不过此人眼神中却时时透着狡黠和干练!

魏嘉全闻听此言斩钉截铁道:"绝无可能!当时防主阁大人带着兵曹、输运署、兵甲署、工市署等诸曹署的参军、令丞、胥吏皆在场,还有来我防办理交接事宜的河州总管府中郎苏大人及其僚属,院内役工们一直进进出出,库房外还有士卒把守,当时有数百双眼睛在盯着。在众目睽睽之下神不知鬼不觉地调换一千箱盔甲军服,谁会有如此之大的本领?"

"当时有人勘验过放于木箱之中的盔甲军服吗?"

"那是自然!例行勘验乃是必经程序。苏大人随行的僚属中便有精通盔甲军服制作工艺之人,不要说是有人故意将其调包,即便是盔甲军服稍稍有些瑕疵,他们皆会当面指出来。"

"那勘验之人会不会事先被人买通了呢?"

"勘验之人并非只有一人,而是三人!最为关键的是他们只负责勘验,至于具体勘验哪一箱却由不得他们!"

"何人有此权力?"

"此权也并未由一人独掌,而是由多人行使!阁大人负责挑选十箱,输运令挑选八箱,苏大人挑选二十箱,他手下掌吏挑选十二箱。这随机挑选出来的五十箱交由上述三人勘验无误后才可以封箱,挑选人和勘验人还要在这五十箱的箱盖上签上自己的名讳,若是日后出现问题便据此追究相关人等的失职之罪!"

芷兰没好气地反问道:"既然你们做得滴水不漏,如此之多的盔甲军服又怎会无端消失呢？"

魏嘉全苦着脸道："这也正是本官困惑不解之处，或许问题出在他处，抑或真的是邪祟所为？"

芷兰自然知晓他刚刚所言不过是为了撇清自己的责任，心中虽有些鄙夷，却也不好过多地表露出来，于是问道："这批盔甲军服勘验之后又是如何运走的呢？"

见芷兰转而询问押运时的情形，魏嘉全顿觉如释重负，道："勘验无误后，阎大人命我署役工将所有木箱皆上钉，然后加贴盖有我署官印的封条，随后便移交输运署。输运署雇用的一百余辆牛车早已在署门外候着，与我署办理完交割事宜后便将那批盔甲军服运往官码头，沿途皆有兵曹派遣士卒护送。

"到了码头，工市署派来的役工将那批盔甲军服搬运上船。苏大人手下掌吏带人在船舱中清点无误后，船只方可起航。阎大人还特地命长史大人前往码头监看，兼为苏大人一行人送行。

"在这一路之上，别说是趁机调包一千箱盔甲军服，即便是盗走其中一箱，恐怕都难于上青天！不过押运细节，李夫人最好还是前去问一问输运令曹津平，他应该比卑职更为清楚！"

芷兰自然听得出他此番话的弦外之音，阴沉着脸道："民女多有叨扰了！"

输运署并不设在城内，而是建在城外黄河边，芷兰手中持有阎士德签发的手令，输运令曹津平自然不敢有所怠慢。

曹津平五十岁上下，头戴黑宫纱幞头，身穿皂色官服，肥嘟嘟的圆脸上尽是下垂的赘肉，颌下还有几根稀疏的胡须，脸上始终笼罩着一层挥之不去的焦虑。

芷兰目不转睛地看着输运簿册，突然抬起头道："此前向河州运送盔甲军服皆是朝发夕至，为何这次却偏偏选在未正[1]时分起航？"

输运令曹津平近来一直在为盔甲军服失窃之事而着急上火，喉咙之中不知为何总有咳不完的痰，忙清清嗓子道："我防距河州金城郡走水路要一百五十八里，若是常日里行船自然可以朝发夕至，可如今却正值冬日，河道虽勉强可以通航，但河面上却有大量浮冰，水位又低，大船稍有不慎便会搁浅，为了安全起见，自然会刻意放慢航速，如今天亮得晚，黑得却很早，难以在天黑之前抵达金城郡，若是天黑之后行船又极为凶险。乌兰关至金城郡之间并没有适合大船停靠的官码头，冬日里运输货物只能选择在乌兰关官码头停靠一晚，次日再起航！"

芷兰觉得他说得似乎在理，点点头道："既然那三艘船曾在乌兰关停靠过一晚，有没有可能那批盔甲军服在乌兰关被歹人暗中调包了呢？"

曹津平摆摆手，断然否认道："绝无可能！停靠当晚，乌兰关派出士卒在码头附近警戒，却不允许登船，跟船的士卒、役工、水手等人在船只停靠期间又不允许上岸。事发后，我署对所有参与押运的人员逐一进行讯问，那晚并无人违反律令私自下船。试想谁又能悄无声息地调包偌大一批盔甲军服呢？"

芷兰细细回味着他刚刚所说的话。那些盛放着盔甲军服的大箱子极为笨重，即便是雇人光明正大地搬走，恐怕没有几个时辰也运不

---

[1] 相当于14:00左右。

完,可就是这么一大宗军用物资竟会在众目睽睽之下凭空消失！难道这世间真的会有隔空移物的异术？

心神不宁的芷兰低头翻阅着那本厚厚的输运簿册,又发现了一个疑点,忙问道:"根据往常运送情形推算,一千箱盔甲军服只需一两艘船即可,况且鹯阴船乃是贵署最大的船,单单是这一艘船便可运载一千箱盔甲军服,你为何要派出三艘船呢？"

"李夫人所言不假,若是只派出鹯阴船一船,自然也可以载得了这一千箱盔甲军服,但返程时却无论如何也载不下一千五百石军粮,这便是老夫派出三艘船的缘故！"

"会宁防仅有横野军一军士卒戍守,怎会需要如此之多的粮食？"

"那一千五百石粮食并非只是我防的军粮,先通过水路运抵我防,再通过陆路运往盐州、夏州、银州等地,分发给当地驻军。"

"曹大人觉得鹯阴船好端端的怎会莫名触礁沉没呢？"

曹津平苦着脸道:"鹯阴船之前曾在灵州船坞大修过。这船与人一样,只要大修过便会元气人伤,况且在冬日里行船本就颇为凶险,真是可惜了船上的那一百三十八个弟兄！"

注视着输运簿册,芷兰叹了口气暗道:"若是这问题症结并非出在这两处,又会出在哪里呢？莫非是在河州？"

事发后,宇文直急急火火赶往河州,芷兰等了数日皆未曾见他回来,竟有些莫名地想他。

通过这些日子的相处,她心底深处竟对宇文直生出某种奇怪的情愫,一时分不清究竟是盼着他回来,还是盼着他能带回想要的消息。

宇文直终于回来了,却并没能带回她所期盼的消息。

"三艘官船从金城郡靠岸后,河州总管府召集三百余辆马车候在码头之上,将那一千箱盔甲军服从官船上搬运到车上。在兵卒一路护卫之下,那些盔甲军服径直运往河州武库,一路之上并未发现任何异样。目前河州、会宁防已对所有相关人员进行了讯问,众口一词皆说押运过程一切如常!不过河州总管府中郎苏大人曾说停泊在乌兰关那夜甚为颠簸!"

颠簸?芷兰觉得这妖变之事越来越匪夷所思了!

一千箱盔甲军服在众人眼皮子底下莫名妖变,大周盔甲军服离奇地变成了北魏的盔甲军服,以至于军中一时间流言四起,说这是上天在示警,大周气数将尽!

芷兰和宇文直分别在押运路线上的关键点位探查多日,却始终查不到一丝线索,偌大一批北周盔甲军服怎会莫名地消失不见呢?北魏盔甲军服又怎会被莫名地装入木箱之中呢?

芷兰突然她想起那三艘官船曾在乌兰关停靠过夜。乌兰关这个背山面河的重要关隘早就是暗流涌动,"敌闻司""候官署""血酬卫"等各派势力皆在此处活动频频,难道问题的症结出在乌兰关?

寻踪

乌兰桥以西三里有一片深水区被辟为官码头,用青色条石铺就的平台从岸边伸向河中,平台上耸立着七八根石质缆柱。

苏什长指着面前波澜不惊的河面道:"当晚那三艘船便停靠在此处,从船尾抛下的缆绳便系在这三根缆柱上,船头还抛下铁锚,好在冬日里水流并不急……"

不急？可河州总管府中郎苏大人分明说在此停靠那夜甚为颠簸。芷兰凝视着眼前规模并不算大的官码头，思索着那夜究竟发生了什么。

芷兰沉吟良久才道："凡有官船在此停靠，你等皆需来此警戒吗？"

苏什长低声道："那是自然！不过时值隆冬，航道虽未完全断绝，却也不似其他时日那般繁忙。近一个月来，只有腊月十七日那晚曾停靠过三只官船。"

"当夜你等在此值守时可曾发现过什么异常？"

苏什长竟不假思索道："一切如常！"

芷兰凝视着他逼问道："难道你不觉得你的回答太快了些吗？"

苏什长脸上掠过阵阵尴尬，忙解释道："当夜船上所有人员均未下船，我们也只是在码头上实施警戒，并不曾登船。既然彼此之间并无往来，又何谈异常呢？"

"果真如此吗？"芷兰拿出一块脏兮兮的鸡骨头，在他眼前晃了晃，高声质问道，"这是我刚刚从不远处的荒草丛中捡拾来的，从骨头上残存肉渣的风化程度判断，这块骨头大概丢弃了六七日，如此算来恰在腊月十七日前后，此地乃是官码头，并不允许百姓随意到此，你能否说一说这块骨头的来历呢？"

在凛冽的寒风之中，苏什长的额头上居然渗出汗来，嘴唇几度张开，但旋即又闭上。

芷兰威胁道："如今新春将近，那些上官们皆迫不及待地想着要结案，都想好好过一个年！你若是不想沦为替罪羊抑或屈死鬼就乖乖地向我道出实情，否则到头来吃亏的便是你自己！"

苏什长慌忙跪倒在地，哀求道："我说！我全说！还望李夫人能设法护我周全!"

"如今我只想查出那批盔甲军服的下落,对你失职之事并无多少兴趣!若是你胆敢再蓄意隐瞒,休怪我将此事告知镇将大人!"

"卑职说,卑职全说!"

腊月十七日那夜,苏什长带着二十多个士卒奉命在官码头附近进行警戒,纷纷扬扬的大雪如同漫天飞舞的梨花,远处一片黑黢黢,近处一片白茫茫,从河面上吹过来的风冷得刺骨,以至于栖息在枯树上的几只寒鸦悲啼不止。

苏什长冻得不停地踱着步,所披蓑衣上早已落满了一层厚厚的冰雪。

除了舒缓的波涛声,四处皆寂静无声,远处却突然传来沉闷的脚步声。

苏什长随即警觉地望过去,右手不由自主地摸向腰间刀柄。

他远远望见一人顶风冒雪缓缓而来,借着火把光亮,渐渐看清了那人的脸,居然是杨大眼!

杨大眼右手提着七八只鸡,左手提着一大罐子酒,笑道:"知道弟兄们今夜在此值守甚为辛劳,特地来犒劳犒劳大家!"

苏什长却面露难色道:"杨校尉,这值守的规矩……"

"哪有那么多规矩?规矩也是人定的!这冰天雪地的,你还担心会有人来劫船不成?你且放宽心,出了事老子替你们担着!弟兄们,赶紧过来!过来!这冰天雪地的,本就是吃肉喝酒的好日子!"

那些忍饥挨冻的士卒们听到杨大眼的召唤,迅速围拢过来,能在这寒冷的雪夜里有的吃,有的喝,自然是欣喜不已。

他们四处寻了些枯树枝，生起火来，将杨大眼带来的七八只鸡全都烤了，大口吃了起来，大碗喝了起来。

苏什长这个小小的什长既不敢违拗上司，也不好犯了众怒，只得也加入进来，惴惴不安地吃了起来，直至与众人皆喝得东倒西歪，甚至都不知道杨大眼究竟是何时离开的！

只可惜杨大眼如今已然死了，一向与之亲近的孙展功也已被押回长安交由"敌闻司"处置，真相恐怕只能由芷兰自己去慢慢寻了！

就在心乱如麻之际，芷兰忽然听到远处传来一阵急促的马蹄声，忙抬眼望去，见居然是宇文直领着孝伯等人来了。

孝伯飞身下马，施礼道："听闻李夫人与卫国公奉命查处朝廷要案，在下特来相帮！"

芷兰面无表情地点了点头，便转过身去，盯着眼前平静的河面，紧皱的眉头久久都不曾舒展开来。

宇文直见气氛微微有些尴尬，忙道："李夫人这些日子为了查案而茶饭不思，不过诸位大人主动前来施以援手，案情大白之日恐怕为期不远了！"

芷兰低声道："乌兰关内可有水性好的士卒？"

孝伯带着一丝不悦道："难道李夫人怀疑那批丢失不见的盔甲军服会藏在这河水之中？虽说这河看上去一片宁静，却是暗流频生，漩涡不断，即便那批盔甲军服果真被投入河中，此刻也不知被冲到何处去了！"

"不试一下又怎会知晓呢？"

孝伯自然不希望这纰漏出在乌兰关，不过他也深知芷兰执拗的性子,看了看始终低头哈腰刻意躲在宇文直身后的苏什长,命令道:"你手下弟兄皆习水性,还不速速召集来!"

芷兰拦阻道:"苏什长今日颇为辛劳,还是请旁人代劳吧!"

孝伯见芷兰当众顶撞他,心中更是不悦,对身旁的兵曹主事阴沉着脸道:"你速速前往防水营征调七八个兄弟来,听候李夫人差遣!"他说到"差遣"两字时刻意提高了声调,在场之人听着微微有些刺耳。

芷兰却不以为意,高声吩咐道:"叮嘱他们务必要带水靠来!"

约莫过了半个时辰,兵曹主事策马赶了回来,身后跟着一路小跑而来的八个士卒。

他们向孝伯施过礼后便卸下身后背的那个大大的包袱,取出用海蛟皮制成的黑色水靠,穿戴整齐后等待着孝伯的指令。

芷兰当仁不让地喝令道:"你等到河水中细细探查一番,切勿放过任何蛛丝马迹!"

领头的士卒名唤秦舟儿,一头雾水道:"敢问这位大人,到底要我等去寻什么物件?"

"并非是某个具体的物件,而是破案的线索!你等但凡在河中发现什么可疑之处,抑或找到可疑之物,皆报于我知!"

那八个士卒面面相觑,如今正值隆冬时节,在这冰冷刺骨的河水中漫无目的地寻找什么虚无缥缈的线索与物件,弄不好可是要出人命的!

芷兰见他们竟犹豫不前,怒道:"如今案情紧急,你等若是胆敢有一丝懈怠,不肯尽心竭力地去查找,以同谋罪论处!"

那八个士卒只得苦着脸相继跳入漂浮着冰块的河水之中,激起了一个又一个水花。

他们在水中搜寻了一阵，体力渐渐有所不支，于是在河中随意寻了个物件便拿上岸来，也算可以勉强交差，有的拿着沉于河底的奇形怪状的石头，有的手中抓起漂浮在河上的树枝，有的找到了脏兮兮的破布，林林总总，不一而足。

秦舟儿最后一个才上岸，累得瘫坐在地，大口喘着粗气，递给芷兰一块碎纸片道："纸落在水中却不曾泡烂，也算是可疑之物了吧！"

芷兰忙接过那张碎纸片，细细打量起来，并非是寻常的纸，似乎是专门用来防水的油纸！

芷兰原本混沌不堪的脑海中仿佛突然射进一道希望的曙光，喜道："蹊跷果然藏在这河中！"

见她面露喜色，众人皆投来关切的目光，宇文直迫不及待地追问道："可是追查到了什么？"

"我们距离真相已然不远了！"芷兰转而问孝伯，"腊月十七日之后，河中可曾出现过什么可疑漂浮物，比如木头等物！"

"难道李夫人怀疑那些丢失的盔甲军服被人刻意藏在木头中，然后再顺流漂走？"孝伯断然否认道，"偌大一批盔甲军服，若是藏在木头中，那得需要多少方木材！况且如此大规模地砍伐搬运木材怎会不被官府发现呢？如今河两岸皆是凿冰的役工，歹人行此拙劣之法，定然瞒不过众人！"

宇文直怕两人因逞口舌之快而再生嫌隙，忙道："如今线索全无，命人沿途打探一番并无不可！"

孝伯只得无奈地吩咐工曹主事道："你带人沿着河岸找寻有关人等询问一下近来河面上有无异样，河对岸的河州地界也勿要放过。"

"河对岸？河对岸！"芷兰猛然间意识到了什么，刚刚那八个防水营士卒的搜寻区域基本上都在东岸附近，最多也只是到过河的中线附近，并不曾去过西岸，既担心无端耗费体力，也怕贸然越界惹出不必要的麻烦。

"主事大人且慢！暂且等一等！"芷兰转而对防水营士卒道，"恐怕还得再辛苦诸位一趟，到河对岸去探一探！"

那八个士卒虽心中不满，却也不敢公然抗命，只得迈着慵懒的步子，重新走到河边，有些不情愿地跳入冰冷的河水之中，向着河对岸游了过去。

过了许久，岸上众人才听到划水的声响，秦舟儿的头从河水中冒了出来，可他却并未上岸，而是在河中大声喊道："西岸有一根铁索，隐在水下，摸上去似乎极粗！"

在场之人皆是一惊，河西岸之地虽隶属河州，却离河州州治[1]有五百四十余里，即便是离最近的河州下辖的金城郡[2]也有二百六十余里，河西岸方圆几十里只是散布着几个小村镇，并没有什么大的城池。河中莫名出现的这铁索究竟是何人所修，又是因何而修呢？

芷兰蹲下身子对秦舟儿道："烦劳你再游回去，细细探查一下那铁索的长度和形制，尤其是要查明其上是否有钩挂过的痕迹！"

秦舟儿在水中灵巧地一转身，又向着西岸游了过去。

又过了好一阵，秦舟儿等八个士卒才陆续游了回来。

秦舟儿上岸后喘息道："河中那铁索竟有近一里长，小的用力拽

---

1 治所枹罕郡枹罕县（今甘肃临夏市），管辖枹罕郡、金城郡、武始郡三郡。
2 治所子城县（今甘肃兰州市）。

了几下却纹丝未动，似乎被什么东西嵌在河岸上！不过河水却极为浑浊，铁索又隐在水下，根本看不清是否有钩挂过的磨痕，但小的用手摸了摸，其上似乎还真有勒痕！"

宇文直高声道："你等好生歇息吧！等这案子破了，论功行赏之际自然少不了你们！"

八个士卒听到此言顿时便乐开了花，顾不上疲累，站起来千恩万谢。

芷兰又问道："腊月十七日那夜之后，此处可还停靠过其他船只？"

户曹主事翻看着手中的行船簿册，语气坚定道："此后再无其他船只！"

"商船呢？"

"此处乃是官码头，不允许商船在此停靠！"

看了看沉默不语的孝伯和处事不惊的宇文直，芷兰笑笑说："看来是我想多了！"

芷兰敏锐地觉察到苏什长那两只小眼睛居然狡黠地动了几下，想必他心中还藏着什么秘不示人的心事！

收线

回到乌兰关驿馆，芷兰径直来到宇文直房中，轻轻关上了房门。

"奴家还想烦劳卫国公一件事，不知你可否应允？"

"有事尽管盼咐，你我相识的时日虽不长，我们这一路走来也算是肝胆相照，何必如此客套呢？李夫人但讲无妨！"

"乌兰关左近可有税关？"

"上游浦头税关据此二十里，下游岔口税关据此四十五里。"

"商船途经税关皆需点检交税，税吏收缴税款后才会盖印准予放行，奴家想查阅事发那晚前后十日内两处税关的完税簿册！"

宇文直却面露难色道："目前本公虽仍保有国公的爵位，却是以白衣之身在边陲效力，此事交由孝伯去办岂不是更为近便？"

"两处税关分别隶属会宁防、河州两地户曹，孝伯这个乌兰关镇将恐怕无权干涉吧！"

宇文直自然晓得这不过是托词而已，忙劝道："孝伯有时未免有些瞻前顾后，患得患失，却绝不会为了自保而不辨是非，也不会怕受牵连而蓄意掩盖！不过此案事关重大，李夫人慎重些也是好的，我这便去办！"

"要快！还有两个时辰天便黑了！"

"什么？只给我两个时辰？那我可就分身乏术，无能为力了！"

"你自可去寻你的那些旧相识！"

"什么旧相识？"

"自然是你那些手眼通天的旧相识！罗定山抛尸地点如此隐秘，他们皆能查得到，这点儿小事又算得了什么。别忘了叮嘱他们一定要盯紧那个苏什长，今晚他或许将会有所行动！"芷兰说完便推门走了出去。

宇文直愣愣地望着她离去的身影，觉得她可谓是自己见过的第一奇女子，有时愚钝得不晓人情世故，有时固执得不肯妥协，但有时却聪慧得能洞察别人心底最深处的秘密！

掌灯时分，宇文直手中抱着两大本厚厚的完税簿册回来了。

芷兰忙将他让进房内，轻轻关上房门，急急地从他手中拿起一本，可屋内却颇为昏暗，于是她走到凭几前伸手拿起上面的油灯。

宇文直忙接过她手中的油灯，怕她因一时看得入神失手焚了手中的完税簿册，那虽只是誊写本，可除了原件却仅此一件，若不是"敌闻司"以查案为名强行索要，税关是决不肯外借，里面不知藏着多少不愿让外人知晓的秘密！

芷兰抬头看了他一眼，轻轻说了一声："有劳卫国公了！"

芷兰看了一阵，又从宇文直手中接过另一本完税簿册，指着上面的字迹道："这只船有问题！"

宇文直顺着她的手指所指望去，据上面所载，此船乃是三桅大船，船上搭载的是布帛，船主名唤郭富。

"上游浦头税关与下游双岔口税关相距六十五里，我查阅了其他商船的行进轨迹，若是顺流而下只需一两个时辰即可，即便是逆流而上也不过两三个时辰。郭富那只船于腊月十八申正[1]在双岔口税关获准放行，可浦头税关的放行时间却是次日辰初[2]。若是此船因携带违禁品或有其他违禁行为而被查扣，完税簿册上不会不载明，说明此船应为正常放行，但短短六十五里路却走了七个多时辰，岂不是很可疑？"

宇文直点点头道："如今河面上多是浮冰，夜间行船极为凶险，想必此船在夜间停靠在某处？"

"卫国公所言极是！此等大船绝不会，更不敢随意靠岸，否则稍有不慎便会搁浅，轻则大修，重则报废，从双岔口税关到浦头税关之

---

[1] 相当于现在下午四点左右。

[2] 相当于现在早晨七点左右。

间适合此等大船停靠的码头只有乌兰关码头一处!"

"可乌兰关码头乃是官码头,并不允许商船私自停泊!行船簿册上也未留下此船停靠过的记载!"

"定然是有人在刻意隐瞒!还得烦劳卫国公去一趟州衙,取来码头值守簿录,一看便一目了然了!"

乌兰关官码头即便没有官船停靠时,也会派一两人前去值守,以防有人会破坏码头的设施。

宇文直似乎与芷兰早有默契,向户曹主事借用的码头值守簿录一直揣在他的身上。

宇文直快速翻到芷兰希望看的那一页,腊月十八日那夜负责值守的人正是苏什长!

宇文直叹道:"看来你叮嘱我监控此人可真是有先见之明啊!"

恰在此时,走廊上竟传来一阵脚步声,宇文直随即警觉地打开房门,顺着走廊望去,看到了那个驿夫模样的人,此前骆禹曾派他给宇文直送过信,宇文直忙低声将其唤过来。

那人悄悄走到宇文直跟前,耳语道:"那人似乎去了官妓馆!"

官妓馆门前挂着几盏粉红的灯笼,灯下是年过半百的老鸨,长裙曳地,大袖翩翩,饰带层叠,不过原本优雅飘逸的襦裙穿在身材臃肿的老鸨身上却有些走了样。

老鸨扭动着有些发福的身躯,挥舞着手中的丝帕,笑靥如花道:"两位公子,快里边请,看着你们有些面生,是头一遭到我们这里来吧,保证让你们不虚此行!"

自从踏入妓馆的门,芷兰便觉浑身极不自在,似乎感到一股污浊之气扑面而来。

宇文直客套道:"敢问妈妈,苏什长可曾来过这里?"

老鸨警觉地望着他,斩钉截铁道:"老身不知大爷口中苏什长为何人!"

芷兰没好气地斥责道:"你在撒谎!"

老鸨阴沉着脸道:"看来你们是来找茬的!你们也不好生打听打听,老娘这儿可有阎大人罩着……"

宇文直见她竟如此嚣张,猛地抽出刀,抵在老鸨脖颈处,厉声威胁道:"你给老子放老实点儿!"

老鸨行走江湖多年,周旋于三教九流间,绝非随意任人宰割的善类,见状高声呼喊道:"快来人哪!有人来砸场子了!"

五六个身材魁梧的大汉闻讯后气势汹汹地迅速围拢过来,手中提着棍棒,脸上带着浓浓的杀气。

芷兰见状吓得赶忙躲在宇文直身后,紧紧抓住他的衣襟。

宇文直却并不惊慌,忙从腰间取下那块腰牌,上面刻有"敌闻司"三个醒目的大字,高声道:"'敌闻司'办案!不想溅一身血的赶紧给老子滚开!"

那几个看家护院的大汉早就听闻"敌闻司"的人做起事来一贯心狠手辣,自然不敢太过造次,只是将他们团团围住,并没有贸然上前动手。

老鸨转怒为喜道:"误会!都是误会!有话好好说!好好说!"

"我等并不想为难于你,但你若是再敢诓骗于我,便休怪我们'敌闻司'做事不留情面!"

"官爷有何要问的,老身定当如实禀告!"

"苏什长今晚是否刚刚来过?"

"来过!来过!"

"他来此究竟所为何事?"

"来我们这儿还能干什么?不过是寻姑娘找乐子罢了!他寻的锦瑟姑娘今晚有客人在,他只得悻悻地走了!"

"看来你真的活腻歪了!"

宇文直用力一压手中刀,锋利的刀刃在她的脖颈上划开了一个小口,老鸨连疼带吓之下慌忙说道:"且慢,老身说!他再三叮嘱老身千万不要将那夜之事说出去,还给了老身一贯钱!"

"何事竟值得了一贯钱?"

"那夜他与锦瑟姑娘共度春宵之事!"

"哪一夜?"

"这都过去好些日子了,老身一时记不起来了!"

"快想!"

"似乎是……是十八日那夜!"

宇文直随即收起刀,老鸨捂着自己的脖子大口地喘着粗气。

芷兰迫不及待地离开了令她作呕而又生厌的妓馆,宇文直快步跟在她的身后。

门口一个力夫模样的人走到宇文直跟前,低声耳语道:"那人现在墨阳大街霍记面摊前!"

霍记面摊的幌子被冬夜的风吹得呼呼作响,摊前几盏昏暗的油灯根本驱不散这浓浓的夜色。

霍摊主擅长做面,虽辛苦,却乐在其中。他在面板上揉搓着白花花的面团，或押或拉，或割或砍，手中的面很快便被他塑成形态各异的面条，或长或短，或粗或细。

他的跟前摆着几十个罐子，里面装着早就做好的各种浇头，只需将这些口味各异的浇头浇在刚刚出锅的面上便可做出笋泼肉面、猪羊阉生面等三四十种面来。

苏什长坐在长凳上，面前的食案上摆着一碗热乎乎的盐煎面，正吃得起劲，不承想宇文直和芷兰竟突然出现在他的面前。

"你们……"

宇文直高声道："特地来寻你！"

苏什长缓缓放下手中的筷子，怯生生道："不知寻在下所为何事？"

"自然是十八日那晚你与锦瑟姑娘共度春宵之事。"

苏什长闻听此言惊恐地望向他们，短暂的对视之后，他猛地将手中那碗冒着热气的盐煎面狠狠地扔向他们，向着暗夜深处狂奔而去。

猝不及防的两人赶忙低下头，芷兰伸手挡在自己的面前，但仍有很多汤汁溅在她的脸上，烫呼呼又麻酥酥。

宇文直顾不得许多，赶忙用衣袖替她拭去脸上的汤汁。

芷兰的脸不似刚刚那般疼了，凝望着他，那一刹那，她似乎在他的身上再度看到了宇文邕的影子！

五个伪装成力夫的"敌闻司"士卒早已躲在黑暗的角落之中待命，密切关注着小食摊上的一举一动。

苏什长只顾一味向前逃去，并未顾及脚下被人使了一个扫堂腿，硬生生摔倒在地。

疼痛难忍的苏什长原本还想着挣扎着站起来，但几把明晃晃的刀却同时架到了他的脑后。

无路可逃的苏什长索性放弃了反抗,乖乖地束手就擒,被押回到小食摊前。

苏什长冷着脸,不发一言,摆出一副死猪不怕开水烫的架势。

刚刚那番打斗惊动了恰巧到此的巡街骠骑,为首的安校尉识得宇文直,赶忙跳下马施礼。

安校尉将目光投向那五个行为举止颇为怪异的力夫,他们刻意隐在黑暗中,似乎不愿让人看清他们的脸。

宇文直忙解围道:"他们是本公的人!"

安校尉谦恭地点了点头。

宇文直高声喝令道:"此人乃是盗窃盔甲军服的正犯!速速将其押回关衙交由宇文镇将处置。此案可以结案了,上奏秋官府秋后问斩便可!"

苏什长听宇文直刚刚所言分明是要拿自己来顶罪,渎职之罪最多也就关个三五年,若是他被认定为盗窃盔甲军服的正犯可是要掉脑袋的,他自然晓得这其中的利害。

几个士卒走上前来押着苏什长向前走去,苏什长拼命呼号道:"这是什么混沌世道!堂堂国公爷居然善恶不分,草菅人命!"

安校尉见他竟如此口无遮拦,狠狠地扇了苏什长两个耳光,骂道:"喊什么喊!事到如今,谁也救不了你!"

安校尉挥挥手,示意手下士卒行动麻利些,快些将其拖走,苏什长却剧烈挣扎道:"我是冤枉的!冤枉啊!不干我的事!"

"且慢!"芷兰顾不上脸上火辣辣的灼痛,走到苏什长近前道,"你若果真有冤情,自可说与我们听!这或许是你最后的机会!"

"小的……小的……回禀，十八日那晚，码头上曾停靠过一艘商船！"

"既然如此，你为何隐瞒不报？"

"小的担心会因此而担责！"

"官码头一向不允许私自停靠商船，你对此不会不知吧？"

"小的怎会不知呢？只是……只是上官苦苦相逼，小的也不敢不从啊。"

"你口中所称'上官'究竟是何许人也？"

"是……是主簿崔新运……"

宇文直高声喝道："大胆！崔大人如今回乡归葬亡妻，你便借机将所有罪责统统推到他的身上，你究竟是何居心？"

"小的不敢！小的刚刚所言句句属实，不敢有一句诳语！若是崔大人处理完丧事回职，小的自可与他当面对质！"

宇文直见他不似在说谎，道："继续讲！"

"那艘商船船主乃是崔大人挚友，那日他的船临时出了些故障，延误了航期，无法在天黑前驶抵金城郡。冬日夜间，在河上行船又极为凶险，恳请在乌兰关官码头临时停靠一晚。小的也是出于古道热肠才肯相帮于他，对于其他事一概不知啊！真没想到居然会摊上这天大的祸事！"

芷兰最见不得似他这般暗地里偷腥的男人居然还装出一副可怜相，嗤之以鼻道："古道热肠？你居然还有脸说自己是古道热肠！你们戍卫之兵皆隶属兵曹，兵曹一直由副将孙展功直接统领，崔新运身为主簿，官阶虽在你之上，却并非是你的上司。你可以堂堂正正地拒绝他，何谈不敢不从？难道那夜你去官妓馆也是不敢不从？敢问那夜你在锦瑟姑娘床榻之上可还快活?"

苏什长顿时便被问得无言以对,只得乖乖地低下了头。

那夜,崔新运带着他见到了远近闻名的锦瑟姑娘,似他这般名不见经传的小校此前想都未曾想过有朝一日居然能与锦瑟姑娘见上一面,更不要说一亲芳泽了。

锦瑟姑娘云眸杏脸,螓首蛾眉,粉面好似白璧含辉,朱唇如同樱桃甫绽,仪容袅娜,举止妖娆。她眨眨眼,便好似天上仙女下凡尘;扭扭腰,便如同洛水神姬来汉水,举手投足间皆透着一股子娇媚,只是那一回眸便已令他难以自持。

锦瑟姑娘弹着琵琶,露出皓齿,吐着娇音,他看得骨软,听得筋酥,乃是此生他最为风流快活的一夜。

他原想着此事做得神不知鬼不觉,谁承想如今却给自己无端地招惹来一桩天大的祸事,心中自然是后悔不迭!

苏什长交由安校尉押往关衙,宇文直与芷兰向着驿馆走去。

"你的脸可还疼?"

宇文直的话语中透着浓浓的温情,芷兰一时间竟有些不知所措,有些羞赧道:"不劳国公牵挂,不碍事的!"

"那便好!否则我这一辈子恐怕也难以心安了!"

芷兰发觉两人在不知不觉间走得很近很近,不仅仅是两个人,还有两颗心,可她如今已然是有夫之妇,不禁对生死未卜的丈夫李昞生出些许愧疚。

她不再说话,只顾默默地向前走去。

宇文直似乎猜出了几分，与她稍稍拉开了些许距离。

芷兰突然停下脚步道："双岔口税关完税簿册上曾载明郭富那只船缴纳了十贯税钱，若是未有新增货物，驶抵浦头税关时只需进行简单勘核并加盖税关官印后便会予以放行，无须再交税，可那船却又交了十五贯的税钱！"

宇文直沉思良久道："的确不寻常！不过在下心中最大的那个疑团还尚未解开。若想悄无声息地调包偌大一批盔甲军服着实不易。当时三艘船上有来自河州的官吏一十八人，来自会宁防的官吏杂役共计四百四十五人，其中隶属兵曹的兵士一百三十八人，隶属输运署的官吏三十六人，水手一百九十三人，隶属工市署的役工七十八人，参与此次押运的各色人等多达近五百人之多，很多人因分属不同曹署，此前都未曾谋过面，更谈不上相互勾结。在众目睽睽之下，神不知鬼不觉地盗走一千箱盔甲军服而又让五百余人毫无察觉谈何容易呢？如若有所察觉，他们为何又会不约而同地选择守口如瓶呢？"

"这或许便如同幻戏，在众人眼前上演的那离奇一幕看似不可能，实则是因我们不解其中的诀窍！"

宇文直承诺道："等这案子破了，便带你去看这城中最好看的幻戏！"

第十七章
秦陇迢遥悲夜月

曙光

会宁防城北兵甲署空荡荡的甲一房内,芷兰默默注视着这里的一切,想象着当时盔甲军服交接时的场景。

芷兰注视良久打破沉默道:"当时在这库房之内参与交接的共有多少人?"

兵甲令魏猴子思索了一会儿道:"当时在场的有防主阁大人,兵曹、输运署、兵甲署、工市署等诸曹署的参军、令丞、胥吏,还有来我防办理交接事宜的河州总管府中郎苏大人及其僚属,大概有将近四十人,其间还有役工进进出出,并未计算在内!"

"若是这间库房内码放着一千箱盔甲兵服,如此之多的人站在此处交接岂不是太过拥挤了?"

"李夫人有所不知,这甲一房被两道隔墙分割为三间,如今你我所站的这间当时只码放了二百箱,里面两间各码放了四百箱!"

芷兰似乎意识到了什么,赶忙追问道:"当时你等勘验的五十箱是不是皆是从此间的二百箱中选定,另外两间的八百箱未曾勘验?"

魏猴子眨眨眼道:"这个……这个已然过去好些日子了,老夫上了些年纪,着实记不清了……"

芷兰逼视着他道:"到底是你记不清了,还是你不敢讲呢?"

魏猴子装作一副可怜兮兮的样子道:"老夫真是记不清了!此案关系重大,岂容老夫随意猜度!"

芷兰悻悻地离开兵甲署,与宇文直迎面相遇了。

"梁柱儿刚刚来找过我!"

"想必他又缺钱了吧!似他这般龌龊的男人没钱了便装出一副可怜样,可一旦有了钱,却又不知到何处去寻欢作乐去了!"

宇文直笑着叹道:"看来这世间男子似我这般心存浩然正气者犹如凤毛麟角啊!"

芷兰对于他与韩湘儿之事多少有些耳闻,本想借机嘲讽他几句,可话到嘴边却又硬生生咽了回去,她不知为何竟对他莫名地有些心软。

见芷兰眼神中带着一丝不屑,宇文直识趣地适可而止,正声道:"梁柱儿刚刚从梁蜂儿的发小儿谢三胖那里打探到一个重要消息。谢三胖前不久曾在灵州[1]船坞意外撞见过梁蜂儿……"

芷兰不屑道:"似这样的消息,梁柱儿的心中还不知藏着多少,看来这些日子他什么也不必做便可衣食无忧了!"

芷兰突然间想到了什么,皱皱眉道:"木箱!灵州船坞!船只大修!"

---

1 治所普乐郡回乐县(今宁夏吴忠市利通区),管辖普乐郡、怀远郡、临城郡、历城郡四郡。

市侩

院门仅仅开了一道缝,谢三胖那只胖乎乎的手扶着门板高声道:"你们是什么人,惹恼了老子,老子便去报官了!"

宇文直亮出那块"敌闻司"腰牌,厉声道:"我们便是官府中人!奉劝你还是放老实点儿!"

谢三胖的脸上随即露出谦恭的神色,却仍旧目不转睛地盯着那块腰牌,见其立面上写有"武字四百零七号",上刻有螭纹,下有"敌闻司"三个大字,还有"京外官"三个小字。这块腰牌看上去做工颇为考究,不似是仿冒品。

身为牙侩的谢三胖自然是见多识广,虽然此前并未与"敌闻司"打过交道,却也晓得"敌闻司"的厉害,忙低头哈腰道:"二位官爷,里边请!里边请!"

谢三胖忙将两人请到屋中,热络而又小心翼翼地招待着。

宇文直径直逼问道:"前几日,你可曾去过灵州船坞?"

谢三胖并未直接回答,眼珠滴溜溜转个不停,笑着试探道:"不知这位官爷是听何人讲的?"

宇文直取下腰刀,重重地摔在凭几之上,喝道:"我只管问,你只管答!若胆敢欺瞒本官,小心你的项上人头!"

谢三胖吓得缩了一下本就不长的脖子,低声道:"官爷息怒!小的说便是了!"

"前些日子你可曾去过灵州船坞?"

"去过!"

"你去那里所为何事?"

"我们这些牙侩,无非是替人撮合生意!"

"是何生意?"

谢三胖思索了一会儿才道:"修理船舶需要消耗大量木材桐油,小的不过是替他们联系了一些主顾罢了!"

一直冷眼旁观的芷兰高声反驳道:"你撒谎!若是正经生意,你岂会这般遮遮掩掩?如今梁蜂儿莫名死了,你是最后见到他的人,我等这便将你交由法曹问罪。当然你常日里干的那些私贩货物的勾当,户曹缉私营也不会坐视不管!"

"别!别!还望两位官爷高抬贵手,小的不过就是个穿针引线的捎客,无非是挣些小钱养家糊口罢了!"

"本官再问你最后一遍!你去灵州船坞究竟所为何事?"

"那日鹨阴船将要离开船坞返回会宁防,来自勋州的玉壁船也将进坞大修,这可是千载难逢的商机!"

"什么商机?"

"那些被送至灵州船坞修理的大船返程时往往并不会空着,时常会在暗中载些货物,不仅可以节省大笔运费,即便是沿途税费也可一并省去,越是名贵的货物,课税便越重,经此一趟会省下不少税费!"

"你撞见梁蜂儿是在哪一日?"

谢三胖翻了翻墙上的黄历,道:"小的去灵州船坞那日是腊月十六!"

芷兰心头一惊,居然是鹨阴船沉没前一日,咬牙道:"你们这群贪得无厌的蛀虫真是无孔不入啊!"

谢三胖明知芷兰区区一介女子不太可能是为官之人,故意贬损道:"这位官爷恐怕言重了!那修好的官船空着也是空着,搭载些货物也并无大碍！"

"休要再狡辩！用官船私贩货物之事暂且不予追究！"宇文直转而问，"本官且问你，梁蜂儿也是干你们这行的？"

谢三胖苦着脸道："其实小的那日见到他也颇感意外。平日里他赚钱的门路皆在女人身上，凭着他还算俊俏的模样和那张满是甜言蜜语的小嘴，不知令多少贵妇人为之神魂颠倒，不惜在他身上大把大把地使银子。这种财色兼收的勾当岂不是要比我们这行要快活许多？也不知他攀上了什么大人物，居然也跑到我们这行来抢饭吃！别看人家梁蜂儿入行虽晚，却是后来者居上。那日小的只是用眼大略一扫便吃了一惊。他居然雇了上百个力工，搬运了起码上千箱货物，真是不出手则已，一出手便是大手笔啊！"

"他运的究竟是什么货？"

"这个小的便不知晓了！干我们这行的，最忌讳同行之间互相打探。或许他是头一次干，那日他见到我之后神情居然有些不自然，还特意叮嘱小的切勿将此事说出去！"

芷兰插话道："他想必还给了你一笔不菲的封口费吧？后来你见他死了，便又想着要从他哥哥身上再捞些钱来！你真是个利欲熏心、厚颜无耻之辈！"

"这位官爷怕是又冤枉小的了！小的与那梁蜂儿毕竟是一起长大的发小儿，见他就这般不明不白地死了，自然心生悲悯之情，担心他是因分赃不均而被同伙所害！"

"既然如此，你为何不直接将此事禀告官府？"

谢三胖支吾道："干我们这行的毕竟见不得光，若是小的将此事禀告官府，一旦追查下来，恐怕不知会连累多少人！小的知道的全都告诉你们了,你们不如再去灵州船坞打探打探!"

宇文直手中刀在他面前轻轻挥了两下,威胁道:"你是不是盼着我们早些离开?"

谢三胖满脸堆着笑,赔着小心道:"哪里哪里!只怪小的知之甚少,若是不慎耽误了二位官爷办案,小的罪过可就大了!

"你倒挺深明大义的呀!"宇文直鄙夷的话音未落,他手中刀便硬生生抵在了谢三胖的脖颈处,道,"我们都不急,你急什么?"

谢三胖重重咽了口吐沫,用颤抖的声音道:"官爷这是何意?小的知道的皆禀告官爷了!不敢有一丝一毫的隐瞒!"

宇文直收回刀,插入鞘中,与芷兰对望了一下,转身离去。

谢三胖毕恭毕敬地送了出来,小声试探道:"'敌闻司'可是块金字招牌,官爷若是想借此赚些小钱尽管来寻小的。小的虽无钱无势,无德无能,却唯独对这赚钱的门道还略知一二!如若您日后有用得着小的的地方,尽管吩咐便是!"

宇文直头也不回地道:"难道你想拉本官下水,与你等一同私贩货物不成?"

"谁跟钱有仇啊!您说是不是,有钱便是男子汉,无钱便是汉子难!您可不要小看了我们这一行,只需干一次便可抵得上寻常官员十几年,甚至几十年的俸禄!"

宇文直突然停下脚步,打量着他的住处,道:"你干了这许多年生意,家中还不是这般寒酸?!"

"这如何能比?小的不过是个跑腿的,真正赚得盆满钵满的还不是您这样的官爷?!"

宇文直停住了脚步,转过头凝视着他道:"究竟有哪些人赚得盆满钵满,不妨说来听听。"

谢三胖见宇文直微微有些动心了,忙道:"输运令曹大人,想必官爷多少有些耳闻吧!此人乃是前任防主的亲信,他那个位置一直惹人眼热,阎大人到任后曾三番五次地想要将其排挤走,却不承想河州总管府有位大人物为其撑腰,阎大人也只得作罢。阎大人后来欲将曹大人升为户曹参军,那可是正三命[1]的官儿,自然要比这一命的输运令要强上许多,可人家曹大人却根本不稀罕。在外人看来,输运署不过是个微不足道的小衙门,曹大人却始终割舍不下,还不是因为这背后的滚滚财源嘛!别看他在城中的那处宅邸颇为寒酸,可人家却在京城长安修了一座气势恢宏的大宅邸,莫说是刺史郡守,即便是当朝国公的府邸都无法与之媲美!"

听谢三胖那口气,仿佛亲见过曹津平那座位于京城的令人艳羡的府邸,即便曹津平果真有如此一座宅子,又岂是他这个市井小儿能轻易见得到呢?口若悬河的谢三胖刚刚所说不知有几分是事实,又有几分是臆造。

宇文直微微笑道:"若是日后用得到你,自然会来寻你!"

谢三胖肥嘟嘟的脸顿时便笑成了一朵花,赶忙道:"小的若能有机会为官爷效力,那可是荣幸之至!"

芷兰见宇文直竟也禁不住利益诱惑,甘愿与这帮市侩同流合污,顿时便升腾起几许怒气,狠狠地瞪了他一眼,快步向前走去。

宇文直被芷兰甩在身后,却不以为意,叹道:"人皆知有用之用,却不知无用之用也!"

---

[1] 相当于正七品。

溺亡

寒风阵阵，大雪纷飞，曾经咆哮奔腾的黄河仿佛凝固了一般，河面上漂浮的不计其数或大或小、或明或暗的冰凌缓缓向前流去。

黄河主河道上开凿出一条支道，支道尽头凿出一个方圆三里的水泊，需要修理的船只顺着支道缓缓驶入水泊之中，灵州船坞便修在这水泊旁。

船坞的役工们在支道入口处筑起一道堤坝，等船只驶来后便截断上游来水，随后再放干泊中之水，原本漂浮在河水上的船便会被架于纵横交错的墩木上。

宇文直和芷兰赶到船坞的时候，役工们正在凛冽的寒风中忙着手中的活计，身形掩映在错落的墩木之下。

七八个役工正在船身上刷着淡黄色的桐油，散发出刺鼻的气味。芷兰慌忙用手掩住了口鼻，快步向船舷处走去。

十来个役工在船舷附近忙着修理水密舱，有的在隔板与船舷的结合处拼接板材，有的在钉铆加固，有的在捻料填塞，时不时地发出"叮叮当当"的声响。

宇文直高声喝道："速速去唤此间管事的出来，'敌闻司'前来办案！"

其中一个长得如同螳螂一般的高个子役工停下手中活计，懒洋洋地从墩木后面走出来，用慵懒的声音道："梁典事已然死了！"

"死了？好端端的怎会死了呢？"

"人作孽不可活啊！"那个"螳螂"役工重又钻到墩木后面，干起手中的活计。

宇文直赶忙喊道:"既然梁典事殁了,此处可还有人管事?"

"往东走一百步可见一房,你自可去那里寻方掌固!"

宇文直与芷兰找到了那间房,可刚刚走到房门口便闻到一股浓烈的酒味。

方掌固正悠然自得地斜躺在脏兮兮的榻上,手中拿着一个酒葫芦,吧唧着嘴,陶醉在这浓郁的酒香之中。

宇文直高声喝道:"'敌闻司'办案!"

方掌固听到"敌闻司"三个字,猛地从榻上坐了起来,趿拉着鞋,惊恐地望向两人。

芷兰这才看清方掌固是个瘦高老头儿,脸上堆满了皱纹和黑斑,微微有些驼背,右手紧紧攥着酒葫芦。

方掌固畏畏缩缩道:"不知二位上官来此,有失远迎!"

宇文直盯着他道:"你可是此间船坞的管事?"

"小老儿何德何能管得了这偌大的船坞?梁典事才是此间管事之人!"

"他人呢?"

"前些日子,他不幸溺亡了,新任典事又尚未到任,小老儿不过是暂时看顾着这船坞罢了!"

芷兰有些气道:"暂时看顾也需尽职尽责,你却只顾着在此饮酒,这成何体统!"

"上官教训得是!不过小老儿年岁大了,百病缠身,不中用了,也管不了这船坞的许多事!"

芷兰在不知不觉间碰了个软钉子,顿觉眼前这个看似有些怯懦的老者恐怕并不简单。

宇文直凑到酒葫芦前闻了闻，道："此间所盛可是马奶酒？此酒即便是豪饮也不会伤身，更不会上头！"

"看来这位官爷也是酒中行家！"

"行家不敢当，只是平日里喜好小酌几杯罢了！梁典事想必也是极爱酒之人吧？"

方掌固满带鄙夷道："他酗酒却不爱酒，爱的乃是女色！"

宇文直趁机试探道："莫非他的死便与这女色有关？"

方掌固顿觉刚刚有些失言，连连摇头道："小老儿刚刚不过是信口浑说，当不得真！当不得真！"

"既然如此，梁典事又是因何而死呢？"

方掌固警觉地打量着他们道："听口音，你们并非灵州本地人氏吧？"

"我等自会宁防而来！"

"会宁防？莫非是孙伏生的案子？"方掌固从宇文直的眼神中读出了什么，随即否认道，"看来并非如此！如若不是为了一同溺亡的孙伏生而来，你们会宁防为何偏偏对梁典事之死如此牵肠挂肚呢？"

芷兰心中顿时一惊，会宁防兵工署甲库库监孙伏生居然与灵州船坞梁典事一同离奇溺亡，可会宁防大小官员此前竟对他们刻意隐瞒了孙伏生溺亡之事！

芷兰感觉他们离真相似乎越来越近了，却总有一种近在咫尺却又远在天涯的无力感，只因这中间似乎还缺少了至关重要的一环！

宇文直笑笑道："这位老伯眼光可真是老辣！我们'敌闻司'可不似地方官，有灵州和会宁防之别，皆隶京师司署，所办之案皆是惊天大案！"

"小老儿本就胆小，如此一来自然更不敢胡言乱语了。其实小老儿本就对梁典事溺亡之事知之甚少，即便知道些也不过是道听途说罢了！此案经本州法曹审理后已然结案，二位上官若想知晓其中详情，还请进城去寻邓参军吧！"

宇文直见对方始终闪烁其词，欲言又止，也不便强加逼问，话锋一转道："老伯来这船坞多久了？"

"一晃都三十多年了！来时风华正茂，如今却已是两鬓斑白，真是岁月不饶人啊！"

"梁典事是何时上任的？"

"五年前！"

"你们之间相处可还融洽？"

"人家是上司，小老儿却只是个听差的，尽心竭力地侍奉而已！"

芷兰觉得如此虚与委蛇太过费时费力，索性开门见山道："敢问老伯近来可曾见过梁蜂儿？此人乃是会宁防的一个小混混！"

方掌固并未直接回答，而是望着门外的黄河喃喃自语道："眼前这条大河看似风平浪静，实则暗流涌动，险滩密布。谁若是敢蹚这滩浑水，说不定便会有性命之忧！"

隐情

灵州州衙位于城西北，气势恢宏的谯楼之后是一个大大的广场，甬道东西两侧分布着六个相互独立的院落，乃是户曹、法曹、兵曹、士曹、功曹、礼曹等六曹办公之所。

宇文直体贴地撩开法曹正厅门前垂挂的毡毯，芷兰冲着他嫣然一笑，款款走了进去，宇文直紧跟其后。

法曹参军邓寅飞此前曾任京兆郡法曹参军，京兆郡管辖长安、万年等七县。他去年才刚刚调来灵州，从郡官调任州官而且还官升一阶，看似是升迁，却颇有些明升暗降的意味。

京兆郡虽只是一个郡，却因是京师长安所在地而不同于一般的郡。京兆郡的长官并不称郡守，而是称京兆尹，乃是八命[1]官，而京兆郡所隶之雍州的长官也不似一般州那样称刺史，而是称雍州牧，位居九命[2]，似灵州、原州这般上州的刺史也不过才正八命[3]，仅仅比京兆尹高一阶，人口不满五千户的州的刺史甚至仅为正六命[4]。

宇文直曾任雍州牧，邓寅飞自然认得他，忙深施一礼道："卑职参见卫国公！"

"速速免礼！"宇文直忙介绍道，"这位乃是原州司马李昞的夫人独孤芷兰！"

"久仰！久仰！卑职与原州王司录有些交情，他时常在卑职面前提及李大人，只是一直无缘相见！不知二位来灵州有何贵干？"

宇文直轻描淡写道："我们想向邓参军打探一下贵州船坞梁典事溺亡之事！"

邓寅飞随即一惊，忙试探道："您贵为国公，竟会因区区小吏溺亡之事亲来灵州，看来此案定然干系重大吧！"

"非也！非也！我如今乃是布衣戴罪之身，不过是受阎防主差遣

---

1 相当于从二品。
2 相当于从一品。
3 相当于正二品。
4 相当于正四品。

干些力所能及之事罢了！"

邓寅飞自然知道宇文直其实是在避重就轻，却也不便点破，依旧热络道："二位稍坐，卑职这便命人去取卷宗！"

一个小吏很快便捧来几大本卷宗，邓寅飞接过来递到宇文直面前，宇文直却看也不看，直接递到芷兰手中。

芷兰当仁不让地接了过来，迫不及待地翻看起来，眉头却皱得越来越紧了，终于忍无可忍道："京兆百姓至今皆称邓参军为邓青天，乃是因你执法如山，刚正不阿，如今看来却不过是盛名之下其实难副罢了！"

邓寅飞脸上的笑容顿时便凝固了，不曾料到芷兰说话居然如此犀利，不过碍于宇文直在场也不好发作，只得苦笑两声道："此案乃是下属具体经办，难道是卑职把关不严而有什么疏漏吗？"

"岂止是把关不严！如此匆匆结案与草菅人命又有何异？梁典事与会宁防兵甲署甲库库监孙伏生为何会同乘一船？他们所乘之船究竟因何而失事？船上是否还有其他人？梁典事之死是否与私贩货有关？孙伏生之死是否与兵甲被窃有关？此案背后如此之多的隐情皆未查清，邓青天便急着要结案，难道真的问心无愧吗？"

邓寅飞一副无奈的样子，低声道："梁典事乃是本州刺史大人内侄，孙伏生的顶头上司会宁防兵甲令魏嘉全又是防主阁大人的亲信。两位封疆大吏皆曾专程派人传话给卑职，希望尽快了解此案，刺史大人甚至还越过我们法曹亲自提审此案，将梁典事之死定为不慎溺亡！除了乖乖地在呈文上签名具结之外，卑职又能如何呢？"

芷兰鄙夷道："如此奉迎上官，邓参军果然是吃一堑长一智！邓参军今后恐怕前途无量了！"

芷兰本就疾恶如仇，自从痛失爱子后，似乎对恶有着一种近乎神经质般的恨，若是放任她由着性子去说去做，只会使彼此交恶，对于查明案情也于事无补。

宇文直忙打圆场道："如今朝廷严令追查兵甲被窃之事，梁典事和孙伏生之死极有可能与此有所牵涉。即便有人想要隐瞒，恐怕也瞒不住，一旦东窗事发，邓参军想必也难以独善其身！若是邓参军能助我等一臂之力，不仅无过，还会有功！"

邓寅飞细细品味着宇文直刚刚所说的话，沉吟良久才道："其实卑职本无意替谁隐瞒，只是有些线索尚未查实，不敢贸然归入卷宗之中！"

见邓寅飞还算识趣，宇文直笑笑说："可否说来听听？"

"据梁典事的贴身老仆供述，梁典事那日其实是去赴约！"

"赴约？究竟赴何人之约？"

"乌兰关主簿崔新运之约！卑职本想就此讯问崔新运，怎奈他已护送亡妻灵柩回乡，不知几时方能回来，至于他约梁典事究竟所为何事，下官便不得而知了，他为何还会同时约上孙伏生就更加无从知晓了！不过那日他自己却并未现身！"

宇文直惊道："崔新运同时约了两人而他自己却并未赴约，那两人同时溺亡……"

芷兰打断道："当时船上是不是还有其他人？"

邓寅飞有些没好气道："船上尚有一船工！"

"此人现在何处？"

"案发后，卑职曾设法缉捕此人，却始终未果！"

"可曾有人见过此船工？"

"事发时,一位卖炭老者恰巧赶着驴车从河边官道上驶过,那只船正在河岸附近游弋。他时常给船坞送炭,此前曾见过梁典事,可梁典事发觉他后却放下了帘子。在帘子垂下前,他看到舱内尚有一人。他虽并不认得此人,却能依稀记得此人的身形装束,据其所述此人应为孙伏生!他见到船头还站着一个二十来岁的船工,手执一根长杆,撑着船向着河心缓缓驶去!"

"那个消失不见的船工可有什么明显特征?"

"此人右脸上有一道深深的刀疤!"

宇文直的心头犹如惊雷乍响,他曾在乌兰关偶遇一个右脸有刀疤之人,此人与那船工是否是同一人?如若果真是同一人,韩湘儿在这中间又扮演着何种角色呢?

第十八章
素衣亦起风尘叹

亡命

从灵州一路狂奔回会宁防,宇文直和芷兰皆是疲惫不堪,返回时馆驿已经掌了灯。

回到屋内,宇文直点上熏香,褪去外衫,想要躺在床上小憩一会儿,可门外却突然响起了敲门声。

宇文直以为是芷兰有事要同他商量,可开门后却发现门外居然站着一位五十多岁的人,脸上带着浓郁的焦躁之情。

"输运令曹津平有要事前来向卫国公禀告!"

"快快请进!"

曹津平警觉地环视着周遭,确认无人盯梢后快步走进屋内。

他不肯坐,站着道:"卑职此次前来乃是为鹯阴船失事之事,其中怕是藏有大大的隐情!"

宇文直虽颇为疲累,见他不坐便也只得陪着他站着,道:"什么隐情?"

"卑职觉得鹬阴船失事并非是意外,或许是个大阴谋!"

"大阴谋?输运令何以见得?"

"自从鹬阴船沉没后,卑职便恳请防水营从河中打捞尸身,直到今日才收工。当时船上共有一百三十八人,却只找到了一百三十七具尸身,居然少了一具!"

"这也不稀奇,或许是被河水冲到下游或者其他什么地方去了,抑或是埋于河底淤泥之中!"

"此人乃是舵手,事发时应在船尾舱内掌舵。此船共有三个舵手,行船时无论是否由其掌舵皆需待在舱内。其他两位舵手的尸身皆是在船尾舱中被找到的,却唯独不见他的尸身!"

宇文直细细品味着他刚刚所说的那番话,觉得这背后恐怕大有深意。

兵甲莫名妖变,船只意外损毁,身为输运令的曹津平自然难辞其咎。此案如今可是朝野关注的大案,即便他在河州总管府的靠山有心要保他,也断然不会为了他而强出头。他的顶头上司防主阎士德一直在处心积虑地想要将他从这个位子上一脚踢开,曹津平自然会有一种朝不保夕之感!

曹津平浸淫官场三十余年,经历过数不胜数的大风大浪,并非是任人宰割的羔羊。他并不甘心坐以待毙,不惜花费重金买通防水营统领,将尸身一具一具地从河中捞出来。若是能从中发现什么蹊跷,证实此船乃是人为损毁,那么他所承担的罪责便会大为减轻,若能顺藤摸瓜找出幕后之人,他便能成功地化险为夷!

见宇文直在低头沉吟,曹津平继续道:"消失不见的那人名唤萧大器,来我署已有四五年的光景了,掌舵技术堪称全署之冠,可就在不久前他掌舵时却意外撞上了浮冰。据另两个舵手讲，当时有一大块浮冰漂在河面上，可萧大器居然未能及时发现，直到两人大喊有冰时，他才急忙转舵，却为时已晚。鹯阴船的船舷损毁严重，只得送往灵州船坞大修，修复后首航便意外沉没了，寻了这许多日却唯独不见萧大器的尸身，这恐怕并非只是巧合！"

宇文直若有所思道："看来这个萧大器着实可疑啊！"

"此人长相颇为凶狠，右脸上还有一道深深的刀疤，卑职初见此人便觉得他并非善类，怎奈有人竭力向老夫推荐，卑职也不好一再驳了人家的面子，只得违心地任用此人！"

宇文直心中不免一惊，难道舵手萧大器便是那个神秘莫测的"刀疤脸"？如此一来，整件事可就变得愈加诡异复杂了。

宇文直忙问道："不知是何人推荐这个萧大器来贵署掌舵？"

"乌兰关主簿崔新运！"

交易

夜色渐浓，谢三胖在家中悠闲地喝着酒，桌上摆着糖蜜糕、灌藕、猪胰胡饼、时新果子等诱人的小菜。

院门没有锁，宇文直径直走进屋中，高声道："你可认得萧大器？"

见宇文直突然到访，谢三胖忙站起身，虽已有些微醺，不过他的头脑却并不呆滞，眼睛滴溜溜转了几下，追问道："敢问官爷寻他做甚？"

"自然是为了一笔大生意，到时自然不会亏待于你！"

谢三胖的小眼又是一阵乱扫，问道："可惜他已然死了，官爷不会不知吧？莫不是来找小的打趣？"

"你觉得我会有闲工夫寻你开心吗？"宇文直厉声道，"他不过是诈死罢了！"

谢三胖惊道："什么？他居然还活着！"

"他应该躲了起来，怎奈本官苦于没有门路，难以寻得到他，可我们的生意又偏偏离不了他！"

"官爷，您先坐下，咱们慢慢聊！"

宇文直索性坐到了他的对面，谢三胖忙从柜中拿出一个崭新的酒盏，斟上酒递给宇文直，问道："敢问官爷究竟是多大的买卖？"

宇文直接过酒盏一饮而尽道："我们'敌闻司'要做的买卖能小得了吗？事成之后，我自会给你十贯牙费！其他的事你还是不知道的好，以免惹祸上身！"

谢三胖心动道："看在官爷的面子上，小的愿意试上一试，可若是他存心要躲，小的恐怕也很难寻得到他！"

打探

几缕和煦的阳光洒在军门巷巷口，将连日来的阴冷之气全都一扫而光。

一个中年妇人坐在冬日暖阳下忙着腌制"麻雀鲊"。此人的夫君姓曹，乃是军中的一个伍长，与突厥人打仗时不幸战死了，巷中人便称其为"曹寡妇"，因此人生性轻浮，渐渐被人调侃为"骚寡妇"。

曹寡妇身旁放着一个盛着清水的大木盆，他将一只只麻雀去毛后放在盆中清洗，洗净之后用麻布拭干，整齐地码放在黑釉扁罐之中，再放入葱丝、麦黄、盐椒、红曲等调味品。

她铺一层麻雀,上一层料,直到将整个罐子全都塞满,然后在罐口放上半干的笋叶,用力将罐盖盖紧。

见曹寡妇忙完了手中活计,芷兰忙蹲下身,凑到她跟前轻声道:"敢问这位阿嫂可认得巷中崔主簿?"

"可是巷子最东头那家?"

"正是!"

曹寡妇打量着她警觉道:"你打问他做什么?"

"崔主簿的夫人乃是奴家表妹,听说她前些日子殁了,便赶过来奔丧,却不承想大门紧闭,特地来向阿嫂打探一二!"

"我们虽在一个巷子里住,却少有来往,你还是问问旁人吧!"曹寡妇站起身,捧着扁罐便向着院中走去。

恰在此时,她身后却传来调侃之声:"骚寡妇,慢些走!"

曹寡妇闻声转过身,正要发作,见居然是久未露面的小泼皮胡小天,她的气顿时便消了。

她左手抱着罐子,腾出右手来朝着他的肩头重重捶了两下,顺势要去撕他的嘴,假意嗔怒道:"再敢如此没大没小地唤老娘,看老娘不撕烂你那张臭嘴!"

胡小天赶忙伸手去挡,连连求饶道:"阿嫂休恼!我再也不敢了!再也不敢了!"

他透过指缝发现了芷兰,那张俊俏的脸如同一块磁铁紧紧吸住了他那两道贪婪的目光,随即便将挡在脸前的手放下来,凑到曹寡妇耳边低声道:"这是谁家的小娘子?竟生得如此标致!"

曹寡妇斜着眼鄙夷道:"关你屁事!"话语之中隐隐带着几丝

醋意。

"崔家娘子之事，我未能如了愿，反倒让梁蜂儿那小子白白占了去，这次你可要设法成全于我！"

"我那是在救你，否则丢了性命的便会是你而不是梁蜂儿！"

胡小天时常趁着夜色攀上崔家的屋顶，居高临下偷窥崔家，还特地叮嘱常在巷口做活计的曹寡妇暗中留意崔家娘子的一举一动，有一天竟意外发现了崔家娘子与梁蜂儿偷情之事，于是密告给崔新运，不仅狠狠报复了横刀夺爱的梁蜂儿，还白白得了一大笔钱，唯一遗憾的是他再也没有机会一亲芳泽了。

正当他在为此而苦恼之际，芷兰却突然闯入他暗淡无光的生活，这岂不是天意？

见他看芷兰的眼神中充斥着火辣辣的欲望，曹寡妇一时间醋意大发，轻声咒骂道："你肚子里尽是些花花肠子，一天到晚总想着寻花问柳，我看你早晚要遭报应的！"

胡小天却毫不在意道："能在花下死，做鬼也风流！"

曹寡妇咬着牙道："既然你想做鬼，奴家想拦恐怕也拦不住了！"

胡小天忙从怀里掏出两支亮闪闪的珠翠，放在扁罐盖子上，故意说给芷兰道："特地买来送你的！"

曹寡妇却故作姿态道："快快收起来！奴家与你无亲无故，怎能白白收你的东西！"

胡小天在她的屁股上偷偷摸了两下，淫笑道："你我虽非亲非故，却比亲人还要亲！"

曹寡妇见罢狠狠地打了一下他的手，假意嗔怒道："滚一边去！"

没想到胡小天竟凑到她的耳边嬉皮笑脸道："之前只领教过你晚

上的厉害,却未想到你白日里居然也是这般厉害!"

曹寡妇还要伸手去打,可看了看那两支令她有些爱不释手的珠翠,手伸到半空中却迟迟未曾落下。

胡小天趁机道:"我家中又没有娘子,挣的那许多钱也不知给谁花才好,只得来孝敬阿嫂了!"

曹寡妇咧开两片红唇,龇着微微有些发黄的大牙,故意提高声调道:"难不成你想让阿嫂为你做媒不成?你要模样有模样,要家财有家财,又天生是个温顺性子,如今半个城的姑娘皆争着抢着要嫁给你,若是谁能进得了你家的门,怕是上辈子修来的福分!若是嫂嫂我再年轻上几岁,怕也要跟那些年轻的姑娘们去争上一争!"

胡小天自然知道曹寡妇是在故意说给芷兰听,忙装作此时才发现了她,说道:"嫂嫂,这位姑娘是……"

曹寡妇也不似刚才那般冷冰冰了,仿佛与芷兰很是熟识,走到芷兰近前挽着她的胳膊热络道:"这位是崔家娘子的表姐,刚刚从外地赶来!"

胡小天一听更为得意了,这个初来乍到的弱女子如若到了他的手中还不是如同羊入虎口一般!

芷兰盯着他道:"你是……"

为了附庸风雅,即便是大冬天,胡小天的手中仍旧拿着一柄折扇,晃了晃道:"小生胡小天,这厢有礼了!"

曹寡妇眉开眼笑道:"你不是要打问你表妹的情形吗?你尽管去问他,他乃是令妹的至交!"

胡小天神情顿时变得有些暗淡,颇有些痛心疾首道:"令妹年纪轻轻便殁了,真是让人痛心啊!"

"敢问这位公子,阿妹好端端的怎会突然殁了呢?"

胡小天踌躇良久才道:"其实令妹是被人所害。"

"什么,阿妹居然是被人所……害……"

曹寡妇忙捂住芷兰的嘴,告诫道:"切勿让旁人听见,否则便会引来杀身大祸!"

秘闻

宇文直夹了一口胡炮肉放在嘴中,羊肉的鲜香与豆豉的酱香混合上葱白、姜、花椒、荜拔和胡椒等调味品散发出的独特香味强烈地刺激着他的味蕾。

宇文直点点头道:"看来这八仙楼的招牌菜果然名不虚传!"

谢三胖恭恭敬敬地站着,脸上堆满了卑笑,忙附和道:"那是自然!胡炮肉乃是这八仙楼中的一绝!"

但宇文直此时却对这美食并无多少兴趣,放下手中的筷子问道:"你可寻见萧大器了?"

谢三胖叹了口气道:"萧大器在本地既无亲,也无友,平日里交往之人更是少得可怜,无非是些水手、役工与压船士卒,这些人几乎全都葬身河底了!萧大器这个人着实不好找!"

宇文直不悦道:"你来寻我难道就想说这些?"

"自然不是,小的虽未寻见他,却也探听到了一个秘密!"

"什么秘密?"

"萧大器伙同十二个相熟的水手、役工和压船士卒联手在赌场做局,他们起初还赢了些钱,可半个月前却遇到了一位高人,他们竟然在一夜之间便输了八百贯!"

"八百贯!他们怎会有如此之多的钱?"

"小的也觉得稀奇,细细一打听才知晓那些钱皆是他们从孙家典当行借来的,抵押的是他们各自名下的房产和田地!

"还有更为可怕的!其中十一人皆随着鹢阴船而殒命在这滚滚波涛之中,唯独萧大器活不见人,死不见尸!"

宇文直沉吟良久道:"这中间果然藏着什么蹊跷?"

谢三胖赔着笑脸道:"这会宁防便没有小的打探不到的消息,小的走街串巷费些口舌、劳动些腿脚算不得什么,只是求人办事却不得不破费些……"

宇文直忙从怀中取出一贯钱,却未直接给他而是放在自己手中掂了掂,道:"不过你打探来的消息似乎并不值这一贯钱!"

谢三胖望着那一贯钱,咽了口吐沫,忙道:"小的还打探到另外一个消息,只是还未来得及说与您听。"

"速速说来听听!"

"一个月前,萧大器曾在这八仙楼与兵甲署甲库库监孙伏生会面,恰巧被小的给撞见了。一个是输运署的人,一个是兵甲署的人;一个是舵手,一个是库监,此前两人几乎从不来往,两人的这次秘密会面想必并不简单!"

"有何不简单?"

"这个小的便不敢胡猜了,否则会有性命之忧!孙伏生不就这么不明不白地死了吗?"

宇文直又拿出一贯钱,重重地摔在食案之上,喝令道:"快说!若是说了,这些钱也是你的了!"

谢三胖见钱眼开道:"小的猜想或许与灵州武库的那场大火有关!"

"大火?什么大火?"

"就在一个月前,灵州武库莫名燃起了一场大火,烧了足足一个晚上,许多库房皆被这场大火夷为平地,里面存放的兵甲大多被损毁,若是朝廷追查下来,不知会有多少人因此而丢官罢职,灵州那些大官儿小官儿们联手将这件事隐瞒下来。他们征调民壮紧急修复库房,就在库房刚刚修缮完成之际,却不知是谁走漏了风声,朝廷居然派员调查此事,灵州武库不得不向周边州郡紧急借用兵甲,又大肆打点前来调查的官员,这才算涉险过关!"

"借用兵甲?如何借用呢?"

"从其他地方临时借来充充数罢了,事后再如数奉还!不过此事做得极为隐秘,事到如今也没有几人知晓!"

"难道灵州也曾向会宁防兵甲署借用过兵甲?"

"灵州方面所联络的正是这甲库库监孙伏生,从中穿针引线之人便是那个萧大器!"

"萧大器?既然两人并无什么交情,孙伏生为何会听命于一个普通舵手呢?"

"萧大器这个莽汉仅凭一己之力自然是办不成此事,不过他却与崔新运交好。八面玲珑的崔新运结交甚广,况且他还有一个让任何男人皆难以抵御的美艳夫人!"

"难道崔新运此遭使的又是美人计?这个该死的崔新运!"宇文直在心中暗暗咒骂道。

猎艳

会宁防城东有一处荒草台地，半人多高的枯草在寒风中随风摇摆。

胡小天指着一处被压倒的荒草道："你阿妹便是在此处遇害的！在下每每忆起此事便心如刀割！"

芷兰面露悲戚道："究竟是谁人如此狠心居然对阿妹下此毒手！"

"还能有谁？自然是你那狠心的妹夫崔新运！女人嫁男人不要看他有没有钱，有没有权，而是要看是否真心对她好！在下若是能觅到如令妹那般佳偶，定会疼她、爱她、呵护她！"

"你定然是在唬我！阿妹与妹夫一向恩爱，妹夫怎会对阿妹痛下杀手呢？"

"在下所言句句是真！其实说来也不能全怪你那妹夫，怪只怪你那妹妹太过水性杨花了！她不仅与梁蜂儿偷情，居然还与甲库库监孙伏生、灵州船坞一个姓梁的典事有染。哪个男人能容忍自己的妻子一而再再而三地干出此等丑事，甚至她居然还想着要与梁蜂儿私奔！"

"多谢胡公子直言相告，小女日后定有重谢！"

见芷兰居然要走，胡小天忙恐吓道："姑娘，你这是要去何处？若是让他们知道你在暗中追查此事，你恐怕便凶多吉少了！"

谁知芷兰却毫不畏惧，毅然决然地转过身，边走边说："此事便不劳胡公子费心了，本姑娘并不畏惧那些人！"

胡小天见恫吓毫无效果，急忙转变策略，紧跟在芷兰身后慷慨激昂道："在下愿意帮你！在下在这城中朋友甚多，家中也算有些资财，况且令妹无辜惨死，在下也是痛心不已，即便散尽家财，惹来杀身大祸,在下也在所不惜!"

芷兰并未被他的豪言壮语所感动,头也不回地继续向前走着,冷冷道:"多谢胡公子的古道热肠!您的这番好意奴家心领了!"

胡小天紧走几步追了上去,横在芷兰身前,摆出一副怜香惜玉的样子,高声道:"从在下见到姑娘的那一刻起,便觉得你是在下此生一直苦苦寻觅的那个人,绝不能眼睁睁地看着你一个弱女子孤身犯险!在下愿意一直陪着你,伴着你,哪怕是一起粉身碎骨也无怨无悔!"

胡小天忙从袖中掏出一支流光溢彩的簪子,通体由黄金打造,在阳光之下光闪闪,金灿灿,簪首刻有一个大大的"囍"字,其上还镶有一颗东珠,旁边雕有五朵灵芝,正中嵌有红色碧玺,看上去似乎价值不菲。

"这是我们胡家祖传的金镶宝石翠簪,如今想送予姑娘!"

芷兰接过簪子掂了掂扔还给胡小天,鄙夷道:"看来你还真是个情种,又是恫吓,又是攻心,又是利诱,不过你这些套路去骗骗那些涉世未深的小姑娘也就罢了!这个簪子乃是用鎏金工艺制成,工艺虽还算考究,但所用黄金却极少,至于那颗东珠和几枚红色碧玺皆是赝品。这个传家宝恐怕值不了几个钱,你还是自己留着吧!奴家还有事,这便告辞了!"

见芷兰软硬不吃,竟如此不识相,恼羞成怒的胡小天面露凶相,赤裸裸地威胁道:"想走,恐怕没那么容易!刚才老子说了那么多,说得口干舌燥,你如今却一走了之便不觉心中有愧?"

芷兰轻轻挪了几步,悄悄站在了上风口,问道:"你想要干什么?"

胡小天淫笑两声道:"这冬日里久违的暖阳照在身上痒痒的,此处又是人迹罕至之处,你我莫要辜负了这良辰美景!"

胡小天如饿狼般猛地扑向芷兰,可芷兰却既不怕,又不躲,只是轻轻一扬手,一大把石灰全飞向了胡小天的双眼。

胡小天顿觉自己的眼睛阵阵灼痛,不由自主地揉着眼,却越揉越痛。

芷兰飞起一脚,狠狠地向着他的下身踢了过去……

身亡

"那个胆大妄为的胡小天已被缉捕入狱了!"宇文直随即劝道,"不过你今后莫要再孤身犯险了,以免重蹈昔日玉壁之覆辙。"

芷兰盯着他道:"你居然连玉壁之事皆知道?"

宇文直脸上却露出一丝不自然,赶忙支吾道:"自然是听皇兄无意间向我提起的!"

芷兰凝视着宇文直,觉得他似乎有很多事情在瞒着自己!

玉壁被绑之事,她从未向旁人提起过,一向老成持重的宇文邕对此更是讳莫如深。既然如此,宇文直又是如何得知的呢?眼前这个宇文直究竟是么人呢?

宇文直被芷兰异样的眼神看得有些发毛,忙掩饰道:"你为何如此看着我?"

"觉得你今日竟有些陌生!"芷兰随即话锋一转道,"其实也没什么!之前我们觉得崔新运不过是个小人物,如今看来或许他才是幕后主使,他那个美艳夫人想必也是他手中的工具罢了!"

宇文直抿嘴笑了笑说："崔夫人生前水性杨花，死后居然还一心想着要风流快活！"

恰在此时，门外传来一阵敲门声，宇文直开门后见是一传令兵，那个传令兵躬身施礼道："输运令曹津平突然殁了，阎大人命二位速速前去探查！"

宇文直惊道："什么？曹津平居然死了！"

曹府并不大，只是一个两进的小宅子，卧房位于第一进院落正中间。曹津平的尸身被脱得赤条条，两个仵作正忙着验尸，见宇文直和芷兰来了，忙停下手中活计，恭立在一旁。

宇文直正声道："死因可曾探查清楚了？"

其中一个年龄稍长的仵作忙躬身回禀道："启禀卫国公，此人乃是死于中毒！"

芷兰随即问道："他究竟是被人谋害，还是自己服毒呢？"

仵作却面露难色道："这……"

恰在此时，会宁防法曹参军李适之走了进来。

盔甲军服莫名妖变，朝廷为之震怒，严令会宁防、河州等处务必早日查明真相，捉拿真凶，阎士德却将此等重要之事交由宇文直和芷兰去办，专司刑狱捕盗的法曹却始终按兵不动。如今李适之突然在此处现身，其间一定大有深意！

李适之高声道："曹津平自然是畏罪自杀！他死于砒霜之毒，就在前天他曾差府中祝管家去孙婆婆药铺买过砒霜。管家买来后直接交至他的手中，如今却只剩下一个空纸包，里面的砒霜却不见了踪影，想必已然被他服下！"

芷兰质疑道:"难道仅仅因为鹢阴船失事,曹大人便会服毒自杀吗?"

"自然不是!不过案情很快便会真相大白!明日巳正[1]阎大人在暖阁召集相关人等亲自过问案情,二位切勿误了时辰!"

说完,李适之迈着四方步从屋内走了出去。

芷兰气哼哼道:"人命关天之事居然如此武断!"

宇文直无奈地摇摇头,苦笑了两声。

芷兰走到窗前,窗旁摆了一个小几,小几侧面蒙上了一层薄薄的灰,居然留下了一个清晰的掌印。

"来,我们将这个小几抬至院中!"

芷兰居然吩咐宇文直干这等粗活,宇文直下意识地愣了一下,不过随即便反应过来,与芷兰合力将那个小几抬到院子里,却不知她究竟想要干些什么。

芷兰对院中值守的几名捕快高声道:"从现在开始任何人皆不允许再进入卧房半步!"

那几名捕快领命之后站在屋门口,左手紧握着腰间的佩刀。

芷兰见一个小厮龟缩在墙角,高声喊道:"速速去唤府上的管家来!"

府上祝管家上了些年纪,腿脚有些不太灵便,一瘸一拐地赶了过来。

芷兰看了他一眼,吩咐道:"速速将府上所有杂役皆唤到此处来!"

---

[1] 相当于上午十点。

不一会儿,三个仆妇、两个丫鬟、一个花匠和两个厨子相继来到芷兰面前。

芷兰盯着他们道:"你们中间谁负责打扫卧房?"

一个中年仆妇怯生生道:"回大人,是奴家!每日清晨,老爷去署衙应卯后,奴家便会来卧房打扫!"

"你可是尽心尽力打扫?"

"那是自然!我家老爷一向有洁癖,奴家自然是马虎不得!"

芷兰咄咄逼人道:"你说的可是实情?"

祝管家忙附和道:"丁豆娘来府上已七年多了,一向办事细致稳妥,从未出过什么纰漏!"

芷兰指着院中那个小几道:"既然如此,这张小几的侧面为何会蒙上一层灰尘,卧房地面之上也有一层浮土?"

丁豆娘竟一时间说不出话来。

祝管家赶忙打圆场道:"昨夜城中突然刮起一阵猛烈的沙尘暴,恰巧那时窗子被风刮开,以至于屋内刮进许多土来,绝非是下人打扫时不用心!"

芷兰点点头,命他们站成一行,依次伸出手来,将他们两手掌纹与小几上的掌纹逐一进行对照。

由于小几有些矮,芷兰又始终弯着腰,默默站在芷兰身旁的宇文直赶忙搬来一把四足方凳。芷兰揉了揉有些酸胀的腰肢,朝着宇文直笑了笑,坐了下来。

芷兰看得甚是仔细,将那几个役工连带祝管家和那个小厮两手的掌纹皆与小几上遗留的那个掌纹进行了细致比对。

芷兰抬起头问道:"近来可还有其他人进过你家老爷的卧房?"

祝管家思索了一会儿，道："应该没有了！这几日，老爷时常整夜无眠，终日无精打采，从署中回府匆匆用过晚饭后便会睡下，很长时间都未曾见客了！"

"烦劳祝管家，凡是昨日进过卧房之人将当时所穿的鞋子放在屋门口，随后便可散去了！"

那几个役工纷纷回各自房中去取鞋子，有的将取来的鞋子放在门口，有的换上取来的鞋子，将刚刚所穿的鞋子放在门口。

芷兰此时才发现宇文直不知到何处去了，正当她要起身寻找时，宇文直领着李适之，还有那两个刚刚勘验过尸身的仵作和几个捕快来到芷兰面前，道："这几人也曾进过卧房！还请李夫人将他们也勘验一番！"

芷兰会心地笑了，觉得自己与宇文直竟越来越有默契了，宇文直也与他的哥哥越来越像了，在她的心中甚至几度将他与宇文邕合二为一！

芷兰将李适之等人的掌纹与小几上所遗留的那个掌纹一一进行比对，也都存在着明显的差异。

验完掌纹，芷兰同样让他们脱下自己的官靴，李适之虽极不情愿，却也只得照办，索性躺在院中的一个榻上，阴阳怪气道："我倒要看看闻名遐迩的女神探究竟能查出些什么。"

宇文直并不理会他，而是走到芷兰近前道："你可有什么发现？"

"既然丁豆娘每日皆细心打扫卧房，那么小几上的掌印便只能是昨夜留下的，曹津平偏偏在昨夜毒发身亡，这恐怕绝非巧合！"

宇文直若有所思道："难道这又是一起凶杀案？究竟是何人在如

此紧要时刻对曹津平痛下杀手呢？"

"人之手掌如同颜面，千人千面，随着年岁增长也会有所改变。少年之掌纹，掌间之沟纹寥寥无几，隆起之纹线较为明显；中年之人，褶皱既粗且大，颇为显著，但细小之纹线不显，男子手掌既粗且大，褶皱间的纹痕又较女子更为肥厚。这个掌纹呈胼胝状，粗皮甚多，指根处似乎有厚厚一层老茧，加之掌痕粗糙，纹线粗深，定然是个中老年男子所留，而且还是个终日干粗活之人。我将这个掌印与所有目前已知进过现场的人的掌纹皆一一进行了比对，均不相符，那么这个掌印便应是凶手留下的！我们到屋内看看是否还有其他收获。"

芷兰命祝管家取来一支朱砂笔，拿着那支笔小心翼翼地回到卧房内，手中还拿着摆放在门口的一双官靴。

若不是昨晚那场沙尘暴，屋内铺着光面莲枝纹地砖的地面上不会留下如此清晰的足迹。

芷兰蹲下身子，寻找着与这双官靴相符的足迹，一旦确认了便用朱砂笔在这行足迹上打上一个大大的叉！放下这双官靴，又拿起另一双鞋子，再进行比对，只是有时好几双足迹叠加在一起，她看上半天才能最终确认究竟是哪几双鞋子所留。

芷兰对一直站在门口默默观望的宇文直道："终于找到了！在杂乱无章的足迹中间，你是不是觉得这行足迹似曾相识呢？"

"的确有些眼熟！"

"还记得我们在乌兰关外那处荒废的佛寺中发现的那行特殊足迹吗？步态是宽阔步，两足却并不平行，足尖向外，是典型的八字脚。我们曾认定在罗定山遇害处发现的那行足迹为孙展功所留，因他早年曾随父亲以捕鱼为生，可孙展功当时听我如此说，居然发出阵阵冷笑。他满是鄙夷和不屑的眼神时常浮现在奴家的脑海之中,或许我们是真的错了!"

破局

会宁防衙署暖阁中,防主阎士德端坐在正中央,身后是硕大的海水旭日屏风。

芷兰站在阎士德面前朗声说道:"勘验之时,曾从库房中选取五十箱盔甲军服进行勘验,那五十箱又是各位大人随机选定的,若是勘验无误,自然也就意味着整批盔甲军服皆不会有问题,可重新开箱准备分发之际,我大周的盔甲兵服竟离奇地变为前魏的盔甲兵服,这究竟是何缘故呢?不过是歹人的障眼法罢了,此间房内摆放的二百箱装的确是我大周的盔甲军服,但里面两间盛放的那八百箱中装的却是前魏的盔甲军服!"

会宁防各曹参军、各署令丞皆站立在两旁,众人闻听此言不禁交头接耳,议论纷纷。

魏猴子站出来断然否认道:"绝无可能!我兵甲署一向防守严密,兵甲出库入库皆需严加盘查,岂是说换便换得了呢?"

"兵甲署藏有内奸!"芷兰的话犹如晴天霹雳在暖阁内炸响,继续侃侃而谈道,"一个月前,灵州武库失了火,大批兵甲被焚毁,当地官员因担心被追责而蓄意隐瞒此事,谁知却不慎走漏了风声,朝廷派员前来调查此事。灵州官员一面大肆活动,上下打点,一面向周边州郡紧急借用兵甲。甲库库监孙伏生暗中将八百箱盔甲军服秘密运往灵州,事后又神不知鬼不觉地将那些盔甲军服运了回来,不过让他万万没想到的是箱上虽然依旧加盖有会宁防兵甲署的官印,可里面却早已被人调换成了前魏的盔甲军服！"

魏猴子原本还想再争辩几句，阎士德却狠狠地瞪了他一眼，清了清嗓子高声道："魏嘉全，纵使你巧舌如簧，恐怕也难逃这失察之罪！"

阎士德说话的语气虽颇为严厉，实则却是在暗中袒护于他，一味抵赖只会触怒宇文直和芷兰，对他们有百害而无一利。他不露声色地将魏嘉全所犯之错定性为失察，其实是在悄无声息地将魏嘉全与孙伏生等人进行切割，所有罪责皆可推给已经死去的孙伏生等人。

魏嘉全对他的一片苦心自然是心领神会，忙躬身施礼道："卑职知错了！"

"知错能改，善莫大焉！"阎士德欣慰地点点头，对芷兰道，"刚刚不慎打断了李夫人，还望李夫人见谅！"

"阎大人怕是言重了！当时运送盔甲军服输运署派出了三艘船，最大的便是那艘鹯阴船，却仅仅盛放了二百箱。我曾特地就此事询问过输运令，他说是因此船刚刚大修过，不宜搭载过多货物。

"另外两艘船虽体量要小一些，却各自装载了四百箱，这共计八百箱想必便是来自兵甲署甲一房里面的那两间，木箱内早已被调换成前魏的盔甲军服，只是船上的人尚不知罢了！

"鹯阴船曾在原州船坞进行过大修，刚刚完工便赶来执行此次运送任务。船上虽只码放了二百箱，却行得格外慢，但并未引起旁人的怀疑，因为大修成为掩盖阴谋最好的借口。鹯阴船之所以行得慢乃是因其在原州大修时被秘密装进了一千箱货物，其中八百箱装的是我大周的盔甲军服，而另外两百箱装的却是前魏的盔甲军服，再加上从兵甲署运上船的两百箱，此船足足搭载了一千两百箱军服盔甲之多，岂会不慢？

"经停乌兰关码头那一夜才是这出骗局的最高潮。夜半时分，另外两艘船上的人皆睡熟了，鹢阴船上的役工、水手却悄悄放下小船，将一千箱大周盔甲军服偷偷挂在河西岸的铁索上，至今铁索上还有钩挂过的痕迹。河西岸本就是荒凉之地，况且又隐于水中，自然不会被轻易发现！那夜风平浪静，河水也不急，但河州总管府中郎苏大人却说在船上过夜时感觉甚为颠簸，这是因为有人趁他们熟睡之际干出这偷梁换柱的勾当！其他人等即便察觉到了异样也并未起疑，私贩货物之事此前不知已然干过多少次了，所以全都噤若寒蝉！"

阎士德皱皱眉道："他们居然将盔甲军服浸沉于河水之中，难道不怕受潮损坏吗？"

"盛放盔甲军服的木箱并非寻常木箱，其特殊的榫卯结构本就密不透风，况且又在缝隙处放入大量防水油纸，木箱短时间内自然进不得水！次日晚间，一艘商船破例停泊于乌兰关码头，偷偷将那批我大周的盔甲军服打捞上船运走。鹢阴船等三艘船上所载木箱之中已然神不知鬼不觉地换成了前魏的盔甲军服。这便是所谓妖变的玄机之所在！"

阎士德赞赏道："妙！实在是妙！本防主即刻便将此事回奏朝廷，卫国公与李夫人的追查之功，本官自会向陛下大书特书一番！"

芷兰却呛声道："阎大人，目前尚有一些疑点需继续进行探查，譬如幕后主使究竟是谁？窃取我大周盔甲军服又意欲何为？"

阎士德高声道："此事法曹已然查清。整起事件的幕后主使便是已经畏罪自杀的输运令曹津平！此人一向利欲熏心，多年来利用官船运输便利私贩货物，大肆敛财，此次窃取我大周盔甲军服想必也是意欲私卖！不过此人已然亡故，其中诸多细节恐怕难以查清了！卫国公、李夫人连日辛劳，又兼新春将近，理应好好歇息歇息！此案后续之事自可交由法曹结案即可！"

宇文直忙附和道："阎大人所言极是！"

芷兰原本洋洋得意的脸顿时变成铁青色，心中暗暗咒骂道："一群阿谀奉承之辈！"

芷兰自然明白，被人毒杀的曹津平不过是这起惊天大案的替罪羊！若曹津平果真窃取大周盔甲军服私卖，只需盗走那批盔甲军服即可，何必要如此费尽心机地换成前魏的盔甲军服，演出这离奇的妖变闹剧呢？偌大一批前魏盔甲军服不仅难以购置，即便有门路去买恐怕也会耗费许多银钱，如此费时费力而又费钱之事，他又岂会去做呢？

此事真正的幕后主使定然另有其人！他们劫夺如此之多的盔甲军服究竟意欲何为呢？这难道不是一件细思极恐之事吗？

太阳篇：群魔乱舞

群魔散尽真何乱，万事无萦绊，一点光同青玉案。

纤尘不挂，永无障碍，得见虚空面。

劝君早把尘情拼，下手速修转头晚，前有风波深不浅。

神舟稳驾，云朋相伴，笑指芦花岸。

——元·尹志平《青玉案·群魔散尽真何乱》

北魏"候官署"、南梁"血酬卫"、北周"敌闻司"三大势力在暗中频频角力，重重诡异的背后隐藏的是天子与各方势力的殊死搏杀。在这个波谲云诡的局中局中，阴谋的背后另有阴谋，做局者之后还有做局者。尘埃落定之际，不知将会鹿死谁手！

第十九章
世味年来薄似纱

玄机

寒星满天却不见一丝月光,望着如漆的天际,芷兰感到无边的寒意。

宇文直停下了脚步,站在芷兰身旁道:"你知道阎士德当初为何放着法曹那些专司刑狱缉捕的官吏不用,偏偏让你我来查这个大案吗?"

芷兰气哼哼道:"为何?"

"你我皆非会宁防的人,若能顺利查出真相,功劳自然是他阎士德的;若是迟迟查不出真相,我们便难辞其咎,他阎士德却可全身而退!"

"似阎士德这般老官油子真是精于算计,老奸巨猾!"

宇文直感慨道:"如今我大周迟暮之气愈重,劣官、贪官、庸官比比皆是,太平官、南郭官、撞钟官大行其道,嘴上说的皆是江山社稷,心里想的却是个人得失!皇兄虽有鸿鹄之志,却无处施展,若是有朝一日,他能独掌权柄,定会整顿吏治,裁汰冗官,令官场之风为之一新！"

"看来你对当今圣上的了解甚于你自己！"

宇文直自然能听得出芷兰这番话的弦外之音，忙借机转换话题道："我们眼前这家瓦舍便是城中最出名的秦家瓦舍，走索、弄盏、藏人、踢缸等各式绝技应有尽有，何不进去瞧瞧？"

每逢夜幕降临时，十六坊便会腾起比白天更为喧嚣的声浪，一扇扇纸窗倒映着仍在忙碌的匠人，一家家铺面摆放着琳琅满目的商品，一群群百姓在瓦舍前驻足，手中所提的一盏盏灯笼仿佛是斑斑点点的荧光。

十六坊中最大的秦家瓦舍更是人声鼎沸，两人走进去寻了个角落坐下。台子中央站着一位须发皆白的老者，正在侃侃而谈。

宇文直低声介绍道："此人便是藏术大师鲁子卿！"

此时，只见鲁子卿朗声说道："如今这天寒地冻的，各位看官可否想吃鱼了？"

观众们异口同声回应道："想吃！"

"想吃自己买去呀！"

在哄堂大笑之中，鲁子卿却得意洋洋道："如今买一尾鱼要上百钱，若是自家到冰下去捕又不容易！不过各位看官今日算是来着了！小的这便教您一个方便的得鱼之法！"

说着，鲁子卿从怀中取出三片干巴巴的鱼鳞，放在自己的手心给观众们展示道："各位看官若想在这冬日里吃到鱼只需在夏日藏上几片鱼鳞即可！"

台下有个光头高喊了一声"骗人吧"，随即便引来一阵哄堂大笑。

"骗不骗人一会儿便可见分晓！各位看官且看，小老儿身旁这口大瓮中除了清水之外别无他物，哪位看官若是有兴趣可以上台来检验一番！"

见七八个观众皆自告奋勇地走上台，芷兰也饶有兴趣地跟了过去，向着黑黢黢的瓮中望了望，似乎里面只有水，又敲了敲大瓮，听声音也不似有什么夹层。

"既然这瓮中并无机关，那么便请列位看官见识一下小老儿的神通！"说罢，鲁子卿将那三片鱼鳞放入大瓮中，盖上一块青巾，念了一番咒语，对众人道，"今夜小老儿便给各位衣食父母送鱼吃！"

突然，鲁子卿猛地扯下盖在瓮上的青巾，可瓮中却仍旧漂着那三片鱼鳞，观众们又是一阵大笑。

鲁子卿故意装出一副惊慌失措的样子，重新将青巾蒙在瓮上，又念了一番咒语，再度扯下青巾道："请各位看官上眼！"

水中漂浮的依旧只有那三片鱼鳞，观众们纷纷起哄道："若是变不出来，你索性便下去吧！下去吧！"

鲁子卿颇为无奈地再度蒙上青巾，高声道："若是小的再变不出鱼来，情愿割下自己的肉送与各位看官当鱼肉吃！"

当鲁子卿再度扯下青巾，瓮中居然神奇地出现了七八尾鲤鱼，居然还有一尾从瓮中高高跃起，坠落在台板之上，不停地摇晃着身子！

观众中间顿时便响起了雷鸣般的掌声和持续不断的叫好声。

宇文直鼓着掌凑到芷兰耳边道："李夫人可曾看出其中端倪？"

芷兰回想着鲁子卿刚刚的表演，道："既然他请我等去检查那口瓮，想必这玄机并不在这瓮中，或许那鱼便藏在他的袖中，抑或是身上，不过是障眼之法罢了！"

障眼之法！芷兰忽地想起了丈夫李昞误放妖怪的那骇人一幕。或许当时水晶棺中的尸身并非真的是一具尸身,而是用白蜡等物蓄意伪造而成,只是做得极为逼真罢了,其上或许还撒上了大量冷光[1]。

冷光暴露在外极易自燃,水晶棺虽是密闭的,但贴符咒的地方却留有不易被人察觉的小孔。

那日,李昞将那些符咒揭去,水晶棺不再是密闭的,当时虽时值冬日,却有很多人手持火把凑到水晶棺前观看棺内那具奇特的尸身。

随着棺内越来越暖,冷光发出黄色火光,随即腾起大量白烟,那具用白蜡等物做成的假尸身便在黄色火光和白色烟雾掩映下悄无声息地化为一摊蜡水。

在场之人并不晓得其中门道,当时地宫之中虽有火把照亮却依旧颇为昏暗,以至于连李昞自己都误以为自己真的放跑了妖怪!

芷兰暗暗道:"世间看似离奇之事皆因旁人不解其理罢了!"

下面出场的是擅长惊险幻术的一位老者,此人白发苍苍,他的身后跟着一个十几岁的小童。

台上摆着一张长长的条凳,老者命那个小童躺在条凳上,脑袋却悬在空中。

随后老者将一块白布蒙在那个小童身上,从台边拿起一把大砍刀。并举着刀绕着那个小童走了好几遭,不停地念着谁也听不懂的咒语,猛地举起刀,随着他手起刀落,一整张白布随即便被斩作两截,小半截白布包裹着头颅在台上不住地乱滚,另一截盖着身子的白布也在滴滴答答地淌着血。

---

1 即白磷。

观众们无不看得目瞪口呆，即便是一向见多识广的宇文直也被这血腥的一幕惊呆了。

老者弯腰从台上捡起那颗被白布包裹着的头颅，放入一个小木匣中，高声道："如今小老儿已然斩下了徒儿的头，不过只需将我手中这道符贴在他的头颅之上，这头便可重新接回到徒儿身子上！"

几百名观众顿时鸦雀无声，都在拭目以待此人究竟如何接头。

芷兰却突然想起了无辜惨死的澄儿，顿时兴趣全无，突然站起身，穿过人群向外走去，惹得那些正目不转睛观看演出的观众们阵阵不快。

原本看得饶有兴趣的宇文直也不得不跟着芷兰向外走去，道："你为何不看了？难道是因太过血腥了？"

芷兰不悦道："拿孩童当噱头，有什么好看的！那白布之上并非是人血，比人血要暗些，也不似人血那般黏稠，想必是鸡鸭之血！我此生最恨那些靠着血腥来骗人的伶人，着实可恶！"

一头雾水的宇文直不解芷兰的脸为何会说变就变，不过却依旧耐心地陪在芷兰身边。

秦家瓦舍有三个戏台子，同时上演着三台风格各异的节目，两人又转到另外一个台子前坐下。

一个梳着双丫髻的小姑娘正在表演傀儡戏，几十根线皆操于她一人手中。随着她的玉指不住地上下翻飞，她身前那个木偶也不停地闪转腾挪，俨然真人一般。

那个小姑娘的嘴始终都不曾张开，但木偶却居然能发出人声，顿时便赢得了看客们的阵阵掌声。

小姑娘表演完后便退场了，芷兰居然站起身，跟着她向后台走去,宇文直虽不解她要去干什么,却还是快步跟了过去。

台口闪现几个彪形大汉,伸出粗壮有力的胳膊,硬生生拦住了芷兰的去路,说幻戏后台不允许外人随意闯入。

宇文直见状忙亮出了那面"敌闻司"腰牌,高声道:"'敌闻司'办案!"

那几个看场子的大汉也知道"敌闻司"的人不好惹,有些不情愿地闪开一条道,不过却寸步不离地跟着他们。

芷兰快步追上那个拿着提线木偶的姑娘,问道:"小师傅,能否向你打探一事?"

"不知这位看官找奴家打探何事?"

"你可识得能操控骷髅的伶人?"

那个姑娘笑着道:"夫人说的可是骷髅傀儡戏?我们虽是同宗却并非同门,他们属于邪门,登不得大雅之堂!"

芷兰继续道:"有没有那种只见得到骷髅,却看不到或者很难看到操控之人的傀儡戏?"

"李夫人说的莫不是'丈头骷髅戏'?这普天之下或许只有河州百戏李家能拥有此等绝技,在几丈外灵活自主地操控骷髅,不仅令观众叹为观止,即便是我们这些同行也是赞叹不已!"

芷兰暗道:"原来这世间竟真的会有此等绝技,一度在原州闹得沸沸扬扬的骷髅夜行的闹剧想必便是拜河州百戏李家所赐吧!"

勘破

崔新运小心翼翼地走进一间昏暗的退室之中,此时已日薄西山,但屋内却并未掌灯。

崔新运此时已经有了一个新身份,堂而皇之地成为北周"敌闻司"的校尉刘普。

崔新运恭敬地拜了拜道:"如今各方皆欲置宇文邕于死地,尤其是贺兰祥更是志在必得!我们是不是也该谋划下一步了?"

当初正是此人引荐他入了"血酬卫",他稳稳地端坐在屏风之后,背对着他,不以为然道:"你太过看轻当今圣上了!圣人终不为大,故能成其大!在世人眼中,宇文邕不过是权臣宇文护手中操控的傀儡罢了,却很少有人能看透他,他实则是一只蛰伏的雄鹰,不飞则已,一飞冲天;不鸣则已,一鸣惊人!"

崔新运争辩道:"天地无全功,圣人无全能,万物无全用,是故天有所短,地有所长;圣有所否,物有所通。如今三方皆欲置宇文邕于死地,宇文邕此番去了原州恐再难回来了!"

"莫要忘了,宇文邕可是深藏不露的对弈高手,他的棋路不会轻易被人识破,既然他敢于入局,所依仗者不外乎是见招拆招的本领与挽狂澜于既倒的魄力!"

"宇文邕如今已然置身于死局之中,即便他棋艺再过高明,恐怕也是无力回天了!几路人马皆欲置他于死地,即便他思虑再周密,恐怕也难有一线生机!他若是死了,不知宇文贤能否顺利承继大统,宇文宪、宇文直等人会不会趁机篡权?"

"宇文直?"那人若有所思道,"宇文直任雍州牧时,本官曾与他有过几面之缘。本官看人一向很准,绝非等闲之辈!他看似随遇而安,实则韬光养晦,眼中盯着这江山,胸中藏着这天下。这样一个志向远大之人,岂会因垂涎女色而自毁前程呢?"

崔新运鄙夷道："宇文直自毁前程又能怨得了谁？他在京时上有天子看顾，下有权臣监管，自然不敢造次，可他此番却以总管之职出镇襄州，从此便再也无人加以管束，那些别有用心的僚属又从旁教唆，自然是为所欲为，无所顾忌！"

那人却摆了摆手道："一个人的本性岂能轻易改变得了？宇文直在同僚间的风评一向甚佳，怎会突然性情大变，甚至连部属新纳之妾皆不放过？如此授人以柄之事，绝非聪明人所为！"

"您大可不必为了区区一个宇文直而如此劳心费神，此人虽是天子同父同母之弟，但经此一劫，恐难有出头之日了！"

"聪明人居然会做出如此愚蠢之事，难道不值得我们深思吗？"那人自言自语道，"我总是隐隐觉得这中间似乎有些不对，却又不知究竟何处不对！成大事者绝不会被儿女情长所累，心中只能容得下这江山社稷！在这一点上，宇文直与当今天子极像……"

那人似乎突然觉察到了什么，忙厉声问道："听闻宇文直离开襄州时曾坠过马，还伤到了额头？"

崔新运冷嘲热讽道："可不是嘛，宇文直听闻自己以布衣之身前往会宁防效力，惊慌失措之下居然从马上坠落下来，头上至今仍缠着绷带！谁能想到曾经勇夺黄标的少年骑手却因失足而坠落马下！谁能想到曾经的雍州牧、大司空如今却沦落到如今这般田地！"

"会宁防？会宁防！宇文直发配会宁防，王轨谪守原州，宇文孝伯贬往乌兰关，宇文邕究竟在下怎样一盘棋呢？"那人吩咐道，"你速速将我们埋伏在原州周边的间者报来的所有涉及宇文直、王轨、宇文孝伯等人的奏报统统拿与我看，要快！"

不一会儿，崔新运便捧着一大摞奏报小跑过来，绕到屏风后面，低着头将那些奏报递给隐在黑暗中的那个人。

那人迫不及待地翻看着,良久才猛地抬起头,右手握成拳,狠狠地砸在面前的几案上,骂道:"原来蝉非蝉,居然是黄雀!贺兰祥这次恐怕要失算了!"

"稳操胜券的贺兰祥会失算?"惊愕不已的崔新运话锋一转道,"即便贺兰祥失算了,与我等又有何干?难道我们为了贺兰祥而强出头,与天子为敌?"

"贺兰祥的生死,甚至宇文邕的生死,我皆不在意,我在意的是……"那人将已然到了嘴边的话硬生生咽了回去,吩咐道,"你跟本官即刻前往会宁防,迟了怕是再无翻盘的机会了!"

"就我们两个?"

"对!此事极为隐秘,司内之人我皆信不过!你速速传书萧含雪让她集结我们'血酬卫'在原州的弟兄!生死存亡在此一役!"

第二十章
杨花愁杀渡江人

袭杀

原州城西三条石巷有处偏僻的院落,李晌一直被"血酬卫"的人囚禁于此。

夜已深,萧含雪用刀伸进两扇门之间的缝隙里,轻轻撬动门闩。

她的手用力一推,院门便开了,可她的手却不知为何竟莫名地一抖,随即警觉地环顾四周,眼前只有这漆黑的夜,耳边只有这凛冽的风。

进到院中,发现屋内的灯居然已经熄了,或许是牛婆婆等人已经睡下了,不过她忽然感觉脚下湿漉漉的,还夹杂着一股子血腥味,她心头迅速掠过一丝不安。大声呼唤着牛婆婆,但屋内却仍旧是死一般地寂静。

她忙点着了火折子,就在点亮的那一刹那,却听到远处传来"嗖嗖"的声响。她随即扔掉手中的火折子,迅速扑倒在地,就在火折子熄灭的那一刹那,她看见门槛与地面之间的缝隙里呼呼地向外流着血。

几支弩箭在她的耳边呼啸而过，深深扎进门槛上，如若不是她反应机敏，此时此刻便已然成了一具尸身。

萧含雪静静地趴在冰冷的台阶上，快速思索着当下的应对之策。她轻轻解下腰间玉佩，远远地扔出去，落在地上发出清脆的声响。

墙上顿时响起一阵弩箭破空之声，就在这千钧一发之际，她使出一个鲤鱼打挺，硬生生撞开了屋门，跃进屋内。

几十支弩箭循着响动呼啸而来，射在屋门上、门框上、门槛上、门楣上，甚至是屋内地面上，身形敏捷的萧含雪却是毫发未损！

就在萧含雪暗自庆幸之际，忽觉耳后一阵冷风，她暗道"不好"，急忙闪身，却已是躲闪不及，尖刀硬生生插进她的右肩，就在那人拔刀之际，她手中刀以迅雷不及掩耳之势扎进那人腹部。

萧含雪赶忙将身子贴在墙壁上，左手死死按住右肩上的伤口，右手持刀随时准备再战。

这时她听到了屋内轻微的脚步声，屋内想必还有杀手，不过却因实在太过昏暗，看不清对方，对方同样不敢随意出击，似乎在等院内的同伙。

她从腰间取出一个火折子，点着后猛地扔向刚刚发出声响的地方。

藏在黑暗中的另一个杀手的衣襟随即被火折子点着了，就在那个杀手忙于扑打身上火苗之际，她却借着火光看清屋内的一切，一个箭步冲上去，一刀便结果了那人性命。

屋内与院子里又恢复了死一般的寂静，萧含雪的身子紧贴在墙壁上，隐在黑暗中，细细倾听着外面的声响。

院内响起了一阵急促的脚步声，至少有七八个人，正向着屋门口掩杀过来。

萧含雪紧紧攥着手中刀，手心已微微有些发潮了。

之前曾经历过无数次恶战，屡屡化险为夷，皆因危险来临之际，她并不坐以待毙，也不莽撞行事，而是主动寻得活下去的机会。

此刻急急脱下靴子，悄悄摸到门边，缓缓蹲下身子，屏住了呼吸。

院外的脚步声越来越近了，她瞅准时机猛地推开门，挥刀向着前排杀手的膝盖处狠狠砍了过去，随着一阵红光崩现，传来凄厉的惨叫之声。

得手后，她半蹲着身子悄无声息地快速移开，重新隐在屋内某个黑暗的角落之中，好几支弩箭带着风声从她的头顶呼啸而去，但那伙杀手却再也不敢贸然杀进屋内。

此时一弯残月挣脱了乌云的遮蔽，洒下几缕月光。

萧含雪借着朦胧的月色，渐渐看清了屋外杀手的位置，位于最前方的两名刀手被袭后躺在地上痛苦地呻吟着，中间是两名手持寸弩严阵以待的弩手，后面是两个虎视眈眈的长枪手。

随后又悄悄走回到屋门附近，屋门半掩着，凛冽的风呼呼地吹进来。

她从兜里掏出一包白石灰，算好风向，朝着那两个弩兵的脸上猛地扔了过去。

就在两个弩兵揉眼之际，萧含雪突然腾空跃起，抡起手中刀，向着两人的喉咙砍去，已毫无招架之力的弩兵当即气绝身亡。

两个长枪手见状慌忙举起手中长枪向着萧含雪刺了过去，萧含雪用刀灵巧地一拨，手腕一翻，向着其中一个长枪兵腹部猛地捅了过去,同时飞起左脚向着另一个长枪兵的腿踢了过去。

一个长枪兵受伤倒地,另外一个虽躲过她那一脚,不过他手中长枪在近身打斗中却颇为吃亏,仅仅两三个回合便被斩杀。

萧含雪虽屡屡得手,却始终不敢掉以轻心,因为她不知道这院子里究竟还有多少杀手正在伺机而动。

最为担心的是静静藏在某个阴暗角落中的弩手,会在她的背后射来致命一箭,那一箭最终还是来了!

萧含雪虽在竭力躲闪,但那一箭还是正中她的后背,身子随即重重地栽倒在地。

就在千钧一发之际,一个黑影从房梁上一跃而下,此人正是被"血酬卫"囚禁在此地多时的李昞。

在萧含雪来之前,这里刚刚经历了一番血战,牛婆婆和七八个"血酬卫"与那伙杀手们厮杀在一起。

就在混战之际,李昞悄悄拾起掉落在地上的刀,迅速割开身上绳索,刚走两步便发觉脚下似乎踩到了什么东西,赶忙蹲下用手一摸,似乎是个纸鸢,想必是"血酬卫"在紧急情况下传递消息所用,未及使用便被丢弃在一旁。

他忙将其拾起,此时屋内惨烈的打斗声还未停息。虽然他急切地想要逃离此地,却也深知盲目逃出去恐怕凶多吉少,于是便趁乱攀上房梁,静静地藏在其上。

他咬破自己的手指,在纸鸢上写下:"三条石巷甲四。"随后用力取下屋瓦,将纸鸢放归天际,但在这个漆黑的夜里能否借此引来救兵却要看自己的造化了!

直到萧含雪来了,李昞才终于明白那伙杀手的目标其实是她!

就在萧含雪命悬一线之际，李昞从房梁上灵巧地跳下来，将萧含雪从门口用力拖向屋内，可就在拖拽时，如同雨点般密集的弩箭向着他们射了过来……

劝降

"我这是在哪里？"萧含雪睁开惺忪的眼，惊恐地望向王轨。

"在下的府上！"

萧含雪咒骂道："这群该死的'候官署'的畜生们，若是有朝一日落入我的手中，我定会将其碎尸万段！"

王轨幽幽道："真正要杀你的人其实是你的上司'血酬卫'上都督！"

萧含雪闻听此言随即一愣，警觉地问道："你怎知我'血酬卫'设有上都督？"

"你们'血酬卫'的很多隐秘事皆瞒不过在下的眼睛！"王轨面露忧色道，"'候官署'的人能顺藤摸瓜找到那处隐秘所在，你心里应该比谁都清楚这是为什么！"

王轨的话语正中萧含雪的痛处。

崔新运前不久刚刚来找过她，传达了上都督的口谕。萧含雪只得将"血酬卫"潜伏在原州的人马悉数交由崔新运统领。萧含雪心中虽有些不悦，但如今大敌当前，她也不敢意气用事，只得乖乖交办。

崔新运还在有意无意间打探李昞的关押之处，说在此紧要时刻切勿有什么纰漏，她这才去叮嘱牛婆婆务必要小心，谁知却误入他人设下的陷阱！

这些细思极恐之事串联在一起使得她渐渐生出一种不寒而栗之感！

王轨高声道："如今你已然沦为一枚弃子，而且是欲除之而后快的弃子！"

萧含雪高声反驳道："你休要再挑拨离间！"

"事到如今你难道还在执迷不悟吗？你们所谓的复国大业不过是水中月，镜中花！大难临头，你的那些同党还在乎什么同袍情分吗？如今他们想的恐怕只有他们自己如何能继续隐藏下去，甚至不惜除去你们这些知晓他们真实身份的人！你是时候该想一想何去何从了！"

萧含雪义愤填膺道："我萧含雪身上流淌的是大梁的血。我生是大梁的人，死亦是大梁之鬼！我大梁皇室乃是华夏正统，岂会归附于你们这些北方蛮夷！"

王轨慷慨激昂道："若你执意寻死，我亦不会阻拦，请便吧！"

萧含雪艰难地站起身，步履蹒跚地向外走去。

"且慢！"王轨喝阻道，"你的这条命是我王轨和李司马舍生忘死救下的，如今容不得你肆意挥霍！"

萧含雪怒目圆睁道："挡我者死……"

萧含雪的身子本就虚弱不堪，如今又逢气急攻心，顿觉眼前一黑，硬生生栽倒在王轨的怀中……

鸩杀

腊月三十，乃是革旧除新的除夕日，会宁防城内到处皆弥漫着喜庆的气息，大红灯笼随处可见，鞭炮声此起彼伏。

宇文直快步走上八仙楼二楼一间名为"洞庭"的雅间，用微微有些颤抖的手推开了屋门，发现等他的果真是久未谋面的韩湘儿！

见他来了，韩湘儿如同往昔那般笑靥如花，只是那笑却微微有些僵硬。

宇文直如同一尊雕塑般呆呆地立着，不知该如何面对她。

韩湘儿的玉指上下翻飞，道："卫国公，快坐啊！你我分别才不过一个月的光景，难道就变得如此生分了吗？"

宇文直见她如此说，便缓缓坐下，目光却始终在她的身上游走，问道："我曾在乌兰关见过你，不知你为何会去那里？"

韩湘儿嘴上带着笑，眼中却透着一股子媚，故弄玄虚道："你先吃点儿菜，这中间可是大有故事，且听奴家慢慢道来！"

宇文直瞅着桌上花花绿绿的菜品却没有一点儿胃口，手中筷子几度拿起，又几度放下。

"难道卫国公担心奴家会在这饭菜之中下毒吗？"

"湘儿真是说笑了！你我虽无夫妻之名，却有夫妻之实，我怎会疑你会害我呢？"

韩湘儿假意嗔怒道："既然如此，你倒是吃啊！"

宇文直胡乱夹了一口菜，放入嘴中却味同嚼蜡。

"卫国公，你今日为何变得如此扭捏呢？难道只有到了床上才会露出你的真面目吗？"韩湘儿"咯咯"笑了起来，笑声中充满了挑逗。

一脸窘相的宇文直有些尴尬道："湘儿又在拿本公打趣！"

韩湘儿站起来，走到宇文直近前，玉手轻轻搭在他的肩头，嗔怪道："本公？看来你我多日不见果真有些生分了，你之前从未在奴家面前自称过本公。"

宇文直顿觉浑身极不自在,下意识地耸了耸肩,却始终甩不掉她那只软绵绵的手,忙转换话题道:"今日你突然约我到此,究竟所为何事?"

"你猜。"韩湘儿居然坐在他的怀中,抚摸着他俊俏的脸庞,娇滴滴道,"你我之间还能有何事?"

韩湘儿的手如同长蛇般在宇文直的前胸游走,宇文直的脸上却露出了一丝痛苦的神情,想拒却又不知该如何拒,忙道:"此地恐怕不太合适吧?"

韩湘儿笑了笑,用满是诱惑的口吻道:"你若是想,哪里都合适!你若是不想,哪里皆不合适!"

宇文直怯生生道:"如今我可是戴罪之身,若是再如之前那般恣意妄为,怕是又将会授人以柄!"

韩湘儿闻听此言站了起来,收了笑,怒目圆睁道:"恣意妄为?难道你与奴家在一起便是恣意妄为吗?怕我这个青楼女子会坏了你卫国公的名声吗?"

"非也!非也!湘儿误会我了!"

"误会?我的确是误会你了!世人皆说我跟你在一起是为了攀高枝,却没人知道奴家其实是对你动了真感情!奴家虽是一介风尘女子,也早已习惯了逢场作戏,但奴家也想寻个可心的人安安稳稳地过日子!"韩湘儿说着说着竟垂下泪来,以至于妆都有些花了。

宇文直一时间竟不知该说些什么,更不知该做些什么,只得默默看着垂泪的韩湘儿。

韩湘儿哭了好一阵,用手拭去脸上泪痕,斟了一杯酒,递给宇文直道:"还请卫国公满饮此杯,从此之后,你我便再无半点儿瓜葛!"

宇文直将酒盏拿在手中,不停地把玩着,沉吟良久才道:"昨日我接到你的信便知晓你我此次会面其实是一个局,就如同那日你与田八郎等四个役工会面一样,我也曾犹豫了许久,但最终还是来了,只是为了能与你再见上一面……"

"再见上一面"这句话径直戳中了韩湘儿的心,其实她也想见他一面,而且很可能是最后一面!

"你真的如此在乎我?"

宇文直点了点头,却又叹了口气。

起初韩湘儿勾引宇文直的确是为了攀高枝,不过却渐渐对他萌生了某种奇妙的情愫,但宇文直被革职后,她想的却依然是另寻靠山,经历了这番劫难之后,她才意识到不知从何时起竟然已经爱上了他,之前善于逢场作戏的她从未相信这世间会真的有爱!

宇文直拿起酒盏,想要一饮而尽。

韩湘儿却猛地将酒盏从他手中夺了过来撳在食案上,低声道:"这酒中有毒!"

宇文直顿时被惊得目瞪口呆,不知心思难测的韩湘儿今日唱的究竟是哪一出!

韩湘儿低声催促道:"你快走!他们要杀你!"

"谁要杀我?"

"那个'刀疤脸'!"

宇文直快步蹿至屋门口,韩湘儿小声提醒道:"下面全是他们的人,你从这里出去定然逃不脱!"

宇文直又来到窗前,将窗子轻轻拉开了一道缝隙,凛冽的寒风顿时便吹得他打了一个寒战。

此时他距地面足足有三四丈,若是硬生生跳下去,即便摔不死,怕是也会摔断腿,况且下面还有一个小厮守着。

就在陷入绝境的宇文直心急如焚之际,芷兰却如从天而降的救兵般出现在他的视野之中。

芷兰假装自己崴了脚,那个小厮见她颇有几分姿色,忙假意过来搀扶,还趁机在她身上乱摸起来。

就在那个小厮为自己占了便宜而暗自得意之时,他忽然感觉脑后一阵剧痛,随即便昏死过去。

王轨掂了掂手中沾着血迹的青砖,咒骂道:"好色之徒,死有余辜!"

芷兰本就有洁癖,刚刚被那小厮一顿乱摸,如今又被王轨如此一说,顿觉一阵恶心。

恰在此时,宇文直推开窗子,想要不顾一切地跳下来,芷兰赶忙冲楼上的宇文直摆了摆手,随即从街角推来一辆手推车,车上尽是些破旧被褥。在来八仙楼的路上,她偶遇一个卖破旧被褥的小贩,连车带车上的货物一并买了下来,如今却派上了大用场!

手推车被芷兰推到窗子正前方,心领神会的宇文直一纵身从窗口跳了下来,身上虽是一阵剧痛,却并无大碍,坠落的声响也不大,并未引起楼内之人的警觉。

宇文直从那些令人作呕的破旧被褥中挣脱出来,感激道:"幸亏你们来得及时!"

王轨调侃道:"李夫人乃是神算子,掐指一算便知卫国公今日有难！"

"休听王司录信口浑说！"芷兰催促道，"此地乃是非之地，我们还是快快离开为好！"

宇文直却转过身，深情凝望着楼上的韩湘儿。泪水在韩湘儿满是残妆的脸上肆意流淌着，她哽咽道："你不是……你不是……奴家是真心爱慕于他！"

芷兰不解她口中的"你不是"究竟是何意，可韩湘儿却突然关上了窗子。

韩湘儿心里明白，无论她杀不杀宇文直，恐怕都难逃一死。她约宇文直前来只是想在临死前再见他一面，直到生命将尽时，她才意识到此生最放不下的人究竟是谁！

她至死都不会想到，宇文直从一开始接近她便怀着不可告人的目的，她只是他手中的一枚棋子，不过宇文直却绝想不到韩湘儿居然会为此而丧了命，心中不禁生出浓浓的愧疚之情！

王轨急急道："快走！那伙杀你的人定然不肯轻易善罢甘休，我们还是速速出城为好！"

宇文直摇摇头道："若是我们此时急着出城，无异于自投罗网！"

芷兰焦急道："既然如此，我们又该如何是好？"

宇文直情不自禁地望了一眼那扇已经关上的窗子，咬咬牙道："芷兰跟我走！王司录，此事与你无关，你还是去忙公事吧！"

第二十一章
一别堵门三改火

藏身

宇文直领着芷兰走小路来到韩泰府上,此人的公开身份是横野军的一个幢主,实则是"敌闻司"的别将。

"居然有人胆敢行刺卫国公?"韩泰惊讶过后恨恨地嚷嚷道,"不识好歹的东西,竟敢在太岁头上动土,真是吃了熊心咽了豹子胆,看俺老韩不弄死他!"

宇文直觉得韩泰有些聒噪,不过如今委身在他的府上,却也不好说些什么,只是微微皱皱眉,似乎突然想起了什么,问道:"你们'敌闻司'内部近来可曾有人打探过本公的动向?"

"每月我等皆需上报您的有关情况,不过您放心,卑职心里有数,懂得该如何向上呈报。"

"本公问的是主动打探!"

"主动打探?卑职记起来了,前日从长安赶来的司内校尉刘普曾问过您的近况。他虽自称是第一次来会宁防,但卑职却似乎在哪里见过此人！"

宇文直点了点头，吩咐道："我等藏身在贵府的消息切勿告诉旁人，尤其是司内之人。若是韩别将助我等顺利逃出城去，本公定会在哥哥面前为你好生地美言几句，过不了多久你便可回京出任要职！"

"多谢卫国公提携！俺老韩即便豁上这条老命，也不会让他们伤害您一根汗毛，俺这便派人去打探那伙歹人的来历！"

韩泰走后，宇文直轻轻关上门，若有所思地对芷兰道："看来问题果然出在'敌闻司'！弘一真人之所以能提前得到消息逃脱，定是因'敌闻司'内藏着他们的卧底。据刚刚擒获的'血酬卫'头目萧含雪供述，'血酬卫'意在谋害当今圣上，借助贺兰祥之力拥立宇文贤，那个卧底居然能对贺兰祥施加影响，说明此人的地位定然不低！"

芷兰迫不及待地问："那你觉得他会是谁？"

宇文直咬着牙道："我猜出此人是谁了！"

别离

天空飘洒着大片大片的雪花，大街小巷皆蒙上了一层银装。

宇文直道："他们要杀的人是我！李夫人，我们还是就此别过吧！如今官府已为你们夫妇平反了！你可以回原州了，估计你的夫君过不了多久也会与你团聚！"

芷兰从他的话语中听出了酸溜溜的味道，此时她也不知为何竟对他生出了几丝不舍，凝望着他道："你要去哪里？"

宇文直并未回答，而是为她轻轻拂去脸上晶莹的雪花。她能感觉到他的指尖是如此冰凉,一如此刻他冰冷的心!

宇文直故作轻松地笑笑道:"自然是能容身之处!或许过不了多久,我们便会再度重逢!"

芷兰自然知道他是在敷衍自己,不过她也不便说破,只是轻轻道了一声"珍重"!

此时此刻在她的眼中,宇文直是那么熟悉,又是那么陌生!

一个向东,一个向西,渐渐消失在大雪纷飞的街头!

蹊跷

与宇文直分别之后,芷兰又回到了阔别多日的原州,回到了沈家巷那处熟悉却又有些陌生的宅子。

望着院内干巴巴的树枝和残留的几片枯叶,她一时间感慨万千,曾经的青青芳草如今已然是一抔抔黄土,昔日的郁郁翠槐如今已然是一段段枯枝。

这一个月来,芷兰经历了太多的跌宕起伏与苦辣酸甜,有时惶惶如丧家之犬,有时碌碌如花间之蜂,或许只有那样才能暂时忘却心中的悲痛,如今她却再度闲了下来,竟还有些不适应。

夫君李昞始终都没有现身,曾经与她朝夕相处的宇文直也就此从她的世界中彻底消失了,孑然一身的芷兰顿觉心中空落落的。

她穿上素色圆领对襟小袖衣,套上素色高腰长裙,轻轻锁上院门,想要出去,却又不知要到何处去。在幽深狭长的巷子里矗立许久,她才向着巷口缓缓走去。

来到与巷口相连的十字街上,看着街上来来往往的行人,芷兰顿觉冬日里的阳光是如此地温暖。沿着十字街漫无目的地向前走着，她猛然发现身后似乎有人在跟踪她。她横穿十字街，来到大街另一侧，那人居然也若无其事地跟了过来。

芷兰此时才彻底明白那伙处心积虑陷害他们的人为何会急着为他们平反。李昞四弟置顿大使李璋已先期抵达原州，虽然李璋并无提点刑狱之权，但念及兄弟深情，自然不会对此案坐视不管，这起案子本就经不起推敲，与其让李璋查出些什么，令即将移驾原州的宇文邕起疑心，还不如主动为他们夫妇平反，彻底了结此案！与其让他们夫妇悄无声息地隐在暗处，还不如以平反为名让他们现身，这样便可以轻而易举地监控他们的一举一动！

虽然她今日只是无所事事地闲逛，却很是厌恶这种被人盯梢的感觉，于是悄悄拐进了仓米巷，这个巷子里没有人，身后那人自然不敢跟得太紧，况且这条蜿蜒曲折的巷子有时还会阻隔人的视线。

利用这稍纵即逝的时间差，芷兰轻轻推开了一扇院门，悄悄走进去，然后又轻轻关上，接着将耳朵紧紧贴在院门上，通过院外脚步声依稀判断出，那人在这扇门附近徘徊了许久，最终还是离开了。

芷兰却并不急于出来，确信那人已然走远之后，才悄悄推开院门，快步向前走去。

她不知不觉间走到了西门。在赶着进城的人群之中，一个僧人引起了她的注意。此人双眉如剑，浓密中透着一股杀气；双目如电，眼波中带着一种犀利，腰挎一把戒刀，身披七幅布袖衣，手拄九环锡禅杖，足蹬芒履，裹着绑腿，仿佛是泥塑的罗汉一般。

由于上元节将近，原州对入城人员的盘查也严格了许多。城门口手执长枪的士卒拦住了那僧人，冷冰冰喝道："度牒呢？"

那僧人忙从怀中掏出自己的度牒，递了过去。

芷兰装作要出城，若无其事地走了过去，偷偷瞟了一眼度牒上的文字，又看了看那僧人光秃秃的头顶。

一个瘦瘦的士卒拦下她道："哎！小妇人，你因何事要出城？可随身携带了官凭？"

芷兰忙停下脚步，惊讶道："如今出城还需官凭吗？"

那个士卒哼道："老子是好心提醒你！你若不带官凭，怕是出去了便再也进不来了！"

"谢谢这位官爷，奴家这便回家去取！"说完，她转过身，但那僧人已然混入如织的人流之中，与她渐行渐远。

芷兰暗暗道："额头上居然隐隐有头巾压过的痕迹，若是他刚刚剃度，或许还可自圆其说，可一个出家八年之久的僧人又怎会戴俗家人的头巾呢？此人必是假扮僧人欲行不轨之事！"

就在芷兰犹豫不决之际，一个身穿粗布衣褂的脚夫走到她的身旁，停下了脚步，虽然硕大的斗笠遮蔽了他大半张脸，芷兰依旧能认出此人便是失踪多日的丈夫李昞！

芷兰的眼睛瞬间便湿润了，却又不得不强忍住眼中泪水。

李昞低声道："刚刚进城的那僧人这几日购置了大批木炭、石脂等物，定然有什么不轨的图谋……"

芷兰猛然间又发现了那个曾经跟踪自己的身影，惊讶于此人被她甩掉后居然还能找到此处来。

她说了一声"夫君保重"，便装作彼此互不认识，大步向前走去。

李昞下意识地向下压了压头上硕大的斗笠，循着那僧人行进的方向快步跟了过去!

　　李昞逃脱后一直不敢贸然回家,而是扮作脚夫在城中暗暗探查,居然在无意间查出了一个惊天大秘密!

第二十二章
一灯明灭照秋床

寇边

正月初二是被尊为北周太祖的一代枭雄宇文泰的寿诞之日,每年元日大朝会之后,帝国皇帝宇文邕便会退居体仁殿,素衣素食为父祈福,不再处理国事,也不再接见朝臣,直到上元节前夕才会走出犹如牢笼的体仁殿与民同乐。

可就在万民同庆新年之际,一份十万火急的军情塘报却在朝中掀起了轩然大波。

宇文邕端坐在帘后,留给宇文护的只是一个斑驳的影子。

"启奏陛下,突厥人不知何故突然大举南侵,犯我周境!"

宇文邕沉默半晌道:"突厥人真是不让人安生!莫非这个冬日太过寒冷了,以至于突厥人到了走投无路的地步,又干起了烧杀抢掠的旧营生?!"

"突厥人此时兴兵究竟意欲何为目前尚不清楚,不过他们此番来势汹汹,想必对我大周有所图,我们还是早思御敌之策为好!不知陛下属意何人前去领兵抗击突厥？"

"朕以为大司马乃是不二人选！大司马征战沙场几十年，威名赫赫，况且领兵作战又是他的分内之事。"

宇文护却踌躇道："陛下，如今边关烽烟再起，大司马理应奋不顾身地前去为国杀敌，可怎奈大司马年岁渐大，近来又是百病缠身，若是强撑着病体前去征战，不慎有个闪失，个人生死事小，恐有损我大周军威，对江山社稷大大不利！"

"既然大司马不便前往，杨柱国如何？"

"甚为不巧！昨夜杨柱国不慎从马上跌落，至今仍卧床不起！"

"既然如此，那就只得有劳太保出征了！"

"愚兄听闻太保近来身体有恙，辍朝在家一月有余，尚不知其能否统军，更不知能否胜任！"

"兵圣孙子曾言，胜可知，而不可为。世间本就无常胜将军！"宇文邕对此有着更深的解读。胜往往不可强求，只能静静等待瓜熟蒂落的那一刻！

其实很多硬仗并非是打赢的，而是等赢的，流血虽是不可避免的，但血却不能白流！

"愚兄唯恐他会借病推托！那些跟随太祖一起打天下的老臣如今皆年事已高，恐怕早已不复有当年之勇了！"

"如今大敌当前，难道我堂堂大周竟找不出御敌之人吗？"宇文邕脸色一沉道，"太祖在世时，那些老将们口口声声说誓死追随太祖，马革裹尸在所不惜，如今太祖宾天才不过短短数年，朝廷用他们的时候，他们便总是推三阻四，朕的身后便是太祖灵位，他的在天之灵如今就看着我们！烦请护兄转告太保，如今大敌当前，还望太保切勿推托！"

宇文护狡黠的眼睛快速转动了几下，道："陛下莫要为此心忧，愚兄这便向太保传达陛下旨意！"

宇文护有些步履蹒跚地走出体仁殿，儿子宇文训忙紧走几步，挽住父亲的胳膊，关切地问："陛下意欲派何人前去领兵抵御突厥？"

"侯莫陈崇！"

"怎会是他？此人心机深不可测，绝非可以信赖之人！"

宇文护的脸色变得愈加阴郁，沉声道："如今天下分崩离析，人人趋利避害，又有谁人是绝对可靠的呢？侯莫陈崇的家人俱在长安，为父再派刘文焕以监军之职随军而去，即便侯莫陈崇心怀异志，恐怕也翻不起什么大的波浪！"

三日后，十万北周精锐士卒集结完毕，浩浩荡荡从长安出发，北征突厥。

侯莫陈崇端坐在马背上，对儿子侯莫陈芮沉声道："出了乌兰关，暂且向南行！"

"向南？我们不是北击突厥吗？"

"为父心中自有盘算，我大周最危险的敌人绝非突厥人！你只管照办即可，暂且不要让外人知晓！"

侯莫陈芮面露难色道："此事如何瞒得了您麾下数万士卒？"

侯莫陈崇恨铁不成钢道："兵者，诡道也！打仗不是单靠比勇斗狠便能赢得了的！凡事要好好动一动脑筋！你想想，出了乌兰关皆是尘沙漫天，遮云蔽日，方圆数百里鲜有村镇，单凭人眼难以辨明方向，如今行军皆赖指南车指路，你只需对指南车动些手脚，然后再对领路的斥候笼络一番，我们不就可以神不知鬼不觉地调转行进方向吗？"

"孩儿明白！"侯莫陈芮虽然嘴上说"明白"，心中却满是"糊涂"，不知父亲这么做究竟意欲何为，更不知他的父亲将会为此付出怎样惨痛的代价！

杀妻

月色下璀璨的宝炬，夜幕中华美的灯笼，衬得"李柱国府"一派喜气洋洋。全府上下的役丁、仆妇全都精神抖擞而又小心翼翼地准备着北周皇帝宇文邕的驾临。

身处轩瑞堂内的李基望着窗外的红灯笼，脸色却是格外阴沉，转过头逼视着元赞道："掐指算来，我为你们做事已然六年有余了，可我却一直都未曾与大都主相见，不知是他不肯见我，还是你不想让我见到他？"

元赞忙站起身，拍拍他的肩膀，做出一副亲昵状，道："贤弟何出此言？你我兄弟一场，你竟如此猜度于我？"

"如今这混乱世道，防人之心不可无啊！在下实在不愿看到，大都主做了皇帝，还不识得我李基究竟是何许人也！"

"难道你还怕愚兄贪墨了你的功劳不成？"

"我从来都只信我自己！"

"大都主一向行踪隐秘，岂是谁想见便能见得到的？"

"如若在平日里，大都主或许会隐遁于隐秘之所，不见外客，如今大事将近，他还会有那份闲情逸致寄情于山水之间吗？我料定他就在原州！抑或所谓的大都主根本就不存在，你与在下所言不过是些糊弄孩童的鬼话罢了！"

元赞忙争辩道："如今大功告成之际，你我兄弟切不可心生嫌隙，否则前功尽弃啊！"

李基不以为然道："我来原州已然六年了，在这六年里，我为你们做了多少事，可曾向你们要过任何回报？如若连见大都主这个请求都难以实现，岂不是冷了我和我手下那帮弟兄们的心！"

元赞焦急地踱着步道："贤弟是个聪明人，为何却偏偏参不透这其中的玄机呢？虽说你我早就坐在一条船上，可你毕竟是老贼宇文泰的女婿，那老贼名为我大魏国相，实为我大魏窃国之贼！大都主怎会对你不有所提防呢？待我大魏复国后，你便是我大魏第一功臣，自会享有无上荣耀！"

李基叹了口气道："说到底你们还是不信我！岳丈对在下恩重如山，在下对岳丈也是没齿不忘，可他选定的那个辅政的侄儿宇文护却是阴险狡诈、冷酷无情之辈。尊父、家兄、舍弟皆丧命于其手，如若不是三叔舍命搭救，我李基恐怕也早已沦为他的刀下之鬼了！既然大都主对我李基心结未消，莫不如就此分道扬镳！"

见李基向着门口走去，元赞情急之下忙喝住他道："李司马请留步！若想见大都主说难也难，说不难也不难！你若能手刃国贼之女，毅然决然地与这伪周彻底做个了断。愚兄我即便是拼上这身家性命，也定然会让你与大都主见上一面！"

"好！"李基快步走到门前，猛地推开房门，对不远处的家仆喝道："速速请夫人前来！"

不一会儿，宇文承梅扭动着笨重的身子走进屋内，嘴里还不停地蠕动着，咀嚼着齿木，忍着柳枝的苦涩，忍着桃枝的辛辣，但那口黄兮兮的牙齿却丝毫没有美白的迹象。

她露出大黄牙笑盈盈道："不知夫君唤奴家前来所为何事？莫不是忘了奴家此时正在诵经吗？"

其实这些日子李基也觉察到了她的变化。她时常虔诚地盘坐念佛，高声朗诵大慈大悲救苦救难观世音菩萨宝号。

李基重重地关上房门，恶狠狠地斥责道："你这等蛇蝎女人，即便终日诵经又有何用？佛祖岂会宽宥你这个双手沾满鲜血的贱人！"

宇文承梅直愣愣地望着李基，眼神中充满了不解、疑惑和愤懑。

就在那一刹那，她甚至有些恍惚了，站在自己眼前的究竟还是不是曾与自己同床共枕多年的夫君。

她对李基一见倾心，前夫尸骨未寒之际，她便央求父亲为自己做媒，迫不及待地嫁入了李家。她与李基虽不似寻常夫妻那般如胶似漆，但李基却事事依着她，事事让着她，时时宠着她，时时供着她，无论是夫君，还是公婆，对她一句重话皆未曾说过，可如今当着外人的面，李基竟说她是双手沾满鲜血的蛇蝎女人！

宇文承梅何曾受过如此羞辱，心中怒火顿时便升腾而起，可她还未及发作便发觉夫君脸上居然露出了冷厉的杀气，一向八面玲珑的元赞的脸上居然也好似罩上了一层冰霜。

宇文承梅再也没有了平日里咄咄逼人的架势，不知为何竟生出几分胆怯，忙低声道："夫君何出此言？如此一味浑说，莫不是让元刺史笑话了！"

宇文承梅破天荒地主动服了软，但李基却依旧咄咄逼人道："事到如今，你又何必再继续遮掩呢？我儿究竟是如何死的？他可是我们这一房的独苗，你不能为我李家延续香火尚有情可原，却妒悍成性，无端害死我儿性命，害得我李基无颜面对列祖列宗的在天之灵，留你这等蛇蝎之人又有何用！"

宇文承梅"扑通"一声跪倒在地，乞求道："妾身知错了！妾身真的知错了！还望夫君能看在太祖、圣上的面子上，宽宥妾身，妾身定会痛改前非！"

"马上就要变天了！切勿再拿太祖、圣上来压我！因果乃是天道，今日之果必生于昨日之因！"话音未落，李基拿起果盘中的牛耳尖刀，向着宇文承梅的前胸狠狠刺了过去，由于用力过猛，刀刃几乎全都没入她的体内。

直到鲜血顺着刀刃呼呼向外流淌着，宇文承梅才敢相信眼前的这一幕居然会是真的！

她一直深深爱着他，生怕失去他，不容许任何人在他的心中占据哪怕一丁点儿的位置，此刻她才真正意识到抓得越紧，失去得却越快，或许他从来都没有真正地属于过她！

"我不怪你！你能抱抱我吗？抱我……"宇文承梅艰难地张开嘴，嘴中的血沫溅到了李基的脸上，但还未及说完便一头栽倒在地。

李基本以为自己对她只应有恨，但她那句"我不怪你"居然好似打翻了他心中的五味瓶。

他不由自主地蹲下身子，将手伸到宇文承梅脖颈处，不过却停在了那里，并没有挽起她的头。

"我知道你恨我！我这么做是怕失去你……"宇文承梅说到此处，嘴唇停止了抽动，再也发不出任何声响，眼睛却依旧直勾勾地看着李基。

李基在梦中不知多少次想着自己有朝一日能够手刃宇文承梅，为自己无辜惨死的儿子李瑶报仇，可当这一日真的来临时，他的眼角却不知为何竟被泪水浸湿了，或许是宇文承梅临死之际的真心话打动了他，或许是十几年的夫妻情分使得他一时间难以割舍。

一直冷眼旁观的元赞走到李基跟前，拍了拍手道："李长史对我大魏忠诚可嘉，其心可见！你很快便会见到大都主！等到我大魏复国那一日，你便是如前汉之张良、蜀汉之诸葛亮那般的开国功臣！"

听到屋内有动静，一个老仆忙提着灯笼来到门口，并未关紧的屋门突然被凛冽的风刮开了。

见到女主人宇文承梅竟躺在一片血泊之中，那个老仆顿时吓得大惊失色，手中的灯笼"啪"的一声掉落在地上，烛火将灯笼纸点燃，整个灯笼噼里啪啦地燃烧起来……

真面

漆黑的夜是如此漫长，仿佛永远都等不到尽头，芷兰静静倾听着铜壶滴漏在滴答作响，仿佛这个小小的铜壶与烟波浩渺的大海相连，里面的水永远都滴不完。

突然，芷兰听到了异样的声响，猛地坐起来，发觉屋内赫然站着一人！

芷兰忙伸手从枕下取出那把明晃晃的剪刀，做出一副与不速之客同归于尽的架势。

"莫怕，是我！"

听到这久违的熟悉声音，芷兰的眼泪竟不争气地扑簌簌落了下来。

芷兰想要点燃屋内的烛火，好好看一看夫君如今的样貌，李昞却拦下她道："莫点火烛！这个宅子已被他们严密监视起来！"

两人沉默良久，李昞才开口道："今夜我是特地来向你告别的！"

"告别？夫君要去往何处？"

"那伙歹人妄称当今天子乃是魔君转世，以吸食幼童骨血为生，还说那些失踪的孩童如今就藏在'李柱国府'上，借此鼓动胜捷军中那些丢失孩童的将校们趁天子移驾原州之际犯上作乱！我李家世代忠义，即便是拼上这身家性命也要拦下他们！"

"虽然你我皆已被官府平反，但那些丢失孩童的将校们却仍旧认定澄儿便是那吸食人血的恶魔，夫君如何能拦得住他们呢？"

李昞凛然道："明知不可为而为之，方为大丈夫！我绝不忍心眼睁睁地看着那些曾一同出生入死的弟兄们走上这条不归路！"

芷兰叹了口气道："如今你我在这原州城中早已是声名狼藉，若想让那些丢失孩童的将校们信你，只有找到那些失踪的孩童，彻底揭穿他们的真面目！"

"可这又谈何容易啊？"

"若是寻对了路径，未必办不到！奴家等的消息恐怕也快到了，还望夫君务必再等上一两日！"

次日，芷兰一直在等的人终于出现了，那是一个素未谋面的小厮，推着一辆世人唤作"浪子车"的平板手推车。

芷兰盯着那辆破旧不堪的浪子车看了一阵，指着车上载着的货物道："这是……"

"这是准备在城中售卖的货物，卫国公特地叮嘱小的先来寻李夫人,小的进城后便径直来了沈家巷!"

"你是几时动身来原州的?"

"日出时分!小的在路上不敢有丝毫耽搁!"说着小厮从怀中掏出一摞官档誊写件递给芷兰,虽非原件但其上却盖有官印,道,"卫国公托小的给您带个话,中途遇到些麻烦,加之路途遥远,故而耽搁了些时日,但您要的东西皆在其间。若是李夫人没有别的吩咐,小的便告辞了!"

芷兰打开院门,小厮推着浪子车向着巷口走去,但芷兰却并未急着关门,凝视着他的背影,目测着他行进的速度。

直到那个小厮慢慢消失在曲折的小巷中,芷兰才走到屋内翻看起那些官档誊写件,显海法师的真面目也渐渐显露了出来!

显海法师为邓州邓宁郡尚安县[1]人,那里本是羌人地域,此地纳入西魏版图时间较晚。他出家前名唤陈涌江,生于北魏延昌二年(公元513年),于西魏废帝二年(公元533年)在原州法华寺出家,后辗转秦州宝应寺、利州兴隆寺、益州华盛寺等地修行。

陈涌江还有一弟名唤陈涌海,不过兄弟两人却相差二十余岁,性格也是迥然不同。哥哥生性恬淡,为人忠厚,弟弟却生性顽劣,为人奸猾。陈涌海年轻时曾干了许多偷鸡摸狗、调戏妇人等不法事,屡屡遭受官府的惩处,因劣迹斑斑而不为乡人所容,只得背井离乡,漂泊在外。

武成二年(公元560年),陈涌海前往益州华盛寺拜会多年不见的哥哥陈涌江,此次会面后不久,陈涌江便离开了生活了十余年的华

---

[1] 治所黑水城,今四川阿坝九寨沟县。

盛寺，与弟弟结伴北行。

他走后不久，一伙身份不明的山匪在一个电闪雷鸣之夜洗劫了华盛寺，全寺僧人皆被他们残忍屠杀，竟无一幸免！

如此一来，近些年与显海法师相熟之人便皆已丧命，不过"敌闻司"却在龙州[1]意外找到一云游僧，此人曾在华盛寺小住过些许时日，曾与显海法师有过几面之缘。据他讲，那时的显海法师已然显露出些许老态，因此他并不信显海法师真的精通什么不老之术！

显海法师在离开华盛寺一年后重返最初出家之地原州，虽然此时他已年过五十，却仍旧保持着二十多年前的样貌，面容清秀，皮肤白皙，身材魁梧，当年曾与他一同修行的僧人们无不称奇！

世人皆说显海法师得到了佛祖真传，懂得长生不老之术，于是一时间声名鹊起，他的弟弟陈涌海却再也未曾出现过！

芷兰暗暗道："好个丧心病狂的弟弟！为了出人头地竟对自己的亲哥哥痛下杀手！"

如今她手中那摞官档誊写件便是揭开显海法师伪装的利刃，但仅凭这些恐怕还说服不了那些被谎言所蒙蔽的将校们。

找到那些失踪的孩子才是当务之急！既然显海法师对那些将校们口口声声说，丢失不见的孩子就藏在"李柱国府"，如若最终并未寻见，势必会激起众怒，到时他们定然无法收场！

原州境内驻扎有胜捷、定安、建威三军和城防营，原州以东和以南多是山地，不利于大队军马行进，只在山隘处设有关卡，主要在原州城以西和以北进行布防。

---

1 治所江油郡江油县（今四川绵阳平武县），辖江油郡、马盘郡、静龙郡三郡。

定安军原本驻扎在原州城西一百五十余里的归原堡，如今却被调往会宁防，横野军又迟迟不来归原堡接管防务，以至于从乌兰关至原州二百余里竟无人防守。

建威军一直戍守在原州城北的高平川，那里是阻断北面之兵南下的重要屏障，建威军军主陈弼是元赞的心腹，但元赞也不敢贸然将其调入城内，否则原州城北部门户便会顿失！

目前"候官署"手中只握有城防营和胜捷军这两个砝码，城防营非正军，并不受司马节制，只受刺史调遣，自然会听命于元赞，但军中多是年老体衰者或是正军裁汰之人，若想守住原州，必然要设法掌控胜捷军。

李眄担任胜捷军统军多年，军中将校多是追随他久经战阵的僚属和部将，元赞自然难以将其策反，于是才无所不用其极地疯狂陷害李眄夫妇！

"候官署"若想让那些胜捷军将校们死心塌地追随他们，必然要想方设法使得显海法师之言变为现实，如愿在"李柱国府"中找到那些失踪的孩童，可如今那里却是皇帝驻跸之所，必然戒备森严，若想在府上神不知鬼不觉地藏下几十个孩童，恐怕绝非易事！

莫非是李基？如今李基是芷兰最为捉摸不定之人！

危局

傍晚时分，静寂无声，只能偶尔听到呼啸的风声。

芷兰猛然间发觉书案案头的那株梅花竟然开了，只是玉瓶中的水不知何时凝结成了冰。

她拿起笔将所有线索皆在纸上重新梳理了一遍，眉头不由自主地皱了起来，愈加觉得北周如今正处于一个生死攸关的危局之中。

院外传来阵阵叩门声，芷兰忙去开门，来人居然是孝伯！

芷兰在炉内加了几块木炭，孝伯将两只冰冷的手放在炭火上烘烤着，道："深夜前来叨扰，还望李夫人见谅！"

"不碍事！"芷兰缓缓问道，"你此番前来想必是有要事吧？那本簿册上被撕去的几页究竟记载着些什么，你可查清了？"

孝伯却摇摇头，宽慰道："潜藏在乌兰关的'血酬卫'已被我们擒杀殆尽，李夫人还有什么可担忧的呢？"

其实这反而是芷兰最为担心的，"血酬卫"的人一向做事严密，行事凶狠。为了将自己人安插进津桥班，他们不惜连杀五人，布下一个如此之大的局，可谓煞费苦心，可他们却如此轻易地暴露了自己的行踪，以至于功亏一篑，这其中应该另有隐情！

孝伯感慨道："天日昭昭，人心灼灼！多行不义之人纵使机关算尽，却终究是百密一疏！看来连上天都庇佑我大周！我来找你是因收到了一封信，却又不知是谁寄来的！"

芷兰忙接过信，打开信封，信纸上誊写的似乎是某人所记流水账，先是年份，然后是姓名，姓名下面还有数字。

她的目光无意间扫过"新帝二年"的时候，心头不禁随之一颤。

这部流水账按照时间顺序排列，从大统七年一直记到大统十六年，随后便是"新帝二年"。

新皇帝登基后往往会颁布新年号，力图展现出新气象，可西魏皇帝元钦继位后却并未改元，百姓们便只得继续沿用"大统十六年"这个老年号，转年新皇帝仍未颁赐新年号，民间便索性记作"新帝二年"。

元钦因不满权臣宇文泰大权独揽,意欲将其铲除,不过却因事情泄露先被废,后被杀,"新帝二年"实际上便是官档中的"后魏废帝二年"。

就在这一年下面,芷兰竟然看到了一连串熟悉的名字,田八郎、席将平、陈道江、许三城,这四个名字之下皆对应着一个数字,写的均是四百五,更令芷兰感到震惊的是就在这一年,他还发现了另外一个熟悉的名字,那便是石守梁,其下所写金额竟高达一千!

面色凝重的芷兰将那封信缓缓递给满脸愁容的孝伯。

孝伯语气低沉道:"这应该就是罗定山受贿的罪证!这是誊写件,原件想必便是罗定山亲手所写。这些日子,在下一直命人追查罗定山的底细。此人出身微末却又能力平平,考绩却常常是中上等,从一众胥吏中脱颖而出,看过这封信后,这些疑问或许便迎刃而解了!

"罗定山在大统七年成为户曹书吏。户曹掌管户籍簿册,可以利用职责之便替人伪造新身份,然后再安排此人充做官役,不过拣选官役人员却有着严格的程序,他于是便打通其中关节,还为其充做保人。只待官役期满,官府便会下发服役文信,也就意味着此人的新身份得到了官府认可,自然也就不会再惹人生疑!

"此人想必据此搜刮了大笔钱财,不断向上司行贿求得升迁。从刚入门时的杂事吏转为书吏,又升为掌吏,随后迁工市丞,从流外转为流内,从吏转为官。后来奉命督造乌兰桥,又贪墨了一大笔银钱,桥成之后升任工市令。他这一路升迁皆是金钱开道……"

孝伯关注的是罗定山升迁的内幕,可芷兰担忧的却是至今身份成谜的石守梁,不得不打断他道:"石守梁或许才是当下最危险之人!"

孝伯不以为然道:"一个素来胆小怕事的跛老头?他作为津桥班班主,虽也管着几个役工,却不过是个石匠头儿而已,又有何惧?"

"那日石守梁来驿馆被黑皮追赶时夺路而逃,却不似平常那般跛了,当时我并未多想,只是觉得他是被狗吓的,却忽略了另外一种可能,他平日里的跛是刻意装出来的!"

"既然他的腿好端端的,为何要装成跛子呢?"

"定然是为了更好地隐藏自己!或许真正的石守梁便是个跛子,抑或这个假石守梁走路异于常人,怕被人识破!"芷兰停顿了一会儿,惊叫道,"我们曾在发现罗定山尸身的那个废弃佛寺中和曹津平遇害的卧房中都发现过一种奇特的足迹,只有常年在船上行走之人才会留下这种足迹。恰巧孙展功早年曾随父亲以捕鱼为生,我们便据此断定罗定山是被其所害,或许真凶乃是深藏不露的石守梁!"

"你是说石守梁才是杀害罗定山和曹津平的真凶?"孝伯却摇摇头道,"既然孙展功连杀田八郎等四人,为何不一鼓作气将罗定山也一并清除呢?石守梁为何要主动跳出来杀人呢?这不合常理啊?"

"或许是因罗定山识得石守梁的真实身份,抑或还握有他真实身份的证据,石守梁这才决定铤而走险与罗定山见上一面。孙展功当时只是遵照弘一真人吩咐将车与人放至指定位置。车是孙展功借来的,人也是孙展功接来的,即便官府追查起来,也只会查到孙展功的头上!"

"难道石守梁也是'血酬卫'的人?若是如此,他为何要出卖自己的同伙呢?为了隐藏自己便上演了这出苦肉计吗?那可是四条人命啊,这么做是不是有些得不偿失呢?"

"若他果真是'血酬卫'的人,这么做的确有违常理,可他若是

'候官署'的人呢？这并非是得不偿失而是得偿所愿了！"

孝伯不解道："得偿所愿？"

"乌兰关虽小，却是连接关中与陇右的门户，无论是'血酬卫'，还是'候官署'，都希望在此紧要之处安插进自己的人。石守梁多年前便奉命潜伏于此，但'候官署'却对'血酬卫'刻意隐瞒了此事。如今阴谋将近，'血酬卫'提出要安插亲信控制乌兰桥，'候官署'虽不希望他们染指此处，却也不愿就此暴露石守梁的真实身份，只得虚与委蛇。等到'血酬卫'的人果真渗透进了津桥班，石守梁便借我们的手将'血酬卫'的人一一除掉，可以继续独自掌控乌兰桥，还可将自己藏得更深！"

"这不过是你的猜测而已！为了对抗我大周，'血酬卫'和'候官署'一贯相互勾结，又怎会轻易反目呢？"

"皆因他们各有各的算计！他们的共同目标是谋刺当今圣上，但若得手之后便会各行其是。'血酬卫'意欲拥立宇文贤，'候官署'意在篡夺我大周江山。双方本就各怀鬼胎，谁都想掌控局势走向，为了争夺乌兰关势必要进行一番明争暗斗！"

"此间情形居然会如此复杂！"孝伯紧皱眉头道，"虽说我大周如今精锐尽出，但各州郡尚有兵士戍守，长安还设有西京留守，那'候官署'即便能蛊惑和笼络些人马，就凭这些人恐怕也难成大事，他们也太自不量力了吧？"

"他们若想复国，必然会借助外力！"

"如今突厥兵锋虽盛，但太保也是征战沙场的老将，麾下又尽是我大周精锐，突厥人一时半会儿恐怕还杀不到乌兰关！"

"突厥人并不足虑！"芷兰突然话锋一转道，"你可还记得乙弗凤？我大周首位天子宇文觉一直将其视为心腹，当年正是乙弗凤怂恿尚且年幼的宇文觉借入宫之机诛杀权臣宇文护，这才惹出一场大变乱。我一直在想当年他如此做会不会还有着什么不可告人的目的！"

孝伯听得一头雾水，忙劝阻道："此事已过去了六年之久，李夫人为何还要旧事重提？"

芷兰继续道："如今细细想来，此人身上有着太多耐人寻味的地方！乙弗凤先祖曾创建乙弗无敌国，称青海王，后并于吐谷浑。乙弗凤的高祖父乙弗莫瑰率本部族归顺前魏，由于乙弗家男子大多生得魁梧俊美，他们家连续三代皆娶前魏公主为妻，他的父亲乙弗瑷就曾迎娶前魏孝文帝第四女淮阳长公主。乙弗家女子也大多容貌秀丽，很多人嫁入前魏皇室，他的亲姐姐乙弗英娥就嫁给后魏文帝元宝炬。既然乙弗家族与魏皇室是一损俱损、一荣俱荣的姻亲，乙弗凤又岂会对我大周忠心耿耿呢？或许他也是'候官署'的人，当年竭力怂恿年幼的宇文觉诛杀宇文护，实则是想要引发我大周的内乱，如此一来他们便可趁乱辅佐元氏余孽复国！"

孝伯见芷兰居然长篇大论地谈及这些似乎不太相干的旧事，心中未免有些焦急，敷衍道："李夫人真乃睿智之至，不过乙弗凤已然伏诛，即便他果真如李夫人所言，确系'候官署'的人，又能如何呢？此人已经作古六年有余，对当今局势又能有多大影响呢？"

"乙弗凤虽死，却依旧是关键之人！"

孝伯将信将疑道："他？一个死了六年之久的人？"

芷兰点点头道："'候官署'若想复国，势必会借助外力，他们究竟要借助何人之力呢？奴家觉得不会是彪悍的突厥人，元氏当政时对突厥人并无多少恩惠，如若贸然邀突厥人入关，无异于引狼入室，如此一来元氏余孽岂不是为他人作了嫁衣，到头来怕是会空欢喜一场！他们不会想不到这一层！他们真正所依仗的外力是吐谷浑人！"

"吐谷浑人？"

"不错！魏皇室与吐谷浑王室同为鲜卑族，自然要比突厥人亲近许多。吐谷浑可汗夸吕曾迎娶前魏济南王元匡孙女广乐公主为妻，一直奉前魏为正朔。我大周代魏之时，吐谷浑人为了报复还曾大肆攻掠凉州等地，虽说如今两国已然修好，吐谷浑也向我大周纳贡，但吐谷浑人却一直都心怀异志。如今吐谷浑立国二百余年，东西两千里，南北千余里，彪悍尚勇，虽不及我大周疆域辽阔国力强盛，军力却不容小觑。吐谷浑一旦与'候官署'里应外合，必会使得我大周遭受重创。"

芷兰在面前的小几上摊开一张北周舆图，这张舆图已被她翻看得有些破旧了，指着道："会宁防外的铁索桥已被阎士德下令拆除，新桥又尚未建好……"

孝伯抢白道："在下刚刚得到消息，灵州城外的木桥因不慎失火也已被损毁。"

芷兰似乎早就对此有所预料，继续道："如今两桥尽毁，若是吐谷浑偷偷从乌兰桥渡河，然后再将乌兰桥损毁，如此一来太保统帅的大周精锐便会被彻底阻隔在黄河西岸。太保若想重回关中便只剩下两条路可以走，要么挥师北上，从永丰镇渡河，但永丰镇与突厥人的领地近在咫尺，突厥人恐怕早就张网以待；要么率军南下，从金城津渡河，但在通往金城津的必经之路上却有个险峻之处名为商原坡，两侧皆是黄土台地，中间只有一条蜿蜒曲折的小路，吐谷浑只需在此设伏便可重创我大周军。如若让其奸计得逞，太保势必陷入进无可进，退无可退的两难之中。"

"真没想到局势会如此危急!"

芷兰心有余悸道:"这还不是最可怕的!你可还记得那消失不见的一千箱盔甲军服?足足可以装配四五万人。如若吐谷浑精兵换上我大周的盔甲军服偷袭入境,从乌兰关渡河后直取原州,抑或趁乱长途奔袭长安。你可还记得六年前告密的宇文盛吗?如今他已调任泾州[1]刺史,如若他再从旁策应,长安屏障尽失,长安恐将危矣!我大周恐将危矣!"

孝伯的面色变得愈加铁青。换防令下达后,定安军迫不及待地移驻会宁防,可横野军却不愿去往荒凉不堪的归原堡,一直在借故拖延,年前只是派了些老弱残兵去归原堡充充样子,大队人马何时移驻归原堡还不得而知。会宁防防主阎士德、原州刺史元赞对此全都坐视不管,从乌兰关到原州这一路上皆成了不设防之地。

近来北齐在边境地区活动频频,驻扎在同州的北周主力已经悉数调至蒲坂,侯莫陈崇一旦被阻隔在黄河以西,那么危机四伏的关中便真的成了防守空虚之地,如若皇帝被刺,国都沦丧,关中势必大乱,突厥必将南侵,伪齐必会东进,南陈也将攻蜀,若真的到了那时,北周将会沦为四战之地,恐将不保!

孝伯告辞道:"在下即刻返回关内!如今圣上距原州还有不到一日的路程,或许我们还有挽回的余地!"

芷兰伸手拦住想要转身离去的孝伯,面色严峻道:"且慢!在此紧要时刻,究竟是何人命你离关来原州公干?"

---

1 治所安定郡安定县(今甘肃省平凉泾川),管辖安定郡、安武郡、平凉郡、平原郡四郡。

"在下乃是奉会宁防衙署之命来原州接洽军需供应之事!"

"你手中的官文书可否让奴家看上一看?"

孝伯忙从怀中取出那张官文书,芷兰接过后上看下看,左看右看,看个不停。

孝伯急着要离开,见此情形急得火烧火燎一般,忙开口解释道:"此纸乃是官用的蜀地印花棉纸,这印信我也命人仔细勘核过,与关内预留之印鉴丝毫不差!"

芷兰冷冷道:"这印信虽是真的,这纸也是真的,但这官文书上的内容却是伪造的。"

孝伯随即惊道:"这怎么可能?"

芷兰凝视着这张文书,面色严峻道:"如若是会宁防签发的官文书,必然是先命人写就公文内容再加盖官印。你且看这份文书,浓重的券墨浮于朱红色印信之上,必然是有人事先盗取官用棉纸,预先加盖好会宁防官印,但这纸上的文字却是后写上去的!想必你已中了他们的调虎离山之计!"

孝伯左手拿着那张伪造的文书,右手紧紧攥成拳头,用力向下挥去,懊恼道:"真是防不胜防!如今我已棋错一着,这可如何是好?"

芷兰忧心忡忡道:"乌兰关距离会宁防和原州城皆有将近二百里的路程,沿途又颇为荒凉,鲜有人烟,如若乌兰关有什么异动,消息传到会宁防通常也需要一两日的光景,即便快马加鞭也得半日多,等到原州再得到会宁防的通报或许已然过去了两三日之久,他们此时或许已经开始动手了!"

孝伯似乎记起了什么,道:"如今那玄点图还藏于关衙档库之中,乌兰桥怕是一时半会儿还毁不了!"

芷兰忧心忡忡道:"如若石守梁果真是'候官署'的人,他让'血酬卫'盗得的玄点图又岂会是真的呢?"

闻听此言,孝伯脸上最后一丝残存的血色也消失得无影无踪。

芷兰叹了口气道:"但愿我们还有机会!出了院子,记得甩掉身后的尾巴!"

死战

在漆黑的夜里,在凛冽的寒风中,雪花漫天飞舞,天地间只剩下一人一马。

孝伯策马一路狂奔,马鬃上凝结了厚厚的一层冰雪,马的口鼻之中喷出白花花的雾气。

孝伯勒紧手中缰绳,胯下坐骑发出摄人心魄的嘶鸣声。

拂晓时分,孝伯隐隐听到了黄河的波涛声。

石守梁坐在乌兰桥边,焦急地望着黄河西岸,一转头居然发现了孝伯,先是一惊,继而狠狠地在地上啐了一口,骂道:"既然镇将大人一心寻死,便怪不得旁人了!"

石守梁站起身,猛地抽出刀,与此同时藏在黑暗角落中的十几个麻衣人也手执利刃纷纷向着孝伯杀过来。

孑然一身的孝伯这一路赶来虽是筋疲力尽,却不胆怯,挥舞着手中的马槊向着石守梁刺了过去。

打了一阵,河西岸隐隐传来震天动地的马蹄声,石守梁面露喜色道:"吐谷浑人果然如约而至,我大魏将兴,伪周必亡!伪周必亡!"

第二十三章
丹旌电烻鼓雷震

下榻

　　夜幕中，仿佛是这寒风吹开了满城的火树银花，每条街道都飘着香气，每个巷子皆传来箫声！

　　边陲重镇原州也如长安城那般实行宵禁制度，只要夜禁鼓一响，大街上便再也没有了行人身影，不过上元节前后特许开禁三日，大街小巷月光如水，灯火通明，月光与灯火交相辉映。全城百姓竞相奔走，到处皆充斥着欢乐的人群，到处都遍布着香车宝辇，却殊不知就在今夜一场血腥搏杀即将上演！

　　正月十四，太阳渐渐西斜，在右宫伯中大夫张光洛统帅的禁军护卫之下，北周皇帝宇文邕的卤簿依仗缓缓进入原州城。

　　左宫伯中大夫宇文神举率领一百余名士卒驻扎在城外策应，宇文邕的贴身宦官小颖子居然并未追随自己的主子一同进城，而是神不知鬼不觉地留在城外某个僻静之处。

　　就在城中百姓争相一睹皇家仪仗风采之际，芷兰却骑着马急匆匆向城外奔去。

那个奉宇文直之命给芷兰送官档誊写件的小厮自述是日出时分动身向原州城赶来，日出时恰恰下了一场雪，不过雪很快便停了。

芷兰特地留意过那人所推的浪子车，车身上有一层薄薄的积雪，但车身左右两侧积雪融化的速度却不尽相同，右侧的雪明显要融得更快一些，说明那一侧日照更为强烈，而太阳当时在东方，那人必是从南向北而来！

根据车上雪融化的速度大致推算，他来原州的路上应该用了两个时辰，芷兰目测其行进速度大概为每个时辰二十里，因此她断定那人的动身之地离原州城大致有四十里左右。

她忽然想到了一个地方，那是一个既能藏身，又便于逃遁的绝佳之处，当地农户似乎又都有着不为人知的隐秘身份。她决意前往那里去寻他，因为自己心中有着太多的话想要对他说！

用过午饭后，芷兰便开始在城内漫无目地兜兜转转，实则是想要借机甩掉身后"候官署"派来监视她的人，可直到黄昏时分才如了愿，但让她始料未及的是，她的背后却还有另外一双令人不寒而栗的眼睛正在悄悄地注视着她！

崔新运曾特意叮嘱那些跟踪芷兰的人："务必要悄无声息地盯紧独孤芷兰，如今我们只能通过她才能找到我们要找的人！"

天很快便黑了下来。守城的士卒合力搬开城门左右两边的拒马，转动机枢拉起吊桥，用力推着那两扇厚重的镶铁楠木城门。

一阵艰涩的门枢转动声响过，两扇城门缓缓闭合在一起，将浓浓夜色阻挡在城外。

六名士卒一起扛起立在门边的硕大门闩,喊着整齐的号子将门闩放进落槽之中。

浓浓夜色吞噬了整座原州城,随着宇文邕的到来,原本暗流汹涌的城内也变得愈加凶险!

"李柱国府"内人头攒动,喜气洋洋,即便是厨房的下人们,也皆穿上了刚刚裁好的新衣衫。

刚刚从瓜州任所急匆匆赶回原州的李贤率领全府上下恭迎宇文邕的到来。

宇文邕缓缓走下车,命众人免礼平身,与李贤热络地寒暄了几句。他在拥挤的人群之中并未发现姐姐宇文承梅和姐夫李基的身影,竟也没有感到惊讶。

宇文邕顾不上疲惫,径直来到吴三娘的房中,奄奄一息的吴三娘依旧昏迷不醒。

百感交集的宇文邕拉着吴三娘软弱无力的手,眼中泪水不停滴落下来,哽咽道:"吴妈,朕为你带来了全天下医术最精湛的医师,你定会好起来的!"

李贤忙低声劝道:"陛下,您对贱内的一片深情,臣等实在是感激不尽!不过您从长安一路赶来,鞍马劳顿,还是暂且先去歇息吧!"

宇文邕依依不舍地松开了吴三娘干瘪的手,饱含深情道:"吴妈保重!你一定要挺过来!"

李贤领着宇文邕来到刚刚修葺一新的正房,安排妥当后便悄然离开了,门口特意安排了几个聪明伶俐的婢女候着!

紫檀几案上,洒金香炉中焚着龙脑香,琉璃瓶中插着珊瑚树。沉香眠床上,明晃晃的银钩挂着大红锦帐。宝鼎中香气氤氲,衬得朱灯焰光愈加璀璨。

在宇文邕的眼中，如今一切的奢华都不过是过眼云烟罢了！

就在今夜，就在此地，一番惊心动魄的厮杀即将上演，赢家与输者或许就在一念之间，一夕之间！

说服

胜捷军驻扎在原州城西，营房后面是宽阔的校军场。之前校军场扩建时曾拆除了围墙外废弃数年之久的灵虚观，城中一时间流言四起，说李昞一意孤行拆了道观，放走了妖怪，如今他却要在这里戳穿那伙歹人险恶的阴谋！

定更时分，陆续有人举着火把赶来，刚刚还一片寂静的校军场刹那间变得聒噪不堪。

"如今究竟是几更天啊？"

"我也搞糊涂了，刚刚分明听见更夫敲了两下！"

"是啊！可是我却未听见一更的更声响起啊！"

……

李昞依照芷兰之计，用重金收买了营内更夫。定更天时，更夫并未照常打更，而是等过了一刻，直接打了二更。

就在今夜，那些将校们与显海法师约定以更夫的更声为准来校军场集合，但众人却不知为何竟未听到定更的更声！

这使得本就焦虑不安的将校们变得愈加心神不宁，那些本就心存犹豫者借故不出，即便是来到校军场的将校们也是疑虑重重。

议论声突然戛然而止，他们发现空中竟飘洒着一张张白花花的纸片,将校们争相捡拾着那些从天而降的纸片,看完后不约而同地向显海法师投去异样的目光。

显海法师也好奇地捡起一张,看后气愤道:"污蔑!尽是赤裸裸的污蔑!"

李昞纵身从瞭望台上跳了下来,指着显海法师厉声道:"事到如今,你这伪秃驴居然还在演戏!"

李昞对众人高声道:"本司马手中握有官档眷写件,其上还盖有官印。如若谁人不信纸上所言,自可去查阅官档。显海法师早就死了,如今站在你们面前的其实是显海法师的亲弟弟,也是杀害他的真凶陈涌海!"

陈涌海断然否认道:"休听此人胡言乱语!贫僧从未有过什么弟弟!也不知这陈涌海究竟是何许人也!"

在官档眷写件面前,他的辩驳未免显得有些苍白。

李昞振臂一呼道:"李昞曾与诸位兄弟同生共死。我家澄儿便是被那伙歹人所害,今口实在不愿看到这家破人亡的悲剧再度发生在你等身上,若想找回你们失踪许久的孩儿且随我李某人来!"

陈涌海声嘶力竭地拦阻道:"休要随他去!李昞乃是恶鬼附体,你们去了便有去无回!"

"闭嘴!随后再收拾你!"李昞转而对诸将校道,"我李昞平素里是何许人也,想必诸位兄弟心中有数。如今我子然一身前来,又未携带任何兵刃,你们随我去寻自己丢失的孩儿何惧之有?况且你们失踪多日的孩子正在焦急地等待着你们的到来!"

见局面几近失控,几个早就被显海法师策反的将校大叫道:"弟兄们,莫忘了,张酒糟之子虎子便是被其所害,如今他们一家皆被恶鬼附体，切勿信他！切勿信他！"

李昞冷笑两声道："恶鬼附体？我家澄儿若是未服下你们所下之毒，又岂会变得人不像人，鬼不像鬼！今夜，你们只需跟随我李昞前去一探究竟便可知到底谁是人，谁才是鬼！"

那几个将校情急之下居然挥刀向李昞砍杀过去。李昞并未携带兵刃，毫无还手之力，只得吃力地左躲右闪，上蹿下跳，却始终挣不脱那慑人的刀锋，几个回合下来便已累得气喘吁吁，汗流浃背。

几个平素里与李昞交好之人见状忙抽出兵刃，横在李昞身前，高声喊道："你等休要伤害李司马！显海法师，你若不是心虚，为何要阻拦我等与李司马一同前去？去了不就一切都明白了吗？！"

"对，去了便一切皆明白了！我等愿意随李司马前去一探究竟！"其他将校纷纷附和着。

越来越多的人要跟随李昞离去，仿佛汇成一股势不可当的洪流！

李昞领着众人来到与"李柱国府"仅有一墙之隔的破败不堪的尼姑庵，此处与"李柱国府"有暗道相连。

芷兰断定那些失踪不见的孩童很可能会被藏在暗道之中，那里不易被发现，随时可以转移到"李柱国府"，从而嫁祸给天子和李家人！

这些日子，李昞时常趁着夜色在"李柱国府"周边探查，意外撞见一伙僧人趁着夜色将木炭石脂等物运入暗道中，还发现了暗道入口便在李氏家庙院中那棵桃树之下。

今夜李昞分身乏术，只得去寻刘济世。

其实李昞与刘济世乃是生死兄弟，之前不过是合唱了一出苦肉计而已，刘济世借此获取"候官署"余党的信赖，获知了他们以失踪孩童相要挟迫使胜捷军的将校们乖乖就范的险恶计谋。

李昞将暗道入口位置告诉了刘济世，刘济世领命后进到暗道之中搜索孩童的下落。

李昞带领众人到来的时候，刘济世早已候在那里，不过却浑身是血，身后是四五十个孩童，眼神之中皆透着惊恐不安。

那些将校们狂奔过去，紧紧搂住自己朝思暮想的孩子，有的失声痛哭，有的大笑不止，有的好言劝慰，有的叹息不止，那些没能寻见父亲身影的孩子们蹲在地上伤心地啜泣不止，各种声音在这个寒冷的冬夜里交织在一起。

唯有李昞和刘济世木然伫立在寒风中，他们已永远地失去了自己的孩子！

李昞颇为伤感道："我们如此做是不是有些太过残酷了！"

虽然李昞并未亲眼见到刘济世妻儿被残忍射杀的场景，但那血腥一幕却时常出现在他的脑海之中，还有噩梦里！

刘济世沉默良久道："翠芬是伪齐'钦天监'派来的间者，无论如何恐怕都难逃一死！只是这海儿……虽不是我亲生，却死得着实有些可怜！"

"此事皆因我而起，我李昞今后定会设法补偿于你！"

"这不关你的事，是在下一时昏了头。无论如何，孩子都是无辜的，我得暇了会时常去祭奠他。"

李昞拍拍刘济世的肩膀道："消弭战乱，铲除奸佞，还我大周一个朗朗乾坤，或许便是对那些逝者最好的安慰！你与众兄弟带着这些孩子速速回营，关闭营门，不论发生何事也不得放一人出营！"

刘济世不解道："如今天子有难，我等前去救驾岂不是会立下不世之功？！"

李眪长叹一声道:"如今不知这胜捷军之中究竟有多少人已被'候官署'策反,也不知有多少人是'血酬卫'的间者,他们都在伺机而动,若是给了他们可乘之机,天子岂不危矣?"

"难道我们就坐视天子遇难而不管吗?"

李眪伸手取下刘济世腰间的无涯刀,朗声道:"你等暂且回营,我一人前往即可!"

刺杀

不同于城内的热闹和喧嚣,隐在夜幕之下的玄妙观显得肃杀而又寂静。往年大殿两廊上都会亮起诗牌灯,引得无数香客在此驻足观看,今年却显得格外黯淡与冷清。

李基走进三元殿,殿内只有几点微弱的烛光,见一人坐在殿内,赶忙跪拜道:"属下参见大都主!"

大都主缓缓站起身,跃动的烛火映在他的脸上,使得他那张饱经沧桑的脸阴晴不定。

李基突然惊道:"大丞相?您居然还活着?"

一个苍老的声音回应道:"老身乃是大魏正朔,岂会轻易死去,只要老夫还活着,大魏便死不了!"

令李基万万未曾料到的"候官署"大都主居然会是已然"死去"近十年之久的元欣。元欣曾追随北魏孝武帝元修入关,历任太傅、录尚书事、太宰、司徒、大丞相等要职,官职之高为西魏宗室之首。他之所以能始终身居高位,得益于权臣宇文泰对他的信任。

元欣给世人的印象是粗俗轻率,喜好鹰犬,酷爱游乐,似乎是个追求享乐的碌碌无为之辈，实则心思缜密，深藏不露。

为了彻底摆脱"敌闻司"的监控，老谋深算的元欣于恭帝元年（公元554年），也就是西魏灭亡前三年诈死，实则悄无声息地躲在幕后，暗中招揽"候官署"余党，策反那些心系魏室的大臣，意在恢复昔日大魏荣耀。

李基走进大殿前虽被搜过身，却并未搜出那把藏在靴底的匕首。他趁着跪拜之机偷偷取出匕首，狠狠地刺向元欣的前胸，殷红的鲜血随即喷溅出来，溅到李基的身上、脸上，还有眼中！

在场之人全都被这突如其来的一幕惊呆了，李基前不久亲手杀了宇文承梅，无异于自断了后路，如今只能与他们风雨同舟，可他居然对大都主痛下杀手！

突然间，从黑暗处闪过一个身影，手举利剑向着李基劈了过来，李基觉察到身后一阵风声，急忙一转身，刀锋带着阵阵冷风贴着他的脸颊划过，他稍稍一闪身，使出一个转身飞踢，正好踢在来人的手腕之上，来人手中剑"当啷"一声掉落在地。

不过此人也不甘示弱，以迅雷不及掩耳之势挥出右拳击向李基中门，李基猛地抬起右手横截住来人的手腕，用自己的右手掌迅疾压住他的右手背。

就在那电光石火间，李基右腿向右前方跨出一步，身体稍向右转，微微一用力，来人发出一阵撕心裂肺的惨叫。

就在来人痛苦呻吟之际，李基用右脚脚尖将地上的宝剑向上一勾，顺势将剑拿在自己手中，但还未及拿稳，森森刀光便向着李基袭来。

来人情急之下将手中刀狠狠掷向李基，李基赶忙收手，但手腕却被刀刃划破，刚刚到手的宝剑重又掉落在地。

来人转眼间便杀到李基面前，使出北地伏虎拳，拳上带风，招招直逼要害，李基以柔克刚，因势而动，因时而变。

来人一拳击向李基面门，李基忙用双手一拨，紧接着左腿急踢弘一真人下盘，来人忙一侧身，同时击出一拳，袭向李基前胸，李基欲抓其手，使出反手锁喉。来人急忙收左拳，右拳直逼李基腰部。李基使出梅花五步，忽左忽右，变幻无穷，一闪身绕到他的左侧，以肘部直击其胸部。

来人顿感胸口发热，一股鲜血顺口角流出。

李基趁势向外奔去，"候官署"的人却一直紧追不舍！

火线

在漆黑的暗道中，来人用火折子点燃了拇指粗的火线，火苗"刺刺"地向前方燃去，火线另一端是浸过油的石脂和木炭，一旦点燃便会经久不息。

来人想象着这火线燃到尽头，偌大的"李柱国府"顷刻间化为一片火海的景象。全府上下，从天子到仆妇，皆在熊熊烈焰中奔走，呼号，挣扎，直至被这不灭不熄的大火彻底吞噬。

改朝换代的历史将会再度上演，到了那时，他将成为不可一世的开国功臣！

来人点燃火线，惬意地快步离开了。

在浓浓的黑暗之中，手中火把的光亮是那样微弱，李昞提着无涯刀小心翼翼地向前走着，身后一片黑幽幽，唯有这脚步声显得格外清脆。

这条似乎永远也走不到尽头的漆黑暗道犹如一张巨兽的血盆大口，随时可能会将他彻底吞噬。

他隐隐听到了轻微的"刺刺"声，忙顺着犹如虫鸣的声响快步奔了过去，发现了微弱却又骇人的光亮，暗道："不好，火线！"

李昞奔到火线近前又是踩，又是跺，甚至举起手中刀狠狠砍去，却始终无济于事。这火线曾在猪油中浸泡过，一旦点燃即便用水浇也难以浇灭，即便用利刃斩也很难斩断。

无计可施的李昞急出了一脑门子汗，可火线却仍在"刺刺"地向前燃去。

就在手足无措之际，李昞忽然感觉脚腕很是灼热，忙低头看去，居然是火线燃着了他的裤角，忙低头扑打着火苗。

等他身上的火熄灭了，火线又向前燃了一大截。

李昞紧紧握住火线未燃的部分，用力向外拉拽，想要将这火线拽断，可猛拽了几下，火线却仍旧纹丝未动。

"李司马，不要再白费力气了！"黑暗深处传来一个可怖的声音。

李昞忙举起手中火把，顺着声响照了过去，跳跃的火光映在弘一真人满是狞厉之色的脸上。

来人一直隐在黑暗之中，思索着究竟该何去何从，悄无声息地撤走，很可能会前功尽弃，可若是与李昞拼死一搏，自己是生还是死便只得听天由命了！

"你是弘一真人！"李昞见过他的画像，忙举起手中刀，摆好了进攻的架势。

"是我！凡事总要有个了断！"

"在下也有此意！"李昞将牙齿咬得"咯咯"作响。

原来从乌兰关逃遁后的弘一真人竟然躲在玄妙观。

李昞右脚向前轻轻一迈，随即一弯，呈右弓步，同时右手持刀由后向前对着他的胸口使出一个分心刺，他则举起手中兵刃，轻轻一拨，两人随即战在了一处。

弘一真人自知并非是李昞的对手，他想要拖到火线燃尽，与李昞一同葬身在这火海之中。

弘一真人只是一味防守，并不贸然进攻，一直也未露出什么破绽。

李昞心中起了急，不时将眼角余光投向越烧越短的火线，只得冒险使出自己的必杀技！

李昞呈左弓步，左掌掌心朝前，掌指向右猛地向弘一真人劈了过来，就在他闪躲之际，李昞举臂架刀，右手刀从下后方迅急向上划出一道弧线，刀尖斜向下刺向弘一真人的头顶，弘一真人却灵巧地闪到李昞的身后。

李昞随即将身子向左转了九十度，右脚向前迈出一步，身子再向左转了九十度，轻轻抬起左脚，移到右脚的后外侧，两腿成插步，使出磨盘刀，手中刀向右侧平刺出去。

弘一真人有些躲闪不及，只得举起手中钢叉与李昞刺过来的刀碰撞在了一处。他自知在力量上要逊李昞一筹，一直不敢与其硬碰硬，如今情急之下也顾不得那许多了。

伴随着一阵猛烈的"呛啷啷"的声响，弘一真人感到虎口处阵阵剧痛，手中钢叉险些飞落在地，却被他死死地攥住了。

就在他惊魂未定之际，李昞左脚向前上了半步，左手向内屈肘护于右手腕的内侧，右手刀刀刃向下向前迅猛地刺过去，直刺向弘一真人的胸膛。

惊魂未定的弘一真人躲闪不及，殷红的血顿时便溅了李昞一脸。

李昞顾不得擦拭脸上的血，抬起脚重重地踹向弘一真人的腹部，猛地将刀抽了回来。

李昞跑到火线近前，挥刀砍了过去，尽管他砍得很是用力，却也只是在火线上留下几道浅浅的白印，火线依旧吐着火舌继续向前燃去。那根火线关系的不仅仅是他个人的生死，还有整个帝国的存亡！

眼看着火线即将燃尽，无计可施的李昞情急之下只得将燃烧的火线放进嘴中，然后用手紧紧捂住自己的口鼻。

火线吐出的火舌烧得他生疼，舌头仿佛都快要烧断了，腮帮子仿佛要烧漏了，可他却依旧强忍着，坚持着，忽然感觉自己眼前一片天旋地转，天昏地暗……

不知过了多久，李昞才渐渐醒了过来，揉揉有些惺忪的双眼，拍打着有些木的脑袋，忽然意识到了什么，忙取出仍旧塞在嘴中的火线。

火线不知何时已经灭了，只留下一圈黑黑的烧灼过的印记。

还未来得及欢喜，他的口中，他的舌上，一阵比一阵猛烈的剧痛便向他袭来，疼得他说不出话来，不自觉地掉下泪来。

那种痛让他忽然生出恍如隔世之感，不过此时的他却并没有时间感伤，这场厮杀不过才刚刚开始，不到终局还很难判定究竟谁才是真正的赢家！

第二十四章
一身转战三千里

罪夜

夜半时分,"李柱国府"不知何故竟起了火,但火势不大,不过烟却借着凛冽的风越来越浓,以至于偌大的"李柱国府"很快便被一层烟雾包裹着。

在浓烟和夜色的掩映下,张光洛率领几百名禁军士卒护卫着天子龙辇从烟雾之中冲出,向着城南疾驰而去。

在距离城南承光门百余步时,城楼上亮起了不计其数的火把,守城校尉站在城墙垛口前高声道:"你等是何人?莫要再靠前,否则本官便下令放箭了!"

张光洛忙勒住马,喊话道:"我等有急事要出城,还望弟兄们能行个方便。"

守城校尉横着三角眼,用极为轻蔑的口吻道:"你可有刺史府印信?"

"我等乃是天子亲军,奉天子口谕出城!"

"我们如何能信你?这城门乃是城防之要,岂是你想开便能开得了的?"

张光洛举起手中虎符道:"此乃天子亲军专用虎符,自可证明我等身份!"

那个校尉轻轻"哦"了一声,道:"我等长期守边,目光粗鄙,怎会识得这天子亲军虎符。莫不如派人将你手中所持虎符送到刺史府去查验,若是查验属实,我等自会放你等出城!"

张光洛情急之下大声呵斥道:"大胆!你等竟敢目无朝廷,目无天子!休怪我等无礼了!"

那个校尉却面无惧色,高声道:"我原州乃是大周边陲重镇,岂容你等在此撒野!"

张光洛对身后士卒道:"守城士卒对我等横加阻拦,想必已然叛变,弟兄们随我护送陛下杀出城去!"

只见张光洛一马当先,挥舞着手中长槊向着城门冲了过去,只要冲到近前,取下门闩便可以逃出城去。

黑洞洞的城门近在咫尺,可他却猛地听到几声"砰砰"的响动,荡起阵阵灰尘后,七八根麻绳突然横亘在他们的面前!

"不好!前面有绊马索!"张光洛一边喊着一边勒紧手中缰绳,胯下坐骑两条前腿高高扬起,他险些从马上跌落下来。

他身后那些禁军士卒们却没能及时勒住马,一时间人仰马翻,哀声漫天。

紧接着弓箭如同雨点般向着他们射了过来,张光洛策马来到车前,奋力挥舞着手中长槊,艰难地阻挡着从四面八方射过来的箭。

禁军士卒在猛烈的箭雨中接连倒下,就连车前的驭手皆中箭身亡了。

张光洛手中长槊起初还舞得密不透风,却渐渐体力有些不支,一只呼啸而来的箭猛地射中张光洛的前胸,他顿时感觉眼前一阵天旋地转,随即栽落马下。当他艰难地挣扎着想要站起来时,十几把雪亮的虎头刀已架在他脖子上。

张光洛绝望地喊道:"陛下,臣尽力了!天不佑我大周啊!"

见自己已然得手,元赞赶忙从城墙上跑下来,来到龙辇前,一把扯下车帘,高声道:"宇文邕,如今伪周气数已尽,你们宇文家欠我大魏的,今夜我便让你加倍偿还!"

车内之人早已惊恐得抖作一团,元赞觉察到了异样,忙将身子探进车内,一把便将车内之人扯了出来。

此人穿的虽是皇帝装束,但看那面庞却显然并非宇文邕!

元赞咆哮道:"你是谁?居然胆敢冒充天子?"

那人吓得浑身颤抖,低声道:"不干奴才的事,奴才就是陛下身边的一个小黄门!"

"陛下?什么狗屁陛下!不过是窃取我大魏江山的大盗罢了……"元赞还未说完便将手中刀狠狠刺向那个小黄门的腹部。

张光洛此时才意识到自己刚刚舍命保护之人竟然并非是真圣上,一时间五味杂陈,冷笑道:"他不是陛下!他不是陛下!你居然也被陛下玩弄于股掌之间!"

气急败坏的元赞狠狠地踢了张光洛一脚,斥责道:"你不过就是个幌子,更是个弃子!如今全城皆在本王掌控之中,谅他宇文邕插翅也难逃!"

内奸

南门激战之际，原州北城墙僻静处矗立着高耸的缒架。厚厚的城墙仿佛一道难以逾越的屏障，一头通向死，一头却连着生！

原州之前时常受蛮族入侵，城门一旦关闭通常不会再开启，如遇紧急之事有人须连夜出城，只得通过缒架。缒架是一个高耸的木架，通过藤绳与一个硕大的竹筐连接在一起，竹筐中可以站七八个人或者两人一马。

王轨迅速理顺藤绳，对宇文邕道："陛下，恐怕要暂且委屈您了！"

宇文邕示意无妨，迅速跳进竹筐中，挽着王轨的手道："不知今日一别，你我还能否再相见！"

王轨笑笑说："一定能再相见！还请陛下坐好！"

"爱卿保重！"宇文邕眼角挂着泪痕，说完后便瘫坐在这竹筐之中。

王轨轻轻地顺时针转动辘轳，那只竹筐越升越高，渐渐高过了城墙。

王轨将缒架向前推了几步，竹筐从城墙内侧移到了城墙外侧，又缓缓地逆时针转动辘轳，直到绳子剧烈地颤抖了一下。

他知道那个竹筐已经在城外安全落地了，心头掠过一阵如释重负的畅快，隔着城墙对城外默默说道："请陛下一路走好！"

竹筐越过护城河，稳稳落在河边泥地上。宇文邕从竹筐中跳出来，向北猛跑了一阵，直到一辆厢车映入了他的眼帘。

他的贴身宦官小颖子早已候在此处，见宇文邕在暗夜之中向着自己奔来，忙迎上去跪在地上道："陛下终于来了，真是急煞奴才了！"

宇文邕搀起他，淡淡道："朕遇到些事情耽搁了！"

小颖子赶忙将宇文邕搀上厢车，向东疾驰而去，渐渐消失在这茫茫夜色之中。

在阴暗而又颠簸的车内，宇文邕用异样的目光打量着身旁的小颖子，突然开口道："你莫不是怕了？"

"怕什么？"小颖子的右手紧紧攥着自己的衣角，一刻都不曾松开。

宇文邕突然高声质问道："你怕他们如约追杀而来不慎伤了你！你怕他们并未及时赶到而误了你？"

宇文邕的话犹如一计惊雷在小颖子的耳边炸响。小颖子一脸惊恐地望向宇文邕，宇文邕却依旧隐在轿厢内浓浓的黑暗之中，让他愈加感到捉摸不透。

"奴才不知陛下刚刚所言究竟是何意！"小颖子的嘴唇微微有些颤抖，攥住衣角的那只手攥得更紧了。

"你并非愚钝之人，怎会不晓得朕刚刚所言是何意呢？人最怕的便是走错路，一旦走错了，此生恐怕便无法再回头了！"话音未落，宇文邕手中的匕首猛地刺向小颖子的胸口。

猝不及防的小颖子根本来不及躲闪，呜咽了两声便一头栽倒在车内。

宇文邕在小颖子的身上摸索了一阵，从他的腰间取下了一个锦囊，锦囊下方有一个小小的口，缓缓漏出某种特殊的粉末。

宇文邕用捻了一些，放在鼻畔闻了闻，又放在手心里仔细端详着,似乎是荧光粉。荧光粉提取自萤火虫,因能在夜间发光而深得幻术师的青睐。

宇文邕用力将小颖子僵硬的尸身推开,用手在他刚刚坐过的地方仔细摸了摸,果然摸到了一个不易被发现的小孔,荧光粉顺着这个小孔洒落在地面上,他的主子可以借此准确掌握宇文邕的行踪。

宇文邕撩开厢车帘子,望着寂静肃杀的原野,冷冷道:"该来的迟早会来!"

就在此时,车后响起了急促的马蹄声,震颤着整个大地。

贺兰祥领着数百名黑衣人策马追来,见那辆厢车就在眼前,他猛地一夹马腹,疾驰到车前,犹如一尊凶神恶煞般硬生生挡住了去路,手中那柄马槊锋利的槊尖直刺向驾车的驭者。

驭者急忙用力向后拉拽缰绳,那匹狂奔的骏马发出一声长长的嘶鸣之后,艰难地停了下来。

月光下,锋利的槊尖与驭者的喉咙近在咫尺,惊魂未定的驭者惊恐地喘着粗气。

"想要活命就乖乖听话!"贺兰祥威胁道。

驭者吓得犹如小鸡啄米般不停地点着头。

贺兰祥拨转马头来到厢车后部厢帘处,挥了挥手中马槊,用极为不敬的声音喊道:"贺兰祥救驾来迟,还望陛下恕罪!"

厢车的帘子微微一动,露出一个小小的缝隙,但火把的光亮依旧难以驱散轿厢内浓浓的黑暗,只能看到掀起厢帘的那只白皙如玉的手。

厢帘内传来满是威严的声音:"大司马涉险前来救驾,朕甚感欣慰!朕今夜并无大碍,有劳大司马挂牵了!"

话音未落，帘子轻轻垂下，那道小小的缝隙随即消失不见了。

贺兰祥将手中马槊向前一伸，锋利的槊尖顺势挑起了厢帘，厉声道："我手下这帮弟兄不远千里赶来原州解救陛下于水火，这一路之上风餐露宿，如今仍立在瑟瑟寒风之中，陛下却依旧稳坐于车中，是不是有些太不近人情了？陛下又并非是未出阁的大姑娘，难道就不能让弟兄们见上一见吗？"

贺兰祥说到此处竟放肆地笑了，他手下那帮黑衣人也跟着笑了起来，随着呼啸的西北风传得很远很远。

贺兰祥脸上的笑容戛然而止，手腕轻轻一翻，锐利无比的槊锋便将厢车前挂着的帘子齐刷刷斩断，被斩下的半截帘子在狂风中肆意飞舞着，犹如今夜众生浮萍般的人生。

"大胆贺兰祥！难道你意欲谋逆不成？"仍旧垂着的半截帘子后传来愤怒的斥责声，不过却带着一丝慌乱，还有几丝惶恐。

贺兰祥发出阵阵慑人的冷笑声，在这个寂静的冬日夜里显得格外清脆。

他笑罢怒斥道："即便微臣意欲谋逆，你又能奈我何？陛下休怪微臣无礼，怪只怪这个弱肉强食的世道，怪便怪你本就不该登上这原本就不属于你的皇位！今夜这一切都将会有个了断！"

话音未落，贺兰祥猛地举起手中马槊向着黑黢黢的轿厢内刺去，迅猛如风，只听"当啷"一声，兵刃碰撞擦出的火花在这个伸手不见五指的寒冷夜里分外明亮。

贺兰祥手中马槊杆选自上等柘木，放在桐油之中反复浸泡数年之久，不仅轻便，而且极为坚韧，即便是锋利的刀刃砍在上面，依然不折不断，反而会发出金属相碰的清脆声响。

车内之人用刀轻轻分开马槊，忽地站起来，用脚尖轻轻一点，跳到轿厢厢顶之上。

只见他双脚落地成左虚步，右手紧握一把陌刀，向外侧旋转，刀尖向下，刀身沿着右肩，划出一道漂亮的弧线，绕过左肩再向下收回右胯外侧，左手屈肘回收，随后用力向前推出一记立掌，这一串动作犹如行云流水般流畅。

借着跳跃不定的火光，贺兰祥定睛打量着眼前之人，熟悉中竟带有几分陌生。

立于厢顶之上的"宇文邕"用手轻轻将眉间的那颗痣抠了下来，贺兰祥惊叫道："你不是宇文邕！你是……你是宇文直！"

宇文直冷笑了几声，慷慨激昂道："正是本公！陛下受命于天，上天岂会让你们这帮宵小之辈轻易得知陛下行踪？"

"难道是我等中计了？这个该死的宇文邕竟会如此狡猾！"贺兰祥暗骂道，愤怒过后却是无尽的疑惑。

此时的贺兰祥已然有些乱了方寸，自言自语道："我的人在暗中寸步不离地跟着他，一刻不停地盯着他，怎会让宇文邕轻易走脱呢？站在我面前的人怎会莫名其妙地换成了宇文直呢？定然是什么地方失算了！难道……难道发配边疆效力的并非是宇文直，而是……"

想到此处，贺兰祥的心猛地一颤，自己这次恐怕真的被该死的宇文邕给算计了！

贺兰祥将本就不算齐整的牙齿咬得咯咯作响，恶狠狠道："宇文直，既然你执意要赴黄泉路，本大司马索性便成全你！弟兄们，谁人擒杀此贼，本大司马必有重赏！上，都给我上！杀了他！"

宇文直挥舞着手中刀，与黑衣人展开了激烈厮杀，就在宇文直性命岌岌可危之际，漆黑一片的远方却传来阵阵急促的马蹄声，排山倒海般的声响刹那间震天动地。

贺兰祥警觉地望向漆黑一片的远方，除了城内的胜捷军和城外的建威军，方圆数百里不应再有如此规模的军队。

借着火把的光亮，贺兰祥依稀发觉大蠹旗上绣着三个大字："侯莫陈"。

怎么会是他？如今乌兰桥已然被损毁，他如何能过得了黄河？

莫非……莫非这乌兰关……

相遇

原州城南四十余里风筝渡，每逢夏日炎炎，流淌的河水撞击两岸的河谷便会发出类似古筝声响，故而得名，不过此时泾水却已结了一层薄冰。

在浓浓夜色的掩映下，在瑟瑟寒风的吹拂下，芷兰凝望着当空的皓月，默不作声，仿佛在隔空倾听着如同古筝的涛声，也仿佛在回忆历历往事。

沉默许久，芷兰才道："真没想到我们居然又见面了……"

宇文邕不知多少次出现在芷兰的梦中，可当他真的站在芷兰面前的时候，芷兰一时间竟然语塞了，心中纵使有千言万语，却又不知从何说起。

宇文邕凝视着芷兰俊俏的脸庞，那些曾经的过往迅速掠过他的心头。

"芷兰！"宇文邕这一声亲切的呼唤瞬间便震碎了芷兰心中厚厚

的坚冰。

"如今你是以宇文直还是宇文邕的身份在与我说话？"芷兰的眼中莫名地腾起一层雾气，眼前顿时变得白茫茫一片。

宇文邕忙从怀中取出一方丝帕递给芷兰。芷兰轻轻拭去眼角滚落的泪滴，但想到无辜惨死的澄儿，心头不禁又涌起阵阵恨意。

她高声质问道："陛下，今夜你终于如愿了吧？"

宇文邕的心猛地一颤，芷兰冰冷的话语将之前所有的美好都无情地击碎了。

宇文邕微微怔了怔，装出一副云淡风轻的样子，反问道："芷兰，你何出此言？"

芷兰冷笑了两声，道："引蛇出洞，欲擒故纵，好高明的计策！好歹毒的计策！韩湘儿分别之际连说了两声'你不是'，当时我还不解其意，事后我才顿悟，她说的是你并非是宇文直，直到那一刻我才渐渐明白了这一切！何泉莫名出现在乌兰关，如若我所料不差，他定然是前往突厥，以重金引诱突厥人南侵。这样你的人便可以以出征御敌为名重掌兵权。原州近来发生的这一切恐怕都是你故意布下的局吧？可叹那些人至死都没能看透，可叹你我共处一月之久，至今方才猜透！"

宇文邕没有想到芷兰柔柔的话语中竟会带着锋利的刺，心中虽有些不悦，却也只得强压着，用赞赏的口吻道："芷兰还如当初那般聪慧过人，目光犀利！"

宇文邕沉默了一会儿，微微有些动情道："或许有一点你未曾料到，其实朕原本想觅一处僻静之地蛰伏至今夜，只因偶然与你相遇，朕才选择与你再度携手去探案，还险些丧了命，不过朕却从不后悔，也颇为珍惜你我相处的这段短暂时光！历历皆过往，唯心安处是吾家！"

"陛下如今的确可以心安了！意在复国的'候官署'已然被你铲除殆尽，'血酬卫'要么死伤逃亡，要么便转投到你的麾下。一直对你磨刀霍霍的贺兰祥今夜恐怕也已身首异处了！宇文护那老贼又在无声无息中折断了一只臂膀，你无疑离心中的目标又近了一步！你身为天子，想要夺回原本属于自己的权力无可厚非！"芷兰冷冰冰的话语陡然间增大了音量，高声吼道，"但你可曾想过你的这个局，牵连了多少无辜的局外人，有的身首异处，有的家破人亡，可怜我那苦命的澄儿也白白搭上了自己的一条小命！"

"很多事是朕事前未曾预料的，也是不愿看到的！"宇文邕铿锵有力道，"可这毕竟是一场没有硝烟的战争，既然是战争就必然会有牺牲，朕绝不会忘却那些为我大周捐躯之人！"

芷兰近乎咆哮道："可那些人已然死了，成了你夺取权柄的祭品，死去的人永远都不能复生，我们活着的人也永远回不到过去！"

"朕何尝不知？朕如今不也在承受着失去至爱之痛吗？朕所做的这一切绝非为了朕一人，而是为了天下！"宇文邕高声回应道，但音调却越来越低，继而用深情的语气道，"芷兰，朕虽是九五之尊，但你可知朕这些年过的究竟是什么日子吗？朕早就受够了这傀儡般的生活。朕要改变这一切，穷则变，变则通，通则久！"

芷兰无奈地摇头道："你的确是变了！今日之陛下已绝非昔日之辅城郡公！或许我从来就未曾看清过你的真面目！"

"如今你我再度重逢，非要这样无谓地争吵下去吗？"宇文邕满含深情道，"无论世道如何变，无论朕怎么变，朕对天下的热忱不会变，朕对你诚挚的爱更不会变！"

"事到如今，陛下再说这些还有何用？芷兰已并非昔日之芷兰，陛下也绝非当初之陛下。我们再也回不去了！再也回不去了！"

芷兰流着泪奔向漆黑一片的远方。痴望着芷兰的背影，宇文邕忽然感觉自己好似临塘之草，与幽幽的池塘近在咫尺，却又远隔千里；又好似思渚之蓬，随风摇荡空飘飘，临渊眺望无着落，不知何处才是自己心灵的归宿！

就在芷兰的身影即将从黑暗中消失之际，宇文邕用尽全身力气高声喊道："芷兰，你记住！终有一日，这天下将会是朕的，你也将会是朕的！今日你失去的，朕必将加倍补偿于你！"

凛冽的风吹在宇文邕的脸上如同刀割般疼痛，但他却依旧深情地望着芷兰消失的方向，久久都不肯回头。

他不知这一别，两人何时才能再相见，更不知还能否再相见！

厮杀

时间回溯到正月十四日拂晓时分，乌兰桥边。

孝伯穿的一袭青衫已经被浸成了红色，他分不清究竟是自己的血，还是那伙麻衣人的血；湿乎乎、滑腻腻的血顺着衣角不停地滴落在地上，他不知是汗水，还是血水！

虽然已有四五个麻衣人被孝伯手中长槊刺伤，倒在地上痛苦地呻吟着，但石守梁和另外九个麻衣人却将精疲力竭的孝伯围得密不透风，准备发起新一轮更为猛烈的进攻！

气喘吁吁的孝伯不停地变换着招式，不停地改变着步法，不停地挥舞着手中的长槊，此时的孝伯可以清晰地听到自己沉重的呼吸声和急促的心跳声。

河对岸的马蹄声由远及近，但来的却并非是石守梁苦苦期盼的吐谷浑人，而是侯莫陈崇之子侯莫陈芮！

侯莫陈芮夹紧马腹，一马当先冲杀过来，手中长枪向着石守梁狠狠刺去，一向以腿脚不便、老气横秋形象示人的石守梁居然灵巧地躲过了他的刺杀，手中那把刀如水蛇般游走，与侯莫陈芮打得难解难分。

面对刀法精湛的石守梁，侯莫陈芮一时间难以取胜，好在他与近旁十个亲兵在沙场之上携手作战多年，合力将石守梁团团围住。

石守梁一人难敌十一把长枪的轮番进攻，而且他们层次分明，前后相继，相互配合，气喘吁吁的石守梁渐渐变得难以应付。

侯莫陈芮的枪法虚实中有奇正，进锐却又退速，势险却又节短，去如箭，来如线，不动如山，动如雷震。

气喘吁吁的石守梁只能被动地抵挡，却是越来越力不从心，他刚刚拨开两把长枪，侯莫陈芮手中那把神出鬼没的长枪便狠狠扎向他的前胸，殷红的鲜血在暗夜之中肆意喷溅而出。

侯莫陈芮麾下士卒将剩余的几个麻衣人分割包围。孝伯笑了笑，道："你们终于来了……"

孝伯还未说完便栽倒在冰冷的地面之上。侯莫陈芮忙飞身下马，奔过来，用臂膀挽起孝伯的头，大声喊道："宇文镇将！宇文镇将！快醒醒！快醒醒！"

孝伯缓缓睁开眼，含混不清道："太保……如今……身在何处？"

"宇文镇将且放宽心，父亲随后便到，定会保天子无虞！"

"这便好……"孝伯的嘴唇停止了蠕动，昏死过去。

伏击

响午时分，吐谷浑将军叶延罕率五万精兵身着北周军服，头戴北周头盔，快速疾驰在商原坡狭窄的山道上。

按照原定计划，叶延罕本应在天亮前抵达此处，留下两万人在此处设伏，他则亲率三万人长途奔袭长安，不过却因吐谷浑与北周交界处的拉甫山口的冰雪已经开始融化，本就崎岖的道路变得泥泞不堪，比原定时间晚了好几个时辰，错过了趁着夜色突入乌兰关的绝佳时机！

就在心中万分悔恨之际，叶延罕突然听到手下士卒高声喊道："前方有敌情！前方有敌情！"

叶延罕忙循声望去，只见无数滚木礌石从山上滚落而下。在这条狭窄的山道上，吐谷浑人并没有多少回旋的余地，叶延罕急令毡车在前面开路，想要凭借吐谷浑人的血性与勇猛杀出一条血路。

侯莫陈崇大喊一声："点火！"

北周士卒迅速点燃上百辆草车，齐刷刷地推下山谷，整个山谷刹那间烈焰熏天，烟雾弥漫。

吐谷浑人被呛得咳嗽不止，更让他们感到恐惧的是自己已然成了对手的活靶子，他们只能漫无目的地胡乱放箭。

半个时辰以后，烟雾才渐渐散去，直到此时吐谷浑人才发现刚才那一顿乱射根本就没能杀伤敌人，手中弩箭却耗用殆尽！

总攻时刻到来了，吐谷浑人的末日也到来了。

北周精锐骑兵从吐谷浑军的背后猛地杀出，因于狭窄山道中的吐谷浑人遭受前后夹击，首尾难顾，顿时便乱作一团，四散奔逃。

少数幸运冲出山谷的吐谷浑士卒却发现波涛滚滚的黄河横亘在他们面前，黄河岸边停靠着几艘小渔船，如同潮水般涌过来，严重超过了船只的运载能力，却仍有大量士卒在不断涌入，原本承载着生的希望的那几艘小渔船渐渐沉入河底。

被命运逼到绝境的吐谷浑人只得将军械捆绑在一起当做船，用枪当做桨，狼狈地划向黄河对岸。

河面上的浮冰袭来，惨叫声、呼号声、呼救声不绝于耳，河面上一时间尽是吐谷浑人的尸身。

取得这场大捷之后，侯莫陈崇在商原坡留下两万士卒，然后又命三万人火速赶往紫莲川，那里是突厥人南下的必经之路，他亲率五万大军在乌兰桥以西待命，静静等待着夜幕的降临。

定鼎

在这个漆黑的冬夜里，侯莫陈崇统帅五万精锐士卒气势汹汹杀来，贺兰祥身边仅仅带了几百名亲信。

也就是一转眼的工夫，策马疾驰而来的侯莫陈崇便已杀到贺兰祥的近前。

侯莫陈崇手持方天画戟，指着贺兰祥道："你这个逆贼！胆敢犯上作乱，简直是死有余辜！且看老夫如何为国锄奸！"

贺兰祥双腿夹紧马腹，用手中长槊轻轻扎了一下马腹。他的坐骑发出一声痛苦的嘶鸣之后，驮着他向东疾驰而去，他手下那帮黑衣人顿时便作鸟兽散。

侯莫陈崇策马狂奔，紧追不舍，从马上褡裢中取出寸弩，左手紧攥着缰绳，右手端着寸弩，透过望山瞄准了身前的贺兰祥，连续扣动悬刀，三支弩箭带着呼啸的风声向着贺兰祥急速射了过去。

疲于奔命的贺兰祥忽觉耳后传来阵阵急促风声，忙向右一闪身，灵巧地躲过第一支弩箭，紧接着又向左一摆，勉强躲过第二支弩箭，不过此时他的身子已经有些失去了重心，尽管拼尽全力向右侧摆头，却再也躲不开这紧跟而来的第三支弩箭。

第三支弩箭锋利的箭尖划破了他的左耳垂，血顿时便流了下来，他却根本顾不上疼，仍旧向前狂奔而去！

侯莫陈崇情急之下忙举起手中方天画戟向着贺兰祥掷了过去。惊魂未定的贺兰祥躲闪不及，那把带着呼啸风声的方天画戟顺着贺兰祥盔甲甲页间的缝隙硬生生插进了他的后心。

贺兰祥顿觉眼前一黑，"扑通"一声便从马背上栽落下来，嘴角涌出汩汩鲜血，撕心裂肺的惨叫声在呼啸的寒风中久久回荡着。

侯莫陈崇催马赶到近前，抽卜腰刀向着他的脖颈砍去。

贺兰祥的头颅向前飞出，他那空洞而又深邃的眼神凝望着漆黑一片的前方，却再也看不到黎明的到来。

侯莫陈崇高高举起带血的腰刀，殷红的鲜血滴落在他的脸上，高声号令道："如今贼首贺兰祥已然伏法，其余宵小之辈一个不留，一律诛杀殆尽！"

敌情

芷兰走后，宇文邕沉浸在烦乱的思绪之中，但他身边的禁军士卒却突然高声喊道:"前方有敌情,诸将士准备战斗!"

此时宇文邕身旁只有一百余名禁军士卒,还有几十名扮作农夫早就埋伏在此地的来自"敌闻司"的"绣衣使者"。这些人见有敌情,纷纷举起手中兵刃,呈战斗队形站定。

宇文邕忙从腰间抽出阮家刀。此刀乃是汉代制刀名家阮师所制,"受法于宝青之虚,以水火之虚,玉精于陶,用阴阳之侯,取刚柔之和",以至于"截轻微无丝发之际,斫坚刚无变动之异"。

黑暗深处闪现一队军马,领头之人居然是消失多日的崔新运!

"自从乌兰关一别,陛下别来无恙啊!"崔新运的脸上挂着狰狞的笑。

宇文邕强装镇定道:"看来今夜注定是个不平凡之夜!许多人都将在今夜撕下多年的伪装,露出自己的本来面目!你何必再做这些无谓的抗争呢?如今萧含雪已经降了,南梁复国早就无望了!"

"复国?那不过是一个不切实际的梦!如今大梁气数已尽,恐怕谁也救不了!如今我只想着活下去,如若今夜不趁乱杀了你,我们都将会暴露!只有你死了,我们才会高枕无忧!"

"既然朕能赦免萧含雪,自然也会赦免你!"

崔新运举起手中长矛,厉声道:"赦免?我从来就不需要什么赦免,也不需要什么恩典,因为我从来就不信人,只信己!莫要再使什么缓兵之计,宇文邕,今日你虽机关算尽,却终究难逃此劫,你还是受死吧!"

崔新运挥挥手,"血酬卫"三百余名骑兵如同旋风般向着宇文邕杀过来。

宇文邕挥舞着手中刀,时而快如疾风骤雨,时而慢如毛虫蠕动,快中有慢，慢中带快，快慢结合，挥得风雨不透；时而硬如镔铁铿锵，时而柔似溪流潺潺，刚中带柔，柔中有刚，刚柔并济。

宇文邕手中刀如同行云流水一般，所到之处皆是红光崩现，可他的气息却变得越来越沉重，招式也不似之前那般轻盈从容了。

为了躲避砍过来的长刀，宇文邕猛地一低头，发冠竟掉落下来，凌乱的头发在他的眼前迅速披散开来，此生还从未如此狼狈过。

见此情形，崔新运脸上不禁露出了几丝得意之情，暗道："宇文邕，看来你今夜必死无疑！这伪周估计又要乱上一阵子，我们可以继续隐在暗处，伺机而动，抑或永远地沉睡下去。"

就在宇文邕性命堪忧之际，西北方却传来阵阵急促的马蹄声，火把的光照亮了整片天空，看样子足足有上千人之多。

为首之人高声喝道："陛下，莫要惊慌，李基前来救驾！"

李基所率之人穿着各异，年龄各异，手执兵刃各异，招法各异，但每一人皆骑术精湛，身手敏捷，武艺出众。

这些人是原州李氏豢养的私兵，三十年前，李氏三兄弟正是率领自家私兵襄助宇文泰袭夺原州城。这些死士本是他们家的佃户，李氏三兄弟却从来不收他们的田租，不过在农闲时却对他们加以训练，为的就是有朝一日能够干出一番大事业。

李氏私兵陆续有人因年迈或伤病退出，不过他们的子孙长大成人后又陆续加入，使得李氏私兵仍旧保有强大战斗力。

李基挥舞着手中长刀，所过之处皆是人仰马翻。李基狂奔到崔新运近前，挥刀向着他的脖颈砍去，崔新运赶忙一闪身，刀尖顺着他的脖颈划过。

双方打了十来个回合，李基手中长刀的刀尖狠狠地刺中了崔新运的右臂。

崔新运忍着剧痛用尽全身力气,向后猛地一甩身,随着一阵红光迸现,他的右臂从刀下挣脱出来。

他用左手死死捂着右臂上的伤口,血顺着指缝汩汩地向外流着,双腿猛地一夹马腹,奔向漆黑一片的夜幕之中。

刚刚还士气如虹的"血酬卫"如今却成了惊弓之鸟,有的被大刀斩成两截,有的被长枪刺穿前胸,有的被木棍打出脑浆,有的被镰刀割断手足,肆意飞溅的鲜血汇聚成涓涓细流,将被夜幕所笼罩的大地染成了褐色。

"血酬卫"溃败之际,宇文邕竟然发现地上似乎有一封信,忙弯腰拾起来,看完后面色严峻地自言自语道:"藏在'敌闻司'的内奸果然是他!"

李基飞身下马,跪倒在宇文邕近前。宇文邕忙收起信,双手将他搀扶起来。

"李长史救驾有功!朕日后绝不会负你!"宇文邕却突然话锋一转道,"借一步说话!"

两人渐渐甩开众人,走向浓浓的夜色之中。

宇文邕边走边说:"阿姐可还安好?"

"想必陛下已经知晓令姐已经为臣下所害!"李基说得云淡风轻,似乎是在说一件与自己无关之事。

宇文邕责备道:"你们毕竟夫妻一场,你居然下得去手?"

"夫妻?我们不过是同床异梦罢了!我儿便是被令姐所害,陛下可知臣下这些年有多痛吗?陛下可知臣下向令姐刺出那一刀时是何等畅快!"李基突然提高声调道,"微臣甘愿为令姐偿命!"

话音未落，李基以迅雷不及掩耳之势抽出宇文邕佩于腰间的阮家刀，毫不犹豫地挥刀向着自己的腹部狠狠捅了过去。

宇文邕被这突如其来的一幕惊呆了，慌忙跑上前去，扶住李基越来越无力的身子，含泪道："爱卿，你这又是何苦呢？朕怎会不知你杀阿姐有着难以言说的苦衷！朕这便唤人来为你止血，你可要挺住！"

李基却死死攥住宇文邕的手腕，笑笑道："不劳陛下操心了！微臣赶来救驾时便抱定必死之心！只有微臣死了，微臣充做陛下暗桩所做的那些事才不会被老贼宇文护知晓，否则迟早会令那老狐狸生疑！等陛下为我大周铲除国贼那一日，别忘了派人到微臣坟前赐给臣一杯酒，也不枉微臣为大周江山社稷所做的这一切！"

李基的呼吸变得越来越急促，望着满天的繁星，用越来越微弱的声音道："父亲，孩儿这便去陪你了，只可惜我们这一房的香火就此断绝了……"

李基在咽气前用尽全身最后一丝的力气，发出一声犀利的惨叫。

众人循着声响纷纷围拢过来，见李基的腹部居然插着宇文邕那把已然崩了刃的阮家刀，随即向宇文邕投去疑惑而又惊惧的目光。

宇文邕却默不作声地伫立在黑暗之中，凝视着黑黢黢的东方……

第二十五章
水风空落眼前花

旁观

夜已然深了,设于同州的都督中外诸军事府帅帐内仍旧灯火通明,四角均摆放着硕大的铜盆,盆中燃着红彤彤的炭火,却依旧无法驱散浓重的寒意。

心事重重的宇文护披着衣服,来回踱着步。他突然停下来,透过直棂窗望着漆黑一片的窗外,脸上大片的雀斑在烛光下显得愈加清晰。

他知道,今夜北周或许将会再度变天,历经宦海沉浮的他早已见惯了权力争斗与王朝更迭,但此时此刻他却不知是该喜,还是该悲;不知是该迎,还是该拒!

自从辅政以来,他在外人眼中可谓是风光无限,权势熏天,只有他自己才知道这一路走来所经历的艰难与凶险,今夜对于他而言,又将是一个不眠之夜!

他忽然感觉喉咙甚为刺痒,继而是一阵急促而又猛烈的咳嗽声,忙弯下腰,左手捂着嘴,右手抚着胸,咳了好一阵子才平复下来。

长子宇文训扶着他坐下，关切地说："父亲年事已高，还须多多保重身体！再过两个多时辰，天就亮了，父亲还是先睡一会儿吧！一旦原州方面有了什么消息，孩儿立即向您禀告。"

宇文护却摆摆手道："人一旦老了就经不住事了！今夜即便是为父想睡，恐怕也睡不着！睡不着啊！"

"难道父亲是在为宇文邕而担忧吗？"

"为父才不会有那妇人之仁，天地尚不能久，而况于人乎？"

"既然如此，父亲可曾想过，如若今夜贺兰祥果真得了手，您又该如何呢？"宇文训试探道，"一味坐等或许将会陷入被动，父亲还是早作打算为好！"

"贺兰祥心中的小算盘，为父又岂会不知？他一直不遗余力地欲将先帝之子宇文贤送上皇位。如此一来，他便可以独占拥立之功！可他却忘了，若论行军打仗，他或许会胜为父一筹，但若论掌控局势，他却远非是为父的对手。多少不可一世的骁将能臣皆被为父牢牢操控于股掌之间，那些人要么是驭兵之才，要么是驭将之才，只有为父是驭帅之才，真正的驾驭之术是驭心而并非是驭人！驭心必然要顺势而为。"

"父亲所言极是！当今陛下已有子嗣，即便陛下今夜有失，那么继承大统者也理应是陛下之子。只不过孩儿听闻这个宇文赟生性顽劣，不知能否堪当大任？"

"宇文赟才不过刚刚五岁，为父还有大把时间来调教他，即便此子不成器，也并无大碍，还有为父在！"

其实宇文护一直都在暗中物色皇储人选，宇文赟尚且年幼，在此后十余年的时间里，此人都不得不任其摆布，即便他成年后本性难改也无妨,如此一来反而省去了皇帝成年后向他夺权的忧虑,最关键的是宇文赟是他宇文护拥立的,自然会与他宇文护更为亲近!

当然宇文护还有另外一个选择,那就是拥立宇文宪。宇文邕此次前往原州本想带上五弟宇文宪一同前去,当年两人一同养在原州李家,于情于理皆应一同前去,不过宇文邕如此做的真实用意却是担心宇文宪留在长安会生出变乱,近年来他与宇文护走得实在是太近了。

就在宇文邕临行之际,宇文护却恰逢其时而又恰到好处地交给了宇文宪一些急需处理的军国要事,宇文邕只得有些不悦而又不甘地将他留在了长安,宇文护自然也就可以在紧要时刻用好这枚关键棋子!

"既然如此,父亲此时是不是应该先行返回长安,这样才可保万全!"

"训儿,切记欲速则不达!这些年来,除了天子征召,为父只会在大朝会时才会回京,如今皇帝生死未卜,为父却急着赶回京城,岂不是会给世人落下口实?"

"可如若父亲此时不回京,别有用心之人趁乱拥立他人,然后再趁势把持朝政,那可如何是好?"

"谁若是胆敢不自量力地如此做,便无异于自绝于天下!即便是贺兰祥一心将先帝之子宇文贤扶上皇位,也必然预先得到为父的首肯,否则到头来也只会是一场空!如今大周精锐尽握于为父之手,试问大周境内谁人又会是为父的对手?贺兰祥即便再狂妄,恐怕也不敢在拥立皇帝这等大事上恣意妄为!"

"父亲所言极是!"宇文训突然话锋一转道,"不过父亲莫要忘了,那个侯莫陈崇手中尚且握有我大周十万劲卒,若是他做出什么对父亲不利之事,怕是会使得局面彻底失控啊!"

在如今这盘大棋局之上，侯莫陈崇是唯一一个让宇文护捉摸不透的人，正是他的存在让宇文护的心头始终有一种隐隐的不安。

"这个侯莫陈崇貌似恭顺，但为父却始终猜不透他！"宇文护自我安慰道，"若是侯莫陈崇意欲图谋不轨，那十万兵必不会追随于他，况且为父手中尚有二十余万之众。据报他已然率军西渡黄河，但愿他并未搅进这原州乱局之中！"

复仇

距离风筝渡七八里有一片黄土台地，涓涓细流在台地上冲刷出不计其数的土洞，崔新运此时正龟缩在其中一个黑黢黢的洞中，仿佛是一只搁浅的鱼儿，大口地喘着粗气，绝望地凝视着同样黑黢黢的洞外。

小枝小心翼翼地给崔新运包扎着伤口，用力稍稍大了些，本就烦躁不安的崔新运狠狠甩开小枝，猝不及防的小枝险些被他甩得一个趔趄。

崔新运艰难地站起来，喘息道："我们必须趁着夜色赶紧逃出去，若是天亮了，我们便死定了！"

小枝站起身，赶忙扶住有些步履踉跄的崔新运，安慰道："上都督定会派人来接应我们的！"

崔新运却冷冷地"哼"了一声，鄙夷道："如今我已然成为唯一知晓他真实身份的人，他巴不得我早些死呢！如此一来，这世间便再也无人知晓他的真实身份了，他也好痛痛快快地做他的敌闻中大夫！"

小枝低声道："您想必是多心了吧！上都督岂会是那般无情无义

之人？"

崔新运却似一个怨妇般喋喋不休道："我们相识三十余年，他是什么样的人，我比你更清楚……"

崔新运的声音却戛然而止，小枝手中锋利的匕首狠狠地扎向他的后心，刚刚还满脸恭顺的小枝居然恶狠狠道："你说得没错！"

崔新运惨叫了一声，重重地摔倒在地。

小枝从他的身后走到他的面前，抬起右脚狠狠地踩在他的头上，咒骂道："前些日子你便是这般踩着梁蜂儿吧！苍天有眼，如今你却落到姑奶奶手中，这些年你不知残害了多少无辜女子，你可曾想过会有今日？"

崔新运痛苦地呻吟道："上都督最善蛊惑人心，切莫信他！杀了我，你也活不成！"

"如今我谁也不信，只想着为我阿姐报仇！你百般折磨于她，她忍了；你让他服侍各色臭男人，她从了，可到头来却还是难逃一死。众人皆说一日夫妻百日恩，虽说你们并非真夫妻，可这也怨不得旁人，谁让你不是个真正的男人呢！到头来你竟对她痛下杀手！"

崔新运忙哀求道："我本不忍杀她，可她却欲与他人私奔。对于叛逃者，我只得家法从事！莫忘了，这可是上都督亲自定下的规矩，我自然不敢违抗！"

那也是一个漆黑的夜，梁蜂儿拉着小灵狂奔向渡口方向，终于听到了潺潺的水声，岸边果然停靠着一叶小舟。

就在两人紧张的心情稍稍舒缓之际，一个阴恻恻的声音却不知从何处传来："你们这是要去往何处呀？"

七八支火把同时亮了起来，在跳跃不定的火光映照下，崔新运那张阴沉不定的脸显得愈加阴森可怖，他的身后站着六七个手执利刃的魁梧汉子。

小灵直愣愣地看着崔新运，眼神中透着绝望。今夜，崔新运约灵州船坞梁典事与会宁防甲库库监孙伏生会面，他怎会突然出现在这里呢？难道这原本就是一个圈套？

梁蜂儿一把便将小灵推上了船，义无反顾地扑向了崔新运，高喊着："小灵，你快走！你替我好生活着！我梁蜂儿此生骗过不少女人，却唯独对你是真心的……"

崔新运左手举着火把，右手挥拳重重击向梁蜂儿的下巴，梁蜂儿的喊声随即戛然而止！

刚刚那重重一击打得梁蜂儿一个趔趄，险些摔倒在地。梁蜂儿缓缓站定，狠狠地吐出一大口血水，还有几颗碎牙，怒视着面目狰狞的崔新运。

"小爷我跟你拼了！"梁蜂儿挥动拳头向着崔新运打了过去，只是一味地向前打，却毫无章法可言，还不停地咒骂，"你这个不男不女的东西，看小爷我怎么收拾你！"

崔新运灵巧地一闪身便轻松躲过他那杂乱无章的组合拳，飞起一脚重重踹在他的小腹上。

梁蜂儿忍着腹中剧痛，再度艰难地爬起来，跟跟跄跄地向着崔新运走去，对着崔新运又是一顿乱打乱踢，崔新运举着火把左躲右闪，抽出腰间的刀重重地抽向他的后背。

梁蜂儿倒在地上不停地挣扎着，崔新运却将脚踩在他的头上，发出阵阵狞笑，道："我要让你亲眼看着你此生最爱的女人是如何痛苦地死去!"

此时船工已驾船缓缓驶向河心,小灵站在船头,凝望着头破血流的梁蜂儿,泪水不禁夺眶而出。

悲伤不已的小灵忽然感觉背后有人使劲推了他一把,她急急坠入河中,推她的人居然就是那个慈眉善目的船工!

小灵并不识水性,在河中拼命挣扎着,呼号着……

崔新运从怀中取出一尺白绫,勒住梁蜂儿的脖子,双手用力收紧白绫,脸上露出瘆人的笑,道:"别急!老子一会儿便让你们这对有情人团聚,黄泉路上也好有个伴儿!"

想着惨死的姐姐,愤怒的小枝挥舞着手中匕首,向着崔新运的后背疯狂刺了过去,咒骂道:"你去死吧!去死吧!"

崔新运用极其微弱的声音道:"上都督之所以命我来袭杀宇文邕,绝非为了我'血酬卫',不过是为了更好地隐藏他自己罢了!只有我才识得他的真面目,无论成与败,我皆是难逃一死!我早就知道他终会这么对我,不过此时陛下想必已然看到那封信了!即便我死了,我也绝不会让他安生!"

崔新运临死前发出阵阵骇人的笑声,在洞中久久地回荡着……

泯灭

今夜是如此地寒冷与漫长,不过元赞的梦却已然醒了!

元赞头戴大裘冕,冕前无旒,身披黑羔皮裘衣,内穿白纱中单,腰间束有大带,配玉钩鲽,腰挎火珠镖首的鹿卢玉具剑,脚蹬朱赤舄。天子只有在祭祀天地时才会穿大裘冕服,他将穿着这身代表着至高无上荣耀的冕服了结今夜的一切!

这身大裘冕服是他的叔叔元修留给他的,这些年他冒着僭越的危险一直私藏着,原本只是为了能留个念想,因为曾经疼他、爱他、呵护他的叔叔早已化为一具朽骨!

凝望着叔叔的灵位,元赞的思绪不禁又回到了让他魂牵梦绕的故都洛阳,那里有高耸入云的永宁寺塔,那里有喧闹宽阔的牛马市,还有胡人出没的四夷里,门巷修整,闾阎填列,青槐荫陌,绿树垂庭。

年少的元赞曾听老师讲过,大魏全盛之时,从大秦至西域百国千城的人皆汇聚于此,足见大魏曾经之繁华!

永熙三年(534年)七月二十八日是元赞这一辈子始终难以释怀的一日。

天色刚刚蒙蒙亮,熟睡的洛阳城似乎还没有被朝霞彻底唤醒。蒙蒙细雨犹如滚落的颗颗泪珠,滴落在这座即将遭受大浩劫的古城中。

年幼的元赞追随叔叔北魏孝武皇帝元修踏上了西去长安的路。虽然他的心中有着万般不舍,却仍旧不得不与这座生活了十余年的洛阳城痛苦地告别,长路漫漫却不知何时再重逢!

洛阳城仿佛是一位白发苍苍的耄耋老人,冷眼旁观着这里发生的一切,见证了一个个王朝在这里崛起,也见证了一个个王朝在这里走向衰落,乃至灭亡。

来到了陌生的长安城,叔叔元修紧皱的眉头仍旧未曾舒展过。

立冬那日,元修静静坐在闻香亭里,痴痴望着已经积了一层薄冰的清明池。沉默良久的元修突然开口道:"赞儿,你说朕若是死了,我大魏是不是就真的亡了?"

元赞不知叔叔为何会说出如此不吉利的话,铿锵有力道:"绝不会！纵使我元氏有一人在，我大魏便不会亡，这江山便不会丢！"

"说得好！有血性！"元修站起身，走到他的面前拍了拍他的肩膀，不过旋即语气低沉道，"这世间很多事，即便拼尽全力也终究是无济于事！"

仅仅一个多月后，元修便被权臣宇文泰毒死，灵柩被草草安放在草堂佛寺。

当时很多朝臣想要拥立元赞为新帝，但宇文泰却将元善见扶上了帝位，因为他知道元赞与叔叔元修特殊的感情。

元赞起初还为此怅然若失过，不过很快便释然了，所谓的皇帝不过是宇文泰手中的傀儡而已，不论在人前多么显赫，线却依旧操纵在人家宇文泰的手中！

也就从那时起，元赞决意恢复大魏昔日荣光，投到大丞相元欣麾下。元欣诈死后以"候官署"余党为骨干，大肆网罗大魏旧臣，妄图借助吐谷浑之力复国。

可到头来却终究是一场空，看了看叔叔的灵位，又看了看梁上垂下来的白绫，元赞苦笑几声道："叔叔，侄儿尽力了！真的尽力了！这世间真的有很多事，即便拼尽全力也终究是无济于事！"

曙光

宇文邕默默站在风筝渡旁，遥望着原州方向，眼前依旧是漆黑一片。

不过他却突然听到震天动地般的马蹄声，一大片光亮映红了漆黑的天际。这是他所期盼的，也是他所畏惧的，因为此时还不知来人究竟是敌还是友！

远方传来熟悉的呼喊声："前方可是陛下？"

惊魂未定的宇文邕这才算长出了一口气，那是侯莫陈崇的声音，虽略显老迈却依然浑厚！

为了不让外人过多知晓其间的秘密，侯莫陈崇并未率大队人马前来，只带了与其出生入死十几年的两千亲兵。

在这个决定北周存亡的寒夜里，宇文邕一直紧绷的神经此时才彻底舒缓下来。

在这场惨烈的大博弈中，侯莫陈崇堪称一枚足以定胜负的关键棋子，如今这枚棋子已然摆在了紧要位置，今夜胜负已分了！

宇文邕高声喊道："来人可是太保？朕在此！朕在此！"

侯莫陈崇紧紧勒住手中缰绳，跨下马还没有完全站定便飞身下马，躬身施礼道："老臣救驾来迟，还望陛下恕罪！"

宇文邕忙挽起侯莫陈崇，动情道："太保何罪之有？岁不寒，无以知松柏；事不难，无以知君子，疾风之中方能识劲草，危难之际方能辨忠臣！太保披坚执锐，长途奔袭，解救朕于水火，解救社稷于危难，请受朕一拜！"

侯莫陈崇赶忙拦住宇文邕，诚惶诚恐道："陛下，使不得，使不得！您如此可就折煞老臣了！"

经历了刚刚那一番生死考验，宇文邕长叹一声道："太保自然担得起朕这一拜。如今这原州城内外，不知多少奸秽之徒正在窥伺着朕，如若太保再晚来哪怕一刻，后果将会不堪设想！"

侯莫陈崇满是褶皱的老脸上绽放出久违的笑容，道："原州已被老臣顺利收复！'血酬卫'余孽与'候官署'余党皆已被铲除殆尽，不识时务的逆贼贺兰祥也已被臣斩杀。这一切皆赖上天庇佑，圣上真乃是天命所归！"

望向满脸血污的弟弟宇文直，宇文邕与他相拥而泣，道："阿弟，你为了江山社稷而替哥哥舍生忘死走这一遭，哥哥这一辈子皆会铭记在心！"

宇文直并没有说话，只是默默流着泪，浸湿了哥哥肩头的甲片，也浸湿了哥哥的心！

见羸弱的宇文直有些站立不稳，宇文邕忙命人将其搀扶到厢车上去休息。

侯莫陈崇趁机道："老臣有话想要对陛下言讲，还请借一步说话！"

两人向前走去，将那些士卒和侍卫们渐渐甩在了身后。

"老臣已然在那处宅子里寻到了王司录，他安然无恙，还望陛下放心！"孝伯在城中秘密购置的那处宅子不仅隐秘而且机关遍布，乃为今夜藏身之用。

宇文邕如释重负道："那便好！"

"宇文镇将虽身负重伤，却并无性命之忧，不过却要休养些时日！老臣已命医官服侍在他身旁，照顾他的日常起居。"

"孝伯乃真义士也！"宇文邕话锋一转道，"太保可曾寻见张宫伯？"

"暂时还未曾寻到他的下落！"其实侯莫陈崇并非没有找到而是并未去找。他并不知晓张光洛的真实身份，依然认定他是宇文护的鹰犬，北周第一位天子宇文觉之死便与他脱不了干系，恨不得借助"候官署"之力将其千刀万剐。

宇文邕自然猜出了他的心思，却也不便透露张光洛的真实身份，只是劝道："如若张宫伯有个闪失，也不好向太师交代！"

"老臣今夜回城后再去寻他！"

"有劳太保了！"

见宇文邕眉头依旧紧皱着，侯莫陈崇不解地问："如今一切皆在您的盘算之中，铲除宇文护那老贼恐怕也是指日可待，圣上还有何可忧虑的呢？"

宇文邕忧心忡忡道："爱卿赶来救驾看似巧合，却难免会惹人生疑，况且宇文护那老贼的眼光毒得很，一旦引起他的猜忌，甚至是敌意，我等恐怕便前功尽弃了！"

侯莫陈崇曾不止一次见识过宇文护的阴险和狡诈，不知他们暗中所做的这一切能否瞒得过宇文护狼一般可怖的眼睛！

宇文邕思虑良久，道："烦劳爱卿与朕合演一出好戏，恐怕要暂且委屈太保了！"

"老臣已到了风烛残年，依然能为陛下分忧，为朝廷尽忠，实乃一大幸事！与江山社稷比起来，受一点点儿委屈又算得了什么！"

当晚宇文邕留在风筝渡过夜，侯莫陈崇留下千余将士守护在那里，他自己则急匆匆返回原州城。

由于城内营房规模实在有限，不得不临时征用城内广场、庙宇、祠堂，甚至民居来安置入城的将士。侯莫陈崇将帅帐扎在了李昞亲手扩建而成的校军场上。

敌闻中大夫华苫不知何时已经站在凛冽的寒风中，默默恭候着侯莫陈崇的到来。

侯莫陈崇来到帐篷口，颇为热络地冲着他挥了挥手，示意他赶紧进帐去。

进帐之后，侯莫陈崇笑笑道："贵司在此次征突厥、讨逆党之役中提供的情报甚为及时，也甚为精准，本帅在此谢过了！"

"这皆是我等应尽之责，不足挂齿！"华苫话锋一转道，"太保铲除逆党，居功至伟，我司也是小有收获，特来向太保禀报。我司共计俘获前魏'候官署'十一人，斩杀七百五十一人；俘获南梁'血酬卫'七人，斩杀三百零八人；俘获伪齐'钦天监'三十八人，斩杀七十三人，还望太保报于陛下知晓……"

就在华苫扬扬得意地汇报战果时，一阵风却吹得烛火躁动不安地跳跃起来，就在帐内昏暗不定之际，侯莫陈崇手中匕首便猛地刺入华苫的前胸。

"你……"华苫还未说完便一头栽倒在地。

侯莫陈崇低下头，满脸鄙夷道："陛下让老臣给你带句话，'血酬卫'上都督，请一路走好！"

侯莫陈崇用略显苍老的声音喊道："来人啊！抓刺客！抓刺客！"

一缕晨曦洒在了原州城，驱散了连日来的阴霾。

慵懒的侯莫陈崇正在洗漱，一个亲兵急急火火跑了过来，语气急促道："回禀大帅，陛下不知何故昨夜突然回京了！"

侯莫陈崇正用巾帕擦拭着脸上冰冷的水珠，闻听此言拿着巾帕的手随即便停了下来，惊道："什么，陛下竟不辞而别？昨夜陛下还说今日要来原州，怎会突然回京了呢？"

此时一大帮官员、将领们天不亮便候在侯莫陈崇的帐外，等着他引领众人去朝见天子。

侯莫陈崇推开门,走到众人面前,高声道:"诸位还是先行散了吧!陛下已然回京了!"

原本肃然有序的现场顿时变得乱糟糟,众人一时间议论纷纷。

监军刘文焕走到侯莫陈崇近前,低声道:"陛下果真走了?不应该啊!不应该啊!"

侯莫陈崇点点头说:"老夫也是今早才刚刚得到消息,老夫也不曾料到陛下会走得如此仓促。"

"难道大帅不觉得陛下的举动太过反常了吗?"

侯莫陈崇直勾勾地望着刘文焕,若有所思道:"莫非是京城出了什么大事?陛下须立即赶回去,一刻也不敢耽搁?"

刘文焕惊道:"京内出了大事?"

侯莫陈崇看了看左右,刻意放低声调道:"老夫近来听方士说,今年恐对太师不利。如今皇上来不及向我等辞行便匆匆回京,莫非是太师……你我也该早做打算了!"

较量

正月二十日,长安城大德殿内的空气压抑得几乎凝固了。

宇文邕将手中奏章重重摔在太保、大司徒侯莫陈崇面前。侯莫陈崇乃是地位显赫的八大柱国之一,宇文邕此前对其一向尊崇有加,不知今日为何会如此动怒。

侯莫陈崇乃是开国老臣,资历军功远在宇文护之上。宇文护发迹后,侯莫陈崇是为数不多的几个可以与其比肩之人。若论地位,侯莫陈崇身为太保，仅次于太师宇文护和太傅于谨；若论权力，侯莫陈崇身为地官府大司徒，在六府之中，地位仅次于天官府大冢宰宇文护。

不过戎马一生的侯莫陈崇如今却并不掌兵，除非领兵出征，否则手中无兵可调。北周兵权皆掌于都督中外诸军事宇文护与大司马贺兰祥之手，被削去兵权的侯莫陈崇如今已然无力与之抗衡。

就在群臣错愕之际，宇文邕高声斥责道："太保，奏章上所言是否属实？"

侯莫陈崇用颤抖的手捡起地上的奏章，手背上的几道青筋愈加明显地显露出来。

侯莫陈崇只看了一眼便脸色大变，吓得面如死灰，跪在地上哀求道："老臣罪该万死，不过是一时妄言，还望陛下恕罪，还望太师宽宥！"

须发皆白的侯莫陈崇苦苦哀求，宇文邕却仍旧不依不饶道："太师受命辅政以来，百官无不仰其风则，你居然胆敢蓄意散布对太师不利之言，你究竟是何居心？"

侯莫陈崇乞求道："老臣本无意诋毁太师，皆因一时糊涂而口不择言啊！看在老臣为我大周出生入死的分上，还望陛下从轻发落！"

"肆意诋毁太师虽罪无可赦，不过念及爱卿跟随太祖数十年，功勋卓著，又刚刚在原州救驾有功……"宇文邕故意停了下来，望向面沉似水的宇文护，"太师，不知朕该如何处置是好？"

站在群臣之首的宇文护出班施礼道："陛下，微臣本就微不足道，若不是当年太祖有意提携微臣，微臣此时尚不知在何处飘零，抑或早已死于乱军之中，或因穷困潦倒而倒毙街头。微臣之生死本就微不足道，陛下何必对妄言者如此龙颜大怒呢？"

宇文邕不知向来睚眦必报的宇文护今日为何会如此大度，其中定然藏着蹊跷，一定要小心应对。

宇文邕摆摆手道："太师莫要妄自菲薄，太师乃群臣之首，天子之兄，帝王之师，令群臣侧目，令万民景仰，胆敢妄言太师生死者，朕必将严惩不贷！"

宇文邕说话时紧盯着宇文护那双令他不寒而栗的眼睛。他的眼睛又细又长，眼尾上吊，平静如水，却又诡谲异常。

在无数个夜里，宇文邕都会梦到幽暗之中有一双闪着绿光的眼睛，在静静地等待着猎物的出现，每每梦到此处，宇文邕便会从梦中惊醒，醒来时发觉身子已被淋漓的大汗浸湿。

宇文邕在不露声色地观察着宇文护，宇文护也在悄无声息地观察着宇文邕。

宇文护不知宇文邕此次原州之行究竟遭遇了什么，一直在思索侯莫陈崇如此恰到好处地前去救驾究竟只是巧合，还是早有预谋呢？

更为重要的是贺兰祥究竟是如何死的？如若是弑君不成而被杀，那么他实属咎由自取，可如若他是一步步坠入他人精心布设的陷阱之中而惨遭不测，那么可就实在太过可怕了！

宇文护继续试探道："陛下刚刚所言，微臣万万不敢当！微臣早已将个人生死置之度外，不过微臣实在放心不下太祖与诸位老臣披肝沥胆才打下的这片大好河山！微臣心中始终有一个未解的谜团，当年曾与独孤信、赵贵等一干逆臣企图谋害微臣，进而颠覆我大周江山的人究竟是谁？这些年，微臣一直都在试图找出此人，却始终都未能如愿，如今微臣恐怕是找到了！"

宇文邕心中好似响起一声惊雷，好在喜怒不形于色的他有着极强的自制力，那张宠辱不惊的脸上并未太多地显露出内心的变化。

宇文护指着跪在地上的侯莫陈崇，铿锵有力道："当年与独孤信、赵贵等一干逆臣合谋作乱者正是侯莫陈崇！"

侯莫陈崇"腾"地站起来，质问道："敢问太师如此说，手中可有凭据？"

宇文护冷笑道："你做过的那些见不得光的事还须本太师在这朝堂之上一一说出来吗？"

侯莫陈崇反唇相讥道："但说无妨！老臣倒想听听究竟是何等见不得光的事！"

眼见两人唇枪舌剑，你来我往，殿内群臣全都噤若寒蝉，鸦雀无声。

此时此刻端坐在龙椅上的宇文邕如坐针毡，缓缓站起身，走到两人近前，劝慰道："二位皆为国之重臣，位列三公，群臣之表率，天下之楷模，切勿因意气之争而伤了彼此间的和气！"

侯莫陈崇重新跪在地上，老泪纵横道："老臣是忠还是奸，还请陛下明鉴！"

宇文邕俯下身子，缓缓扶起侯莫陈崇，好言安慰。宇文护却面露不悦之色，道："难道是老臣识人不明吗？"

宇文邕忙道："太保毕竟是国之重臣，是否参与谋逆还要责成有司调查后才能有所定论，此事还是谨慎些为好。不过太保妄言对太师不利之语却是不争的事实。朕决意将其革职，责成其禁足府内，面壁思过！"

宇文邕以为如此一来便可保下岌岌可危的侯莫陈崇，可他却错了！

宇文护不仅长着狼一般的眼睛，还养成了狼一般的性格，只要闻到一点儿血腥味便不会轻易放过！

落幕

次日正午，宇文邕刚刚用过午膳正在塌上歇息，宦官何泉却有些慌张跑了进来。小颖子死后，宇文邕名正言顺地召回老宦官何泉，命他继续服侍在自己身旁。

何泉说，宇文护已然进宫来，正在外面候着。

宇文邕感觉一阵错愕，宇文护一向有午休的习惯，今日他却一反常态选在此时前来求见自己，必然是有极为紧要之事！

难道是……想到此，宇文邕感到有些不寒而栗。

宇文护缓缓步入西暖阁，象征性地拜了拜，开口道："侯莫陈崇畏罪自杀了！"

不祥的预感终于应验了，宇文邕竭力保持着镇定，问道："太保昨日还好端端的，为何今日便自戕了呢？"

宇文护冷冷道："他本不用死，就如同当初的独孤信，只需说出老夫想问的那个人的名字便可活命，可惜他却抵死不说。当年独孤信为了保他而不肯说，如今他亦不肯说，却不知他要保的究竟是何人！"

宇文邕强掩住内心的愤怒与惶恐，故作平静道："如今正值多事之秋，切莫再生出事端了！"

宇文邕的话语中透着隐隐的告诫，但宇文护却不为所动，用极为阴冷的声音道："如若一味瞻前顾后，那么藏在他身后的幕后主使岂不是又要逍遥法外了？"

宇文邕知道他一直都在借机试探，愠怒道："那便如太师所言，大张旗鼓地去查，索性查它个天翻地覆，切莫让那幕后主使漏网！"

见宇文邕竟有些动怒了，一直在冷眼旁观的宇文护忙挽回道："天子息怒！微臣本无意冒犯，只是担心这元凶一日不除，我大周恐难有宁日！"

"太师想如何查便如何查，想查谁便只管去查谁，朕绝无异议，不过那些老臣们早已是风声鹤唳了，如今太保一死，更是惶惶不可终日，朕担心他们会有所动作！"

宇文护并未从宇文邕那张宠辱不惊的脸上发现什么，宇文邕却一下子便戳中了宇文护的痛处。

如今强敌环伺，稍有不慎北周将会不保，老辣的宇文护不会不懂得"皮之不存，毛将焉附"的道理！

北周开国之初，功勋之臣赵贵和独孤信密谋铲除宇文护，消息意外走漏，两人相继被害。自此之后，关于宇文护为独掌朝纲而蓄意铲除功勋老臣的传言便不胫而走。

那些老臣表面上对宇文护恭敬顺从，实际上却与他渐行渐远。如若别有用心之人在侯莫陈崇之死这件事上大做文章，他或许将会彻底丧失那些老臣们的信赖！

宇文护细细品味着宇文邕刚刚说的话，开口道："还是圣上所虑周全，微臣刚刚太过意气用事了！"

"护兄言重了。只要你我兄弟间坦诚相待，休戚与共，这世间便再无难事！"宇文邕脸上的笑容凝固了，眉毛拧在了一起，叹息道，"只是太保识惭明哲，遂以凶终，真是可惜！可惜！"

宇文邕之前设想过各种可能的不利局面，却万万未曾想到侯莫陈崇会因此而丧命，心中虽不免悲痛万分，却也只得强忍着，一丝一毫也不能显露出来，以免被宇文护所察觉！

经过刚刚那一番唇枪舌剑般的交锋,心事重重的宇文护觉得是时候为这场政治风波画上句号了!

虽然结局并不尽如人意,但宇文邕毕竟是在与阴险狡诈并且老谋深算的高手在过招,这也不失为一个还算能勉强接受的结局!

宇文护那张白得令人可怖的脸上勉强挤出些许笑容道:"其实愚兄这次进宫是想当面向陛下道谢。陛下帮老夫做了一件多年前想做却没能做成的事!"

"不知护兄所言究竟是何事?"

"手刃逆贼李基!此人六年前便该死了,可李穆等一干老臣却出面为其求情,老夫一时间骑虎难下,只得饶其不死。岂料此人却不思悔改,甘愿充当元氏余孽之鹰犬,真是死有余辜!"

"此人首鼠两端,眼见元氏余孽失势,便于阵前归顺于朕。念及李家世代忠贞,朕本想留其一命,怎奈他为了取信元氏余孽,竟亲手戕害朕的阿姐,此等不忠不孝不仁不义之人留他何用?"

"既然如此,陛下为何不将其罪行昭告天下呢?"宇文护又在不动声色地试探。

"原州李氏战功赫赫,李基的大伯李贤如今镇守边陲,三叔李穆参掌机务,原州李氏子弟在我大周为官者尚有数十人之多。如若大张旗鼓地对已故去的李基兴师问罪,原州李氏又会怎么想呢?他们还肯衷心地为我大周效力吗?暂且不论李基临阵倒戈究竟出于何种目的,毕竟曾解救朕于危难之中。朕实在不忍在其死后再责罚于他,还是将他风风光光地送走为好!"

"还是陛下思虑周全,愚兄真是佩服之至!"

宇文邕一直紧绷的神经稍稍舒缓下来,宇文护的脸色却再度变得阴沉,厉声道:"愚兄还有一事不明,望陛下不吝赐教!大司马究竟是如何死的?"

宇文邕却并不急于解释,不卑不亢地反问道:"太师何必明知故问呢?难道他在原州的所作所为,您果真一无所知吗?"

"愚兄虽对此多少也有些耳闻,却多是道听途说,此番前来还想听听陛下之言!"

面色凝重的宇文邕痛心疾首道:"贺兰祥蓄意谋害于朕,事情败露后自尽了!"

"自尽?"宇文护的牙齿咬得咯咯作响,逼视着宇文邕道,"这其中会不会另有隐情?"

宇文邕强掩住内心惶恐,故作轻松道:"老子曾言,大道至简!这世间很多事原本很简单,只是世人却想复杂了!"

望着面沉似水的宇文护,宇文邕故意装出一副痛心疾首的样子,道:"朕何曾希望看到这兄弟相残的一幕,其实朕的心中也在滴血,可惜他太过刚愎自用,一意孤行,走得太远太远了,朕与护兄皆救不了他!"

贺兰祥的确走得太远了,近几年瞒着宇文护做了很多事,不过宇文护毕竟与表弟贺兰祥相交多年,虽然这些年贺兰祥不再唯宇文护马首是瞻,但如若遇到大变故,贺兰祥依旧会坚定地站在宇文护这一边,如今失去了贺兰祥,宇文护无异于又断了一只臂膀!

宇文邕见宇文护仍旧将信将疑,忙对身旁的何泉道:"传萧含雪上殿!"

萧含雪身着素衣,缓缓走上殿,不卑不亢道:"民女萧含雪参见陛下,拜见太师!"

宇文邕道："你且将原州之事说与太师听！"

萧含雪娓娓说道："民女乃是大梁'血酬卫'左都督萧含雪。奉上都督之命意欲趁陛下移驾原州时刺杀陛下，后发觉陛下乃是天命所归，便亲率'血酬卫'一众弟兄归附于我大周！"

"天命所归？"宇文护阴阳怪气地反问，突然又变得咄咄逼人道，"孤最关心的是大司马究竟是如何死的！"

萧含雪低声道："太师虽与贺兰祥以兄弟相称多年，恐怕您并不识得他的真面目！"

宇文护眼露凶光道："姑娘此话怎讲？"

"其实贺兰祥乃是我大梁'血酬卫'上都督！敌闻中大夫华苫等人皆是其同党。贺兰祥十一岁时沦为孤儿，辗转流落到江南，被我大梁'血酬卫'吸纳，后被派遣至其叔父宇文泰身边充当间者……"

宇文护咆哮道："一派胡言！"

萧含雪直视着宇文护因愤怒而有些变形的脸，沉声道："民女刚才所言句句属实，如若有一丝妄语，任凭太师处置！这是贺兰祥给民女所写亲笔信，信上所言便是此次原州大图谋的诸多细节！"

宇文护半信半疑地接过信，信上的确是贺兰祥的笔迹。

透过熟悉的字迹，一个令他震惊不已的大图谋跃然纸上，诛杀宇文邕，拥立宇文贤为帝，然后再趁乱铲除宇文护，贺兰祥便可独掌朝纲！

宇文护将那封信扔在地上，厉声道："仅凭一封真假难辨的信便想让老夫信你，未免太过看轻老夫了吧！"

宇文邕故作轻松道："太师，您可看她有几分眼熟？"

宇文护盯着萧含雪看了一阵，道："的确有几分眼熟，莫非曾在哪里见过？"

萧含雪的神情顿时变得有些落寞,用沉重的语气道:"民女之妹与太师可是旧相识!"

"你的妹妹?她又是何人?"

"她曾经服侍过先帝,乃是贤儿的生母!"

宇文护惊道:"什么?徐迎春竟会是你的妹妹?"

宇文邕继续道:"朕移驾原州,贺兰祥、华苫也在暗中前往原州。贺兰祥身为夏官府大司马,若是离京须向天官府报备,华苫身为夏官府敌闻司主官,若是离京须向夏官府报备。太师最清楚贺兰祥是否曾向您报备过,至于华苫是否曾报备过只需调来夏官府簿册一查便知。两人不向有司报备便私自离京,皆不约而同地去往原州,究竟意欲何为也就不言自明了!崔新运在会宁防兴风作浪,密谋损毁关桥,窃取盔甲军服,太师想必对此也有些耳闻吧?华苫前不久却为他在司内谋了一个新身份,难道太师还不醒悟吗?"

宇文护默不作声,细细品味着宇文邕刚刚所说的那一番话。

"太师受命辅政,我大周上下无不臣服,不过这些年'敌闻司'究竟在暗中干了些什么,恐怕连太师也未必完全知晓吧?华苫出任敌闻中大夫前后可谓判若两人,之前为求升迁竭力奉迎上司,攀附权贵,之后却主动放弃迁转机会,口口声声说什么淡泊名利,一心为国,实则是其想一直潜伏于'敌闻司',洞悉我大周军情!"

宇文邕的话径直戳中了宇文护的痛处。宇文护任大司马时,华苫对他始终若即若离,不远不近,可贺兰祥接任大司马后,"敌闻司"却成为针插不进、水泼不进的衙署,即便是宇文护也感到鞭长莫及,于是与宇文邕一道重组"整肃曹",意在制衡"敌闻司"。

宇文邕坚信一旦将贺兰祥与华苫、崔新运等人紧紧捆绑在一起,即便贺兰祥还活着恐怕也是百口莫辩，即便宇文护事后暗中调查此事恐怕也只会坐实贺兰祥为南朝间者的罪名。

宇文护将之前与贺兰祥交往的点点滴滴拼接在一起，不禁感到有些不寒而栗。

当初他与贺兰祥联手毒杀先皇帝宇文毓，贺兰祥力主册立宇文毓之子宇文贤承继大统，可宇文毓却在临终之际强撑着病体征召于谨等一干朝廷重臣入宫，传下口谕将帝位传给四弟宇文邕。

如若此时再强行册立宇文贤为帝，他们势必会陷入不忠不义的不利境地，可贺兰祥却执意如此，宇文护担心会激起变乱而将他拦下，也就是从那时起，宇文护感到贺兰祥与自己心生嫌隙，渐行渐远，以至于贺兰祥此后竟瞒着他做了很多事，尤其是秘密前往原州，最终却一去不回！

即便如此，宇文护此前只是觉得这或许是生性执拗的贺兰祥性格使然，如今听完宇文邕与萧含雪的话，他忽然感觉贺兰祥此人有些深不可测。

"但愿这一切真如你所言！如若本太师发现你是在愚弄老夫，定会让你死无葬身之地！"宇文护表面上是说给萧含雪听的，实则是说给宇文邕听的。

宇文邕痛心疾首道："我大周兄弟相残的一幕屡屡上演，朕何尝不是痛心不已，但愿这令亲者痛、仇者快的一幕再也不要发生！"

宇文邕冲着萧含雪挥挥手，示意她可以退下了。

萧含雪走后，宇文邕弯下腰从地上捡起宇文护刚刚扔在地上的那封信，放进御寒的炭火之中，瞬间便化为一堆灰烬。

宇文邕走到御案前，意味深长道："此事暂且到此为止吧！朕权当什么都未曾发生过，大司马也可保有生前荣耀！太师看看这道刚刚拟好的圣旨如何？"

宇文护有些不解地从宇文邕手中接过圣旨，上写："故大司马贺兰祥雅量冲邃，风猷峻杰，载德如毛，从善犹水，弘仁仗义，非礼不行，故以道著寰中，誉流海外。方赖亲贤，光赞衮职，奄焉不永，朕用伤悼于厥心，即远戒期，考终有典，宜崇秘器，嘉旌徽烈，可赠使持节、太师、柱国大将军、大都督、同岐泾华宜敷宁陇夏灵恒朔十二州诸军事、同州刺史。"

宇文护踌躇半晌，带着一丝无奈说："如此甚好！如此甚好！"

宇文邕的脸上掠过一丝久违的轻松，说："如今大司马已然不在了，朕的弟弟们都未免有些稚嫩，唯有朕与护兄携手方能撑起太祖辛辛苦苦打下的江山！朕还有一事想与护兄商议，护兄亲则懿昆，任当元辅，自今起，诏诰及百司文书，不得直呼护兄之名。"

"使不得！使不得！愚兄可万万当不起啊！"宇文护推辞着，因为他知道那可是只有天子才会享有的荣耀。尽管他权倾朝野，可如今他毕竟只是个臣子！

宇文邕忙恭维道："护兄夙兴夜寐，协理八方，怎会当不起？此事便暂且依朕了！护兄今日气色不佳，想必是近来被这繁重的国事所累，速速回府歇息去吧！"

宇文护走后，史官毕恭毕敬地走进来，将本朝实录纲要递予宇文邕，恳请其审阅定稿，然后才能送交档房存档。

宇文邕匆匆翻了翻，见其中一页写着："保定三年正月，周凉景公贺兰祥卒。"

他微微地皱皱眉，拿起笔踌躇许久才缓缓落下，在空白处写道：

"保定二年十二月廿七日甲夜，周凉景公贺兰祥忽遇暴风疾，越人无验，秦医驻手，翌日己亥，薨于长安里第，春秋五十有八。"

宇文邕又翻看了几页，目光久久地停留在李基这个名字之上。

宇文邕提起御笔，划去原有文字，写道："孝闵帝践阼，出为海州[1]刺史。寻以兄植被收，例合坐死。既以主贵，又为季父穆所请，得免。武成二年，除江州[2]刺史。既被谴谪，常忧惧不得志。保定元年，卒于位。"

史官看后不禁皱皱眉，原本想要说些什么，却又硬生生咽了回去，可卡在喉咙里又极为难受。他将淤积在喉咙中的唾液使劲咽下去，壮壮胆子道："启禀陛下，这海州现为伪齐所有，李基任海州刺史，怕是有些不妥吧？"

"我大周乃是天命所归，这天下迟早皆是我大周的！"

史官心领神会地说一声"诺"便转身离去了。

如释重负的宇文邕忽然感觉空荡荡的大殿里有些发闷，于是快步走到窗前，轻轻地打开窗子。

殿顶上的雪已然融化了，顺着屋檐滴落在地面上，晕开了一圈圈涟漪，似在叹息，又似在感慨！

宇文邕意外发觉院中的迎春花不知何时也已经开了，纤枝婆娑，点点金黄，残雪与黄花交相辉映，傲霜斗寒，凌雪竟放。

宇文邕如此真切地感受到春的到来，寒冬已然在不知不觉中过去了！

---

1 治所朐山郡朐山县（今江苏连云港市），辖朐山、武陵、沭阳、海安等四郡。
2 仅辖宜昌一县，治所位于今湖北宜昌。

尾篇：云开雾散终有时

建德元年（公元572年）三月十四日，一抹柳色衬着一片桃红，群莺在自在地翱翔，蝴蝶在愉快地嬉戏。

宇文护已近花甲之年，虽在人前仍旧装出一副精神抖擞的样子，却难掩自己的苍老和迟暮。

宇文训护送着父亲宇文护来到文安殿前，宇文护吩咐道："你在殿外候着吧！"

宇文训忙点头称是，却不曾想危险正在一步步向着他们袭来。

这十二年来，宇文护每次进宫面圣皆是由宇文训护卫着，宇文训每次进宫皆是绷紧了神经，生怕遭遇什么不测，可最终却什么都未曾发生过，这十二年波澜不惊的生活已经使得他渐渐丧失了应有的警惕，这恰恰是最危险的！

左宫伯中大夫宇文神举、右宫伯中大夫张光洛向着宇文训迎面走来。

神举的脸上依旧带着习惯性的笑容，寒暄道："宇文世子，太师此番回长安觐见天子怕是有要事要谈，不如暂且到值事房内歇息片刻？"

张光洛依旧戴着冰冷的金属面具，顺势做了一个"请"的手势。

宇文训顺着张光洛手指的方向走去，可让他始料未及的是这其实是一条通往地狱的路！

一个小宦官缓缓打开殿门，宇文护迈着微微有些蹒跚的步子走进殿内。

随着"吱扭"一声响，文安殿的殿门缓缓关上。宇文邕忙站起身，向宇文护行兄弟之礼后让座道："护兄从同州一路前来，鞍马劳顿，快快请坐！"

宇文护当仁不让地坐下，道："这一路上春光无限，愚兄未饮杏花酒，不沾桃花酿，却已然先醉了三分。邕弟近来可好，可曾有暇去踏春？"

宇文邕面露愁容道："朕还好，只是太后时常饮酒过度，朕曾劝过她老人家多次，却一直未蒙垂纳。作为人子，朕始终为此而惴惴不安，不知所措。恰巧护兄今日入朝，还望您能设法规劝，她老人家如今恐怕只能听进护兄之言！"

宇文邕的恭维之言让宇文护颇为受用，连皇帝都办不到的事情，他若是办成了，那将是何等地惬意！

宇文护欣然应允道："如今太后年事已高，饮酒的确应有所节制，不宜酗酒过度，否则便会伤身！愚兄这便随陛下前去觐见太后！"

宇文邕忙从怀中取出《酒诰》，喜笑颜开道："那可就有劳护兄了！"

这一日注定是宇文邕一生之中最为重要的一日，要么重生，要么身死，但无论如何他都将会彻底挣脱这纠缠了他十二年的噩梦！

自从登上皇位那一刻起，宇文邕便想着要完成哥哥宇文毓和嫂嫂独孤夏若的遗愿，但他也深知此事万万急不得。杀一人易，但重整河山却绝非易事！

当年北魏孝庄皇帝诛杀权臣尔朱荣不仅没能挽救社稷于水火，反而致使国本动摇，天下大乱！

前车之鉴就在眼前，宇文邕急不得，少年老成的他仿佛一个对弈高手，并不急于求成，而是一直都在悄然布局！

这一等居然足足等了十二年之久！

虽然他一直盼着这一日能快些到来,但当这一日真的到来时,他却依旧颇为紧张。

宫伯值事房内,刚刚还是气氛融洽,谈笑风生,但张光洛却突然从身后抱住宇文训,一只手捂住他的嘴,另一只手死死地钳制住他的双臂。

宇文神举猛地抽出刀,向着宇文训的腹部狠狠地刺去,刺完后随即一抽刀,殷红的鲜血顿时便喷溅到宇文神举的手上、脸上,还有身上。

对于这突如其来的危险,宇文训仓促间剧烈地反抗着,瞪大眼睛,扭动身躯,拼命挣扎,却始终无法挣脱张光洛那双如同铁钳般的大手。

张光洛孔武有力的大手死死地捂住他的嘴,尽管宇文训拼尽全力呼号求救,却几乎发不出什么声响。

宇文神举又连刺了数刀,宇文训的挣扎变得越来越弱,身子也渐渐软了下来。

含仁殿内,熏香阵阵,雾气缭绕。

宇文护躬身施礼道:"微臣听闻太后对饮酒情有独钟,可如今您春秋已高,还应有所节制为好!"

太后笑笑说:"太师莫要听邕儿乱讲,老身不过是偶尔小酌几杯,不碍事!不碍事!"

宇文护从怀中取出《酒诰》,说:"周公曾做《酒诰》以警醒世人。微臣念与太后听!明大命于妹邦,乃穆考文王,肇国在西土。厥诰毖庶邦、庶士越少正御事朝夕曰:'祀兹酒。'惟天降命,肇我民,惟元祀。天降威,我民用大乱丧德,亦罔非酒惟行;越小大邦用丧,亦罔非酒惟辜……"

此时宇文邕已经悄悄走到宇文护的身后,举起手中玉笏板,朝着宇文护的后脑重重地砸去。

伴随着一阵清脆的玉碎之声,毫无防备的宇文护忽然感到眼前一黑,当即栽倒在地。

宇文邕高声喝道:"何泉,快上!"

何泉用颤抖的手举起刀,可双腿却好似灌铅一般,迈着沉重的步子缓缓走向宇文护,仿佛走了许久许久才走到宇文护近前。

何泉惊惧地闭上眼,挥刀向着宇文护砍去。

此时宇文护已渐渐从刚刚的重击中恢复过来,见刀向着自己劈杀过来,情急之下在地上打起滚来,何泉连砍了几刀都未砍中。

宇文护高声喊道:"宇文训!宇文训!快来救孤!快来救孤!"

在此千钧一发之际,宇文直从偏殿内跳了出来,抢过何泉手中的刀,向宇文护的腹部狠狠刺去,殷红的鲜血在冰冷的地砖上肆意流淌。

宇文直挥舞利刃连刺数刀,宇文护的呼号声随即戛然而止。

曾经权倾朝野、弑杀三位天子的权臣宇文护就这样告别了人世间,在欲望驱使下,从他有了第一次僭越之举开始,就为今日的悲惨结局植下了祸根!

宇文邕之所以选在此时动手,宫廷禁军皆由左宫伯中大夫宇文神举、右宫伯中大夫张光洛统帅,长安周边驻军要么是杨忠旧部,要么便是侯莫陈崇旧部。虽然老将杨忠已在四年前病逝,侯莫陈崇也在九年前被宇文护逼杀,但两人却统兵二十余年,对旧部的影响俱在。宇文邕已在暗中派遣杨忠之子杨坚、侯莫陈崇之子侯莫陈芮晓谕驻军，恪守职责，勿生事端。

只要长安不乱，其他地方即便发生些骚乱或动荡也不至于影响大局。

傍晚时分，张光洛将五花大绑的膳部下大夫李安推进殿内，李安被推了一个趔趄，险些摔倒在地。

望着满脸杀气的宇文邕，李安自知死期将近，却毫无惧色，叹道："我早就料到终将会有这一日，可惜太师不听在下之言，被你懦弱的伪装所迷惑，最终却落得这个下场！可悲啊！可叹啊！"

宇文邕猛地抽出剑，用剑尖抵住李安的喉咙，斥责道："你这个不知逆顺的东西！当年你受逆臣宇文护指使毒杀朕的长兄世宗皇帝，朕即便是将你碎尸万段也难解心头之恨！"

李安阴阳怪气道："如若不是当年我在世宗皇帝所食糖饼中下了毒，陛下恐怕这一辈子都难登大位吧！"

张光洛狠狠踹了李安一脚，斥责道："陛下是天命所归，岂容你这等宵小之辈在这里胡言乱语！"

宇文邕轻轻扭动了一下手中的剑，李安喉咙上涌出的鲜血顺着剑刃向下流淌，浸红了脚下的方砖。

"你说得不错，如若不是我大哥被你等所害，朕恐怕永远也没有机会登上这大宝之位，也就不会有这十二年如同噩梦般的日子！"宇文邕仰天长叹道，"大哥，你的血海深仇弟弟如今替你报了！如若您地下有知，还请瞑目吧！"

宇文邕握紧宝剑用力向前刺去，李安呜咽着栽倒在地，鲜血呼呼向外流淌着，在地上漫延着。

宇文邕高声吩咐道："来人呐！将这个该死的东西拖走，扔到乱坟岗上埋了！"

十几个宦官迈着小碎步跑进殿内，有的抬尸体，有的擦拭地面，有的褪去宇文邕身上带血的袍子。

忙碌了一阵子，那些小宦官们又纷纷退到殿外！

殿内又恢复了平静，烛光却一直摇曳不定，映在宇文邕那张阴晴不定的脸上。

张光洛沉默了，如今连他都分辨不清自己究竟是张光洛，还是庵罗辰！

真正的张光洛早已死去，他不过是张光洛的替身而已，也是宇文邕手中的一枚棋子。

这十余年来，他似乎真的变成了张光洛，反而对自己的真实身份有些生疏了！

他本是柔然王子庵罗辰。柔然称雄草原三百年，就连一代枭雄宇文泰都曾对强悍的柔然敬畏三分，但辉煌一时的柔然帝国却在短短数年之内便被迅速崛起的突厥人硬生生摧毁了。

庵罗辰永远也忘不了那一刻！

在夕阳的映照下，他的父亲，柔然可汗阿那瓌挥舞着弯刀奋力地厮杀，但曾经骁勇彪悍的柔然武士却在溃败，突厥人如同海水般向着阿那瓌涌过来。

庵罗辰想要杀到父亲近前，却被无数突厥士卒包围。一柄长矛从阿那瓌的身后硬生生刺了进去，矛尖刺穿了他后胸的铠甲。阿那瓌从坐骑上摔下来跌落在地。

庵罗辰只得强忍着悲痛，杀出了一条血路，踏上了前途未卜的逃亡之路，但此时的大草原却难以找到一处安身之地。

随着阿那瓌的离去，曾经称雄北方草原三百年的柔然帝国也走到了历史的尽头。

宇文邕关切地问："爱卿莫不是又想起了你的父汗？"

庵罗辰冰冷的泪水在冰冷的面具上肆意流淌着，没有一丝温度，有的只是彻骨的寒！这些年来正是这沁入骨髓的恨支撑着他艰难地活了下来。

宇文邕走到近前，轻轻拍拍他的肩膀道："如今宇文护已除，爱卿报家国大仇便指日可待了！"

庵罗辰咬着牙道："在下等那一日已然等了太久太久了！"

"不过如今你还要替朕去做一件事！斩草还需除根，烦劳爱卿速速去那逆臣府上，将逆臣子嗣统统诛杀，切记不要伤及无辜！如今逆臣长子宇文训已然伏诛，但其次子宇文深却出使突厥尚未回京，你还要派出得力干将设法除去此人，以免节外生枝！"

庵罗辰躬身施礼道："请陛下放心，微臣定会办好此事！不过也希望陛下能信守当初之承诺！"

说完庵罗辰推开殿门，大步流星地向前走去，很快就消失在暗夜之中。

宇文宪惴惴不安地走进殿内，跪在地上叩头道："微臣特来向陛下谢罪！"

宇文邕赶忙扶起他，望着他笑道："五弟何罪之有？"

宇文宪却始终低着头，不敢看宇文邕的双眸，说："微臣向来为老贼宇文护重用，赏罚之际，皆得参预，宇文护欲有所陈，多令微臣禀奏圣上，如今宇文护已然伏法，微臣自知罪不可赦，特来向天子请罪！"

宇文邕却挽着宇文宪的手，安慰道："朕何尝不知五弟这些年来的良苦用心，如今正是你我兄弟勠力同心、共图大业之际！如今大冢宰之位非五弟莫属！"

"万万使不得！臣何德何能担此重任啊！"

宇文邕铿锵有力道："你自然担得起！朕意已决，五弟切莫再推辞了！"

其实此番人事安排是颇有深意的，贺兰祥死后，曾经平定蜀地的陇右大总管尉迟迥接任大司马，但尉迟迥却与宇文护始终不远不近，宇文护于是便推荐与之亲近的小冢宰上大夫、雍州牧宇文宪为大司马。

如今宇文邕向宇文宪许以大冢宰的高位，实则希望已担任四年大司马的宇文宪在此关键时刻能稳住同州诸军，北周精锐大多驻扎在同州，此刻同州绝不能乱。二十九岁的宇文宪虽是大司马，却既无多少威望，又无多少军功，并不会像宇文护、贺兰祥那般牢牢操控军队，宇文邕并不担心他会趁乱起兵反叛。

宇文邕此举还有着更深的谋划。宇文宪升任大冢宰后，自己再借机命亲信老臣陆通接任大司马，便可彻底掌控军权。与此同时，宇文邕还特地将宇文护生前担任的太师之位授予前任大司马尉迟迥，以示笼络之意，为的是借助其在军中的崇高威望来稳定政局。

宇文宪刚刚离开，宇文直便从偏殿走了出来。

自宇文护被诛后，宇文邕总是感到惴惴不安，于是便令亲弟弟宇文直留宿宫中。

宇文直面露不悦道:"大冢宰之位岂可轻易授予外人?"

宇文邕自然听得出宇文直的弦外之音,立下大功的他一直认为大冢宰之位非他莫属!

宇文邕的眉头轻轻一皱,旋即舒展开来,劝解道:"老贼宇文护执掌朝纲多年,如今被朕除去,虽属咎由自取,但朝野上下势必人心惶惶。试问满朝文武之中能有几人与那老贼宇文护撇得清关系?朕重用宇文宪是想昭示天下,只要不是与宇文护同流合污的奸佞之辈,只要不是与朝廷对抗到底的不识时务之辈,朕一概既往不咎!"

宇文直依旧气难平,继续争辩道:"臣弟担心宇文宪一旦大权在握,很可能会成为下一个宇文护!"

其实宇文邕对此早有筹划,宇文护任大冢宰时,其他五府之事皆总于天官府,天官府成为政务中枢。等政局稳定后,宇文邕可诏令其他五府之事无须经天官府便可径直上达天听,皆由天子裁决,如此一来,大冢宰之位也就不似之前那样位高权重了,不过此时他的这个想法还不便对外泄露。

宇文邕凝望着弟弟,忽然觉得曾经亲密无间的弟弟今夜竟变得有些陌生。他从宇文直急切的眼神中看出了无尽的欲望。

宇文邕的头轻轻向右一转,凝视着燃烧的蜡烛,不悦道:"朕如何当皇帝想必还不用阿弟来教吧?"

见哥哥脸上显露出怒色,话语中又隐含着责备,宇文直忙跪在地上谢罪道:"臣弟是因太过操心国事才会口不择言,还望陛下重重责罚!"

宇文邕凝视着弟弟,冷酷而又犀利的目光中重又满是温情,安慰道:"阿弟言重了!在诸兄弟中,只有你与朕是一奶同胞,这份手足深情朕何时都不会忘!无论到了何时,朕最信赖的、最倚重之人都只能是你!当年在原州,为朕孤身犯险的是你;如今在宫中,为朕只身杀敌的依旧是你!若不是当年在原州布下那个生死局,今日怎会如此顺利地除去宇文护?他死后这天下又怎会如此平静呢?你为朕所做的这一切,朕此生皆不会忘,但兄弟之间长幼有序,次序已定,五弟乃是你的兄长,岂可反居你之下?如今阿弟暂且屈居大司徒之位,但你为朕所遭之险,所受之罪,为社稷所立之功,朕日后定会加倍补偿于你!"

宇文直心中纵使藏有万千不悦,见哥哥如此说也只得作罢,辩解道:"臣弟刚才所言虽有不妥,却绝非为了臣弟自己,而是为了我大周江山永固,还望陛下明鉴!"

宇文邕轻轻拍拍他的肩膀,宽慰道:"你的良苦用心,朕何尝不知?这几日,你一直在宫中宿值甚为辛劳,还是早些回府歇息吧!"

宇文直微微一怔,原以为哥哥会让自己在宫中多住些时日,之前哥哥似乎也流露过此意,可如今宇文邕却有些突然而又突兀地命他回府,让他感到很是失落!

心有不甘的宇文直忙争取道:"臣弟即便回府恐怕也会挂念着哥哥,恳请能够继续陪在哥哥身旁!"

宇文邕摆摆手道:"如今大局已定,阿弟莫要挂念朕,况且朕也有些乏了,想要好好地歇一歇!"

宇文邕边说边向着殿门走去,轻轻推开殿门,做出一副要送宇文直离去的姿态。

宇文直见状只得悻悻地走向殿外,渐渐消失在这茫茫的夜色之中。

宇文邕轻轻地关上殿门,走到窗边,轻轻推开窗子,望着圆圆的月亮,心中却生出无限的伤感。

宇文邕情不自禁地低声道:"明日便是十五了!月之阴晴圆缺,似有定数,但人世间的悲欢离合却难以再重现!"

宇文邕痴痴地望着月亮,虽然如今已成为名副其实的天子,却不知几时才能与芷兰再相见,也不知还能否再续前缘!

一阵风向着宇文邕忽地袭来,不似之前那般寒凉,居然还透着一丝醉人的和煦,慢慢沁入他早已冰封的心田!

原州城沈家巷,李昞兴冲冲地跑回家,兴奋地喊道:"宇文护这个祸国殃民的老贼如今已然被陛下正法!圣上真乃不鸣则已,一鸣惊人!当下正值大有作为之际,圣上必然会重用我等为国尽忠之臣,或许我们不日便可回京了!"

芷兰抚摸着七岁儿子李渊的额头,道:"长安虽繁华,却是奴家的伤心之地!奴家便觉原州最好!"

造化竟是如此地弄人,李昞欲回长安,却被派往安州任总管;芷兰不欲回长安,却被征召入朝。

时隔十六年,芷兰再度返回长安之际,在谍影重重之中杀局重现……